JN081170
とある魔術の
禁書目録
インデックス
外典書庫①
鎌池和馬
イラスト／はいむらきよたか
カバーイラスト／
原画:長谷川眞也　監修:冷水由紀絵　仕上げ:J.C.STAFF

イギリス清教『必要悪の教会（ネセサリウス）』に属する聖人
神裂火織（かんざき・かおり）
神裂火織 編
007

天草式十字凄教に属する少女

五和（いつわ）

『必要悪の教会』特別編入試験 編

411

インド神話系魔術結社『天上より来たる神々の門』に
所属する魔術師
ソーズティ＝エキシカ

ロード・トゥ・
エンデュミオン
759

とある魔術の禁書目録（インデックス）外典書庫

鎌池和馬

デザイン・渡邊宏一（2725 Inc.）

神裂火織編

第一話　拘束の行方　GLEIPNIR.

1

捜査の依頼内容を説明させていただきます。

ロンドン郊外にある『職人街』にある自宅から、拘束職人エーラソーンが失踪したとの連絡がありました。エーラソーンはイギリス清教の対魔術師組織『必要悪の教会』と契約を結んでおり、彼の知識または技術が外部へ流出した場合、処刑塔を始めとする『凶悪な魔術師を幽閉するための魔術施設』から、危険度の高い魔術師達を脱走させるきっかけを作ってしまうリスクが生じます。

拘束職人エーラソーンの足取りを追い、保護または捕縛してください。

なお、エーラソーンの失踪が第三者の手によるものか、本人の意思による自発的なものかは判明しておりません。拘束職人エーラソーンそのものが危険な思想の下に行方をくらませた場合、こちらに攻撃を加えてくる可能性は否定できません。いざという時に備え、交戦準備を怠らないようお願いします。

夜の闇が、人工の都市に広がっていた。

まばらな電灯だけしかないその広大な空間は、かえって闇の色を強調しているようにも見える。

大型バスの発着場だった。

イギリスの首都ロンドンには、国際空港から直通のバスが通っている。一日に一〇〇台以上行き来するそれらの車両を整備するために、首都の中心からやや外れた辺りに、大きなスペースが確保されていた。大体五〇〇メートル四方といったところだろうか。

周囲に人の気配がないのは、『人払い』の術式を使っているからか。

そんな中に、神裂火織(かんざきかおり)はいた。

ポニーテールにしても腰まで届く黒髪。日本人の平均身長よりも高い背丈。服装は脇で絞ってへその見えるようになった半袖のTシャツに、片足だけ太股(ふともも)の根元からバッサリ切ったジーンズ。そして腰にはウェスタンベルトにぶら下がった刀があった。七天七刀(しちてんしちとう)。日本刀と言っても、二メートルを超える長刀である。

彼女は広大なバスの発着場を走っている。

いや、走っていると言っても良いのだろうか。

神裂火織(かんざきかおり)は世界で二〇人といない『聖人』だ。『聖人』とは、『神の子』と身体的特徴が似ているために、その『神の子』の力の一端を分け与えられた者である。『神の子』の処刑に使われた十字架と、教会の屋根にある十字架は別物だ。しかし別物であっても力は宿っている。それと同じ理屈だった。

つまり、神裂火織はまともな魔術師ではなかった。

『聖人』としての力を発揮する彼女は、瞬間的に音速すら超える事ができる。

（く……っ!!）

しかし、それほどの力を使ってでも、神裂火織は目的を果たせずにいた。

そう、わざわざそんな超常的な力を振るうからには、超常的な力を振るわなければならない理由というものがある。

神裂火織にとっては、目の前の男がそれだった。

「エーラソーン!!」

彼女は名を叫ぶ。

魔術師エーラソーン。作戦指示書に載っていた名前。魔術的な拘束具の製造を専門とする職人で、突如として失踪してしまった男。

大柄な男だった。一見すると野蛮な印象だが、指先に妙な繊細さを感じる魔術師だ。彼は無言で安物のコートの内側へ手を伸ばすと、白い札を数枚取り出した。東洋のものに似ているが、違う。材質は紙ではなく、白く色を抜いた薄い牛革だった。いくつかの銀の錨もある。記されている文字もアルファベットだった。英語やフランス語ではない。おそらくルーン文字の音価をアルファベットで表現したものだろう。

基本的には北欧神話系の術式を利用しつつ、十字教文化圏の力をも織り交ぜる。そのために純粋なルーンではなく、わざわざ一度アルファベットに分解しているのだろう。

エーラソーンは右手を振るい、白い牛革の札に空気を吸い込ませる。

変化があった。

札がねじれたかと思ったら、次の瞬間には五メートル以上の巨体が生じていた。それは黒い革と銀の鎧で作られた、巨大なクワガタだ。ハサミの部分には太いスプリングや金具などがゴテゴテ取り付けられている。

霊装。

魔術を使うために用いられる道具。または魔術を使って自律稼働する道具。

エーラソーンはポツリと呟いた。

「マンキャッチャーの応用だ」

「……ッ!!」

元々は、槍のような長い柄の先端にハサミ状のパーツが取り付けられている拘束具で、囚人の首や腰をロックして安全に運ぶためのものだ。

轟!! と。

巨大なクワガタは透き通るほど薄い革の羽を勢い良く羽ばたかせ、神裂の元へと高速で突っ込んでくる。

しかしそのハサミが動く前に、神裂は刀の柄へ手を伸ばし、容赦なくクワガタを両断した。

その切断音が、落雷のように一瞬遅れてやってくるほどの勢いだった。

抜刀術。

恐るべき切れ味だったが、それを放った神裂は顔をしかめた。余計な手順を差し込まれた事を自覚する。クワガタを斬る事で神裂はエーラソーンへ一瞬の猶予を与えてしまい、その間に彼はほんのわずかに、横へスッと移動する。

神裂火織は音速以上の速度で移動する人間だ。

並の魔術師が徒歩で逃げようとしたところで、絶対に逃げ切る事はできないはずだ。

しかしエーラソーンは、横方向に弧を描いて移動する神裂の、その弧の内側へ向けて飛び込んでいた。自然と神裂は軌道を修正する必要を迫られ……そして余計な慣性の力を体に受ける。なまじ彼女が音速以上の速度で進むからこそ、自分で生み出す力の余波が自分自身を苦しめていく。

(抜けられる……)

そんな事が何度か続いた。

気を緩めると自分で構築した警戒網をすり抜けられそうだった。手の中で握っている紐を引っ張られるような錯覚すら感じる。歯噛みする神裂は、同時にこうも思う。

(だが、そもそも何故エーラソーンは我々に攻撃を加え、ここから逃げようとする!?)

ゴッキィイン!! という甲高い金属音が響いた。

神裂が刀を振るった音だった。しかし肉を切るにはおかしな音だった。見れば、神裂の刀身の側面に、白い牛革の札が貼り付いていた。強引に軌道を捻じ曲げられ、エーラソーンに傷はない。むしろ、神裂の手首の方にひねったような痛みが走っている。

エーラソーンの頭上に刀を逃がした格好で、神裂はピタリと動きを止めていた。

互いの距離は一メートルほど。

はらりと。彼女の刀を戒めていた白い札が、一瞬遅れて二つに切れて宙を舞う。

刀を戻して再び切りかかるのが先か。あるいはエーラソーンの手の中にある牛革の札が何らかの効果を発揮するのが先か。緊張の糸が、一気にギリギリまで張り詰められていく。

「どのみち、私から逃亡する事はできません」

神裂は恐ろしいほど正確に刃を固定したまま、低い声で勧告する。

「私の足は音速を超えます。多少距離を取ったところで、一瞬でその差を詰められます。あなたは速度という包囲網の中に閉じ込められたようなものです」

「だろうな」

エーラソーンは、むしろ率直に頷いた。

「だからこちらから仕掛ける必要があった。偶然とはいえ、物陰に隠れてやり過ごせる距離を越えられてしまったからだ。正直に言おう。私の目的は君ではない。これは本来なら必要のない戦いだ。君には悪い事をしたと思っている」

直後だった。

神裂の背中に、ゾワリという感触が伝わった。エーラソーンはニヤリと笑っている。いつの間にか、その手にあった札がどこかへ消えていた。いくつかの情報を組み合わせ、神裂は自分の身に起こった事を推測する。

(背中に……貼られた!?)

エーラソーンは魔術的な拘束具の開発を専門とする職人だ。『処刑塔』を始めとする専門の牢獄で、数多くの凶悪な魔術師を逃がさないために取り付けられる道具のプロだ。そんな超一流の品をそこまでダイレクトに仕掛けられたら、『聖人』の自分であっても一時的に身動きを封じられる危険がある。

　とっさに自分の背中へ意識が向いた。

　しかし手を伸ばしても、そこには何の感触もなかった。

　ハッタリ。

　エーラソーンは神裂に対し、何らかの錯覚を生むような、心理的作用を含む挙動を行った。そうしながら、手の中の札を懐へ隠しただけだったのだ。

　神裂は慌てて正面へ意識を向け直したが、そこにはもう誰もいなかった。

　死角から死角へと隠れながら移動しているのか、それとも何らかの特殊な移動手段を使う瞬間を神裂に見せなかったのか。それすらも分からない、鮮やかな逃げ方だった。

「くそ……」

　神裂は思わず呟く。

　人の身動きを封じる専門家は、そこから抜ける事も得意としているのかもしれない。

2

『捜査の依頼内容を説明させていただきます』

　と、ジーンズ専門の小さな古着屋で、レジカウンターに肘をついて退屈そうな顔をしていた二〇代の男の店主は、カウンターに広げられた羊皮紙から顔を上げた。パルプすら使っていない中世の頃の古い紙からは、何やらひとりでに光が放たれ、小さな3D地図みたいなものが浮かび上がっている訳だが、店主が気にしている様子は全くない。

　くっだらなさそうな表情の若い店主は、頬杖をついたまま、この羊皮紙を持って来た女の子に向かってこう言った。

「……で？」

「いやそのええと、で、と言われちゃってもですね。私も別に好きでやっている訳じゃなくて、イギリス清教のお仕事でメッセンジャーをやっている訳で、受領してくれないと困っちゃうんですよー」

「おいおい、ツアーガイドさんよ」

　ジーンズショップの店主はカウンターに置かれた羊皮紙を人差し指でカツカツと叩く。ツアーガイドと呼ばれた一五歳ぐらいの金髪の少女は、タイトスカートのスーツとスカーフに包まれた小さな体をビクッと震わせたが、店主はやはり気に留めない。

「ここがどこだか分かってる？　俺の職業何だか分かってる？　やめてよー。確かにロンドンってのは女の子に声をかければ、一〇〇人に一人ぐらいは魔術師だったりするような街だけどさ、連中のいざこざなんて知った事じゃないんだって。まして『必要悪の教会』ってあれだろ、この二一世紀にもなって、まだ魔女狩りとか宗教裁判とか異端審問とかバリバリやってるような部署だろ。そんなもんの協力なんかしたくねえんだって。平凡な一般市民を血みどろグチャグチャの事件に巻き込むんじゃねーよ」

「あれー？　ここの店主さんって魔術師・神裂火織とコンビを組んで世の悪を成敗する、スーパー非正規エージェントって売り文句じゃありませんでしたっけ？」

「……ねえ何そのステキな二面性？　人をドラマや映画に出てくるくだらん暗殺者みたいに言わないでくれないか。それだとジーンズ売ってる方が上っ面のカムフラージュみたいに聞こえるだろ。俺はこっちが本職なの。命懸けてんの。分かるか？　日頃はとっても怪しい殺し屋だけど、実は裏ではこっそりジーンズを売っているんだよ」

はー、とツアーガイドの少女はやる気のない調子で呟き、店内を見回す。

「……本職だったんですか？　あんまり売れているようには見えないんですけど」

「店主の目の前でそれを言うかね。しかし実は本当に売れているのだよ。この前インターネットの通販サイトを開設してだな。日本の女子中学生とかからも注文が来ているんだぜ。英文法が怪しすぎて何を注文したいのか理解するのに時間がかかったがな」

日本語でそのままメールしてくれた方が楽なのにな、と店主は呟く。

店主はモバイルで注文状況を確認しているらしく、ツアーガイドにチラリと見せた画面には、例の中学生と思しき Ruiko Saten とかいう人物の注文メールが表示されている。

どうやら本当に商売しているらしい。

ツアーガイドはその事に本気で驚いていたが、これ以上その感想にこだわりすぎると店主の機嫌を損ねるかもしれない、と判断する。

そこらの学校の教室の半分にも満たないほど小さな空間の至る所にスチール製のパイプが走っていて、そこからハンガーで各種のジーンズが吊るしてある。本当に値の高いものはガラスのショーケースの中に展示してあるのだが、ツアーガイドにはその善し悪しの基準がどこにあるのか見えてこない。

と、今まで吊るしてあるジーンズに目をやっていた別の女性が、やれやれといった調子でカウンターへ近づいてきた。

ロンドンでは珍しい、黒髪の東洋人だ。

ポニーテールに束ねた髪は、それでも腰まで届いていた。格好は半袖のTシャツを腹の所で絞るように縛ったものと、片足だけ太股の所からバッサリ切ったジーンズ。おまけに西部劇のように装着されたベルトには、二メートル近い異様な長さの日本刀が差してあった。

先ほどツアーガイドの話に出てきた魔術師・神裂火織である。

「私としてもパートナー扱いは不本意ですが、上の決定ですから仕方がありません。文句があるなら上に直接掛け合ってください」

「オメーみたいな『聖人』を投入する規模の作戦なんだろ？　ヤベーのは目に見えてんじゃねえか。どうしてそんなトコに民間人の古着屋さんを引きずり込むかね」

「ですから、文句は上に掛け合ってください」

「どこだよ上って。っつーか、どうせ本気で掛け合おうとしても、部外者が敷地に踏み込んだ直後に射殺されるような感じなんだろ。お宅らのボスって」

「分かっているなら駄々をこねていないで、迅速に協力してください。……そうですね。仮に仕事が成功したら、通常報酬の他に、そこのショーケースの中にある、馬鹿高いだけでいかにも売れなさそうなジーンズを一着買ってあげますから」

「やだ。オメーにはもう売ってやんないって決めてんだ」

「何故ですかっ⁉　実はちょっぴり狙っているものがあるというのに‼」

理不尽な扱いを受けて叫ぶ神裂に対し、店主は彼女の露出した太股を指差し、

「オメーはそうやって、すぐジーンズをジョキジョキ切っちまうからもう売らない」

「うっ、おかしいですか？　これは術式の構成上必要なデザインなんですが。……そっ、それに、良いじゃないですか。今もジーンズのサイドを切って袴っぽくするのはどうだろうと考えているのですが」

「ハカマが着たいんならそれをジーンズに求めるなよっ‼　いいか、俺はストーンウォッシュとかカットジーンズなんてもんが世界で一番嫌いなんだっ‼」

「一番なのに二つありますが」

「そういう減らず口も大嫌いだ」

店主はぷいと顔を横に向け、

「長い間着こなしている内に、自然に色褪せたり擦り切れたりする分には構わねえんだ。ただ、それをわざと演出しようとして、まだまだ使えるジーンズをボロボロにしちまうのは冒瀆なんだよ。なんつーかな。ピラミッドの中から黄金の装飾品が発見された時に、『もうちょっと傷んでいる方が、古く見えて値は上がるだろ』とか何とか言って、ブラシでゴシゴシやっちまうようなもんだ。そんなもんに何の価値があると思うよ？　ジーンズの価値は、その一着が歩んできた歴史の道のりで決まるんだよ。汚したり傷つけたりして付加できるもんじゃねえ」

そんなものですか、とションボリする神裂。

一方、相変わらずジーンズの価値などサッパリなツアーガイドは、Tシャツを盛り上げる神裂のデカい乳と、そこだけ露出された神裂の細い腰と、ジーンズに包まれた神裂のデカい尻を

順番に眺めて、
「歩んできた歴史の道のりで決まる……。そっか、つまりブルセラみたいなもんですね」
「ぶっ殺すぞオメーッ!!」

3

ロンドンの中心部からやや外れた所に、帽子やコート、靴、カバン、ベルト、その他ありとあらゆる革製品を取り扱う店舗が集まる職人街がある。一つ一つの店舗はファストフード店よりも小さいが、その半数近くが王室御用達の認定を受けた、服飾関係の業界人からは密かに憧れられているエリアだった。

拘束職人エーラソーンの自宅も、その職人街にあるらしい。

失踪した職人の足取りを追うため、神裂や店主はまずその自宅から捜索する事にしたのだ。

黒くて丸い、紳士の革靴のような小さな自動車の助手席に座るツアーガイドが、運転席でハンドルを握るジーンズショップの店主に質問する。

「店主さんは、この一角には憧れないんですか?」

「俺は革製品には興味ないの」

見た目は二〇世紀初めのクラシックカー、でも中身はエコロジーな電気自動車を操る店主は、ルームミラーにチラリと視線を投げる。

神裂は多少居心地の悪さを感じているようだった。理由は腰に提げている刀がないからだろう。彼女の七天七刀は二メートル級の得物だ。こんな小さな車には収まらないので、サーフボードのケースに収めて車の屋根に載せてある。……クラシックカーの見た目とサーフボードは全く似合わないが、後部座席から運転席まで刀が貫いているよりはマシだろう。

店主は後部座席の神裂に言う。

「にしても、その失踪した拘束職人……何だっけ？　エーラソーン？　なんか話を聞いた限りだと、俺と同い年ぐらいのおっさんなんだろ。良い歳して家出したオヤジの捜索なんて、真面目にやる気あんのかよ？」

「作戦指示書にもありましたが、エーラソーンは処刑塔を始め、凶悪な魔術師の拘束施設に関する機密情報を多く持っていますからね。自発的に消えたにしろ第三者に誘拐されたにしろ、その情報が外部へ洩れる事はなんとしても避けなければいけません」

「おいおい」

店主は呆れたように告げる。

「昨日も直接やり合ったんだろ。もう決まりじゃねえか。神裂の交戦記録は見たけどよ、あいつが取り扱ってた霊装……拘束具の質は半端じゃなかったぞ。人を縛るなんて次元じゃねえ。ありゃあ、そのまま骨格ごと粉砕しちまうレベルだ」

するとツアーガイドは手帳をパラパラとめくり、

「一応、エーラソーンの個人的な思想は人を殺さずに事を収めるための手法の確立らしいですけどねえ。犯人が下手に暴れなければ、こちらも命を奪う必要性がなくなる訳ですし」

「あのふざけた強度で？　廃車をスクラップにするための大道具ですって言われた方が、まだ説得力があるぞ。とにかく、エーラソーンは自発的に消えた。しかも、何かよからぬ事を企てている。そういう方向じゃねえの？」

「偽者かもしれません」

神裂は即答する。

「何者かに操られている可能性もありますし、人質などを取られている可能性も否定はできません。先入観は捨てて、全ての可能性を考慮しましょう」

真面目くさった顔で答える神裂の顔を見て、店主は思わず笑ってしまった。

「な、何ですか？」

「いや、書類上の建前としちゃ十分じゃねえのか」

店主は笑みを崩さずに言う。

「本音としちゃ、突然妙な動きを始めた赤の他人エーラソーンの安否が気になるって感じか？オメーは相変わらず、顔も名前も知らねえヤツのために戦える人間なんだな」

「……、」

神裂は調子が狂ったように黙って顔を窓の方へ向けたが、そこでツアーガイドの少女が申し訳なさそうに横槍を入れてきた。

「あのー、心温まるボランティア精神たっぷりのシーンをぶち壊すようであれなんですけど、ちょっと現場に着く前に耳に入れておいていただきたい情報がありまして」

「何だよ？」

「ええと、例のエーラソーンなんですが……。どうも、自作した拘束具の耐久試験用に、民間人の女の子を用意して『実験』していたみたいなんです。エーラソーンの失踪に一番早く気づいたのは、毎度の『実験』のために彼の邸宅へやってきていた女の子らしくて……」

「……心温まる展開にはなりそうにねえな。ぶっちゃけ、もう帰りてえ」

「現場はすぐそこですよ」

神裂が後部座席から前方を指差しつつ、そんな事を言う。

「ここまで来たからには、何かを掴んでから帰りましょう」

4

小さな家だった。

仕事場としても使っているのなら、居住スペースはさらに狭いはずだ。あるいは、エーラソーンという職人には仕事とプライベートの区別がなく、自分の周りには常に仕事がないと逆に気が休まらない人間なのだろうか。

「くそ、駐車できるようなスペースがねえな」

「家の前に停めちゃえば良いんじゃないですか?」

「最近の駐禁は怖えの。ヤツら、この前の治安強化用の予算案が通らなかった腹いせに、駐禁メチャクチャ強化して足りない予算を補おうとしてやがんだよ」

とはいえ、職人街の通り全体が似たような感じで、時間ごとの駐車場などがある様子もない。仕方がないのでエーラソーンの自宅前の路肩に停める店主。

車を降りた神裂が正面からエーラソーンの自宅に入ると、すでに調査活動を始めていた『必要悪の教会』の同僚達数人が、軽く会釈してきた。彼らは警察の鑑識同様、この邸宅に残されたわずかな痕跡を探し出そうとしているのだ。

「オーブンにこびりついた焦げから暖炉の中の灰まで漁ってやがる」

後からやってきた店主が、うんざりした調子で呟いた。

「優れた皆様がすでに頑張っているじゃねえか。俺達にやる事なんてあるのか？」

「こちらへ」

と案内したのは、ツアーガイドの少女の方だった。

エーラソーンの邸宅は二階建てだったが、さらに屋根裏部屋があるようだった。簡素な梯子が掛けられた先……天井の四角い穴の向こうに広がる暗い闇を見上げ、店主が嫌そうな顔になる。

「まさか、例の実験台の女の子が閉じ込められているとかって言うんじゃないだろうな？」

「そこまでヘビーじゃないですけど、ちょっと覚悟はしてください」

三人は梯子を使って屋根裏部屋に入る。

意外に広い空間だった。他の部屋は決められた空間を壁で仕切っているのに対し、この屋根裏部屋には内壁がないからだろう。ただし、あまり良い居住空間とも言えない。空間自体は広いのに、空気が淀んでいて居心地が悪い。

一応採光用の窓はあり、ある程度の光は差し込んでいた。

そして、その光に照らし出されていたものは……、

「クソッたれ。さっきから変な匂いがすると思ったら、革の匂いか」

「革製品を手入れするための油の匂いかもしれませんね」

「どっちにしても同じ事だ。ちくしょう、ボンデージの宝庫じゃねえか」

感じとしては、店主が営んでいるジーンズショップと似たようなものかもしれない。ある一定の空間を最大限に利用するため、天井近くの高さに鉄パイプが張り巡らせてあり、そこにハンガーで様々な『服』が引っ掛けてあった。

ただし、ここにあるのは年代物のジーンズではなく、最先端の魔術記号を盛り込み、装着者の自由を物理的・魔術的に封じる拘束具だった。短いベルトを巻いて作った簡単（に見える）な手枷から、長いブーツを左右くっつけたようなもの、ダイバースーツのように全身を覆うものまで各種不気味なほどに揃っていた。

赤や黒の革製品を眺め、神裂はツアーガイドの少女に質問した。

「こんな所に招待して、私達に何をしろと？」

「ここにあるのは少女を使った『実験』を行う前の品だそうです。さらに、イギリス清教を始めとした『顧客』からの注文書には存在しない商品なんです」

「……趣味の一品だっつーのか？」

「そこまでは判明していませんが、ここの拘束具だけ切り離されている印象がありましたので。服飾関係のスペシャリストに意見を伺おうという訳です」

ツアーガイドは軽く肩をすくめて、

「神裂さんは、日用品に込められた魔術的記号を組み合わせて術式を形成するプロで、その服装もそれなりの『意味』を構築しているでしょう？　この拘束具に込められた魔術的な記号を洗う事で、何かそれっぽい手掛かりが見つかると良いんですけど」

「いえ。ここは私よりも、あなたの領分じゃないですか？」

神裂は軽い調子で店主に投げた。

「私は衣類の組み合わせで希望の魔術的記号をコーディネートしますが、糸や布を分解するレベルでの分析作業には自信がありません。……確か、あなたはジーンズの修繕も請け負っていましたよね？」

「……クソッたれ。こんなドギツいSM衣装は専門外だぞ」

適当に店主は吐き捨てたが、自分が適任だという自覚はあるのだろう。ブツブツ文句を言いながらも、女の子が持っていると家庭的と高評価を得られそうな、小さな裁縫道具のセットをポケットから取り出していた。

屋根裏は店主に任せ、神裂とツアーガイドは一度下へ降りる事に。

「私はどうしましょうか」

「そうですね。ウチのスタッフも邸宅の検証を行っていますが、神裂さんからの視点で同時に洗い直していただけますか。確か、神裂さんは天草式十字凄教……日本の隠れ切支丹の系譜ですよね。なら、建物そのものに隠れている『記号』や『痕跡』にも敏感でしょうから」

歩きながら話している内に、一人の少女と肩をぶつけそうになった。

少女の方は軽く会釈してそのまま通り過ぎたが、対する神裂は即座に振り返った。

「あの子は何者ですか？　先ほどのスタッフの中にはいませんでしたよ」

「例の実験台の少女です。エーラソーン失踪を知り、ウチに通報してきた女の子ですね」

ツアーガイドは適当な調子で頷いて、

「え、ああ」

5

少女は一六、七歳程度だった。

名前はセアチェルというらしい。

金と茶色が混じったような、色の強い金髪。白い肌の奥には静脈の青色が浮いていた。全体的に華奢な印象で、赤いワンピースを着た体を左右に振るように歩くのが特徴的だった。

ペンギンみたいな動きだな、と神裂は思う。

今、少女は神裂に背を向けていた。家の外を案内されているのだ。石畳の細い道の左右には、これまた小さな店舗が隙間なく埋め尽くしてある。日本の建売住宅は世界的にも狭い方だとよく揶揄されているが、ここにあるのはその半分もあれば良い方だった。

そんな事を考えている神裂に、セアチェルは振り返らずに言う。

「ここはドールハウスの街みたいで、可愛らしくて好みなんだけど」

神裂が改めて少女の背中に目をやると、彼女はさらに続ける。

「公園と教会まで少し遠いのが難点よね」

言ったセアチェルが足を止めたのは、これまた小さな公園だった。せいぜい三〇メートル四方しかないこの空間には、子供用の遊具などはない。花壇とベンチがあるだけだった。汚れたサッカーボールが片隅に落ちている事から、一応遊び場としては機能しているらしい。

セアチェルはベンチの方へ歩きながら、細い腕を後ろに回した。まるでついてくる神裂に掌を見せつけるような格好で、

「どっちが良い？」

告げた途端、その手に缶のコーヒーと紅茶があった。コツンと小さな音を鳴らす二つの缶はセアチェルの掌に収まるサイズではないし、ワンピースにポケットがあるようにも見えなかった。

魔術ではない。

これは単なる手品だ。

「では、紅茶の方をいただきましょう」

「そう、なら早く取って。格好つけてみたけど、実は掌がすごく熱くて困っているの」

神裂が受け取ると、紅茶の缶は普通のプルタブではなかった。缶詰のように、上部全体が開く仕組みになっている。不思議に思って側面の銘柄を確かめると、見た事もない名前が書かれていた。

「一応、個人経営の喫茶店で真空パックしたものよ。お土産には最適。店のマスターはこれでもその場しのぎの邪道だと言っていたけどね」

言いながら、セアチェルの方はコーヒーの缶をベコリと開けて、ベンチに腰かけた。と言っても、ベンチの後ろに回り、背の部分に尻を乗せるような奇妙な座り方だったが。

「聞きたい事があると言っていたね」

「ええ」

「エーラソーンさんの行方についてなら、私は知らない。知っていたら、あなた達には頼らずに一人で追いかけているわ。大体、エーラソーンさんが心配じゃなかったら、わざわざあなた達と連絡を取る訳がないでしょ」

「それです」

神裂(かんざき)は先走りしかけたセアチェルの言葉を止めるように言った。

「拘束職人(こうそくしょくにん)とあなたの関係性が、いまいち掴(つか)めないんです。エーラソーンは、自分で作った拘束具(こうそくぐ)の耐久テストを、あなたの体を使って行っていたはず。とてもではありませんが、その境遇で拘束職人(こうそくしょくにん)の身を案じるとは思えないのですが」

「それは、捜索活動に必要な質問？」

「……、」

「あるいは、耐え兼ねた私が床下にでも埋めたと考えているのかしら」

「……私は彼を見ています。あなたに幻術などで偽装する術(すべ)はないはずです」

「エーラソーンさんから、あなた達の連絡先は聞いていた。他の魔術師のものは一つも聞かされていなかったとでも？」

冷たい風が吹き抜けた。

神裂(かんざき)はその可能性について少し考え、しかし心の中で否定した。

「だとしたら、あなたが通報する理由がありません」

「なのよね」

　少女は薄く微笑んで、コーヒーを一口含んだ。

「まぁいいわ。隠す事ではないのだし。そもそも、私とエーラソーンさんの関係は、あなたが考えているようなものとは違うものよ」

「違う？」

「何を想像しているかはそちらに任せるけど」

　セアチェルはベンチの背もたれに尻を乗せたまま、足をぶらぶらと振った。

　神裂は眉をひそめたまま、

「そもそも、あなたはどうやってエーラソーンと知り合ったのですか？　見たところ、あなたは魔術師ではないようです。拘束職人なんて特殊な人間と出会うきっかけが見当たらないのですが」

「うーん。私もあんまり知らないのよね」

　と、いきなりセアチェルは不明瞭な事を言った。

「一〇歳ぐらいの時だったかな。ある休日の夕方よ。父さんと母さんと、三人でピクニックへ行った。夕方に出かけるのは変だなとは思ったけど、外に遊びに行けるのは嬉しかった。場所はどこだったかはもう覚えていない。分かっているのは、両親は私を置いてどこかへ行ってしまった事。私はそこで置き去りにされた事」

「……、」

「それと申し合わせたように、見知らぬ男達が私に近づいてきた事。今思えば、あれは人身売買の手口の一環だったんだろうね。両親にも事情はあったんだとは思う。でも、幸い私は売られなかった。エーラソーンさんが助けてくれた。人買いはくの字に折れ曲がって吹き飛ばされていた。どうやって自分が助かったのか。しばらくその事に首を傾げていたっけ」

　セアチェルは退屈そうな調子で呟いた。

　それぐらい、少女の心の中に定着した事だったのだろう。

「ただでさえ訳の分かんない状況だったのに、そこに魔術なんてものを使って助けられちゃったからね。私以外の人間だったとしても、混乱するのも無理はなかったと思うよ」

「それから、エーラソーンに引き取られたのですか？」

「ううん」

　セアチェルはコーヒーの缶を両手で摑み直し、

「エーラソーンさんは児童福祉施設へ連れて行ってくれた。……けど、肌が合わなかったのね。私には、私を置いてドアから出て行ったあの人の背中が妙に印象に残っていて……。ここを抜け出せば、また会えるかもしれない、なんて考えた。また助けてくれるかもしれないって」

「……、」

「そうして脱走した。何度も脱走しては、そのたびに施設の人に連れ戻された。そうこうしている内にエーラソーンさんにも話は伝わったんだろうね。何回目かの脱走で、エーラソーンさんに捕まった。……それは、あの時の私には逆効果だったかもしれないわ。『また会える』事が分かってしまった私は、さらに何度も何度も何度も脱走を繰り返したよ」

　そうまでして、エーラソーンの影を求め続けた理由は何か。

神裂は薄々勘付いていたが、セアチェルの口から確かな事を聞く事にした。

「人間が人間らしく生きるのに必要なものって、生きがいなんだよね」

少女は言った。

かつて、ふとした事で全てを失ったセアチェルは、サラリとした口調で、とてつもなく重たい内容を言葉にする。

「たとえ億万長者になったって、世紀の大発見をしたって、至高の芸術品を作り上げたとしたって、そこに生きがいがなければどうしようもない。……ま、そんな人間になった事はないから、ただの想像だけど。でも分かるよ。私は生きがいを求めていた。多分それが、エーラソーンさんだったんだと思う」

「ですが、それが拘束具の耐久テストに結びつくものなんですか？」

「あはは。それはもうちょっと後。何度も施設を脱走して深夜の街をうろつく危なっかしい私は、結局、エーラソーンさんに預けられる事になった。彼は児童福祉施設に身分を提示して、特別な許可をもらっていたみたいね。全て幼い私の目論見通り。で、エーラソーンさんに引き取られた。まぁ厳密には、彼の家の近くにある老夫婦の家にだけど、『繋がり』は確立できた」

神裂は眉をひそめた。

ここまでの話を聞くと、エーラソーンは偶然人身売買の魔手から少女を救い、以降はその扱いに困っていたように感じられる。少なくとも、自身の仕事の実験台として利用する、という思考とは切り離されているように思えるのだが……。

「同じだよ。生きがいの問題。そしてエーラソーンさんは気づいていた」

セアチェルはやや意味不明な事を言った。

彼女自身もその事に気づいたのだろう、補足するように言葉を重ねる。

「誓って言うけど、エーラソーンさんは拘束具に……というより、魔術について隠そうとしていた。でも私はすでに知っていた。というより、人買いから『不思議な力』で助けられた訳だしね。そして手伝いを申し出た。当然、エーラソーンさんは拒否したよ。決まっているよね。当時の私はまだ一〇歳だもん。普通の大人なら、そんな子供に革の拘束具なんて見せたがらないよ」

「では、どうして……？」

「言ったでしょう。エーラソーンさんは気づいていたって。さっきの話を聞いて、おかしいって思わなかった？　何度も何度も何度も施設を脱走したって言ったけど、施設の人達だって馬鹿じゃないもの。最初の一回はともかく、そうそう簡単に続けて脱走できると思う？　エーラソーンさんって、拘束具の……『捕まえる』専門家でしょ。だからこそ、私自身すら気づいていなかった事に気づいたのよ。つまり……私には、あらゆる状況から『抜け出す』ための資質が備わっているって事に」

「……、」

「お互いは対極。そしてエーラソーンさんは、私が生きがいを求めている事も知っていた。多分、ここで拒否すれば『生きがい』を求める私は、この家を抜け出して再びどこかへ脱走してしまう事もね。……私を安全に繋ぎ止めるために必要なものは、極めて簡単よ。エーラソーンさんが自分の仕事を手伝わせ、私に『生きがい』を与え続ければ良い」

とはいえ、魔術の基礎も学んでいない素人の少女に、処刑塔を始めとする、プロの魔術師を閉じ込めるための専用の施設に使用されるような錠前や拘束具などの製造を手伝えるはずもない。下手に魔術作業に触れさせれば少女自身を危険にさらすし、下手な物を提出すれば拘束施設のセキュリティを弱め、さらに重大な結果を招く可能性もある。

かと言って、突っぱねる訳にもいかない。そんな事をすれば、セアチェルは『生きがい』を求めてどこかへと消えてしまうだろう。過去に繰り返し児童福祉施設を抜け出した経験を持つ少女だ。その資質を見抜いたからこそ、エーラソーンは決して油断をしなかった。夜の街に消えたセアチェルが、被るはずのない犯罪の犠牲者になるのを防ぐために。

「エーラソーンさんは、どうにかして私を魔術や拘束具から遠ざけようとしたみたいね。もっと、まっとうな『生きがい』を用意したかったのかしら。でも、何をやっても変わらなかったわね。私は老夫婦の家に引き取られたって言ったよね」

「ええ」

「別にエーラソーンさんに生活面でお世話になっている訳じゃない。でもエーラソーンさんの家にも定期的に通っている。拘束具の耐久テストをさせてもらうためにね」

「……、」

神裂はわずかに黙る。

セアチェルは『させてもらう』と言った。無理矢理にではなく、自らの意思で志願しているのだ。

「もう習慣なんでしょうね。あったら嬉しいんじゃなくて、ないと苦しいもの。私の『生きがい』は、すでに魔術と拘束具で固定されてしまっている。……ふふ、どちらにしても、自分の手で作る事もできないくせにね」

何となく、拘束職人の苦悩が見えてきた気がした。

エーラソーンがセアチェルの言う通りの人物だとすれば、自分の利益のために民間人を巻き込む事など許さないはずだ。それでは、そもそも一番初めに人身売買の魔手からセアチェルを救った意味すらなくなってしまうのだから。

そんな彼は、セアチェルに自分の仕事を手伝わせて『生きがい』を注入するためとはいえ、唯一できる業務内容……耐久テストの実験台にしてしまう事に、胃袋を絞られるような想いでいただろう。だが同時に、何度も何度も何度も児童福祉施設を脱走してでも追い求めてくれた事に、慣れない状況に振り回される事に、心のどこかで楽しんでいたのかもしれない。

そう。

拘束職人エーラソーンが、少女に何も言わずに失踪するまでは。

「自分の脚で消えたのか、他人の手で消されたのかは知らないんだけどさ」

セアチェルはどこか他人事のように言った。

そのそっけない言葉は、逆にエーラソーンに対する信頼のようにも聞こえた。

奇しくも、見えない何かで繋がり、戒めている物があるかのように。

「さっさと帰って来て、私に『生きがい』を与えてくれないと困ってしまうのよね。私は一ヶ所には留まれない人間だからさ。エーラソーンさんを自分で捜しに行く、なんて大義名分を肯定したら最後、もう二度とこの国には戻ってこないような気がするのよ」

6

一通り調査と聞き取りが終わった神裂は、ジーンズショップの店主の車を停めた所まで戻ってきた。一度ロンドン中心部へ帰ろうと思っていたのだが、

「……何を車の前で固まっているのですか？」

「見ろよ神裂。このワイパーに挟まった苛立たしい紙切れを。ちくしょう、やっぱ駐禁に引っかかっちまった」

「必要ならイギリス清教に請求しますか？」

「アホ。俺はオメーと違って正規要員じゃねえの。ただのジーンズショップの店主さんなの。だから申請なんかできねえの」

店主は罰金の請求書をポケットにねじ込む。

思わずといった調子でため息が洩れていた。

「ったく、オメーは日々の労働に対してイギリス国民の血税から月給が支払われて、事件解決に応じてさらに追加ボーナスまで出てくるってんだからお気楽だよな。こっちはボランティアだぜ無給だぜ。こうしている今も店の方にゃ溜まった注文書の山が増えていく一方だよ」

「……そう言われると心苦しいのですが……」

「なら何かくれよ事件解決するとチューしてくれるとかよーっ‼」

「減らず口を聞いたらキックとかでよろしいでしょうか？」

絶対に損してるよ俺、などとブツブツ言いながら店主は運転席のドアを開ける。神裂も後部座席に乗り込もうとしたが、そこで店主から待ったがかかった。

「おっと。そっちはエーラソーン宅からお借りした、不気味な拘束具コレクションがどっさりだ。オメーは助手席の方に回れよ」

「？　では、ツアーガイドはどうするんですか？」

「一足先に帰りやがったよ。ロンドンの聖ジュリアン大聖堂に、この件について報告しなくちゃならないんだと。どうやらそこの司教さんがエーラソーン失踪を懸念されているんだそうだ。まぁ、エーラソーンの知識や技術の使い方次第では、魔術的な牢獄が次々と開け放たれるかもしれないんだから、無理もないけどな」

そうですか、と呟きながら、神裂は助手席の方へ回り込んだ。相変わらず、二メートル近い刀は車内に入らないのでサーフボード用のケースに収めて車の屋根に積んである。見た目クラシックカー、でも中身は電気自動車な車が滑らかに発進した。

「お嬢ちゃんはどうだった？」

「ええ、まあ。少なくとも、虐待などの最悪な状況ではなかったようです」

「だろうな」

「分かっていたんですか？」

「何となくだが」

店主はハンドルを操りながら、適当な調子で答えた。

「ホントにヤバかったら、体のどっかに傷の一つぐらいあるだろ。服の下の傷を庇っているような素振りもなかったし。それに、エーラソーンについて言及している間も、目が泳いだり言動に変化があったり……なんて事はなかった。極端に追い詰められた人間ってのは、そういう所に気を配っている余裕はないものなんだよ」

「エーラソーンの自宅から、何か足取りのヒントは見つかりましたか？」

「それが分かってりゃあ、後部座席を革製品で埋め尽くす必要もねえだろ。俺はこれからあいつの魔術的な仕組みを徹夜で調べなくちゃならねえんだぜ」

「ですよね」

「ただ、逆に不思議ではある。ヒントがゼロってのは、連絡先や行き付けの店、知り合いのアドレスなんかが全く見当たらないって事だ。妙な話だろ？　どんな家だって、電気や水道、ガス会社の電話番号ぐらいは控えているもんだぜ」

店主は適当に呟いて、

「やっぱり、エーラソーン本人が、失踪前に自分で消していったのかね」

「あるいは、不法侵入した第三者が片っ端から消去していったという可能性もあります」

途中で晩飯でも食って行こうか、などと言った店主だが、そこで二人の会話が途切れた。原因は神裂の携帯電話の着信音だ。

しばらく話を聞いていた神裂は、やがて携帯電話の通話を切った。

「何だった？　俺が聞いておくような話か？」

「ええ。少し寄り道をしていただけますか」

「何だよ？」

「目撃情報です。エーラソーン失踪直前に、彼と接触していた魔術結社の情報が手に入りました」

7

『ええっ⁉　それで、神裂さんを一人きりで向かわせてしまったんですか‼』

携帯電話越しに、ツアーガイドの少女がそんな事を言ってくる。

ジーンズショップの店主は路肩に車を停め、一人でハンバーガーを頬張っている。彼女の言う通り、神裂は車内にいなかった。すでに魔術結社の本拠地へと突入している。

店主はリング状のドリンクホルダーにアイスコーヒーのボトルを突き刺しつつ、

「だって、ついてくんなって言うんだもん」

『だもんじゃないですよ⁉　神裂さんは女の子ですよ？　それもナイスバディのエロエロ女の子ですよ‼　それをたった一人で魔術結社の隠れ家に向かわせるなんて‼』

「そうだよなぁ。やっぱ神裂ってエロいよな」

『そこじゃなくて‼　捕まっちゃったらどうするんですか⁉』

ぎゃあぎゃあという甲高い声を聞きながら、ジーンズショップの店主はフロントガラスの向こうを見た。エーラソーン失踪直前に接触していたという魔術結社さんの本拠地は、ロンドンから少し離れた所にある、サッカー場の跡地だった。買い手のない施設の末路なんてこんなものである。おそらく、現代の魔術師は選手控室とかでこそこそと星の位置を計算したり赤く塗った杖に磁石を挿して火の象徴武器を作ったり、まぁ色々やっているのだろう。

「オメーさ。神裂が『聖人』だって話は知ってる？」

『世界で二〇人もいない、特殊な性質を持った人間でしょ。確か十字教の「神の子」と似た身体的特徴を持つ人間で、だからこそ、処刑場の十字架に似せて作られた教会の十字架に力が宿るのと同じく、「神の子」に似た聖人には「神の子」の力がある程度宿るとかっていう』

ツアーガイドはぷんすか怒りながら、

『でも、そんな性質だの何だのはどうでも良いんです！　神裂さんが女の子だっていうのに変わりはないんです！　あなたは英国紳士の一人として神裂さんをエスコートするべきなんですっ!!』

へぇーそう、と店主は適当な調子で受け流した。

「じゃあ神裂が、拳銃の弾を目で見て避けられるって話は知ってるか？」

『……はい？』

「雷と同じなんだと」

店主は呆れたように息を吐く。

「拳銃が発射されると、銃口からマズルフラッシュの火花が散るだろ。光と弾の速度は一緒じゃない。光の後に弾が来る。だから神裂は銃口の光を見てから首を振れば、その後にやってくる弾丸を回避できるんだとよ」

そんな風に嘯いた時だった。

ゴバッ!!　と。

唐突に、目の前のサッカー場が半分ほど崩れ落ちる。

階段状の観客席と外壁を兼ねる曲線の構造物が、一気にまとめて突き崩された。もうもうと立ち上る粉塵、ガラガラと飛び散る建材、そして響き渡る怒号と悲鳴はここを本拠地にしていた魔術師のものか。店主の顔に心配そうな色はなかった。どう考えても、今のは神裂による奇襲作戦が成功したものだ。

「聖人ってのは音速で動いて爆撃機を両断するような連中だぜ」

退屈そうな調子で、ジーンズショップの店主は言う。

「そんな怪物ってのはよ、女の子どころか人間としてカウントして良いものなのかよ?」

8

神裂、ツアーガイド、店主の三人は、ジーンズショップへと戻ってきた。時間はもう遅い。日付が変わろうとしている時間帯だ。

「拘束具の魔術的な調査は俺の仕事じゃなかったっけ?」

「できる仕事は分担しましょう」

神裂はサラリとした口調で即答する。

「結局、襲撃した魔術結社の連中は詳しい事は知らないようでしたし」

すると、ツアーガイドが不思議そうに首を傾げた。

「あれ？ 連中は誰かに依頼されて、エーラソーンをどっかに運んだんじゃありませんでしたっけ。となると、やっぱり他人の手でさらわれたって事なんじゃあ……」

「謎の依頼人がエーラソーン本人だった可能性を否定できません」

神裂は遅めの夕飯であるおむすびを口に含みながら言う。

「確実な情報以外は保留にしましょう。今はこちらの拘束具について魔術的に調査し、何らかの情報が埋め込まれていないかどうかを一刻も早く確認するべきです」

ショップの半分ほどのスペースは、店主の作業場になっていた。傷んだ商品の修繕を行ったり、往年の名作のレプリカを作ったり……後は、魔術的な衣類の分析作業を行うための施設といった具合だ。

拘束具の数は大小合わせて三〇〇程度。赤や黒の革で彩られたものは、全身を覆うライダースーツのような物から、口を塞ぐ猿轡のような物まで様々だ。

店主は型紙に使う薄くて大きな紙を、作業用のテーブル一面に敷くと、適当に拘束具の一つを手に取った。左右のブーツを一つに結んだような、足を拘束するためのものだ。それを型紙の上に置く。

「まずは、俺の使ってる方式で解析できるかどうか、テストをしねえとな」

「どうやって解析するんですか」

ツアーガイドが疑問を口にすると、店主はテーブルの四隅にランプを置いた。さらに一本のナイフを取り出すと、型紙の中央に軽く突き立てる。四隅のランプは四つの影を生み、ナイフを中心とした黒い十字架を生み出す。

それを見ながら、神裂は尋ねた。

「『乾杯』で行くんですか？」

「それが一番手っ取り早い」

「え？　え？」

置いてきぼりなツアーガイドを放って、店主は戸棚にあったグラスを適当に掴むと、その中に飲みかけのミネラルウォーターを注ぐ。

「『乾杯』のルーツは毒味みたいなもんだ。ヨーロッパじゃ、あなたのグラスには毒は入っていませんって証明するための手順として行われていたんだな。何しろ、相手のグラスに毒が入っていれば、自分でそれを飲む事になるんだから」

店主はミネラルウォーターを注いだグラスを、テーブルに立てたナイフの柄へ近づけ、

「ここから、『乾杯』には相手の企みを見抜くという意味が付加される。さらにグラスを十字教の聖杯に対応させようか。注がれるのは『神の子』の血、それはあらゆる傷を癒し人を真実へ近づける。この聖杯を使って『乾杯』すると……」

カキィン、と涼やかな音が鳴った。

店主がグラスとナイフの柄をぶつけたのだ。

直後。

「こうなる訳だ」

ブワッ‼　と型紙が光を放った。青白い光がナイフから型紙全体に広がり、何らかの設計図

「成功しましたね」

　のような物を浮かび上がらせる。五ミリぐらいの文字がびっしりとあった。それは魔法陣『のような』物だった。左右のブーツを縫い合わせたような、足を戒めるための拘束具には、これだけ緻密な魔術的記号が組み込まれていたのだ。

「こいつは汎用性は高いんだが、それ故に専用の妨害をかけられると使い物にならなくなるからなぁ。エーラソーンがこっちの分野に疎くて助かったぜ」

　店主がグラスを細かく回すと、その動きに呼応したのか、青い設計図の中から、特に重要な文字や図面だけが高速に赤く浮かび上がる。

「なるほど。確かにこいつは特注品だな。本来、大聖堂の扉に使うようなレベルのセキュリティを強引に組み込んでやがる。ここまでやったら人間を縛るなんてモンじゃねえぞ。このブーツだけでダムを一つ賄えるんじゃねえのか？」

「エーラソーンは、注文もないのに、これらの拘束具を特別に用意していたようですよね。その辺りが失踪のヒントになっていれば良いのですが」

「そいつは、あれを全部解析してみねえと判断できねえな」

　店主は床の上に山積みにされた大小無数の拘束具を指差して、

「さて、俺の術式は目で覚えたな？　だったら後は実践だ。手分けして朝までには終わらせようか」

「え？　え？」

　と、うろたえたのはツアーガイドの少女だった。

「目で覚えたなって……あれ一回で同じ事をチャレンジしろって言うんですか⁉」

「それ以外の何だってんだ」

店主は不思議そうに眉をひそめ、

「魔術は知識と技術だぞ。神裂の『聖人』みたいな特殊な例じゃない限り、方法さえ分かりゃ誰にでも使える代物でしかない。……おいおい、何のために偽装や隠蔽の動作も交えずに手の内明かしたと思ってんだ？　いちいちレクチャーするのが面倒だから、手っ取り早く提示しただけだぞ」

「……くそう。できるヤツはこうアッサリ言うんですよ」

口をパクパクさせるツアーガイドだが、隣の神裂は早くもナイフとグラスを手に取っている。

「九九みたいなもんだと思えよ。そうすりゃできる」

駄目だ、とツアーガイドは思った。そもそも神裂火織はスペックが違い過ぎて同意は求められない。

「……だから、それができるヤツの言葉なんですってば」

9

ツアーガイドの少女は、頬を膨らませる気力すらも失っていた。

数時間が経過して、作業場にだるーい空気が漂ってきている。

マジュツ作業などという得体の知れない言葉を使っているが、ようは手先の細かい作業だと思えば良い。延々と終わらない、成果らしきものも出てこない、そんな作業が何時間も続けば息が詰まってくるものである。

そもそも、三〇〇近くある拘束具を、夜明けまでに全て解析するというのが、作業量として不可能だったりするのだ。

一晩では終わらない。

実際にやってみてそれが分かると、途端にツアーガイドの集中力が切れた。神裂は相変わらず生真面目な顔で機械のように解析を続けているが、ジーンズショップの店主はツアーガイドと同じく、明らかにやる気のないモードになっているみたいだった。

その内に、店主の方が音をあげた。

「だーくそっ!! こんなもん三人だけでやってられるかっ!!」

実にくだらない理由で投げ出したものだが、くだらない理由で投げ出す事自体、魔術師も同じ人間である事の証明だと受け取れなくもない。むしろ、最初から今まで均一な集中力で作業を持続し続けている神裂の方が真面目すぎて怖いぐらいだった。

「分かったのは、どいつもこいつも大聖堂クラスのセキュリティを施された超強力な拘束具だって事だけっ!! エーラソーンの行方を知るための手掛かりになるような情報は一切埋め込まれていないし、こんなご大層な拘束具を作って何を戒めようとしていたのかも分からないままっ!!」

「ここの拘束具だけ切り離されて、例の少女を耐久テストに使わなかった理由は何となく分かりましたけどね」

「拘束具一つでダムに匹敵する強度だからな。人間なんか縛ったら圧力でグチャグチャになっちまうよ。まさかと思うが、天使とか何とか、そういうもんを捕縛するつもりなんじゃねえだろうな」

「それにしては強度が低すぎますよ」

「サラリと返されると怖いんだが。……もしかして神裂、天使と戦った事ある？」

「あれは完全とは言えませんでしたので、厳密にはノーと答えさせていただきます」

涼しい顔で言われて、店主とツアーガイドは思わず黙り込む。

この女が言うと冗談なのかどうか、いまいち判断が難しかった。

「それにしても、大聖堂！　大聖堂！　大聖堂！　だぜ!!　あっちの手枷もこっちの足枷も片っ端から！　流石は処刑塔のセキュリティにも関わってるエーラソーン様だ。採用している技術の一つ一つが無駄に豪華でクラクラするぜちくしょう！　解析する方の身になれってんだ!!」

「……、」

と、その言葉を聞いた神裂の手の動きが、ピタリと止まった。

彼女は改めて解析した図面を見直し、それからいくつかの拘束具を規則正しく並べていく。

「なんて事ですか……」

「あん？　どうした神裂」

「これは、大聖堂の技術の一部を応用して作られた拘束具じゃありません」

神裂は複数の拘束具を並べた上で、改めて解析用の『乾杯』を行った。

浮かび上がる図面は、無駄に重なったりはしない。

まるでジグソーパズルのように、不自然なほどピッタリとはめ込まれていく。

「逆だったんです。拘束具のセキュリティを組み合わせる事で、既存の大聖堂と全く同じ設計図を作り上げようとしていたんです！　そう、これから盗みに入る屋敷の見取り図を入手しておくのと同じように!!」

「オイちょっと待て。それじゃエーラソーンが失踪したってのは!?」

「襲撃するつもりなんでしょう。イギリス清教の大聖堂を。そのために拘束具を納品するという名目で大聖堂を念入りに下見して、必要な準備を進め、それが完了したから行方をくらませた。相手は事前に拘束具を利用した精巧なミニチュアを作って、あらゆるセキュリティを解析し尽くした職人です。おそらく弱点も知り尽くしている。勝機がなければ失踪なんてしないでしょうからね」

「そっ、それで!?　問題の大聖堂っていうのは、具体的にどこなんですか!!」

ツアーガイドの少女が勢い込んだが、逆に神裂は彼女の顔を正面から見据えた。

「あなたが行った所ですよ」

「え？」

「ロンドンにある聖ジュリアン大聖堂。……確か、そこの司教がエーラソーン失踪を妙に気にして、ツアーガイドに報告を求めていましたね」

「なあ神裂。それって、まさか……」

「ええ。どうやらこの二人には、何らかの因縁があるようです」

10

聖ジュリアン大聖堂。

その正面を守っていた二人の警備は、決して気を緩めていた訳ではなかった。深夜三時という時間であっても、いや警備の特性上そういう時間帯の方が、普段以上に気を引き締めていたはずだった。

だからこそ、彼らは早急に異変に気づいた。

最初は、二メートル以上の巨大な斧を持つ男に対して。次に、その斧には魔術の術式に扱うための道具……霊装としての役割がある事に対して。

特に後者については決定的だった。『警備する者』としての領分を超える――――つまり、相手に仕掛けられる前に――――こちらから殺しに行く決断をするほどに。

しかし。

男……エーラソーンの方は、そうした態勢を全く気に留めていなかった。

ただ真正面から近づき、巨大な斧を振り下ろす。

ドッ!!　という重たい音が響き渡った。

心臓が止まるかと思った警備達だが、予想に反して両断はされなかった。逆だ。右肩と右足を一気に切断する軌道だったにも拘らず、斧は不思議とすり抜けていた。……そして、すり抜けた所をなぞるように、銀色の金属の輪が生じていた。腕と足。二ヶ所に生じた金属輪は、まるで強力な磁石のように互いを引き寄せ……結果として、警備の体を不自然に折り曲げ、地面へと転がしてしまう。

ようやく絶叫が響き、もう一人の警備が杖を構えようとした。

しかしその前にエーラソーンは無言で巨大な斧を水平に振るい、両腕と腰の三ヶ所の金属輪に縛られた警備が、同じように地面を転がる。

「夜分遅くに失礼する」

エーラソーンは何かに気づいたように頭上を見上げ、低い声で呟いた。

門のすぐ上には、侵入警報用の小さな像が取り付けてある。

「殺される理由は、分かっているな?」

神裂火織はジーンズショップを飛び出すと、たった一歩で二〇メートル近くも真上に跳んだ。そのままビルからビルへと次々に飛び移っていく。聖ジュリアン大聖堂までなら、車で行くよりもこちらの方が早い。

携帯電話からは、ツアーガイドの声が聞こえる。

『聖ジュリアン大聖堂の方でも動きがあったようです。イギリス清教の方には連絡を入れました。遠からず増援がやってくるでしょうけど……』

「その前にエーラソーンが目的を遂げてしまう方が早そうですね」

もう目的の大聖堂の屋根は見えていた。

神裂は二メートル近い刀を携え、夜の街を飛び回りながらも、静かに歯噛みする。

かつて拘束職人エーラソーンは、成り行きとはいえ民間人の少女の命と人生を救っていたはずだった。しかし、聖ジュリアン大聖堂襲撃のために、自らの意思で失踪したとなると、一つの事実が浮かび上がってくる。

（……結局、あなたが少女に与えていた『救い』とは、その程度のものだったんですか？）

心の中に、苦いものが生じた。

これでは、エーラソーンを待つ少女があまりにも滑稽すぎる。

（自分の目的のために途中で放り出し、そのまま中断できるようなレベルのものでしかなかったんですか？）

『なあ』

と、そこでジーンズショップの店主が口を挟んできた。

『妙だとは思わねえか？　イレギュラーな出来事だったとはいえ、エーラソーンはあの子を助けたんだろ。それと今回の犯行……大聖堂襲撃が繋がらねえ気がするんだけどよ』

「結局、エーラソーンにとっては『ついで』という事だったのでは？」

自分で言ってて胸糞悪くなる話だったが、意外にも店主は否定した。

『あれだけの拘束具を用意して、襲撃地点の聖ジュリアン大聖堂の魔術的なセキュリティを詳細に分析してやがった野郎が、「ついで」か？　本当に襲撃計画がそんなに大事なものなら、そもそも少女を助けたりするもんかね。実際、それがきっかけで俺達は大聖堂襲撃計画を察知しちまった訳だしよ。計画の邪魔になるって最初っから分かっているなら、変に首を突っ込む必要はなかったんじゃねえのか？』

「……？　では、エーラソーンは何を考えていると？　現に、聖ジュリアン大聖堂襲撃のため、自ら少女を見捨てているはずですが」

『だからよ』

　店主はゆっくりと言葉を選ぶように言った。

『あの少女を助けた件と、聖ジュリアン大聖堂襲撃の件。どっかで繋がってんじゃねえのか？』

　聖ジュリアン大聖堂の内部を、エーラソーンはゆっくりと歩く。

　明かりの消えた建物の中は、外から洩れる光だけでじんわりと輪郭を浮かび上がらせていた。本来なら冷たいグラスのように心地良い静寂に包まれているはずの聖堂内は、無数の怒号が飛び交う騒々しい戦場になっていた。

　もっとも、彼を止めるものはない。

　年単位の時間をかけて、計画の成就に必要な分の準備を進めてきたからだ。『必要悪の教会』へ対魔術師用の拘束具を収めてきたのも、その納入のために聖ジュリアン大聖堂を出入りしていたのも、全てその一環である。

　警備の者の人数や装備は調査済みだ。

　魔術的なセキュリティの数、種類、配置図も全て頭に入っている。

そして。

それを打ち破るための戦力も蓄（たくわ）えてある。

だからこそ、そこまで突き詰めてきたからこそ、エーラソーンを止めるものはないと断言できるのだ。

この大聖堂は、本来ならあらゆる侵入者を防ぐため、五〇〇以上の魔術的な装置や設備に守られているはずだった。それらは互いが互いの弱点を補い合い、死角のないシステムを構築しているはずだった。

しかし。

それらのシステムを完璧に熟知しているエーラソーンは、そういった装置や設備を全て逆手に取っていた。

単に、システムを乗っ取っているだけなら、大聖堂の人間がここまで翻弄（ほんろう）される事もなかっただろう。ようは、自分で仕掛けたトラップを自分で回避すれば良いだけなのだから。

だがエーラソーンは聖（セント）ジュリアン大聖堂に用意されていたシステムを一度分解し、そこからさらに新しいトラップを張り直していた。元々ここを守ってきた大聖堂の人間からすれば、全く知らない未知の場所に未知のトラップを仕掛けられている訳だから、引っかからない訳がない。なまじ『あのトラップはここにあったはず』という先入観が、余計に彼らを苦しめている。

「……、」

エーラソーンが軽く睨（にら）むだけで、全てのドアが固く施錠（せじょう）された。

通路は無限の長さに広がり、階段は永遠にループし、それぞれエーラソーンの敵だけを確実に閉じ込める。

困惑と錯綜の中、エーラソーンだけが正確に目的地を目指す。

計画通りだった。

机上の計画は実行に移してもイレギュラーな問題は生じなかった。いくつもの拘束具を組み合わせて作った『聖ジュリアン大聖堂の魔術的セキュリティのミニチュア』を基に、何度も何度も突破用のシミュレートを繰り返してきた成果だろう。

ふと、辺り一面の蠟燭が一斉に火を点けた。

炎は不自然に振動し、その空気の揺れが声を作り出す。

この大聖堂の最深部で待つ、司教のものだった。

『私を殺すか』

「それ以外に何がある」

逆手に取ったセキュリティを突破したというより、おそらくたまたま引っ掛からなかっただけであろう、警備の若者を巨大な斧を振って縛りつけながら、彼は続ける。

「お前は知っていたはずだ」

『その話か』

声に、わずかな逡巡があった。

『だが、その恩恵はお前も受けていたはずだ』

「ああ、そうだとも」

エーラソーンはゆっくりとゆっくりと歩きながら、小さく小さく呟く。

「正直に言おうか。楽しくて楽しくて楽しくて仕方がなかったよ。だからこそ、私は私を許せなくなったのさ」

神裂(かんざき)は聖(セント)ジュリアン大聖堂に突入した。

大聖堂の扉は堅牢(けんろう)だったが、『聖人』の腕力でごり押ししたのだ。吹き飛び、内側に倒れていく門の残骸(ざんがい)に目も向けず、神裂(かんざき)は奥へ急ぐ。

『詳しく検証している時間はないので確証はないんですけど、疑惑みたいなものならゴロゴロあるみたいですね』

ツアーガイドの言葉に、神裂(かんざき)は眉をひそめる。

「ここの司教が何かをしていたという事ですか？」

『そもそも、どうやってそんな高い地位まで上り詰めたと思います？』

神裂(かんざき)の疑問に、ツアーガイドは軽い調子で答えた。

『イギリス清教(せいきょう)は、「必要悪の教会(ネセサリウス)」っていう対魔術師用の特殊部隊を擁(よう)していますよね。で、例の司教さんはそこに大量の人員を供給した事で、一定の功績が認められたみたいなんです』

「それが、何の疑惑に繋(つな)がるんですか？」

『……供給される人材の内、およそ五割が事故や事件で両親を失っているとしたら？　残る三割は借金苦で捨てられているとしたら？』

「まさか……」

『だから、あくまでも「疑惑」なんです。個々の事例には繋がりはありませんが、やけに司教さんがそういう子供を発見し過ぎている。もしかすると、人材調達のために、何らかの下拵えをしている可能性も……』

神裂は思わず、少女の境遇を思い出した。

そして、不自然なほど懐かれていたであろうエーラソーンについても。

もしかすると……、

『エーラソーンは、我々もまだ知らない「からくり」について知ったのかもしれません』

「だからこそ……」

言いかけたその時、薄暗い大聖堂の奥から、何かが蠢くのを知覚した。

足を止める神裂。

それは、ありきたりに床などを使って移動してこなかった。

壁や天井。

そこに、銀色に光る巨大な蛇のような物が蠢いていた。太さ一五センチ以上、長さは五メートル以上にもなる金属の蛇だ。軽く三〇匹以上用意された迎撃用の自律型霊装は、一度巻きつけば大理石の柱であっても容赦なく砕きそうだった。

以前、深夜のバスの発着場で遭遇した、マンキャッチャー式のクワガタと細部は似ていた。

金属の蛇を観察し、彼女はポツリと呟いた。

「グレイプニル……」

神裂は、一目で使われている魔術を看破する。

北欧神話に出てくる、不可思議な紐だ。オーディンを喰い殺す獣フェンリルを縛るための道具で、普段は良くしなり、良く伸びるのに、一度縛ってしまえばどれほど強大な力を使っても決して引き千切る事はできないという。

「素材は、猫の足音、山の根、女性のひげ、鳥の唾、熊の腱、魚の息。しかし各項目に意味はなく、語るべきは『この世には存在しない素材で作られている』という暗喩である事」

刀の柄に手を伸ばしながら、歌うように神裂は言う。

『それだけ「伝説の品」だっていう事ですか？』

「いいえ。ようは、当時の北欧神話圏に製造技術の伝わっていなかった素材を使って作られていたというだけですよ。エーラソーンは、それを『複雑な熱処理を施した鋼』であると推測したようですけどね」

金属の蛇の他に、巨大な蛸や蝙蝠のような物まで出てきた。どうやら重要なのは『魔術的に加工した鋼』の方らしく、エーラソーンはその形状にこだわりを持っていないようだ。

神裂は退屈そうな調子で息を吐き、今度こそ刀の柄を明確に摑む。

『せっ、切断できるんですか？』

「何人にも引き千切れないようなものなら、あそこの主神も喰い殺される事はありませんよ」

11

ドアは静かに開いた。

お抱えの運転手が、黒塗りの高級車の後部座席からお嬢様を下ろす挙動にも似た動きだが、そこから入ってきたのは明確な襲撃者だった。

拘束職人エーラソーン。

彼の顔を見た初老の司教は、執務用デスクの奥にある大きな椅子から、思わず腰を浮かしそうになった。しかしエーラソーンはそれを許さない。彼が人差し指を軽く動かし、白く色を抜いた牛革の札を操ると、細いワイヤーが宙を走り、彼の両腕を椅子の肘掛けに縛りつける。

「苦しみはできるだけ引き延ばしたいが、早めに終わらせなければ邪魔が入りそうだ」

「……私を痛めつければ、全てが解決するとでも思っているのかね？」

「思わんさ。その前に尋ねておきたい事がある」

「何を……？」

言いかけた司教の口が、唐突に塞がった。新たな牛革の札が拘束具に変化した。エーラソーンが指を弾いた途端、司教の口には競走馬を操るための轡のような物が嵌められたのだ。

「簡単な事だ。お前が子供達の売買をしていたかどうかについて、明確な回答をいただきたい」

「あのプロジェクトは私の一存ではなく、イギリス清教全体のゴァ!?」

ギャッキュ!!　という異音が司教の言葉を遮った。

スポンジのように柔らかかった轡が、突如鋼のように硬化し、司教の歯を削り取るように膨張したのだ。言葉どころか呼吸すらも止まりそうになる司教に、エーラソーンは静かに語る。

「そいつは魔女裁判用の一品だ。真実のみを伝え虚飾を許さぬ猿轡さ。……ちなみに、嘘を重ねるごとに轡(くつわ)のサイズは膨張する。童話の人形の『伸びる鼻』と同じだな。あまり調子に乗っていると、じきに己の顎(あご)を砕く事になるぞ」

「ご、ご……」

司教の顎(あご)は、すでに限界まで伸びていた。あと五ミリでも膨張すれば関節は外れるだろう。そして顎(あご)が外れても、エーラソーンは気(き)に留(と)めないはずだ。必要なら筆談でも何でもさせれば良い。

「ぐ、が……、ぁ、ぐ……」

「何だ？　まだ足りないのか。それなら、一〇本指を締め上げる『手袋』、脛(すね)の骨を圧迫する『ブーツ』、背骨を反らせる『歯車の胸当て』……色々あるぞ。どれもこれも、品質は折り紙つきだ。好きなだけ味わってみろ」

ガキガキバキッ!!　という、金属の噛(か)み合(あ)うような音と共に、司教の体が次々と自由を失っていく。エーラソーンは顔色一つ変えず、ゆっくりとした口調で司教へ話しかける。

「改めて尋ねようか。お前は子供の売買にどこまで関わっていた」

「あ、あれは私の個人的なプロジェクトで、なおかつ実用段階として完成されたものではなかった……」

それが真実であるせいか、轡(くつわ)はスポンジのように柔らかく司教の口の動きを支え、手足や背骨を苦しめる拘束具(こうそくぐ)も、動きを止める。

『必要悪の教会(ネセサリウス)』は完全実力制のエリート部隊だが、それ故(ゆえ)に、必要な数の人材を常に供給できるとは限らない。一方で、壮絶な任務内容から正式メンバーを一度に失う事もある。……

結果として、部隊の数には急激な変動が生じ、それが戦力を増減させてしまうリスクもある訳だ」

「それを回避するために、必要な時に、必要な量の人材を供給するシステムを整備したかった訳か。……民間出身の子供達を魔術師に仕立てたところで、その大半は生き残れない事を知っていながら」

「子供達が死んでいく間に、本隊の質と量を拡充できればそれで良いのさ」

司教の言葉は拘束具に遮られなかった。

おそらく真実なのだろう。エーラソーンの目が細くなる。

気づかずに司教は続けた。

「方法は様々だが、イギリス清教で保護した子供達には皆、同じ条件が整えられている。つまり、両親を亡くしたか捨てられたかして、信じる者を失ったという事だ。彼らは自然と『生きがい』を求め、そこに魔術を提示する事で、後は勝手にそちらの方向へと進んでくれる。……お前はその中の一人に接触しただけだ。まぁもっとも、結局はお前もあの少女……セアチェルだったか。彼女に魔術を提示してしまったようだがな」

「……、」

「楽しかっただろう」

司教は、戒められた唇を歪めようとしたようだった。

「そう感じるよう調整するのが、私の仕事なんだからな。子供がヒーローとして見てくれる事に、お前は快楽を得ていたはずだ。そうやって楽しんで楽しんで、好きなだけ負の恩恵を享受し続けたお前が、今さら私を裁きに来ただと？　お前は同じ穴の狢だよ。そうでもなければ、お前はここまでの行動を採らなかった。お前はそれだけ、私のサービスにハマっていたのさ」

「……、ああ」

エーラソーンは、それを否定しなかった。

その上で、彼は二メートルを超える巨大な斧を握る手に、思いきり力を込める。

「だから言っただろう。楽しくて楽しくて楽しくて仕方がなかったと。だからこそ、私は私を許せないともな」

ギュン!!　という奇妙な音が響き渡った。

司教の胸の上から腰の下までが、一気に細いワイヤーのような物で縛られたのだ。それは単に人物の動きを戒めるだけに留まらない。そのまま人体の構造を押し潰そうとするように、ものすごい力で肉体の内側へと食い込んでくる。

一瞬でいくつかの骨が砕け、血管が破れ、内臓に亀裂が入った。

パクパクと口を開閉させる司教の泡に赤い物が混じるが、エーラソーンの表情はピクリとも変化しなかった。

その時だ。

「エーラソーン!!」

女の声と共に、ドバン!!　と扉が大きく開け放たれた。そこから転がってきたのは、エーラソーンが事前に放っておいた、足止め用の巨大な蛇だった。頭の部分が奇麗に切断されている。

エーラソーンが顔を上げると、ちょうどポニーテールの女が踏み込んでくるところだった。

神裂火織だ。

「大体の事情はこちらでも摑んでいます。我々『必要悪の教会』は、そういう方法での人材確保を望んでいませんし、それを許可した覚えもありません。司教については、いずれ正式に裁けます。これ以上、あなたがそれを行う必要はありません！」

「そうか」

彼はポツリと呟き、しかし首を横に振った。

「しかし、それでは足りない」

「自らの手で殺さなければ気が済まないという話ですか」

「違う。確かに、君にこの司教を預ければ、一応の解決はするだろう。しかしそれだけでは、裁かれない人間が出てくるというだけだ」

エーラソーンの言葉に、思わず眉をひそめる神裂。

もしや司教の背後にまだ別の黒幕がいるのか……とも勘繰ったが、直後にそういう意味ではないのだと気づかされる。

原因はエーラソーン。

彼は、自らの胸を親指で指し示していた。

「司教が失脚したとしても、まだ私が残っているだろう」

「まさか……」

「事情は『大体』知っている、と言ったな」

エーラソーンは静かに告げる。

「ならば、これは知っているか。拘束職人エーラソーンは、何も知らずに子供を引き取ってから、司教のプロジェクトに気づいたのではない。あらかじめその計画を知っていた上で、子供を取り巻く環境を熟知していた上で、それでも子供を拾ってしまったという事を」

「……、」

「元々、この司教については殺しておくつもりだった。こんなヤツの負の恩恵を受けている人間など、心の根っこから腐っていると思っていた。それが……実際にはどうだ。触れてみて、はっきりと分かったよ。私もその腐っている人間の一人だと」

くそ、と神裂は思わず歯噛みした。

エーラソーンは、おそらく本当にあの少女を助けたかったのだろう。

人身売買の魔の手から怯える子供を守る事ができた時、心の底からホッとしただろう。児童福祉施設から何度も何度も脱走する少女セアチェルを夜の街で見つけた時、全身から力が抜ける思いをしただろう。魔術や拘束具の世界から遠ざけようと思いつつ、それでもセアチェルが自分の背中を追い続けてきてくれる事に戸惑いつつも、心のどこかではやはり嬉しかったのだろう。

そして。

それら全てが腹黒い司教の思惑通りに演出された事も、最初から知っていたのだろう。

知って、変えようとして、やはり何も変えられなかったのだろう。

だからこそ。

本当の意味で、負の恩恵を断ち切るために。

エーラソーンという呪縛から、セアチェルの人生を解放させるために。

彼は、ついに行動に出た。

「笑える話だろう？」

エーラソーンは言う。

「下拵えをしたのは確かにこの司教だが、結局、最後にトドメを刺したのは私なのさ。あの子は……セアチェルはすでにインプットされた。完了されてしまった。『エーラソーンは何があっても自分を守ってくれる』というスクリプトをな。後はその『生きがい』に従って、どこまでも私を追うだろう。私がこの星のどこまで逃げようが。私の命が消えるその時まで」

それは。

つまり、エーラソーンは自らの死をもって、セアチェルを完璧に救おうとしているのか。

神裂は少し考え、否定するための材料を探す事を諦めた。

おそらく、そうだ。

エーラソーンは始めから司教と戦う覚悟を決めていたし、その後実際にセアチェルと触れ合って、それがどれだけ歪んでいるかを知った。苦悩した一人の男は、黒い思惑によってインプットされた生きがいを、何としても取り除こうとするだろう。そうでなければ、あの司教の掌で踊らされているだけになってしまうのだから。

しかし、

「……確かに、セアチェルとあなたの関係は、どこかに歪みがあったのかもしれません。どんな人間にも喜怒哀楽や好悪があるものですが、セアチェルがエーラソーンという人物を語る時、不思議とそれが欠けていた。まるで安っぽいドラマや映画のように」

「……、」

「ですが、あなたが本当にそれを正したいのなら、本当の意味でセアチェルの人間性を……汚い所も醜い所も含めて『人間』である事を取り戻したいのなら、あなたはここで安易に逃げるべきではないはずです!! たとえ、それがどれだけ困難なものであっても、あなたはセアチェルが泣くような事をするべきではない!!」

エーラソーンは、わずかに黙っていた。

その指先の動きを注視しながらも、この相手とは刃を交えたくないと、神裂は本気で思う。

やがて、エーラソーンはポツリと言った。

「その涙が、第三者の手でインプットされたものであってもか」

「だとすれば、あなたの手で本物の涙にするべきです」

エーラソーンは一瞬だけ、ほんの一瞬だけ、巨大な斧に込めた手の力を少しだけ抜いた。

直後だった。

ギュンッ!! という凄まじい音が鳴った。司教の体を戒めていた細いワイヤーが、より深く深く食い込んだのだ。それは骨まで達し、司教の目がぐるりと回転した。白眼の部分が赤く染まり、まぶたから赤い涙が溢れる。

「エーラソーン!!」

「ここで私を殺さねば、この元凶は間もなく絶命するだろう」

言いながら、エーラソーンは両手でゆっくりと巨大な斧を構える。霊装グレイプニルの媒体。一度振り下ろせば、その箇所に最も適した拘束具が神裂の体を即座に戒めるだろう。場合によっては、そのまま人肉も関節もすり潰すほどの勢いで。

だが。

神裂はほんのわずかな動作で、首を横に振った。それでは駄目だ。彼女は世界で二〇人もいない聖人なのだ。エーラソーンがどれだけ高度で精密な霊装を携え、複雑な戦術を練ったところで、神裂には通じない。発射された銃弾を目で見てから避けられる女を、手枷や足枷などで止められる訳もないのだ。

追うか逃げるかの戦いならともかく、倒すか倒されるかの戦いでは、エーラソーンは何をどうやったって神裂火織には勝てない。

あるいは、エーラソーンも気づいていたのかもしれない。

だからこそ、彼は沈痛な面持ちの神裂を見ても、顔色一つ変えなかった。

「私がいなくなったところで、面倒はあるまい。セアチェルの生活は大して変化していなかったはずだ」

「でしょうね」

神裂はそれを認めた。

「効率や能率の問題ではないんでしょう。たとえあなたや周りが何と言おうとも、あの子は今でもエーラソーンという男を待ってくれていますよ」

「……、」

ギリ、とエーラソーンの両手から軋んだ音が鳴った。

それでいて、やはり彼は己の信念に従い、最後まで止まる事はなかった。

二つの影が交差し、一つの轟音だけが鳴り響く。

勝負の行方など、聞くまでもなかった。

12

破壊された正門から神裂が表に出ると、ジーンズショップの店主が車を回してきていた。助手席にはツアーガイドの少女が乗っていたので、神裂は後部座席へ回る。

「オメーも免許取る事考えたら？」

「……走った方が早いと思ってしまうと、どうも本気で挑戦する気が起きなくなるんですよね」

夜食でも買っていたのか、車内はハンバーガーやフライドポテトなどの、油の匂いが漂っていた。事実、ツアーガイドの少女は今もチキンナゲットを口に放り込んでいる。

ツアーガイドは手についたケチャップを舐めながら、わずかに不安そうな口調で、

「エーラソーンは、これからどうなってしまうんですか？」

「さあな。何をどう取り繕ったところで、聖ジュリアン大聖堂を襲って、護衛の人間を片っ端から薙ぎ倒して、重鎮の司教サマに牙剝いた事には違いねえんだ。順当に行けば、イギリス清教の宗教裁判は避けられないんじゃないか？」

言いながら、店主はルームミラー越しに神裂の方を見た。

顔はどこか楽しげだ。

行動を読まれているな、と顔を逸らしつつ、神裂は言う。

「確かに宗教裁判は避けられませんが、エーラソーンは司教が主導していた不当な人材確保の囮捜査をしていた、という報告書を提出すれば、雲行きはまた変わるかもしれませんね」

ツアーガイドの少女はパッと顔を輝かせたが、神裂の表情はどこか物憂げなものが残っていた。彼女は窓の外を眺めながら、ポツリと呟く。

「救いとは、何なのでしょうね」

「知るかよ。それを実感できるのは俺達じゃねえ。本当に救いがあったかなかったか、それを判断できるのは当のセアチェルだけだ」

面倒な質問をされた店主は、ため息混じりにそう言った。

彼はハンドルを操りながら、付け加えるように告げる。

「俺達に分かるのは二つだけ。とりあえず、これ以上子供の不幸を利用したクソッたれな人材確保は行われないって事と、エーラソーンが戻ってくれれば、セアチェルは今後も笑ってくれるって事だけさ」

その時、ツアーガイドの携帯電話が鳴った。

彼女は慌てて細い指を紙ナプキンで拭き、携帯電話を取り出す。

二、三言葉を交わした彼女は、電話を手で押さえ、神裂の方を見てこう言った。

「『必要悪の教会』から、次のオーダーだそうです」

「だとさ」

ジーンズショップの店主は自動車のハンドルを指でなぞりながら告げる。

「救いが何かなんて分かりゃしねえが、それを俺達に求めているヤツはいるらしいな」

第二話　南国を卒業するのはいつの日か　YMIR's_ocean.

1

捜査の依頼内容を説明させていただきます。

ミクロネシアの孤島に侵入した魔術結社が大規模破壊霊装の準備を進めているという情報が入りました。現地に赴き、霊装の破壊、計画の阻止、首謀者の討伐をお願いします。

首謀者を生け捕りにした場合には、追加報酬を支払わせていただきます。

ただし、必ずしも首謀者が生きている必要はありません。状況に応じて適切な形で事件を収束させてください。最低限の必須事項は、準備されている大規模破壊霊装を完全に破壊し、また、破壊済みの霊装を再び修繕できる技術を持つ人材を、その島から完全に取り除く事です。

「そんな訳で来たぜー太平洋」

ジーンズショップの店主は空港に隣接する小型のホテルでチェックインを済ませるなり、まるで景色そのものへ挨拶するかのように呟いた。

南国の陽射しとはあまりにも似合わない、どんよりした声に、傍らにいた神裂がため息をつく。

「仕事なのですから、そんなに嫌そうな顔をしないでください」

「仕事ならひとまず給料を払ってくれよ。『聖人』が出てくるクラスの激戦だっつーのに報酬ゼロってのはどういう事だ!?」

店主はふるふると首を横に振って、生活防水のモバイルを取り出す。

「もう何度も言っているけどよ、俺の本職はジーンズショップなんだぜ。ロンドンの店の方じゃこうしている今も仕事が山積みなんだよっ!! 見ろよこのメール、中学生の佐天ちゃんがいつまで経っても商品が届かないっつってクレームをバンバン送って来てやがる。もはや絵文字まで使って遠慮なしだぜ!!」

どうやら注文のデータ管理自体はモバイルでも行えるようだが、商品のジーンズの梱包などはロンドンでなければできないらしい……のだが、それは店主の事情だ。冷たいようだが魔術師の神裂が気にする事ではない。

神裂は少し離れた所にある『空港』の方へ目をやった。

国際空港とはいえ、先進国にあるような、何本ものアスファルトの滑走路が複雑に交差し、大型のショッピングモールからホテルまで何でもかんでも完備しているような超大型施設ではない。

滑走路は一本。

しかも舗装もされておらず、海岸特有の白い砂が敷いてあるだけ。

一番高い建物は管制塔だが、アンテナの先端まで入れても一〇メートルない。

ロビーには最低限の入国審査用のゲートと手荷物検査用の装置が置いてあるだけだった。そもそも乗客よりも、貨物物資の運搬の方に力を注いでいるような空港だった。

空港がそんな調子なので、隣接するホテルの方も似たようなグレードだった。

とはいえ、わざわざ観光目的でこんな島まで来る旅行客なら、むしろある程度は『最新』や『快適』から遠ざかった方がありがたく感じるのかもしれないが。

青い海。

白い砂。

「これでイギリスの税金から旅費も月給も出るってんだから、『必要悪の教会』ってのは憎たらしいぜ。おまけにボーナスのチャンスまで転がってる。……勝手に引きずり回された挙げ句、自腹でフライトチケットの手配をする羽目になったジーンズショップの店主さんとしちゃ羨ましい限りだ」

人工物が置いてある事自体が罪に思えそうな南国の島だった。これでも文明は発達している方で、ここからボートなどを利用して、さらに小さな島々への交通ルートが築かれている。その中には、通貨という制度が意味を成さないような集落もあるらしい。

「学園都市製の超音速旅客機を借りたのは、やりすぎだったのではありませんか？」

と、そんな事を言ったのは神裂火織だ。

しかし店主の方は大して深く考えていない。

「貸してくれるっつーもんに遠慮する必要はねえだろ。そもそも、普通の旅客機ならここまで来るのに半日かかるぜ。事態は急を要しているんだろ。だったら時速七〇〇〇キロで空を突っ切る学園都市製に限るわな」

「それはそうなんですが……」

「そもそも、チャーター機と特別ゲートじゃなきゃ大ピンチだぜ。オメーのその馬鹿デカい刀。普通だったら間違いなく空港のゲートで引っ掛かるに決まってんだろ」

うっ……と神裂は思わず怯む。

彼女が得物として使用しているのは、全長二メートルの巨大な刀『七天七刀』だ。切れ味や魔術的価値は超一流の品だが、そのサイズのせいで携帯性に少々問題がある。

せめてもの負け惜しみなのか、神裂はわずかに唇を尖らせ、

「それにしても、南国へやってきたからと言って、少々浮かれ過ぎではないのですか。ホテルでチェックインを済ませてから、スパークリングワインを二本ほど空けているでしょう？」

「馬鹿だねオメーは。それとも痛いトコ突かれた直後で慌ててんのか？」

店主はアルコールでわずかに赤くなった顔を隠そうともせず、

「わざと酔ってんだよ。ここはミクロネシアだぜ。オーストラリアのちょっと北、太平洋のど真ん中だ。この島はハワイとかグアムみてーに、英語を話す白人がわんさか住んでる訳でもない。溶け込むためには『金持っててすぐ騙されそうな観光客』ぐらいしか方法ねーだろ。東洋人のオメーもここじゃかなり目立つ。アマクサ式じゃこういう時はどう判断するんだ？　隠れ切支丹の末裔さんは、俺よりよっぽど隠蔽にゃ詳しいはずだけどな」

「く……っ」

焦って墓穴を掘った上、自分の得意分野の事で追い討ちをかけられて二重三重にヘコまされ

る神裂。

もはや建前も段取りも気にしている余裕はなく、負け惜しみに負け惜しみを重ねるような形で、とにかく自分の抱いている不満点を店主へぶつけてしまう。

「ですが、だからと言って、私まで水着を着る必要はあるんですか？」

店主の視線から逃れるように、わずかに身をよじらせる神裂。しかしジーンズショップの店主の方は大して気に留める様子もなく、

「『マリンスポーツ目当て』以外にどういう観光客がこんな南の島に来るんだよ。嫌なら頭にねじり鉢巻き巻いてマグロ漁の船員ですって言ってみるか？　その場合は聖人サマの筋肉に力込めて、常に手足はムキムキ腹筋はくっきり割れる劇画チック神裂になってもらうがな」

「なんて事だ……っ!!　いずれにしても地獄ですか!?」

「そうだろう？　俺としてもオメーをそんなマニア向けミスマッチ女にはしたくねえ訳だ。ったくさー、色々あって準備に手間かける時間はなかったんだろうけどよ。俺が隠蔽用の着替え一式用意しなかったらどうやって乗り切るつもりだったんだ」

「……このチョイスにも、不満がないと言えば嘘になるんですけどね」

神裂は水着のあちこちを指先で引っ張りながら、なおも不満を洩らす。

彼女が着ているのは、青系を基調としたワンピース型の水着だった。ただし、それは正面から見た場合の話。背中側の布地はほとんどなく、ビキニのように紐状のパーツで水着がめくれ

ないように要所を固定していた。全体的に、背中の開いた競泳水着をさらにエスカレートさせたようなデザインに近い。つまりエロかった。

二メートル近い日本刀にしても、水上スキー用のケースに板と一緒に収めてカムフラージュを図っていた。かなり大型のスキー板なのだが、神裂の冷静沈着な顔と組み合わさると『……よほどの熟練者なのかな?』という印象を与えてくる。むしろ、彼女の雰囲気で初心者用のアイテムを持っている方が不自然に見えそうだった。

「何なんですか、この水着は」

「モノキニってーの。ビキニの変種だな。多少レアだが、地味すぎず目立ちすぎずぐらいじゃないと、観光客として溶け込むのに不自由するもんだ」

「……どうにも機能性や合理性以外の主観的な理由が見え隠れする気がするんですが」

「ははは何となく裸エプロンみたいでそそるだろー?」

「おのれ!! やはり趣味と性癖が第一理由でしたか!!」

思わず水上スキー用のケースに手を突っ込み、鞘から刀を抜きそうになる神裂と、真剣白刃取りの構えで応じようとしてから『あれ、横から刃が来る場合はどうするんだっけ?』と何となく上半身を横に曲げる店主。

そこへピンク色のワンピース水着を着たツアーガイドの少女が、ビーチサンダルで白い砂を踏みながらパタパタとこちらへ近づいてきた。

「ああもう、これから聞き込みなんですから不審行動取らないでくださいよー。小さな島だからウワサが広まり始めたら一気に警戒心が強くなって何も聞き出せなくなりますよ」

「……、」

しかし神裂はろくに言葉を聞いておらず、ただツアーガイドの少女が着ている水着に注目する。

数秒経って、彼女は憎悪の瞳で改めて店主へと向き直る。

「ちゃんとした普通の水着も用意できるじゃねえか!!」

「馬鹿野郎!! オメーはエロいおねえさん係なの!! オメーみてえなムチムチのバインバインに、あんなふりふりフリルの可愛らしいワンピース着せてみろ!! そんなもん、熟女の人妻にブルマを穿かせる的な罰ゲームにしか見えなくなブグハァ!?」

一つの台詞の中にブチ切れるポイントが多数あったため、神裂はいつもより強めにジーンズショップの店主をぶっ飛ばしておいた。

聖人とは『神の子』と似た身体的特徴を持つが故に、その力の一端を利用できる者を指す訳だが、こんな理由で使用されたと知ったら、主はお嘆きになられるかもしれない。

2

アップヒル島。

神裂達がやってきた……そして、おそらくは標的となる魔術師が秘密裏に活動を続けているであろう島は、そういう名で呼ばれていた。

ツアーガイドの少女は、自前の小さな手帳をぱらぱらとめくりながら、

「島の大きさは一周一七キロ程度。南北に二キロほどしかありません。元々は三メートル程度の『岩』だったようですけど、五〇年前に近海の海底火山で噴火が起きた際に、地殻変動で急激に盛り上がったらしいですね」

「名前が現地の言葉ではなく英語表記なのも、比較的新しく生まれた島をヨーロッパ系の地質学者が登録したからですか」

「ついでに言えば、周辺の諸島からは良い感情を持たれていません」

ツアーガイドの少女はページの端を指先でいじりながら、

「急激な地殻変動、短期間で生じた島。イレギュラーな方法で生まれたため、どことなく不吉や不気味な印象を持たれたようですね。この島に空港があるのも、周辺諸島が自分達の自然を壊したくなく、しかし飛行機の与える恩恵は欲しいと思った人々が、厄介なものをこのアップヒル島に押し付けようとした結果らしいです」

「よそ者には厳しそうな環境だな。そもそも、その不吉な所に周辺の島々から人が移ってきた経緯も複雑そうだ」

店主は皮肉っぽい笑みを浮かべた。

「観光客に上っ面の笑顔を向けるならともかく、一定以上踏み込もうとすると危険な目に遭いそうな感じだな」

「……漠然とした不吉や不気味な印象が、周辺諸島との確執の核になっているという話でしたが。この島の宗教事情はどんな感じなのですか？　あるいは、無宗教だが心霊写真には曖昧に怖がるタイプとか？」

「元々、この辺り一帯の島々には共通する土着宗教があったようですね。海の恵みに関する信仰で、多神教型ですね。それと大航海時代の影響か、多少十字教の文化が混じっているようです。海神の持つ櫂を十字に交差させたオブジェなどが確認されていますよ」

そこまで言うと、ツアーガイドの少女はため息をついた。

「ただ、アップヒル島の文化には『突然変異』みたいなものが生じています。周辺の島々とは違って、『島の中にいる人々は善、島の外にいる人々は悪』といった風の教えが広まっているみたいなんです」

「五〇年前に急浮上した島。集落の成立から現代にかけて差別的な扱いを受けてきた、とありましたね。その辺りが影響しているのですか？」

神裂が質問すると、ツアーガイドは軽く周囲を見回してから小さく頷く。

あまり島の人間に聞かれたくない話題なのは分かっているのだろう。

「ここの住人は全体的に、差別的な扱いを受けた事に起因する警戒心の高さが特徴的です。ぶっちゃけた話、外部の者がまともな聞き込みなんてできるんですかね。相手の心を開くのに一〇年以上定住する必要がありそうですけど」

ごもっともな意見だが、対する神裂や店主はあまり気にしていない。

「それならそれで、やりようがあるんですよ」

「警戒心を解く事だけが、情報を引き出す方法じゃねえからな」

「？」

3

アップヒル島には魔術師がいる。

そいつは大規模な神殿や儀式場などを築き上げ、極めて危険な魔術を行使しようとしているらしい。

わざわざ世界で二〇人もいない『聖人』の神裂火織（かんざきかおり）を『必要悪の教会（ネセサリウス）』が投入してきたからには、相当にヤバいものなのだろう。

例えば、一撃で村や町を破壊しかねないほどの。

そのレベルでなければ、最初から神裂（かんざき）が出張る事もない。そういう風に、あらかじめ彼女の戦略コストは設定されているのだから。

やるべき事は二つ。

魔術師本人、あるいはその人物が準備を進めているモノを見つける事。

そして、その片方、あるいは両方を確実に撃破する事。

一度バラバラに別れた三人は、七時間ほど経（た）ってから再び集合した。

景色は夕暮れのオレンジ色に包まれている。

相変わらず水着の彼らがいるのは、白い砂浜に用意された、観光客向けのバーベキュー用のスペースだった。時間ごとにレンタルする仕組みのものだ。地元の人間はまず使わないが、遊び気分のツアー客はわらわら集まってくる。そういう匂いがプンプンしていた。

ツアーガイドの少女は、鉄串にブスブス突き刺して焼いているものを見下ろしながら、

「……パイナップルって焼いて食べるものでしたっけ？」

「中華料理の酢豚にも入ってんだろがよ」

ジーンズショップの店主の声がどこか疲れ気味なのは、件のパイナップルの硬い皮を刃物で剝くのに相当の労力を費やしたからだろう。

一方、神裂は目先の料理に夢中になっている二人へ呆れたような目を向けながら、

「先に報告を済ませませんか？」

「いやー、メンド臭かったぜー」

店主はうんざりした調子でパタパタと手を振った。

「土産屋で店員に話を聞いている時なんかよ。ニコニコ笑っている看板娘の後ろにある店の奥から、包丁持ったババァがこっち睨んでたりしたからな。あれだよ、ジャパニーズミステリーってあんな感じなんだろ？」

「こちらも似たような調子でしたね」

神裂はサラリとした声で言う。

「警戒心というより、敵愾心に近い。しかしだからと言って、無暗にケンカを売ってくるのとも違う。特に女の私なら、あなたよりもトラブルに遭う頻度は高そうなものですが」

温めたパイナップルを頬張りながら、ツアーガイドの少女は首を傾げた。

「あのー、聞き込みは専門のお二人に任せていたんですけど。そんな調子で何か話を聞き出せたんですか？」

「元々、まともに質問して答えが返ってくる方が珍しいものですよ」

神裂は肉と野菜の無難な串を手に取り、

「警察と違って公式の捜査権限はありませんからね。いえ、正式には『ある』のですが、それは『普通の人間』相手に振りかざせるものではありませんし。相手が民間人の場合、はぐらかされればそれまでなんです」

「『必要悪の教会』の変態どもは、人の口から出た言葉をそれほど信用しちゃいねえ。魔女狩りの頃に拷問で強制した『自白』で、大勢の人達を死なせた苦い記憶があるからな。今じゃ逆に、沈黙から情報を得る方法も確立させてんのさ」

「本当に知らない情報と、知っていて隠している情報は違うものです。……流石に、嘘つきのプロまでは確実に見抜けませんが、彼らはそこまですれてはいませんでしたので」

いかにも南国の思い出になりそうな、大雑把に塩と胡椒だけを振った料理を食べながら、三人は物騒な話を続けていく。

「先ほど、土着宗教に十字教の文化が混じっているという話がありましたけど。他にも、ここの住人の言動からはカーゴカルトの匂いがしましたね」

「？」

眉をひそめるツアーガイドに、店主はため息をついて、

「元々はここよりずっと南の島のものだがな。一六世紀、欧州の国々に迫害された太平洋上の

島民達が作った宗教だ。『あいつらが素晴らしい道具を持っているのはおかしい。あれはきっと、神様がみんなに平等に配ろうとしていた贈り物を、あいつらが盗んだからだ』って教義だな」

「最終的には『贈り物はみんなの物のはずだから、一人占めしている欧州から荷物を「平等になるように」取り返してやろう』という所に行き着きます」

はー、と納得しかけたツアーガイドは、そこでぶんぶんと首を横に振る。

「でも、アップヒル島って、五〇年前の地殻変動で急浮上したんでしたよね？　あまり古いルーツの伝承は関係ないんじゃ？」

「本流のカーゴカルトは戦後も続いています。まぁこの島のものはかなりアレンジが加わっています。『外の島』ばかり優遇されるのはおかしい。あれはきっと、新しく生まれた島を祝福しているはずの神様から、本来届けられるべき贈り物を横取りしたからだ、と」

「ちなみに、その『外の島』はアップヒル島以外の全部だ。南極大陸もユーラシア大陸も全部島扱い。五〇年程度の差別視の歴史の中で、良い感じに価値観が固まっちまってる」

相当強いコンプレックスが島に根付いているようだった。

そして、

「カーゴカルトについては、あくまで抽象的なイメージの話だと思っている連中が多いみてぇだったが……。その反面、その抽象的なイメージを具体的な行動に進化させるための兵器や力を欲しがっている風にも見えたな」

「敵愾心を持ちつつも小競り合いを避けているのも、どこか問題を起こす事で準備中の計画が潰れてしまうのを恐れているようではありましたね」

神裂の言葉に、ツアーガイドは息を呑んだ。

「準備中の計画っていうと……」

彼女は言い淀み、それから言葉を選ぶような調子で質問した。

「……まさか、島民全員が、魔術について知っているって言うんですか？」

「『具体的にそういう不可思議な現象を起こせる』所まで理解している者は少数でしょう。ですが、漠然とした期待感は確かにある。『魔術』については知らなくても、莫大な威力を持った『兵器』をどこかで準備している。それぐらいは分かっているはずでしょう」

「おかしいんだよ」

店主はくだらなさそうな調子で言った。

「こんな小さな島に滞在してりゃ、ホテルに記録が残る。あれだけ敵愾心の強い地域住民の家なんて泊めてもらえる訳がないし、野宿をしてもそれはそれで目立つ。……にも拘らず、この島のどこかにいるっていう魔術師さんの気配は全くない。偽名を使った宿泊記録さえもな」

「ま、魔術を使って自分の気配を徹底的に隠している。だから目撃情報が一切ないとは考えられないんですか？」

「コストの無駄遣いだ。ただでさえ、大規模な神殿や霊装の準備で相当消耗するはずだろ。二四時間、一分一秒すら休まずに隠蔽魔術を使い続けながら、そんな作業に没頭するか？　それなら身分を一つ作ってホテルで寝泊まりした方が、最終的には『準備』も早く済むはずだ」

「魔術師は島のどこかに滞在しながら作業をしている。それを島の住人が隠している、と考えた方が無難ですね。滞在場所がホテルなのか、民家なのかは分かりませんが」

おそらくこれも観光客向けなのだろう、実は濃縮還元っぽいオレンジジュースを口に含みながら、神裂（かんざき）は言う。

「問題の魔術師は、具体的に何を用意していると思いますか？」

「え。それは……」

ツアーガイドの少女は、わずかに考えてから、

「わざわざこんな所までやってきて作業をしているんでしょ。だったら、やっぱりアップヒル島に伝わっていた、この島独特のカーゴカルトにまつわるものなんじゃ……？」

「アップヒル島の亜流カーゴカルトは、近年の周辺諸島との確執が原因で発生した、行き場のないコンプレックスのはけ口のようなものです。他の島々にある別種のカーゴカルトと比べても歴史は格段に浅く、大きな魔術的功績もありません。『必要悪の教会（ネセサリウス）』が地球の裏側に聖人を派遣するほどのものではないでしょう」

「じゃあ、この辺りに古くから伝わっていた土着の多神教関係ですか？　確か、海の恵みを人為的に得るための祈りに主軸を置いていたと思いますけど」

「そっちもハズレ。土着宗教関係は、アップヒル島よりも、その周辺諸島に重要アイテムが分散している。神裂（かんざき）がさっきも言ったけど、この島の住人はみんな魔術には縁遠い安全な一般人だったよ。逆に言えば、土着宗教の神官に相当する人物もいなかった。……だからこそ、アップヒル島は周りから見下（みくだ）され、亜流カーゴカルトなんぞを心の柱にするようになったんだろうけどな」

店主の言葉に、ツアーガイドはますます混乱したような顔になった。

神裂はため息をつき、

「大航海時代に入り込んできた十字教ですよ」

「？」

「土着宗教も違う。亜流カーゴカルトも違う。となれば、残る『下地』はそれぐらいしかないでしょう。……しかも、そちらの方が上層部の対応も分かりやすい。自分達とは縁遠い宗教の魔術ではなく、他ならぬ自分達十字教の技術によって、大きな破壊がもたらされようとしている。それなら、『聖人』を派遣して止めようとするのも頷けます」

「大航海時代に好き勝手やった先人達は、ここに置き土産……というより、移動不可能な遺跡に近いものを残してきたかもしれねえって訳だ」

「で、でも」

ツアーガイドの少女は心細そうな声で、

「このアップヒル島は、五〇年前に地殻変動で急浮上したんですよ？　大航海時代って何世紀でしたっけ。とにかくその頃は、まだ島は存在しなかったはずです。置き土産なんて無理なんじゃないいんですか？」

「逆に、そこがヒントになるんです」

神裂はすぐさま質問に答えた。

「元々、アップヒル島は三メートル程度の『岩』だったんでしょう？　なら、大航海時代の先人達が何か細工を施せる場所も、その『岩』のあった場所しかありません」

4

アップヒル島は五〇年前の海底火山の噴火によって、地殻変動が起きて急浮上した島だ。元々は水深一メートル未満の暗礁が無数に突き出ていた魔の海域であり、夜に漁へ出た小船が船底に穴を空けられ、多数の溺死者（できししゃ）を生んだらしい。その辺りの事情も、このアップヒル島に不吉、不気味な印象を与える一因になっているのかもしれない。

わずか三メートルの岩。

元々は危険な暗礁の中にぽっかりと浮かんでいるその岩に、大航海時代の先人達は『何か』を残していった。それはやはり、船底に穴を空けられ沈みゆく船の中、何とかその宝だけは陸に揚（あ）げておこうとでもしたのか。それとも、自分達は多くの溺死者（できししゃ）を生み、地元住民さえ恐れる魔の海域すらも完璧に征服したのだという証（あかし）を残しておきたかったのか。

夕暮れのオレンジ色が際立（きわだ）っていた。

神裂（かんざき）は目の前に広がる光景に対し、

（見る影もありませんね）

率直な感想を、心の中だけで呟（つぶや）く。

かつて海水に満たされていたであろう一帯は、島の他の部分と同じく、陸地が広がっていた。

それは恵みの大地というよりも、どこか干上がった湖を連想させる。

ここは本当にアップヒル島と呼んで良いのだろうか。

島が隆起した時の関係か。神裂が今いる場所は、割れたクッキーのように海水で分たれていた。陸を分断していた海水は幅一メートル、深さ二〇センチ程度のものでしかなかったが、正式な分類上は『別の島』と解釈する事もできる。

この離れ小島とでも言うべきエリアには、集落などはなかった。舗装された道路もない。白い砂と黒い岩があるだけで、植物さえもまばらだった。その事が、余計に『干上がった湖』のイメージを与えてくるのだろうか。

ジーンズショップの店主とツアーガイドの少女は、ここにはいない。

魔術師との接触の可能性が極めて高い以上、後の役目は神裂のものだ。それぞれ特殊な技能を持つ仲間ではあるものの、直接的な戦闘行為になれば、彼らは神裂の足を引っ張る可能性が高い。突発的な戦闘の場合は共に戦うしかないが、こちらから打って出る場合は『聖人』としての力を存分に振るえる個人戦闘のために、状況を整備した方が効率が良い。

彼女は周囲を見回す。

水上スキーのケースに板と一緒に長い日本刀を隠し、隠蔽用の水着に身を包んだ神裂は、さして苦労をする事なく目的のものを発見した。

大して物がなく、それ故に平面的な印象を与える一帯の中、一ヶ所だけ真上に突き上がっている黒い岩があった。幅は三メートル、高さは五メートル程度。海底火山によって突発的に盛り上がった島だとは聞いていたが、おそらく実際に隆起した高さは、ほんの数メートル程度だったのだろう。

島の中で、唯一数千年前から海面に顔を覗かせていた黒岩。

その上に、誰かが屈み込んでいた。

おそらく何らかの『作業』を行っているのだろう。

まるで岩の上で静かに佇む強靭な獣のようだと、神裂は思った。

歳は一〇歳ぐらいの少女だった。

地元の人間ではないだろう。多少日焼けはしているようだが、彼女は金髪碧眼の白人だ。着ている服装に関しても、地元住民とは明らかに違う。一見すると丈の短いワンピースだが、スカートの裾の所に、英国王室御用達の仕立て屋の紋章が控えめに刺繍されている事を神裂は見抜く。

「……よりにもよって、イギリスの魔術師とは。単に大航海時代の十字教の遺物というだけでは説得力に疑問がありましたが、そういう組み合わせだったんですね。それでは、ますます私が派遣される訳です」

「誰？」

少女は小さな声で、率直に質問した。

対する神裂は、それには応じずに自分の言葉を突きつける。

「同じイギリスの魔術師なら、何故私が派遣されたかは分かるのではないですか？　こんな所で『作業』を行い、大航海時代に運び込まれた十字教の遺物を再起動させようとしている以上、単なる子供という訳でもないんでしょう」

「……、」

「無理に戦う必要はありませんが、いかがいたしますか。敵性ありと判断した場合、『必要悪の教会』は老若男女関係なく全力で魔術師を撃破します」

逆に言えば、明確な敵対行動さえ取らずに大人しく従えば、戦わなくても済むと言いたい訳なのだが……さて、少女の方はそこまで察してくれただろうか？

自然と水上スキーのケースへ手を伸ばす神裂へ、少女の方はわずかに目を細め、

「そう。だとしたら、私も本気で応対しないといけないね」

ざわり、と。

少女の言葉を耳にした途端、神裂の皮膚の裏側に何か嫌なものが走り抜けるような感触があった。

「……、」

神裂の右手の五本指が、まるで別々の生き物のように滑らかな動きでケースの中へと入り込む。少女が武器となる霊装を取り出すどころか、口から呪文を紡ぐ前に、指先で印を結ぶ前に、最低でも七回は切断できる準備を整える。

理論的には十分なはずだ。

にも拘らず、神裂火織の心の中に、ほんのわずかな黒い染みのようなものが生じていた。『必要悪の教会』の情報が正しければ、この少女は大規模破壊霊装の組み立てを進めていて、その兵器を完全に制御下に置いている可能性が高い。それが本当だとすれば、目の前の少女は個人が保有するべき兵力の枠を超えた力を手に入れてしまっている事になる。指示一つで山脈を吹き飛ばし、巨大なクレーターに変えてしまうような『力』だ。

いや。

その程度の力は持っていなければおかしい。

そうでなければ、わざわざ『聖人』の神裂が派遣されるはずがない。

つまり、少女にはそれほどの価値と危険度があるという事なのだ。

自然と神裂は、鞘に収めた刀の柄を握る手へ強く力を込める。

大規模破壊霊装のコントローラーとなるべきものがいつ出てくるか、そのタイミングを計るために。

そして。

張り詰める緊張の中、臨戦態勢の神裂に向けて、少女は上段からこう言い放った。

「もしも、このガラクタが本当に十字教の遺物だったらの話だけど」

は……？　と神裂は思わず声に出しそうになった。

なおも戦闘態勢を解く事のできない神裂に対し、少女は身を屈めた格好のまま、まるで隣の席を勧めるように、適当に近くを指差した。

「来て」

「……、」

罠かもしれない。

神裂は念のために指先を操作し、七本のワイヤーで少女を囲ってから、『聖人』の脚力を使って一跳びで岩の上面へ着地する。それでも少女の方に反応はなかった。神裂はワイヤーを手元に戻し、少女が指差したものを観察する。

「これは……」

「十字教のシンボルのように見える？」

少女が指差しているのは、岩に刻まれた文字だった。ほぼ直線だけで構成された特殊な文字。おそらくルーンだろう。

しかも、おそらくは魔術的な意味もない。

あくまで言語学上の対応表。『あいうえお』表と同じだ。一つ一つの文字が大きく刻まれ、その横には、その文字が何を意味しているのかを示しているのか、古代の壁画に描かれているような、簡略化された牛や松明などのマークが刻み込まれている。

「北欧神話だね」

「まさか！　確かにヴァイキングはコロンブスより先にアメリカ大陸を発見したほどの航海技術を持っていましたが、それでもヨーロッパから太平洋のミクロネシアまでやってくるレベルには達していません!!」

「そうじゃない。あくまでこれは、大航海時代にやってきた船員達が遺したものだよ」

少女は首を横に振りながら、そんな事を言う。

「大航海時代に迫害を受けたのは、太平洋上の島々だけじゃない。船団が立ち寄った所はことごとく文明を壊され、十字教の強制改宗を迫られた。中南米の方が有名だし……あなた、日本人でしょう？　あなたの国は征服まではされなかったんだっけ」

「……、」

「航海技術を得た欧州十字教勢力は、一気に布教地域を広げていった。北欧神話が広く信じられてきた、今で言うノルウェーやスウェーデンなんかにもね」

少女は近づいて観察しないと分からないぐらい薄い手袋越しに、岩に刻まれたルーン文字をゆっくりとなぞる。

「これはその『望まぬ改宗』への抵抗行為。北欧は十字教に蹂躙され、もはや自由に神々を奉ずる資格を失った。だからこそ船団の中にこっそりと紛れ込み、まだ十字教の支配が確定していない未知の世界で、せめて信仰が残ってくれるように祈りながら掘られた、最後の挑戦。十中八九は成功しないと思っていながら、それでも誰かが自分達の文化に共感し、感銘を受けてはくれないかと願って、必死に残していったものなんでしょうね」

神裂は、どことなくばつの悪さを覚えていた。

故人がゆっくりと眠りに就く墓所へ、肝試しと称して乗り込んでくる馬鹿者を思い浮かべてしまったからだ。

一つ一つ刻まれたルーン文字と、その横に添えられた稚拙な壁画は、だからこそ、当時の人々の切実さが窺えた。その上、大航海時代には、この島はたった三メートルの岩だったはずだ。おそらく、北欧の人々は自分達が彫ったルーンを、十字教の人間に見咎められて破壊されるのを恐れたのだろう。だからこんな所まで追い詰められる形で文字を彫ったのだ。

「では、あなたは……」

神裂は改めて少女の顔を見て、

「別に北欧神話に特別な思い入れがある訳じゃない」

少女はそんな事を答える。

「私は、大航海時代に自分達の宗教がどれだけの文化に影響を与えたのか、その爪痕を調べているだけ。中米、南米、インド……色々調べていて、分かった事がある」

「……、」

「西洋人の歴史学者はこぞって『侵略行為によって彼らの文化は途絶えた』と書いていたけど、そんな事はなかった。確かに彼らは武力の面では負けていたけど、文化の面まで譲る事はなかった。それは、多くの文化の中で、一見十字教を信仰しつつも、実はその中にこっそりと自分達の宗教の記号を隠し、融合させ、分かる人にだけ分かる……言ってしまえば、暗号化させて保存されている事からも明白よ」

そう言ってくれる人がいる事は、かつて蹂躙された人々にとっては多少の救いになるのだろうか。

少女はおそらく救いを与えようなどとは思っていないだろうし、安易にそんなものを与えられるとも思っていないはずだ。しかし、だからこそ、誇張された演説ではなく、自然に口から出た言葉には、別種の力が込められているような気がする。

しばし無言だった神裂は、やがて刀の柄を掴む手から、ゆっくりと力を抜いた。

危険度はなさそうだった。

「で、どうするの？」

少女は言った。

「まだ大航海時代に刻まれたルーンの遺跡の細かい発掘作業は、五〇％ぐらいしか進んでいない。ここで長時間の戦闘行動を起こせば、未発掘の遺跡が壊れてしまうかもしれないけど」

「っ」

　それこそ墓荒らしのような気分にさせられる言葉だった。

　そんな神裂に対し、少女は簡潔に質問をする。

「イギリス清教の魔術師は、まだ私を排除する理由を持っているのかな」

「その証言が真実であれば、戦う理由はありませんが」

　言いながら、しかし神裂は素早く指を動かした。

　少女の首をワイヤーが一周し、ネックレスのように小さな符が下がる。彼女は自分の胸元を見下ろすような格好で、

「？」

「発信機のような物です」

　神裂は注釈を入れた。

「単純な位置情報と、魔力の使用状況を追跡できるものです。あなたは白のようでしたが、となると、この島に別の魔術師が潜んでいる可能性が高くなります。そいつが見つかるまでは、それを装着していただきましょう。……アリバイを確保するようなものですよ。仮にこの島で不自然な現象が起こったとしても、その発信機の位置から『あなたはその現象には関わりなかった事』を証明できます」

「そう」

　と、少女は素っ気ない調子で言った。

どうやら、自分が疑われている事にさえ、あまり興味がないらしい。

（さて）

表情には出さず、神裂は思考を切り替える。

（ここはハズレでしたか。……しかし、この岩以外の場所は全て地殻変動で急浮上したはず。海底神殿のようなものがあったのか、あるいは別の島から特別な霊装が持ち込まれたのか。そちらの可能性について、一から洗い直してみる必要がありそうですね）

長丁場になりそうだ、と神裂がため息をついた所で、ふと少女がこんな事を言った。

「甚大な破壊をもたらす大規模霊装の存在を疑っているようだけど、そもそも、この島にはどんな効果を持つ霊装が隠されているか、おおまかな予想はついてる？」

「……確かに、物が分かっていれば探しやすいですが」

神裂は言い淀む。

少女は神裂の方を見ず、掘られたルーン文字を指先でなぞりながら、

「おそらく、海にまつわるものじゃないかな」

「大洪水……ノアの方舟などですか」

「似たような『水害による世界の水没』の話は世界各地の宗教に見られる。ここの土着宗教にもね」

少女はジロリと神裂の目を見て、

「そもそも、このアップヒル島が周辺諸島から不吉の象徴と見られている事にも深く関わっているもの」

「何ですって……？」

「とは言っても、魔術的な機構が島に埋め込まれているとか、そういう話じゃない。……この島は、地殻変動によって浮かび上がったものでしょう？　でも、地殻変動が生み出したのはそれだけじゃない。他の多くの島では大地震が起き、津波が民家を呑み込み、たくさんの人達が死んでいった。海底の様子も様変わりし、海流もねじ曲がり、今までの漁場から魚も去った。そんな中で、たった一つだけ祝福を受けるように浮かび上がった島だから、周りの人々はこの地を忌み嫌っている」

「……、だとしたら」

「始まりは偶発的な不幸。でも、それがこの島の住民を、何十年にもわたって苦しめてきた。だから、もしかしたら、今度は人為的に起こそうとする輩が出てくるかもしれない。大洪水によって全てを洗い流そうとする輩が」

それが本当だとしたら、かなり有力な情報だ。

魔術師本人の行方は分からないとしても、その魔術師に深い所で協力しているであろう村の住人をピックアップできる。特に周辺諸島を憎んでいる者、とりわけ島の小さな支配階級の上層部などが怪しくなってくる。

（……今のところ、協力者の島民はともかく、本命の魔術師の目的が何であるかは掴めませんが）

神裂は『七天七刀』を隠した水上スキーのケースを改めて掴み直し、当面の目的を再確認する。

（そちらについては、実際に魔術師を打ち倒してから尋ねる事にしましょう。この推測が真実なら、相手は大規模破壊霊装を『交渉』ではなく『実行』のために準備している事になりますし）

そこまで考えると、神裂は少女にこう言った。

「その発信機には通信機能があります。仮に魔術師と遭遇した場合は、符に一滴の血を付けてください。それで私と繋がります。くれぐれも、一人では当たらないように」

「……私はずっとここにいるから大丈夫よ」

発掘か、保存か。小さな刷毛を動かしながら、少女はそんな事を言った。

神裂は緩やかに目を細め、

「確かに、ここにいれば、それを彫った人々が見守ってくれるかもしれませんね」

「ええ。これはあなたが思っていたような危険なものじゃない」

少女は刷毛をピタリと止めて、

「……だって、洪水ぐらい私一人で起こせるもの」

その瞬間。

ドッ!!　という爆音に似た衝撃波が神裂火織の耳を襲った。

『神の子』と似た身体的特徴を持つが故に、その力の一端を自在に操る事ができる『聖人』。

瞬間的に音速以上の速度で戦闘を行う神裂だが、彼女ですら、突然起きた事に対処できなかった。

　しかし無理もないだろう。

　何故ならば。

　物理法則を無視して襲いかかってきたのは、大量の海水だった。魔術師の意志に応じて神裂に激突した膨大な潮水は、アップヒル島の三分の一——割れたクッキーのように分たれた無人の区画——を丸ごと飲み込んだからだ。

　奇妙に赤く、粘性を持った不自然な海水は一瞬で神裂の動きを拘束し、そのまままとめて沖の方まで押し流した。そこはもはや島の外だ。水深数百メートルはあるであろう、人間が生きていくには絶望的な場所だった。

　くす、と。

　控えめに、しかし確実に、少女は笑みを作る。

　莫大な水は、少女の周囲だけは器用に避けていた。

　相手は『必要悪の教会』のプロの魔術師だ。

　そして、ここには魔術的な価値はないものの、大航海時代に北欧の人々が必死に彫ったルーンの遺跡がある。あんな力馬鹿を暴れさせる訳にはいかない。

　故に、一撃で粉砕する。

「北欧神話の中で、世界はどういう風に作られたか知ってる？」

　彼女は自分の指先を切り、それを首元の符に押し付ける。

　教えられた通りに通信用の機能を開放した訳だが、当の神裂に聞こえているかどうかは分からない。

「世界の材料はユミルという巨人の死体。でも、オーディン達はユミルを殺した時に、その傷口から膨大な血を流させてしまった。その血の洪水はこれまであった旧世界全てを洗い流してしまい、多くの同胞を失う事になった巨人族との争いの源となってしまった」

少女は自分の血中の塩分濃度を操り、海水のそれと均質化する事によって、大量の海水へ魔術的にアクセスしていた。似た形状・性質の偶像には、それの元となった本物の力がある程度宿る。『神の子』の処刑に使われた十字架と教会の屋根にある十字架の関連性にも利用されている『偶像崇拝の理論』を使ったアクセス方法だ。

巨人ユミルの血は世界を洗い流し、神々に匹敵する力を持つ巨人すら溺死させるもの。今この瞬間、少女の体の中を流れる赤い液体は、世界の素材と化したユミルのものと同一化しているのかもしれない。

それだけなら簡単だ。

しかし現実にはいくつもの弊害がある。

人間の体の中に海水と同じ濃度の塩水を流し込めば、間違いなく体内器官を致命的に傷つける。体内の血をユミル化させる事よりも、それによって自分の肉体を傷つけないようにするための防御術式の方が難解なのだ。

ギチギチという、何かを締めるような音が少女の右手首から響く。

掌の色が変質していた。

赤紫に近い色だ。

少女は変質させた血液を掌に集中させた上で、その異質な血が全身に回らないように、血流を止めているのだった。いわば、見えないロープで手首を強く縛っているようなものである。長時間はできない。

血流の阻害は細胞の壊死を誘発するし、ユミル化した血液の塩分濃度は掌の細胞を内側から破壊してしまう。

しかし、それほどのリスクを負うと分かっていても、多くの魔術師は少女の功績を褒め称え、ここまでの現象を一人で起こせる事に嫉妬するかもしれない。

そのレベルの、圧倒的な破壊だった。

（終わった……）

神裂は死んだ。

彼女はここから三〇〇〇メートルほど流された。

島の上を流れた際に砂や岩に何度も体をぶつけているだろう。その後も膨大な水流に呑まれた彼女は、自分の意思を無視してランダムに手足を振り回され、全身の関節を砕かれているはずだ。さらに、魔術に操られた海水は塩分濃度を調整し、通常ではありえない粘性を与えている。仮にまだ生きていたとしても、搦め捕られた神裂はそのまま海底まで沈んでいく。

いかに聖人とはいえ、所詮ベースとなっているのは同じ人体。

酸素を吸って二酸化炭素を吐く事に違いはない以上、水に沈めれば溺死する。

「……『赤き洪水』」

少女は敵対者を殺した術式を洩らす。

それこそが島の内外でウワサされていた大規模魔術の正体。事情を知らない者達は、オカルト的な力を制御するための得体の知れない『巨大な神殿』があるとでも思っていたようだが、実際には違う。

その気になれば地形レベルの破壊を巻き起こす、極悪な『個人』用の魔術だ。

そこらの一般人はおろか、並の魔術師相手でも使うまいと禁じていた。とはいえ、相手が世界的な強豪の『必要悪の教会』の一員となれば、話は別だ。

「だから言ったでしょう。ノアの方舟に似た話なんて、世界中の宗教で見られるって」

ビュン!! という音が聞こえた。

少女の首元からだ。

せめてもの抵抗なのか、少女の首に回されていたネックレス状のワイヤーが、急速に狭まったのだ。しかしそのワイヤーが彼女の首を飛ばす前に、少女は自らの両手を首とワイヤーの間に滑り込ませた。

ゾッとする量の血が噴き出る。

だが、少女は顔色一つ変えなかった。そのまま両手を左右へ思い切り伸ばし、逆にワイヤーをブチブチと引き裂く。

「……、」

改めて掌を観察すると、その半ばまでがバックリと切れていた。しかし、少女は笑う。聖人の腕で振るわれるワイヤーなら、これでもマシな方だ。本来ならば鉄骨ぐらいは簡単に切断できたはずだろう。

己の血で真っ赤になった符(ふ)に唇を寄せ、少女は死者への最後の言葉を贈る。

「お疲れ様。海の上で私と出会ってしまった事が、あなたにとっては最悪の不運だったね」

言うべき事は終わった。

少女は用済みの符(ふ)を適当に投げ捨てようとしたが、その動きが止まった。

『いいえ。生憎(あいにく)と、この程度を不運と呼ぶほど、まっとうな人生は送っていませんよ』


声が。

声が、聞こえた。

「……、」

少女は最初、自分が投げ捨てようとした符(ふ)を睨(にら)みつけ、それから、バッ!! と海の方へ目をやった。三〇〇〇メートル先。小型のボートどころか、大型タンカーや空母が行き来していてもおかしくない海域を、少女は全力で見据(みす)える。

本来、巨大な津波や高波というのは水深の浅い沿岸部の方が危険が大きくなるものだ。

それなのに、少女が生み出した『赤き洪水(ユミルズオーシャン)』は桁(けた)が外れていた。その大波があれば、大型船舶であっても海(うみ)の藻屑(もくず)に変えてしまうだけの破壊力があるはずだった。

しかし。

少女の顔に、安堵(あんど)はない。

全ての物体が『点』と表現されるような距離だ。

にも拘らず、その存在感は一目で少女を釘付けにした。

見えるのだ。

沈没したはずの女が、あろう事か、海面に立っているのが。

『ウルという北欧の神を知っていますか』

冷静な声だった。

少女の聞いた事のある……神裂火織の声だった。

『オーディン以前に信仰されていたであろう古い神。デンマーク語ではオッレルス。もはや「何の役割を持つ神」なのかも定かではないほど文献の散逸した神ですが、学者の中には、彼を「狩りとスキーの神」とカテゴリしている人もいるそうですね』

(まさか……ッ⁉)

眉間に皺を寄せ、顔を歪めるように遠い海を睨みつける少女は、そこで確信を得た。

水上スキー。

神裂は海の上に立っているのではない。今も不自然にうねり、そこらの軍艦程度ならひっくり返してしまいそうなビッグウェーブに、たった二枚のスキー板で波乗りをしているのだ。本来ならばモーターボートなどに牽引されて進む水上スキーだが、神裂はそれを必要としていなかった。あまりにも巨大な……それこそ、まともな人間なら体を砕かれるほどの大波の力だけを利用してバランスを保っているのだ。

「ば、馬鹿げてる……ッ‼」

『そうですか？　ウルはオーディンと同じアース神族。ユミルの血の洪水に呑み込まれなかった一族の者です。ならば、そもそも始めから「スキーの神は洪水に呑まれない」という条件がインプットされているはず。あなたがどれほど巨大な洪水を起こそうが、ユミルの血にまつわる術式である限り、この私を沈める事はできません』

そこまで言うと、神裂は一度だけ黙った。

やがて、彼女はもう一度口を開く。

『目的は、救済ですか』

「……、」

『大航海時代の迫害を詳しく学んできたあなたになら、その下地はあるはず。そして今、現在進行形で行われている迫害を目の当たりにした。過去の歴史は変えられないが、今この島で起こっている事なら変えられる……とでも？』

「そんなに都合の良いものじゃない」

少女は鼻で笑った。

神裂の言葉に対してか、それとも自分自身の行動理由に対してか。

「元々、アップヒル島と周辺諸島の間には危険なバランスが保たれていた。五〇年前、この島が急浮上した時からずっと続いてきた、周辺からの差別と、そこから逆転しようとする意思のぶつかり合い。島々へ近代化の波が押し寄せ、国際空港が建設されて観光スポットになっても、彼らの『対立』は水面下で継続されていた」

そこで、少女は少しだけ黙った。

改めて、自らの口で彼女は語る。

「……そこへこんな術式を持った私が、研究のためにノコノコやってきてしまった事で、決定的に傾いた。元々誰も近づかない一角での発掘作業だったから、『人払い』系の術式を怠ったのもまずかった。岩に刻まれた遺跡が波に削られるのを防ぐため、わずかに海流を操ったところを目撃されてしまった」

多くの島がそうであるように、アップヒル島にも海や洪水にまつわる神話があった。そもそも、アップヒル島の成り立ちからして、地殻変動で急激に隆起したという経緯がある。海と陸のエピソードがない方がおかしいのだ。

そこに現れた、『海を操る少女』。

不可思議な現象だというのは分かっただろう。しかし一方で、島の住人達は少女が具体的に何をしているかを理解していなかったのだろう。そして、理解していなかったからこそ、自分達の好き勝手にエピソードを付加する事ができた。少女は島を守る使者になってしまった。

「アップヒル島の住人は私がいればパワーバランスを逆転できると勝手に信じている。逆に周辺諸島は、このままでは自分達は必ず水没させられると勝手に思い込んでいる。……こんな状況で、私が黙って立ち去れば、今度こそアップヒル島の人達はリンチを受ける。比喩抜きで、本当に皆殺しにされるかもしれない」

『そうですか』

神裂はそっと息を吐き、

『だとしても、こう言わせていただきましょう。……その問題を解決するために必要とあらば、島の民間人相手でもこんな術式を振りかざすであろうあなたは、本物のクソッたれだと』

言って。

ゴッ!! と神裂の体が爆発的に加速した。この島に向けて一直線に。莫大な量の海水は少女の制御下にあるはずなのに、さらにその上から不自然な割り込みをかけられている。まるで、魔術そのものが『この聖人には逆らえない』と白旗を上げているかのように、巨大な波が神裂の移動を後押ししている。

『これからそちらへ参りましょう』

神裂火織は、むしろ優しそうな口調で宣戦布告した。

そのしっとりとした声色が、少女の全神経に悪寒を与えた。

『大丈夫。一撃で薙ぎ払って差し上げますよ。……必ずね』

「ッ!!」

戦慄に、少女は血まみれの両手を前へかざす。

彼女の切り札は、これだけではない。

「『赤き洪水』を、舐めるな!!」

ドバッ!! と。

少女の叫びに応じて、海面から何かが突き上がった。それは太さ三メートル、長さ二〇メートルほどの巨大な杭だった。まるで神裂の体を下から上へ突き潰し、ミンチに変えるような軌道で出現したのだが、

『あなたこそ、聖人を舐めるな』

「な……」

直撃の寸前で神裂は水上スキーの軌道を強引に捻じ曲げ、巨大な杭を最短の迂回で回避した。

少女はさらに続けて二本目、三本目の杭を突き上げるが、そのたびに神裂は右へ左へ小刻みに体を揺らし、時には射出される杭の勢いに乗って、数十メートルもの大ジャンプを決行してでも前進を続ける。

『塩の柱如きで、この私を殺せるとでも？』

「そうやって油断してあなたは死ぬのよ!!」

空中へ大ジャンプした神裂に対し、少女はさらに複雑に指を動かす。赤紫の右手首が、さらにどす黒い色へと変色していく。

塩の杭が海面から飛び出した。

ただし一本ではない。

ズォ!!　と。海面が白色でびっしり埋まるぐらいの本数の杭が突き出され、まるで地対空ミサイルのようにまとめて神裂へと襲いかかる。

しかし、

『同じ事ですよ』

神裂は空中で一度大きく体を振り回すと、自分を目がけて勢い良く飛んできた巨大な杭を、すんでの所でかわす。さらに体を回し、回し、回し、回し、まるでトリックを楽しむような格好で、次から次へと巨大な杭を回避していく。

着水。

一分もバランスを崩す事なく、巨大な杭が射出される時に発生するクレーター状の大波すら利用し、神裂はさらに前へ前へ加速しながら島を目指す。

「……ッ!!」

少女は緊張で息が詰まり、その指先が魔術の行使とは関係なく不自然に揺らいだ。

足りない。

距離の問題ではない。洪水で押し流すのも駄目。塩の結晶を凝縮させた巨大な杭を使っても駄目。これでは倒しようがない。一〇〇回ジャンケンで勝負をするチャンスがあったとしても、グーしか出してはいけないと言われたら勝ち目はない。

それでも、止まる訳にはいかない。

勝てないと分かったからと言って、手を止める理由にはならない。

「があああああああああああああああああああああああああああ!!」

叫び、少女は全力の『赤き洪水』を実行。

島の全てを洗い流す大洪水で、改めて神裂火織を押し流そうとする。

しかし、それは逆効果でしかなかった。

本来なら海水のない島の上を突き抜ける大洪水。その水の上を突き進むように、神裂火織はついにアップヒル島へ上陸したからだ。

もはや神裂を止められるものは何もない。

そこらの下手なスポーツカーよりも速く、神裂の水上スキーは少女目がけて一直線に飛んでくる。

その時。

少女は、神裂火織が刀の柄へ手を伸ばすのを見た。

そこまでが、少女の認識の限界だった。


ゴッ!! と。

直後に、鈍い衝撃が少女の体の芯を襲った。

それが峰打ちだったのか、鞘で殴ったのかも分からないまま、一瞬で少女の意識は確実に断たれた。

5

アップヒル島を襲っていた不自然な潮流現象は、少女が気を失うと同時に解かれていた。一時的に島の三分の一……無人の区画が丸ごと大波に呑み込まれた訳だが、すでに岩や砂からは水分が完全に失われていて、そんな事実があった事を疑うほどの自然な島に戻っていた。

「……頭は冷えましたか?」

神裂火織は、ポツリと呟いた。

「たとえ、あなたがその術式を使って周囲の島々を襲う形でアップヒル島を救おうとしても、それは単なる反則です。そして、本当にそんな事を実行すれば、もっと強い魔術師が呼び出される。それが私のような対魔術師機関の人間であれ、周辺諸島が金で雇ったプロの魔術師であれ」

その口調にどこか苦いものがあるのは、彼女が聖人だからか。

彼女も似たように、過去に聖人の力を振るって何かを成し遂げようとした事があったからか。

「この世の切り札に、絶対なんてものはありません。本当にそんなものがあれば、その人物は王にでも神にでもなっているはずです。私達みたいな半端な魔術師がそれを目指そうとすれば、後はどちらかが倒れるまで続く軍拡競争を招くだけになるんですよ」

「……そんなの」

少女は倒れたまま、唇だけを動かした。

どこか無感情な瞳で。

「分かっていた。でも、分かってくれない人がいた。私がいれば今の境遇から脱出できると思う人。逆に、私がいるだけで人生全てが破滅すると考える人。彼らは私の言葉なんて聞いてくれなかった」

「なら、どうしますか？」

神裂は極めて端的に質問をした。

「私達と一緒に、黙って島から脱出しますか？」

「……、」

少しだけ考え、それから少女は首を横に振った。

自分のやるべき事は分かっているのだろう。

勝手に膨らむだけ膨らんでしまった期待と、誤解を、自らの口で解く。アップヒル島と周辺諸島の間にあった関係を、少女がやってくる前のものに戻す。そうする事でしか、彼らは救われない。『赤き洪水』で周辺諸島を洗い流すなど論外だし、かといってアップヒル島から黙って立ち去れば、今度はアップヒル島の人々がリンチされてしまうのだから。

それが分かっていれば、少女は今度こそアップヒル島の人々を助けられるかもしれない。

暴力ではなく。

言葉で解決する方法を模索できれば。

と。

その時だった。

「……？」

神裂は、何か地響きのような音を聞いた。遠く遠く、まるで地平線の向こうから聞こえてくるような低い音響。それは鼓膜を震わせるというより、地面の揺れが足から腹へ伝わってくるかのような、奇妙なほどに感情を刺激するものだった。

しかし、違う。

これはただの地響きなどではない。

（まさか）

神裂の喉が干上がるのを感じた。

少女は、そんな神裂からわずかに顔を逸らした。

（まさか、これは……人の、歓声？）

神裂火織が呆然としたまま、そう思った時だった。

オオオ!!

　音源は数キロ先だろうか。一方向から真っ直ぐ進んでくるというよりは、複数の方向から膨らんで向かってくるような音響だった。

　爆発的な高揚を孕んだ、しかしどこまでも負の感情に根ざした、あまりにもおぞましい歓声が神裂の全身を震わせた。魂というものがあるのなら、一瞬でその全てが泥にまみれるような声だった。それはアップヒル島の島民の言葉だ。ついに自分達の目の前に出現した、『赤き洪水』という名の超常現象。その破壊の暴力だけが彼らの『敵』を討ち滅ぼし、自分達を幸福に導いてくれると信じた上での大歓声だった。

　大人も子供も、男も女も、おそらく赤ん坊や老人までが。

　わざわざ敵と味方を線引きする必要すらなかったというのに。

　おそらく今頃、集落という集落が異様な熱気に包まれている事だろう。こんな所まで届くほどの、大地を揺るがすほどの歓声を発するには、尋常ではないエネルギーを必要とするはずだ。全身から汗を流し、腹の奥から喉の先まで全てを震わせて放たれる悦楽と優越感の雄叫び。それを聞いて、正真正銘、神裂火織の全身は凍りつくかと思った。

「分かる？」

　打ち倒された少女は、口元に弱々しい笑みを浮かべてこう言った。

「あれが、これから私が戦うものよ」

6

帰りの飛行機の中、神裂達は無言だった。

今も少女は、あの島にいる。

説得は可能か否か。

もしもそれに成功すれば、アップヒル島の住人達は周辺諸島との関係を平和的に修復するための鍵を手に入れられるかもしれない。

しかし。

仮に、アップヒル島の住人達が、あくまでも闘争を続けようとするならば。

おそらく、少女は彼らを諦めるだろう。諦めて、静かに島を去るだろう。その後に、決定的な亀裂の走ったアップヒル島と周辺諸島の間で、どんな悲劇が起こるかを理解したまま。

島民にそれを止める事はできない。

いかにアップヒル島に多くの人間がいたとしても、少女が一人きりだったとしても……彼女が魔術師として本気を出せば、アップヒル島を一撃で制圧できるはずだから。

「あれで良かったのか?」

ジーンズショップの店主が、ふとそんな事を言った。

「魔術師を捕まえりゃ、追加の報酬を得られたはずだ。それに、あの女の子がたった一人で大洪水を起こせるのなら、そもそも何も解決していない事になるんだが」

「いいえ、事件は終わりましたよ」

神裂(かんざき)は首を横に振って、

「少なくとも、安易に『赤き洪水(ユミルズオーシャン)』を使うような魔術師は、もうあの島にはいませんから」

願わくば、島の人達にこれ以上の惨事が起こりませんように、と。

神裂(かんざき)は心の中で願い、そんな風に付け足した。

第三話　環境保護の真意　RULIC_letters.

1

捜査の依頼内容を説明させていただきます。

デンマークの港湾都市の工業地帯にある製鉄所で、魔術師による破壊活動の前兆が確認されました。

この製鉄所は科学サイド・学園都市の協力機関であり、被害が広がれば魔術サイドと科学サイドの間に深い亀裂を生んでしまう危険があります。

現地に赴き、魔術師を討伐してください。

なお、本作戦の最優先事項は製鉄所の被害を抑える事です。全力を尽くすのは当然ですが、その結果として該当施設への被害を拡大させる事態は避けてください。


「いいね、シンプルで」

ジーンズショップの店主はうんざりした調子でそんな事を言った。

日没直後の闇の中、彼は遠くにある煙突のてっぺんで明滅している赤いランプを眺めている。

「聞き込みも追跡もなし。ひたすら殴って殺し合い。……一応聞くけどよ、俺達ここにいる意味あんのか？『聖人』の神裂を投入しておしまいで良いじゃんよ」

「何でそんなに殺伐としているんですか」

神裂は呆れたように言ったが、ツアーガイドの少女の方には心当たりがあった。

「……あのう。もしかして、またジーンズショップの方の仕事が大変な事になっているんじゃ……。この前も商品の搬送が遅れているとかってお客様からクレームのメールが来ていたって話でしたし」

「うふふ。大丈夫さ。何度も何度もメールをやり取りしている内に、いつの間にか中学生の佐天ちゃんとは何だかメル友になってしまった感じだからな。怒っていた客の方から心配されるなんて、プロの店員としてどうなんだろうとは思わなくもないが」

心の底からうんざりした調子で店主はそんな事を言った。

デンマークの港は肌寒い霧に包まれていた。純粋な水分だけとは思えない、妙な粘り気のある霧だ。それは、ここが工業地帯だからだろうか。ミクロネシアの南の島と比べると、大分空気が重く、水を吸った毛布を頭から被せられているような不快感を与えてくる。

空を見上げれば鉛色の雲。

やはりこれも、まるで煙を吸った大気が、質を変えてしまったかのような暗さと深さを内包した印象だった。実際に、科学的にどうなのかは知らないが。

一方、神裂はこの不快な状況にも顔色一つ変えず、律儀に店主の質問に答える。

聖人を戦場へ投入すれば終わりじゃないの？　という最初の質問だ。

「敵はルーン魔術の使い手で、爆弾のように標的の施設のあちこちにルーンを仕掛けてから、一斉に起爆する方法を好むらしいんです。ですので、あなた達にもルーンの捜索と破壊を手伝っていただきます」

「うげ」

店主はいかにも嫌そうな顔になり、

「……ちなみにその手口、何で激突前に判明してんだ？」

「過去に同様の例があり、データベース上にまとめられていたからです」

クソッたれ、と店主は吐き捨てた。

その近くで自前のメモ帳をめくっていたツアーガイドの少女は、

「敵はこれまでフランスの火力発電所、ドイツの石油化学コンビナート、フィンランドの海上油田を同様の手口で破壊していますね。事前に敷地内の見取り図を解析するためにいくつかの魔術を行使するらしくて、今回はその前兆を先読みしたらしいです」

「なら、俺達三人だけじゃなくて、イギリス清教から大部隊でも派遣すりゃ良いのによ。そっちの方が、どっかに仕掛けられてるルーンを残さず見つけられる可能性も上がるだろ」

「そ、それじゃ犯人が現れないから捕まえられないって上の人は言ってましたけど」

「あのなお嬢ちゃん。確か大義名分では『科学サイドの学園都市との関係を悪化させないいため』とかって言ってなかったか？」

もう面倒臭さの極みみたいな表情で、店主はそんな事を言った。

結局、魔術サイドと科学サイドの間にある『配慮』など、その程度のものなのだろう。バラバラに分散して仕掛けられたルーンを探すと見せかけておいて、どっかでサボっていようかな、とまで考えていた店主は、気持ちの悪い霧に濡れた顔を軽く拭いつつ、

（……ちくしょう。髪も服も水分でびっちょびちょじゃねえか。ん？　服も……？）

そこで何かに気づいたように、店主はゆっくりと、改めて神裂の方に目をやる。

彼女の服装は、脇で絞っておへそが見えるようにした半袖のＴシャツと、片足だけ太股の根元の所からバッサリ切断した特殊なジーンズだ。

もう一度状況を確認するが、現在、この港湾地帯は深い霧に包まれており、そこに立っているだけで髪も服も水分を吸ってびしょびしょになるような状態だった。

となると……、

（おおおおおおっ!!　透ける！　あとちょっとでなんかが透けそうだ!!　今はまだ水分が足りずに決定打ではないが、このまま放っておけばいずれはブラぐらい……ッ!!　いや、神裂ってブラ着けてんの？　も、もしかしたらそれ以上もいけるのかー……ッ!?）

「？？？　どうかしたんですか？」

割と無防備な神裂に怪訝な目を向けられ、店主は慌てて首を横に振る。

そうしながらも、彼の頭の中では天使と悪魔が口論を始めていた。

悪魔（黒いレオタードを着て、コウモリのような羽と矢印みたいな尻尾を生やしたミニサイズの脳内神裂）は言う。

『へいへーい。聖人サマのお守りのために、わざわざこんな油臭い工業地帯まで連れ回されて、爆弾撤去まで手伝わされるんだぜ。これぐらいの恩恵はあっても良いんじゃね？』

天使（さらにエロい紐みたいな白い水着を着て、白鳥みたいな羽と金色の輪っかを装着したミニサイズの脳内神裂）も言った。

『お待ちなさい！　いけないわそんな事！　あの無防備はそれだけあなたを信頼しているという裏返しなのですよ。その温かい気持ちを裏切ってまでトライするような事ですか⁉』

そして店主は頭を抱えた。

（ちょっと待て何で天使の方がエロいんだよ‼）

すると、二人の脳内神裂はケンカをやめると、くるりと振り返って店主の方を見て、同時にハモりながらこう答えた。

『『私達がこんな格好で出てきた時点で、もう答えは決まっているでしょ？』』

「イエス‼　俺はこれから徹底的に神裂へ張り付きそして濡れた乳房の先端を思い切り凝視するものなりーっ‼」

「何をいきなりダダ漏れになっているんですか⁉」

唐突に蹴りが飛んで店主が宙を舞った。

ぷんすか怒って単独活動を始めた神裂と問答無用で吹っ飛ばされた店主を困った顔で交互に見ていたツアーガイドだったが、一応怪我人の方を優先したのだろう。彼女はやがて店主の方へと駆けてきた。

「あのう、店主さんは神裂さんが好きなんですか？」

「馬鹿者。拳銃から弾丸が発射されてから目で見て避けるような怪物相手に、まともな恋愛感情なんて湧く訳ねーだろ」

「じゃあ何で……？」

不思議そうなツアーガイドに、ジーンズショップの店主はニヤリと笑いながら、

「決まってんだろ。後はどれだけおこぼれをもらえるかどうかが勝負って訳よ」

「そっかそっか。とりあえずあなたが最低だって事は良く分かりました」

2

神裂達がやってきたのは工業地帯の中でも、特に製鉄を専門に行う所だ。この部門だけで七キロ四方の面積を占めると言うのだから、重工業は何かとスケールの桁が違う。

「大量のオイルタンクがひしめき合っている石油化学コンビナートに比べれば、まだまだ安全なんですかね」

ひとまず神裂と店主を和解させたツアーガイドの少女はそんな事を言った。

すると、店主は呆れたような調子で、

「どこがだよ。こんなトコに火種を放ったらボーボー燃えるぞ」

「え？　でも、置いてある資材の大半は鉄鉱石ですよね。別に引火するようなものではないんじゃあ……？」

「その普通の火では燃えるはずのない鉄鉱石を、無理矢理に熱でドロドロに溶かすための溶鉱

炉に、どれだけの燃料を投入しているか分かりますか？」

神裂がやんわりと指摘すると、ツアーガイドの少女は『うっ』と呻いた。神裂の方はあまり気にした様子もなく、

「……それにしても、ルーンという事は」

「また北欧神話だな」

神裂と店主が適当な調子で言うと、ツアーガイドの少女は慌てて手帳をめくった。挽回したいのかもしれない。

「え、えぇっと、『世界樹を絶やさぬ者』とか『神の剣の文字を知る者』とか、北欧系の結社が活発化しているという話は聞きますね。今回の件とは関わりはないようですけど」

「……、」

神裂はしばし黙る。

何らかの繋がりはないかと思わなくもないが、確証のない事をここで論じても意味はない。そもそも、北欧神話は『名前だけなら』魔術と縁のない民間人でも知っているメジャーなものだ。当然、メジャーな分野なら魔術師の数も、事件が起こる頻度も高い。

とにかく、今は目の前の作戦を完遂する事に集中する。

戦場の確認のため、彼女は改めて周囲へ目をやり、

「随分と煙突が多いですね。一般的な製鉄所と比べても、多少過密な印象を受けます」

「鉄の需要は上がっているからな」

「それは、科学サイドと魔術サイドの緊張状態のせいで、軍需産業が盛んになりつつあるとい

う事ですか？」

「厳密に言えば、もうすぐそうなりそうだから、今の内に鉄製品を確保したり買い占めたりして儲けたいって考える輩が出始めているって話だよ。施設の三分の一ぐらいはピカピカじゃねえか。建造中のものもある。時代の変化とやらに応じて、急遽施設を拡張したんだろ」

店主はくだらなさそうに言った。

彼は今も霧の向こうで灰色の煙を吐き出し続ける煙突に目をやりながら、

「炉を止めて燃料の供給を断つだけでも、被害は軽減できそうなもんだけどな」

「実際には難しいでしょうね。あの手の溶鉱炉は三六五日稼働させ続けるものだと聞いています。一度炉が冷えてから再び温め直すのには、相当コストをかけるそうですから」

「……ものによっては二〇年以上点火させっ放しだってんだからなあ。そんな不自然な状況をキープし続けなくちゃならない理由があるって訳か」

「二〇年？」

と、素っ頓狂な声を出したのはツアーガイドだ。

「そんなに毎日、あれだけの煙をもくもく出しているんですか？　そしたら環境破壊でメチャクチャになっちゃうじゃないですか」

「煙突から出てるものの大半は水蒸気らしいんだが……まぁ、それでも終業後も休日も稼働させっ放しな訳だし、地球にはお優しくないだろうなあ。実際、この辺りじゃ酸性雨のせいで石造りの教会の屋根が鍾乳石みたいに溶けているぐらいだし」

ボリボリと頭を掻く店主は、ついてこれなくなっているツアーガイドの少女から地図を奪い

取り、それを大きく広げながら、

「敵が仕掛けてくるとしたらどこかね」

「やはり溶鉱炉の周辺が怪しいのでは？」

「確かに爆発はさせやすいが、敷地は七キロ四方だぜ。くまなく炎の海で埋め尽くすには至らないだろ」

「向こうの目的は製鉄所の稼働停止です。心臓部である一五基の溶鉱炉を全て破壊できれば、この施設は使い物にならなくなるのですから、敷地を全て焼却する必要はないはずでは？」

「テロリストに合理性が通用すれば良いがな。俺は溶鉱炉に燃料を送るパイプラインとかも怪しいと思うぜ。特に石炭じゃなくて天然ガスの方な。こっちへ先に穴を空けておいて、引火しやすいガスを広げてから起爆させれば、被害は一気に拡大する」

「かもしれませんが、その場合、実行前に気づかれるリスクが増します。魔術と違って、天然ガスは普通のセンサーでも感知できますからね」

「そんなもんかね。じゃあ炎を使って大量の鉄鉱石を急激に酸化させれば、ここで働く連中を一気にまとめて酸欠に追い込めるんじゃねーかってのも考え過ぎか？」

「あっ、あっ、あのう……」

おずおずと手を上げて発言するツアーガイドに、神裂と店主は同時に振り返った。また置いてきぼりにされてんのかこいつ、という目の二人だったが、どうやらツアーガイドが言いたいのはそういう事ではないらしい。

彼女は自分の足元を指差して、困ったような顔でこう言った。

「……ここにあるのって、魔術師が仕掛けたっていうルーンじゃありませんかね？」

3

合理性もクソもなかった。

ツアーガイドが指差したのは、何の変哲もないアスファルトの道路だった。大型トラックを簡単にUターンさせるためなのか、道路というより灰色の平原みたいになっている場所だ。当然、周囲に引火しやすい天然ガスや石炭の貯蔵所がある訳でもない。たとえここで爆発が起こっても、そこを迂回するようにトラックを走らせればどうとでもなりそうだった。

隠そうとする意図は感じられなかった。

製鉄所の人間に見られた所で問題はない。明らかな悪意のある図面や文面ではない。どちらかと言えば記号的で、何も知らなければ『どっかの不良が落書きをした』というよりは『何らかの工事に使う目印なのかな？』という風に解釈するだろう。

平面のど真ん中に仕掛けられたルーンを店主は眺め、ポツリと呟く。

「……地下に送電ケーブルとか天然ガスのパイプラインが埋めてあるとか？」

「かっ、確認しましたけど、そういうのはなさそうです。一応、下水道は走っているみたいですけど」

普通の地図とはまた違う、水道局の人が使っているような地下構造専門の地図を見ながらツアーガイドの少女は答える。

「となると……」

神裂は顎に手をやって、

「魔術師は特定の『引火させやすいポイント』へルーンを仕掛けているのではなく、この製鉄所の敷地内へ所構わずルーンを設置してから一斉に起爆しようとしている……という事なのでしょうか」

「このレベルのものを？」

店主は呆れたように言った。

指摘された事については、神裂も理解していた。


あまりにも複雑すぎる。


直径四〇センチほどの、円形の陣だった。しかし、円の中に五芒星などを描いたものとは全く違う。びっしりと。円の縁も円の中も、その全てに細かく血管のような紋様が刻まれていた。それは大きく小さく、様々なルーンを示している。まるで騙し絵だった。ある一つのルーンだと思えばそう見えるし、視点を変えると別の場所に全く違うルーンが見える。意識の仕方、集中の方法によって、同じ溝であっても違うパーツに見えてくる。

そのどれかが囮であり、そのどれかが本命なのだろう。

仕掛けるのに多くの時間をかけているものは、それを解くにも同様の時間がかかる。こんなものが七キロ四方の製鉄所の様々な場所へ仕掛けられているとしたら、たとえ『どこにいくつ仕掛けられているか』分かっていたとしても、魔術師が製鉄所を爆破するまでに全ての陣を解く事はできない。

ただし。

本当に、ここまでのレベルの陣を製鉄所の全域に仕掛けられれば、の話なのだが。

「もしかしてさ」

ジーンズショップの店主は、恐る恐るといった調子で言った。

「これ仕掛けたヤツって、細部にこだわるあまり全体像を見失うタイプなのか？」

「いっ、いえ。現に同じ手口で三ヶ所の工業施設を破壊しているはずなんです。そんな馬鹿なら最初の一回目で頓挫していると思うんですけど」

ツアーガイドの少女は何故か敵を庇うような事を言う。

神裂は屈み込んで、地面に仕掛けられた陣を観察しながら、

「……現に魔術師はルーンを刻んでいる。にも拘らず即座に起爆しないのは、やはり準備が終わっていないからでしょうか」

「馬鹿正直にこんなもんを刻んでいたとしたら、一ヶ所に仕掛けるのに五時間はかかるぜ。その魔術師ってのは何年かけてこの製鉄所を吹き飛ばすつもりだよ」

呆れたように言う店主。

そこで、ツアーガイドの少女は軽く首を傾げた。

「あれ？」

「何だよ」

「いえ、その魔法陣って、一つ用意するのにものすごーく手間がかかるんでしたよね」

「それが？」

「ええとですね」

ツアーガイドはやや困ったような調子で、

「七キロ四方の敷地に魔法陣を仕掛ける場合、端から順番に、インクジェットのプリンターの印刷みたいに設置していくものですかね。やっぱり人間の心理的に、まず重要っぽい所を先に押さえてから、優先順位の低い所に移っていくのが普通なんじゃないかなー、とか」

「つまり？」

「こんな優先順位の低い、どうでも良い場所に仕掛けてあるって事は、とっくの昔に重要っぽい場所にも仕掛けをした後とかって事はないでしょうか」

考え過ぎですかね？　と彼女が付け加えようとした時だった。


ボバッ!!　と。

突然、遠くにある煙突の一本が真ん中辺りから容赦なくへし折れた。

本来は煙を出すためにある巨大な筒からは、ありえないほど勢い良く赤い炎が噴き出していた。中央から折れた『傷口』からも、同じように莫大な炎が溢れている。

「まさか……あんな高さにも仕掛けていたんですか!?」

「違う、根元の溶鉱炉からだ！　そこから炎が噴き上がって煙突の内部から破壊しやがったんだよ!!」

爆音にかき消されないように叫ぶ店主。そうしている間にも燃料用の天然ガスの貯蔵タンクや、そこから延びる銀色のパイプラインなどで、二回、三回と立て続けに爆発が巻き起こっていく。

(早く止めなくては……ッ!!)

悲鳴とサイレンが響き渡り、炎と煙が噴き出す光景を眺めて、神裂は至極まっとうな考えを抱いた。ただし彼女は目の前の光景に圧倒されたせいで、とても基本的な事を忘れてしまっていた。

そう。

製鉄所のあちこちに仕掛けられているであろう魔法陣と全く同じものが、自分達のすぐ足下にも用意されている事を。

チカッ、と何らかの光が瞬いた。

「……ッ!?」

神裂火織が何かを言う前に、紅蓮の爆炎が三人を覆い尽くした。

4

まるで爆撃機が大空を通過した後のようだった。

爆発は、直接的に炎を浴びた者は元より、その圏外にいた者すら高温の熱風で焼き殺すレベルに達していた。黒々とした煙は空を覆い、この製鉄所が健全に稼働していた頃よりも、さらに毒々しい色彩を作り上げている。

　そんな中だった。

　バヒョッ!!　という巨大な団扇を煽ぐような音と共に、炎の山の一角が内側から吹き散らされた。その中から出てきたのは、無傷の神裂火織と、彼女によって守られたジーンズショップの店主、ツアーガイドの少女だった。

「えっ、えっ？」

　ツアーガイドは自分の身に起きた事を理解していなかったようだが、

「使用されたルーンは『昼間』と『真夏』。それらの大量設置による弊害、高温と乾燥をエスカレートさせる事によって誘発された発火。ならば雲の分厚い『曇天』から魔術的意味を抽出し、太陽は隠されたものだと示す事によって、その効力を局地的に奪う事ができます」

「虫眼鏡を使ってアリを焼いているところに、その源になっている太陽の陽射しを手で覆ったらどうなるよ」

　神裂の説明だけでは首を傾げっ放しだったツアーガイドに、店主は付け加えるように言った。ほーほーと今さらズレた感心をするツアーガイドを放っておいて、店主は神裂の方を見た。

「被害状況は分かんのか」

「民間の被害がゼロというほど甘くはないでしょう」

　神裂火織の声から感情が消えていた。

　みしみしと、刀の柄を握る手から異様な音が響いている。

「……これは明らかに『必要悪の教会(ネセサリウス)』上層部の作戦立案能力と、それに従うだけだった私達に責任があります。全てが終わった後にケジメをつけなければ」

「良く言うぜ。今さっき、ルーンの炎を消す時に、魔術的にリンクしている別の箇所(かしょ)のルーンもまとめて無力化してただろ。あの分だと死者は出なくて済んだんじゃねえのか」

「確実性を保証できるものではありません。また、負傷者が出た事は確実です」

……こいつは四角いリングの上じゃないと魔術師と戦いたくないんだろうか、と店主は思ったが、下手な事は言わないようにした。こういうモードの神裂(かんざき)はあまり刺激しない方が良(い)い。

「しかしどうすんだこれ？　第一波で全ての溶鉱炉がやられた訳じゃなさそうだが、続けて第二波、第三波の攻撃がやってきたら、一五基ある炉を全部やられちまうぜ。こんな状況で、今からルーンの撤去作業なんてやって間に合うのかよ」

「いいえ。まだ方法はあります」

神裂(かんざき)は首を横に振った。

「これを発動させた魔術師を見つけて倒してしまえば、どこに何ヶ所ルーンを仕掛けられていようが、これ以上の被害は出ません」

「こんな所にいるもんかよ。どうせ遠隔発動型だろ。とっくに安全圏まで避難してるさ。俺達の手の届かない所から魔術を発動させてるに決まってる」

「そうとも限りませんよ」

神裂(かんざき)は自分の足元を指で差した。

そこには先ほどまで、魔術師が仕掛けたルーンがあったはずだった。今は跡形もなく消滅している。

「爆発力を増す工夫は見られましたが、有効距離を延長するための仕掛けは特にありませんでした。おそらく魔術師は七キロ四方の製鉄所の中から命令を送っているはずです」

「それじゃ自分自身も爆発に巻き込まれるだろうがよ」

「ですから、魔術師は敷地内(しきちない)の安全地帯に潜んでいるんでしょう」

神裂(かんざき)はざっと周囲を見回し、

「何でこんな無意味な所に複雑なルーンを刻んでいたのか、ずっとそれを考えていました」

「安全地帯とどう関係すんだよ、そんなの」

「爆発による安全地帯は、実は簡単に算出できます。……魔術の知識がなくてもです。この魔術師は溶鉱炉の燃料に使われる石炭や天然ガスを利用して被害を拡大させようとしていますからね。結局、一般的な火災を想定して、炎や煙が届かない場所を探せば良いんです」

言いながら、彼女はタンタンとブーツの底で地面を軽(かる)く叩(たた)く。

「ところが、それでは魔術師の居場所は簡単に知られてしまう。だから魔術師はこう考えた。ルーンを七キロ四方の全域に仕掛け、全ての場所を危険地帯と思い込ませれば良い。『安全地帯はない』と判断させる事ができれば、自分の隠れている場所も分からなくなるはずだ、と。……実際には、仕掛けたルーンは魔術師の意思で起爆できるのですから、自分の近辺にあるルーンに命令を送らない限り、そこは相変わらずの『安全地帯』なんですけどね」

つまり、と彼女は一拍置いた。

近くにあった、大型トラック用の道路標識を片手で引き抜いてから、

「そこです!!」

叫び、投げ槍のように思い切りぶん投げた。

道路標識は実に一キロ以上も宙を突き進み……そして何の変哲もないコンクリートの壁へ突き刺さった。

しかし。

バッ!!　と慌てて小さな人影が真横に跳んだ。何もない所からいきなり出現したように見えた。まるで、誰にも見えない壁の陰に隠れていた人物が、慌てて遮蔽物の裏から飛び出したかのような現象だった。

神裂も腰を低く落とし、それから弾丸のような速度で一気に魔術師を追う。

あそこまで行くと、もうジーンズショップの店主やツアーガイドの少女に援護できる速度ではない。やや置いてきぼりになった状態で、ツアーガイドはポツリとこんな事を言った。

「ふっ、不覚を取りましたけど……ここから逆転できますよね。神裂さんは世界で二〇人もいない『聖人』な訳ですし」

「そんなに気楽に済ませられるもんかね」

対して、店主は神裂の消えた方を眺めながら告げる。

「相手はルーンを使った爆発を起こせるのに、それだけにこだわらなかった。製鉄所にある溶鉱炉や天然ガスを利用して、より一層大きな被害を生み出そうとしていた訳だ」

「それが、どうかしたんですか……？」

「その魔術師さんってのはな、自分の実力を理解しているって話だ」

不思議そうな顔をしているツアーガイドの少女に、店主は呆れたような調子で言った。

「決して驕らずに、利用できるものは何でも利用して結果を出そうとする。そんな野郎が、『聖人』なんてあからさまな相手と真正面から戦うとでも思ってんのかよ？」

5

気づかれた!!

魔術師の青年レアシックは飛んでくる道路標識を全力で回避したが、やるべき事は変わらない。攻撃を仕掛けてきた女はおそらく『聖人』。その脅威がものすごい速度でこちらへ疾走してくるが、レアシックの方針は揺らがなかった。

わざわざあそこまで複雑なルーンを刻んできたのは何故か。それは、たとえ襲撃に気づかれたとしても、魔術師に爆破用のルーンを簡単には解除させないためだ。

全ての目的はそこに集約される。

そう。

強大な敵に惑わされてはいけない。

彼の目的は一刻も早く、一ミリでも正確に……この製鉄所の機能を完全に奪う事だ。

「っ!!」

　だからこそ、レアシックは神裂を無視して、そのまま横へ走った。向かう先は次の『安全地帯』だ。レアシックは自分自身が爆発に巻き込まれないよう製鉄所に『安全地帯』を設けているが、それは一ヶ所だけではない。

　何故、一度の爆発で製鉄所の全てのターゲットを破壊しなかったのか。

　答えは単純で、七キロ四方の敷地内にくまなくルーンを仕掛けたのと同じ。『安全地帯』が一ヶ所だと、その場所をあっさりと看破されてしまうからである。

　レアシックは、施設の爆破計画を何段階かに分けていた。

　A爆発の時はA安全地帯、B爆発の時はB安全地帯、C爆発の時はC安全地帯……と、その都度に合わせてバラバラのポイントを用意していた訳だ。当然、A爆発の時はBやCの安全地帯にも爆風が被るし、B爆発の際はA安全地帯は炎に巻かれる。こうする事で、『一度に爆発したら安全な場所はないから、魔術師は遠くにいるのだろう』と思わせようとした訳だ。

　だからこそ、彼は真っ先に次の安全地帯を目指す。

　当然、その領域に入った瞬間に次の爆発を起こし、さらに多くの溶鉱炉や関連施設を吹き飛ばすためだ。

　その安全地帯は目と鼻の先にあった。

　レアシックは大股で走り続ける。

　あと三歩。

　あと二歩。

　あと一歩。

「……それでは遅すぎます」

声が。

聞こえたのではなくブレたのだとレアシックが感じ取った瞬間、すでにレアシックの体はくの字に折れ、真横に吹き飛ばされていた。ノーバウンドで五メートルほど宙を舞った時、ようやくゴッシャア!!　という轟音を聞いた。放たれたのは蹴りだったのか。攻撃を受けてなお、レアシックは自分の身に、具体的に何が起こったのかを認識できていなかった。

彼の体が地面に落下し、二回、三回とバウンドして、ようやく止まる。

ギュンッ!!　という奇怪な音が聞こえた。

(ごっ、げほ……ッ!?　今度は何だ。これは、ワイヤー……?)

「警告は一度だけですので良く聞いてください」

ついさっきまでレアシックがいたはずの……ここから一〇メートル以上離れた場所に立つ神裂が、刀の柄に手をやったまま言う。

「今すぐ抵抗をやめ、投降しなさい。さもなければ、その腕を切断して戦闘能力を奪います」

「……、」

レアシックは半端に宙に浮いた自分の腕をチラリと見たが、

「逆転はできません」

神裂が、その思考を押し留めるように言った。

「あなたの特技はルーンを利用した極めて精密な陣を、極めて短時間の内に用意するところにあるようですが……。すでにその仕組みは割れています。その方法で、私の『七閃』のワイヤーから逃れる事はできません」

「気づいたか」

「仮説に過ぎませんでしたが、あなたの格好を見て確信しました」

神裂はゆっくりと重心を落としながら、レアシックの格好を見る。

彼は長いコートを着ていた。そして、コートの腰の両サイドが不自然に盛り上がっていた。何かしら大きな物体を、ズボンのベルトにでも引っかけているようだった。

「レーザー研磨用の電源か、あるいは増幅装置ですか？　あなたはコートの中に分解した工作機械を隠し持っていて、スイッチ一つでプログラム通りに複雑な溝を掘れる環境を整えていた。この方法なら、おそらく数秒から一〇秒ぐらいの間にルーンを用意できるでしょう」

ようは、工場で自動的に金属板を切り抜くマシンをそのまま利用しているのだ。極めて細いアームはコピー機のインクヘッドよりも正確な動きで、複雑な紋様をあっという間に完成させていく。

「興味深い方法論ではありますが、そのレーザー技術は我々魔術サイドと科学サイドの間で決められている『協定』に反します。……『必要悪の教会』の一員として、より一層あなたを確実に捕縛しなければならなくなった状況を、少しは考えていただきたいものですね」

機械の大きさ的に、レアシックのマシンでは『金属を切り抜く』ほどの出力はないはずだ。実際にはほんの数ミリ程度の溝を掘れる、ぐらいのものだろう。地面に刻まれていたルーンの陣は、別に何らかのインクで色をつけられていた訳ではない。焼印のように、熱で焦がされていただけだ。

そして、

「数秒ほどの猶予を、この私が与えるとでも思いますか？　不穏な動きがあれば、その腕を即刻切り落とします」

神裂の口調には、何のためらいもなかった。

「以前とは違って、今では切断された腕の神経を繋げる手術法も実用化されているそうですからね。迷う理由が見当たりません。……まぁ、神経はまだまだ解明の進んでいない所もあるようですが」

すう……と刀の柄を握る神裂の手が、ゆっくりと、滑らかに動こうとする。

そこで、レアシックは小さく笑った。

「アフターケアまで万全か。お優しい事で」

彼は言いながら、視線を自分の腕から神裂の方へと戻し、

「だが、アンタは人の殺し方ってのが分かっていないと見える」

ボバッ!!　と。

直後に、レアシックの両腕が、肩の所から一気に切断された。

「な……」

驚いた声を出したのは神裂だ。

抵抗すれば腕を切断すると警告していたが、まだワイヤーに最後の命令は送っていない。

今のはレアシック自身が行った事だ。

その証拠に、彼の両肩からはルーンによる炎が噴き出している。

「……これで、留まる理由はなくなったな？」

「待……ッ!!」

神裂が今度こそ全力でワイヤーを振るい、四方八方からレアシックを攻撃しようとしたが、間に合わない。運動能力の問題ではなく、心理的な面から神裂の速度は削ぎ落されている。

レアシックの両肩が、さらに勢い良く噴射した。

まるでロケットのように彼の体は真上に発射された。優雅に空を飛ぶ、というより逆バンジーのような瞬間的な大ジャンプだった。

炎の翼を持つレアシックの体が、四角い建物の屋根へ着地する。ニィ、と薄く笑うレアシックは、自らの腕を失った事に対する後悔や嫌悪、恐怖や不安などは一切感じ取れなかった。


そして。

魔術師レアシックは、第二波の爆発を巻き起こす。


彼の扱うルーンは、その精密さや複雑さに反して、それほど威力の高いものではない。手間をかけているのはあくまでも『刻んだ文字からこちらの狙いを先読みされる』のを防ぐための、偽装や攪乱に重点を置いたものだ。

溶鉱炉や煙突が一撃で吹き飛んだのは、レアシック自身の魔術の破壊力によるものではなく、元々の溶鉱炉の燃料を利用しているだけだ。当然、炉には適切な燃料を適切な量だけ入れるための制御弁がある訳だが、レアシックは爆発の衝撃で、その制御弁を破壊し、大量の燃料を一気に注いで溶鉱炉を内側から吹き飛ばしていたのである。煙突については、炉の中から大量の爆風が噴き上げてきた事によって、その内圧に耐えられなくて折れただけだった。

それで構わない、とレアシックは考えている。

目的さえ達せられるのなら、方法はどうであっても問題ない。

たとえ科学の力を利用したものであっても。

その科学の塊である製鉄所の心臓部を完璧に吹き飛ばし、全ての溶鉱炉を確実に爆破できるのであれば。

しかし、

レアシックが爆破の命令を送ったにも拘らず。

製鉄所からは、一向に炎や衝撃波は吹き荒れなかった。

「な、に……？」

レアシックは怪訝な顔をした。

神裂が何かを仕掛けたのかとも思ったが、そうではないようだ。彼女も彼女で、わずかに眉をひそめている。

そこへ、声が聞こえた。

この場にいるはずもない……それどころか、レアシックには面識もない男の声が。

『仕掛けが多すぎなんだよ、間抜け』

増援、もしくは伏兵がまだいたか、とレアシックは予測する。

間違いではない。声はジーンズショップの店主のものだ。

『こっちの業界じゃルーンをラミネートカード化して、ほんの数秒で一〇〇も一〇〇〇も仕掛ける魔術師もいるって話もある。そいつで魔術の威力を増幅させてるそうだが……俺に言わせれば、そういうやり方は出入り口(スキ)が多すぎる。いかに強固なセキュリティを構築していたって、インターネットに接続して世界中の人間に触れられる状態にしちゃあ、やっぱりつけ入れられる可能性は排除できないわなあ』

声は、どこから聞こえてくるのか。

答えは簡単だった。レアシックが仕掛けたルーンだ。七キロ四方の敷地(しきち)のあちこちにはまんべんなくルーンが刻まれており、それはレアシックが今立っている屋根にしても同じだった。その屋根から、己の足元から、男の声は聞こえているのだ。

レアシックの表情が歪(ゆが)んだ。

「割り込まれたか……ッ!!」

『よう神裂(かんざき)。こいつはボランティアじゃなくて貸しだからな。ったく、仕掛けられたルーンの陣が「紋様(もんよう)」で助かったよ。おかげで、魔術的な服飾のプロでも何とか接点が見つかった』

「くっ!!」

レアシックはその場で屈み込んだ。足元のルーンを確認し、その一部分が不自然に赤っぽく変色している事に気づく。おそらく製鉄所にある全てのルーンに同じ変化が生じているのだろう。これがレアシックの命令を阻害している。そう分析したレアシックは、しかしニヤリと笑った。

妨害の方法は即席かつ粗雑。

この程度なら取り除ける。隙間に挟まった『色』を省けば、再びレアシックに制御が戻る。製鉄所の爆破は続行できる。そう思ったレアシックは、腕の断面から噴き出る炎の方向を細かく操り、魔法陣への干渉作業を始めようとする。

『良いのか』

そこへ、店主が嘲るような調子で口を挟んだ。

『ウチの聖人サマは、片手間で対処できるほど甘くはねえぞ？』

「ッ⁉」

とっさに反応しようとしたが、もう間に合わなかった。

神裂火織は、何も爆発的な脚力で一気に建物の屋根まで飛び乗ったのではない。彼女の運動能力を考えれば十分に可能だった事だが、そういう選択を採らなかった。

彼女が振るったのは七本のワイヤー。

それはレアシックの体を搦め捕り、そのままモーニングスターのように振り回す。

神裂のワイヤーは、本来なら相手を確実に切断するために用意されたものだ。そのワイヤーに搦め捕られてもレアシックの体が輪切りにされなかったのは、おそらく彼自身がとっさに何らかの防御魔術を発動させたからだろう。確かに、ある側面において、その結果はレアシックの魔術師としての優れた腕を証明したのかもしれなかった。

ただし。

その後に起こった現象が、これまで獲ったプラスの点を叩き崩す。

ゴッシャア!!　という爆音が発せられた。数十メートルのワイヤーに振り回されたレアシックが、そのまま空中からアスファルトの地面へ激突させられたからだ。アスファルトの地面に亀裂が走り、細かい破片が石のように舞った。

ぎっ、ぎっ、という声が聞こえる。

一撃で血まみれになったレアシックの胴体に、何本ものワイヤーが深く食い込んでいた。レアシックはそれを一瞥し、それから両肩の炎を勢い良く噴射させた。蜘蛛の糸のように宙を漂う鋼鉄のワイヤーを、それでまとめて溶かして千切る。

（……これだけやっても……？）

神裂は口には出さず、わずかに眉をひそめた。

彼の目的は、あくまでも神裂の撃破ではなく製鉄所の爆破だ。

従って、レアシックは速やかに距離を取り、さらに製鉄所の別地点を吹き飛ばそうとした。

だが、体に力が入らないようだった。まるで羽を折られた鳥のように、レアシックは大ジャンプをしようとし、しかし失敗して地面へ転んだ。

「……、」

神裂は千切られたワイヤーを手元に回収しながら、一歩一歩レアシックの方へと近づいていく。

「……はは、諦めないぞ……」

血まみれの歯を見せて、うっすらと笑いながら、レアシックは後退りした。その動きで神裂は判断する。もはやレアシックはまともに動けない。単純な運動能力の問題でも、生命力から魔力を練って魔術師を行使する能力についても。

少なくとも、世界で二〇人といない『聖人』を打倒できるような状態ではない。

「俺は諦めない。この地球を守らなくちゃいけないんだ」

「何故、そこまでして。この製鉄所で働いている人々は、魔術の世界など知らない民間人のはずです。作られている製品にしても、多くの他者を殺すような兵器群ではありません」

「だから、見逃せとでも？」

笑顔の中に、憎悪が浮かんだ。

レアシックの割れた唇が、黒い色のついていそうな言葉を放つ。

「そんな事ができるか。攻撃とは、侵攻とは、そんな単純な武力の話だけではない。ここにいる連中は、立派に魔術サイドを侵食しているのさ」

「……侵食？」

神裂の眉がひそめられる。

　別段、この工業地帯が過去に何らかの宗派の聖地であって、そこにいた人々を追い出して強引に建設されたとか、そういう話がある訳ではない。確かに科学サイドの施設ではあるものの、作っている製品にしても一般的な家庭に出回るようなものでしかないはずだ。

　しかし、レアシックはこう切り出した。

「ここの製鉄所が、鉄の値段が高騰する兆しを受けて増築されたのは知っているか。炉の効率化のために、三六五日、終業後も休日も大量の煙を吐き出し続ける溶鉱炉が」

「まさか」

「酸性雨だよ」

　レアシックは吐き捨てるように言った。

「俺の専門はルーンだ。そしてルーンの資料は他の魔道書と違って、石碑という形で丘や野原に今も建っている。そこへあれだけの濃度の酸性雨だぞ。この二〇年の間に、どれだけの貴重な資料が失われているか分かっているか？」

　神裂はわずかに考える。

　確かに、工業地帯の周囲の石造りの建物は、酸性雨の影響で少しずつ溶けているとの報告もある。当然ながら、環境破壊の理由の大多数は科学サイドにある。そういう見方をすれば、『科学サイドが己の利権のために、一方的に魔術サイドの資料を汚している』という風にも解釈できる訳だが……。

「しかし、本当に魔術的な価値を持つ、魔道書の『原典』クラスになれば、どんな方法でも破壊する事はできません。酸性雨程度で損失してしまうとは思えないのですが……」

「『原典（オリジン）』じゃないからどうだと言うんだ」

ギリ、とレアシックの歯が軋（きし）んだ音を立てた。

自らの炎で両腕を切断した時にもなかった、苦悶（くもん）の色が顔にはあった。

「ルーンの標準フサルクなんて二四文字しかない。そこから派生した第二のルーンはあくまでも後世に開発された、『文章を読みやすくするための文学的な追加文字』でしかないと言われ、オカルト的な価値のあるものではないとされている。でも、だから、それが何だ？　魔術に使えなかったとしても、貴重な資料である事には違いはない。失われて良いものなどではないんだよ！　むしろ、『原典（オリジン）』の力によって勝手に守られる魔術的ルーンなど、放っておいても一〇〇〇年先まで保存される。そういう恩恵（おんけい）がなく、いつ消えるか分からない文学的ルーンこそ、我々ルーンの使い手は全力で守らなくてはならないのだ!!」

「その話を聞いて、私にどうしろと」

神裂（かんざき）は冷徹（れいてつ）な声と共に、首を横に振った。

「あなたの方法はすでに多くの人命を危険にさらした上、そもそも方法論そのものが破綻（はたん）しています。それを聞いて、私が賛同するとでも思っているのですか」

「破綻（はたん）？　この俺が、破綻（はたん）しているだと？」

「製鉄所を今すぐ完全ストップさせる、という時点で難しいでしょうが……そのための方法が爆破であっては致命的です。仮に酸性雨が止められたとしても、爆破と共に流出した燃料なり資材なりは海へ流れ、別種の環境汚染を引き起こすだけ。あなたの行動が、自然環境を救うような事はありません。環境を破壊する元凶が、工場からあなたへ移っているだけです」

「……、」

するとと、両腕から炎を噴き出し続けるレアシックは、キョトンとした顔をした。本当に、純粋に、彼は疑問を口にするような調子でこう言ったのだ。

「そこに、一体何の問題があるって言うんだ？」

「……、」

神裂火織は、わずかに黙り込んだ。

それでいて、彼女のまとっている冷気のような雰囲気が、より一層深く鋭く変化する。レアシックは気づかずに言った。自分の主張が理解されずに腹を立てているようだった。

「そうじゃない。俺が大事だって言っているのは、ルーンの石碑なんだよ。海なんかどうでも良いだろ！　重油で真っ黒になろうが、どれだけの魚や海鳥が死のうが、知った事か！　もっとしっかりしてくれよ。つまらない問題なんか気にかけてる暇はないんだ!!　早く何とかしないとルーンの石碑が！　今こうしている間にも、貴重な石碑が傷ついているんだ!!　そう思えば他は何でもないだろ!?　ホントにこの深刻な状況が分かっているのか!?」

そこで、レアシックは、チッ、という舌打ちを聞いた。

神裂の口から洩れたものだった。

比較的礼儀正しい彼女からすれば、珍しい仕草だった。

「……そうでしょうね……」

失望の声。

心の底からうんざりするような口調で、神裂は唇を動かす。

「身勝手な人間が好きなように語る『環境保護』なんて、所詮こんなものでしかないだろうとは思っていましたけど」

「ひっ、ひ。俺は諦めないぞ。周りはみんなこういう馬鹿ばっかりだ。誰もこの深刻な問題に気づかず、解決しようとも考えない。だから俺が動くしかないんだ。俺がやらないと本当に取り返しのつかない事になってしまうんだ!!」

ボッ!! という爆音が鳴った。

レアシックの両肩から噴き出す炎が、一気にその威力を増したのだ。

しかしレアシックは、そのまま真後ろへ跳んで神裂から距離を取り、製鉄所を爆破するきっかけを得ようとしていた訳ではない。爆炎でアスファルトを削り取り、新たなルーンの陣を強引に描こうとしたのだ。レーザー研磨用の工作機械を使って行っていた作業を、両肩の炎を使って行おうとしているのだ。

だが、そのルーンが完成する事はなかった。

ダン!! と。

完成途中の陣の真ん中を踏み潰すように、神裂のブーツの踵が地面に突き刺さった。世界で二〇人といない『聖人』の脚力は、アスファルトを容赦なく砕き、未完成の陣を粉々に砕く。

「ならば、石碑についてはこちらで保存をしましょう」

ミシミシと音が鳴るほどの力で刀の柄を握り締め、神裂はさらに前へ突き進む。

攻撃手段を失われたレアシックはとっさに後ろへ下がろうとしたが、もう間に合わない。強張った顔でこちらを見るレアシックに、神裂は冷徹極まりない声でこう言った。

「だからあなたは、リタイヤしろ」

6

七キロ四方。

広大な敷地を持つ製鉄所の隅々まで、その鈍い轟音は響き渡った。吹き飛ばされ、転がったレアシックはぴくりとも動かない。両肩から出ていた炎の噴射も止まり、どろりとした血が洩れていた。戦闘中は遠距離に避難していたジーンズショップの店主は、少し嫌そうな顔でレアシックの方を見ていた。ツアーガイドの少女は、まるで間近で雷が落ちた時のように、両耳に手を当てている。

「あいつ大丈夫？　肋骨どころか背骨まで折れたんじゃねえの？」

「そこまで見境なしではありませんよ」

面倒臭い仕事を終わらせた神裂は、ジーンズショップの店主にレアシックの拘束を任せつつ、ツアーガイドの少女の方へ向き直った。

「レアシックが目を覚ましたら、軽い尋問を行いルーンの石碑の位置を割り出します。博物館にでも寄贈すれば、酸性雨による損失も防げるでしょう」

「は、はぁ……」

ツアーガイドは神裂の意図が摑めない、という表情をしていた。レアシックの脅威は取り除けたのだから、要求を呑む必要もないのでは？　少女の目はそう言っている。

「どいつもこいつもって考えてるな」

と、適当にレアシックの止血と拘束を済ませた店主が、神裂のいる方へ戻ってきた。

彼女は首を横に振って、

「そういう訳ではありませんが」

「本当に環境保護をしたけりゃ、人間を皆殺しにすれば良い。でも、オメーにゃそういう方法は採れねえだろ。主義や主張の問題でな。なら、オメーもみんなと一緒だよ。みんなでできる事からやりましょう。ハード過ぎる努力目標は破綻を招くだけですってな」

「分かってはいるんですけどね」

神裂は天を仰いだ。

相変わらずの分厚い雲を見上げながら、神裂は誰にともなくこう呟いた。

「人間の都合しか考えていない、生温いスローガンなんて。やっぱり、神様が聞いたら呆れるんでしょうか」

第四話　いのちのあれこれ　ALFAR.

1

捜査の依頼内容の説明をさせていただきます。

スコットランド北部の要衝・レンガ埠頭が敵対勢力に占拠されました。

敵対勢力の正体は、レンガ埠頭を管理する魔術師自身が作り上げた魔術生命体アルファル。

このアルファルにはレンガ埠頭の設備・備品などを利用して、さらに複雑かつ高度な魔術生命体や大規模霊装などを作り上げるだけの知能と技術を有しているという情報がありますので、そうしたトラブルに発展する前に、アルファルを討伐しレンガ埠頭を制圧してください。

なお、レンガ埠頭は海外からの侵入者を食い止めるための、イギリス北部の防衛ラインの中核として機能しています。

現状の情報を海外勢力に知られ好機と見られる前に問題を解決する事も重要ですが、アルファルがそうした海外勢力からの支援を受けていないとも限りません。細心の注意と共に制圧作戦に臨んでください。

そんな訳でスコットランドである。

現状のイギリスは、イングランド、スコットランド、ウェールズ、北部アイルランドの四つの文化圏で成り立っている。スコットランドはイギリスの中でも一番北にある地方だった。さらに問題のレンガ埠頭は、スコットランドの北の北、最北端に設置されていて、島国イギリスへ海や空からやってくる不審者を片っ端から沈めるために機能していた……という訳だ。

そう。

つい半日前までは。

「ようやくイギリスまで帰ってこれたと思ったらこんなんだよ」

ジーンズショップの店主は心の底からうんざりした調子で呟いた。

「やっと仕事ができると思ったんだぜ。溜まりに溜まった注文書を一つ一つでも消化できると思ったんだぜ。それが……どうなってんだクソったれ!! 俺はいつになったら客にジーンズを届けられるんだっつーの!!」

お店の経営状況を思い出したのか、店主はこめかみに青筋を浮かべて叫ぶ。

「そもそも、敵に乗っ取られた魔術要塞を制圧してくださいなんて、どう考えても『聖人』の神裂の力業以外に何も求められてねーだろ!! こんなトコにブチ込まれたって俺にやれる事なんか何もねえよ!! あったらあったで超困るよ!!」

「い、いやぁ、申し訳なくは思っているんですよ？ でも事件が私達を待ってくれなくて」

ツアーガイドの少女は居心地悪そうに言う。

対する店主は力なく笑って、

「ふふ。おかげでクレームのメールがあまりにも多すぎて、メールサーバーの管理会社から心配されるほどになっちまった。だが安心しろ。最近は中学生の佐天ちゃんの書く英文法が少しずつ上達してきている事に喜びを感じてしまうような状態だから」

「ううむ。その調子だとまだ完璧な英語を使いこなせているって感じじゃなさそうですけど、具体的にはどんなレベルなんですか？」

質問されたので、店主は最新のメールに書かれていた一文をそのまま読んだ。

「ふ○っくゆあーあ○ほーる」

「うう。やっぱりお客さんはブチ切れているんだという意思は伝わってきますね」

嘆くようなツアーガイドの少女の言葉を、傍らにいた神裂は黙って耳にする。

神裂は神裂で、ジーンズショップの経営状況よりも気になる事があった。

「……まさか、よりにもよって、海からの侵入者を防ぐための超長距離迎撃神殿を、こちらのイギリス内陸部へ向けられるとは……」

そんな風に呟いている神裂は、問題のレンガ埠頭から三キロほど離れた所にある小さな茂みの中に身を潜めていた。レンガ埠頭の大規模魔術の有効射程は半径二〇〇キロ以上だが、ここまでなら物陰から物陰へひっそりコソコソ移動する事で、何とかアルファル側に気づかれずに近づけたのだ。

つまり。

これ以上一センチでもレンガ埠頭に近づいたら即座にバレて、馬鹿デカい『見えない砲撃』をブチ込まれてしまうという訳だ。

と、同じ茂みの陰に隠れているジーンズショップの店主が、

「っつーか、レンガ埠頭って何よ？」

素朴な質問に対し、やはり同じ茂みに隠れているツアーガイドの少女が答える。

「元々は、産業革命の頃の施設らしいです。今は使われていない港の跡地を、イギリス清教が徴収して、迎撃用の魔術施設へ改装してしまったものでして。現在は同施設を乗っ取ったアルファル以外には誰もいないらしいので、戦闘に巻き込む心配はなさそうですけどね」

茂みから出たら即座に迎撃魔術を撃ち込まれるので、自然とツアーガイドの少女は神裂や店主の体をぐいぐいと押すように動く。

押された店主は忌々しそうな顔で、

「アルファル、ねえ……」

「こっちこそ質問ですけど、アルファルって何ですか？　人名？」

「……オメー、お仕事何だっけ？　ツアーガイドさんって世界各地の文化や常識、流行に精通していて、その知識を使って戦闘用の魔術師を的確に『紛れ込ませる』お人じゃなかったっけか？　それとも北欧は範囲外な訳？」

「馬鹿にしてると茂みの外にぶん投げますからね。いや、その、アルファルが何であるのかは分かりますけど、まさか、あのアルファルで合っているんですか？　だってアルファルって……」

「色白金髪耳長の女の子だよ。エルフって言った方が分かりやすいかな？」

と。

そう答えたのは、青ざめた肌の、病弱そうな青年だった。件の『アルファル』とやらにレンガ埠頭から追い出された、元々の管理人である。当然ながら魔術師だった。

スラッパールという名前らしい。

店主はややうんざりした調子で、

「っつーか、流石に四人隠れるには小さい茂みだよな」

「でも、アルファルなんて実在するんですか？　似たような黒小人……ドワーフは、『北欧神話の文化圏では製法の分からない金属加工技術を持っていたよその民族』だっていうレポートが提出されていませんでしたっけ？」

「リチャード＝ブレイブだっけか。オメーらの所にやたらと固執している魔術師がいたよな」

「いやぁ、実を言うと、こちらも確固たる理論に基づいて製造した訳じゃないんだな。それっぽい伝承を持つ化石が見つかってさ。そこから情報を抽出した上で、巨大なフラスコを使って製造しただけだから、『アルファル』もしくは『アルファルっぽい別の何か』って事しか分かっていない。まぁただの人間とも違うようだがね。アルファルの伝承にも色々あるけどドヴェルグの対極って感じで調整したから、金属とか地下空間を嫌う個性が生じてしまったし」

「意外にアバウトだなオイ。ってか、狭っ。駄目だ尻が出るっ、神裂、オメーもうちょっとそっちに行けよ！　さもなくばここで抱き締めてやる!!」

「……それをやったらビンタでレンガ埠頭まで着弾させますからね」

「いやこっちもマジで限界なんだって！　ポーズ的に!!　それが駄目だとツアーガイドの両足の間に顔を突っ込む事になっちまう!!」

「ギャー実行と共に金玉蹴るーっ!!」

あまりにもひどい抗議に動きが止まる店主。すると、何故かスラッパールが緩やかに両手を広げた。どうやらウェルカムらしいのだが、店主はゆっくりと首を横に振って、

「……神裂。もうビンタされても良いから、思いっきり抱き締めて良い？」

「ものすごくマイルドな笑顔で何を言っているんですか。それより聴取を続けましょう」

「聞きたい事とは？」

一蓮托生で茂みに隠れるスラッパールが質問すると、神裂は遠く離れたレンガ埠頭の方を指差し、

「あそこで何があったのかと、あそこで何が起ころうとしているのかを、です」

2

現代の魔術では、呼吸法や精神集中法などを利用して、術者の生命力を魔力に変換し、様々な術式を行使する。

しかし意外に思うかもしれないが、そんな魔術師達は『魂』とは何なのか、という事に対する明確な答えは出せていない。いくつかの有力な仮説はあっても、それを裏付ける結果を出せていないのだ。この辺りは、難解な数式の証明行為にも似ているかもしれない。

そして。

『魂』のメカニズムは分からずとも、それを複製・量産したり、質を変化させる事はできる。

そう。

例えば、クローン人間の研究を行う科学者は、『魂』とは何なのかが分からなくても、遺伝情報を複製できるように。

例えば、臓器移植をする医者は、『魂』とは何なのかが分からなくても、瀕死の患者に活力を与え、数十年の寿命を延長できるように。

魔術師も、そんな風に仕組みの分からない『魂』を、器である肉体ごとまとめて製造する事がある。

魔術生命体。

天使や悪魔のように、『別位相空間に存在する何らかのエネルギーの塊』としての生命体ではなく、魔術師が有機物に手を加えた亜種だったり、時には無機物だけを素材として作り出す新種だったり……そのパターンは千差万別、十人十色である。

先ほど話に出たアルファルにしても、化石は材料に過ぎず、生前と同じ魂が宿っている訳ではないはずだ。

「いやぁ、一応はさ。これでも魔術生命体の製造なんてジャンルはもう流行っていないって事ぐらいは分かっているんだ」

スラッパールは笑って言う。

「何しろ、あれは色々と問題が多すぎる。一体辺りの製造コストが高すぎるっていうのもそうだし、寿命も不安定で、作った直後に死んでしまう事例も珍しくない。自然界に対応できなくて、フラスコとか試験管の中だけでしか生きられない、なんて困ったパターンもあるぐらいだし」

それが賢い獣であれ、長寿な美少女であれ、魔術生命体には共通の特徴がある。

それは言うまでもなく、『独自の思考能力を持つ』事だ。たとえば、真空の刃を生み出すにしても、術式の手順は色々存在する。そして、独自に変更された部分が裏目に出る事もある。一つのオーダーに対してランダムに方法を切り替えられた場合、その小さな差異が儀式全体に影響を及ぼし、術者の命すら危険にさらす可能性が出てくる。

そんな不安定な魔術生命体に注力するぐらいなら、そのコストを使って魔術師自身の性能を増強させるような杖や剣……つまり霊装を作ってしまった方がマシなのだ。

（……そもそも、ゴーレムのような『道具としての人型の端末』も魔術で作り出せる訳ですからね。即席で作って即席で壊せるアイテムの方が、利便性の面では優れていますし）

などと神裂は思う。

今時、真面目な顔で魔術生命体の製造を行っている魔術師は絶滅危惧種だろう。当然、製造者が少なくなれば魔術生命体の個体数も激減していく。おそらく、清潔な儀式場や神殿、塔などの例外を除いてどこにもいないはずだ。

自然界に存在しないような機能を付加された生命体は、それ故に、自然界の様々な問題には対処できずに死んでしまう場合が多いのである。深海魚を陸に揚げたらどうなるかを考えれば分かりやすいだろうか。

「何で、わざわざそんなものの研究を……？」

神裂が質問すると、スラッパールは困ったように頰を掻いた。

「欠点の克服だよ」

「？」

「先天的な特徴でね。私は、一定以上に複雑な術式の構築ができない。なんていうんだろう。こう、感覚的な表現で申し訳ないんだけど、思考がほどける……とでも言うのかな。複雑な事を考えようとしていると、その複雑な事が何だったのかを忘れてしまうような、変な感じがするんだ」

つまり高度な魔術を使えない体質らしいのだが、そこで神裂や店主は首を傾げた。彼はレンガ埠頭の管理人で、海からやってくる侵入者を大規模な迎撃魔術で滅ぼす事を主任務としている。そんな人間に務まるとは思えないのだが……。

「そのためのアルファルさ」

「肩代わりさせていた、という事ですか？」

「私は秘書というよりは、ＤＮＡコンピュータのようなものだと認識していたけどね。複雑で面倒な演算を任せるための装置を用意する事で、私は私にできない高度な仕事をこなそうとした。いやぁ、着眼点は悪くなかったはずなんだけどさ」

「……その自慢の演算装置に裏切られたって訳だ」

店主が呆れたように言った。

実際にスラッパールとアルファルが対立すれば、先天的に高度な魔術を扱えないスラッパールに勝ち目はない。スーパーコンピュータの開発技師はそのコンピュータの全てを知っているが、かと言って、単純な演算勝負で自分の作ったコンピュータに勝てる訳がないのだ。

ツアーガイドの少女が、何故か手を挙げて発言した。

「あのう。それで、アルファルは何でブチ切れたんですか？」

「さあね」

スラッパールは肩をすくめた。

「生命体として最低限の安全は供給していたつもりだったが、それ以上のものを要求する精神性を手に入れていたのかもしれない。そればっかりは、暴走したアルファル本人に聞いてみなければ分からない」

穏やかながらも、微妙に冷たい言葉だった。

その台詞に、神裂はこの魔術師のスタンスを想像する。

「何しろ、相手はそもそも人間じゃないんだからさ。行動の原動力となる欲求についても、我々人間では考えつかないようなものである可能性もあるんだし」

3

神裂は茂みの向こうにある、レンガ埠頭までの距離とルートを再確認する。

「レンガ埠頭には、アルファル製造時に使用した霊装や施設が残されていて、アルファル自身にそれを扱うだけの知能がある。……となると、アルファル以上に厄介な魔術生命体が作り出される前に、ケリをつける必要がありますね」

「そーかよ。後は個人的には、こういう利己的な目的で生命を生み出したり殺したりってのは避けたいとかか？」

「……、」

ムスッとする神裂。

そこで、スラッパールが横から言った。

「そうだったそうだった。一応忠告しておくけど、問答無用でアルファルを暗殺するのはまずいかもしれないな」

「？」

「今現在、アルファルはレンガ埠頭の迎撃システムを制御下に置くため、施設の核と魔術的にリンクしている。彼女が何らかの『保険』を組み込んでいる可能性もあるって事さ。……例えば、アルファルの生命活動が止まると同時に、レンガ埠頭の魔術的な機構が丸ごと破壊されて使い物にならなくなるとかね」

スラッパールは料理が美味くなるワンポイントを教えるような調子で、そんな事を告げる。

「北部防衛の拠点としてレンガ埠頭を確実に取り戻したいのなら、アルファルは殺さずに制圧した方が良い。一度無力化したら、こっちにチェックさせてくれ。アルファルが自分の肉体に魔術的な細工を施しているかどうかは、製造者が調べればすぐに分かる」

襲撃側からすれば嫌な条件を突きつけられたようなものだが、神裂はむしろホッとしているようだった。『殺さずに済む合理的な条件』を提示されたのが嬉しかったのかもしれない。

お人好しめ、と心の中で呟きつつ、店主は神裂に質問をする。

「しっかし、具体的にはどう近づく？　元々、レンガ埠頭の大規模迎撃術式は、障害物のない海や空に向けて放つ予定のもんだ。遮蔽物の陰から陰へと移動していけば、ある程度の軽減はできるかもしれないけど、それもここが限界だ。これ以上の近距離になっちまえば、障害物ごと貫いてでもオメーをブチ抜こうとするはずだ。しかも、距離は三〇〇もあるからな。聖人の脚力を使っても、レンガ埠頭に着くまでに一発ぐらいはもらうかもしんねーぞ」

「確か、レンガ埠頭のシステムは『術式妨害型』でしたね」

「え、そうなの？　魔術師自身の扱う魔術をわざと暴走させて、内側からダメージを与えるためのもんか。ま、海中や空中を強引に進む魔術師を沈めるには、それが一番手っ取り早いだろうけどよ」

「ああ。ちなみに『あらゆる魔術を使わないで、普通に歩いてレンガ埠頭へ向かう』は通用しないよ。魔術師ってのは生命力を魔力に精製するだろう。あの迎撃魔術の『見えない砲撃』は対象の魔術師の体に着弾すると、その生命力を強引に魔力に変換させた上で、勝手に体内で暴走させる仕組みを持っている。本人が魔術を使うかどうかは関係ない」

「……暴走って、あれですよね。全身の血管がランダムに破れたりとか、神経にダメージが入ったりとか、結構メチャクチャになるって話でしたけど」

何を想像しているのか、ツアーガイドがぶるぶる震えながらそんな事を言う。

店主は改めて神裂の方を見て、

「で、どうすんだ実働隊？　ダメージ覚悟で、血まみれで仁王立ち？」

「……何でそんな漢らしい事をしなくてはならないんですか」

神裂は呆れたように息を吐いた。

「どんな形式であれ、『術式妨害型』の攻撃なら、こちらが得意としている術式を解析した上で、最も効率良く暴走できる信号のようなものを撃ち込むんでしょう」

「それが？」

「ようは、最初に解析されなければ良いんです」

4

神裂火織は背の低い茂みから立ち上がった。

目的地であるレンガ埠頭までは、直線距離で三〇〇〇メートル弱。そこへ向けて、彼女は足を踏み出していく。

聖人の脚力があれば音速以上の速度も出せるが、神裂はそうしたスピードに頼らない。むしろ、まるで綱渡りでもするかのような、ゆっくりした歩みで前へと進む。

当然ながら、レンガ埠頭の大規模迎撃術式は即座に反応した。

最大で半径二〇〇キロ圏内の敵を正確に撃ち抜く超長距離魔術は、今さらのように神裂火織に向けて巨大な『見えない砲撃』を精密に放つ。

直径一メートルを超す、莫大な魔力の直線だった。

あらゆる魔術師を暴走させ、その内側からダメージを与える迎撃魔術。場合によっては全身の血管や神経をズタズタにしてしまうほどの威力を秘めているものだ。

しかし。

『おい神裂!!　直撃っ！　今思いっきり直撃したけど大丈夫かよ!?』

携帯電話から店主の声が聞こえるが、神裂は涼しい顔で答えた。

「ですから言ったでしょう。『解析』さえされなければ問題ないと」

直撃はした。

だが、神裂の肌には傷一つなかった。

理由は簡単だ。

レンガ埠頭の迎撃魔術は、『魔術師の扱っている魔術がどんなものかを解析した上で、その魔術師を最も効率良く暴走させるための信号』を即座に生み出して撃ち込む方法を採用している。

十字教には十字教の。

仏教には仏教の。

神道には神道の。

それぞれの宗派、学派に対応した信号を扱うが故に、その一撃を浴びた魔術師の方は、どんな対策を講じていようが『暴走』に巻き込まれる羽目になる。

そう。

本来なら。

しかし神裂火織が扱っているのは、普通の十字教とは少々毛色が異なる。

多角宗教融合型十字教様式・天草式十字凄教。

江戸時代に日本で迫害されていた、隠れ切支丹を母体とする組織の術式だった。彼らは十字教の隠れ蓑として神道や仏教を利用した結果、いつしかどこまでがカムフラージュで、どこからが本命なのかも分からない、融合してしまった独特の様式を築き上げていたのだ。

そんな神裂は、十字教も仏教も神道も取り扱える。当然、それぞれの術式の源となる『魔力』の種類にしても同様だ。

レンガ埠頭側が神裂の体から『十字教の匂い』を感じ取って、それに対応した迎撃魔術を発射する。しかし神裂はその間に魔力のパターンを『仏教のもの』に変換。すると、『十字教のために作った』迎撃魔術は、神裂に直撃してもダメージを与える事はなくなる訳だ。

後は同様の連鎖。

十字教が駄目なら仏教に、仏教が駄目なら神道に、神道が駄目なら十字教に。次から次へと魔力のパターンを変換させていく事によって、神裂はレンガ埠頭からの攻撃を無効化させていく。

単なる高速移動では避けられないと思ったからこそ、神裂は体内の制御だけに意識を集中し、ゆっくりと歩きながら魔力の質を変換させ続けている訳だ。

続けて何度も『見えない砲撃』の一撃を浴びながら、神裂の顔色は一度も変わらなかった。効果のない攻撃は、魔力の飛沫となって彼女の周囲へ吹き散らされるだけだった。

三〇〇メートルの散歩を終えた神裂は、レンガ埠頭へと到着した。

その名の通り、赤レンガでできた建物の多い港だった。施設の大きさは四〇〇メートル四方ぐらいだろうか。巨大な倉庫や乗組員の待合所などが並んでいるが、近代的な港湾施設にあるような、大型のクレーンやコンテナなどは見当たらない。

（……所詮は跡地。時間が止まっているようですね）

廃墟と言うよりは文化財というイメージが強い。おそらく単に放置されていたのではなく、人の手で手入れされていたからだろう。むしろ、現役で活動している施設よりも清潔に感じられるぐらいだった。

敷地内に入った事で、レンガ埠頭からの砲撃は止まっていた。

施設内での同士討ちを避ける自動機能でもあるのか、あるいは単純に通用しないと諦め、別の作戦に切り替えようとしたのか。

神裂は携帯電話を耳に当て、

「ひとまず到着しました。レンガ埠頭の迎撃施設を破壊してしまえば、あなた達も安全にこちらまでやってこれるはずですが」

『だーやめやめ。そいつはスコットランドの要衝で、北部海上からの侵入者に対する迎撃網の中核だって話だろ。そんなもんぶっ壊したら、イギリス全体のセキュリティグレードが下がっちまう。施設にはできるだけ傷をつけずに終わらせた方が良いんじゃねえの？』

「という建前で、本当は単に楽がしたいだけでは？」

『当ったりー。っつか、元々俺は戦闘向きじゃねえし。そういうのはムキムキマッチョな聖人サマにお願いしまーす』

「……そのムキムキマッチョについては全力で抗議したいのですが」

『じゃあムチムチセクシーな聖人サマにイロイロとお願いしたい……ッ!!』

「そうですか。いずれにしても後でぶっ飛ばしますから覚悟してください」

ひひひぃぃぃぃーっ!!　という店主の震える悲鳴を無視して神裂は手近な建物へと近づいていく。

レンガ埠頭の建物は『倉庫』や『灯台』や『待合所』などの建物が一つ一つ独立しているのではなく、レンガでできた構造物が連続的に繋がっていた。複数の建物が融合したその様子は、巨大な城のようにも、無秩序に拡大するダウンタウンのようにも見える。

神裂が近づいたドアは、元々は船員達が一時的に滞在する宿泊施設のような所らしい。鉄でできたドアには鍵はかかっていなかったが、代わりに一枚の符が、ドアと壁を繋げるように貼り付けられていた。ドアを開けると、ちょうど符が破れる仕組みだ。

(……また分かりやすい)

神裂はため息をついた。

(それ故に、これはダミーでしょうね)

改めてドアの周囲をチェックしてみると、ドアノブの出っ張りの裏側に、油性ペンで小さな印が描いてあった。それだけでは意味がないが、ノブを回すとちょうどノブの支柱の部分に描かれた別の記号とぴったり合わさり、ルーン文字を形作るようになっている。

「……」

神裂はポケットから同色の油性ペンを取り出した。

罠を見つけたからと言って、それを破壊してしまうのはナンセンスだ。それは防犯カメラを壊してしまうのと同じで、『カメラが壊れて灰色のノイズしか映らない』事は相手側に伝わってしまう。

そこで神裂はルーンの罠を壊すのではなく、油性ペンで余計な文字を追加する事で、動作不良を起こすようにした訳だ。ノブを回しても警報は鳴らない、でも相手側には『異常なし』の報告を出し続ける。そんな風に改造してしまう訳である。

「ま、こんなものですか」

適当に作業を終わらせると、神裂はドアノブを回して正々堂々と潜入する。

中は広い。

実用重視のためか、内装は割と安っぽい石造りだった。正面に受付カウンターのようなものがあり、壁に案内板が取り付けてある。

基本的に産業革命のお下がりをそのまま利用しているようだが、一部には改装の跡が見受けられた。例えば照明は電灯だし、矢印状の案内板もそのまま『迎撃魔術用制御室』とか『魔術生命体調整室』とか、ダイレクトに書いてある。

（……そもそも、ここに民間人が立ち入らないように配慮してある結果なんでしょうが、隠す気が全く見受けられませんね）

とはいえ、馬鹿正直に信じる神裂ではない。

彼女は一つ一つの部屋を確認していくため、カウンターのあるここから左右に延びる廊下へと目を向ける。

神裂は携帯電話を掴み、

「件のアルファルの環境適応能力は？　具体的に、外に出ても自活できる程度の免疫力は備わっているのですか？」

『試した事がないから分からないよ。外に出す必要も特になかったし』

スラッパールはあっさりとした口調で答えた。

神裂(かんざき)は眉をひそめ、

「思考パターンとかは分からないんですか。あなたが作った魔術生命体でしょう?」

『どうだろうね』

スラッパールは少しだけ沈黙する。

頭の中で自分なりにシミュレートしているのかもしれない。

『例えば、生まれてから一度も家の外に出た事のない子猫がいたとする。この子猫の目の前で玄関のドアを開けたらどうなると思う? 野性の本能に従って外へ興味を持つか、あるいは飼い慣らされた理性と経験から外を怖がるか』

「……、」

『一概に回答はできないだろう? 言える事は「個々のパターンに応じて違うだろう」というだけ。相手は意志と精神を持つ生命体だからさ。そう簡単に分析できるものじゃない』

『……何より、オメーはそのアルファァルに裏切られた訳だしな』

ボソッとジーンズショップの店主がツッコミを入れる。

スラッパールは特に堪(こた)えていないらしい。先ほどと変わらない口調で、付け加えるように言う。

『ただし、アルファァルは可能な限りその場所を死守しようとするだろうね』

「? それは、ここがアルファァルにとっての故郷(こきょう)だからですか」

『そんなにお涙頂戴な理由じゃない。単純に、アルファルにとっては、そのレンガ埠頭が一番使える戦力の集中している所だからさ。正直、外に出ても行くあてはないからね。本当に死を覚悟しない限り、アルファルはそこで防戦に徹するだろう』

気軽に追加の注文を頼む感じで、スラッパールはさらに言う。

『さっきも言った通り、アルファルはレンガ埠頭の迎撃装置と魔術的にリンクしていて、彼女の死と同時にシステムが破壊される可能性がある。アルファルは殺さずに制圧して、一度こっちに彼女をチェックさせてくれ』

「ふむ……」

そもそも、アルファルは何故レンガ埠頭を乗っ取ったのだろうか。

彼女は何らかの目的を持って、このレンガ埠頭からスラッパールを追い出し、同施設を占拠しているはずだ。その目的についても調べ、場合によっては阻止する必要が出てくるかもしれない。

そんな事を考えていた時だった。

「誰」

ポツリとした声が聞こえた。

一〇代前半の少女のような声だった。

バッ!!　と神裂は慌てて振り返る。音源は長い廊下の先だった。闇のわだかまった、その奥から声は聞こえた。しかし神裂は訝しむ。彼女の視力は両目共に八・〇で、ある程度の暗視も利く。廊下の奥の奥の突き当たりまで見えているにも拘らず、そこに立っていなければおかしいはずの、発言者の影が見当たらない。

すると、もう一度質問が来た。

「あなたは誰」

神裂は改めて目を細めた。

闇の中に、何か糸のようなものが張り巡らされている。神裂が戦闘用に使う鋼鉄製のワイヤーではなく、絹か何かで作られた繊細な糸だ。

「……タルンカッペのつもりですか？」

元々は大きなマントだったはずだ。身を包んだ者の力を増強し、同時にその体を見えなくするマント。先ほどの発言者はその仕組みを分解・再構成し、細い糸という形の霊装に変換したのだろう。おそらく、廊下に張り巡らせた糸でシャボン玉の膜のような魔術のスクリーンを形成し、発言者の体を景色の中から消しているのだ。

神裂の言葉に、発言者が応じた。

自らの体を、糸の輪の中から抜け出したせいか、何もないはずの虚空の中から唐突に一つの人影が現れた。

小柄な少女だった。

長い金髪に色白の肌。瞳の色は緑色で、奇妙に細長い耳が特徴的か。衣服は木綿か何かだと思う。小さなボタンの一つ一つまで木を削って作られていて、金属製の部品は一つもなかった。

それなりに整った顔立ちだが、神裂は猛烈な違和感を覚えていた。

原因は不明だ。

人間と同じ顔立ち、人間と同じ体形、同じ胸、同じ腰。普通なら当たり前である事が、逆にものすごく不自然に思えてしまう。

頭に浮かんだ直感を、神裂は率直に口に出した。

「……アルファル……？」

レンガ埠頭占拠犯の正体が小さな女の子だった事に若干驚いた神裂だったが、相手は人間ではない。なおかつ、この少女はスラッパールに作られた存在だ。外見年齢は全くあてにならなかった。

「あなたは？」

肯定も否定もせず、金髪の小柄な少女は繰り返す。

「こんな所へやってくる侵入者など、数も限られているでしょう」

「『必要悪の教会』」

ポツリと呟いてから、アルファルは一歩だけ後ろに下がった。

「大方、レンガ埠頭の防衛機能を取り戻そうとやってきたんだろうけど、それなら、やめておいた方が良い。それ以上こちらへ近づくと、あなたはとても不幸になる」

彼女の言葉は、戦意がある感じではなかった。

しかし逆に、それを感じさせない事に神裂は警戒心を高める。

（……元々そうなのか、製造者のスラッパールがそういう風に設定したのか。言語機能は人間のものに準(じゅん)じているようですが、それにしては……。本当に殺気がないのか、あるいは感情を生むプロセスが人間とは違うために察知できないのか……）

「話し合いで解決できるのなら、刀を抜く必要もないのですが」

「言っても意味がない。おそらく具体的なイメージができない」

アルファルは、スッ……と静かに目を細める。

「出て行って」

なまじ感情の色が全く摑(つか)めないために、余計に不安を生む挙措(きょそ)だった。

「この施設は私が乗っ取った。あの人に帰ってくる場所はないし、他の誰も招待するつもりはない。邪魔をする者はことごとく不幸になるよ」

「……そう言われて引き下がれると思いますか。ここは元々、我々の所有する施設です。レンガ埠頭(ふとう)の迎撃魔術(げいげきまじゅつ)は、この国のセキュリティ強度に直結しています。それを取り戻さないと国外からの危険分子を招く結果に繋(つな)がります。それだけは、何としても避けなければ」

「不幸になると分かっていても、来る？」

「生憎(あいにく)と、気持ちが悪いぐらい自分の強運には自信がありまして」

「そう」

今度こそ。

アルファルは、明確に何かの意志を持って、その小さな掌(てのひら)を遠く離れた神裂(かんざき)へ向けた。

「でも、私が不幸なんて許さない」

ゴッ‼　と何かが飛び出した。

それは生物だった。

ワニの頭をした巨大な犬がいるとしたら、おそらくこんな生物になるのだろう。

(魔術生命体⁉)

しかも。

アルファルが数十メートル先にいるのに対し、ワニ頭の犬はほんの三メートルぐらいの虚空から、いきなり神裂の喉笛目がけて飛びかかって来たのだ。

タイミングを外される、というのは、想像以上に危機のレベルを吊り上げる。

「タルンカッペとの連携ですか⁉」

特定の対象を視界から消す霊装を利用して、ワニ頭の犬を隠していたのだ。

常人ならば、この時点で一撃で喉を喰い破られていただろう。曲芸で自分の頭を目がけて飛んでくるクロスボウを避ける達人もいるが、そんな人間でも即死は避けられない。何故ならワニ頭の犬は獰猛な『生命体』であり、クロスボウの矢のように直線のみを進むのでない。超高速で移動しつつも、獲物の動きに合わせて的確に微調整を行うのだ。

奇襲、速度、そして調整。

これらの要素を組み合わせた結果、神裂は確実に喉を千切られなければおかしかった。

しかし。

そもそも。

聖人の神裂火織は、音速を超える速度で戦う魔術師だった。

轟!!　と風が渦巻いた。

神裂は避ける事もしなかった。避ける前に攻撃を放てば撃ち落とせると、どこかで冷静に考えていたからだった。

しかも、

（……生命体）

刀の柄に伸びた指をピクリとためらわせ、鞘による迎撃に変更する余裕さえあった。

パカン!!　という乾いた音が炸裂する。横から回すように振るわれた長大な鞘が、ワニ頭の犬の口へと横一直線に叩き込まれる。それはもはや、競走馬の口を押さえる轡に近かった。動物としての本能か、思わずそれをガッチリと咥え込んでしまったワニ頭の犬ごと、神裂は長い鞘を上向きに振るう。

軌道は半円。

そのまま勢い良く鞘を床に叩きつけた結果、ワニ頭の犬は背中から床へ激突する羽目になった。ほとんど柔道の投げ技にも近い挙動だった。

ドパァン!!　という、とんでもない音……というか、ほとんど衝撃波のような轟音が炸裂する。鞘を咥え込んでいたワニ頭の犬から力が抜け、ズルリと鞘が離れた。

「……、」

神裂は床に伸びたワニ頭の犬から、アルファルの方へと目を移す。

いつの間にか、彼女は消えていた。

目を細める神裂の前で、用をなくした絹糸がはらりはらりと床へ落ちていく。

5

アルファルを見失った。

トラップの有無に気を配りながら追跡を行う神裂は、ふと通路に並ぶ部屋の中の一つから、物音が聞こえるのを察知した。

ドアを開けると、そこは広い部屋だった。

神裂は眉をひそめ、

「……魔術生命体の製造プラントですか」

一つ一つの装置は、直径一メートル程度の球状のガラス容器だった。どうやって中に物を入れているかは不明だが、球の三分の一ほどまで土が入っていて、残りは草木で満ちていた。球状のガラス容器によって、森のような物、砂漠のような物、氷の大陸のような物、深海のような物など、色々な『環境』が整えられている。

全部で二、三〇機ほどあるガラス球に目をやる神裂に、携帯電話からスラッパールが言う。

『そこにある装置は、目的の生命体を生み出すに足る自然環境を擬似的に整えた上で、生命の源を生むであろうと推測される、いくつかの未分類現象を人為的に発生させる事で、望むデザインの生命体を作り出す方式さ』

「アミノ酸の始点の話ですか？」

『そこから始めても良いけど、その場合だと希望の魔術生命体を完成させるまでに一〇億年ぐらいかかるだろう』

そうですか、と神裂は呟く。

それから、彼女は手近にあるガラス容器の表面を軽く手の甲で叩きながら、

「では、この容器の中で蠢いている、頭が三つある猫や海の底に沈んでいる毒蛇などは、やはりあなたの自慢のコレクションなのですか？」

自然と口調が強張るのを神裂は自覚した。

ここにいる魔術生命体の多くは、おそらく自然界に存在するものより格段に強靭な牙や爪を持っているだろう。しかし、逆に言えばそれしかない。おそらく総合的には、その辺にいる既存の犬や猫の方が強いのだ。ここにいる魔術生命体は歪であるが故に、自然界にある何でもない問題に対処できず、簡単に死んでしまう気がした。

ところが、レンガ埠頭で今までその研究を行っていたであろうスラッパールは、神裂の予想とは違う返答をした。

『……それについては心当たりがないな。さっきも言ったが、私の目的は私の演算作業の代理だ。あのアルファル以外の個体製造には興味がないし、そういう安易な動物的機能の追求は私のテーマからも逸れている』

「では、これらは全てあのアルファルが戦力補給のために、新たに生み出したものだと？」

『さあね。それはアルファル本人に聞くのが手っ取り早いんじゃないかな。……しかしまぁ、だとしたら困ったヤツだな。そこにある装置は、そういう使い方をするためのものじゃないのに』

いずれにしても、こんなアルファルの一存で次々に魔術生命体が作られてしまっては、意図的に歪められたモンスターの方も不幸になるばかりだ。急いでアルファルを確保した方が良い。

製造プラントから廊下に戻りながら、神裂は携帯電話を掴み直し、

「アルファルは私を見て、速やかに逃走する選択を採りました。もしかすると、レンガ埠頭の外へ出ている可能性もありますが……」

『逃げてどうすんだよ』

答えたのはジーンズショップの店主だった。

『今ん所、アルファルのメインの武装は、レンガ埠頭の迎撃魔術と魔術生命体だろ。そこを失ったら丸腰になるのは目に見えてる。本気で逃げるつもりなら、最低でもオメーがさっき見た魔術生命体のストックは全部持ち去って、できるだけ戦力を増強してから外へ行くんじゃねえの？』

「となると」

『夜逃げの準備がねえって事は、まだレンガ埠頭のどこかでオメーを奇襲するつもりがあるんじゃねえのか？』

そこまで言うと、店主は声のトーンを落とした。

『(……しかしまぁ、妙な構造の事件だよな。そもそも、アルファルが何で製造者を追い出し

てレンガ埠頭に立て籠もっているのか、その目的も見えてこねえ。「レンガ埠頭が占拠されて国家レベルのセキュリティが落ちるのは困る」ってのは、あくまでも俺達の側からの意見だ。アルファルがそれを実行する個人的な動機が見当たらねえ)』

「……アルファル側に、冷静に計画を練るだけの余裕がなかっただけかもしれませんが」

『何故？……って』

神裂はわずかに言い淀み、

「……あまり考えたくありませんが、スラッパールから非人道的な扱いを受けて追い詰められていた、とか」

『そんなもんかね』

口にする事そのものに罪悪感でも覚えていそうな調子の神裂だったが、対する店主は懐疑的だった。

『そもそも、本気でそんな扱いをする予定でアルファルを作るとしたら、製造段階で小細工をするとは思わねえのか？　手っ取り早く「主人には恨みを抱かない」って設定を脳か精神に追加すりゃ済む話だろ』

「それは、そうでしょうけど……」

『……いまいち敵の目的が見えてこねえのは、相手がアルファルだからかもしんねーけどな。人間の俺達にはシミュレートできるもんじゃねえのかもしれねえ』

「？」

『おいおい。オメーは犬や猫に服を着せて喜ぶ人間か？　あんなもん着せて喜んでんのは人間だけだ。ペットの方は嬉しい訳ねーだろ』

　呆れたように店主は言う。

『ペット愛好家ってヤツは、人間と動物の間にも強い心の繋がりがあるとか、互いに愛し合っているとか簡単に言うけどな。そんなもんじゃねえんだよ。あれは「最も安全かつ効率的に餌を得るための捕食プログラム」に過ぎない。そうでなけりゃ、捨て犬が新しい飼い主に懐く訳ねーだろ。日本にゃハチコーって犬の話があるようだけど、あれもこの理論に則ると「主人が死んだという状況を、犬の捕食プログラムが正しく認識できなかっただけ」とも解釈できる。……人間と、そうでない生物との間には、そういう溝があるんだよ』

　そりゃあ個人的には、いつか主人が帰ってきてくれると願い続けていた、って説の方が正解であって欲しいけどな、と店主は付け加えた。

　神裂はわずかに眉をひそめ、

「……アルファルにとっては極めて合理的で分かりやすい行動理由があったとしても、それを人間の我々には理解・認識する事ができないという話ですか？」

『敵の目的が見えねえと、足元をすくわれる危険も跳ね上がる。オメーも罠の可能性をもうちょっと深く考えておいた方が良いかもしれねえぞ』

　そんな言葉を聞きながら、神裂は廊下の壁に背を預け、少し考える。

　確かに店主の言っている事は一理ある。

　アルファルの精神構造を人間の彼女が予測する行為は、ペット愛好家が自分の愛犬へ一方的に服を着せるようなものでしかないのかもしれない。

ただ、

（……本当に、そんな複雑な話なのでしょうか）

今のアルファルの戦力は、このレンガ埠頭に集中している。

ここから逃げれば逃げるほど、彼女は戦力を失い、容易に捕らえられる事を意味している。

結果、待っているのは立ち往生。

そこへ世界で二〇人もいない『聖人』の神裂火織を投入された以上、ほとんど袋の鼠も同然だ。

となると、そもそも一番初めにアルファルがスラッパールに反旗を翻した行為そのものが合理的とは呼べない。それは、自分で自分を窮地に追い詰めるようなものだ。

一見すれば、そういう風に思える。

しかし、神裂はそれとは別に、もっと人間臭い動機についても考えていた。

（理不尽な扱いを受けたアルファルは、その状況から脱したかった。しかし一人では逃げる事ができない。だからレンガ埠頭を占拠する事で、海外からの魔術勢力と手を結ぶ足掛かりが欲しかった。極めて『人間的』に考えるなら、そういう可能性もあるのですが……）

その可能性について、店主と話し合うべきかどうか悩んだ神裂は、そこで気づいた。

手にしていた携帯電話から、一切の音が途切れていた。

単純な電波状況の問題ではない。実は、彼女は携帯電話を使って会話していたのではなく、携帯電話の裏面に貼り付けたシール状の符を微振動させて音を伝達させていたのだ。

その術式を切断された。

しかも、術者である神裂自身にすら気づかせないほど隠密に。

（これは……ッ!?）

眉間へわずかに力を集めると、周囲の空気がピンと張り詰めるような感覚があった。

いいや、比喩表現ではない。

神裂が背を預けていた廊下の壁が、うっすらと白く変色していた。半径一メートルほどの円形だけが、白くなっている。感じるのは寒さ。その正体は極めて微細な、

（……霜……？）

思い掛けて、違うと否定した。ほとんど反射的に頭に浮かんだのは以下の四つ。

北欧神話の魔術生命体。

石に刻む言語を用いた魔術。

結晶。

直線的な区切り。

しかし、神裂火織が明確な答えを導き出すのは、ほんの一瞬だけ遅かった。

ボバッ!!　と。

直後に何かが発動し、神裂の体が爆風に呑み込まれた。

6

レンガ埠頭から離れた茂みの中で、ジーンズショップの店主は手にしていた携帯電話を軽く振っていた。

（……途切れた？）

眉をひそめる店主は、二つの可能性を考えていた。

一つ目、神裂が構築していた術式が何者かに破壊された。

二つ目、レンガ埠頭そのものの障壁が増強され、内外の通信が阻害された。

いずれにしても穏当な状況ではない。店主は茂みから顔だけをちょこんと出し、レンガ埠頭のある方角に目をやる。距離はざっと三〇〇メートルほどだ。

すると、店主の様子が変わった事に、傍らにいたツアーガイドの少女が気づいたらしく、

「（……ちょっと。何やってんですか。駄目ですよ、それ以上身を乗り出すとレンガ埠頭の迎撃魔術に撃ち抜かれますって！）」

「（……なんか面倒臭せえ事になってるみたいだから、俺ちょっとレンガ埠頭まで行ってくるわ）」

「（……より一層駄目ですって!!　神裂さんみたいな回避方法もないんでしょ？　三〇〇メートル進むまでに何発撃ち込まれるか分かったもんじゃ……あっ、ちょっと！　何で私のレポートを勝手に盗み見てるんですか!?）」

慌てるツアーガイドを無視して、店主は何枚かの羊皮紙をめくる。

「(……五〇の標的を同時にロック。その内の二〇を瞬時に攻撃可能、か。これならデコイの霊装を飛ばしてごまかせるかもしれねえ。マンイーグルのシャツって何枚ストックあったっけ？)」

などと呟きながら、店主はゴソゴソと自分のカバンを漁る。何に使うものなのか、裏地に火打石をびっしりと貼り付けた奇妙なシャツを取り出している店主は、そこで人の気配を感じ取った。

アルファルを作った魔術師スラッパールが、こちらをじっと見ている。

もしかすると協力したいのかもしれないが、店主はあてにしていなかった。そもそも、実戦的な魔術を使えないから、アルファルにそれを任せようとして、さらにそのアルファルに裏切られたような魔術師である。言っては悪いが、どうにも小物な印象を拭えない店主だったのだが、

……ひゅうううう、という音が聞こえた。

立てつけの悪い戸の隙間から、冬の寒い風が入り込んでくるような音だった。それがスラッパールの口から洩れているのに気づいた店主は、

「この呼吸法……オメっ、ナニ生命力を魔力に精製して……ッ⁉」

「いやぁ、聖人さんが出てくるって聞いたから、もっと簡単に事を収めてくれると思っていたんだけどさ」

身構える店主だが、もう遅い。

こちらに掌をかざすスラッパールだが、その指先を奇妙な白い霜が覆っていく。

「何だか面倒臭い事になっているみたいだから、ちょっとレンガ埠頭まで行ってみようと思うんだ。……外部の民間人に頼んでいた物も、やっと届いたようだしね」

ニヤリと笑うスラッパールの側に、巨大な物が近づいてきた。

その正体は、タンクローリー。

7

レンガ埠頭の廊下は、紅蓮の炎に覆われていた。

直接炎の届かない所にまで、分厚い熱風が壁のように襲ってくる。下手に口から吸い込んだだけで内臓をやられかねないほどの空気の中で、不自然なほどに耳の長い金髪の少女はじっと佇んでいる。

アルファルだった。

「……あなたがどこで何をしようが構わないけど……」

熱風も無視して、少女は小さな口を開く。

そこでダメージを考慮しないのは、既存の生物とは異なる構造をしているからか。

「……第二製造所の『あの子達』に接触したのは間違いだった。人間同様に、私にも逆鱗がある事を、あなたは意識した方が良かったね……」

黒煙が石の天井にぶつかり、ゆっくりと広がっていく。

アルファルは周囲に目を走らせ、口の中で小さく命令を送る。途端にどこかで換気扇が回る音が聞こえ、有害な煙があっという間に吸い込まれていく。

ふん、と彼女は小さな鼻を鳴らした。

死体の確認をするため、自らが作り出した魔術の炎を消そうとしたアルファルだったが、そこで細い指先がピタリと止まる。


轟!! と。

辺り一面を支配していた炎の海が、一瞬で吹き消されたからだ。


奇襲前のまま、髪の毛一本焦がさずに、神裂火織はその場に立っていた。ただし、彼女の周囲には数本のワイヤーが張り巡らされている。まるであやとりのように交差するラインは三次元的な魔法陣を描き、炎と熱の侵入を拒んでいたのだ。

「ルーン魔術ですか」

眉を動かすアルファルに、神裂はワイヤーを張ったまま傍らの壁を顎で指した。

壁面には、大量の水滴があった。

つい先ほどまで、白く凍りついた霜が張り付いていた場所だ。

「他の結晶と同じく、氷の結晶は直線的に区切る事が多い。同じ水の結晶であるはずの雪が、様々なデザインに変更していくのは、空気中の塵や埃の影響を受けて変化していくからだという話を聞いた事があります」

三〇メートル程度の距離を置いて対峙する二人。

黙るアルファルに対し、神裂の言葉が続く。

「あなたは塵や埃に該当する微粒子を散布し、そこに過冷却水のスプレーを撒く事によって、瞬間的に望む形の『氷の結晶』を生み出した。……最も相性が良いのはルーンでしょうね。あれは直線的なラインだけで構成される文字ですから。『直線的』な縛りがあっても、『氷の結晶』だけで作る事ができます」

ルーン魔術は文字の種類によって、放てる魔術の質が変わる。逆に言えば、文字を読まれると次に来る魔術を先読みされる恐れもある。しかし、顕微鏡サイズの『氷の結晶』で文字を作ってしまえば、よほど特殊な手段を用いない限り、肉眼で文字を読まれる恐れはないだろう。

その上、一気に大量のルーンを配置し、威力を増強するのにも役に立つ。

一石二鳥。

環境や季節の問題から、今回は早々に違和感に気づいた神裂だったが……仮に冬場の屋外だったら、地雷のように設置する事もできたかもしれない。

しかし、

「氷という素材は諸刃の剣でしたね」

それこそ、氷のような鋭さで神裂は言う。

「ルーン魔術は、その文字を破壊する事によって効力を失う。木や石に深く刻んだものならともかく、脆く儚い氷の結晶では壊すのも容易です。例えば、掌を押し当てるだけでも、計算され尽くした文字は、溶けてただの水滴になる」

「……実際には、摩擦(まさつ)を使ったね。雪や霜は、ぶつかって溶けるとそこからさらに形を変えて結合する。ワイヤーを使って大量の摩擦熱(まさつねつ)を作り出した上で、私の精密(せいみつ)なルーンを『別のデザイン』に変わるように一度表面を溶かしてから再結合させたんだ」

「ほとんど偶然(ランダム)でしたがね。炎についても、完全に打ち消すには至りませんでした」

現実の戦場において、強運はそれだけでは意味を成(な)さない。強靭(きょうじん)な実力に支えられた上で、最後の一押しとして強運は悪夢のような効力を生む。

不確定な『強運』をここまで強く意識させられた事に、そこまで深く浮き彫りにさせる神裂(かんざき)の地力の強さに、アルファルは顔をしかめ、率直に後ろへ下がろうとする。

そこへ神裂(かんざき)が追いすがる。

安直な刃ではなく、言葉で。

「魔術生命体を見られた事にそこまで腹を立てたのは、あなたが作ったモノだからですか」

ピタリ、と。

アルファルの足が止まる。

構わずに、神裂(かんざき)は言った。

「歪(ゆが)んだ方法であっても、自らの子には愛着があったのか。それとも戦力として補充するためだけに作り出した事に、罪悪感があったのか。答える事はできますか？」

「……、」

チリッ、とアルファルの周囲の空気が焼けるような感覚があった。

今度は魔術によって何らかの変化が生じたからではない。純粋に、アルファル自身の感情がそういう風な錯覚を生ませるレベルに達しているだけだ。

「私が作った訳じゃない」

ほとんど唇を動かさずに、アルファルは言った。

「あれは、私の周りにいた動植物が勝手に歪んでしまっただけ」

「何ですって……？」

眉をひそめる神裂に、アルファルはその白くて細い手を、すいっと持ち上げた。

何の変哲もない掌。

しかし、素材からして既存の生命体とは違うもの。

「この世のありとあらゆる動植物は、周囲の環境に合わせて体の仕組みを変えていく。天敵から身を守るため、逆に効率良く獲物を捕まえるため。暑さや寒さに耐えるため。莫大な水圧や、敢えて硫黄を食べるため。……色々あるけど、どんな動植物も、自分一人だけでは進化をしない。必ず、周囲にある環境に引きずられる形で機能を追加・洗練させていく」

だったら、とアルファルは付け加える。

彼女はその小さな掌を自分の胸の真ん中に押し当て、

「もしも、地球上に存在しない『環境』に、動植物が触れてしまったら？」

神裂は思わず息が止まるかと思った。

アルファルが何を言おうとしているかを理解したからだ。

「進化の道筋は大きく変わる。地球上に存在しない私という『環境』に対し、何の変哲もない動植物は急速にその形を歪めていく。私を天敵とみなして防御しようとする昆虫、逆に種を遠くに運べるかもしれないと判断する植物。その意図や具体的な方法はそれぞれ違うけど、あらゆる動植物は、私の近くにいるだけでそのデザインを変えてしまう事は間違いない」

「では……」

神裂は、唾を飲み込んだ。

百戦錬磨の彼女ですら、緊張で喉の渇きを覚えていたからだ。

「第二製造所とやらのガラス容器に入っていたのは……」

「元々は、このレンガ埠頭の敷地内にいた動植物。猫のベイリーもいたし、野生の蛇とか昆虫も歪み始めていたから容器に入れた。あのまま放っておいたら、どこまで歪むか分からない。とにかく、私にはそういう性質が備えられている。これは通常の緩やかな進化論というよりも極端な条件による突然変異に近いから、あっという間にデザインは変わっていく」

アルファルは首を横に振る。

「状況はそこに終わらない。私を中心にして歪められた動植物は、さらにその周辺にある別の動植物を同じように歪める効力を持ち始める。それが一定以上に広がったら、もう誰にも止められない。世界中のあらゆる動植物は強制的に歪められ、本来あるべき形の生き物は一つもなくなってしまう」

今まで様々な進化を遂げていた生き物は、当然ながら地球の色々な地域に対応するために、長い時間をかけて取捨選択をしてきたはずだ。

それらの事情を無視した強制的な『アルファルによる進化』は、逆に言えば『地球の環境に最も適していた生き物のバランス』を崩してしまう。それはつまり、地球の環境を猛毒に感じるような体に変化させてしまうかもしれない事をも意味しているのだ。

「レンガ埠頭の中で私が従わせているのは、『進化』が安定していて、長時間私の側にいても一定以上の変異を起こさないと確認できたもの。なおかつ、二次的、三次的に他の動植物を強制的に進化させないものだけ。でも、そんなに都合の良い個体は全体の一％にも満たない。普通なら進化は際限なく進んでしまう」

そして、とアルファルの唇が動く。

彼女は何故か、憐れむような目で神裂の顔を見ながら、

「……その変化は、人類にしたって例外じゃない」

8

アルファルはレンガ埠頭の中に安置された、球体状のガラス容器の中で生み出された。

スラッパールが提示したレンガ埠頭の見取り図は何色かに色分けされていて、アルファルの通って良い場所と通ってはいけない場所を区切っていた。アルファルとスラッパールが同じ部屋で過ごす事はなく、会話をする時も分厚いガラス越しに行う事が常だった。

そうするためにはそうするだけの合理的な理由があるらしい。

その出生にも生活環境にも、彼女は特に不満を抱いていなかった。自分を作り出したスラッパールは時折広い世界について語る事があったが、アルファルとしては、自分の手の届く所にあるものだけで満たされていた。

そこにちょっとした変化があった。

きっかけは猫という生き物だった。ラグドールとかいう興味深い生き物だ。ベイリーって言うんだよ、とスラッパールは言っていた。彼が飼っているようだった。ベイリーはスラッパールと同じく分厚いガラスの向こうにいて、アルファルが触れる事はできなかった。

それを希望すると、スラッパールは珍しく困ったような顔になった。

数日後、スラッパールはぬいぐるみをくれた。

ベイリーに良く似た、猫のぬいぐるみだった。長い毛はふわふわで、おそらく本物の猫もこんな風な感触なんだろうなと思う事ができるようなクオリティだった。おまけに、ぬいぐるみはベイリーのように動いた。どうやら綿の他にも、動く骨組みのような仕掛けがあるようだった。

でも、これはベイリーではない。

見取り図で色分けされたレンガ埠頭の中を歩き回るたび、ふと思うようになった。この規定されたエリアから外に出れば、ベイリーに会えるのだろうか。ベイリーと同じような、大きな生き物がいっぱいいるんだろうか。

もしもアルファルが、単なる霊装だったのなら、色分けされたエリアの外へ出ようとは思わなかっただろう。

しかし彼女は魔術生命体だ。生き物である。

それ故に、アルファルは自分の意思で物事を決定し、最初の一歩を踏み出してしまった。

別にレンガ埠頭の中での話だ。

建物の外に出る訳ではないし、広い広い世界へ放り出される訳でもない。

同じ施設の中の、別の部屋へ向かうだけ。

猫のベイリーに会って、ぬいぐるみと同じ触り心地なのか、もっと心地の良いものか、それを確かめたかっただけ。

なのに。


アルファルは、その先で奇怪な『生き物』を見る事になる。


脚の代わりに人間の指のようなものがびっしりと生えた巨大なムカデが壁を這っていた。

肉塊の周りへブドウのようにびっしりと眼球を張り付けた、異様な塊が床で蠢いていた。

前後左右に四つの頭を持ち、でたらめな方向に脚を伸ばし、自分の体を支えられなくなっている四本脚の動物がいた。

外には生き物がいっぱいいる、とは予測していた。

だけど、こんなグロテスクな極彩色は、アルファルの思い描いていたものではなかった。猫のベイリーとは一八〇度異なっていた。そんな風に生まれてきてしまったものには申し訳ないが、アルファルの前にいたのは、どう考えても『化け物』だった。

恐ろしくなり、アルファルは逃げた。

色分けされた見取り図は頭の中から消えていた。今、自分の走っている場所が、アルファルのいて良い場所なのかいけない場所なのか、それすら理解できなかった。

逃げ込んだ狭い部屋の片隅で震えるアルファルを見つけてくれたのは、ラグドールのベイリーだった。その猫は、青くて大きな瞳でアルファルを眺め、軽く首を傾げるような仕草をした。どうしたの、と語りかけているかのようだった。

恐る恐る、初めて触れたベイリーは、涙が溢れるほど温かかった。

だが。

その安心感も、長くは続かなかった。

実際の時間だと、何時間が経過した頃だっただろうか。

異変があったのだ。

ベイリーの呼吸がおかしくなった。左右の瞳の高さが揺らいだ。顔の形が崩れ始めているのだと気づいた時、アルファルを再び恐怖が襲った。以前に見た化け物のような生き物が連想された。ベイリーも、その皮を被っただけの怪物なのかと思った。

だが違った。

顔や体を崩しながら、それでもベイリーは、青くて大きな瞳でアルファルをじっと眺めていた。どうしたの、と猫は語りかけているようだった。首を傾げるような仕草で。アルファルの感情を読み取り、安心させようとするかのように。

その挙動は、どうしようもなくベイリーだった。

ベイリーが、ベイリーじゃないものに変わりつつある。何故、とアルファルは思った。考えて、考えて、考えて……それから、彼女は心当たりにぶち当たった。

色分けされたエリアから出てはいけない。

スラッパールが言った言葉を、アルファルは思い出したのだ。

こうなるから。

だとしたら。

みんながこうなったのは、私のせい？

放っておいたら、私を作ってくれたスラッパールもこうなるの？

そして、アルファルは絶叫した。

今も刻一刻と変化を続けるベイリーを両手で掴み、持ち上げ、アルファルは施設の中を歩き回った。本当は走りたかったけど、頭が混乱していて、歩くのが精一杯だった。アルファルは、自分が生み出された部屋へと向かった。そこにあった球体状のガラス容器の中にベイリーを放り込み、ようやく『変異』が一時的に止まったのを見て、ようやく彼女は力なく床へ座り込む。

すでにベイリーの頭は三つに増えていた。

アルファルは、同じ部屋に置かれたレポートを読んだ。

自分自身に備わった特性と、それを生み出したスラッパールの意図を知った。

もう嫌だ、と彼女は思った。

これ以上は、誰一人、何一つ、他の生き物を怪物になんかしたくはない。

だから、全ての生き物を遠ざける。

本当は、死んでしまいたかった。でも、それだけでは足りなかった。アルファルは、自分の周りにいる生き物を無条件で変異させる。その特性は、彼女が死体になってもある程度は『劣化した形』で持続される、とレポートにはあった。

アルファルは、元々『何らかの動物の化石を、魔術的に復元させたもの』であるらしい。ならば、彼女が本当に無害になるには、肉や骨のついた死体では駄目なのだ。完全に元の化石に戻らなければ、その間に生き物が一つでも接近すれば、動物の変異は巻き起こってしまう。

ならば。

それなら。

やるべき事は、一つしかない。

幸い、このレンガ埠頭の建物の外壁自体は、アルファルの『特性』をある程度遮断する効果があるようだった。だから、まずはこの建物から全ての生き物を遠ざける。その上で、自分自身の死体を、完全な化石に返す方法を探す。死体を放置して完全に風化させれば良いのかとも思ったが、生体の腐敗や分解には別の生き物の力を借りるものらしい。それに、骨と化石は違う。骨だけでもイレギュラーな変異が起こる余地が残る以上、その方法では駄目だった。別の方法を見つけなくてはならなかった。

本当は、アルファルだって怖かった。

怖くて怖くて仕方がなかった。

でも。

球体状のガラス容器の中では、今もベイリーが青い瞳でこちらを眺めている。

どうしたのと、その瞳は質問をしている。

多分、頭が三つに増えてしまったベイリーは、元のラグドールには戻れない。単なる怪我や病気とは違う。種族として遺伝子のレベルから一度『進化』してしまったものを、都合の良い所まで巻き戻すように『退化』させる術など、誰にも扱えるものではないだろう。

もう二度と、ベイリーのような境遇を他の生き物に押し付ける訳にはいかない、とアルファルは思った。

9

神裂火織は、球体状のガラス容器に入った頭の数が増えた猫をイメージし、身震いするかと思った。

事はアルファル個人の善悪の問題ではない。

現在進行形で神裂の身に迫りつつある危機は、そんな単純な次元を超えてしまっている。

思わず一歩後ろへ下がる神裂を、アルファルは冷静な目で観察していた。

「最初に猫のベイリーが歪み始めたのには、三、四時間ぐらいかかったと思う。逃げるのなら止めないけど、容器の中に入りたくなければ早めに出て行った方が良い」

アルファルの目的は分かった。

彼女はただ、自分の周囲にいる人々や動植物を歪めたくはなかった。

そのために主人であるスラッパールを追い出し、自分はレンガ埠頭の中から出ていく事もできなくなった。

ただ、

「動植物の進化は、本来ならば数万年をかけた長大なもののはずです」

後ろへ下がりながらも、神裂は質問を行う。

「いかにあなたが特殊な『環境』を提供するからと言って、ものの半日であそこまで外見や機能が大きく変化するとは思えません」

「それは……」

言い淀むアルファル。

しかし彼女を強く追及しなくても、答えは別の所からやってきた。

「決まっているだろう。最初から、そういう風になるように作ったからさ」


白い霜が走った。

先ほどのアルファルとは比べ物にもならないぐらい広範囲だった。

そして、神裂に向けて大量の強酸が襲いかかった。

直線的な通路の流れを無視して、真横の壁を溶かすように襲いかかってきた莫大な量の液体は、たとえ成分が単なる水であったとしても、神裂を溺死……いや、もしかすると圧死させていたかもしれない。

だが。

ゴバッ!!　という爆音が炸裂した。トン単位の膨大な強酸の洪水は、神裂に激突する前にひとりでに引き裂かれた。

「わはっ。すごいな、モーセが海を割ったのとは方式が違うようだ。……それとも、こちらの文字を先読みされたかな。『製錬』は元々、鉄を作る際に出る残りカスだ。私はそこから『鉄を溶かすほどの効果＝強酸』という意味を強引に付加した訳だが、もしかすると、その鋼のワイヤーか何かを使って誘導されたかな」

声に、神裂は溶かされた壁から急速に遠ざかる。

自らが溶かした壁にも床にも強酸の水たまりができていたが、何らかの防御を施しているのか、何者かは無視して侵入してくる。びちゃびちゃという足音だけが神裂の耳に届く。

アルファルの顔色が変わった。

無理もない。

侵入者は、彼女を作ったスラッパールだったからだ。

「……、」

神裂は改めてスラッパールの顔を見る。

彼はジーンズショップの店主やツアーガイドの少女と一緒にいたはずだ。そして、スラッパールが独断で不審な動きをすれば、少なくとも引き止めようとするだろうが……。

無言の神裂から何かを察したのか、スラッパールは人差し指を軽く振って、

「殺してはいないさ」

「……、」

神裂の目が、わずかに細くなる。

魔術師の言葉だけが続く。

「とはいえ、別に慈悲の心を見せたって訳でもないけどね。あの男の方、意外にとっさの判断力には優れているみたいだね。正面から近距離で仕掛けたのに、致命傷を与えられなかった。これでも少しは驚いているんだよ？」

上っ面の賞賛の言葉は、裏返って侮蔑の感情を乗せる。

神裂は、ゆっくりと唇を動かして尋ねた。

「そこまでして、何をしに？」

「いやあ。実を言うとどこかで妨害しなくちゃならないとは思っていたんだが、タイミングを逃し続けていてさ。でも、君が私のオーダー通りアルファルを瞬殺しないでいてくれて助かった。その子は、設計図通りに作ったとしても同じ効力を得られるかどうかは未知数なものでね。単純に、失ったら同じものを作ればいいという話ではないのさ」

レンガ埠頭の本来の主は、アルファルなどよりよほどこの施設の空気に馴染んでいた。

「元々、天然のアルファルがいたであろう『奥深き森』は、普通とは違う生態系が息づいていたんだろうけど、それにしたってここまで極端に、数時間単位で他の動物を強制進化させるほどの特質が備わっていたはずはない。それなら、地球上の生物全体がとっくに変異し尽くしているはずだろうし。こいつはアルファルに備わっていた『他の動植物とは違い過ぎるズレ』を、私のデザインで際立たせた結果……といった感じかな。どう『際立つ』かは作ってみるまで分からなくてさ。都合の良い個体を作るには、結構偶然的な確率に頼るところもある訳だ」

襲撃前に、スラッパールは『今のアルファルはレンガ埠頭の迎撃システムとリンクしていて、生命活動の停止と共にシステムが破壊されるように設定されているかもしれない』などと牽制していた。もしかすると、あれも単なるブラフだったのかもしれない。

聖人の神裂に、アルファルを潰させないための。

「……確か、あなたは一定以上に複雑な魔術は扱えないという話でしたが……」

「そうさ。だからシンプルじゃないか。配置する文字は一種。過冷却水と微粒子を使ってそれを一気に大量生産し、粗悪な質を圧倒的な量で補っているだけさ。たったこれだけの効果を生むのに、一〇万字以上のルーンを消費する魔術師なんて、私以外にはいないだろう？　普通なら、それだけ無駄遣いすればちょっとした神殿が建つものさ」

アルファルはスラッパールの様子を窺っているようだが、魔術師の方は振り返りもしない。おそらく彼我の実力を正しく認識しているのだろう。もはや少しおどけた感じで、

「殺して止めるのは簡単なんだが、やはりその子の価値が引っ掛かってさ。さっきも言った通り、設計図通りに作っても同じものができるとは限らないんだ。そうこうしている内にレンガ埠頭の迎撃魔術に小細工をされてしまった。少々問題が大きくなってしまってね。流石に『必要悪の教会』に通報しないのはまずいからさ。デコイの情報を撒いておくためにも、一度レンガ埠頭から『敗走』して、君達と合流する必要に迫られたという訳さ」

「……、」

神裂はスラッパールの顔を改めて睨みつける。

となると当然、アルファルを作った目的は、単なる魔術的な演算を肩代わりさせるためではないのだろう。

「別に壮大な野望を抱いている訳じゃないさ。世界中の動植物を歪めたいとか、戦闘用のキメラ軍でも作って世界征服をしたいとか、そんな面倒臭い事を考えている訳じゃあない。私の目的はとてもシンプルなものだよ」

魔術師は退屈そうな調子で、さも当然のように言う。

「進化がしたいんだ」

漠然とした言葉だった。

もしもこの場に、アルファルさえいなければ。

「最初に言っただろう。私は先天的に、一定以上複雑な魔術を構築できない。どんな方法を使っても治療薬を開発しようとしても、こればかりはどうにもならない。ま、そこで目をつけたのがアルファルだ。……生物としての根幹から作り替えてしまえば、私は私の弱点を克服できるかもしれない」

「……もしもその結果、人間だけでなく、一地方の動植物のバランスそのものが大きく崩されようとしても、ですか」

「もちろん」

「……事の問題は今この時だけでなく、数百年、数千年先の生態系にまで影響を与えるとしても、ですか」

「考慮する必要があるのか？」

その返答に、神裂は自然と刀の柄へ手を伸ばした。

この距離なら一瞬だ。

彼の周りの床に強酸の水溜まりがあるのがネックだが、『聖人』の脚力を使えば、その気になれば二〇メートル程度の跳躍はできる。空中を舞うように攻撃する事も十分可能だ。

「いいね」

しかし、スラッパールの表情は変わらなかった。

おそらくは、聖人がどういうものかを理解した上で。

「ただし、無駄だと評価しておこうか。……そもそも、何の準備もしないまま奇襲を仕掛けるとでも思っているのか？」

魔術師は言いながら、溶けた壁の向こうを指差した。

神裂のいる所からでは見えない。

指先だけを動かし、ワイヤーを使って通路の壁を四角く切り取った神裂は、そこでようやくスラッパールが何を言いたいのかを悟った。


一面に広がる白い霜。

レンガ埠頭の敷地に雪が降り積もったように、地面や建物の壁、天井などがうっすらと変色していた。おそらくは、その全てが人為的な加工を施された極小のルーン文字。その数は、億か兆か。全体で何文字になるかは想像もつかない。

「大量の過冷却水を用意するために、液体酸素運搬用のタンクローリーを調達していてね。それでも、これだけ広大な敷地に散布するのは少々骨が折れたよ」

一つ一つの威力は極めて低く、指で押す程度のものでしかないだろう。

ただし、それが万、億、兆と連なる事で莫大な威力を発揮する。個人としては圧倒的な戦力である『聖人』の神裂だが、あれをまともに喰らえば膨大な『数の暴力』に削り取られる羽目にもなりかねない。

目の前の状況に危機感を覚えながらも、同時に神裂はこうも思う。

(……先天的に複雑な魔術を構築できない状態ですら、これだけの力量。仮にアルファルを利用して本当にその弱点を克服できたとしたら、どれほど強大な魔術師になるか)

自己の目的のためにここまでやるスラッパールが、『進化』というひとまずの目標を達した程度で留まるとは考えにくい。一つの目的を果たしたら次の目的を、それを果たしたらさらに次の目的を、と続いていくに違いない。そのたびに被害が無尽蔵に拡大していくのなら、やはりここで魔術師を止めるしかない。何か使える物はないか。錆びた金属板や歪んだ草花も天草式の武器になる。

神裂は、チラリとアルファルの方を見た。

一度は製造者を守るために反乱を起こした魔術生命体。彼女は基本的に、スラッパールを守るように考えて行動しているはずだ。この状況で魔術師が命令を飛ばした場合、彼女も敵になる可能性が高いのだが……、

「聖人。私が自由でいる内に言っておく」

アルファルは真っ直ぐに神裂の目を見て言った。

「そいつを止める方法はとても簡単。……殺してしまえば良い」

少女の美しい声に、魔術師の口が反射的に笑みを作った。相当に歪んでいるとはいえ、それなりに執着をもって生み出した魔術生命体の言葉だったからか。

この魔術師は、アルファルを完全な道具として扱っていた。

逆に、アルファルからも完全な道具として扱ってほしかったのかもしれない。

神裂は何も言わなかった。

何も言わずに、刀の柄を明確に握り締めた。

しかし、スラッパールの体は弛緩していた。もちろん警戒はしているのだろうが、簡単には倒されないだけの自負があるからだろう。そこにあるのは余裕だった。こちらに攻撃がくればカウンターで仕留めるという意思すら感じられる。

そして。


ドッ!! と。

何かを切断する鈍い音が、レンガ埠頭に炸裂した。

10

神裂火織とスラッパールの間には、二〇メートルの距離があった。

しかし関係はなかった。

彼女は刀を振るうのではなく、その動きに隠すように手の中のワイヤーを操っていたのだ。ほぼ不可視に近いほどに細く鋭い七本のワイヤーは、神裂の指先の動きに従い、正確に標的を攻撃していた。

スラッパールの頬に、浅い傷が走っていた。

血の珠が数滴こぼれたが、彼の顔色は変わらなかった。

ただし。


そもそも、神裂の標的はスラッパールではない。

彼の背後にいた、アルファルの少女だった。


「……、」

アルファルの少女は、自分の体を見下ろしていた。その上半身へ、斜めに大きな傷が走っていた。一瞬遅れて大量の血が噴き出し、彼女の体が力なく床へと崩れ落ちた。

「彼女は言いましたよ」

遠くから撃ち抜くような一撃を放ち、神裂は冷静な顔で告げた。

ひたすらに、冷酷に。

「魔術師を止める方法は、手っ取り早く殺してしまう事だと」

先天的に一定以上複雑な魔術を構築できない魔術師にとって、『アルファルによる人為的な進化』は最後の救いだった。同時に、その計画はとてもデリケートな事で、設計図通りにアルファルを作ったとしても、同じ効力をもった個体が生まれるとは限らないほどだった。

そこへ執着する魔術師の計画を砕くために、最も効果的な方法は何か。

答えは簡単。

二度とは作れないアルファルを、目の前で奪ってしまう事だ。

「……あ……」

スラッパールは身をひねり、アルファルの惨状を確認し、しばし呆然と固まっていた。

そして。

じゅう……という嫌な音が聞こえた。

スラッパールの足元からだ。今まで何らかの方法で強酸の水溜まりからの干渉を防いでいた魔術師だったが、その術式が解けてしまったのだろう。両足の靴底から、煙のようなものが噴き出し始めている。

魔術師に、気にしている様子はなかった。

ここで、彼にはいくつかの選択肢があった。

その中には、事前に張ったトラップを使い、怒りに任せて神裂を殺してしまうというものもあったはずだ。

しかし、彼はそうしなかった。

意味がないからだ。

そもそも、魔術師が行動していた全ての理由には、目的には、その中心には、アルファルという希望があったはずなのだから。彼女が死ぬのを阻止したがっていた以上、死体ではデリケートな『進化の調整』ができないのだろう。

あまりにもあっさりとその希望を奪われた青年は、そのまま床に膝をついた。強酸の上に直接、だ。衣服も肌も焼けるが、やはりその表情は変わらなかった。いいや、そもそも顔の筋肉が全く動いていなかった。

「っ!!」

流石に見ていられなくなったのか、神裂は高速で魔術師に接近する。水溜まりは均一には広がっていない。わずかに残っている、強酸のないエリアだけを踏みしめ、自失している魔術師の襟首を片手で掴むと、振り回すように思い切り投げつけた。人間の体が、まるで小さなぬいぐるみのように一〇メートル以上も飛ばされる。

「簡単には死なないでください」

神裂はくだらなさそうな調子で言う。

「裁き方はこちらで決めますので」

床に転がる魔術師から、反応はなかった。

生きるための目的を奪われたスラッパールの唇は、彼以外には絶対意味の分からない言葉を呟(つぶや)き続(つづ)けるだけだった。

11

「で？」

ジーンズショップの店主はつまらなさそうな調子で言う。

彼は現在、見た目はクラシックカーだが中身は電気自動車という、エコな自家用車のハンドルを握っていた。スコットランドでの仕事が終わったので、これからロンドンへ帰る途中なのだ。

店主の頬には青痣(あおあざ)がある。

「俺はさ、ロンドンの片隅で小さなジーンズショップを営み、日々の暮らしを支えるだけの賃金を得られればそれで満足なんだ。本当なんだよ。なのに……何で気がついたらこうなってんだ⁉　あのクソ魔術師に真正面から殺されかけたぞ‼　あいつは『必要悪の教会(ネセサリウス)』の所属なんだよな？　だったら今回、本来なら守られるべき民間人の俺はこの憤(いきどお)りをオメーらにもぶつけても良いと思うんだがどうだろう⁉」

「真正面からプロの魔術師の一撃を受けてもそれだけ叫べるのなら問題はないのでは？　そもそも、ツアーガイドを庇(かば)うだけの余裕を見せたあなたのどの辺が民間人なんですか」

「おいおい参ったぜ。たまにボランティア精神を発揮したらこの扱(あつか)いかよ⁉」

絶叫する店主だが、神裂(かんざき)もツアーガイドもまともに応対しない。

目尻に涙を浮かべる店主は、ルームミラーで後部座席をチラリと見ながら、彼女達に質問した。

「……ところでよ。そのアルファル、結局どうするつもりなんだ？」

「わざわざ血の演出まで用意して製造者の目をごまかしたんです。あのまま放(ほう)っておくのも無責任でしょう」

神裂(かんざき)はサラリとした調子で答える。

ルーン魔術にもいくつかの様式があるが、大抵の場合は、『どんな文字をどんな場所に刻むかを見定める』『実際に文字を刻む』『その文字に血なり染料なりを流し込んで呪文を紡(つむ)ぐ』辺りのプロセスを経て実行される。

神裂(かんざき)はこの内、『刻んだ文字を血で染める』所に着目。

ワイヤーを使ってアルファルの体の表面を極めて薄く切った上で、あたかも『そこから血の噴水が湧き上がるように』魔術的な細工を施した訳だ。

ツアーガイドの少女は何やら感心した様子で、

「そりゃあ上半身を肩から腰まで斜めにズッパリやられて、噴水みたいに赤い液体が噴(ふ)き出(だ)して、そのままバッタリ倒れられたりしたら、もう完璧に死んだとは思いますよねえ。しかも聞いた話だと、結構距離もあったみたいですし」

「現代戦ではルーンの使用方法も適時簡略化されていますからね。私の知る限りだと、コピー機で大量生産して使用する魔術師もいますし。……昔ながらの方法を使っていれば、『術者の刻んだ溝から血や染料が飛び出した』時点で、トリックの可能性を怪しんだかもしれません」

何しろ、相手は過冷却水や氷の結晶の構造まで利用して、ルーンの魔術を徹底的にアレンジする魔術師だ。使い慣れたが故に、逆にそういった基本的な事を忘れてしまっていたのかもしれない。

しかし、成果を聞いても店主はやや不機嫌そうだった。

「その染料はどこから手に入れた？」

「……それは……」

「どうせ金属や草花のエキスだけじゃ心配だからオメーの血液でも参考にしてこっそり調合したんだろうがよ。ったく、色味が分かりゃ良いのに派手に使いやがって。後で病院寄るぞ。オメー聖人だけど輸血は普通のでオッケーだったよな」

生まれつき血液に妙な治癒効果などが付加されている聖人の場合だと、輸血を行えないケースもある。が、神裂はそういった種類の聖人ではない。

そんな事を言い合っていた神裂達だったが、不意に会話が止まった。後部座席に押し込められたアルファルが目を覚ましたからだ。

彼女は最初、自分がどこにいるのか分からずに不安がり、次に自分が明らかに似合っていないゴツいジーンズを穿かされている事に違和感を覚えたようだった。

神裂はサラリとした調子で言う。

「一応、霊装の一種ですよ。どんな効果があって何を封じているかは説明しなくても分かるでしょう」

「あくまで一時的なもんだぞ。そもそも、そいつはそういう使い方をするためのもんじゃねえんだ。一応、いくつか即興で縫い直してはいるけどよ。縫い方程度でどうにかなるレベルを超えちまってる」

アルファルの性質に合わせるためか、金属製のボタンやファスナーは取り払われていて、代わりに木を削った真新しいボタンが取り付けてあった。

車は鉄製だが、周囲への拒否感情は少ない。ジーンズには『進化』への耐性の他に、金属に対する反応を抑える効果もあるのかもしれない。

彼女は無意味と知りながらも、狭い車内でできるだけ周りと距離を取るようにしながら、注意深く質問する。

「……あの時、私は殺せって言ったはずだけど。意味を取り違えたの……？」

「さあ。あなたがそう感じたのなら、おそらく私の勝手なミスなんでしょうね」

神裂は特に気に留めずにそう言った。

致死量限界まで己の血を消費した事を知っている店主は、思わず舌打ちしそうになったが、理性の力でそれを押し留める。

「……私は、これからどうなるの……」

「湖水地方にある大量の城跡の中に、我々『必要悪の教会』の研究施設があります。二〇世紀序盤までは魔術生命体の製造も行っていた記録もありますから、そこなら適切に隔離保護できるでしょう。あなたが懸念するような、生態系への深刻な影響を食い止められます。レンガ埠頭にいた他の動植物についても、すぐに別働隊が保護します」

「研究施設……という事は、ギブアンドテイクなのね」

「表向きは」

「？」

首を傾げるアルファルに、神裂は肩をすくめてこう言った。

「そういう名目にしておかないと、国の機関は利用できないんですよ。例えば……その『進化体質』を完全に抑えるための霊装を開発するにしても、ですね」

第五話　海洋牢獄 NAGLFAR.

1

捜査の依頼内容を説明させていただきます。

インド洋を航行中の海洋牢獄が、原因不明の航行トラブルを引き起こしました。現在、海洋牢獄はインド南端の陸地に向けて自動操船されています。

海洋牢獄には『必要悪の教会』が世界各地で捕縛した敵性の魔術師が五〇〇人ほど収容されており、インドへの到着または衝突は、凶悪犯罪者である彼らを再び野に放つ事を意味しています。

そうした魔術師の逃走を防ぐため、該当する海洋牢獄を一刻も早く沈めてください。また、海洋牢獄を沈めた後も、海を泳いで陸へ向かおうとする魔術師を皆殺しにしてください。一人も生き残らせる事は許しません。看守などの救出活動に時間を割く必要はありませんので、とにかく魔術師の討伐のみを最優先してください。


「……とまぁ、こんなふざけたジェノサイド命令は当然のように無視する訳だが」

インド南端、ナーガルコイルの海岸で、ジーンズショップの店主は面倒臭そうな調子で切り出した。

「どうやって場を収める？　その暴走した海洋牢獄ってのがここに到着しちまえば、最低ランクでも子供を五〇人は切り刻んで寸胴鍋で形がなくなるまで煮崩したってレベルのクソ魔術師どもが大勢逃げ出しちまう」

「海洋牢獄が何故暴走したのかが分からない限り、解決策も見出せそうにありませんね」

神裂も神裂で、同僚をあっさりと見殺しにする上層部の命令にうんざりしているのだろう。やや不機嫌な調子で口を開いた。

彼女はツアーガイドの少女の方に目をやって、

「そもそも、海洋牢獄とはどういう形式のものなのですか？」

「ええとですね」

ツアーガイドは自前のメモ帳を広げながら、

「アクアトンネルっていう、豪華客船をご存知ですか。……客船というより、厳密には潜水艦なんですけど」

「ガラス張りの潜水艦だろ」

店主はニヤニヤ笑いながら言う。

「水族館とかでよ。巨大な水槽の底部に通行用の透明なトンネルを通して、まるで海の中にいるみたいな観覧コースが作ってある事があるだろ。アクアトンネルって潜水艦は、それをエスカレートさせたんだよ。分厚い防弾樹脂で潜水艦を作って、南国の色とりどりの熱帯魚から陽の光も届かない暗闇の深海魚まで、ありとあらゆる海の世界を楽しめるんだと。時々世界一周旅行の話が出るけど、チケットの競争率が激しくて普通の人間にゃ手が届かない状態になってるらしい。アクアトンネル自体、同じ型のものが一二隻も建造されてるって話なのによ」

「実はあれが海洋牢獄なんです」

ツアーガイドの少女はポツリと言った。

彼女は手帳の別のページをめくりながら、

「とは言っても、アクアトンネルは『デコイ用に用意された、本物の豪華客船』です。ホントに世界一周旅行もやってます。他の一一隻が、本物の監獄として機能している訳です」

「何でまた、そんなに面倒臭い事を……」

神裂が言うと、ツアーガイドの少女はまた手帳のページをめくって、

「元々、海洋牢獄は世界中で捕まえた悪い魔術師を、イギリスに運ぶ途中で再逃走されるのを防ぐために作られたものです。そのため、一一隻の海洋牢獄は定期的に七つの海を渡っている訳ですけど……科学サイドのレーダーやソナーを四六時中ごまかし続けるのは、コストがかかるし確実性も保証できないのだそうで」

ツアーガイドは細かく付け足された注意書きに目をやりながら、神裂の質問に答えていく。

「それよりは、『一二隻の豪華客船が常に世界旅行をしているけど、チケットが取れないから滅多に参加できない』という風にしておいた方が楽なんですって。でも、完全に誰も実体を知らない、だと変に怪しまれます。だから一隻だけはデコイ用として本当に一般開放していて、その他の一一隻で本来の『牢獄』としての役割を果たすんだそうです」

「当然、デコイの客船と違って牢獄の方の乗り心地は最悪なんだろうけどな」

「奴隷を運んでいた頃のガレー船に比べれば随分マシらしいですよ。海の上で死者が出るって事もなさそうですし」

「ならオメーも乗ってみるか？」

面倒臭そうな調子で言った店主は、軽く周囲を見回してから、

「海洋牢獄の制御は？」

「囚人達に操舵室を乗っ取られた訳ではないみたいです。というか、海洋牢獄には、そもそも操舵室みたいなものはないそうで」

「？」

神裂が眉をひそめると、ツアーガイドの少女はこう言った。

「そういった事態を防ぐため、海洋牢獄は内側から操船する事はできないんです。外部からの遠隔操船だけ。だから、たとえ囚人が暴れて看守を人質に取ったとしても、海洋牢獄は何事もなくイギリスまで進んでいくらしいですね」

深海の水圧は天然の絶壁として機能するし、おまけに潜水艦そのものが外部から操られているから、監獄の内側からどう暴れたって逃げ出す事はできない。

イギリス清教が用意した『護送船』のセキュリティは厳重だったし、それは逆に言えば、それだけ凶悪な魔術師を警戒しているのだという事も示している。

しかし、

「なら、一番怪しいのはそこですね」

神裂は言った。

多くの魔術的な犯罪者を乗せた海洋牢獄が本来の航路を外れ、インド南端へと突き進んでいる状況で、彼女は顔色一つ変えずにこう続ける。

「外部から遠隔操船する魔術に何らかの細工を施された。そう考えるのが妥当では？」

2

インド南端、ナーガルコイルに海洋牢獄が衝突するまで、およそ五〇キロ。

「海洋牢獄は、『喜望峰』と呼ばれる霊装によって外部から操船されています」

「……となると、設置場所はアフリカ大陸の端っこか？」

早くもうんざりした調子のジーンズショップの店主に、ツアーガイドの少女は慌てて首を横に振った。

彼女はメモ帳をめくりながら、

「そういう名前の霊装、というだけですって。さっきも言いましたけど、海洋牢獄は定期的に七つの海を渡っています。ですから、七つの海に対応した『喜望峰』が、それぞれの海の近くに安置されているんです。暴走した海洋牢獄はインド洋を航行中にトラブルに見舞われた訳ですから……」

「怪しいのは、この国にある『喜望峰』とでも？」

「インドって、十字教関連は何が有名だったっけ？　ザビエルの墓がある教会とか？」

「それも有名ですけど、イエズス会はローマ正教の管轄ですね。私達、イギリス清教とは関係ありません」

「……俺はあくまでも善良なジーンズショップの店主さんなんだけどな」

もうあんまりやる気がないのか、露店でバナナジュースを買いながら店主は言う。

ツアーガイドの少女は高速でメモ帳をめくりつつ、

「イギリスとインドの接点と言えば、やっぱり東インド会社でしょう。大航海時代にイギリスが一方的に設置した交易基地ですね。当然、今ではそんなものは影も形も残っていませんけど、いくつか『遺跡』みたいなものがありまして」

「そこの魔術的なセキュリティを再稼働させて、『喜望峰』を安置した……という事ですか？」

「まぁ、この国にとっては東インド会社なんて歴史の汚点そのものですからね。一般には完全に秘密裏に行われるとはいえ、それでも再使用の許可を取り付けるのに随分苦労したみたいですよ。……最終的には、『喜望峰』を安置している間は、イギリス製の人工衛星の内、三割をインドの発射場を借りて打ち上げる事で合意したみたいですけど」

「……ほとんど学園都市の発射場を使うこの時代に何でインドなのかとは思っちゃいたが、そういう裏があったって事か」

「ＮＡＳＡや学園都市のＧＰＳ独占状況を脱しようとするＥＵなんかは、結構インドから衛星を打ち上げたりしてますけどね。でも、やっぱり二大トップが強くて市場競争はシビアらしいですよ」

宇宙事業自体はロシアも強いようだが、そのシステムの規格が違うため、周辺の国々ではサービスを受けられないらしい。近い将来、本格的に参入するであろう中国にも同様の懸念があるようだった。

「ともあれ、東インド会社の『遺跡』まで行って、安置されている『喜望峰』がどうなっているかを再チェックすれば良い訳だ」

「でも、ここの『喜望峰』だって整備スタッフはいますよ？　彼らだって海洋牢獄の暴走が確認された時から、『喜望峰』については調査しているんじゃないんですかね」

「それが、単なる運用上のトラブルだったら任せておいても大丈夫でしょう」

神裂は表情を変えずに言う。

「ですが、魔術師の手による本格的な妨害行為だった場合、彼らのやり方では見落とす可能性もあります。そこはやはり、魔術師に対する専門家の我々も再チェックに参加しておいた方が良いでしょうね」

3

街でレンタカーを借りて、三人は『喜望峰』の安置場所を目指す。

運転しているのはジーンズショップの店主で、助手席でナビをするのがツアーガイドの少女。神裂は後部座席だった。いつもの配置である。相変わらず、神裂の馬鹿長い刀はサーフボードのケースに収めて車の屋根に載せていた。

「くそっ！　さっきっからガッタンガッタンって……ホントにこの車はサスペンションついて

んのか⁉　こっちの自動車はとにかく安いのが売りってのはありがたいんだけどよ‼」

「また荒れてますね。どうしちゃったんですか？」

　質問してきた助手席のツアーガイドを、店主は横目でギロリと睨む。

「分かってんだろ。一度はイギリスに帰ったと思ったのに、結局溜まった仕事を処理する暇もなくインドまで引きずり回されたんだぜ‼　中学生の佐天ちゃんとかどうすんだ⁉　なぁ、帰りにちょっと日本に寄ってくんねえかな⁉」

「そうだそうだ。夕飯はどうしましょう？　一応、近郊にある美味しい中華料理のお店はチェックを入れておきましたけど」

「とりあえずどこの国でも中華料理は安全牌だってのは分かるけどよ！　ここまで来たらインド料理にしようぜ頼むから‼」

「……食事の事などどうでも良いですから、今は目の前の事件を解決する事に尽力しませんか……？」

　そんな事を言う神裂だが、どうせ世界的チェーン店のハンバーガーを目の前に出されたら絶対にションボリするに決まっている。美味い不味いの問題ではなく、仕事とはいえ彼らはわざわざ外国にやって来ているのだから。

　開いた車の窓からは街の雑多な音や匂いが入り込んできていて、普通の住宅から香辛料の良い匂いも流れてきていた。『それ‼　下手に高いお店のディナーとかじゃなくて、まさにそれが食いたい‼　でもそれどこにあんの⁉』と旅行者のセンサーをバシバシ刺激する状況である。

「くそっ。海洋牢獄とか、もう全部丸投げにしてぇ……」

「そこそこ。左折して次の小道に入ってください。あとは真っ直ぐです」

指示通りに車を走らせると、レンガ造りの壁が見えてきた。ただし、壁しかない。まるで地震にでも遭ったかのように、所々が崩れた古い壁。その四角く敷地を区切る壁が、元々は何かの建物の外壁だったのか、それとも大きな庭を囲むブロック塀のようなものだったのか。それさえも、もう判別が難しくなっていた。

一〇〇メートル四方を囲むレンガの壁の中に、一回り小さなビルが建っていた。デザイン性を無視した、単純に四角いビルだった。こちらもかなりの年代物だった。本当にちゃんと鉄筋が入っているのか怪しいほどである。

三人は車から降りる。

神裂はすぐに屋根にあった刀を掴んだ。腰に提げていないと心細いのかもしれない。

彼女はビルを見上げ、

「『喜望峰』安置用の要塞。これが？」

「ビルの方に視線が向くでしょう？　でも施設の核はレンガ造りの壁の方なんです」

言いながら、ツアーガイドの少女は率先して歩く。彼女に続く形で、神裂と店主も門をくぐり、レンガの壁を越えた。本当に正規の出入り口なのか、それとも単にレンガの壁が崩れて大きく割れた所なのか、いまいち判断しづらいような感じだったが。

そして、敷地に一歩入った途端、周囲を黒い影が覆った。

「？」

神裂は思わず頭上を見上げ、そして動きを止める。

三階建てぐらいの小さなビルの屋上。さらにそこから少し上がった空中に、巨大な立方体が浮かんでいた。サイズは一辺が七〇メートル前後だろうか。くすんだ灰色は、単なる石とも鋼とも違う、不思議な質感をしていた。

ビルの壁を覆う蔦のように、鉄板や鉄パイプなどを組んだ足場が囲ってあった。それらの足場は屋上よりも高く……空中に浮かぶ立方体と同じ高さまで、不自然に伸びている。

いずれも、先ほどまでなかったものだ。

神裂は眉をひそめ、そして率直に尋ねる。

「あれが『喜望峰』ですか？」

「ええ、ええ。インド洋を航行する海洋牢獄の制御を司る、巨大霊装です。ここからざっと九〇〇〇キロ以上の半径を効果範囲に収めないといけないから、それなりにスケールも大きくせざるを得なかったようですね。これでも太平洋管轄のものに比べればかなりダウンサイジングしているみたいですけど」

ツアーガイドはメモ帳をめくりながら言った。

そこへ、現地の魔術師なのだろう。褐色の肌の青年がこちらへ走ってきた。カムフラージュのつもりなのか、野暮ったい作業服を着ているが、所々に施された宗教的なアクセサリを余計に際立たせてしまっている。

「連絡は受けています。海洋牢獄の件ですね。時間も迫っていますので、失礼ですが歩きながら話しましょう」

「一名、『必要悪の教会』の正規メンバーでない者がいるのですが、よろしいですか」

神裂が確認を取ると、青年は首を横に振った。

「構いません構いません。あなた達の機関は、元々実力主義者の寄せ集めでしょう。わたしにしても派遣社員みたいなもんですし。十字教の別派閥どころか、ヒンドゥーの人間まであっさり受け入れるような方々です。その辺は柔軟に考えましょう」

作業服の青年はビルの方へ歩きながら笑って言った。神裂達はその後に続く。青年はビルの中に入るのかと思いきや、壁際を這っている鉄パイプの足場の方へ向かった。

「ビルに意味はないんです。こいつは足場を規定するための太い骨組みに過ぎない」

「あの馬鹿デカいサイコロみたいなヤツ、何で浮いているんだ？」

店主は青年の背中に話しかける。

「物が浮くには、それなりの方式と機材と燃料がいるだろ。何の意味もなく、あれだけの質量を浮かばせるはずがねえ。それとも逆に、浮かび上がろうとしているモノをこの鉄骨で繋ぎ止めてんのか？」

「いやいやいや。そんなご大層なモンじゃありません。灯台みたいなもんですよ。こいつはインド洋全域、半径九〇〇〇キロオーバーを効果圏内に収めなければいけませんからね。普通に地面に設置すると、水平線の向こうまでカバーできなくなっちまうんです」

「つまり、海洋牢獄が遠くにあればあるほど、あの『喜望峰』も空高くへ浮上する、と？」

神裂は斜めに掛けられた鉄パイプを階段代わりに上りながら言う。

青年は頷いて、

「こんなに地表近くまで来るのは珍しいですよ。普段は大体、一〇〇〇とか二〇〇〇メートルとか超えていて、こいつを認識できない旅客機なんかがぶつからないか心配するぐらいなんです。……一応航路には重ならない位置なんですが、悪天候で旅客機が急に針路を変えたり、非公式の戦闘機なんかが通過する事があるものでしてね」

「二〇〇〇メートル、か。『喜望峰』の高さに合わせて鉄パイプの足場も自動的に伸縮する仕組みになってるみてえだが、そんな突風だらけの場所で作業すると思うと、流石にゾッとするな」

「ええまぁ。でも楽な仕事なんてありませんからね。……そうそう、今も足場の構成は少しずつ変化していますから、金具の繋ぎ目なんかに指を挟まないように気をつけてください」

そんな事を話しながら、四人は屋上の高さよりもさらに上へ上へと上っていく。

大体、地上から二〇〇メートルぐらいまで来ただろうか。

ようやく『喜望峰』の間近まで到着した。

立方体の壁面に手で触れられる距離だ。神裂が改めて観察してみると、どうやら重い石の表面に、細かい溝をびっしりと彫っているようだった。これのおかげで、遠目に見ると材質の質感が分からなかったのかもしれない。

ちょっとした横風にびくびくするツアーガイドに半ば抱きつかれるような格好のまま、神裂は作業服の青年に本題を切り出す。

「『喜望峰』の稼働状況に、何かしら不自然な点はあったのでしょうか」

「それがですね」

すると、青年は困ったように首を横に振った。

「こちらでも三〇人がかりで調査している訳ですが、それっぽい小細工をされた痕跡は見当たらないんですよ」

「これだけデカい霊装の隅々まで、そう簡単に調べられんのか？」

「一つ一つの機構を綿密に調べれば、プロの魔術師を一〇〇人用意しても三年はかかるでしょうね」

作業服の青年はそれを否定しなかった。

「ですが、霊装に数ヶ所ある『要点』をチェックすれば、どこかに異状がないかを割り出せる仕組みになっているんです。少なくとも、そちらの方向からスキャンした限りは『異状なし』って訳でして。今はもう一度スキャンする組と、霊装の構造を手作業で調べる組に分かれて作業を行っています。……こんなやり方では、原因が判明するまで何十年かかるか分かりませんけどね」

ふむ、と神裂は少し考えた。

彼女は改めて青年の顔を見て、

「この『喜望峰』を稼働停止にさせてしまえば良いのでは？　少なくとも、暴走状態の海洋牢獄がこれ以上陸地に近づく事は避けられるはずですが」

「わたしにその権限はありません」

ため息をつき、青年は答える。

「それに、『喜望峰』は七基で一つのシステムですからね。こいつを停止させると、他の正常な『喜望峰』の活動も阻害されてしまう。今、暴走している海洋牢獄は一隻だけですが、場合によっては一一隻全てが止まる懸念があるんです。大洋のど真ん中なら構いませんが、陸地や島の近くで動きを止めた場合、漂着してしまう恐れもある」

「どのみち、こいつをどうにかしないといけない訳だ」

店主は巨大な立方体の壁面を眺めながら言う。

作業服の青年も頷いて、

「プロの魔術師がこいつに細工をしたとしたら、正規のスキャンに引っ掛からないような小細工を施している可能性があります。そいつを見つけて取り除けば、異状のある箇所を見つけられるようになるかもしれないんですが」

言いながらも、青年はどこか自信がなさそうだった。今まで自分達が使ってきた霊装に、そんな都合の良い抜け穴があるとは思っていないのだろう。

神裂はどこからともなく輪のようにまとめられたワイヤーの束を取り出し、

「まぁ、一応はやってみましょう」

「おー神裂がんばれー」

店主が適当に応援すると、神裂が白い目になった。

「……一人だけ楽しようとしないでください。むしろ今回はあなたが主役なのに」

「ん？　なに、あの方式で行く訳？」

質問に答えず、神裂は手の中で一〇本の指を高速で動かした。日本のあやとりにも似ていたが、あまりにも素早く動く指先は、まるで機織り機と電動ミシンを融合させたように見えた。

ほんの一〇秒程度で、幅五センチ、長さ三メートルほどの鋼のリボンが作り出される。

『?』と首を傾げるツアーガイドに、リボンを受け取りながら店主が言う。

「古今東西の装束には宗教的な意味がある。古い時代の巫女だの神官だのから、お姫様のドレスにシスターさんの修道服まで、色々な。でもって多くの場合は、そうした装束は清浄であるのが常とされ、わずかな汚れをも嫌うようにできている」

店主はポケットから何かを取り出した。

太い油性ペンのようだが、違う。業務用の染み抜き液のようだった。特に汚れのひどい一点にだけ塗るものだ。かなり強力なので、洗濯機にブチ込むと衣類がまとめて大変な事になりそうだった。

そして、鋼のリボンの一ヶ所に、極めて適当に太い線を描いた。

「つまり、大抵の装束は自身の汚れに反応するプロセスが備わっている訳だ。テーブルの上にコーヒーが一滴落ちていても気づきにくいが、それが真っ白な服の上に落ちると、途端に目立ち始めるようにな」

バンッ!! という大きな音が響く。

まるで鋼のリボンを滑走路にしたように、染み抜き用の透明な液体が不自然に滑った。それはリボンの外……何もない空中へと飛び出し、大きく弧を描いて、『喜望峰』の巨大な立方体に沿って高速移動していく。九〇度の角を曲がり、あっという間に見えなくなった。

店主は染み抜きペンにキャップをはめてポケットに戻しながら、面倒臭そうに頭を掻いた。

「後はあいつが『消すべき汚れ』を見つけてくれる。薬品がへばりついた所を重点的に調べりゃ何か出てくるだろ」

「はー。便利なものですねえ」

「使える状況が限られるのがアレだがな。神裂があやとりやってたろ。あれで『喜望峰』表面の模様とワイヤーの織り方に共通性を持たせたおかげで、何とか形になってる訳だ」

そこで、先ほど消えた角とは反対側から、染み抜き液が戻ってきた。その透明な薬品は神裂達を追い抜き、再び同じ角へと消えていく。『喜望峰』を中心に、土星の輪のように回転しているようだった。

どこにも着地する様子がない。

放っておけば永遠に回っていそうな状況に、店主は首を傾げた。

「変だな」

「反応がない……という事は、やはりそれだけ魔術師の隠蔽工作が高度な証拠、という事なんですかね」

作業服の青年はそう言ったが、店主は首を横に振った。

「これだけ奇麗にハマれば、何も見つからねえって事はねえよ。仮に隠蔽を仕掛けられてるとしたら、この術式を発動させようとしたところで失敗してる」

「それじゃあ……？」

「反応がないって事は、この『喜望峰』には何の小細工も仕掛けられてねえって事だろ」

4

海洋牢獄には脱獄を防ぐための仕組みがいくつもある。

その内の一つとして、あの潜水艦には操舵室がない。

つまり、内部から動かす事はできない。

操船は全て『喜望峰』と呼ばれる外部の巨大な霊装によって行われるため、潜水艦の中にいる囚人達がどう努力をした所で、絶対に海洋牢獄を乗っ取って勝手に針路を変える事はできない。

「……っていう事なんですよ？　あの『喜望峰』を使わないで海洋牢獄を操る事なんてできるんですかね」

ツアーガイドはメモ帳のあちこちを確認しながらそんな事を言う。

『喜望峰』に用はない。しかし他に心当たりがない。よって、神裂達は『喜望峰』の近くに停めたレンタカーの中で作戦会議をしていた。こうしている間にも、海洋牢獄はインド南端へ近づいてきている。『喜望峰』の地表までの高度から逆算して、あと二五キロ程度らしい。そろそろ対策を練らないと本格的にまずい事になる。

「だとさ」

ジーンズショップの店主は運転席のシートに背中を預け、面倒臭そうに息を吐いた。

「どう思う？　『喜望峰』を使った正規ルート以外に、お風呂に浮かんだおもちゃの船の軌道をぐいーっと曲げちまうような方法があると思うか？」

「……確かに、古今東西の伝承の中には、『不思議な効力を持った船』や『嵐を鎮めたり、難破を防ぐための儀式やお守り』といったものも多数あります。それだけ、当時の人々の技術力では『海』は恐ろしいものであり……逆に言えば、オカルトに頼りたくなるものだったのでしょうが」

後部座席の神裂は、顎に軽く手を当てて深く考え込む。

助手席でそわそわしているツアーガイドはパチパチと瞬きしつつ、

「じゃ、じゃあ、何らかの魔術師が、あの潜水艦を宗教上に登場する『船』や『お守り』に対応させているって事なんですか？」

「そんな魔術師なんているのかよ」

店主はギシギシとシートのヘッドレストを軋ませながら言った。

「そいつは、『海洋牢獄は中から操る事はできない』『外にある「喜望峰」を操るには、囚人以外の人間が必要だ』って事で浮上してきた容疑者だろ？　でも、現に『喜望峰』に異状はなかったんだ。……あの海洋牢獄が暴走して、一番得をするのは誰だ？　シンプルに考えようぜ。どう見たって囚人自身が最も怪しいじゃねえか」

「確かに、動機の面から考えればそうなのでしょうが……」

いまいち煮え切らない調子の神裂に、店主は続けて話す。

「ノアの方舟、カレワラの船、スキーズブラズニル、空舟と選り取り見取りだ。科学サイドで疑問視されながらも研究が進んでるＵＦＯなんかも、もしかすると似たようなもんかもしれねえな。利用できる伝承や法則なんて、いくらでもあるって訳だ」

「仮に、何らかの法則を利用すれば、あの海洋牢獄を自由に操れるとして」

それなりに考えがまとまったのか、今度は神裂が率先して口を開く。

「問題なのは、あの海洋牢獄を設計した『必要悪の教会』が、そんな余地を残しておくのか、という事です。何らかの伝承を利用するにしても、それを利用するための『記号』や『象徴』は絶対に必要となります。……我々の上司は、囚人の脱獄を防ぐために潜水艦から操舵室を取り除くような連中ですよ？　そんな利用可能な魔術的記号なんて、徹底的に排除されていると思うのですが」

「設計段階では存在しなかった」

店主は車載のラジオを操り、英語放送の番組にチャンネルを合わせながら、

「なら、後から誰かが持ち込んだんだろ」

「そんな事ができれば誰も苦労は……いや」

神裂は否定しかけて、そこで言葉を止めた。

ツアーガイドの少女はいまいち信じきれないのか、眉をひそめながら、

「そんな事ってあるんですか？　囚人を管理している看守達だって、プロの魔術師なんですよ。海洋牢獄に乗せる前に、ボディチェックぐらいするでしょう」

メモ帳をめくり、何らかの規定を確認しながら、ツアーガイドはさらに言う。

「あったあった。私物持ち込みは完全禁止で、着ている服も専用の囚人服に着替えてもらう事で、下着も含めて没収するそうです。そういう私物は別の船に乗せて運ぶそうで、海洋牢獄内

部で再び手にする事はなさそうですし……。他にもチェック体制色々。たとえ胃の中に道具の欠片を呑み込んでいたって、彼らは難なく発見すると思いますけど」

「……いいえ。魔術的記号と認識されていない物であれば……」

神裂はポツリと呟いて否定する。

「いや、それすらも違う。たとえ分かっていたとしても、海洋牢獄の存在意義から考えて、絶対に乗せざるを得ない物を利用していたのであれば、彼ら囚人にもあの潜水艦の制御を乗っ取る事は可能です」

「？」

「看守達のボディチェックをすり抜けるような『材料』だけで発動できる、大規模な術式があれば、この問題をクリアできるとは思いませんか？」

店主とツアーガイドは疑問の顔で身をひねって後部座席を見る。

「ナグルファル、という船を知っていますか。北欧神話に登場するものなのですが」

「おい、まさか……」

「あれはオーディン含む神々が乗る船、スキーズブラズニルの対の形で登場する巨大な船です。乗っているのはムスッペルという『神々の敵対者』で、その船を操っているのは、神々を裏切ったロキ。つまり……」

神裂は一拍置いた。

自分自身に確認を取るように、彼女は言う。

「巨大な船と、そこに乗る罪人。……それ自体が、魔術的記号なんです」

だとすれば、囚人達は何も持ち込む必要はないし、看守達はその危険性を認識していながらも、魔術的記号を排除する事はできない。……そもそも、海洋牢獄は囚人を運ぶための船なのだから、それを排除しては何の意味もないのだから。

「ナグルファルは死者の爪で作られている、という伝説があります。おそらく囚人達は彼ら自身の爪を船の各所に設置する事で、海洋牢獄をナグルファル化させた。……それに成功すれば、海洋牢獄は『看守』ではなく『囚人』の船になります。制御権が彼らに移っても、何らおかしい事はありません」

後部座席の神裂の言葉を聞きながら、助手席のツアーガイドが手帳をめくる。

その手帳は百科事典ではない。

しかし必要な情報をロンドンの巨大なデータベースから引き出す機能があるらしい。白紙のページへ自動的に流れる筆記体を目で追いながら、ツアーガイドはこう言った。

「一応……五年ぐらい前、港湾都市タインマスで行われたナグルファル関連の実験報告がありますね。全長五〇センチ程度の木造船を『加工』して、遠隔操船する事に成功した、とあります。規模を大きくすれば海洋牢獄にも応用できるかもしれませんけど」

「……何だそのメモ帳。普段からその便利な機能を活用して、俺達に変な質問するのを控えてほしいもんだがな」

「ニュース的なトピックスしか呼び出せないんですよ。術式の詳細を検索できるような便利なものじゃないんです」

「ともあれ」

神裂は脱線しそうになった話を元に戻す。

「死者の爪を素材にしたと言われる船、ナグルファルの技術を応用すれば、囚人だけで海洋牢獄を乗っ取る事はできそうですね」

「それ、言うのは簡単だけどよ」

「ええ。死者の爪です」

神裂はわずかに奥歯を噛んだ。

ツアーガイドの少女は、海洋牢獄の乗り心地はそこそこで、航海中に死人が出る事もないと言っていた。しかし、おそらく、あの海洋牢獄に関しては別だ。乗っ取り計画の過程で、最低でも数人の囚人が死んでいる。

それは、彼らの中でも特に弱い者が集中的に暴力を受けた結果か。

あるいは、計画成就のために敢えて自ら命を絶った者がいるのか。

いずれにしても、想像して楽しい光景ではない。

だが、

「手口が分かればこっちのものです」

神裂はそう断言した。

「海洋牢獄へ直接乗り込みましょう。ようは単純なシージャックなんです。あの艦の内部で主導的な立場にある囚人を撃破し、艦内各所にある死者の爪を排除すれば、海洋牢獄は元の航路に戻るはずですから」

「相手は潜水艦だぜ。どうやってオメーが洋上を進むのかって問題もあるけど、それ以前に聖人サマの体は水圧に耐えられる機能でもついてんのか？」

「我々の相手は『海洋牢獄』ではなく『ナグルファル』です」

店主の言葉に、冷静に返す神裂。

「北欧神話の船に潜航機能はありません。囚人達が本気でナグルファルを模しているのなら、必ず船体を海面に浮上させています。そうでなければ魔術的記号を対応できない」

「そういう事ならナーガルコイルの浜まで戻るが」

店主はオートマチック車のシフトレバーを操作しながら口を開く。

これまでとは口調が違っていた。

「戦闘を任せっきりにする俺に偉そうな事を言えた義理はねえが、油断はするなよ。仮に海洋牢獄がナグルファル化しているとしたら、囚人達は『神々の敵対者』ムスッペル化しているかもしれねえ。……北欧神話じゃ、神と敵対者の力は五分五分だ。実際、北欧神話のクライマックスじゃ大抵の神は敵対者と相討ちになってる。十字教的な聖人にその法則が通じるかどうかは分かんねえが、今の囚人達は『何らかの神聖な力を弱める働き』を持っているかもしれねえ」

そうでなかったとしても、単純換算で海洋牢獄には五〇〇人前後の囚人達が乗せられている。その誰もが、世界各地で凶悪な事件を起こしたプロの魔術師達だ。艦内でその全員を同時に相手するとなれば、楽観できないのは誰の目から見ても明らかだ。

「大丈夫ですよ」

と、しかし神裂は即答した。

決して聖人としての実力を過大評価しているのではない。その言葉には、自分の身を案じてくれる者を安心させようという意図があった。

「船の上では船の上での戦い方が、狭い通路では狭い通路での戦い方というものがきちんとあります。単純に頭数を揃えただけで勝敗が決まるものではありません」

神裂がうっすらと微笑んでいるのをルームミラー越しに眺め、チッ、と店主は思わず舌打ちした。ハンドルを両手で握りながら、彼は小さな声で呟く。

「……海洋牢獄は陸から二五キロだったな。ヤバそうになったら連絡入れろ。砂浜に陣を描いて、遠距離からオメーの性能を補強してやるよ」

「あのう。店主さんってたまにサラッとすごい事言いますけど、ぶっちゃけ『必要悪の教会』じゃどれぐらいのグレードなんですか？」

「うるせえな。単なるジーンズショップの店主さんだよ」

ツアーガイドの場違いな質問に対し、適当に答える店主。

その時だった。

バヂバヂッ!!　という轟音が聞こえた。電気の弾けるような、しかし明らかに違う奇怪な音。思わず耳を押さえた神裂は、すぐ近くの景色が蜃気楼のように歪むのを感じた。『喜望峰』を取り囲むレンガの壁。巨大霊装を隠すための機構が、一時的に揺らいだのだ。

レンガの壁はすぐに機能を取り戻し、蜃気楼のような幻もすぐに消える。

だが、神裂の表情が一気に強張った。

今のは、同系の強力な結界同士がぶつかった事による余波みたいなものだ。つまり、結界で自らの肉体と気配を完全に隠した何者かが、すぐ近くを高速で通過したのだ。あれだけ巨大な『喜望峰』と同レベルの結界を用意するという事は、よほど強力な霊装を携えている証拠である。

直後、神裂の携帯電話が震えた。

いいや、厳密には電話に貼り付けてある小型の符が直接振動している。通信用に使っている霊装だった。相手はあの一瞬の交差で神裂の霊装の仕組みを看破し、そこへ的確に割り込みを掛けてきたのだ。

電話に耳を当てる必要はなかった。ポケットの中の小型機械は、スピーカーフォンのように車内へ女の声を響かせる。

『時間切れよ間抜け。あんな射的の的を沈めるのにモタモタしているようだからね。不味いキャビアを抱えたチョウザメはこっちで仕留めさせてもらう事にしたわ』

「同じ『必要悪の教会』ですか……」

神裂は苦い顔になった。

どうやら初対面のようだが、今の一言だけでも好戦的な人格が窺えた。

「あれを沈めて全員を殺してしまう必要はありません！　暴走の原因は海洋牢獄のナグルファル化です!!　艦内の各所にある死者の爪を取り除き、制御を『喜望峰』に取り戻させれば、看守も囚人も死なせずに済みます!!」

『んー？　ごくろーごくろー。なんかチンタラやってると思ったら、海を離れてそんなつまんない事をチマチマ調べていた訳ね』

おそらく事情をある程度理解にしているも拘らず（そうでなければ、わざわざこの近くを通って神裂とコンタクトを取ろうとは思えないはずだ）、女は白々しい事を言う。

『でも、そんなのどうでも良いじゃん』

「何、ですって……？」

『命令はもう出ているじゃない、皆殺しって。だったら殺せば良いでしょ。深く考えてどうすんの？　それで何かボーナス出るの？　出ないんだったら無駄よ無駄。私らはやる事やってさっさとイギリスに帰れば良いじゃない。それを期待されて色んな権限をもらって、国民の血税から給料もらってる訳だし？　博愛主義のつもりか知らないけど、今のアンタがやってるのは単なる上司への裏切りよね』

「海洋牢獄は世界で一隻しかない大型護送船です。上層部とて、可能なら損失を抑えて問題を解決したいはずです!!」

『ははっ、合理的な言い訳か。後から付け足しているのが丸見えよ。そして無意味。上の連中はさ、もう事態解決に必要なコストの計算を済ませているのよ。その上で、私達に沈めろと命令している訳。……なら、深く考える必要はないわよね。上司は部下からボーナスをもらう事なんか期待してない。給料を払うのは上から目線の行動なんだから』

「看守も同じ『必要悪の教会』です!!　あなたは自分の同僚をまとめて殺す気か!?」

『知った事か』

女は即答した。

回答までに、一瞬すら待たなかった。

『元々、囚人の管理はヤツらの仕事でしょうが。看守どもはそれを怠って窮地に立った。なら、最低限の覚悟はしてもらわないとねえ？』

「くそっ‼」

一方的に通信が切れた。

彼女はレンタカーの後部ドアに手を伸ばしながら、

「先に行きます。この距離なら聖人の足で直接走った方が早い‼」

「おいおいおい！　なんかより一層面倒臭い事になってきやがったな‼」

慌てる店主の言葉も最後まで聞かずに、神裂は車から外へ飛び出した。屋根の上に載せていた七天七刀を掴むと、脚力に任せて一気に跳ぶ。

聖人とは、十字教の『神の子』と似た身体的特徴を持つために、その力の一端をある程度自由に扱えるようになった者達を指す。

その力を身体能力の強化に当てはめる事で、神裂は一時的に音速を超える速度で高速移動する事ができるようになる。

衝撃波を生まない程度の速度で、一度一息で手近なビルの屋上まで跳ぶ神裂。そこから別のビルの屋上から屋上へと跳ぶ軌道で、彼女は一気に音速を超える。

行き先はインド南端、ナーガルコイルの浜辺だ。

（あの女が海に出る前に追い着いて阻止する‼）

ぐんっ‼　と景色の端が飴細工のように歪むほどの速度で疾走・跳躍しながら神裂は奥歯を噛み締める。

襲撃者の背中は見えない。

高度な隠蔽術式(いんぺいじゅつしき)を施しているせいでもあるし、あの魔術師自体、相当の速度で高速移動しているのだろう。

だが、

(甘い)

市街地を抜け、浜辺の近くまで来たところで、神裂(かんざき)はさらに呼吸を規則的に整えた。単なるスポーツ用のものではない。高度な思想を伴(ともな)う精神的活動を支えるための呼吸法だ。

彼女は前方の一点を睨(にら)みつける。

さらに足へ力を込め、

(単純な速度で、この聖人を振り切れるとは思わない事です!!)

「ふっ!!」

一気に、空間へ突き込むように加速した。

ほんのわずかに、霞(かす)むようにしか見えない『違和感』の塊へと追い着き、その腰にタックルするように肩からぶつかり、両腕を回す。

「っ!?」

間近で、息(いき)を呑(の)む音が聞こえた。

神裂(かんざき)は無視してそのまま浜辺の白い砂へと突撃した。

まるで旅客機の墜落シーンだった。ゴバッ!!　ときめ細かい砂が一気に巻き上げられ、そのまま二人の体が何百メートルも転がっていく。砂煙は風景に対して横一直線に広がっていった。

これだけの速度になれば、単なる砂粒でもヤスリのような破壊力を持つようになる。神裂達の体がミンチにならなかったのは、それぞれが激突の寸前に防御用の魔術を実行していたからだった。

それでも、無傷では済まない。

「痛っつ……」

神裂が身を起こすと、標的である魔術師は腕の中にいなかった。おそらく砂浜を滑っている間――――防御用の術式へ意識を逸らした一瞬で――――相手が拘束を逃れたのだろう。周囲へ鋭く目を走らせれば、少し離れた所で、同じように起き上がる影があった。

茶色い髪の女だった。

歳は神裂と同じぐらいだろうか。

スポーツブランドのTシャツにミニスカートとラフな格好の女だったが、何故かその背にはリュックが二つもあった。右肩と左肩に、それぞれ別々のリュックの肩紐を片方ずつ通しているのだ。

おそらく中身は何らかの霊装だろう。

警戒心を高める神裂に、女は髪についた砂を適当に払いながら言う。

「おいおい、ド派手にやってくれちゃって。ここはお膝元のロンドンとは違って、隠蔽のための制度もきちんと整ってない場所なのよ。せめて『人払い』の術式ぐらい使わないと、目撃情報を封じる事もできなくなるんじゃないの」

「あなたは……？」

「だから、こんな所で自己紹介なんてやってる暇はないでしょ」

言って。

女は、ゴッ!! と一気に加速した。

まるでスピードレースを挑むように、海洋牢獄に向かって突き進む。

「ッ!!」

並走するように、神裂も間を置かずに海へ突撃した。

神裂火織に、水面を歩くような機能はない。

しかしナーガルコイルの海は、不純物が全くない訳でもなかった。空き缶やペットボトル、流木、海藻の切れ端、設置された仕掛けの網などを利用し、そのわずかな浮力を利用して、神裂は転々と高速移動していく。

対する女の足運びには規則性はないが、方式は似たようなものだった。彼女の場合、リュックから何か小さな物を水上にばら撒き、それを足場にして進んでいるのだ。詳細は不明だが、一辺が数センチ程度の、三角形の物だった。

共に海洋牢獄へ向かうように進みながら、心の中で神裂には疑問があった。

自分の移動方法は、聖人の脚力を強引に利用したものだ。

それを、どうして魔術師の女はついてこれる?

いかに霊装で身体能力を強化しても、そうそう簡単に肩を並べられる領域ではない。聖人とは、世界で二〇人もいない特異な資質や才能だ。容易く追いつけるようなものなら、最初から『聖人』などともてはやされる事すらなかっただろう。

なのに、

「ふっ‼」

ギュンッ‼　と神裂(かんざき)は移動方向を鋭角に変え、一気に女へと接近する。彼女が何らかの反応を示すより早く、腰を回すような飛び蹴りを放つ。

凄(すさ)まじい音が響き、女の体が真横に吹き飛ばされる。

あまりの速度のせいか。魔術師の体は単純に水没せず、まるで水面に石を投げた時のように、二回、三回と海上を高速で跳ねていく。

しかし倒れないし沈まない。

魔術師は途中である程度速度を落とすと、だが止まらずに再び海上を高速移動する。

(私の一撃を受けて、起き上がった……？)

威力を逃がしたのではない。間違いなくインパクトの衝撃は全て魔術師の体へ叩(たた)き込(こ)まれた。腕一本で分厚いコンクリートの壁を軽々と破壊できる、彼女の格闘術を、だ。

「驚くような事かしら」

魔術師は背中へ……不自然な二つのリュックへ手を伸ばしながら笑う。

「怪力自慢ってのは、何も聖人だけの特権じゃないんだけど」

何かが大量にばら撒(ま)かれた。

それは一辺が数センチ程度の三角形の物体だった。

材質は革。

上質なワックスで磨き上げられているのか、片側の表面だけが黒檀(こくたん)の机のように輝いていて、もう片方の面は柔らかくなるようにほぐされているようだった。

直後。

轟!!　と魔術師がかき消えた。真正面から神裂へと一気に接近した。たったそれだけの事に彼女が気づく前に、すでに魔術師は神裂の顔を目がけて拳を放っていた。

「ッ⁉」

その瞬間、驚きながらも、神裂は真後ろへ跳んでいた。

魔術師の拳の圏外へと、ギリギリで逃げ切っていたはずだった。

にも拘らず、

（……ご……ッ⁉）

鈍い衝撃が、顔ではなく体の前面全体へぶつかった。魔術師が拳を放つ直前、力を溜めるために大きく海面へ……より正確には、そこに浮かんでいる三角形の革を強く踏みしめた途端、全方位へ散ったミルククラウン状の海水が凄まじい速度で神裂の体を打ったのだ。水飛沫、というよりは、まるで鋼鉄の壁で思い切り叩かれたような衝撃だった。

海面を跳ね、転がり、しかし水没せずにペットボトルの上に足を乗せた神裂に、魔術師は己の拳に目をやりながら、

「チッ。やっぱり海上戦にゃ向いてないのかしら」

「それは、まさか……ヴィーダルの……」

「そう、靴よ」

ダンッ!!　と魔術師が大きく跳ぶ。

一〇メートル以上垂直跳びした女が、上空から神裂を狙う。

5

北欧神話に、ヴィーダルという神が登場する。

司るのは怪力。

単純な力だけの話なら、雷神トールの次に強靭と言われる神だ。

この神に与えられた役割は簡単で、最後の戦いラグナロクにおいて、主神オーディンを喰い殺した魔獣フェンリルを殺す事だ。神話では、ヴィーダルはフェンリルの巨大な上顎を両手で摑み、下顎を靴で踏みしめ、その体を真っ二つに引き裂くとされている。

そのヴィーダルは特殊な靴を履いている。

材料は革。それも、神々の武器として専用に拵えられた神聖な特殊素材という訳でもない。人間が革靴を作る際に、余ってしまって捨ててしまう三角状の切れ端を集めて作られるのだそうだ。

つまり、

「製法さえ分かってしまえば、これほど材料を調達しやすくて簡単に作れる『神々の武器』はないって訳ね」

「っ!!」

真上から隕石のように墜落してくる魔術師に、神裂は慌てて真横へ逃げる。先ほど以上の勢いで大量の海水が巻き上げられたが、事前に分かっていれば怖くはない。神裂はとっさにワイヤーを振るい、水の壁を切り裂いて吹き飛ばす。

だが、これはあくまで余波。

まともに直撃していれば、聖人の神裂でも危険な一撃だった。

魔術師の扱う霊装は、ヴィーダルの『靴』として明確に完成していない。それはあくまでも、単なる『大量の材料』でしかない。しかしそれが逆に、足技以外にも彼女の力を全般的に高める汎用性を与えてしまっている。

しかし、

（本当に、それだけで……？）

続けざまに放たれる拳や足は、下手に防御をすると致命傷に繋がりかねない威力を持っていた。神裂はＳ字の軌道で複雑に移動し、そもそも魔術師に追い着かれないように距離を保つ。

（確かにヴィーダルの力を利用し、なおかつ三角の革に独自解釈を持たせて汎用性の幅を広げている事には筋が通っていますが……本当にそれだけで、聖人と拮抗できるものなんですか……？）

違うとすれば、何がある。

聖人を上回るための細工が、まだ他にも重ねて用意してあるのか。

逆に、こちらの力を弱めるような何かがあるのか。

そこまで考えた神裂の懐へ、再び魔術師は素早く潜り込んでくる。

ゾワリと背中の辺りに悪寒が走り抜ける神裂は、しかし、

（なる……）

避けられない。彼女は全力で刀の柄へと手を伸ばし、

（……ほど!!）

ボバッ!! という轟音が炸裂した。

拳を振るう。ただそれだけの動きで、神裂の体が真横に一〇メートル以上飛ばされた。とっさに腰から提げた刀の鞘を真上に引き上げ、的確に防御しているにも拘らず、それでも腕の骨と骨の繋がりが危うくなるほどの衝撃が走り抜けていた。

しかし、それだけだ。

本来なら、あれだけの一撃をまともに受けていれば、防御の有無など関係なしに骨格レベルの破壊が起こっているはずだった。続けて海面に浮かぶ空き缶などを使って高速移動を続けられるはずもない。

訝しむ魔術師に、神裂は口を開く。

「ヴィーダルの靴は、北欧の主神をも呑み込んだフェンリルの牙を踏みつけ、その怪力の神を助力するために作られるもの。その理論を応用したあなたの『靴』は、単純にその膂力を増すために使用されます」

再び追いつ追われつの状況で、神裂は的確に言葉を放つ。

「ただし、その効果対象はあなた一人だけではなかった」

その言葉を受けて、魔術師は笑った。

「気づいちゃったーん？」

「周囲の風の力を瞬間的に倍増させる事で、あなたは強力な拳の威力をさらに上乗せさせた。脚力については波の反発力でも利用したんでしょう。そして逆に、インパクトの直前には私にかかる重力か何かを増幅させ、逃げ足の速度をわずかに軽減させていたのでしょう」

一つ一つの現象だけなら、聖人に対して決定的なダメージを与えるものではなかっただろう。ただし、プラスとなる現象とマイナスとなる現象を器用に組み合わせ、その『幅』を広げる事によって、魔術師は正攻法以上の破壊力を生んでいたという訳だ。

「しかしまぁ、遅かったわね」

魔術師はニヤリと笑う。

「沖に出過ぎた。もう海洋牢獄(かいようろうごく)は見えているわよ」

「させるかっ!!」

高速移動で神裂(かんざき)を振り切って海洋牢獄(かいようろうごく)へ向かおうとした魔術師だったが、そこで動きがガクンと鈍った。

見れば、神裂(かんざき)のワイヤーが、海面にばら撒(ま)かれた三角の革を切り裂いている。直線的ではなく、曲線的な切り口だった。

「理屈が分かっただけでは、私の一撃に耐えるまではいかないとは思っていたけど」

「何にしても、それが力を与える源(みなもと)である事は分かっているんです。その三角の革を破壊してしまえば、あなたはただの魔術師に戻る」

三角形を単に直線的に分断しても、最低でも必ず一個は別の三角形が生まれてしまう。しかし、曲線的に切断すればその法則には当てはまらない。

三角形を、消去する事ができる。

「だが」

言って、魔術師は指を鳴らした。

周囲の風の威力を強化する合図だったのか、神裂のワイヤーが切り裂いたはずの革の残骸に、さらに別の切り口が生じた。二本の直線と一本の曲線で構成された扇形が、再び別の三角形へと整えられてしまう。

「三角は多角形の基本よ。どのような多角形であっても、線を引く事で複数の三角形に分けられる」

だとすれば、彼女達の戦い方は一つに決まる。

高速のワイヤー戦術を使い、一刻も早く周囲の三角の革を切り裂き、『三角形』という形を崩してしまえば神裂の勝ち。

ヴィーダルの靴を応用し、風や水を操って、切り裂かれた図形から再び『三角形』を分割する速度が上回れば魔術師の勝ち。

単純な速度の勝負。

作った図形の数が多い方が勝ち、少ない方が負ける。

ならば。

ゴッ!!　と。

二人の魔術師は、超高速の斬撃を周囲一帯へ展開させる。

風が吹き飛び、波が消えた。

一瞬で数十の革が曲線的に引き裂かれ、次の一瞬で再び別の三角形の山へと作り変えられていく。一枚の壁に別々のペンキを次々と塗っていくように、神裂と魔術師の支配域の分布が刻一刻と変動していく。

直接的な攻撃は行わず、しかし間接的には確実に致命傷に繋がるであろう攻防。

領域そのものを奪い合うような戦いを繰り広げながら、魔術師はそれでも笑っていた。

勝てる。

神裂がどんな形に三角の革を引き裂こうが、そこから新たに切り口を追加する事で、確実に別々の三角形を生み出す事はできる。つまり魔術師の力は決して減じない。それどころか、曲線的に二つに分たれた革を両方とも三角形に加工する事ができれば、三角形の数……つまり、魔術師の力の源を増幅させる事もできる。

よほど派手なミスを犯さない限り、ついて行けない速度ではない。そして三角形の増加に合わせて、魔術師の力は右肩上がりで上昇していく。

速度の面では、いつか神裂を上回る。

そうなれば神裂が周辺の三角の革を曲線的に引き裂くよりも素早く動き、彼女を確実に仕留める事ができるようになる。後は時間の問題なのだ。魔術師はとにかくミスを犯さず、確実に現状を保てば勝利を手にする事ができる。

だが、

「速度の問題だけではありませんよ」

少し離れた所で七本のワイヤーを振るう神裂は、静かに語った。

「じきに分かります。そろそろ精度の問題がやってくる」

(……？)

持久戦で小さなミスが出やすくなるとでも言いたいのか。

そう思っていた魔術師だったが、そうではなかった。

極めて単純な問題が、神裂の言う通りにやってきた。

サイズだ。

ヴィーダルの靴を構成する三角の革の一辺は数センチ程度。それを神裂がワイヤーで曲線的に切り裂き、魔術師が再び別々の三角形に整え直す。単純な応酬で発生するのは以下の二つ。

一つ目は、三角形を整え直し、分割するたびに、その数が倍増し、魔術師の力も増幅される事。

二つ目は、三角の革が切り裂かれるたびに、そのサイズが小さく細かく変化していく事。

一番初めの数センチ大ですら、離れた所にある革を的確に切り裂くのにはかなりの技術を要する。それが二分の一、四分の一と次々とサイズダウンしていき、数ミリ大のサイズにまで小さくなってしまえば、それだけ成功率も激減していく。

射撃を連想すれば分かりやすい。

たとえ距離は同じでも、的の大きさがドンドン小さくなっていけば、その分だけ命中精度は下がる。数ミリ単位となれば、針の穴に通すレベルだ。

　そして。

　当然ながら、この勝負で失敗すれば魔術師は力を失い、神裂に撃破される。

「く……ッ!!」

　ギュンッ!!　と魔術師の心理的な視界が一気に狭まったような気がした。まるで崖に向かうチキンレースだ。もうブレーキをかけなくてはならないのに、これ以上は対応するのも難しい領域のはずなのに、相手がさらに前へ前へ進もうとするため、自分のレベルも上げざるを得なくなっている。

　その間にも、彼女達の戦いはさらに繊細に、速度と精度を同時に扱うものへと変貌していく。数ミリから一ミリへ、一ミリから小数点以下の世界へ、立て続けにエスカレートしていく最中、ようやく魔術師は自分の特性について改めて思い知らされる事になる。

　確かに、図形が分割されて三角形の数が増えるごとに、魔術師の力は増幅する。

　しかし、力が増幅する事は必ずしもメリットだけを生むものではない。

　例えば、大振りのストレートよりも、軽いジャブの方が当たりやすいのと同じ。

　力が増せば増してしまうほど。

　細かな狙いはつけにくくなってしまう……ッ!?

（う、そ……ッ!!）

　正直に言えば、もう止まりたいと魔術師は思っていた。これ以上の領域にはついていけないと頭が警告を発していた。

　しかし、神裂火織は今も正確にワイヤーを操り、まるで精密工作機械のように革の残骸の残骸の残骸の残骸の残骸を切断している。大きさ一ミリ未満……もはや砂粒と変わらないほどの霊装へと、迅速かつ確実に。

単純な怪力や速度の問題ではない。

それだけの領域の中、自身の生み出す力を正確に操るだけの精密性。その細やかな制御によって、完全に自己の力を存分に振るうからこそ、聖人は世界で二〇人しかいない稀少な才能と呼ばれる。

（これが……）

歯嚙みする魔術師は、そこで感触が逃げるのを感じた。

空振り。

それはスケールの問題として、もはやこれ以上の細かさにはついていけない事を示唆していた。

そして。

神裂火織は、未だにワイヤーを振るう。

一ミリ未満の三角形が、あっという間に別の多角形へと切り裂かれていく。

（これが、聖人……ッ!?）

ガクン、と魔術師の速度が落ちた。

ヴィーダルの靴の補助が急速に失われる実感があった。

神裂は。

そんな魔術師の懐へと、真正面から飛び込んでいく。

ゴガッ!! という轟音が炸裂した。

神裂の鞘で殴られた魔術師が、勢い良く吹き飛ばされた。

ノーバウンドで一〇〇メートル以上飛んだ魔術師の体は、さらに二回、三回と海面を不自然に跳ねた。まるで水上スキーで失敗したような光景だった。

魔術師は間近に接近していた海洋牢獄……巨大な潜水艦のすぐ横を通過し、そしてようやく水没した。

ワイヤーを張って作った魔法陣は、通信用の術式となって彼女の声を船内へ届ける。

神裂は潜水艦の針路上に塞がるように移動し、口を開く。

「誰が首謀者なのかは分かりませんので全員に告げます。……今のは見ていましたね」

己の胸を親指で指し示し、彼女はこう宣言した。

「あれを撃破した私と戦いたいと言うのでしたら、どうぞこのまま突っ込んできてください」

6

海洋牢獄のナグルファル化は解除され、その制御は『喜望峰』へと移された。囚人が陸地へ脱走する危険性は、これで排除された事になる。現在では通常通りの航路を通って、イギリスへ向かい始めているらしい。

「しかしまぁ、改めて思うけど聖人ってのは化け物だよな」

ジーンズショップの店主はそんな事を呟いた。

「五〇〇人前後の凶悪囚人達を、やんわりと言葉でたしなめるとか普通じゃねぇ」

沖から戻ってきた神裂はわずかにばつが悪そうな顔で、

「平和的に解決したのに化け物扱いというのは、少々納得がいきません」

「言ってくれるね。音速以上の勢いで爆走して浜辺に着弾しやがってさ。俺達がとっさに隠蔽の術式を施さなかったらどれだけ騒ぎが広がっていたと思ってんだよ」

う……っ、と神裂は思わず言葉に詰まる。

急を要していたとはいえ、流石にあれはまずかったか。

一方、ツアーガイドは手持ち無沙汰な感じで、メモ帳のページの端を親指と人差し指でいじりながら、

「海洋牢獄はどうなっちゃうんでしょうね。今回の暴走って、大きな船と囚人さえあれば実行できるんでしょ。だったら、対策の講じようがないんじゃあ……？」

「材料は死者の爪だ。艦に乗る前に囚人の爪を全部剝いじまえば問題はないがな」

店主がふざけた調子で言うと、神裂は思わず彼を睨みつけた。すると店主は『冗談だ』と付け足し、

「北欧神話の伝承じゃこうあるな。神々の敵対者ムスッペル達の船ナグルファルの完成は、敵対者が最後の戦争ラグナロクの準備を終えた事を意味する。ナグルファルの材料は死者の爪。ラグナロクを少しでも遅らせたければ、墓に入れる前に死者の爪を切っておけって」

「……、」

「生爪を剝ぐってのは流石に極端すぎる例だが、やっぱり囚人の爪に印でも描いて、ナグルファル化には応用できないように工夫を凝らすのが定石じゃねえのか？　一定期間深爪の状態から爪が伸びない術式とか、あるいは指先にキャップみたいなものを嵌めるとかな」

店主の言葉を聞きながら、神裂は一度だけ海の方を振り返った。

距離の関係で、ここからでは海洋牢獄は見えない。水平線の向こうに消えた『牢獄』を思いながら、神裂はポツリと呟いた。

「……できる事なら、あんなものがなくても困らない社会を作るのが最適なんでしょうけどね」

第六話　最高の一瞬　BIFRÖST.

1

捜査の依頼内容を説明させていただきます。

かねてより追跡中だった魔術師オーレンツの拠点を発見しました。

別紙に添付した地図に従い、該当する箇所に拠点を構えるオーレンツを討伐してください。

オーレンツは不老不死を専門に研究を行っていましたが、別働隊の調査によって、すでに理論が破綻している事は明らかになっています。にも拘らずオーレンツは研究を中止する様子を見せず、周囲にいる多くの人命を巻き込む懸念が出てきました。

迅速かつ確実にオーレンツを討伐してください。

理論が破綻している事は分かっているため、オーレンツの使っている設備や資料について、保存する必要はありません。オーレンツ討伐を最優先に考え、その過程で設備や資料を破壊してしまっても問題はありません。


……という話だったのだが、神裂火織は刀を抜いて大暴れする事もなく、備え付けの椅子に腰かけていた。長い足を組み、両手を軽く組んでいる様子は、いつもの冷静沈着な雰囲気にはそぐわない。率直に言って、誰が見ても不機嫌なのが分かる仕草だった。

ジーンズショップの店主やツアーガイドの少女はここにはいない。

今回の作戦に参加しているのは神裂だけだ。

店主は『久しぶりに手が空いたーっ!!　これでやっとネット通販用のジーンズを梱包できるーっ!!』などと叫んでいたが、多分別のポイントで神裂の動向を魔術的にモニター、バックアップさせられている事だろう。それについては知った事ではない。

彼女がいるのは狭い空間だった。

遊園地の観覧車を大きくした感じだろうか。

材質は冷たい質感の黒い石のようだったが、地質学者が見たら思わず眉をひそめてしまうだろう。あるいは未知の物質を見つけて大喜びするかもしれない。

オーレンツの拠点だった。

より厳密には、その一部分と表現するべきか。

船と港のようなものをイメージしてもらえば良い。オーレンツは自分の拠点に他人を接近させる事を嫌い、長い順路を自ら敷設していた。神裂はその『船』の中に紛れ込んでいる、という訳である。

「おい」

と、そこで神裂の耳に少女の声が入ってきた。

向かいの椅子に、一二歳程度の少女が座っていた。肩にかかる金髪に、やたらと見る者を威圧する瞳。白いブラウスにスカート、細い足は黒のストッキングで覆われていて、何だかグランドピアノみたいな印象だった。身長は一四〇センチにも届かないが、やたらと態度が尊大な子供だ。傍らに黒い礼服の男を従えさせる少女は、頬に触れる髪を片手でいじりながら、いかにも面倒臭そうな調子で神裂に話しかけてくる。

「いい加減にくだらん睨み合いは終わりにしないか。お前が『必要悪の教会』の人間だというのは分かっているんだ。そして特に見逃してやる理由も見当たらない。自分のしてきた事を考えれば、ここで私に殺される道理ぐらいは理解できているんだろう？」

「おや奇遇ですね」

神裂も普段は見せないような、薄い薄い薄い笑顔で応じた。

まるで膝枕するような格好で水平に置いている長い刀の鞘へと、ゆっくり指を這わせる。

「今回、私に課せられた仕事は別にあるのですが、だからと言ってここであなた達『明け色の陽射し』を見逃す理由はありません。『黄金』系ではロンドンで最大規模の魔術結社の、その統率者バードウェイ。残虐非道で知られるあなた達が、過去に我々『必要悪の教会』へどれだけの事をしてきたか、胸に手を当てて思い出す時間を与えましょうか？」

魔術師オーレンツの討伐のためにやってきた神裂だが、思わぬ所でそれ以上に厄介な難敵と遭遇してしまった訳だ。

一瞬、魔術結社『明け色の陽射し』とオーレンツの協力関係についても考慮した神裂だったが、その推理は自ら否定する事になる。事前情報として、『明け色の陽射し』のメンバーが、オーレンツの財産の保管庫や魔草の栽培場などを襲撃している事は分かっていた。どうやら魔術師間での利害の不一致があったらしい。彼らは神裂とは別の理由から、魔術師オーレンツを討伐しに来ているのだ。

　だからと言って、協力し合う必要は全くない。

　一つの目的のために一〇のエリアへ損害を出す事で知られる凶悪な魔術結社のボス。ここで仕留めて『処刑塔』の魔術的牢獄へ移送すれば、それだけでロンドンの……いや世界の治安が％単位で回復する。

「マーク」

　と、バードウェイは椅子に座ったまま、傍らの男へ小さな手を差し伸べた。

「向こうも私好みの選択をしてくれるらしい。私の象徴武器を出せ。今回は『杯』が良いな。しつこい汚れは水で洗い流すに限る」

　ならば受け渡しを待つ事もない。さっさと刀を抜いて峰打ちするか、と目を細める神裂だったが、マークと呼ばれた礼服の男は特に反応しなかった。

　そう。

　そもそも、ボスであるバードウェイの命令も聞こうとせず、首を横に振っただけだった。

『杯』とやらを取り出す素振りも見せない。

「駄目ですよ、ボス」

　手を差し出したまま不機嫌に眉をひそめるバードウェイへ、そっと窘めるように告げたマークは、それから神裂の方を見て、

「イギリス清教の聖人サマも、どうかご自重を。国の税金からどれだけいただいているかは知

りませんが、ここで共倒れを覚悟するほど熱心なサラリーマンという訳でもないでしょう」

バードウェイは初めて部下の方を見た。

ギロリ、と擬音がしそうな勢いで、眼球だけをそちらに向けて、

「……まさかこの私が、この程度のデカ乳女に後れを取るとでも思っているのか？　こんな戦闘中に乳を揺らして敵を喜ばせる事しかできなさそうな女に？」

「……その台詞だけですでにぶちのめすに足りますよろしいですねではブン殴る」

一触即発になりそうだったので、マークは素直にドアの方へ移動した。そのまま自然に退室するような格好で、ノブへ手を伸ばす。

神裂とバードウェイの顔色が変わった。

「うわっ、あなたは一体何を……ッ⁉」

「馬鹿者、それを開けたらどうなるか分からんのか⁉」

「『外』について、思い出していただけましたか」

マークはノブから手を離し、確認を取るようにそう質問した。

うっ……と、ややばつが悪そうな顔になるＶＩＰ二人に、マークも額を軽く拭う。正直、彼自身も生きた心地はしなかった。

「怪物級の魔術師二人がこんな狭い場所で殺し合いをしたら、間違いなく外壁が内側から破られます。そうなったら私達はおしまいだ。あなた達がゼロ気圧の無酸素状態でも生きていけるというのなら問題はないでしょうが、生憎と私はそこまで物理法則を捨てていません。お願いですから私を巻き込まないでください。分かりましたか？」

外。

そこは地球の大気に守られた空間ではない。

取り付けられた小さな窓から覗き込めば、漆黒の闇が広がっていた。神裂の長いポニーテールも自然にふわふわ浮かんでいるし、バードウェイのスカートも手で押さえないと持ち上がりそうだ。

二人の怪物は正面から睨み合うが、その腰が椅子から浮く事はなかった。

魔術師オーレンツの拠点に到着したら真っ先に殺そう。

敵対する両者は全く同じ事を頭の中で考えるが、口には出さない。

バードウェイは不満そうな表情で小さな拳を握り、自分の顔の前で軽くヒュッヒュッと振ると、

「……お前の言い分が正しいのは分かったが、お前が私より正しい事を言うのが気に喰わんな。ちょっと八つ当たりさせろ」

「その思考プロセスがすでに完璧な誤りじゃウワァあああーッ!?」

容赦なくぶん殴られたマークだが、無重力下では足の踏ん張りが利かないため、猫パンチ程度の破壊力しかない。しかも殴った方のバードウェイまでが、椅子から離れて中空をふわふわと回転し始める。

なんかもう早く帰りたいなぁ、と神裂火織は珍しくため息をついた。

顔のすぐ近くでは、泣く子も黙る魔術結社のボスがパンツを大開放させている。

2

しばらく時間が経った。

場所が場所なだけに、魔術師オーレンツの拠点に到着するまでにはかなりの時間がかかる。

狭い空間には居心地の悪い沈黙があった。

沈黙の中に、小さな音が混じっている。

魔術結社『明け色の陽射し』のボス・バードウェイが、細い指で二つ折りの携帯ゲーム機のボタンを連打する音だった。あまりに集中しているためか、その小さな体が椅子を離れてふわふわと回転している事に本人は気づいていないようだった。

「……こういうのは妹の方が得意なんだがな。おいマーク。協力プレイで割り込んでくるならきちんとアシストしろ。このボス敵の硬さは尋常じゃないぞ」

すると、壁際で同機種のゲーム機を操っている礼服の男はため息をついて、

「私だって不慣れですよ。何なら素直にパトリシア嬢に超強力アイテムをトレードしてもらえば良いのでは？」

「あんな妹に頭を下げるぐらいなら、一〇〇時間かけてでも自力クリアした方がマシだ。……おのれヘタクソめ！　マーク、回復係のお前が真っ先に瀕死ってるんじゃない!!　なんだかんだでアシストを頼んでいるはずの私の負担の方が大きくなっているだろうが!!」

「ボス。ならもう私に頼らないで自力クリアしてくださいよ」

ここに来る前からよほど付き合わされているのか、ほとんど半泣きになっているマークに、バードウェイはポーズボタンを押して面倒臭そうに息を吐いた。それから、向かいの席でポケットサイズの聖書をめくっていた神裂の方に視線を投げると、

「おい。お前はこいつができるか？　マークの反射神経と動体視力は全く使い物にならん。日本でブレイクしたゲームの英訳版だから、お前も馴染みはあるだろう？」

「そんなものに興味はありません。私の生まれ故郷がある種のゲーム大国なのは認めますが、国民の全てが精通しているなどと考えないでください」

聖書から顔も上げずに答える神裂に、バードウェイはチッと舌打ちし、

「……所詮はババアか。この程度のテクノロジーにもついてこれないとはな」

「一度尻を叩かなければ礼儀というものを理解しないようですねこのクソガキは」

また面倒臭そうなバトル空気に包まれてきた。無駄死にを未然に防ぐため、マークはこほんと咳払いし、

「……それ以上ややこしくなるなら、この無重力空間でゲロ吐きますよ」

くっ、と人質を取られたように二人の女性は黙り込む。

両者が戦闘の構えを解いたところで、マークはバードウェイの方に目を向けて、

「ボスも。そろそろ仕事モードに切り替えましょう。公私の区別のつかない人間は指揮官としての資質を疑われますよ」

「ふん。ならセーブポイントまで引き返すぞ。マーク、これ以上電撃系の麻痺攻撃を受けたら治療しないでそのままエリアに捨てていく」

しばらく携帯ゲーム機と睨めっこしていた魔術結社のボスだったが、やがて彼女は小型機械のスイッチを切ると、二つ折りのボディを畳んでマークの方へと投げた。どうやら一段落したようだった。

「オーレンツは酔狂な魔術師だ」

と、再び椅子に座ったバードウェイは切り出した。

部下にゲーム機を取り上げられて暇なのかもしれない。

「あれは永遠の命が欲しいとか蘇らせたい大切な死者がいるとか、そういう理由を内包している訳ではない。単純に、自分の力で他人を振り回すのが好きなのさ。寿命をゴム紐みたいに延ばしたりする作業は、そうした趣味の一環に過ぎない」

「命を延ばす作業と同じぐらい、命を縮める研究にも余念がないそうですね」

退屈凌ぎに神裂も付き合う事にした。小さなサイズの聖書をジーンズのポケットにねじ込むと、会話に加わっていく。

「つまりは、殺すための技術の追求」

「いずれも失敗しているがな」

バードウェイは面倒臭そうな調子で言う。

「かかるコストの割に得られる結果が極端に少ない。人間の命を使うくせに、人間の命以下のものしか作れないという訳だ。これでは同業者にも嫌われる。ご大層な拠点を構えているのも、大仰な理由がある訳じゃない。居場所を失って、こんな片隅まで追い払われたに過ぎない」

「拠点構築に際して、いくつかの技術は学園都市を中心とする科学サイドとの間にも抵触しているようですね。おかげで上の方は早期解決を求められているらしいですが」

「それでわざわざ聖人サマが出張ってきたと？　おいおい、イギリス清教の他に学園都市にも尻を振っているのか。女の体を武器にするビッチはそんなに長持ちしないんじゃないか？」

「減らず口は前歯を折れば止まりますか？　それとも喉？」

ややこしくなりそうだったので、礼服の男マークは無言でドアノブの方に向かった。神裂とバードウェイは慌てて仲良しモードに切り替わる。

「オーレンツの論理は放っておくとして、永遠の命という問題はクリアできると思うか？」

「難しい問題ですね」

神裂は言葉遊びに付き合うため、少しだけ頭を働かせ、

「人の手で望む形の命を生み出す方法はいくつかあります。クローン技術などと同じ……命とは何か、は分からなかったとしても、命を包んでいる肉体を生み出す事はできますからね。実際、最近も特殊なアルファルを作っていた魔術師と顔を合わせましたし。ですが、アルファルの化石をベースに製造しても、生前と同じモデルが生まれる、という感じではありませんでした」

「新しい命を作る事はできても、過去と同じ命を作る事はできない」

「今ある命を延ばす方向にしても……そもそも、人体ベースそのものが脆弱ですからね。細胞分裂のプログラムには、小数点以下のズレがある。テロメアを無尽蔵に引き延ばした程度では永遠の命は得られません。おそらく細胞が癌化していくのがオチでしょう」

「他の物品や素材に人の命を移し替える研究もいくつか進められていたみたいだがな」

　バードウェイは何を思い出したのか、くすくすと微笑みながら、

「確か、ペースト状の脳味噌を石灰の中に混ぜて練り込んでいたな。ケルトの神が使っていた魔弾の作り方を参考にしていた。イイ感じに変な光を放つらしいから、魔弾の中に人の魂が丸ごと宿っているとでも思ったんじゃないか？」

「魂がどんなものであるか、誰にも分かっていないというのに？」

　信じられないというような表情で神裂は言う。

「そもそも、脳に魂が宿っているという仮説自体、どこまで信憑性があるのやら。道教の経絡やヨガの集中法などでは、肉体の各所へ力を通す事で精神の安定を得ているようですし」

「不思議なものだ。我々は自分の生命力を魔力に精製して様々な現象を起こしているというのに、その源である魂に触れる事も適わないというのだからな」

「いずれにしても、逆効果では？」

　神裂は適当な調子で言葉遊びを続ける。

「人の魂を収めるために最良の器は、やはり人の体だと思います。そもそも、人の魂の容器として最適な形になるように、この体は進化を遂げてきたんですからね。無理に別の器に移し替えても、逆に魂の崩れる速度が増すだけでしょう」

「まぁ、仮にどこかの魔術師が何らかの別の器を人工的に作ったとして、それは遠い未来の人類の形に過ぎないのかもしれないな」

　バードウェイは紙パックのオレンジジュースにストローを突き刺し、シャボン玉みたいにふわふわと浮かぶ液体を口で捕らえる。

「他にも、進化の方向性をもうちょっと抽象的に捉えて、最後の審判を待たずにとっとと天国に行きたがっている連中もいるみたいだがな」

「そちらのケースは証明のしようがありません」

神裂はため息をついた。

「そもそも、珍妙な創意工夫などしなくても、品行方正に天寿を全うすれば天国に行ける仕組みになっているんですがね。むしろ、いかにも怪しげな魔術師よりも普通の一般人の方が天国へ行ける確率は高そうな気さえします」

「裏技で天国に行きたがっている連中には、そうしたい理由があるという訳だ。きちんと勉強のできる子供はわざわざ裏口入学なんぞ利用する必要はないからな」

「そもそも、永遠の命なんてものに意味はあるんですか」

神裂は肩をすくめ、その動きで椅子から浮かび上がりそうになり、慌てて椅子の背もたれを掴み直す。

「この惑星だって宇宙だって、いつかは必ず滅びます。そんな中で一人だけ永遠の命を持っていたとしても、先に周囲の世界の方が壊れてしまうのでは、結局『個人的な終焉』とやらはやってきてしまうのでは？　まぁ、酸素も何もない空間で漂う事が大好きなんですと言われてしまえばそれまでですが」

「地球全人類と惑星の資源、後は恒星からの光量と熱量を永劫にキープすればクリアできるが、それをやるには他天体から資源を引っ張ってくる技術が必要になるからなぁ」

まぁ、地球一〇〇個分ぐらいの資源が揃えば何とかなるかもしれないが、とバードウェイは適当に算出する。当然ながら、それだけの資源をかき集められるなら、人類の方が地球を脱出してしまった方が良い。

「そういえば、オーレンツはどんな仮説を立てているんでしたっけ」

「おいおい。これから殺す相手の得意分野について事前調査していないのか」

「すでに理論が破綻している事だけは伝えられています。詳細を説明されなかったという事は、戦闘に際して重要度が低く、知らないまま戦ってもそのまま勝てるだろうと判断されたのでしょう」

「聖人は力押しだな」

バードウェイは紙パックをぎゅーっと絞り、ストローから噴き出すオレンジ色の球体の列を傍らのマークの口へと飛び込ませながら、

「さっきお前は、この惑星や宇宙はいつか必ず滅びると言っていたな。しかし現状、限りなく永遠の命に近いモノは、すでに人の手によって作り出されている」

「？」

「魔道書の『原典』だよ」

3

たくさん話して少し疲れたのか、バードウェイはそこで一度言葉を中断した。会話に加わっている神裂のペースなどお構いなしだった。魔術結社のボスとして多くの部下に囲まれている

事から、もしかすると多少わがままなのかもしれない。

「小腹がすいたな。非常食を食べよう」

「……あなた、さっきもジュースを飲んでいませんでしたか？」

神裂が怪訝な顔になったが、バードウェイは気にする素振りも見せない。

「そんなもので空腹は満たされん。おいマーク、非常食を出せ。キャラメル味が良い」

はいはい、と言いながらマークは懐に手を伸ばす。中から出てきたのは、日本でも売っているスナック菓子だった。結社の下働きも色々と大変そうだった。

「ボス。ここは無重力空間ですからね。散らばらないように食べてくださいよ。袋を開ける時も気をつけてください。ばーんとやってしまったら辺りがスナック菓子だらけになってしまいますからね」

「いちいちしつこいな。大丈夫だ、この私を誰だと思っている」

ため息混じりで菓子の袋を受け取るバードウェイ。小さな二本の手を使い、袋の上部をバリッと勢い良く開ける。

しかしここは無重力空間だ。

どういう風に力が働いたのか、菓子の袋が二本の手の間で逆上がりのように回転した。あっという間に袋の中身が自由を手に入れ、狭い空間の隅々まで広がっていく。

黙っていなかったのは神裂だった。

「『この私』は一体誰だったんですか!?　思いっきり撒き散らしているじゃないですか!!」

「豪気な私からの餞別だ。ありがたく食べるが良い」

「駄目だ。そこの礼服の方、マークと言いましたか。今からこのクソガキをぶっ飛ばしますが承諾していただけますね!?」

「私も今回ばかりはボスのほっぺたを引っ張りたい心境ですが、あなたに任せると大バトルが展開されたのち、揃いも揃って気圧ゼロの無酸素空間に放り出されそうな気がしますので、どうかご遠慮願えますか」

言いながらも、バードウェイの手から菓子袋を没収したマークは、辺り一面に漂うスナックを素早く的確に摘んで袋の中へと戻していく。床に触れていないものについてはセーフ扱いらしい。

ところが、当の元凶バードウェイは不満そうに頬を膨らますと、

「……前も言ったが、お前が正論を吐いて偉そうな顔をしているのは、果てしなくムカつくな」

「え？　ちょっと、何で私の両足を掴んでいるんですかボス!?」

「前から研究してみたかったテーマがある。無重力下でジャイアントスイングをするとどうなるのかとな」

ウワァーッという叫びと共にヘリコプターのように回転を始める礼服の男マーク。その途端にせっかく回収していたスナック菓子が再びばら撒かれて神裂がブチ切れた。

「テメエこのクソガキ!!　さっきから髪に絡まって鬱陶しいんだよッッッ!!!!!!」

「やかましいな。日本には料理の中に髪の毛が入っていると料金がタダになるという風習があるんだろう？　つまりラッキーだったという事じゃないか」

「あれは別に棒アイスの当たりの親戚的なポジションにある訳ではありませんし、そもそも現状とは何の関係もありませんッ!!」

「自由研究中に脱線するような話をするなババアめ。ははっ、すごいぞマーク。重力がないとこんな私でも大男を延々と回し続けられるみたいだ」

「ぼっ、ボス？　時間の経過と共に回転速度が上がっていくのがものすごく恐ろしいのですが、そろそろ許していただけないでしょうか⁉」

「んー？　実は私の足も床を離れていてな。宙空にいるので脚の踏ん張りが利かない。つまり一切ブレーキをかける事ができんようだ」

にゃーっ!!　という猫みたいな叫び声が上がった直後、マークの上半身が狭い空間の壁へと激突する。

一通り弄んで満足したのか、バードウェイは辺りにふわふわと浮かんでいるスナック菓子を指で摘んで口に放り込むと、改めて椅子に座る。

神裂は危うく七天七刀に手が伸びそうになっていたが、すんでの所で思い留まる。

こいつと戦うのはオーレンツの拠点に到着してからだ。

「お、オーレンツが魔道書の『原典』を利用しようとしている、という話がありましたが……」

「まぁな。現状、あれがこの世界で最も長持ちしそうな物品であるのは確かだし」

神裂の質問に、バードウェイは気軽に答えた。

魔道書。

　文字通り、それは魔術の知識を詰め込んだ書物の事だ。その中でも、特に『原典』と呼ばれるものの危険度は高い。あまりにも純度の高い異質な知識は、それを読むだけで人間の脳を『汚染』するとまで言われている。冗談抜きに、人間の人格を強制的に粉砕してしまうレベルでの、だ。

　一般的に、実際に勉学に利用される魔道書の大半は『写本』と呼ばれている。『原典』を基に、ある程度知識の純度を薄める形で記された魔道書である。『写本』は『原典』の中のどの部分をどう活用するか、という目的によって千差万別に変化するため、まるで変異するコンピュータウイルスのように様々な亜種をばら撒いていく事になる。

「うーん。考えてみれば、あれも命懸けだよな」

　と、バードウェイは軽い調子で言った。

「『原典』を読んだら人格崩壊すると言われているのに、わざわざその『写本』を作ろうとする連中がいるんだから。知っているか？　あれの『写本』を作る連中は、最後の方は半ば白目を剝いて泡を吹きながら、それでも指先だけは機械みたいに動き続けるらしいぞ」

「一部の特殊な性質を持った人々は、『原典』からの汚染を防ぐ機構を脳に備えているらしいですけどね」

「禁書目録とかか？　あっちの方が命懸けだろ。一体どれだけの数の防御機構を格納しているんだ。宗教障壁と言えば聞こえは良いが、一歩間違えば人間としての基本性能すら失うレベルの精神調整を、一体何十回繰り返しているんだ」

「……、そうですね」

神裂火織はわずかに黙る。

「それが、オーレンツの論理とどう関係していると言うんですか？」

「『原典』は誰にも破壊できない」

バードウェイは空中を漂っていた紙パックのジュースを掴んだが、中身がすでに空っぽなのに気づくと再び捨てた。

「高純度の魔術知識の塊である『原典』は、そのページが、文脈が、図面が、まるで高度な魔法陣のように作用する。いわば自律型の魔術装置だな。地脈や龍脈から洩れる微弱な力をかき集め、何百倍にも増幅し……そして自らの書物の中にある知識が万に一つも焼失・破棄されないように、徹底的に防衛・迎撃を促す。その効力は羊皮紙の自然風化を許さないし、ありとあらゆる魔術師が束になってかかっても、絶対に破壊する事はできない」

「仮に惑星を脱出した場合はどうなるんですかね。地脈や龍脈から力を借りているという事は、その力が洩れている大地から極端に離れてしまうと、これまでの定説は覆されるかもしれません」

「さあな。だが、仮にその程度で『原典』が力を失うのであれば……そもそもその脱出を『原典』の防御機能が許すとは思えない」

「その『原典』がどうだと言うのですか。永遠の命に関する記述でも見つかったと？」

「いいや」

バードウェイは人差し指を軽く振って、

「オーレンツはもうちょっと深い意味で『原典』というものに着目したらしい。つまり、『原典』の持っている防御機能を人体に装備できないかと考えた訳だ」

「……自殺行為だ」

神裂は呻くように言った。

バードウェイの方もため息をついて、

「古代の中国には紙の束を使って鎧を作る技術があったようだな。安物の防弾ベストと仕組みは一緒だが、実は革や金属の鎧よりも重たかったんじゃないかとも言われている。おあつらえ向きじゃないか。素材をいらないチラシの束から別の物に交換すれば、夢の原典アーマーの完成だ」

「高純度の魔術知識の『汚染』についてはどうするんですか……？」

「私に聞くなよ」

「プロの魔術師でさえ、ページをチラリと見ただけで気絶しかねないほどの頭痛に襲われる代物ですよ。そんなものを四六時中まとっていれば、外的要因よりも先に己の内側から滅ぼされるに決まっているじゃないですか」

「んん？　お前の作戦指示書にはこういう風に書かれていなかったか」

バードウェイは人差し指で、自分のこめかみを軽くつついた。

「魔術師オーレンツの理論は、すでに破綻していて使い物にならない、と」

「……、」

「そういう事。ぶっ壊れているのさ。ある意味では死の恐怖を克服し、ユートピアにでもいるのかもしれないが。あんまり参考にしたいとは思わない生き方だな」

「書類には、オーレンツは破綻した研究をやめる気はなく、他の多くの民間人を巻き込む懸念が出てきたとも書いてありましたが」

「知らんな。我々が摑んだのは、原典アーマーを作ろうとして見事に頭が飛んじゃったオーレンツ君が、さらに大規模な『原典』を装備しようと画策している、といったぐらいだ。遺跡の壁画が単純な模様ではなく宗教的な神話をモチーフに描いているのは、王の墓全体を『原典』化する事で、王の遺体に何らかの干渉をしようとした証だ……とか主張しようとしているらしい」

バードウェイは皮肉げに唇を歪め、

「差し詰め、これから向かう拠点をピラミッドにでも変えようとしているんじゃないのか？　確か王の墓には死後の世界の召使として、多くの平民を生き埋めにする風習があったようだし」

本人はビフロストとかって名乗っていたかな、北欧神話の天界ヴァルハラに繋がる虹の橋ってヤツだ、と少女は嘯いた。

「……、」

神裂火織の目が、わずかに細くなった。

破綻するにもほどがある。

それでいて、より大きなものに魔道書の内容を書き殴りたい、という欲求そのものは、魔道書の『原典』の目的である『自らの知識をより多くの者に広めるため』という項目に合致する。もしかすると、『原典』の保護機能は本当にある程度、オーレンツに力を貸しているのかもしれない。

「拠点そのものがアーマー化しているとなると、話は厄介になりますね。『原典』と同じ硬度を持っているとしたら、今の人類の技術では破壊する事ができなくなります」

「理論上はな。だが実際は難しいんじゃないか」

「何故」

「お前の作戦指示書に書かれていなかったんだろう？　知らないまま戦っていても普通に勝てるだろうから、伝えられないまま戦場に放り込まれたって。つまり、そんなヤバい事態にはなっていない事を、お前の上司は知っていたのさ」

「……言われてみれば……」

「『原典』なんてものは、そうそう簡単に手なずけられるものじゃない。大前提の原典アーマーにしたって、あの魔道書の防衛機能が、ページをバラバラに分解する事を許可するとは考えにくい」

「『原典』がある事は事実でしょう」

極めて面倒そうな調子で神裂は息を吐く。

「魔道書は、自らの知識を広めようとする者に味方をし、それを封じようとする者に敵対します。となると、オーレンツの拠点に踏み込む我々は、原典アーマーの有無はさておいて、『原典』の防衛機能と戦わされる羽目にはなるかもしれません」

「おや。魔術結社『明け色の陽射し』の我々が、お行儀良く『原典』の知識を封じようと思っているとは限らないんじゃないのか？」

「このチビ……」

「冗談だ」

　バードウェイは適当に舌を出して、

「我々はオーレンツの『原典（オリジン）』に、それほど強い興味は持っていない。むしろ、世界を『汚染』する魔道書については、ある種の憎しみすら感じている。我々は、本当に厳密に言えば単なる魔術結社ではないのだからな」

「？」

「言っておくが、今のは冗談ではないぞ」

「ボス」

　と、バードウェイの傍（かたわ）らに控（ひか）えていた礼服の男マークが、小さな窓の外を眺めながら口を開いた。

「そろそろ着くようです。ご準備のほどを」

「ふむ」

　魔術結社のボスは椅子から立ち上がろうとし、床を蹴った途端に宙空をくるくる回転する羽目になった。本人は無重力空間を割と楽しんでいるようにも見えるが、マークは控えめにスカートの端を掴（つか）み、広がらないように注意する。

「おいマーク、いい加減に私の象徴武器（シンボリックウエポン）を出せ。『杯』だ。到着と同時にあのデカ乳聖人と決着をつけなくてはならないからな」

「ガキが言いたい事をベラベラと。……そもそも、年齢に開きがあるのですからサイズ的な事るものですから焦らなくても大丈夫ですよ。……まぁ、中には大人になっても駄目な人もいるようですが」

「……マーク、変更だ。人をガキ扱いした上、暗に自分の乳を勝ち誇った罪は万死に値する。指揮棒たる魔術剣を出せ。十字章からヘブライ文字を抽出し、シジルを描いて粉微塵に吹っ飛ばしてやる」

「言いたい事がいまいち分からないのですが……しかし気になる事を言いましたね。十字章？　もしや十字章の対応表と睨めっこしなければ陣を描く事もできないのですか。曲がりなりにも『黄金』系の魔術結社のボスともあろう者が？」

「力業で刀を振り回して乳を揺らすぐらいしか能のない筋肉バカは、準備が少なくて気楽そうだな。ちょいと『神の如き者』の力でも呼び出すが構わんな？」

「もーう困りましたね。自分の力に自信のないお嬢ちゃんは、とりあえずメジャーどころの力を借りる事で、何とか箔をつけようとしているとお見受けしますが」

またもや話が面倒になりそうだったので、礼服の男マークはドアノブの方に向かった。思わずそちらへ目をやる二人だったが、

「いえいえ」

マークは首を横に振って、

「今度こそ、到着するみたいです」

4

魔術師オーレンツ＝トライスは万全の準備を整えていた。

資材搬入用の『コンテナ』の中に、不純物が混じっている事はすでに掴んでいた。しかしそのまま捨て置いたのは、『コンテナ』を一つだけ弾く方法がなかったためだ。それを実行するためには、航路そのものを一度消失させ、輸送中の『コンテナ』とその資材の全てを廃棄する覚悟がなければならない。

いつか敵対する魔術師が来るとは思っていた。

そのための装備も用意していた。

魔道書の『原典』。

そのページを分解して鎧化するプロジェクトは、完全には成功しなかった。しかし、革の大きなブックカバーの裏表に金属製のプレートを取り付ける事で、『何となく胸当てにも使えそうなゴツいブックカバーで本を保護している』という風に『原典』の自動防衛機能をごまかす事には成功していた。これによって、本来予想していた出力には遠く及ばないが、『原典』の力の一部を装備する事ができるようになったのだ。

オーレンツの拠点は、『原典』の力の源である地脈や龍脈の力は極端に届きにくい環境にある。しかし、それもオーレンツにとっては有利に働いた。『原典』の力はあまりにも強力すぎて、オーレンツの手には負えない。ある程度弱体化しているぐらいがちょうど良いのだ。

並の魔術師程度なら仕留められる。

魔道書を装備する魔術師オーレンツは、自らの拠点の中に入ってきた『コンテナ』の前に立った。相手はトロイの木馬のつもりなのかもしれないが、地獄を見るのは彼らの方だ。

(出てくるのは待ってやろう)

軽く己の胸を……装備した『原典』を軽く指先で叩きながら、オーレンツは思う。

(公平な立場で叩きのめしてこそ、言い訳のできない絶望を与えられるのだから)

ガコン、という音が聞こえた。

『コンテナ』の扉が開いた音だった。

そして。


唐突に。

凄まじい閃光と共にオーレンツ=トライスは薙ぎ払われた。


いや、厳密に言えばオーレンツを狙ったものではないのかもしれない。何しろ閃光は『コンテナ』の外壁を撃ち抜くように、全方位に向けて均等に放たれたからだ。箱形の『コンテナ』が内側からの爆発によって大きな花のように開いていた。その一瞬前に礼服の男が面倒臭そうな感じで『コンテナ』の外へと脱出していくのも見える。

一撃で粉砕されたオーレンツは、重力のない場所でふわふわと錐揉み状態になる。

爆発現場の中心で、二種類の刀と剣をギリギリと押し付け合っている人影がある。あれー、お前ら俺を倒すために鼻息荒らげてこんな所までやってきたんじゃなかったっけー？　とオーレンツは泡を吹きかけた口を何とか動かして呟こうとしたのだが、対する戦う女達の返答は極めてシンプルだった。

「「黙れクソ魔術師‼　雑魚は後にしろッッッ‼‼‼」」

第七話　救いの行き先　GUNGNIR.

1

捜査の依頼内容を説明させていただきます。

西欧ＥＵ圏を中心に、北欧神話系(ほくおうしんわけい)の魔術結社が立て続けに襲撃を受けています。本来ならば、対魔術師用の機関である『必要悪の教会(ネセサリウス)』に彼らを助ける必要性はありませんが、襲撃犯が各結社の本拠地から、何らかの技術情報や霊装(れいそう)などを強奪して力を蓄え、さらに大きな事件を起こす可能性も否定はできません。

襲撃犯の正体やその目的を調べ、必要であれば討伐(とうばつ)してください。

なお、前述の通り、我々に魔術結社を保護する義理はありません。戦術上有効と判断した場合は、盾や囮(おとり)に使っても構いません。

「なるほど……」

神裂火織(かんざきかおり)は軽く周囲を見回し、ポツリと呟(つぶや)いた。

潮の匂いが鼻につく。

海はきめ細かい砂ではなく、分厚いコンクリートに固められていた。まるで油でも含んでいるかのように粘つく風が、彼女の黒髪へ不快にまとわりつく。

ベルギー王国の港湾地帯・オーステンデ。

戦闘能力を持った魔術師を迅速に現場に届け、隠れ家などを提供する役割を持つツアーガイドの少女の話によると、これでも海は奇麗な方だという。タンカーの通り道はもちろん、海底油田から恒常的に洩れる原油がヨーロッパの海を汚している訳だ。

神裂がいる場所は、工業地帯でも漁港でもない。

油田用の資材置き場だった。

現在は使われていないが、海底油田が枯渇するたび、新しいものを採掘するたび、この大きな広場に大量の資材が運び込まれ、建設用の中継基地として使われる。それ故に、一度役目を終えても別の建物が建てられる事はなかった。

おそらく油田を立てる過程で余ったものだろう、錆びついた鉄骨や鉄パイプなどが山積みになり、プレハブの事務所がそのまま残されている。

ここを間借りしている者達がいた。

いた、と過去形で表現している理由は極めて単純だ。

「ひゃー。とりあえず搬送終わりましたー」

神裂の方へ小走りに近づいてきたツアーガイドがそんな事を言う。彼女は一仕事終えたような顔で額の汗を拭い、メモ帳をパラパラとめくりながら、

「魔術結社『海より来たる覇者』の構成員一三〇二名。全員、例の襲撃犯にやられたみたいで

すね。死屍累々。もう事件現場って域を越えちゃってますよ。……目撃情報については、あまり語りたがりませんでした。まぁ、これだけ惨敗した経緯をもう一度自分の口で話したがる魔術師なんていないとは思いますけど」

ふう、と神裂はため息をつく。

潮の香りに混じって、もっと粘つく匂いが鼻を刺激する。

血の匂いだった。

「被害のほどは？」

「両手足を二ヶ所ずつ骨折。肋骨五本を粉砕。右目を抉って、肝臓の四分の一を破裂。……一三〇二人全員ですよ？　手口が徹底していますね。これだけの技量があれば、あっさり首を切断する方が簡単でしたでしょうにね。敢えて殺すよりも難しい生存を選んだのは、単純に死ぬよりも長く苦しめようとする意図を感じます」

ツアーガイドは山積みの鉄骨の上に座ろうとし、その表面が錆だらけなのに気づいて踏み止まる。

「『海より来たる覇者』は北欧神話系では有名な結社です。利益や怨恨の関係から、他の結社や魔術師と交戦状態に入る『理由』は腐るほどあるみたいです。……とはいえ、これは一定以上組織化された結社なら、どの組織でも通る道なんですが」

本来なら、それを回避する術も構築しているのが魔術結社だ。

そういう対策を何も考えていない結社は、大きくなる前に出る杭を打たれるのが常である。

ツアーガイドの少女はメモ帳のページの端を指で折りながら、

「神裂さんの方は何か分かりました？」

「血の飛び散り方を調べていました」

神裂は今まで自分が辿ってきたルートを指で示しながら、

「一本の線を中心に、多方向へ血が飛んでいます」

「えぇーっと……それが？」

「襲撃犯は複数の集団ではなく、単独の個人である可能性が高い、という事ですよ。おそらく、この本拠地へ一直線に突撃してきた襲撃犯を仕留めるために、『海より来たる覇者』の魔術師達が一斉に迎撃に入り……一人残らず撃破された、というところでしょうね」

そんな事まで分かるのか……という顔で辺りを見回すツアーガイドの少女は、しかしそこで首を傾げた。

「でもでも、『海より来たる覇者』は北欧神話系ではそこそこ有名な結社ですよ？　ここにだって一三〇二人もの魔術師が詰めていたはずなんです。それを、たった一人で薙ぎ倒せるものなんですかね」

「……、」

神裂がわずかに黙ったその時、遠くからジーンズショップの店主がこちらへ近づいてきた。

彼は携帯電話を握った手を軽く振りながら、

「おい、こっちの調整は終わったぞ」

「？」

何の事を言っているのか分かっていないツアーガイドの少女は首を傾げる。

神裂の方は重たい息を吐いて、

「……あまり気は進まないのですが」

「襲われてる連中が魔術とは何の縁もない一般人とかだったら、俺も全力でお断りするがな。『世界樹を絶やさぬ者』、『知を刻む鉄杭』そして『海より来たる覇者』。どいつもこいつもいわくつきの結社だ。自分達を襲撃した魔術師について何も話そうとしないのにも、それなりの理由ってもんがあんだろ」

そこまで言うと、店主は面倒臭そうな調子で頭を掻いた。

「ったく、こんなのはジーンズショップの仕事じゃねえぞ。一〇〇〇人以上のプロの魔術師が、こだわりの肉体粉砕法であっさり全滅？　そんな怪物野郎とたった三人で戦ってください？　労災どころか生命保険の心配をしなくちゃならねえレベルだろ、こんなの」

勝手に話を進めてしまう二人から置いてきぼりのツアーガイド。彼女はしばらく自分の頭で考えようとしたが、やがて諦めると素直に質問する事にした。

「あのう。さっきから何の話をしてるんです？」

「どこの誰だか知らねえが、この襲撃犯は北欧神話系のデカい結社を立て続けに潰して回ってる」

店主はくだらなさそうな調子で、

「なら、その襲撃犯がこれから潰しそうな結社へ先回りして、俺達の手で結社を潰しちまえば良い。連中の本拠地で待ち伏せをしていれば、やがて襲撃犯が俺達の前に顔を出すって寸法だ」

2

という訳で、神裂達は『襲撃犯が次に壊滅させそうな魔術結社』の元へと向かう。

襲撃犯はベルギーだけでなく、西ヨーロッパ全域の北欧神話の結社を標的にしているようだった。これまで襲撃犯が潰してきた結社の分布図を見れば、いかに襲撃犯が広範囲で活動しているかが窺える。

「そんな状況で、『次の結社』を割り出せるんですか？」

レンタカーの助手席からツアーガイドの少女が口を挟む。

運転席でハンドルを握るジーンズショップの店主は、

「北欧神話の結社っつってもだな、色々ある。歴史、人数、財力、戦力、魔術的な技術力に霊装の生産性や知識・書物なんかの所蔵量。そうしたもんを総合して、『必要悪の教会』じゃ危険度のレベルを割り振っている訳だが……」

「？」

「例の襲撃犯は、危険性の高い結社順に一つずつ丁寧に潰して回っているって訳だ。当然、自分より上の結社を潰された事を知っている下々の連中は、自分達じゃ敵わない事を知って戦々恐々としている」

単純に余力がある内に厄介な敵から潰したいのか、それともじわじわと恐怖を浸透させていくやり方が好きなのかは分からねえけどな、と店主は付け加えた。

ツアーガイドの顔色が青くなった。

「あ、あのう……神裂さんの話だと、襲撃犯は複数ではなく単独の可能性が高いって話だったんですけど」

「そうだな」

「北欧神話系の中でも、一番危険な結社から順番に潰して回っている訳ですよね？　たった一人で!?　どんな戦力なんですかその怪物!!」

「んー、つまりだな……」

店主が言い掛けたその時、後部座席にいた神裂が身を乗り出した。

「そろそろ着きます」

「あいよ。爆撃機の操縦桿を握っているパイロットってのは、こういう気持ちなのかね」

呟きながら、店主は路肩に小型の乗用車を停めた。

馬鹿正直に敵の本拠地の目の前に車を置くほど彼らも馬鹿ではない。

「じゃー任せたぜ神裂。標的の『神の剣の文字を知る者』、ちゃっちゃと皆殺しにしてきてくれ」

「……気絶させるだけですからね。黒ですので連行はしますが、すぐに手当てできるよう、回収班の準備も滞りなくしておいてくださいよ」

本当にこの作戦に不満があるのか、いつまでもブツブツ言いながら神裂は後部座席のドアを開けて外へ出た。

ヒュッ、と。

口笛のような音が聞こえた途端、彼女の体が闇の中へと消えていく。

しばらく見送っていたツアーガイド（とはいえ、彼女には神裂がどの方向へ移動したかもわからなかったのだが）は、やがてシートベルトを外すと、膝の上に置いていた紙箱からサンドイッチを取り出し、

「しかし大丈夫なんですかね。いくら聖人って言っても、相手は四ケタ規模の魔術結社ですよ？　海洋牢獄の時は五〇〇人の囚人でも危ないって……」

「今回の結社は大規模霊装を得意とする連中だから、準備前に奇襲しちまえば大丈夫だろ。むしろ殺さねえように終わらせる方が難しいよ」

神裂の人格的に殺す可能性は低そうだがな、と店主は付け加える。

「……それより今まさに生命の危機を感じているのは俺の方だぜ。もう世界中から仕事が遅いクレームが殺到しまくっててさ」

「うあー、中学生の佐天さんとかどうなっちゃったんですか？」

「オメー達が俺を世界中に引きずり回すから全く仕事できてねえよ‼　どうすんだ⁉　注文書の日付っていつだったっけ⁉　こんな事情じゃ詳しく説明する事もできねえしよ‼」

頭をグシャグシャと掻き毟っている店主を見る限り、どうやら彼は本当に神裂が負けたりピンチに陥ったりする可能性はあまり考えていないようだった。

キャベツとコンビーフをマヨネーズで和えたサンドイッチを頬張るツアーガイドは、わずかに不安そうな顔つきで、

「そんな頼り切りにしてると、予期せぬ事態に巻き込まれたりするんじゃないですか？　神裂

さんだって、あらゆる状況で絶対に負ける事はない、なんて保証がある訳じゃないんでしょ」

「まぁそりゃそうだが、今回に限っては問題ないだろ」

「？」

「例の襲撃犯にできるぐらいだからな。ウチの神裂だってできない事はない」

「え？　それって……」

「つまりだな」

店主はくだらなさそうな調子で呟き、ツアーガイドの膝の上にある紙箱の中から適当に白身魚のペーストのサンドイッチを取り出すと、

「今回の敵は、同じ聖人かもしれねえって訳だ」


ツドォォォォン!!　という凄まじい爆発音が炸裂したのはその時だった。乗用車が大きく揺さぶられ、ツアーガイドが驚き、膝の上からこぼれ落ちそうになったサンドイッチの紙箱を店主が掴む。

彼はさして顔色を変えずに、

「流石は、曲がりなりにも結社の本拠地。さては『人払い』が中和されたかな。ガス爆発って言い訳で何とかなりゃ良いけど」

「い、今の……神裂さんなんですか？」

顔を引きつらせるツアーガイドの耳に、当の本人の声が飛んできた。

通信用の霊装からだ。

『「立ち退き」の交渉は完了しました。手加減はしましたが、念のために回収班をこちらに寄越してください』

「予想よりも簡単なんで、自分でも驚いたろ？」

『……、』

「そりゃそうだわな」

店主は口元に笑みを浮かべ、

「このままじゃ謎の襲撃犯に容赦なく粉砕されるんだ。手頃な所で勝負から降りられるなら、むしろ喜んで神裂に倒されていった連中もいたんじゃないのか？」

『襲撃される心当たりについて、いくつか質問をしましたが、芳しい回答は得られませんでした。ただ、本当の意味で何も知らない……という訳でもなさそうです』

「やっぱり待ち伏せして直接正体を見るしかないって訳か」

そう言った店主だったが、神裂はそこでわずかに言い淀んだ。

『ただ……それとは別に、本拠地襲撃の際、彼らは私を別の誰かと勘違いしていたようでして』

「あん？」

『襲撃した瞬間……彼らは私を見て、「やっぱりあの女がやってきた。ブリュンヒルドだ。あの混ぜ物め」と言っていたんです。さて、魔術結社の人間は私を誰と勘違いしたのでしょうね』

3

魔術結社『神の剣の文字を知る者』。

その本拠地は、巨大な木の船だった。ただし、水の上には浮かんでいない。内陸部まで深く切り込んだ人工の運河沿いにあるハーバー。その平らなアスファルトの上に鎮座している、全長三〇メートル超の巨大な帆船が、結社の本拠地になっていた。船底は半円状の曲線を描いている訳だが、地面との隙間を埋めるように、数十本の木の柱が挟んである。

「旧式だな」

ジーンズショップの店主は、率直な感想を洩らした。

「伝統と高額のきらびやかなお城ってか？　こんな派手な本拠地作ったところで、いざガサ入れがあったら一発で財産を失うだけだろうにな」

すると、後からついてきたツアーガイドの少女は眉をひそめ、

「現代の魔術結社はアパートの一室とかキャンピングカーとかに財産を小分けして、ガサ入れされてもすぐに小拠点を切り捨てて被害を最小に抑えるものだ、とかいうアレですか？　でも夢がないんですよね」

すでに神裂火織が魔術師の『排除』を終えたせいか、周囲に人はいない。

当の神裂は巨大帆船を中心に、周囲の街灯やハーバーの管理小屋へと長いワイヤーを張り巡らせている最中だった。

「本格的な戦闘前に『人払い』を張っておきたいのですが、それによって襲撃犯……ブリュンヒルドとやらに待ち伏せを勘付かれるリスクはないでしょうか」

「気づいた時にはもう遅い。そういう仕掛け方なら問題ないだろ」

戦闘する係ではないためか、店主は割と適当な調子で返した。

そこへツアーガイドの少女が、チェーン店のものらしき円筒形のボトルに入ったコーヒーを口に含みながら、

「北欧神話(ほくおうしんわ)って名前はメジャーですけど、意外に現代の人と接点ありませんよね」

「？」

神裂(かんざき)がそちらに首を向ける。

ツアーガイドは続けて言った。

「十字教やギリシア神話みたいに、派手で大きな神殿が残っているって話もあまり聞きませんし。教皇とか神官とか、どういう体制で宗教が民衆を支配していたのかも説明できる人って少ない気がします。……いいや、そもそも。どういう風に世界が始まって、どういう過程を経て、どういう風に終わっていくのか。その神話のストーリーを一から一〇まで順番に解説する事だって、普通の人には難しいんじゃないですかね」

ツアーガイドは円筒形のコーヒーボトルを軽く揺らす。

「でも一方で、ルーン魔術やセイズ魔術は、詳しい仕組みは分からなくても、一般人だって名前ぐらいは知っている。オーディンとかトールって神様ぐらいなら、宗教的な書物をろくに開いた事がない人だって自然と覚えている」

マヤやアステカ文明ほど異質な印象はない。

しかし、十字教のように『その宗教を代表するシンボル』を簡単に思い浮かべられるほど身近ではない。

「こう、なんていうか……北欧神話って、何か印象がちぐはぐな気がしません？　メジャーなのかマイナーなのか。それすらもハッキリ見えないというか」

言ってしまえば、それは今回の襲撃犯、ブリュンヒルドにも当てはまるかもしれない。

身近で遠い魔術師。

ある程度のディティールは想像できるからこそ生々しく、かと言ってその詳細や根幹にあるものまでは覗き込めないからこそ余計に不気味な存在。

「過去はどうであれ、現代における北欧神話は君臨する宗教ではなく、浸透する宗教の最高ランクだからな」

店主は街灯の支柱に背中を預けながら、そんな事を言った。

「つまりだ。誰かが声高に信仰せよと叫んでいるから有名なんじゃなくて、誰も何もしていないのに何故かみんなが知っている事がすごいっていう宗教なんだ。まぁ、ファンタジーの題材にしやすいから、エンターテイメント方向の広がり方をしている事も否定はしないがな」

「歴史背景としては、十字教の布教によって北欧神話的な文化が失われてしまった事も大きいようですが」

ある程度ワイヤーを張り終えた神裂が会話に加わった。

ツアーガイドの方は神裂の顔を見て、

「あのう。襲撃犯ブリュンヒルドが、神裂さんと同じ聖人かもしれないって話を聞いたんですけど」

「ええ」

神裂は率直に頷いた。

「ベルギーの港湾都市で、襲撃された『海より来たる覇者』の本拠地を調査したでしょう。あの時、血の跡を辿りながら自然とこう思いました。……私なら同じ方法で牙城を切り崩す、と」

うえ……とツアーガイドはわずかに呻いた。

聖人の神裂と全く同じ方法論で確実に襲撃を成功させている事からも、ブリュンヒルドに同等の身体能力があるという判断材料になる。

しかし、そうなると……、

「こっ、今回は、どっちが勝つか分からないって事ですか？」

「今回は、ではありませんよ」

神裂はあっさりと答えた。

「いつでも確実に勝てる保証なんてありません。敵が何であるかよりも、いつもの得意な戦況に持ち込む事こそが重要なんです。むしろ、敵に合わせて普段やらないような事を行おうとする方が危険は増します。誰だって、ぶっつけ本番で万全の力を発揮する事はできませんからね」

「意外に手伝える事は少なそうだな」

店主は周囲に張られたワイヤーの調子を確かめながら、そんな事を言う。

「一応、『人払い』の余波が洩れて察知されないように、ある程度は俺の『縫製』で補強しておいたが……やれる事なんてこれぐらいだぞ。今回は聖人対聖人だ。お互いに音速以上で走り回る怪物同士の戦いなんて、俺達じゃ援護する事もできねえからな」

「ええ。これだけあれば結構です。あなた達は、車の方にでも退避していてください」

「え、え？」

キョトンとするツアーガイドの少女に、店主は適当に手を振る。

「ウワサのジェノサイド襲撃犯ブリュンヒルドさんがやってくる前に、ここを離れようっていう訳だ。残っていても攻撃の余波に巻き込まれて吹き飛ばされるだけだろうしな」

筋は通っているのだが、ツアーガイドはどこかためらいがあるようだった。

そんな彼女に、店主は気軽に言う。

「なぁに。同じ聖人同士の戦いだからって、勝敗は五分五分って訳じゃねえぞ」

「？」

「奇襲する側とされる側は、伝統的にするヤツの方が勝率は高い。ブリュンヒルドって女は自分が奇襲する側だと勘違いしているようだが、その立場が逆転して混乱している間に神裂が攻撃を放っちまえば、かなりの確率で勝算も上がる」

「ええと、つまり……」

「ルールの決まったスポーツ格闘技じゃねえんだ。できるだけ有利な状況を整えてから戦うのは当たり前。あらかじめ勝てるように調整してから勝負に挑むって言っているんだ。仮に互いの実力が本当に五分五分だとしたら……なおさらこの環境じゃ、神裂はブリュンヒルドなんかにゃ負けねえよ」

　店主が笑って言ったその時だった。

『ほう。どこの誰だか知らないが、私も随分と低く見られたものだな』

　声。

　一言一句正確に頭に入ってきたくせに、どの方向からどんな距離から飛んできたものかは全く想像のつかない、奇妙な女の声だった。

　何らかの細工を施されている。

　わざわざそんな細工を施す理由は何か。

　理由は簡単だ。

（……まずい……遠距離からの、狙撃……ッ!?）

「伏せてくださいッ!!　早く!!」

　とっさに叫ぶ神裂だったが、相手はそれだけの時間を与えなかった。

　第一射。

　それは、狙撃というよりももはや砲撃に近かった。

　ドッゴォ!!　という轟音が炸裂する。

　魔術結社『神の剣の文字を知る者』の本拠地は、ハーバーに乗り上げた全長三〇メートルオーバーの巨大帆船だ。その木造の横っ腹に、一メートル大の砲弾が突っ込んだ。一撃でベキベキと木の板がへし折れ、クレーター状に大きく壁面がへこみ、破片が宙を舞い、船体そのものが大きく揺さぶられる。並大抵の破壊力ではなかった。

その船体は単なる木造船ではない。魔術結社の本拠地として様々な防御術式や結界を施されていたであろう外壁が、たった一発で容赦なく突き崩されてしまった。

襲撃犯……ブリュンヒルドは、別に店主やツアーガイドを見逃した訳ではない。正真正銘、彼女は一撃で自分の敵を粉砕しようとしていたはずだ。

その目測が誤った原因は、辺りに張り巡らされたワイヤー。

本来は『人払い』に使う予定のものだった。神裂はそのワイヤーに手を絡め、強引に引いていた。結果、ワイヤーを固定するために利用していた街灯が半ばから切断され、射出された砲弾の弾道を塞いだのだ。

一度目は、街灯に当たった砲弾がわずかに軌道を変えたため、三人の内、誰も肉塊にならずに済んだ。

ただし、

『次は』

方向の分からない女の声だけが響く。

『ない』

ゴッ!! と。

巨大な砲弾が……おそらくは力業で投擲しているだけの一撃が、再び神裂達の元へと突っ込んでくる。

しかし、神裂の目は慣れていた。

最初の一発目を凌いだ事によって、ブリュンヒルドがどの方角から砲弾を放ってくるか、大まかな情報は入手できた。速度についても同じ。そして、それらの事前情報さえあれば、意識を集中させる事で、飛んでくる砲弾に対応する事ができる。

神裂の右手が、自然に腰に提げた刀へと伸びた。

二メートル近い長刀『七天七刀』。

聖人としての腕力と魔術の技術があれば、向かってくる砲弾を両断する事すら不可能ではない。

そのはずだったのだが……、

「……ッ⁉」

鞘から一気に刀を抜く直前で、ビクリと神裂の体が硬直した。

あるいは、体が慣れてさえいなければ、彼女は飛んでくる砲弾を両断し、反撃に転じるなり身を隠すなりのアクションを取れたかもしれない。

そう。

その時、彼女には見えていた。

飛んでくる砲弾の正体が。

それは、神裂が事前に襲撃し、回収班の元へ退避させたはずの『神の剣の文字を知る者』の魔術師の肉体だった。

両手足を折られ、片目を潰され、脇腹を青黒く変色させた男の体。半ば丸められるような格好で飛んでくる砲弾は、正真正銘の人体だった。ツアーガイドの少女の報告にあった、これまでの被害者と同じ手口で破壊された人間だった。

両断などできる訳がない。

かろうじて刀へ伸びる手の動きを押さえつけ、体を仰け反らせるように回避しようとした神裂だったが、

「ぐァァあああああああああああっ!!」

わずかに掠めた。

それだけでバヂッ!! と神裂の体が大きく弾かれ、体の中でミシミシと嫌な音が響く。狙いを外した砲弾は、再び巨大帆船の腹へ直撃した。その破壊力に、一切の容赦はなかった。

神裂はジーンズショップの店主やツアーガイドの少女の方を睨み、

「とにかくあなた達は船の裏手へ!! 砲弾の弾道を遮蔽するルートを通り、敷地から離れてくださ……ッ!!」

『良いのか。自分の心配はしなくて』

そこへ、女の声が重なった。

今度は砲弾は飛んでこなかった。

代わりに、その爆発的な脚力を使い、襲撃犯本人がものすごい速度で神裂の元へと突っ込んできた。かろうじて音速を超えていなかったのは、決して襲撃犯の力量不足なのではなく、余

計な衝撃波を発生させる事で、敵に判断材料を与えないように工夫した結果なのだろう。

聖人。

襲撃犯もそうなのではないかという仮説は、今の砲弾の投擲と圧倒的な脚力が具体的に証明した。ブリュンヒルドのキャパシティは、ほぼ神裂と同程度だ。

しかし。

同じ聖人同士だというのなら、神裂の方も一撃で倒されるほど戦力の差が開いている訳ではない。

「ッ!!」

「ッ!?」

ゴッ!! と。

神裂が鞘から長い刀を抜くと同時、その刃に重たい衝撃が走り抜けた。音もなく高速で接近してきたブリュンヒルドの刃と、大きく打ち合ったためだ。

襲撃犯ブリュンヒルド。

長い金髪に色白の肌をした女だった。歳は神裂と同程度か。着ている服装は、羽根飾りのついた帽子に、膝上程度の丈のワンピースと、男物のズボン。さらに肘と膝の関節を覆うプロテクターや、胸を覆う防弾ベストなどが取り付けてある。

不可思議な印象だった。

一つ一つのピースには、全く共通性はない。女物のワンピースの下に男物の分厚いズボンを穿いている時点でも窺えるし、関節を覆うプロテクターはおそらくローラースケート用のもの

だろう。防弾ベストについては、どんな衣服に対しても似合うものが見つからないレベルの品だ。

にも拘らず。

全身を通して見ると、奇妙な統一感があるのだ。そう、まるで、現代にある素材を使って中世ヨーロッパの鎧のシルエットを作ろうとしているかのような。

（魔術的な、象徴……）

神裂は、己の刀にギリギリと押し付け合っている、ブリュンヒルドの剣に目をやる。彼女が使っているのは、長さ一・五メートル程度の、極めて幅広の両刃の剣だった。切っ先がそれほど鋭くないのは、この剣が金属製の鎧ごと敵の体を押し潰すために作られたものだからだろう。

クレイモアと呼ばれる西洋剣だった。

現代のどの風景にも似合わなさそうな巨大な剣は、しかし鎧のシルエットを形作るブリュンヒルドが握っていると、ひどく空間に馴染む印象があった。それは、ブリュンヒルドが全身を使って表そうとしている魔術的記号や象徴そのものの『核』が、そのクレイモアにあるからこそなのかもしれない。

日本刀をベースに開発された神裂の七天七刀と比べると、クレイモアの荒々しさは一層際立つ。ここまで巨大すぎると、もはや武術としての発展が停滞しそうなイメージすらした。

あまりにも重すぎて、巨大すぎて、細かく斬撃の軌道を調整する事ができない。

一方で、足運びや筋肉の使い方などを考えなくても、とにかく振り下ろせば敵に致命傷を与えられる破壊力を確実に生み出す武器。

「おや」

そんな大味さすら感じるほど巨大な武器を両手で構えるブリュンヒルドは、

「誰が横槍を入れているのかと思ったが、よもや同じ聖人とはな」

ギッ!! という擦過音が響く。

一度クレイモアを後ろへ引き、刀と剣の間に数センチの隙間が開いた所で、自由を取り戻した大剣が再び鋭角的に神裂へと襲いかかった音だ。

とりあえず振り下ろせば良いなどという、生半可な斬撃ではなかった。

洗練。

その一語が示すような、速く鋭く重たい一撃を、神裂は長い刀でかろうじて受け止める。神裂レベルの聖人が、かろうじて。その事実に彼女自身が気づいた直後、さらにブリュンヒルドは続けて何度もクレイモアを振るう。

ザザザガガガガギギギギギギギッ!! と。

マシンガンよりも短い間隔で、立て続けにオレンジ色の火花が散る。

速いだけではない。

叩きつけるだけではない。

一撃一撃に、相手の防御をかい潜ろうとする思考があり、刀に伝わる衝撃には人の精神を削り取る殺意が込められていた。その意味を感じ取り、同じ速度で連続的に刀を振るいながら、神裂の目が鋭くなる。

ブリュンヒルドは、聖人という才能だけのごり押しではない。

そこに甘んじず、さらなる鍛錬を積み重ねたからこそ、これだけの斬撃が生み出された。

つまりは、

「同類、か」

間近でブリュンヒルドに言われ、神裂の頭の中がカッと沸騰しそうになった。

「ふざけるなッッッ!! 『神の剣の文字を知る者』と、彼らを保護していた『必要悪の教会』の回収班はどうしました!?」

「ああ」

対して、ブリュンヒルドはさして気に留めていないような調子で、神裂の質問に答える。

「何だ。あれはイギリス清教だったのか。だとすれば、悪かったな。てっきり連中の支援者か何かかと思って、まとめてやってしまったぞ」

「……ッ!!」

ゴッ!! と神裂の速度が爆発的に増す。

しかしブリュンヒルドもその領域についてくる。もはや世界で二〇人といない『聖人』という条件は、彼女達の戦いにとって何のアドバンテージにもならない。

そこで、異変があった。

音速を超える速度で武器が振るわれるたびに生み出されるオレンジ色の火花が、妙に膨らんだのだ。鋼と鋼のぶつかる音も、一瞬だけぐわんと響きが歪んだ。

「チッ」

何かに気づいたブリュンヒルドが後ろへ下がった。

油断なく刀を構える神裂を睨みつつ、ブリュンヒルドはクレイモアを片手で持ち直し、己の刃を観察した。

金属製の鎧ごと敵の体を両断するために作られた、分厚くて幅広の刃。

その刃が、所々で欠けていた。出来損ないの櫛のように、数センチ大の細い溝が不均一に走っている。刃を打ち合わせるたびに、神裂の刀がクレイモアの方へ食い込んでいたのだろう。

「日本の刀は、剣と盾の双方の役割を持つほどの耐久性を秘めているって話を聞いた事はあるが、それだけじゃないな。刃に何らかの術式を埋め込んでいる。私も攻撃用の術式を併用しているが、今のままでは分が悪そうだ」

「『唯閃』。理論上、一神教の天使ぐらいなら両断できる術式です。あまり人に向けたいと思うものではありませんがね」

「なるほど」

ブリュンヒルドの構えが変わった。

見た目に派手な変化があった訳ではない。しかし前方一直線に放たれていた殺意が引っ込んでいる。防戦、もしくは撤退戦の構えだ。いかに損害を少なくしたままこの場を離れられるか。ブリュンヒルドの中で、戦略の柱がごっそりと交換されたらしかった。

「下がるのですか？」

「勘違いしてもらっては困るが、別に私の目的はお前達じゃない。『神の剣の文字を知る者』の支援者の詳細を知りたくて軽くぶつかってみたが……この程度なら問題はなさそうだ。私は私の計画をこのまま続行できる」

「計画？　何故あなたは北欧神話系の結社を襲う？」

「趣味と実益だ」

　ブリュンヒルドは笑った。

　悪意と憎悪に根ざした、『笑顔』という単語から大きくかけ離れた笑みだった。

「目的について知りたいのなら、私にではなくヤツらに聞け。お前達が後生大事に守ってやっている、被害者ヅラした魔術師どもにな。ワルキューレと混ぜ物。この二つの単語を追及すれば分かるだろう」

「ッ!!」

　踵を返そうとするブリュンヒルドに対し、神裂は腰を低く落とし、七天七刀へ意識を集中させる。クレイモアとの打ち合いではこちらの方が優勢だった。このまま押し続ければクレイモアを折る事もできる。

　だが、

「良いのか？」

　ブリュンヒルドはあまり興味がなさそうに告げる。

「私達が暴れたせいで、いろんな所に余波がぶつかった。……そろそろ、ふざけた魔術結社の本拠地とやらが大きく倒れるぞ？」

　ゾッと。

　神裂の背筋に冷たいものが走った時だった。

『神の剣の文字を知る者』の本拠地は、ハーバーの上に乗り上げた巨大帆船だ。その船は半円状の曲線を描く船底と地面の間を埋めるように、数十本の木の柱で支えられている。

木の柱の何本かが、神裂達の巻き起こした衝撃波によって折れていた。

そして一ヶ所の荷重が偏ると、残りの柱も次々と破壊されていく。それが一定を超えてしまえば、三〇メートルオーバーの巨大帆船も、本来の重力の法則に従う事になる。

つまり。

ごろん、と。大きく転がる事になる。

船体を遮蔽物に利用するために隠れていた、ジーンズショップの店主やツアーガイドの少女を巻き込む形で。

「くそっ!!」

神裂は毒づき、巨大帆船が完全に傾く前に、自らの同僚の方へと走った。その動きをスタートさせながら、しかし同時に、彼女は直感で思う。

手の中をすり抜けられた。

ブリュンヒルドは、この短いタイムラグを利用して的確に距離を離し、この場から確実に逃げ延びるだろう。ブリュンヒルド本人もその自負があるのか、口元に余裕の笑みを浮かべながら、

「私としては無理に戦う必要性は感じないが、私の計画を阻害するというのなら、また戦わなければなるまい」

最後に、神裂に向かってこう告げた。

「もしも、そうだとすれば……グングニルの完成と共に、また会おう」

4

襲撃犯ブリュンヒルドには逃走された。

ジーンズショップの店主やツアーガイドの少女は幸い無事だったが、砲弾に使われた魔術結社の人間については、予断を許さない状況にあるらしい。結社の他のメンバーや、その回収を担当していた『必要悪の教会（ネセサリウス）』の人間は、ハーバーから七〇〇メートルほど離れたビルの屋上で発見されたようだった。その全員が瀕死（ひんし）の重傷を負っている。

神裂火織（かんざきかおり）は、ハーバーからレンタカーの方へと戻っていた。

すぐに狭い車内に戻る気はしない。それぐらい気は滅入（めい）っていた。人体を武器として射出するブリュンヒルドの戦い方は、見ているだけで人間の精神を削る。

ボンネットの上に腰かける神裂（かんざき）に、店主の言葉が掛けられる。

「あったぞ」

店主の手には携帯電話があった。

どうやらどこかと連絡を取り合っていたらしい。

「ブリュンヒルド＝エイクトベル。フィンランド出身の聖人サマだ。イギリス清教（せいきょう）のデータベース、英国図書館にきちんと登録記録がありやがった。北欧神話（ほくおうしんわ）については大昔、ヴァイキングに攻め込まれた時のものを保存していたらしい」

「まぁ、聖人は世界で二〇人もいませんからね。その全員をリスト化する事は、さほど難しい事ではありません」

意外と思うかもしれないが、神裂のようにきちんと十字教組織に属する聖人は少ない。

多くの場合、『組織の一員になる必要性を感じないほど、あまりにも聖人は強すぎる』からだ。単刀直入に言って、たった一人で一組織と張り合えるほどの実力があるのだ。

そこでイギリス清教のような組織は、そうした聖人達を無理に屈伏させようとするのではなく、『どこで何をしているのか』を把握した上で、自分達に火の粉が降り注がない限りは放置しておく、という対応をしている。

ブリュンヒルドも、そうした聖人の一人なのだろう。

「聖人って、十字教のものですよね？」

と、ツアーガイドが不思議そうな調子で質問をした。

「北欧神話系のブリュンヒルドが、どうして聖人の力を存分に振るえるんですか？」

「聖人の資質は、あくまでも『生まれた時から備わっている』身体的特徴です。北欧神話の文化圏のブリュンヒルドがその力を持っていたとしても、おかしな所はありません」

「元々、ブリュンヒルドは純粋な北欧神話の結社に所属していたらしい。使っている術式もそっち方面で、十字教のパーツである『聖人』については使い所がなかったそうだ」

「結社……」

神裂はポツリと呟く。

店主は肩をすくめて、

「規模はそれほどじゃなかったらしい。せいぜい二、三〇人程度の集団だったようだし、ブリユンヒルド以外は腕も大した事はない。目立った功績もないし、どちらかというと北欧神話を基盤とした暮らしを続けるのが目的だったようだな」

「なら、その結社を調査する必要がありそうですね」

伝統的な暮らしを守りたいという目的と、ブリュンヒルドの行動や戦闘能力の間に齟齬を感じつつ、神裂は言う。

「もしかすると、ブリュンヒルドの行動の背後には、その結社からの命令などが関わっているかもしれませんし」

「そりゃあ無理だな」

しかし、店主はあっさりと否定した。

「五年も前に壊滅してる。生き残ったのはブリュンヒルドだけだ」

神裂達は近くにある教会までやってきた。

見た目は世界的に有名なローマ正教式だが、中身はこっそりイギリス清教式に改めてある、『必要悪の教会』の隠れ家の一つだ。ブリュンヒルドに襲われた魔術結社の被害者達は、ここに収容させていた。普通の病院に診せられるような容態ではないのだ。

あれだけ大量の負傷者を収容できたのは、内部の空間を魔術的にいじっているからである。

頭にナースキャップを載せたシスターは、神裂の顔を見るとぺこりと頭を下げた。

「お疲れ様です。事情聴取ですか？」

「比較的軽傷の者がいればありがたいのですが……」

「軽いも重いもありませんね」

シスターは首を横に振った。

「全員が全員、全く均等なダメージ量です。ここまで正確だと、もう人間加工工場みたいな感じですね。ベルトコンベアで流れてきた人間を精密に砕いている印象です。乱戦下でこれだけ平等に攻撃できるって事自体、私にはとても信じられません。これならシンプルに殺してしまう方が一〇〇倍は簡単なはずなんです」

分かっていた事だが、ここで引き下がる訳にもいかない。

神裂は注文の方向性を切り替える事にした。

「では、一番情報を持っていそうな相手と会話はできますか？」

「一応は。おそらく、悲鳴を聞くために敢えて会話能力を残しておいたんでしょうが」

シスターは神裂達を先導するように、ゆっくりと教会の中を歩き始めた。神裂や店主達はその後に続く。

「ブリュンヒルドは単純な物理攻撃でターゲットの体を砕いた後、魔術的な細工を施しているようです」

「細工……？」

「傷が治らないんです」

シスターはため息をついて、

「自然治癒能力と回復魔術の干渉を遮るように仕組まれています。つまり、ブリュンヒルドが術式を解除するか、彼女を倒さない限り、折れた腕は永遠に折れたまま」

「北欧系って言うと、やっぱルーンでも刻まれたか？　そいつを排除すれば効力も失われるかもしれねえぞ」

店主は言うが、シスターの表情は変わらなかった。

考慮はしてみたのだろう。

「肺の内側に記された文字を、どうやって削り取るんです？　内臓をまとめて他人のものと交換してしまえば話は変わるかもしれませんけど」

うえ……、とツアーガイドの少女が嫌そうな顔になる。

ナースキャップのシスターは扉の前に立つと、横に移動して神裂に譲ってから、

「どうぞ。何かあったら呼んでください」

「ええ」

神裂は頷くと、ノックもなしに扉を開いた。

相手に対する最低限の礼儀は考えなかった。

元々は何をするための部屋だったのだろうか。そこそこの広さの四角い空間には、しかし調度品らしきものは何もなかった。石の床の上に直接マットレスが敷かれ、その上にブリュンヒルドの襲撃を受けた魔術師達が寝かされている。一〇人ぐらいの大部屋だった。

複数の視線が神裂を睨む。

しかし、両手足と片目と内臓の一部を潰されているせいか、具体的に後ずさったり摑みかかってくる者はいない。

神裂は軽く周囲を見回し、それから一人の青年に目をつけた。

「率直に尋ねます。ブリュンヒルド＝エイクトベルについて、知っている事を話してもらいましょう」

当然のように返答はなかった。

しばらくの沈黙。

ツアーガイドの少女が不安そうに神裂と青年の顔を交互に眺め、ジーンズショップの店主は面倒臭そうな調子で息を吐いた。こちらの店主に関しては、今すぐにでも『もう良いから見捨てるなりブリュンヒルド用の餌に使うなりしちまおうぜ』とでも言いたげな感じだった。

神裂は無言のままだった。

時に、それは罵声や怒号よりも強烈な重圧を他者へ押しつける。

事実。

寝かされたままの青年は、まるで無理矢理に絞り出されるような調子で、神裂に向けてこう言い放ったのだ。

「……話す、義務が……あると、でも、思うの……か」

体内にまでダメージがあるのか、声色は一定ではない。

しかし、意志だけは強いようだ。

拒絶するような言葉だが、本当にそうならば口を開く必要はない。

手応えを感じた神裂は、会話を進める事にする。

「わざわざ拷問用の処刑塔まで運ぶのが面倒だと言っているのです。それとも、ブリュンヒルドが次に襲撃するであろう結社の本拠地へ、動けないあなた達を運んだ方が手っ取り早いでしょうか？」

　チッ、と青年は舌打ちをする。

「随分な、言い方じゃ……ないか。げほっ、その分だと、ある程度は……知っているよう、だな」

「五年前、あなた達がブリュンヒルド＝エイクトベルの小結社を集団で壊滅に追いやった事ぐらいは、ですが」

　神裂の口調がこれまでのものとは若干異なるのは、その情報のためだ。

　青年は一度だけ息を吐き、

「となると、痛つっ……『混ぜ物』の件に……ついても、調査済みか……」

「いいえ」

　首を横に振った神裂は、

「だから、知っている事を全て話せと言っているのです」

「……知らなければ、それで……良い」

　顔色の悪いまま、しかし青年はわずかに笑った。

「あんな、ものを……語るぐらいなら、死んだ方が、ましだ……」

「やはり語る気はないようですが……本当に良いのですか？」

　対して、神裂は別の質問をする。

「ブリュンヒルドは、グングニルが完成したらまた会おうと言っていましたよ」

「……ッ!!」

その言葉に、青年の体がビクリと強張った。

構わずに神裂は続ける。

「北欧神話の主神オーディンの持つ槍。その名前がブリュンヒルドにとって何を示しているのかは分かりませんが……彼女の復讐は、手足をちょっと折ったぐらいで終わるようなものではないようです。沈黙を守るのは結構ですが、このままブリュンヒルドの『計画』が進行すれば、あなた達はこれまで以上に痛い目を見るのでしょうね」

「……くそ……」

「何度でも言いましょうか。知っている事を全て話してください。ブリュンヒルド＝エイクトベルの手によって、西ヨーロッパにある北欧神話系の魔術結社の人間全員を皆殺しにされても良いと言うのでしたら話は変わりますが」

青年はわずかに沈黙した。

それも数秒の事だ。

「『混ぜ物』さ」

やがて、青年はゆっくりと口を開く。

その口調には、ここにはいないブリュンヒルドへのわずかな嘲りがあった。

「文字通りの、な。ごほっ……ブリュンヒルド＝エイクトベル……は、単なる『聖人』ではない……」

「単なる……『聖人』では、ない……?」

神裂がポツリと呟くと、青年は微かに頷いた。

「……あいつは……くっ……ワルキューレ、だ」

傷に響くのか、若干呻くように青年は続ける。

「十字教では……『聖人』という、特別な……資質を持った人間が……いる。ごほっ、それと同じ……ように、北欧神話には……ワルキューレと、呼ばれる……特別な、存在がいるんだ」

別名はヴァルキリー。

その名は神話の様々な箇所に登場する。

その正体や発生方法については様々な学説があるが、一説によると、ワルキューレはオーディンやトールのような『純粋な神』ではないらしい。人間の少女が何よりも戦いを望み、その願いをオーディンが叶えた時、その少女はワルキューレとなる。つまり、人間を極限まで突き詰めた結果として、人智を超えたワルキューレの存在があるのだ。

人と神を繋ぐ存在として、ワルキューレは天使や聖人にも通じる所があるのかもしれない。

そのため、ワルキューレに関する魔術も様々ある。

ワルキューレを的確に呼ぶ方法。また、ワルキューレの手によって、戦士の魂を神々の館ヴァルハラへ運んでもらう方法。

ワルキューレの持つ武器や道具を作る事で、その力の一端を手に入れようとする方法。

さらには、人為的な方法でワルキューレそのものになる方法。

……そもそもが、北欧神話の代表的な魔術であるルーンにしても、その使い方のいくつかは『ワルキューレから伝えられた』とするものがある。それほどまでに、北欧の魔術とワルキューレには深い繋がりがあるのだ。

「……人為的な方法で、人間を……ワルキューレ化するプロセスは、げほっ、いくつか……考案されている……。だが、後付けの……付け焼刃では、限度があるんだ……。……やはり、純度の、高い……ワルキューレを……目指すには、生まれた時からの、身体的特徴が……必要になる。中国の仙人に、なるための……条件である、『仙骨』同様、骨格や……内臓のレベルからな……」

「……その条件を満たしていたのが、ブリュンヒルド……？」

神裂は眉をひそめる。

となると、魔術結社『神の剣の文字を知る者』の本拠地であるハーバーで戦ったブリュンヒルドのあの力は、『聖人』ではなくワルキューレのものだったのか。

あるいは。

その両方を、同時に使っているのか。

『混ぜ物』という単語の意味が、徐々に神裂の中に浮上してくる。

「そのブリュンヒルドの資質が、今回の件とどう関係していると言うんですか」

「……五年前の、件さ……」

青年は言う。

「『世界樹を絶やさぬ者』、『知を刻む鉄杭』、『海より来たる覇者』、『神の剣の文字を知る者』、『地の中で黄金を鍛える鎚』。……これら、五大結社は……ごほっ、ブリュンヒルド＝エイクトベルを……襲撃した。……あの『混ぜ物』が、北欧神話圏の……フォーマットそのものを、崩しかねない……懸念が出てきたからだ……」

「フォーマットを……崩す……？」

「ブリュンヒルドは、純粋な、北欧神話の……魔術を使っていない……」

青年は言う。

「……それでいて、あまりにも……強すぎた。人は、より強力なもの、より効率的な……ものを、選んで知識や……技術の自然淘汰を、行う。げほっ、ブリュンヒルドを……参考に、ブリュンヒルドの、ような……魔術師を目指す。……皆が、そのような方向性に……傾いた場合、『純粋な北欧神話の魔術』……全体が、衰退してしまう……可能性が出てきたのだ」

確かに、聖人とワルキューレの両方の資質を持つブリュンヒルドの魔術の中には、本人がどれだけ否定したところで、必ず『十字教の匂い』が付きまとう。皆がブリュンヒルドに憧れ、その後を追った場合、『元々使っていた北欧神話の魔術はどういうものだったのだろう？』という事にも繋がりかねない。

十字教文化による北欧神話文化への侵食。

北欧神話の五つの結社は、それを許そうとはしなかった。

ブリュンヒルドが活躍する事によって、他の多くの魔術師が彼女の事を見上げようとする行為を決して認めようとはしなかった。

そのための襲撃。

自分達の文化を守るための戦い。

『混ぜ物』。

北欧神話の裏切りの神ロキと、神々の敵対者である女巨人の間に生まれた異形の娘の名前。冷たい冥界の支配者の名を被せ、五つの結社はブリュンヒルド＝エイクトベルを襲撃した。

ただし。

それは。

「……結局は……」

神裂火織は、これまでよりもさらに冷たい声色で呟いた。

ぶるぶる、と。自然と握られた拳が、異様に固くなっていた。

「結局は、ただの嫉妬だったという事ですか……？　皆があなた達の結社ではなく、ブリュンヒルドの方に集まろうとしていた事が許せなかったと。それだけの事だったのですか」

「違う……。我々は、北欧神話という……文化を守ろうと、したのだ。……これは、正義の行いだ。あれは……ロキの一派と……同様に、この世界、そのものに……害をなす怪物だったんだ!!」

「ブリュンヒルド＝エイクトベルは、たった二、三〇人の小さな結社を営んでいるだけだった!!　その結社も魔術的に大きな作業を行うための集団ではなく、単に昔からの伝統的な暮らしを守りたいだけのものだった!!　それをあなた達は、五つもの大結社の戦力を結集させて集中攻撃しただけです!!　ろくに武器も持っていない人達に対して、それこそ正真正銘の戦争を起こせるほどの兵力を突きつけて!!」

「あれは……おぞましい『混ぜ物』だ!!　げほっ、ごほっ!!　聖人なんて……ものを、抱えているのが……いけなかったんだ!!　……そんなに、討伐されるのが……嫌なら、最初から聖人でなければ……良かったんだ‼」

勝手な言い分だった。

聖人の条件は生まれた時の身体的特徴で決定される。十字教の『神の子』と似た特徴を持つか否かの話なのだ。この青年の主張は、髪や肌の色、性別、先天的な病などを理由にして、自分の攻撃は正しいのだと宣言しているのと同じである。

ブリュンヒルド＝エイクトベルはどんな気持ちだっただろうか。

生まれた時から勝手に持たされていた『贈り物』のせいで、他者から徹底的に疎まれ、嫌われ、妬まれ続けた。特に妙な陰謀や野望を抱いていた訳ではなく、世界の片隅で平穏な暮らしを守りたかっただけにも拘らず……顔も名前も知らない他人から勝手に危険視されて、その暮らしの全てを奪われた。

結社は壊滅した、と店主は言っていた。

たった一人、ブリュンヒルドだけ生き残ったとも。

何故、彼女だけが生き残ったのか。

生き残ってしまったのか。

そして、そこでブリュンヒルド＝エイクトベルはどれだけ自分の才能を呪っただろうか。

（……）

神裂火織にとって、特に衝撃を受けたのは、『聖人』という資質そのものが邪魔物となり、人間の人生を狂わせている事だった。

彼女とて、『聖人』という資質について、手放しに喜んで受け入れている訳ではない。しかし、なんだかんだ言ったところで、神裂(かんざき)は十字教徒だ。その十字教の中で特別なポジションを意味する『聖人』の資質を、心のどこかで『恩恵(おんけい)』だとは考えていた。

だが。

もしも、十字教とは全く違う宗教を信じる人に、『聖人』の資質を与えられてしまったら?

それはもう、単なる異物に過ぎない。

どれだけ自分はあなた達の仲間だと言っても、異物を抱えたブリュンヒルドは真の意味では仲間の輪に加わる事はできない。生まれた時からの身体的特徴であるが故(ゆえ)に、そう簡単に取り除く事もできない。『混ぜ物(ヘル)』と蔑(さげす)まれても、数少ない大切な理解者に危機が迫っていても、『聖人』という単語を切り捨てる事は、できない。

結果。

ブリュンヒルドを待っていたのは……。

「我々は……何も、間違った事を……やっていない!! 我々は……自分の歴史を、文化を、生活を……守るために、戦ったのだ!! ……ブリュンヒルド＝エイクトベルは、その存在そのものが……北欧神話(ほくおうしんわ)を……歪(ゆが)めてしまう!! あんなヤツが……台頭しようとするのが……間違いなんだ! あんなヤツが、結社を……率いているのが、おかしいんだ! あの『混ぜ物(ヘル)』が……歴史の影から……再び浮上してくるのなら、我々は……そのたびに何度でも……叩(たた)きのめす!! 全てを……粉砕して……再び歴史の奥へと、押し込める!! 我々にとっての……義務だ! 北欧神話(ほくおうしんわ)を……守るためには、必要な戦いなのだ!!」

青年の叫びだけが、虚(むな)しく響く。

何も伝わってこなかった。

むしろ、伝わってこない方が良かったと思えるほどの言い草だった。

そこへ、

『それだけか？　まだ話していない事があるんじゃないのか、セートルア』

突然、女の声が響いた。

同時、ガッ!!　と青年の口が唐突に詰まる。女の言葉は、当の青年の口から洩れていた。男の口を操り、女の声がこぼれていく。

『事は五年前の襲撃事件だけじゃない。その後の事はどうした。あの子達のために作った墓を掘り返し、遺体を狼に喰わせた件は？　放浪する私に協力する者が現れないよう、北欧神話系の小さな結社を次々と襲い、恐怖によって徹底的に脅した件は？　行き倒れた私に話しかけてきたという理由だけで、民間人の子供を殺害した件は？』

「ブリュンヒルド＝エイクトベル!!」

神裂は思わず叫んだ。

女が何かを言うたびに青年の体に相当の負荷が加わるのか、その体は小刻みに痙攣し、両目はほとんど白目を剝きかけていた。

（……確か、ブリュンヒルドは傷が癒えるのを妨害するために、肺の内側にルーンを刻んでいたはず……）

ひゅーひゅーと笛のような音を洩らしつつ、青年の口はさらに強引に動く。

『そもそも、私を確実に消すためにあの結社を襲ったのに、私一人だけが生き残ったんだ。お前達の目的は達せられていない。なら、そこで「襲撃」が終わる訳はないだろう』

ブリュンヒルドは質問するが、青年は答えられる状況ではない。

あるいは、二人の間でだけは、脳の中だけで情報をやり取りできる状況を構築しているのだろうか。

『だからセートルア、お前はこの事を隠していた。あの結社が壊滅した後も延々と私を追い続け、そして半年前に私を捕獲していた事を。そして、そこで一体何が起きたのかもな』

「……ッ⁉」

発声器官を支配されているはずの青年が、そこで一際大きく抵抗しようとした。だが体が不自然にびくんびくんと震えるだけで、一言たりともまともな言葉は出てこなかった。

神裂は店主やツアーガイドの方を振り返り、

「くそ、ここの治癒用シスターを呼んできてください‼　私は体内にワイヤーを通してブリュンヒルド側からの干渉を遮断してみます‼」

『無理無理。今すぐ肺を移植でもしない限りは、こいつの制御権を奪う事はできない。それとも遠方から私を攻撃してみるか』

せせら笑うような言葉だった。

人を傷つける事に何のためらいもない声色だった。

かつて、小さな集落の中で平穏な暮らしだけを望んでいたであろうワルキューレは、一体どこまでねじ曲がってしまったのか。

『セートルア。私は先ほど「地の中で黄金を鍛える鎚(つち)」を壊滅させた。これで五つの結社を全て撃破した事になる。ここから先が本番だ。身動きの取れないお前達の元へ、私は時計の針のように近づいていこう。そして一人一人を正確に冥界へ送ろう。……貴様達が勝手に揶揄(やゆ)した、「混ぜ物(ヘル)」の名の通りにな』

憎悪(ぞうお)と憎悪(ぞうお)と憎悪(ぞうお)と憎悪(ぞうお)と憎悪(ぞうお)。

ブリュンヒルドの言葉は、それだけで標的とされる者を内側から抉(えぐ)り取(と)る。

ヘル。

まるで冥界の女王のようだと蔑(さげす)まれ続(つづ)けてきた女の声が。

『そうそう。私はもうすぐ「主神の槍(グングニル)」を完成させるぞ。何の比喩(ひゆ)でもない。本当の「槍(やり)」としての、グ・ン・グ・ニ・ル、だ。北欧神話(ほくおうしんわ)において、神々の持つ武器が何を意味するか、分からない訳でもないだろう？』

雷神トールは雷やその破壊力の象徴であるハンマー・ミョルニルを持つ。

炎の巨人スルトは、世界を支える樹(き)をまとめて焼き払う剣・レーヴァテインを持つ。

北欧神話(ほくおうしんわ)において、神々の武器は神々の力そのものだ。その特殊な武器を持つからこそ神々はその力を発揮する事ができ、逆に武器を奪われたり落としたりする事で、神としての力を一時的に封じられる話すらも存在する。

つまり。

神々の武器を作り出し、その力を十分に発揮できる人間は、理論上は神々の力そのものを操る事ができる。

『普通の人間なら難しい』

そこに来て、『主神の槍』。

北欧神話の最高神オーディンの持つ槍。

『だが、そもそも私は普通の人間ではない』

それを作り出すという事は。

ブリュンヒルド＝エイクトベルが掴むという事は。

『お前達が忌み嫌った、ワルキューレと聖人の双方の資質を持つ者。「混ぜ物」であるが故に、今の私には普通の人間にはできない事ができる可能性を秘めている』

その意味するところは、おそらく十字教系の魔術師である神裂よりも、生粋の北欧神話の魔術師である青年の方が詳しいのだろう。事実、自分の口から発せられる他人の言葉を受けて、彼の顔色は信じられないぐらい青く変色している。

『天使の一つ二つに怯える程度の現代の魔術師に、世界規模の多神教の主神に対抗できる術など存在しない。……私は、全てを変えるぞ。これは単に北欧神話の領分だけの話ではない。魔術サイドという組織構造を完璧に破壊してでも、私は私の目的を実行してみせる』

ぱくぱく、と青年の唇が動いた。

何かを伝えようとしているようだった。

唇の動きを読んだ神裂火織の顔色が、今まで以上に険しいものになる。

その時だった。

『セートルア。お前に選ばせてやる』

今まで以上に大きく、ブリュンヒルドの声が響き渡った。

『お前達をあっさり殺さなかったのは、「主神の槍」をじっくり完成させてから、改めて現世には存在しないレベルの地獄的苦痛を味わわせるためだ。だが私は慈悲深い。ここで一度だけ、お前に己の舌を噛むチャンスを与えてやろう』

がくんっ！　と青年の首が大きく縦に振られた。

人間の歯が勢い良く己の舌を噛み千切ろうとした寸前で、神裂は青年の開いた口へ手刀を突き込んだ。直後に、青年の口の中から赤黒い血が流れる。

舌が切れたのではない。

それを阻止するために突っ込んだ神裂の掌が、恐るべき力で噛みつかれたのだ。

「く……っ!!」

神裂の表情が歪みそうになったところで、傍らにいた店主が動いた。

彼は今も仰向けでガクガクと震える青年の顎を、横から思い切り蹴飛ばしたのだ。

顎の関節が外れたのだろう。青年の口から力が抜け、神裂の手が抜ける。

しかし彼女の表情に安堵はなかった。

「重傷者ですよ!?　それも操られていただけの人になんて事を……ッ!!」

「無理矢理に美化してんじゃねえ!!　オメーだって気づいてんだろ！　最後のはブリュンヒルドが操ったんじゃねえ。わざと制御を解いて、こいつに判断を委ねたんだ！　そっちの方が絶望的で面白いからな!!」

その時、ツアーガイドの少女が別室からシスターを呼んできた。急いで応急処置に入るが、どれだけ青年にとって救いになるか。己の舌を迷わず噛み千切ろうとするほどの、圧倒的な恐怖だ。肉体よりも精神の方がズタズタにされているだろう。

「神裂！」

と、店主が叫んだ。

「そいつの体にワイヤーを張れ！　術式を構築して逆探知するんだよ!!　今ならまだ、そいつを操ってたブリュンヒルドの位置を探れるかもしれねぇ!!」

「治療の邪魔になります!!　そんな事ができる訳が……ッ!?」

「じゃあオメーはこれ以上さらに犠牲者が増える所を見たいのか!?」

（くそ……）

ギリギリと、血が出るほど神裂は己の拳を強く握り締める。

今まさに死ぬかもしれない相手の体を、自分勝手な理由で利用しなければならない。

そこまでしなければブリュンヒルド＝エイクトベルは追えない。

ここで彼女を見失えば、さらに多くの被害を生む羽目にもなりかねない。

迷っている暇はなかった。

そして、

「くそォォおおおおおおおおおおおおおおおおおおおおおおおおおおおおおおおおおおおッ!!」

ビュン!!　と七本のワイヤーが空を引き裂いた。その細い糸は一瞬で規則正しく青年の体を戒めていく。

青年の体を内側から支配していた魔力の流れの一端がワイヤーへと流れ込み、そこから神裂はブリュンヒルドの大まかな距離と方角を掴み取る。

「西北西二〇キロ‼　今も高速で移動中。ブリュンヒルド側からの妨害が入っています。あと数秒で逆探知不能‼」

「その距離なら、車で移動するよりオメーの脚の方が早そうだな」

店主は呟き、

「行ってこい、神裂‼　どのみち、聖人同士の戦いじゃ俺達に協力できる事なんかねえ。さっさと済ませて帰ってこい‼」

言われるまでもない。

神裂は部屋の扉ではなく、窓に向かって直接飛んだ。低い軌道で跳ねるように飛び、建物の外へ出た途端……そこから一気に脚力を解放し、音速以上の速度でブリュンヒルドを追い始める。

ドンッ‼　という爆音は、彼女のはるか後方で響いた。

神裂は走りながら、顎の外れた状態の青年が、それでも舌の動きだけで必死に伝えようとしていた事を思い出す。

（……『最後のルーン』）

北欧神話の主神オーディンは、魔術師としても知られる。彼はいくつかの儀式を経て、その最強の力の源となる魔術知識を入手したのだ。

その中でも特に有名なのが、一八種に及ぶルーンの使い方。

大抵は『飛んでくる矢の動きを止める』や『火事を消す』など効能が明らかになっているのだが、その中で一つだけ、一体何のために習得したのか分からないものがある。

それが最後のルーン。

主神オーディンだけが役割と使い方を知っているとされる、伝説の魔術。

しかし人も神も共に使用できるルーン文字を基盤にしている以上、その使い方さえ習得してしまえば、ブリュンヒルドにも使用できるはずだった。北欧神話（ほくおうしんわ）の中でも最強の力と最高の知識を持つ神の、その神秘の源（みなもと）となっている魔術を。

おそらくは、そのルーンの完成こそが『主神の槍（グングニル）』に真の力を込める事になるのだろう。

そして、槍（やり）を手にしたブリュンヒルドはその時こそ己の復讐（ふくしゅう）を果たす。神にも等しい力を存分に振るい、北欧神話（ほくおうしんわ）の結社に属する魔術師達を、『人間には与えられないレベルの地獄』へと突き落とす。

しかし、

（……本当に……？）

高速で敵の元へと疾走しながらも、神裂（かんざき）はどこか腑（ふ）に落（お）ちないものがあった。

『主神の槍（グングニル）』の完成を待たずとも、ブリュンヒルド＝エイクトベルは十分に多数の結社を圧倒していた。殺そうと思えば襲撃時にもできたはずだし、単に苦しめて殺すだけなら、他にも色々方法がある。

何かが隠れている気がした。

『混ぜ物（ヘル）』と蔑（さげす）まされたワルキューレの真の目的が。

（……ともあれ、『主神の槍（グングニル）』を完成させる訳にはいきません）

神裂（かんざき）は改めて正面を睨（にら）みつける。

標的までの距離は近い。

（これ以上ブリュンヒルドが被害を拡大させようと言うのなら、直接その槍（やり）を折らなくては!!）

十字教の聖人は、北欧神話（ほくおうしんわ）のワルキューレの元へと急ぐ。

とある神話において、最強の破壊力を秘める槍（やり）の完成まで後わずか。

主神オーディンだけが知るはずだった、最後のルーンと共に災厄の幕が開く。

第八話　秘されし文字を伝える者　VALKYRIE.

1

捜査の依頼内容……未設定。

討伐対象(とうばつたいしょう)……未設定。

緊急時につき、関係各位は自己の判断で行動する事。


半年前の事だ。

ブリュンヒルド＝エイクトベルの力には、月の満ち欠けのように定期的な『むら』がある。

彼女は十字教の『聖人』と、北欧神話(ほくおうしんわ)の『ワルキューレ』、二つの資質を同時に併(あわ)せ持(も)つ人間だ。しかし一方で、その力を同時に振るう事はできない。双方の力が互いに反発し合うため、掛け合わせるどころか、弱め合ってしまう事の方が多いのだ。

聖人としての力が強い時は、ワルキューレの力はゼロに等しくなる。

ワルキューレとしての力が強い時は、聖人の力はゼロに等しくなる。

月の満ち欠けにたとえるなら、満月と新月のように極端な例と言えるだろう。

それなら問題はない。

どちらか一方だけであっても、ブリュンヒルドは相当に強力な力を振るう。聖人としての力があれば音速以上の速度で走れるし、ワルキューレとしての力があれば拳一つでタンカーをくの字にへし折れる。並大抵の魔術結社を敵に回しても、たった一人で相手を殲滅できる事だろう。

問題なのは、中途半端な時だ。

月の満ち欠けで言うなら、半月とでも言うべきか。

聖人とワルキューレの力がちょうど五分五分に拮抗した時。天秤がピタリと水平を保つ期間は、両方の力が失われてしまうのだ。つまり、ブリュンヒルド＝エイクトベルは三ヶ月の中で数日だけ、普通の人間と全く変わらない時期があるという訳である。

そこを狙われた。

敵となる北欧神話系の魔術結社がそこまで詳しくブリュンヒルドの体質を理解していたとは思えない。しかし、偶然だろうが何だろうが、弱点を突かれればそこまでだ。

全身が引き裂かれる寸前まで袋叩きにされ、そのまま地面を引きずられ、冷たい牢獄へとブチ込まれた。両手足を太い鎖で戒められ、横になって眠る事すら許されない生活が始まった。

すぐに殺されなかったのには、彼ら魔術結社の欲望があるのだろう。

彼らはブリュンヒルドが聖人やワルキューレの性質を持っている事を心の底から憎みつつ、しかし同時に、ワルキューレという『滅多に手に入らない研究素材』を手放すのは惜しいとも思っている。

ブリュンヒルド＝エイクトベルは生まれた時から特別な人間だった。

それ故に、彼女は何の気なしに『普通の人間ならまず構築しないであろう、特殊な効果を生み出す術式』をいくつもストックしていた。

結社の人間はそれを求めた。


話し合いではなく、拷問という方法で。


彼らは原始的な方法を好んでいた。金属製の金具を使って指の骨が潰れる寸前まで締め上げられ、胸元にきつく食い込むロープは肺を動かす横隔膜を阻害し彼女を窒息へ追い込む。刃物で薄く皮膚を切られては塩を塗り込められ、内臓を痛めつけるためにバケツ一杯に入った水を無理矢理に飲まされ、体を丸めた格好で固定される事で筋肉へ断裂寸前の過剰な負荷を与えられた。

単純な情報収集作業ではなく、そこには暗い愉悦があった。

最初は取り繕ったように無表情だった連中の表情が、次第にネジが緩むように歪んだ笑顔へと変わっていくのだ。

ブリュンヒルド＝エイクトベルが特殊すぎる資質を持っているからこそ、結社の人間は『同じ人間に対する良心』が働かなかった。そして、ブリュンヒルドも簡単に死ぬ事はできなかった。

一方で、彼らの拷問には一定の特徴があった。

まず、指を切断したり眼球を抉り取ったりといった、『二度と元に戻らない』レベルの拷問は行われなかった事。

そして、強姦などの性的な拷問は行われなかった事。

……別に、ブリュンヒルドの人権を考えての判断ではない。本当にそう思っているのなら、そもそも拷問などは行われない。

『取り返しのつかない一線』を越えてしまうと、ブリュンヒルドが『諦めて』しまうからだ。失うものがなくなった人間は、かえって口を割らなくなる。全ての痛みがどうでも良くなってしまうのだ。それを回避するため、魔術結社の人間は敢えてブリュンヒルドの最後の一線は守っているのだった。刃物の先端で、軽く突いて刺激し続けるような格好で。

体から、青黒く変色していない部分はなくなった。

心から、喜怒哀楽を正常に区分けする機能が失われつつあった。

拷問は、朝に始まって夜に終わった。

窓一つなく、陽の光の有無も分からない環境だったが、それでも一日の生活リズムが失われなかったのは、毎日二回決まった時間に運ばれてくる食事のためだった。

朝と夜。

拷問が始まる前と、拷問が終わった後。

いつもその時間に、ブリュンヒルド＝エイクトベルの牢へと食料は届けられた。運ばれてくるのは、硬いパンと薄味のスープ。それに野菜料理がいくつか。意外に栄養のバランスが考えられている事に、ブリュンヒルドは思わず笑ってしまったほどだった。

料理を運ぶ係の人間は決まっていた。

一〇歳前後の少年だった。

着ている粗末な衣服に、頬に残る青痣。そして右足の足首にはめられた鉄の枷。そこから判断するに、おそらくはブリュンヒルドと似たような境遇の人間か、その関係者なのかもしれない。

最初は警戒した。

しかし、ブリュンヒルドにとって、人間的な会話をできる人間は少年しかいなかった。信頼をするというよりは、ほとんど『拷問を受け続ける事で失われようとしている精神性』を取り戻すための作業のように、ブリュンヒルドは少年と言葉を交わすようになった。

二、三言から始まった。

それは次第に必要最低限のレベルを超えた話へと繋がった。

やがて表情を動かし、笑顔を作って言葉を紡ぐようになっていった。それはとてもぎこちなく、せいぜい切れて傷口が血で固まった唇を歪める程度のものだったのだろうが、それでも、ブリュンヒルドは久しぶりに自分の意思で笑う事ができた。

不思議な気分だった。

擦り切れかけた心を回復させるための防衛行動、というのは建前なのかもしれない。本当は、単に自分を普通の人間として扱ってくれる人間がいる事が、ありがたかっただけなのかもしれない。

ところが。

ある時、いつもと同じように食事を運んできた少年は、こんな事を言ってきた。

「ごめんなさい」

と。

そこから始まったのは、わずか一〇歳程度の少年の、懺悔だった。

彼は魔術結社の人間から命令されていた。ブリュンヒルドの心の支えになれ、と。長期間の拷問で精神的な波が弱まってしまっては、体を痛めつける効力が減る。そこで、定期的に少年がブリュンヒルドの心を揺さぶる事で、彼女の心が麻痺を起こす事を回避し、より強い拷問を与えるのだ、と。

熱さに慣れた人間は、多少のお湯に触れても苦痛を感じない。

しかし氷水に漬け込んだ手をお湯の中に突っ込んだら、通常以上の熱さを感じるはずだ。

少年はその『心地良い氷水』の役割を与えられていたのだった。

より一層、ブリュンヒルド＝エイクトベルを苦しめるために。

「ごめんなさい」

少年の懺悔は続く。

命令に従う事しかできない自分の非力さを呪いつつ、彼は心のどこかで、無条件で自分の事を信頼してくれるブリュンヒルドを見て、優越感に浸っていた、と。一定の動作、一定の言動をするだけで、まるでフローチャートに従うように女性が心を開いてくれる。その事が、どうしようもなく、どうしようもなく、本当にどうしようもなく、嬉しかったのだと。

「……、」

憎しみは湧かなかった。

結局、それは……この少年は、こんな境遇にいるブリュンヒルドと仲良くなりたかっただけだったのではないのか。一緒に笑いたかっただけなのではないのか。悪いのは、その想いを踏みにじるような『命令』を強制した魔術結社の人間だ。何故、この少年が頭を下げなくてはならないのだろう。

何か。

心の奥底で、コトリと小さな物が動いた気がした。

今まで全てを諦めていた。五年前、平穏な暮らしを求めていただけの結社を徹底的に粉砕され、それから延々と追われ続けて。心の歯車に砂が詰まったかのように、その動きが阻害されていた。その砂粒が、奇麗に取り払われる感覚があった。

この少年を助ける。

そのために、もう一度戦う。

そこから先のブリュンヒルドは変わっていた。拷問を受けつつも、可能な限り体内に力を蓄えるようになった。食事のタイミングから日数を正確に数え、体の中に宿る力が満たされるのをひたすらに待った。

彼女の力は、月の満ち欠けのように変動する。

具体的な数字で言えば、三ヶ月周期といったところだろうか。

聖人とワルキューレ、どちらの力がより強く発現するかによって、変わっていくのだ。

そして、その力がワルキューレ側に傾くまで、あと数日となった。力が完全に満たされれば、この鎖を引き千切り、牢を打ち破り、外へ抜け出す事ができる。長い間孤独の中で苦しめられてきた少年へ手を差し伸べ、温かい陽の中へと帰してやる事ができる。そこに、生きがいを感じないはずがなかった。この時、きっと、ブリュンヒルドは世界の誰よりも強かった。

そんな時だった。

いつもの食事の時間に、少年は現れなかった。代わりにやってきたのは、毎日彼女の体を痛めつけている魔術師だった。何か、嫌な予感が膨らんだ。魔術師の手には一通の手紙があった。赤黒い染みで汚れた、小さな小さな手紙だった。

「あのガキ、自殺しやがったよ」

言葉が、入ってこなかった。

意味が分からなかった。たちの悪い冗談かと思った。ブリュンヒルドの心を揺さぶるために、わざと少年をここから遠ざけ、そんな嘘をついている。そこまで思うほどだった。

しかし、魔術師にそんな意図はないらしい。

彼はニヤニヤと笑いながら、赤黒いもので汚れた手紙を広げ始める。

「お前の心を揺さぶるために交流を持たせていた訳だが、よっぽど罪悪感に苛まれていたみたいだな。朝、様子を見に行ったら部屋の中で倒れていたよ」

苦しめるため。

痛めつけるため。

嘲るため。

優越感に浸るため。

魔術師は、ブリュンヒルドの目の前で、赤黒く汚れた手紙を床へ落とした。ひらひらと舞う手紙が、ブリュンヒルドの視界に入る。そこに書かれたグシャグシャの震える文字が、彼女の頭の中に飛び込んでくる。

そこには、こう書いてあった。

たすけてあげられなくて、ごめんなさい……と。

ブチリ、と。

ブリュンヒルドの中で、何かが切れる音が聞こえた。それは何の比喩(ひゆ)でもない。今の彼女には、ワルキューレとして常人を超える力がある。その力が、怒りに任せて外へと噴出された結果……ブリュンヒルドの顔面の筋肉がメチャクチャに動き、皮膚を縦横(じゅうおう)に引き裂いたのだ。

まるで。

一つの顔の中に、いくつもの口が開いたようだった。

魔術師が憎いからではない。

拷問を受け続けた事が憎いのではない。

最も彼女の心を焼き焦がしているのは、自殺をするほど追い詰められていた少年が、最後の最後まで自分の心配ではなく、ブリュンヒルドの身を案じていた事だった。

ひっ、という魔術師の言葉が聞こえた。

ブリュンヒルド＝エイクトベルは無視した。

腕を。

動かす。

それだけで、今の今まで彼女の体を戒めていた太い鎖が、ブッチィ!!　と勢い良く引き千切られた。鎖を構成する金属の輪が弾かれたように飛び、ある物は壁にめり込み、別の物は魔術師の頭を容赦なく吹き飛ばした。ブリュンヒルドの髪や頬に血が跳ねたが、彼女は眉一つ動かさなかった。

しばしの沈黙。

そこから、彼女は世界の果てまで届きそうな咆哮を発した。牢の出口を塞ぐ分厚い扉を拳一つで吹き飛ばし、魔術結社の施設の廊下へと飛び出していく。

全てが弾け飛んでいた。

小さな命を守るために蓄えられていた力が、全く別の目的で振るわれた。

2

ブリュンヒルドはゆっくりと目を開けた。

枯れ果てた場所だった。元々はミネラルウォーターの工場があった場所だが、上流のダム建設に伴って水脈の流れが大きく歪められた結果、干からびた大地だけが残った場所だ。すでに企業の工場は完全に撤退し、後には巨大なコンクリートの箱と枠組みだけが置き去りにされている。

風雨で屋根の抜けた建物には、星明かりが落ちていた。

しかし、冷たく暗い雰囲気はなかった。

逆だ。

野ざらしの夜景にしては、やけに蒸し暑い。そして異様な明るさがあった。まるで溶鉱炉のようなオレンジ色の光が、下から上へと洩れている。地面の所々から白っぽい蒸気が溢れていた。何か硫黄のような匂いも漂っている。

まともな判断能力を持った人間なら、ドロドロになった溶岩を思い浮かべるだろう。

だが、それもおかしい。

この辺りは活火山ではない。温泉があるような場所ではないし、まして、溶岩が直接地面から噴出するような条件は整っていない。

にも拘らず、地面はひび割れ、そこから溶けた鉄のような輝きは確かに溢れていた。

まるで。

その空間の主の怒りの念を表しているかのように。

そんな中に、ブリュンヒルドはポツンと佇んでいる。

特に宗教的な記号や象徴を方々に埋め込んでいる訳でもない。あからさまに不気味な物品に取り囲まれている訳でもない。

ブリュンヒルドは、そういったものを必要としないからだ。

彼女の……というより、北欧神話の真髄は、十字教のように君臨する宗教ではなく、気がついたら知らない内に誰もが知っていたという、浸透する宗教にあるのだから。

「……ふむ」

ブリュンヒルドの右手の人差し指と中指に、まるで細い釣り糸で縛り上げたような青痣がついている。神裂火織からの逆探知の痕跡だった。ブリュンヒルドがゆっくりと手に力を加え、血の巡りを制御すると、それだけで青痣はじんわりと消えていく。

「少し、遊び過ぎたかな」

呟いた直後だった。

ざざざ……と、工場周囲の木々が揺れるような音が聞こえた。

いいや、厳密には違う。

地下鉄のトンネルの中を列車が通る時、駅のホームに人工的な風が発生する事があるだろう。あれと同じだ。あまりにも巨大な運動エネルギーが近づいてきているため、周囲の景色そのものが揺さぶられているのだ。

ざざざザザザざざざざざざざざざザザ!! と。

巨大な気配に応じるように、ブリュンヒルドは傍らの壁に立てかけてあった『槍』を手に取った。

全長三メートルはある大型の武器。

しかし、それを単なる『槍』と呼称するのは、本当に正しいのだろうか。

トネリコの樹の柄を中心に、複数の鋼が複雑に絡むように作られたシルエット。それは槍の穂先はおろか、見ようによっては剣や斧など、全く別の得物の特徴すら覗かせる。まるで騙し絵のような武器は、生物のように脈動し、トネリコの柄の周囲を蛇のように巻きついていた。

完成に向けて、今なお成長を続ける伝説の槍。

真に完成したその時、『槍』の力を完璧に引き出す事のできる者は、まさしく一つの神話の主神クラスの業を成す事ができる。

『槍』の質と、それを扱う技量。

どちらか片方が欠ければ何の意味も持たなくなるが、ブリュンヒルド＝エイクトベルには確信があった。ワルキューレと称される自分だからこそ、いや、自分にしか、この人間の世界で『主神の槍』を振るえる者はいないだろう、と。

北欧神話では、神々の力はその手に持つ『武器』や『道具』に集約される。

最大の神であるオーディンの『槍』を持ち、その『槍』の力を最大限に引き出せる者は、つまりオーディンが神と呼ばれた理由……その強大な力を自由に扱えるようになれるという事だ。

これがあれば破壊も創造も存分にこなせる。

あまりにも強大なその『力』は、この世界に出現すると同時に魔術サイド全体のパワーバランスを粉々に砕いてしまうだろう。魔力を知り、それを体内で作る機能を備えた魔術師達は、『主神の槍』の膨大な圧力によって、その肉体を砕いてしまうかもしれない。

だからどうした、とブリュンヒルドは思う。

たとえありとあらゆる魔術文化を破壊しようが、いや地球という惑星そのものへ莫大なダメージを与えようが、彼女には叶えるべき目的が存在する。

そう。

とある少年を。

救う事さえ、現実的に手の届く計画になってくれる。

まるで人肌のようなぬくもりを感じる木の柄を握り、ブリュンヒルドは微かに笑う。

(出力上限は、ざっと七〇%って所か)

それ以上思考する時間は残されていなかった。

莫大な気配の正体が。

ブリュンヒルドと同じ『聖人』が、容赦なく襲撃にやってくる。


ゴバッ!!と。

一撃で、横合いにあった分厚いコンクリートの壁が粉々に吹き飛ばされた。

穴が空いた、などというレベルではない。

左右五〇メートルにわたって延びる壁が全て、津波のように建物の内側へ雪崩れ込んできたのだ。あまりの衝撃に、支えを失った工場全体がガクンと斜めに傾いだ。幸い、風化した工場の屋根は抜けていた。それがなければ上方向からも吊り天井のようにコンクリートの塊が降り注いできていただろう。

何らかの特殊な魔術が発動した訳ではない。

純粋な、『聖人』としての蹴り一発で建物が倒壊しようとしていた。

しかし、そこで襲撃は終わらない。

とっさに『槍』を構えようとしたブリュンヒルドだったが、大量の粉塵やコンクリートの塊が接触する前に、その雪崩れを追い越す形で、何かがキラリと瞬いた。

七本のワイヤー。

七閃。

ブリュンヒルドがわずかに気を逸らせた一瞬の間に、複数のワイヤーが彼女の周囲を正確に取り囲む。ワイヤーを張るための滑車のような物はなかった。新体操のリボンと同じだ。手首の力を使ってワイヤーを小刻みに揺らす事で、何もない場所でピタリとワイヤーを滞空させている。

(逃げ道封じ……ッ!?)

彼女がそう思う一瞬だけが許された。

直後。

ドバッ!! と。まるで三次元的に襲いかかるギロチンのように、七本のワイヤーは全方位からブリュンヒルドを襲った。死を招く格子状の刃に対し、ブリュンヒルドは無理に『槍』で押さえつける事を諦める。身をひねるように宙を舞い、空中でさらに数回転し、ワイヤーとワイヤーの間にあるわずかな隙間を潜り抜ける。

別に、『槍』の性能に不安がある訳ではない。

ブリュンヒルドがここで『槍』を使わなかった理由は単純。

(向こうの『本命』はまだやって来ていない)

地面に足をつける前に、ゾワリという悪寒があった。

粉塵の向こうから、こちらを正確に捕捉する二つの眼球を知覚した。

(先に切り札を使いきれば、『本命』の襲撃に対応しきれなくなる!!)

以降の数秒、音が消えた。

粉塵が左右に割れた。そこから一直線に、弓矢のように何かが高速で接近してきた。それを人影と認識したブリュンヒルドは、自らの『槍』をひび割れた地面に突き刺した。足で着地するのを待つには、地球の重力は軽すぎる。己の武器を使い強引に速度を殺したブリュンヒルドは、槍を中心に体を振り回すような挙動で強引に地面へ着地する。

そこへ、襲撃者の『本命』がやってきた。

形は刀。

意味は死。

腰に提げた鞘から、直接刀を抜いてそのまま切る居合いの技。自然と、刀の軌道は横倒しの円を描くようなものとなる。わずかに上向きに修正されているのは、ブリュンヒルドの首を正確に狙っているからか。

ブリュンヒルドも迷わなかった。

ここで出し惜しみをする理由がない。

彼女は地面に突き刺した『槍』を両手で摑み、まるで巨大なレバーを切り替えるように、手前側に思い切り引いた。てこの原理で地面に埋まっていた『槍』の穂先が持ち上がり、コンクリートの破片を撒き散らしながら、下から跳ね上がるように襲撃者の体を狙う。

刃と刃が交錯した。

ガッキィイイイイイイッッッ!!　という甲高い音が炸裂する。

ブリュンヒルドの槍は襲撃者の刀を正確に叩いた。襲撃者の刀の軌道が横向きの円だったため、下側に刀の側面があった事も影響したのだろう。どちらかの武器が破壊される事はなく、火花と共に大きく弾かれる。

まるで小規模の爆発だった。

ブリュンヒルドと襲撃者は互いに数メートルほど下がる。

その程度の距離など、彼女達にとっては目と鼻の先だ。一挙動で必中し、一動作で必殺する間合いである。

わずかな油断どころか、息を吸って吐くタイミングの一つで死を導く状況で、それでもブリュンヒルドは笑った。

「この前と様子が違うな」

その手の中にある『槍』を構え直すブリュンヒルド。

以前のクレイモアと違い、今回の『主神の槍』が傷つく事はない。神裂の刀に宿る術式『唯閃』は一神教の天使すら切り捨てるほどの破壊力を秘めるが、ブリュンヒルドの槍は完全に拮抗していた。最後のルーンによって、北欧神話最強の神の力が宿っているためか。

「お嬢さんには刺激が強すぎたのか」

「あなたの遊びは度が過ぎた」

襲撃者は。

神裂火織は、無表情だった。

「その罪は、償っていただきます」

3

神裂火織はブリュンヒルドを観察する。

特徴的なのは、やはり両手で構える『槍』。一口に『槍』と言っても古今東西色々なものがあるが、ブリュンヒルドの持っているものは三メートル程度のサイズだった。白兵戦で使うには大きな部類だが、馬上や船上で使うにはやや短い、といったところか。

材質はおそらくトネリコの樹と入念に熱処理した炭素鋼だろう。木製の柄へ蛇のように絡みつく複数の金属刃にしても、突き刺す事もハンマーのように重さで潰す事も考慮に入れているようだった。一見すれば万能に思えるかもしれないが、逆に言えば互いの長所を相殺してしまうリスクもあるはずだ。

率直に言って、帯に短し襷に長し。

しかし、だからこそ、明確な用途や戦法を一目で看破できない。見た目の間合い、武器の長さに惑わされれば一突きでやられる。そういう危うさを秘めた武器だった。

主神の槍。

ブリュンヒルドがそう呼称し、百戦錬磨の『神の剣の文字を知る者』の魔術師が、その名を聞いただけで己の舌を噛み千切ろうとしたほどの霊装。どんな効力を秘めているかは謎だが、不穏なものであるのは間違いなさそうだった。

戦局を少しでも有利にするために分析を続けるべきか、惑わされるぐらいなら分析を切り上げるべきか。判断に迷う神裂に対し、ブリュンヒルドはさして深く考えているとも思えないような口調で、こう話しかけてきた。

「せっかくなら、もう少し待っててくれれば、こんな不格好な『主神の槍』を見せる事もなかったのに。わざわざ面倒な手段で逆探知なんてしなくても、こちらから出向く予定だったのだから」

北欧神話の主神オーディンの持つ槍。

そして神話中最強の軍神である、オーディンの力の象徴。

当然、一介の魔術師にそんなものを作れるはずもないし、仮に目の前にポンと置いてあったとしても、その力を完全に引き出せる訳もない。……はずなのだが、ブリュンヒルドが手にすると、そんな前提が全て覆されてしまいそうな何かがあった。

やはり、彼女がワルキューレという稀少な才能を有しているからか。

それとも、

「最後のルーン」

神裂が呟くと、ブリュンヒルドの眉がわずかに動いた。

「主神オーディンにしか、文字の書き方もその効力も分からないとされる秘中の秘。やはり、それを刻む事で『主神の槍』をこの世のものとしたのですか」

「なるほど。一応、イギリス清教はきちんと仕事をこなしているらしい」

ブリュンヒルドはトネリコの柄を指先でなぞり、

「とはいえ、その認識は間違いだ。私は槍に最後のルーンを刻んでいるのではない。刻むべき場所は、ここではないからだ」

「……、」

ルーン魔術にはいくつかのプロセスがある。どんな効果が欲しいのかを考え、それに適した文字を選び、一番文字の効果が出やすい場所を選び、実際に文字を刻み、各々の文字や魔術を司る神に祈りを捧げ、効果のほどを確認し、そして自らが刻んだ文字を破壊してスイッチを切る。

最後のルーンがどんなものであるか誰にも分からない以上、その文字をどこに刻むと何の効力が表れるのかも誰にも分からない。しかし、ブリュンヒルドによると、その最後のルーンは武器に刻むものではないようだ。

（となると、どこかに……？）

神裂は思わず周囲の工場施設へ目配せをするが、確信は得られなかった。すぐ近くにあるような気もするし、わざわざ刻んだルーンをみすみす破壊されるような状況で安易に戦闘を始めるのか、という疑問もある。

「そう構えるなよ。ひょっとすると、今はチャンスかもしれないぞ」

と、警戒する神裂に、ブリュンヒルドは気軽に告げた。

その表情こそ、そんな事を微塵も思っていない証拠に思えた。

「最後のルーンは思ったよりも複雑だ。いや、文字そのものは他のルーンと同じく直線だけで刻めるものだが、刻んだ文字の溝を『染色』するのが繊細でな。自動書記に任せてはいるが、それでもあと数時間はかかる。現状では、出力上限は七〇％程度が関の山だな」

「……、」

「おまけに、私には常に十字教の『聖人』としての性質が割り込みをかけてくるからな。はは、見るが良い。私は『主神の槍』のつもりで霊装を組んでいるはずなのに、気がつけば十字教の『ロンギヌスの槍』の魔術的記号が入り込んでいる。……おかげで純度が濁り、思った通りに力を振るう事にも難儀する有り様だ」

ドクン、と。

何かに呼応するかのように、三メートルの槍が不気味に脈動した。複数の金属の刃が、ギチギチと歯車のように絡み合い、こうしている今も少しずつシルエットを変えようとしている。

それは、最後のルーンの完成度に比例して、『主神の槍』が完全な形へと進化しようとしているのか。

あるいは、十字教のロンギヌスの槍の象徴が割り込みをかけてきているせいで、得体の知れない突然変異を起こそうとしているのか。

いずれにしても、まともなレベルではない。

ブリュンヒルド本人はロンギヌスの槍については北欧神話の純度を低下させる邪魔物と認識しているようだが、仮にそちらの方向で進化したとしても、十分以上の脅威となるはずだった。

「どうする。今なら『まだ』人の手でも私を殺せるレベルかもしれないぞ」

問いかけ。

対して、神裂は質問に質問で返した。

「わざわざ主神の力を手に入れたいと思うのは、そうまでして自らの復讐を果たしたいからですか？」

「……、」

「殺そうと思えばいつでも殺せた。苦しめようと思えばいくらでも方法はあった。にも拘らず、あなたはよりにもよって、彼らが信じている神の力で復讐を果たしたかったんですか」

「くだらん感傷だよ」

ブリュンヒルドは、わずかに『槍』の矛先を揺らした。

今まで以上に正確に、神裂の急所を捕捉しているかのようだった。

「何もかもを失った私だが、こんな私にも押し通すべき意地がある」

会話は終わる。

しかし、元より神裂火織の行動は初めから決まっている。


ゴッ!! と。

彼女の体が、爆発的に前へと駆けた。

その瞬間、ブリュンヒルドの視界から神裂火織の体が消えた。単なる速度だけの問題ではない。武器を前に突き出して構えれば、自らの腕や武器がわずかに視界を遮る。神裂はその『背面以外にある死角』を的確に利用し、真正面から敵の元へと突撃したのだ。

しかし、ブリュンヒルドは両断されない。

武器の方が自然に跳ね上がるように動いた。刀と槍。二つの武器が激突し、凄まじい衝撃波を生み出し、そして聖人とワルキューレは至近距離で睨み合う。

「どう評価するべきか、迷う判断だな」

ギリギリと互いの武器を押し合いながら、ブリュンヒルドは語る。

「『主神の槍』の本質が投げ槍であると認識していたか？　それならば、超接近戦へ持ち込もうとした狙いはそこそこの点を与えられそうだが」

その時。

二メートル大の長刀・七天七刀を握る神裂の手に、ぶるりという震えが走った。いや違う。掌が震えているのではない。刀と噛み合っている『主神の槍』が小刻みに震えているのだ。

「知っているか？　『主神の槍』には、人の手にある物の中では最強クラスの大剣バルムンクを一撃で叩き折った伝説もあるんだぞ」

「……ッ⁉」

（武器破壊‼）

とっさに神裂は七本のワイヤーを牽制に放ち、わずかな隙を作った上で真後ろへ下がる。一瞬。ギリギリのタイミングで、ブリュンヒルドの持つ『槍』が脈動した。彼女の『槍』は、トネリコの樹の柄を中心に、何枚もの鋼の板を組み合わせてシルエットが構築されている。その鋼の板が、まるで得体の知れない歯車のように複雑に噛み合いながら、『槍』の表面を蛇のように這いずったのだ。

あと少しでも七天七刀が『槍』に接触していれば、鋼の板に刃を噛まれたまま、万力で押し潰すように折られていただろう。

しかし、安堵の息を吐く暇はない。

五メートルほど開いた距離。その向こうで、ブリュンヒルドはさらにこう告げたのだ。

「知っているか？　『主神の槍』は最強の投げ槍だ。投げれば必ず標的を貫き、どんなに強靭な武器でも迎撃する事はできず、しかも投げた槍は必ずオーディンの元へと帰る。……馬鹿馬鹿しいとは思わないか？　人々が美味しい能力を勝手に付加させまくった結果、『槍』の本質がどんなものか全く分からなくなってしまった良い例というヤツだ」

ブリュンヒルドの構えが変わる。

明確に大きく体勢が変化したのではない。ただ、スッと重心が下に落ちただけ。その小さな動作で印象がガラリと変わった。腰だめにマシンガンを構えるような仕草に見えた。

「だから私はこう考える。オーディンの槍は、バラバラの能力が複雑に絡み合った、訳の分からない武器ではない。その能力には、必ず統一の取れた法則性があると」

投げ槍。

飛び道具。

神裂の吐息が、極限の精神集中を行うための呼吸法へと変化する。槍を放つ前に距離を取るか、あるいは槍を放たれる前に接近して必殺するか。決断を迫られる神裂に対し、ブリュンヒルドは静かに告げる。

「そう。『主神の槍』とは、ありとあらゆる天候を完璧に操る武器だと」

ゴバッ!!　と、閃光が工場跡地を白く塗り潰した。

原因は落雷。

上空三五〇〇メートルから降り注いだ光の嵐が、容赦なく神裂の体を縦に貫いたのだ。

色だけが紫電ではなかった。

純白の、聖なる光だった。

「がっ……ァアあああああああああああああああああああああッ!?」

防御用の魔術を構築する余裕はなかった。

時間的な問題ではない。全く予想外な、心理的な死角から攻撃を放たれたためだ。

強力な高圧電流で筋肉が収縮し、体が不自然な弓なりに仰け反る神裂。それでも一発で絶命しなかったのは、やはり評価するべきだろう。

ブリュンヒルドは驚かない。

彼女自身、『聖人』の肉体がどれだけ強靭かを知っているからだ。

故に。

ワルキューレはそこで攻撃の手を緩めず、さらに強力な追い討ちを仕掛ける。

「北欧神話ナンバー二の雷神トールは、元々雷だけでなく農耕全般を司る神だったと言われている。雷はあくまでも、農業の要であった天候の中の一つ。……ならば、ナンバー一のオーディンは、それ以上に地球環境へ干渉する能力があると見るのは妥当な線だ」

彼女は腰だめに構えていた『槍』を頭上に掲げ、演武のように軽く一回回した。

直後、溶岩が溢れ返った。

眩く白い、自然界には存在しない神々しきマグマ。

彼女の振るった一撃は、災害は、その全てが神罰となるのだろう。

元々ブリュンヒルドは何らかの目的のために地面を割っていたようだが、そこから純白の溶岩が噴き出した。それは巨大な液状のハンマーのように、槍の動きに合わせて神裂へ向かって突き進む。

今度は反応できた。

一瞬で溶岩のハンマーを大きく迂回した神裂は、そのままブリュンヒルド＝エイクトベルの死角へと飛び込み、背中へと刃を振るう。

「投げたら必ず当たるだの、どんな武器でも絶対に迎撃できないだの、そういったバラバラな能力は、結局、天変地異に対する恐怖心の発露に過ぎない。落雷、竜巻、噴火、洪水、地震……これら自然災害を神の怒りや武器と解釈する文化は古今東西にあるものだしな」

彼女は振り返らない。

地面が割れ、今度は大量の水が真上に噴き出していた。

内部から聖なる光を放つ、破壊の水だった。

莫大な水圧に押された神裂の刃が、不自然に軌道を捻じ曲げる。ブリュンヒルドの頭上を刃が抜けたところで、彼女は勢い良く振り返り、神裂に向けて横薙ぎに『槍』を振るう。

刀は防御に使えない。

神裂は一瞬で判断すると、敢えて前へ踏み込んだ。鋼の刃のついた穂先ではなく、中ほどにある柄の部分を脇腹に受ける。ゴッギィィ‼　という轟音が炸裂した。彼女の体は真横に吹き飛ばされたが、両断される事だけはかろうじて避ける。

転がるような格好で距離を取る神裂に対し、ブリュンヒルドは間合いを詰めない。

そのまま、コツッと『槍』の先端を地面へと押し付けた。

直後。

ゾゾゾザザ‼　と『槍』の穂先を中心に、地面一帯へ白い氷のようなものが広がっていく。

いや違う。それは塩だ。莫大な量の塩が、あっという間に地面を埋めて土壌を変えてしまう。

塩害。

このままでは足を地面に縫い止められると感じ取った神裂は、一跳びで垂直に一〇メートルも飛んだ。工場跡地は屋根が壊れていたが、二階部分の通路はまだ残っていた。その上へと速やかに着地する。

七〇％の出力。

十字教の象徴が混ざってしまうため、北欧神話の純粋な力を振るう事はできない。

では。

もし仮に、『主神の槍』が一〇〇％完成し、なおかつブリュンヒルド＝エイクトベルが一切の不純物を取り除き、完璧なワルキューレとなった場合、どれほどの力を得る事になるのか。

（最後のルーン……）

鍵はそこにある。

ブリュンヒルドが振るっている力は、まともな魔術師に扱える量をはるかに超えている。それを支えているのは、やはり伝説の中の伝説である『オーディンのみが知るルーン』にあるのだろう。

それを破壊しなければ。

一度ブリュンヒルドの『主神の槍』が完成してしまえば、多分もう誰にも彼女を止められなくなる。復讐という名の暴虐が永遠に続く事になる。

（せめて、どんな形のものかだけでも分かれば……）

「見てみるか？」

と、ブリュンヒルドはまるで心を読んだかのように告げた。

彼女は『槍』から片手だけを外し、その掌を神裂の方へと向けた。そこには何かがある。

小さな木の板だった。そしてその表面には何かが刻まれていた。赤黒い血で描いたような何かが。

神裂火織の視界に『それ』は飛び込んできた。

そして……。

4

ダダッ!!　と。

巨大な太鼓を強く叩くような音を神裂は耳にした。

彼女自身の足音だ。

先ほどまでいた、半壊状態の工場の中ではない。夜風が頬を撫でていた。建物の外へと飛び出していたのだ。一応はミネラルウォーター工場の敷地内だが、先ほどまで戦っていた場所から五〇〇メートル以上は離れていた。

頭痛があった。

それも、並大抵のものではない。まるで神裂の頭蓋骨の内側から外へと杭を打ち込まれているかのような激痛が、いつまでもいつまでも尾を引いている。

神裂はブリュンヒルドを追う側の人間だ。迂闊に距離を取って逃がしてはまずい。そう分かってはいるのだが、神裂の全身は待機、もしくは避難を求めていた。それほどまでの激痛だった。

「く……っ」

これでもマシな方だろう。

とっさに防衛本能が働いた。もはや作戦だの戦術だののレベルではなく、知的生命体としての本能が全力の逃走を選んでいた。そうでなければ、神裂はあの工場の中で廃人になっていたかもしれない。

とはいえ。

別に、ブリュンヒルド＝エイクトベルが特別な攻撃を放った訳ではない。

文字。

ワルキューレの掌にあった木の板に、赤黒い液体で記されていた一文字。

それをほんの一瞬、視界に入れただけで、頭の中で頭痛が爆発した。

（この頭痛……）

心当たりはあった。

歯噛みし、瞑想時に行う呼吸法を用いて、精神的に痛覚を遠ざけようとしながらも、神裂は思う。

（これは、魔道書の『原典』と同じ……）

あまりにも純度の高い知識を秘める魔道書……『原典』は、その内容を目にしただけで人間の精神に亀裂を入れる。対応ＯＳの違うプログラムを無理矢理走らせた結果、システム全体の動作が不安定になるようなものかもしれない。

だが、

「一文字で……？」

今もズキズキと脳を苛む頭痛に顔をしかめながら、神裂は呆然と呟く。

「たった一文字だけで、これほどの『汚染』を……？」

魔道書の『原典』にしても、数百ページ単位であれだけの『情報の厚み』を生む。ブリュンヒルドの掲げる最後のルーンは、たった一文字でその『原典』に匹敵していた。まともではない。まともであるはずがない。有り体に、その一文字の中にどれほどの魔術的価値が内包されているかを証明しているようだった。

『……神、裂……』

その時、ポケットの中に突っ込んでいた携帯電話から、ジーンズショップの店主の言葉が聞こえてきた。

より正確には、携帯電話に取り付けてある通信用の霊装からだ。

『聞こえるか、神裂。おい、まさかもうブリュンヒルドにぶちのめされているとかって言うんじゃねえだろうな⁉』

「一応は、まだ生きていますよ」

神裂は苦痛によって額に浮かぶ汗を拭いながら、ゆっくりと長く息を吐く。

「今、ブリュンヒルドの最後のルーンらしきものに直面して、危うく脳を『汚染』されかけるところでした。最後のルーンはブリュンヒルドの手の中に、木の板に刻まれていました。あれを使って自分の神性を高めているのかもしれません」

『俺が入手した情報と違うな』

「？」

『オメーの流儀に反するやり方かもしんねえが、瀕死の「神の剣の文字を知る者」の生き残りを吐かせた。あいつら、「主神の槍」って言葉に妙に反応してたろ。何か知ってると思ってな』

店主は早口で言う。

『連中の話によれば、最後のルーンってのは物品やら人体やらに仕込んで、単純に能力を上乗せするものじゃないらしい。この世界そのものに刻む事で、世界そのものを大きく変質させてしまうもののようだ』

「世界、ですって……？」

『特殊な計算式で導き出した一点に文字を刻むんだと。「主神の槍」ってのは、厳密に言えばそれ自体が強力なんじゃない。最後のルーンを世界に刻む事で、「世界中の霊的・魔術的な力があの槍に集まるように」設定を組み替えるんだそうだ』

「では、あの木の板にあったものは……？」

『さあな。ただ、結社の連中の話によれば、伝説の「最後のルーン」は、目で見えるものじゃないみたいなんだ』

　店主は意味不明な事を言う。

　眉をひそめる神裂に、彼は続ける。

『北欧神話ってのは、十字教みたいな君臨する宗教じゃなくて、いつどこでどういう風に覚えたか分からないのに、気がついたら誰もがその名を知っているっていう、浸透する宗教の代表格だろ。……最後のルーンもそういう性質を持っているんだ。有り体に言えば、ルーンが完成すれば風景の中に溶け込んじまう。プロの魔術師であっても見つけられない。この広い惑星の中から、たった数センチ大のルーンを探し出す事は、誰にもできなくなる。つまり、誰にもルーンを壊せなくなる』

「……その上、あの最後のルーンは、たった一文字で魔道書の『原典』に匹敵する」

　想像以上に厄介な状況に、神裂は思わず舌打ちした。

「『原典』クラスの魔道書は、現在の人類の技術では破壊する事ができません。仮に『最後のルーン』が本当に『主神の槍』へ力を注ぐものであれば……その一文字の完成はブリュンヒルドに無尽蔵な力を提供する事と同義です」

　気になるのは、神裂が見たものと店主が得た情報の齟齬だ。

店主の情報によると、最後のルーンは何らかの土地そのものに刻むものらしい。しかし神裂はブリュンヒルドの掌の木の板にそれらしいものがあったのを見た。

「……、」

ブリュンヒルドは、『主神の槍』の完成度は七〇％だと言っていた。

仮に木の板に描かれた文字が最後のルーンで、その文字と槍の完成度が連動しているとしたら、すでに『主神の槍』の完成度も一〇〇％でなければならない。となると、あの掌にあった文字は『本命』ではないのだろうか。

『掌の文字は、自動書記の霊装に組み込むための参考資料みたいなものかもしれないな』

店主は言う。

『オーディンしか知らない、オーディンしか刻めない。そういう由来のルーンだ。本来なら、人の手で刻めば何週間かかるか分からない。自動書記用の霊装を利用しても、何日もかかるんだ。ブリュンヒルドはオメーと戦う事に専念して、ルーンを刻む作業の素振りを見せている様子はねえんだろ。だったら、やっぱり自動書記用の霊装に任せている可能性が高いな』

「……分かりました」

神裂は、未だに続く頭痛を無理に抑えつけながら、刀の柄を改めて握り直す。

「いずれにしても、『原典』クラスの最後のルーンが完成してしまえば、我々の手には負えなくなってしまいます。完成前の今なら、風景へ溶け込んで発見不能になる、という状況でもないはず。……私はここでブリュンヒルドと戦いつつ、敷地内に自動書記用の霊装がないかどうかを確かめます。あなたは、もしも別の場所に仕掛けられている可能性を考慮して、引き続き広域の捜索をお願いします」

『それと、あと一つ』

付け加えるように、店主は言った。

『ブリュンヒルド＝エイクトベルの怨嗟の源らしきものを発見した』

「……、」

『彼女は半年前、五つの魔術結社の連合から襲撃を受けて捕縛されている。表向きの目的は、「混ぜ物」の言動で北欧神話の社会が乱れるのを防ぐため。だが、本当の所は「主神の槍」や最後のルーンについて吐かせたかったみたいだな』

その辺りの話は、『神の剣の文字を知る者』の男を遠隔操作したブリュンヒルドの口から断片的に聞いている。

が、

『拷問中のブリュンヒルドの世話役として、当時九歳だった少年がいた。名前はセイリエ＝フラットリー。両者の間に何があったかは不明だが……こいつは現在、ベルギーの病院で植物状態のまま眠りっ放し。原因は手首を切った事による失血。自殺未遂だそうだ』

(……、ああ)

もしかして、とは思っていた。

最後のルーンに『主神の槍』。単なる復讐にしては、あまりにも仰々しい術式や霊装の数々。その気になればいつでも殺せるだけの戦力を有していながら、敢えて準備に長い時間を割いているという印象はあったが……、

『病院の方じゃ半ば都市伝説みたいになってるな。血まみれの女が深夜の救急外来に置いていったとか、正体不明の口座から入院費だけは正確に振り込まれているとか』

ワルキューレ。

神々の世界と人々の世界を自由に行き来し、神の命令に従って動く者。

そういう意味では、ワルキューレは聖人というより天使に近い存在なのかもしれない。

しかし。

北欧神話のワルキューレには、十字教の聖人や天使とは決定的に違う点がある。

「……ブリュンヒルド＝エイクトベルが扱っているのは、北欧神話の主神オーディンだけが使う事を許された、『主神の槍』や最後のルーンでしたね」

『今さらだな。それがどうかしたのか』

「古今東西の宗教の主神や最高神の力が、何のために備わっているか知っていますか」

『あん？』

「決まっています。……何かを助けるためですよ」

その時だった。

ジジッ、と通信用の霊装に妙な雑音が混じった。そう思った直後、ジーンズショップの店主の言葉が消え、代わりに女の声が割り込んでくる。

『覗き見に内緒話か。良い趣味とは言えないな』

ゴバッ!!　と。

五〇〇メートル先、ついさっきまで神裂達が戦っていた半壊状態の工場が、内側からメチャクチャに爆発した。単なる爆弾で吹き飛ばしたというよりは、ほとんど溶岩の噴火に近かった。高温でドロドロに溶けたコンクリートが、夜空の黒をオレンジ色に引き裂いていく。

ブリュンヒルド＝エイクトベル。

三メートル前後の槍を頭上に掲げるワルキューレは、真っ直ぐに神裂を見据えながら言う。

『いらぬヒントを与えぬように、五つの結社を潰して研究資料を破棄してきたのだがな。どうせ解読できずに宝の持ち腐れになっている……と判断したのは甘かったか。もう少し徹底的に、脳の奥まで破壊しておくべきだった』

「……、」

『とはいえ、今から慌てて動いた所で、もはや手遅れだ。最後のルーンはまだ完成していないが、それを「どこに」刻むかを突き止めた所で、完成前にそれを阻止する事などできはしない』

「『必要悪の教会』の勢力を見くびっているのですか。たとえ地球のどこで進行中であろうが、我々は即座に対応する体制を整えています。そうでなければ、対魔術師用の国際機関として機能はしません」

『ほう』

ブリュンヒルドの笑みが、脳裏に浮かぶかのような声だった。

『それは、地球の中心核で進行中の事態にも対応できるという意味か？』

「……何ですって……？」

神裂は、思わず夜景ににじわりと染み込むような、オレンジ色の溶岩の輝きに目をやる。

『槍』が生み出す純白の災害とはまた別の、最初に襲撃した時から存在したマグマ。活火山でもない場所で、こんなものが溢れている事に疑問はあったのだが……。

『オーディンが知り、オーディンのみが使えるとされる「最後のルーン」は、この惑星そのものに刻みつける事で、この惑星の有り様を変える働きを持つ』

それを隠さないのは、やはり破壊不能という条件に自信を持っているからか。

『ならば、これほど相応しい場所はあるまい。何故、あのルーンが「主神にしか使えない」のか分からなかったのか？　文字が極端に複雑なのではない。そんなものを有効に刻めるその場所へ、干渉する術が当時の北欧の人間には考え付かなかったからだ』

惑星の中心。

地球の核。

神裂は提示された条件を頭の中で分解しようとしたが、そこで首を振った。やはりブリュンヒルドの考えがまともではないと結論づける。そう簡単にできる事とは思えない。

「不可能です……。地表からマントルまででも三五キロ、まして地球の中心に至っては六三七〇キロ以上もの距離があります。そんな所にまで人の手が及ぶとはとても思えません」

一口に『地球の内部』と言っても液状のマントルから重力に固められた鉄やニッケルまで様々だ。いわゆる『中心核』は、溶けた鉄とニッケルの中央で、液体にならずに固まっている塊である。

地表を割ってマントルの表面に到達するまでなら、できるかもしれない。

しかし、その後の層があまりにも長大で、高温すぎる。

溶けて絶えず動き続ける溶岩の濁流、そして地球の莫大な重力によって、液状になる事すら許されないほど硬く硬く凝縮された岩石の塊。それは、地球という惑星の表面にへばりついて生活している人間などに征服できるものではないはずだ。

『そうか？　「必要悪の教会」の目も案外節穴だな。自分の保有している霊装の効果圏内も把握できていないとはな』

「……？」

『海洋牢獄という、魔術的な囚人を護送するための船があっただろう。それを外部制御する霊装「喜望峰」は、確か半径九〇〇〇キロほどをカバーするんじゃなかったのか？』

「まさか……ッ!!」

言われてみれば、あの海洋牢獄の暴走は、『ナグルファル』という北欧神話に登場する巨大な船の術式を応用したものだった。

もしも。

あの事件には裏があって、そこにブリュンヒルドが関わっているとしたら。海洋牢獄の暴走に乗じて、その制御を行っている『喜望峰』の仕組みを遠方から解析しているとしたら。

直線距離で九〇〇〇キロ。

その超長距離干渉ができるのなら、地球の中心六三七〇キロへも魔術的な働きかけを行う事ができるようになる。

「しかし、あの『喜望峰』は『必要悪の教会』の強固なセキュリティで保護されていたはずです！　たとえ海洋牢獄の暴走の裏にあなたが潜んでいたとしても、それだけで『喜望峰』の詳細を読み取る事は不可能です‼」

『強固だが絶対じゃない。何事にも抜け穴はある。そのために、わざわざ拘束職人と接触を持ち、気づかれないようにその技術の要点を習得してきたのだからな』

（エーラソーン……ッ⁉）

人身売買のシステムから一人の少女を完璧な意味で救い出す事を目的としていた拘束職人。彼もまた、北欧神話の術式を使っていた。本来ならば『魔術的な拘束具』全般を扱っている職人だったはずなのに、だ。

エーラソーンが失踪した直後、『必要悪の教会』はこういう懸念を抱いていた。

彼の技術情報が応用されれば、『処刑塔』を始めとした、『必要悪の教会』の様々なセキュリティが第三者の手で自由に解除される恐れがある、と。

ならば。

同じ組織が管理している『喜望峰』にしても例外ではない。

『これで必要な射程距離は手に入れた』

ブリュンヒルド＝エイクトベルの言葉は続く。

『地球の核への干渉方法自体はシンプルだ。真の中心核の周囲を流れている外核は、溶けた鉄とニッケルで構成された高温の液体で、この流れが地球の磁場を作っているとされている。つまり、地表に洩れた磁力の流れから逆算する形で、外核へと干渉するのは難しい事じゃない』

もちろん、魔術的な補助は必要不可欠だが、と彼女は付け加え、

『液状外核の「流れ」に一定の規則性を生ませれば、川が大地を削り取るように、固形の「真

の中心核」の表面へ自由に傷をつける事ができる。これを繰り返せば、特定のルーン文字を刻みつける事も可能となる』

それが、最後のルーン。

この惑星の天候を完全に掌握する、主神だからこそ刻みつける事のできる、最強のルーン。

しかしその説明に、神裂は違和感を持った。

今の説明は、どこか魔術的な領域を突き抜けた印象があった。

『違和感を覚えているか。実は私も覚えている』

無言の神裂に、ブリュンヒルドは心を読んだように言った。

『科学的な地質のパラメータを、我々の魔術に適応させたとして、何らかの拒絶反応のようなものは起こらないのか。気になったのでな。レアシックという魔術師を使って確かめさせてもらったぞ。……結果として、科学的なレーザー技術を応用したルーン魔術の構築には成功していたようだった。科学と魔術を混ぜても、ルーンという分野ではさほど誤差は生じないらしいな』

「……、」

レアシックは、デンマークの製鉄所を襲った魔術師の名だった。

こうなってくると、ミクロネシアのアップヒル島を守ろうとした『赤き洪水(ユミルズオーシャン)』の少女や、魔道書を使って原典(オリジン)アーマーを作ろうとした魔術師オーレンツなどにも、何らかの技術情報を提供していた可能性があるのではないか。

雲や海水の流れには、地球の回転……つまり惑星内部の液状物体の動きが大きく関わっている。その流れをグローバルに観察できれば、そこから惑星内部の流体の流れを読み取る事もできるかもしれない。

「……スコットランドで、人工的に製造されたアルファァルとは接触しましたか？」

『それについては知らないな。ただ、アルファァルを作ろうとしていた魔術師とはコンタクトを取った事がある。「主神の槍」は、元々人間が扱うものではないからな。ひょっとすると、アルファァルのような存在でなければ扱えないのかもしれないとも考えた訳だ。……もっとも、製造中のアルファァルの体組織を調べたところ、その可能性は低そうだという事は分かったが』

思えば。

世界で二〇人といない『聖人』である神裂と戦ってきたこれらの魔術師達は、どこか『神裂の戦っているレベル』についてきていた気がする。

神裂火織は音速を超える速度で高速移動し、一神教の天使すら両断する術式を行使する。通常、そんなものと対峙すれば、大抵の魔術師は自分の持つ本来の力も発揮できずに倒されてしまう。その力に、速度に、体が慣れるよりも早く粉砕されてしまうためだ。

にも拘らず、彼らはついてきた。

もちろん、各々の魔術師達の実力も相当のものだったのだろう。そうでなければ、『必要悪の教会』はわざわざ作戦に虎の子の神裂を投入しようとは考えない。

しかし、その上で。

もしかすると、ブリュンヒルド＝エイクトベルという『聖人』が、同じ種類の怪物と戦うための方法をアドバイスしていたのかもしれない。あるいは、ブリュンヒルドが初めて魔術師達とコンタクトを取った際、その圧倒的な『聖人』の戦闘力を示す事で、都合良く『交渉』を進めてきた可能性もある。

（……ともあれ）

これで、神裂が関わってきた一連の北欧神話の事件がほぼ全て繋がってしまった事になる。ブリュンヒルドはその全てに関わり、必要なデータを採取し、今回の計画に結びつけていたのだ。

いや。

ブリュンヒルドは、さらに多くの布石を打っていたのかもしれない。神裂達が対応し、解決したのが、たまたまその一部だったのかもしれない。五〇、一〇〇と様々なデータを採った上で、その中から有用なものだけを選択し、今回の計画の地盤を固めていた……と考えるべきではないだろうか。

『さあどうする？　今ならまだ最後のルーンは完成していない。いかに地球の中心核にルーンを刻むと言っても、そのための干渉装置はこの地球の表面のどこかにある。見つける事ができれば、今ならまだ止められるかもしれないぞ？』

ブリュンヒルド＝エイクトベルの『最後のルーン』は、『喜望峰』という霊装の方式を応用して刻まれるものだ。しかし、今から『必要悪の教会』に連絡を取って、オリジナルの『喜望峰』の使用許可を取り付けた所で、地球の中心核へ『最後のルーン』の完成を妨害するような干渉を行う事はできないだろう。

『喜望峰』だけではない。

その他にも様々なものを組み合わせたからこそ、ブリュンヒルドは前人未到の『地球の中心核への干渉』を可能とした。今この瞬間から大慌てで追いつこうとした所で、神裂達では『最後のルーン』完成前に同じ霊装を組み上げられるとは思えない。

そして、一度でも『最後のルーン』が完成すればアウト。

強固に刻みつけられた最大最強のルーン文字は、もはや誰にも破壊はできないだろう。神裂は、ブリュンヒルドの掌の木の板にあった『最後のルーン』の下書きのようなものを目撃している。あれは下書きだけで『原典』に匹敵していた。地球の中心核に刻まれる『本番』は、間違いなく純粋な『原典』となるだろう。そして、魔道書の『原典』は誰にも破壊できないのだ。

『それとも、世界中の怪しい場所に核爆弾でも投下してみるか。確率は極めて低いが、まぐれで干渉装置にヒットすれば私の計画を止められるかもしれないな』

あからさまな挑発。

しかし神裂火織は、ブリュンヒルドの言葉に応じなかった。

全ての事件の元凶。

彼女さえいなければ、他の様々な事件が起こらなかった。

その事実を認識していながらも、神裂の心を占めるのは怒りではなく哀しみだった。

ジーンズショップの店主からの報告を、神裂は聞いていた。だから、彼女は知っていた。ブリュンヒルド＝エイクトベルもまた、悲劇の中に放り込まれた一人であると。

悲劇は悲劇を生む。

別の何かを生み出せる、本当に強い人間だって、世の中にはいるのだろう。

でも、全ての人間がそうではない。

その簡潔な事実に、神裂火織は胸が締め付けられそうになる。

「北欧神話のワルキューレは、神々の命令を受けて人々の世界に下りてくるもの」

五〇〇メートルの距離で睨み合う聖人とワルキューレ。

彼女達にとって、この程度の間合いは『ちょっと踏み込めば』必殺に繋がるものでしかない。

「けれどその本質は、十字教の天使のような、プログラムに従う機械的な使者とは全く違うもの。ワルキューレは時に地上で人に恋をし、結ばれぬ事に絶望し、想い人のために私事で復讐を遂げるとも言われています」

ぴくり、とブリュンヒルドの眉が微かに動いた。

神裂火織の声だけが、風に流れる。

「……あなたもまた、そうしたワルキューレの一人だったのですね」

互いに武器の矛先を突きつけ、一瞬のタイミングで殺し合いが始まるであろう状況で、しかし神裂の言葉はどこか物悲しく響き渡る。

「あなたの怒れる復讐の中心は、あなた自身にはなかった。あなたが北欧神話の中でも最高の神の力を渇望するほどになった理由は、あなた自身にはなかった」

わずかな間。

息を吸って吐く。一拍の間を空けて、神裂は告げる。

「最初から、簡単な話のはずだった」

　ブリュンヒルドは無言だった。

　それでいて、彼女はあくまでも『槍(やり)』を下ろす事はなかった。

「あなたは、セイリエ＝フラットリーという植物状態の少年を救いたかった。普通なら叶(かな)わぬ願いを強引に叶(かな)えるために、主神の力さえ手に入れようとした。それだけのはずだったんです」

『……ワルキューレ、か』

　わずかに、ブリュンヒルドは呟(つぶや)いた。

　その口元はどこか弱々しく緩(ゆる)んでいたが、その顔に浮かんでいるのは決して笑みではなかった。

『そんなに上等なものじゃない。ここにいるのは負け犬だ。神とやらに選ばれておきながら、小さな子供の笑顔も守れなかった、クソッたれの負け犬だ』

　ミシリ、という音が聞こえた。

　人間を超える力で『槍(やり)』を握り締める音だ。それは通信用の霊装(れいそう)ではなく、五〇〇メートル離れた向こうから直接神裂(かんざき)の耳まで届いた。

『だが、負け犬にも意地がある』

　怒りの矛先は、おそらく自分自身に向いているのだろう。

　そして、元々そこで立ち止まらない強さを持っていたからこそ、ブリュンヒルド＝エイクトベルはどこまでも突き進む。

『私はこの「主神の槍(グングニル)」を完成させ、その力でもって覚めぬ少年の目を覚ます。曲がりなりにも最高神の力だ。その程度の奇跡ぐらいは起こしてもらわなければ話にならん』

理不尽な暴虐に呑み込まれた少年を助けたいという願い。

もう一度その笑顔を見るために、自らの信じる主神にすら牙を剝くほどの想い。

ワルキューレ。

神に特別な力を与えられ、使命を果たす事を求められながらも、時に地上の人のために戦い、その身を滅ぼす事さえある者。

しかし、

「……駄目なんです」

神裂火織は、ゆっくりと首を横に振った。

その台詞を絞り出す事にとてつもない苦痛を感じながらも、彼女は言わない訳にはいかなかった。神裂には、そうしなければならない理由がある。

「その方法は、おそらく成功しない。一度植物状態になり、精神を致命的に砕かれてしまったセイリエ＝フラットリーという少年は、『主神の槍』を使っても完全には回復できない」

『何故分かる』

ゾワリ、と。

ブリュンヒルドの言動の中心核に触れたためか、一気に殺意が膨張した。

『お前のような人間に!!　あの子がどれだけの不条理な苦難を受け続けたかも知らない人間のくせに!!　どうしてあの子はもう笑わないと断言できる!?』

「分かりますよ」

その瞬間。

神裂火織も、七天七刀の柄を握る手に、最大限の力を込めていた。

ミシミシと、得体の知れない音が夜の工場に響き渡る。

「誰もが通る道なんです」

こんな言葉しか放てない事に憤り。

しかし、ここで言わなければ、ブリュンヒルド＝エイクトベルは決定的な崖を踏み外す事を知っている神裂は、そこで、彼女自身にとっても決定的な一言を放つ。

「あなたがやろうとしている事は、私達みたいな『聖人』なら、誰もが一度は通る道なんです」

5

ブリュンヒルド＝エイクトベル。

世界で二〇人といない『聖人』という十字教的な才能を有していながら、同時にワルキューレという北欧神話的にも稀有な才能を有している者。

確かに彼女の人生は他の誰よりも——それこそ、他の多くの『聖人』よりも——数奇な人生を送ってきたかもしれない。多くの妬みや嫉み、偏見や先入観、嫌悪感や恐怖心。そういったものにさらされ、普通の人として生まれてくるよりもネガティブな人生を送らざるを得なくなっていたかもしれない。

しかし。

彼女が今やろうとしている事、大切な者を守ろうと救おうとするために道を踏み外そうとする事は、別にそんなに珍しい事ではないのだ。

ワルキューレなんて才能がなくても関係ない。

単なる『聖人』であっても、誰もが一度は考える事なのだ。

たった二〇人弱。

そんなレアな資質を持って生まれてきた『聖人』は、多かれ少なかれ、必ず人間の負の感情をぶつけられる事になる。多くの者は表向きだけは敬い祝福しておきながら、陰ではイレギュラーな座に就いている者を逆恨みし、様々な方法で排除しようとするものなのだ。

人間の性、というヤツだろう。

そして、その醜い性質に巻き込まれるのは、何も『聖人』本人だけとは限らない。

例えば、数少ない本当の理解者。

友人でも良い、恋人でも良い、親や兄弟でも、戦場で背中を預けた上司や部下でも良い。くだらない偏見を振り切って接してくれる……おそらくは、単なる『聖人』よりもずっとずっと強いであろう人々は、しかし肉体的にはごく普通の人間なのだ。『聖人』とは違うのだ。

そんな所へ、『聖人』を殺すための罠が発動したらどうなるか。

浅はかな策謀は、大抵の場合は『聖人』そのものを殺すには至らない。仮にその程度で本当に『聖人』が死んでしまうのなら、そもそも敬われるような事はない。並大抵の事では傷一つつかないからこそ、『聖人』は特別な才能として認められているのだから。

だが、周りにいる人々は違う。

『聖人』がかろうじてトラップを潜り抜けた先に待っているのは、彼らが命を捨てても守りたかったはずの、数少ない理解者達の死に他ならない。

そんな時、残された『聖人』達は何を考えるだろう。

それが運命だからと、諦める事ができるのだろうか。


できる訳がなかった。

諦められる訳がなかった。

なまじ彼らが『聖人』という特別な資質を持っているからこそ、その想いは余計に強く噴出するのかもしれない。『神の子』と似た身体的特徴を有するが故に、その力の一端を引き出して利用できる者。そんな彼らだからこそ、より一層『奇跡的に大切な人が救われる可能性』について、荒唐無稽な計画を真剣に考えてしまうのかもしれない。

例えば、『神の子』が死者を蘇らせた話はとても有名である。

そういう伝承を知っていれば。

その力の一端が自分の体に宿っている事を知っていれば。

そして何より、大切な大切な数少ない理解者の笑顔を知っていれば。

何も試さずにあっさり諦める事など、できるはずがないのだ。

聖人。

周囲からそう呼ばれる彼らは、しかしその印象とは裏腹に、完全な私欲のためにその力を蓄え、様々な計画を綿密に組み立て、執念によってその一つ一つを正確に実行していき……やがて、その誰もが絶望する。

そう。

成功なんかしない。

どんな『聖人』がどんな理論に則ってどんな計画を進めたところで、決定的に肉体や精神を破壊された者は、もう二度と元には戻らない。

人間の命は、そんなに簡単なものではない。

簡単ではないからこそ大切に扱っていたはずだったのに、束の間だけ、それを蘇らせようとする『聖人』達にはその単純な事実が分からなくなる。

ありったけの事を行い、片っ端からボロボロに傷ついていき、そして全てを捧げても何一つ解決しない事に心の底から絶望して……ようやく、彼ら『聖人』は、大切な者の死を認識する。

そういう仕組みがある事を、神裂火織は知っている。

何故ならば。

彼女自身も、皆と同じ道を進んだ事があるからだ。

だからこそ。

神裂火織は、哀しかった。

ブリュンヒルド＝エイクトベル。彼女の慟哭が、どうやっても叶えたいと切望する想いが、必ず失敗するであろう事を理解してしまったから。数多くの経験談が、その統計のデータが、ほんの小さな誤差のような奇跡も許さない事を突きつけてくるから。

だとすれば。

神裂火織には、やるべき事がある。

どうにもならない事。

しかし、彼女の大切な理解者達は、死して何も残さなかった訳ではない。

それを証明するためにも、どうしてもここでやらなければならない事がある。

6

ブリュンヒルド＝エイクトベルは、ほんの数秒間だけ動きを止めていた。

再び息を吸い、それから彼女は復唱するような調子でこう呟いた。

『……誰もが、通る、道……？』

「ええ。もはや定説のようなものです。これも簡単な事なんです。私達が特別なものを持っているから、見えにくくなっているだけ。そもそも、肉体や精神が完全に破壊されてしまった者は、誰の手でも復活させる事なんてできないんです。そこに、天才も凡人もありません。そんな例外の入り込む余地のないほど、当たり前の事なんですよ」

『ふざけるな』

反論が来た。

上から被せるような口調は、まるでそれ以上聞きたくないと告げているかのようだった。

『ふざけるな!!　過去に多くの人が失敗したからお前も諦めろだって？　どうせできる訳がないから諦めろだって？　そんな事で納得できるなら、最初から行動など起こしてはいない!!　そんなものは、お前達の失敗だ。私がこれから行う事には何の支障も与えない。私はただの聖人なんかじゃない。ワルキューレと「主神の槍」と最後のルーンの力を組み合わせる事で、お前達とは違う方向からアプローチする事ができるんだっ!!!!!!』

神裂火織は、ゆっくりと首を横に振った。

すでに、彼女にはブリュンヒルドの理論の破綻が読めていた。

「北欧神話は、そもそも死を肯定する宗教です」

切り込む事にためらいを覚えた。

しかし、これを突きつけない訳にはいかない。

「最後の戦争ラグナロクにおいて、主神オーディン含む大多数の神とその敵対者が共倒れするあの宗教では、他人を蘇らせる術などあるはずがないんです。もしもそれが可能なら、そもそもラグナロクが神話のラストに設定される事はなかったはずなんですから」

たとえ主神そのものの力を手に入れたとしても、その主神にセイリエ＝フラットリーという少年を助ける機能がないのであれば、何の意味もない。

『嘘だ』

ブリュンヒルドの槍が、わずかに揺れた。

その揺るがぬ信念の象徴である、槍が。

『北欧神話には無限の命を与える食物が存在する！　イドゥンという女神が栽培している林檎

を食べる事で、神々は老いる事なく世界の末まで生き続けると言われている!!　北欧神話には、やはり命そのものに干渉する技術が伝えられているはずなんだ!!』

「あれは今生きている命のサイクルを永遠化させるものに過ぎません。確かにそれ自体も人の手で再現できれば歴史を塗り替える大発明になりますが……この場合では適用できないんです。すでに終わってしまった命を、再び動かす機能などないんですから」

『雷神トールの武器「雷の大槌」には、トールの戦車を曳く二頭の山羊を蘇らせる力を持っている！　あれは、たとえ山羊が骨になった状態であっても、「雷の大槌」を頭上に掲げるだけで元に戻ると言われている!!』

「その山羊に与えられた役割は『永遠になくなる事のない食料』というだけで、単純に失った肉を補給するだけの機能しかありません!!　あなたはそんなもので件の少年を助けようと本気で思っているのですか!?　人の手で再現した所で、植物状態のまま少年の体が際限なく膨らんでいくのが関の山です!!」

『なら、どうしろと言うんだ』

ギリギリと、ブリュンヒルドは歯を食いしばった。

『私は何があってもセイリエ＝フラットリーを助けなければならない!!　あの少年にまつわる不幸はこの私が招いた事だ!!　この忌々しい「聖人」やワルキューレの才能が、生まれた時から勝手に身についていたこの資質が!!　あの少年を死に追いやったんだ!!　だから私はどんな事をしてでもあの少年を助けてみせる。これが私の人生に課せられた当然の使命なんだ!!』

「……本当に」

ポツリと。

呟いた彼女の口調に、わずかながらの怒りが帯びる。

「本当に、その少年が、そんな事を望んでいるとでも思っているんですか」

『お前があの子を語るな!!』

ブリュンヒルドの怒りはそれよりも表面的で、爆発的だった。

『誰だって、自ら望んであんな状態になりたい訳がない！　私なんかに会わなければ、何もあそこまで転落する事もなかったんだ!!　私は恨まれて当然だ。そして彼は恨み事を言うだけの自由すらも奪われてしまったんだ!!　それを、取り返したいと思う事の何が悪い!!』

「ならば」

神裂は一度だけ、短く息を吸った。

それから、告げる。

ブリュンヒルド＝エイクトベルが、今まさに転落しかかっている事の正体を突きつけるために。

「あなたは、あの子と紡いだ絆を、殺しの理由に貶める気ですか!?」

わずかに。

ほんのわずかに、ブリュンヒルドの動きが止まった。

神裂は構わずに続ける。

『聖人』なら誰もが通る道。それを、このワルキューレには進ませないために。

「一度でもそんな風に思い出を利用すれば、もう二度とまともに思い返す事などできません。あなたはそれでも良いんですか。あの少年はもう目を覚まさないかもしれない。でも、決して踏みにじってはならないものがあるはずだ‼　あなたはそれを血で染めてでも、絶対にできない無謀な挑戦を続けようと言うんですか⁉」

どうしようもない事だった。

だが。

言わなければいけない事だった。

「あの少年はもう口を開かないかもしれない。だからこそ、あなたは声なき少年の想いを踏みにじってはいけないはずなんだ‼　死人に口なし。それを利用して、自分の都合の良いように『かわいそうな死者の言葉』を勝手に捏造する。自分で自分に感動して、他者を傷つける事に一切の罪悪感を感じなくなる。そんなやり方で、少年が残した想いを醜いツールに変貌させてしまう気なんですか⁉」

『お前は……』

呻くように、ブリュンヒルドは質問した。

『そんな言葉で、納得したっていうのか？　私と同じような道を辿ったくせに、そこで挑戦するのを諦めて、仲間の死を認められたって言うのか……？』

「ええ」

神裂は、ほんのわずかに頷く。

「私の数少ない理解者達は、本当の意味で強い人達でした。だから、私は、彼らとの思い出を、自分の都合の良いものへ捻じ曲げたくはありませんでしたよ」

『……、』

ブリュンヒルドの沈黙。

彼女の矛先が、微かに揺れる。『聖人』とワルキューレの双方の性質を持つブリュンヒルドが、『槍』の重量を支えきれないはずがない。その矛先のブレは、彼女の心境をそのまま示しているのだろう。

細く長い呼吸の音が、通信用の霊装を通して神裂の耳に届く。

意図的に心を鎮めようとする動き。

止まるかもしれない、と神裂は思った。

決定的な勝敗を決めなくても、ブリュンヒルド＝エイクトベルはここで止まってくれるかもしれない、と。

しかし。

ごめんなさい。

ブリュンヒルドの脳裏に、とある少年の笑顔がよぎった。

「う、ぁ……」

ほんの一瞬。

だが完全に失われてしまったその顔は、その一瞬だけで彼女の全身を蝕(むしば)んだ。脳の中心から手足の末端(まったん)に至るまでが、あっという間にドロドロとしたものに埋め尽くされていく。

助けるはずだった命。

助かるはずだった命。

やめろ、とブリュンヒルドは思う。神裂火織(かんざきかおり)の言う通り、これ以上ここで戦う事に意味はない。もう終わった事だ。本当は分かっていた。それを認めたくないだけだった。少年を助けるために、別の誰かを傷つけ殺す事。それを、あの優しい彼が求めている訳がないではないか。

しかし。

けれども。

彼女の中で、何かの枷(かせ)が破壊されていた。まるで頭蓋骨の中から爆発するかのように、少年の声なき声がブリュンヒルドの精神で炸裂(さくれつ)する。

たすけてあげられなくて、ごめんなさい。

「ぐァァあがァァあああッ!!」

ブリュンヒルド=エイクトベルの、咆哮(ほうこう)。

同時。

ゴバッ!!　と。彼女を中心に、得体の知れない力が全方位に発せられた。本来は体内に収められているべき魔力だ。ドーム状に広がる見えない爆発のようなものは、あっという間に神裂を追い越し、遠く遠くまで一気に呑み込んでいく。

ビリビリと。

神裂の肌に突き刺すような痛みがあった。まるで衝撃波に叩かれたかのような感覚だった。魔力を知覚できる魔術師だけに分かる痛み。その異様な状況に、世界で二〇人もいない『聖人』の神裂から、得体の知れない冷や汗を噴き出させる。

呼応するかのように、地面がこれまで以上に広く大きく割れた。

蜘蛛の巣のように引き裂かれる地面の割れ目から、オレンジ色に輝く溶岩が噴出する。これまでの『槍』が生み出していた、純白の災害とは違う。神々しき光を失った、純粋な怒りの色の溶岩だった。夜の闇が一層薙ぎ払われ、硫黄特有の臭気が流れ出る。赤く燃える夜は、まるでこの世の終わりだった。北欧神話の最後の戦争ラグナロクでは、九つの世界と繋がる世界樹そのものが焼き尽くされ、それまで積み上げてきた文化の全てが燃やされるという。ワルキューレの怒りは、そのレベルに達していた。何もかもが瓦解していく哀しみを、神裂は感じずにはいられなかった。

『ごめんなさいって……』

通信用の霊装から、絞り出すような声が聞こえる。

ブリュンヒルドの体から、鮮血が噴いた。

一ヶ所ではない。

顔から、腕から、足から、胸から、腹から、背から。次々と皮膚が裂けていき、赤黒いものが溢れていく。

『聖人』とは、元々並の人間の力の上限をはるかに超える者だ。

その力の制御を誤る事は、自らの肉体を傷つける事を意味している。ただの『聖人』であっても相応のリスクを被るのだ。『聖人』とワルキューレ、二つの性質を併せ持つブリュンヒルドの場合、本来ならばさらにデリケートな精神的調整を行う必要があるのだろう。

ブリュンヒルド＝エイクトベルは、ここにきてその全てを無視した。

激情に塗り潰された精神が、肉体を守るための枷を叩き壊していた。

『最後にあの子はこう書き残したんだ。ごめんなさいって。たすけてあげられなくてごめんなさいって！　自分の手首を切る最後の一瞬まで、そんな事を考えてくれるような子だったんだ!!』

血みどろのワルキューレ。

戦士の死に応じて現れ、その魂をヴァルハラへと送る者。

その役割に相応しい相貌へと、ブリュンヒルド＝エイクトベルは変質していく。

『本当なら、助けられるはずだった。私の力が万全なら!!　この身に「聖人」なんてものが宿っていなければ、ただのワルキューレだったら!!　あんな魔術結社の手から、あの子を救ってあげられるはずだったんだ!!』

血の匂いが、遠く離れた神裂の鼻まで届く。

膨大な魔力と濃厚な血の匂いが、場の空気を一気に殺伐としたものへと変貌させる。

北欧神話の匂い。

死と戦を司る軍神オーディンの支配する宗教色が、戦場の雰囲気を一変させる。

だが。

「この大馬鹿野郎……」

神裂火織は、ギリギリと奥歯を食いしばってポツリと洩らした。

七天七刀の柄を、握り潰しかねないほどの勢いで掴み直し、

「最後の最後までそんな事を言ってくれる子が、あなたのそんな顔を見たいと思うはずがないでしょう!! そんな風になっていくのを救えなかったから、そこまでの自責の念に駆られていたはずなのに! あなた自身がその子の想いを踏みにじる気ですか!?」

神裂は叫ぶが、ブリュンヒルドには届かない。

いや、彼女自身分かっているのだろう。分かっていて、なお止められないのだろう。

ワルキューレ。

主神の命令を実行するために特別な力を与えられながらも、人を愛し神に背く事すらある激情の者。たとえ鋭利な剣で自らの胸を貫く事になってでも、その命を愛する者のために迷わず使い尽くす者。

その性質が、止まる事を許さない。

ブリュンヒルド＝エイクトベルは、業火に焼かれる事を理解しながらも、とある少年を救おうとする想いを止められない。

ふざけるな、と神裂は思う。

誰が描いたシナリオでもない。いくつもの偶然が積み重なって生み出された、この最悪の流

れそのものに、神裂火織は宣戦布告する。

ふざけるな、と。

その怒りに応じて、神裂の体内にも莫大な力が溢れる。それは十字教の『聖人』の力。『神の子』と身体的特徴が似ているために、彼女の体内へと流れ込んでくる圧倒的な力だ。

束の間。

両者ともに沈黙があった。

時間にして数秒。それは嵐の中、風と風が複雑にぶつかり合って、奇妙な無風の空間を作り出すのとも似ている、激情の中の静寂だった。

物理的な、始まりの合図はなかった。

逆に一切の音が消失したからこそ、二人の耳に耳鳴りが響いた。

それが、最後の火蓋となった。

ゴバッ!! という轟音が炸裂した。

神裂火織とブリュンヒルド＝エイクトベル。両者は最大の速度で五〇〇メートルの間合いを詰めるため、足元のアスファルトを爆発させるように一気に駆けた。

激突まで、時間にして二秒もない。

しかし実際に刃と刃が激突する前に、ブリュンヒルドの方が何もない場所で『主神の槍』を振るった。主神の力の象徴である天候制御能力の表れ。その槍は落雷、洪水、地震、竜巻、噴火など、ありとあらゆる自然災害を武器として扱う事ができるのだ。

純白の災害が襲いかかる。

虚空から生み出されたのは、数十の岩。

一つ一つが五メートルを超す巨大な質量が表すのは、落石か土砂崩れか。

だが、神裂もブリュンヒルドも止まらなかった。

雨のように岩石が降り注ぐ中、そのわずかな隙間をかいくぐるように、二人はさらにさらに加速する。そして最短距離でついに激突した。神裂の振るった刀とブリュンヒルドの薙いだ槍が、火花を散らしてぶつかり合う。

二つの武器は噛み合わず、ほんの数センチほど弾き合った。

直後に、二人の体が霞んだ。

ゾゾゾゾガガガガガギギギギギギギギッ!!!!!! と無数の金属音と火花が爆発した。その間にも、『主神の槍』が振るわれるたびに純白の爆炎が噴き出し、暴風の刃が荒れ狂う。一つ一つの攻撃に災害が宿り、ブリュンヒルドの攻撃へさらに重みを増していく。それは人が目の当たりにすれば思わず立ちすくむような、天変地異特有の壮大さすら感じさせるほどの連撃だった。

が、神裂の動きは止まらない。

彼女は迷わず切り込んでいく。

ブリュンヒルドの生み出す災害は全て『槍』の動きを起点に発動される。北欧神話には分かりやすい四大属性みたいなものは存在しないが、おそらくは炎と氷と霜の魔術的記号を組み合わせて、様々な現象を生み出しているのだろう。北欧神話の世界は、炎の国と氷の国から流れる風がぶつかり、霜が生まれ、そこから今の世界の素材となった、ユミルという霜の巨人が生まれている。その三つを世界構成の『属性』と見る事もできるだろう。

三つの記号の組み合わせ。

三位一体。

こんな所にも、おそらくはブリュンヒルド本人が意図していない、十字教の魔術的記号が勝手に割り込みをかけている。

おそらくは、ワルキューレにとっては力を削ぐ不純物でしかないはずの記号。

そこに、神裂火織は活路を見出す。

（……ッ!!）

ガッキィィ!! という轟音が響く。

鍔迫り合い。

刃と刃が噛み合った状態で、神裂とブリュンヒルドは正面から睨み合う。それでいて、どこかワルキューレの表情には怪訝さがあった。この鍔迫り合いは、神裂の方から刃を叩きつけて実現させたものだ。

「忘れたのか」

ワルキューレは槍を掴み直しながら、ポツリと呟く。

「オーディンの槍には、大剣バルムンクを一撃で砕いた伝説があると。この状況であれば、お前の刀は簡単にへし折られ、続く連撃で確実に倒れるぞ」

「……そうとも限りませんよ」

対する神裂火織も、薄く笑って応じる。

「あなたこそ忘れたんですか。あなたの力は北欧神話のワルキューレの性質を徹底的に強め、逆に十字教の『聖人』の性質を弱める事で実現しているもの。……では仮に、私がその『聖人』の性質を強引に上乗せさせたとしたら？」

「……ッ⁉」

ブリュンヒルドは何かに気づいたようだが、もう遅い。

彼女の力は、月の満ち欠けのように、三ヶ月ごとの周期的な変動がある。十字教の『聖人』と北欧神話のワルキューレ、二つの力が拮抗するためだ。どちらか片方が極端に強く表れている時は常人以上の力を振るえるブリュンヒルドだが、逆に二つの力が完全に相殺し合った時、彼女はごく普通の人間と同じ程度の力しか発揮できなくなるのだ。

「教えてあげましょう」

現状、ブリュンヒルドはワルキューレとしての力を最大限に使える周期を選んで計画を実行している。

しかし。

ブリュンヒルド一人なら調整の取れた天秤であっても、そこに『聖人』の神裂が新しい錘を追加してしまえば、ブリュンヒルドの天秤は大きくズレてしまう。

「過去の浅ましい私は、こう考えた事があるんですよ。……『神の子』には死者を生き返らせた話がある。そして『神の子』自身、処刑された三日後に復活した。その力の一端が私の中に流れている。だから、通常の魔力ではなく、この力を軸にした特別な回復魔術を構築できれば、死んでしまった仲間を生き返らせる事もできるかもしれない、と」

ブリュンヒルドの力が、削げてしまう。

接点は鍔迫り合い。

刀と槍の角度を調節し、十字架のような記号を作った上で、そこを経由して神裂は『聖人』としての力をブリュンヒルドの中に注ぎ込んでいた。

おそらくは。

過去に失敗した、特別な回復魔術という形で。

生者の傷を癒す事はできても、決して死者の魂を癒す事はできなかった術式で。

血まみれのブリュンヒルド＝エイクトベルの深い傷を、本当の意味で癒して救うために。

「く……ッ!!」

とっさに『槍』の武器破壊としての力を解放し、神裂の刀をへし折ろうとするブリュンヒルド。しかし命令がきちんと伝わらない。ワルキューレとしての力が奪われつつあるためだ。

そして。

神裂は刀の柄から片手を離すと、腰にある異様に長い鞘へと手を伸ばす。それだけで、並の金属バットをはるかに超える打撃を与えられるであろう黒い鞘へ。

刀を握る手が片方だけになった事で、鍔迫り合いのバランスが崩れた。

ブリュンヒルド＝エイクトベルはとっさに『主神の槍』の制御を取り戻す。半分以上の力が奪われた状況で、それでも己の敵を倒すために最後まで槍を振るう。

鞘と槍。

二つの武器が交差する。

ごめんなさい。

その時。

ブリュンヒルド＝エイクトベルの脳裏には、セイリエ＝フラットリーという少年が最後に記した言葉が浮かんでいた。

たすけてあげられなくて、ごめんなさい。

私こそ、とブリュンヒルドはわずかに呟く。

本当は。

全部、分かっていた事だった。

凄まじい打撃音が、彼女の体の奥から響き渡った。

7

「結局どうすんだ？」

と、ジーンズショップの店主はそんな事を言ってきた。

ミネラルウォーターの工場跡地には、『必要悪の教会（ネセサリウス）』の魔術師が大勢集まっていた。意識を失ったブリュンヒルド＝エイクトベルを回収するためだ。神裂（かんざき）と同様の、世界で二〇人しかいない『聖人』の一人だ。その回収作業と搬送（はんそう）には、核兵器並の注意を払う必要がある。

神裂火織（かんざきかおり）は、そうした作業チームとは少し離れた場所に座り込んでいた。

彼女はゆっくりと顔を上げ、

「どうする、とは？」

「連中が到着する前に、オメー未完成の『主神の槍（グングニル）』を砕いてどっかに捨てただろ。まぁおかげで連動していた完成前の『最後のルーン』も連鎖破壊したって話だったけどよ」

「ええ。ブリュンヒルドから完全に力を奪うためには、あの二つを破壊する必要がありましたからね」

「オメーの『必要悪の教会（ネセサリウス）』は黙っちゃいねえんじゃねえの？　それなりに強力な霊装（れいそう）だったんだろ。軍備増強のために欲しがったりすると思うけど」

「必要ありませんよ。あれは元々ワルキューレという特殊な資質がなければ使用できないものですし。仮に誰でも自由に使用できるようにカスタマイズできるようになったら、それはそれで新たな火種（ひだね）を作ります」

神裂（かんざき）はゆっくりと息（いき）を吐（は）いて、

「その分、私達がきちんと仕事をこなせば済む事です」

「簡単に言ってくれるぜ。そもそも俺は善良なジーンズショップの店主さんだっつの」

店主はガリガリと頭を掻いて、

「ちくしょう。面倒な事になりそうな問題は早めに解決するしかねえか。いい加減にさっさとロンドンに帰って、溜まりに溜まったネット通販の仕事を消化して、中学生の佐天ちゃんのご機嫌を取りたい所だが……やるべき事はやっておかねえとなぁ……」

「？」

「植物状態の少年、セイリエ＝フラットリーだっけか？　そのガキが何で回復しねえのかってのがちょぃと引っ掛かってな」

「どういう事ですか」

「そんなに複雑な事じゃねえよ。ブリュンヒルド＝エイクトベルは、自分が叩き潰した結社の魔術師に『自然治癒や回復魔術を阻害する術式』を施してたろ。つまり、ありゃあ北欧神話の魔術って訳だ。もしかすると、元々はブリュンヒルドの魔術じゃなかったのかもしれないなって思っただけだ」

「……、あの少年が目を覚まさないのは、誰かの意図がある、という事ですか？」

「ブリュンヒルドを拷問していた連中の、嫌がらせの一環だったって可能性は極めて高い。ブリュンヒルドはあのガキを苦しめていた魔術の正体を知らず、皮肉にも同系統の術式を考案して魔術結社の人間に叩きつけちまったって訳だ。しかし、だとすると救いがあるって事に気づいているか？」

当然だ。

セイリエ＝フラットリーが本当の意味で植物状態だったとしたら、きっともう神裂達にも手の施しようがないだろう。しかし、それが単なる『魔術による阻害』だとすれば、話は変わってくる。長い時間をかけてでも、仕掛けられた魔術を解除できたら、眠り続ける少年は回復できるかもしれないのだ。

「と、ここまではハッピーエンドの兆しな訳だが、本当に面倒臭せぇのはここから先だ」

ジーンズショップの店主は、呆れたようなため息をついた。

「『必要悪の教会』はブリュンヒルド＝エイクトベルから『主神の槍』と最後のルーン、地球の中心核への干渉方式、それからワルキューレの資質そのものの謎に迫れないかどうか考えている。とはいえ、魔術結社に囚われた過去の記録から、拷問などの単純な方法では情報を引き出せない事も分かっている」

「まさか……」

神裂が顔色を変えて立ち上がると、店主は肩をすくめてこう言った。

「病院で眠りっ放しの植物状態の少年。そいつを確保して、有利に交渉を進めたいと思っている一派があるらしい」

流石に頭にきているのか、普段は不真面目な店主は吐き捨てるように神裂の疑問に答えていく。

「トップの名前はリチャード＝ブレイブだったっけ。専門は海での防衛戦。北欧神話系の術式を得意としている、胡散臭い連中だ」

「……、」

「病院の位置については、ツアーガイドのガキがすでに調べてある。連中の作戦開始時刻から逆算するに、今から直行すれば一派よりも早く病院に着けるかもしれないな」

言葉を聞き、思案する神裂。

「どうする」

対して、店主は適当な口調で質問した。

「やっちゃう?」

『必要悪の教会』特別編入試験編

第一話

1

『天草式十字凄教はその名の通り、九州の島原に端を発する十字教勢力である。

当時の国家統治機関である幕府からの弾圧を逃れる過程で神秘の中に具体的手段を求めた事から、次第に実践的魔術組織としての色を帯びるようになる。

過去の歴史の性質上、欧州を代表とするような、国家や政治と強く結びついて大々的に布教活動を行うような選択肢はなく、しかし、弾圧下においてどこでも手に入る物品・文言の中に宗教的記号を見出し、正しい知識を持つ正しい者だけが紐解ける形で情報を伝播させていくやり方はガラパゴス的でありながら、奇しくも最初期の十字教の方法論と……』

紙に印刷された細かい文字を追いかけていくごとに建宮斎字の眉間の皺の数は増えていき、許容量を超えたところで、彼は大量の紙束を真上に放り上げ、両手を天井へ伸ばしたまま甲高い奇声を発した。

「ふぉォォ――――――――

――――――うっっっ!!!!!!」

「きっ、教皇代理!!　煮詰まったのは分かりましたけど奇行に走るのはやめてくださいよっ！　ストレスやプレッシャーを逃がす方法はもっと他にもあるはずです!!」

バサバサバサーッ!!　と、まるで大量の鳩が飛び立った後に舞い降りてくる白い羽根のように降り注ぐ『原稿』の中、同じ組織に属する少女・五和が慌てて制止に入る。

九月上旬。

イギリスの首都、ロンドンにある場末のホテルだった。

……とは言っても、建宮斎字と五和が同じ部屋にいるからといって、彼らが写真週刊誌御用達の『オトナな関係（笑）』という訳ではない。

そもそもにおいて。

学生向けのマンションだってもっと広いだろと文句をつけたくなるほどの狭いスペースの中には、老若男女合わせて一〇人以上が居合わせていた。椅子やベッドはもちろん、サイドテーブル、窓枠、小型冷蔵庫、バスタブにクローゼットの段差まで。ありとあらゆる場所に彼らは腰掛けている。

彼ら天草式十字凄教はつい先日、母国の日本で修道女オルソラ＝アクィナスと魔道書『法の書』を巡るとんでもない大事件を起こし、イギリスへ亡命しなくてはならないという事情を抱えていた。それ自体に後悔はしていない訳だが、事はそう簡単には進んでくれないのが世の常というものだ。

つまり、

「……まったく、報告会で私達の有用性と正当性を説明できないと、イギリス清教が受け入れを拒否するかもしれないって話でしょう？　そうしたら二〇億人を抱えるローマ正教から世界を股に掛けた逃亡生活再開ですよ。後になって『原稿』の細部の詰めが甘くて後悔したくなかったら、ここで最後の最後のチェックを完璧にしておかないと！」

「と言われてもなあ……」

ギシギシ軋む椅子の背もたれに人生の全てを預けるような格好で、建宮は染みだらけの天井を見上げながら、

「こんな堅っ苦しい説明ズラズラ並べたら、かえって情報は伝わっていかないと思うのよな。面倒臭いバリヤーに全部弾かれるっていうか」

「は、はあ……」

「むしろ重要なのは、聴衆の喰いつきなのよ！　制限時間いっぱい使って俺達のすごいよアピールするのも大事だが、まずは下拵えをしてバリヤーを取り除かなくちゃならないのよな!!」

……もう問答無用でスリッパを取り出し、頭を引っ叩いて『仕事しろ』の一言で済ませられる事態ではあるはずなのだが、ここで五和がいちいち相手の言い分を聞いてしまう辺り、お人好しは損をする所なのだろう。

そのような事情もあり、『まあ国際的なディベートなんかでも、実際には文面よりも身振り手振りで大物感を演出する方が重要なんて話も聞くし、天草式らしい、何の変哲もない歩法や呼吸のリズムから神秘性を醸し出すのかな？』などと生真面目な事を考えていた五和だったのだが、

「という訳で、今すぐ五和は女教師セット（上下セット、小物も合わせて税込七八〇ポンド）に着替えるべきだと思いまーすなのよ」

「ぶふっ!? な、何ですか女教師セットって！　絶対にＰＴＡも教育委員会も推奨していないような気がする響きなんですけど!!」

「ジャパニーズスタイル!!」

「オフィスジャケットとタイトスカートの組み合わせのどこに日本文化があるっていうんですか!?」

五和は総毛立った猫みたいな甲高い声で抗議するが、周りからは『でも欧米の女教師ってあの枠じゃないような気がするよね』『そもそも男はアメフト女はチアリーダー、学校の体育館でダンスパーティってちょっと世界観が見えないよね』といったヒソヒソ声が広がっていく。

「良いから！　辻褄はこっちで合わせるから!!　五和は何も考えずに黙っておっぱいを両腕で挟んで強調していれば良いのよな！　じゃないと有効な資源が無駄遣いされちゃう!!」

「教皇代理は何がしたいんですか!?」

「口で言わなきゃ分かんねえか！　俺達はただ面白ければ何でも良いに決まってんだろッッッ!!」

あまりにも正々堂々と脱線していく建宮に対し、すぐ近くにいたふわふわ金髪の女性、対馬はスリッパを片方脱いで手で持った。

スパーン!!　と頭を叩くと見せかけてわざとすっぽ抜かせ、椅子に座る建宮の股間にメンコのようにスリッパの踵を打ち込んでいく。

「ヴぁッ!? ばぁあっっっ!! あがおぐ……」

「報告会への準備も良いけど、私達の有用性を示す『もう一つ』の方も待ってるわよ」

割と冗談抜きのリアクションをしている建宮斎字を無視して、対馬は片目を瞑る。

これから始まる一大イベントを、口に出す。

「イギリス清教第零聖堂区『必要悪の教会』がお送りする特別編入試験。……まずはこいつを突破しない事には、あちらさんに『使える』って思ってもらえないのよね」

2

夜の七時。星空に覆われたロンドンの街はやや肌寒かった。日本と違って『閉めると言ったら店を閉める。観光客なんかもう知らん』とばかりに土産物屋の扉は早くも施錠され、スーツのビジネスマン達も結構な勢いでバーへと流れていっている。

EU圏の金融商品を一手に担う世界有数の取引市場でありながら、ユーロではなく独自通貨のポンドが今なお経済の動脈として機能する不思議なバランスを保つ場所。煉瓦と石畳で構成される『古き良き』街並みでありながら、高速インターネット回線は蜘蛛の巣のように広がり、一万分の一秒単位の株式売買を可能とする街。その副産物か、街の防犯カメラの数もまたニューヨーク以上とされているロンドンは、科学一辺倒の学園都市とも宗教色全開のローマやバチカンとも違う、電子の光と暗い穴にわだかまる闇の双方を備えた特異な風景を形作っていた。

で、あればこそ。

細かい数字を目で追いかけるのに疲れ、家に帰る前にアルコールで仕事の鬱憤を軽く晴らしていこうとする小洒落た『成功者』達は気づかない。

自分達が当たり前のように闊歩しているのと同じように、この街には魔術師と呼ばれる人種が行き交っている事を。

同じ列車に乗り、隣のテーブルで食事し、横断歩道ですれ違っている事を。

「はいはいそれではこんばんは」

魔術大国イギリスにおいて、それら専門的な犯罪に対処し、魔術師でありながら魔術師を処分するべく組織された『必要悪の教会』の一員、フリーディア＝ストライカーズはのんびりした声で呟いていた。

「これからあなた達には地下鉄ランベス駅F2出入口に向かってもらいます。ええまあ、つまりそっちが我々の使っている試験場ってヤツでして」

薄暗い間接照明に浮かぶ店内は、レストランというよりはパブに近い。やたらとボリュームの多い肉料理やポテトに騙されそうになるが、ここは酒がメインの店である。

「ここをクリアできれば、晴れてあなた達には『フリーパス』が与えられる手はずになっているはずです。ええ、報告会での演説？　ま、そんなのは建前ですからね。実戦で使い物になると分かれば何でも使うのが我々『必要悪の教会』ってヤツなんですよ」

真っ赤な色の、スーツとドレスの中間みたいな派手な服を着たフリーディアは、しかし歳の頃はまだ少女と呼べる程度のものであり、店内ではやや浮いているように見えなくもない。が、基本的にイギリスは伝説的と呼べるほど酒と煙草に寛容な国だ。一六歳でも条件次第で酒が呑めるため、声を上げてまで咎める者はいない。

「ああ、大丈夫大丈夫。ロンドンは世界で初めて、それはもう耐震基準なんて言葉ができる前から地下鉄のトンネルを掘りまくった街ですから。あっちもこっちもミルフィーユみたいに線路が重なっていまして。ええ、今はもう使われていない路線や地下駅なんてのも、両手の指じゃ足りないくらいあるんです」

彼女の声は喧噪に隠れる。

これは魔術というよりは詠唱法の一つ、といった方が近いかもしれない。人間は、雑踏の中から特定の人物の声だけを拾って聞き取るものだ。逆に言えば、意識を逸らしてしまえばどんな声も雑音の中へと隠れてしまう。

『……、』

何かしらの質問や反論が、数種類の男女の声で返ってくる。

通信機器というよりは骨董品。テーブルの端に置かれた、ハンドバッグほどの大きさの、飴色の木材と天鵞絨に包まれた機材の正体は古い鉱石ラジオだった。大英博物館で働く人間が見たら『殺してでも手に入れたい』と思いかねないほどの品である。

もっとも。

心臓部である『鉱石』は、全く別のものに差し替えている訳だが。

「『地下鉄迷宮』。……現代のダンジョンは得体のしれない洞窟じゃなくて、金属製のシャッターで覆われたコンクリートの階段が入口となっているって訳ですね」

またもやいくつかの質問。

フリーディアは赤身を寝かせて熟成させた牛肉から茶色いソースのついたナイフを離すと、銀色の先端でテーブルに置かれた数枚の写真を順番に差す。

（……やや震えるようなテノールが建宮斎字。丁寧なソプラノが五和かな。にしてもこいつら、ネイティブどころかもうロンドンの細かいイントネーションまで吸収しているのか……？）

コンコン、とテーブル端の鉱石ラジオをナイフの先端で軽くつつく。

心臓部には『持ち主を次々と殺す』として有名な貴金属が使われていた。因果を繋いで人を殺す呪いは、無害化させれば便利な通信方式に早変わりする。もっとも、チューナーのバランスをわざと狂わせれば、即座に致死性を取り戻す仕組みなのだが。

（ちえ、癪に障る東洋のインテリどもめ。ちょっとノイズを足してやろうか）

彼女も彼女で、『古い巨人』などと言われるのが死ぬほど嫌いな、典型的なこの街の住人らしい側面を持っていたりもした。

もちろん、これは本来『保護観察』みたいなもので、テスト中に天草式の面々が行方を晦ました場合などに速攻で行動不能に陥らせるための内緒のシステムだから、私用で勝手に被害を出して良いものではないのだが。

大きなダイヤルを二回、三回と軽く小突きながら、フリーディアは唇を尖らせる。

仕事は仕事だ。

添え物のポテトにフォークをゆっくりと突き刺しながら、イギリス清教の試験官はこう続ける。

「シャッターの暗号は簡単な数価の変換で解ける程度のものです。地下駅構内の所定の位置に着くまで編入試験が始まりませんが、ここで手こずるようなら素直に回れ右する事をおすすめしますよ」

3

五和達、天草式の面々は封鎖された地下鉄駅の中へと踏み込む。

特に通信機器をつけてもいないのに、ヘッドフォンをつけているように、体感的には頭の中心から女性の声が響いてくる。

『ミッション自体はシンプルです』

今は使われていないはずだが、地下駅の通路には蛍光灯の白々しい光で満ちていた。やはり国家と結びついた宗教は違う。隠密を旨とする天草式の常識では、こんなに堂々と電気料金を誤魔化すのは自殺行為と言えた。

『その地下駅は複数の路線と繋がっています。いずれもすでに廃止され、線路のレールも部分的に外してあるため、列車が通過する心配はありません』

ふわふわ金髪の対馬が五和の方を見て、自分の唇に人差し指を当てた。

蛍光灯をあてにするな、という事だろう。

試験開始と同時に、いきなり暗闇に包まれる可能性も考慮した方が良い。

『当然、「必要悪の教会」が利用している以上、そのまま、って訳じゃありません。魔術を使っているもの、使っていないもの。有象無象のトラップがありますのでご注意を』

なかなかに嫌らしい構成だった。

いっそ『魔術的に高度で複雑なトラップが山ほど』と言ってくれた方が良い。魔術には魔術で対処できる。が、一切合財魔力を使っていないものを混ぜられると、思わぬ『見過ごし』が発生するリスクが高まる。

試験開始か、あるいは任意のタイミングで全ての照明を落とされれば、そのリスクも倍増してしまう。

「(……と、俺達をビビらせれば余計なタイムロスを狙える。ホントに『魔術以外の罠』があるかどうかは怪しいもんなのよ)」

舞台は廃止された地下駅と入り組んだ複数の路線。

配置された多数のトラップ。

……となると、所定の時間以内に迷宮を抜け、目的地まで辿り着け、といった内容だろうか、と五和は特別編入試験について簡単に推測する。

甘かった。

『あなた達にはその地下鉄駅を中心に半径二キロにある全ての道をマッピングしていただきます。ええ、全てを。単純な道順はもちろん、トラップの配置、危険域、動力供給の経路に至るまで。その中を安全に歩くために必要なものを全て』

「……、」

つまり。

全ての罠を回避しろ、と言っているのではない。

逆だ。

全ての罠に引っかかった上で生還しろと言っているのだ。

『ちなみに採点は加点方式を採用します。つまり、安全のために必要な項目が図面に書き込まれていれば書き込まれているほど、点数は上がる。一定に達しない場合は残念ですが、我々はあなた達を受け入れる事はできません』

「悪趣味め……」

ふわふわ金髪の対馬が前髪をかき上げ、呻き声を発する。

『制限時間は開始より三時間。今回は集団戦を織り込んでいますので、人員の分配はそちらに任せます。大人数で確実にトラップを解除していくか、少人数で迅速に広範囲を捜索するか。方針も含めてそちらでどうぞ』

教皇代理のポジションにいる建宮は、無言で人差し指と中指を立てて軽く振る。

背後にいた五〇人前後の男女が、音もなく二、三人ずつのグループへと分かれていく。

五和はふわふわ金髪の対馬についていた。

建宮は『頭の中の声』へ質問を発する。

「図面とやらは？」

『白地図なんて便利なものを渡すとでも？　自分で何とかしてください。紙の代わりになるものを探すもよし、スプレーで壁面に大きく描くもよし、頭の中で完璧に記憶するもよし。実戦は全ての準備を整えてもらってから始まるものではない、と学んでくださいね。他に質問は』

「いつ始まる」

『すぐにでも』

答えがあった直後。

地下駅全域の照明が一斉に落ち、一面に漆黒の闇が下りる。

4

『必要悪の教会(ネセサリウス)』のフリーディア＝ストライカーズは古い鉱石ラジオから聞こえてくる男女の声に耳を傾けながら、魚介系のピラフの皿にスプーンを突き刺していた。彼女も基本的にはパンやパスタの生活なのだが、『仕事』の前後に限っては何でも良(い)いからライス系を選ぶ。次の食事がいつになるか保証がないため、できるだけ腹持ちの良(い)いものを……というのが理屈ではあるが、実際にはゲン担(かつ)ぎのジンクスみたいになっている方が大きい。

(……さて。ここから三時間が勝負か)

基本的に今回の試験は全自動で行われる。

フリーディアに任されているのは天草式のサポートや魔術的なトラップの管理ではなく、むしろ試験に参加する天草式の監視の方が強い。

呪いの貴金属、なんて方式で通信ラインを繋(つな)いでいるのもそのためだ。

(脱走が怖いなら、試験自体をイギリスの外でやりゃ良(い)いのに)

ピラフに入っていた小さな海老(えび)を一つ口に放り込み、顔をしかめ、以降は海老(えび)をスプーンで弾いて皿の端へと寄せていく。

『くそう、こんな暗いトコに閉じ込めやがって……』

『しっ。これだって聞こえているかもしれないですよ。ああは言っていましたけど、実際の採点方式がどうなるかなんて分かんないんですから』

『この通信方式もアレよね。どこまで適用されているのかっていうか、心の声まで筒抜けになっているのかしら』

実際にはそこまでの出力はない訳だが、わざわざ口に出して教える必要はない。

フリーディアはピラフの中から刻んだイカを掘り起こしながら、仕事を続けていく。

「ほらほら、地下って言っても別に酸欠で死ぬ訳じゃありません。無駄口叩いている暇があったら本題に入るべきだと思いますけど？」

自家生産の不安や恐怖で潰れてしまうようならそれまでだ。

そもそもにおいて、『必要悪の教会』が取り扱うような案件は単に機能的、合理的だけでなく、見る者の精神を丸呑みするような狂的な執着を孕むものが少なくない。周囲の状況・環境にあっさり感化されるようでは、最初のステップをクリアできない。それは外国語を話せない通訳と同じだ。

「私が入った頃に比べれば、まだまだ簡単な方だと思いますけどね」

『ちなみにお尋ねしても？』

「動力の壊れた潜水艦に乗せてそのまま北海にドボン。後は制限時間内に生きて海面へ出ろ。時間が過ぎれば潜水艦の『外側』に取り付けた爆薬がドカーン。シンプルなもんでしょ？」

ちなみに試験は年々、簡略化・低難易度が進んでいるとされる。

……組織の方でも、わざわざ世界中からスカウトしてきた有用な戦力を自分の手で死なせてしまう無意味さに気づいたのかもしれない。

とはいえ。

これでも十分、些細な事が文字通りの命取りになる難易度ではあるのだが。

5

地下駅の明かりが落ちた瞬間、天草式十字凄教の面々の思考も一気に切り替わった。

明かりを得る方法、少ない光量で視界を確保する方法、そもそも目に頼らない方法。

五和達がとっさに、二、三人のグループごとに複数の方式を用いたのは、当然、照明を落とした側が視界確保手段に応じたトラップを設置している可能性を配慮しての事だ。

例えば、光に集まる虫のような人形が大量に設置されていたり。

例えば、暗視効果を逆手に取るような閃光を一気に放たれたり。

例えば、炎に反応して爆発する可燃性ガスで満たされていたり。

「二時間三〇分でここに集合しろ！　各々集めた情報を基に完成図を組み上げるのよな！」

「あ、あの、誰がどのルートを進むかはどうやって……」

「早い者勝ち!!　そこの甲斐性なし達にレディファーストなんて期待してもろくな事にならないわよ!!」

ふわふわ金髪の対馬に半ば引っ張られるような格好で、五和は埃だらけのかび臭いホームから放棄されたレールへと飛び降りていく。

五和(いつわ)は槍(やり)。対馬(つしま)はレイピア。

それぞれの先端に炎とはまた違う、燐光(りんこう)を集めたような光を灯(とも)した二人は半円状のトンネルの中へと走る。Y字の分かれ道に辿(たど)り着(つ)くと、壁に印をつけてから右側の道へと二人で進む。

「迷路の基本って、壁に手をついて常に同じ方へ曲がり続ける事でしたっけ？」

「基本はね。でもどこかでループしたりワープしたら意味はなくなるけど」

テレビゲームの用語みたいな話だが、局所的環境であれば実際に似たような現象を起こせる事を、普通の人達は知らないだろう。

この放棄された路線の上で、仕事を終えて家路につくビジネスマン達は。

「なお面倒臭いのは、それを回避して進めっていうんじゃなくて、全部引っ掛かって確かめろってトコよね」

「正直な話、制限時間内に全ての見取り図とトラップリストを完成させられると思います？」

蛍の光を増幅させたような淡い光に照らされながら、対馬(つしま)はあっさりと返答する。

「無理でしょうね」

「やっぱり……」

採点は加点式。安全に迷宮を歩くための地図作り。何より『完成させなければ失格』とは一言も言われなかった。

となると、第一に必要なのは、

「迷路やトラップも大事だけど、まず押さえなくちゃならないのは『出口』。スタートの地下駅から別の出口までの安全なルートを一本でも良いから確保しないと、最低条件さえ満たせなくなるわ」

「でも……」

「『向こう』が悠長に待ってくれる保証はない」

ガコン……という音が、緩やかにカーブするトンネルの先から聞こえてきた。

何かが近づいてきている。

しかし人間ではない。トンネル全体を小さく揺らすような振動は、明らかにもっと大きなものだ。

思わずトンネルの壁側に寄りながら、対馬は言う。

「電車はない、って言っていたわよね」

「彼女の言葉を信じるなら、ですけど」

「ねえ!!」

どう呼びかけて良いものか、対馬はとにかく大声で叫ぶ事で、ここにはいない誰かとコンタクトを取ろうとする。

『何でしょう?』

「ちなみにトラップってのは、ぶっ壊して安全を確保しても良い訳なの?」

『方法はお任せします、とお伝えしたはずですが』

うしっ、と対馬は小さく呟き、レイピアを構え直す。

五和もまた、自分の身長を超える槍の先端を正面に向け、警戒を強める。

　そして。

　緩やかにカーブするトンネルの先から、『それ』が現れた。

6

　日本と違って、欧州の外食は基本的に時間を長くかける。食前酒から始まってデザートがやってくるまで、最終的に二時間、三時間と経ってしまう事も珍しくない。食事中は静かにしなさい、なんてのはこちらの文化では通用しない。食べるのがメインなのかおしゃべりがメインなのかが分からないくらいなのが、彼らの食事の楽しみ方である。

　つまり。

　テーブルを陣取って優雅に『仕事』をこなすのにもうってつけだ。

『げえ⁉　悪趣味、悪趣味‼　何よこれ、拷問具ベースですか⁉』

『ああ、地下にある水車なんてろくな使い道を思いつかないわ……』

　追加で頼んだコーンポタージュをスプーンでかき混ぜつつ、フリーディア＝ストライカーズは鉱石ラジオから聞こえてくる女性のものらしき声に耳を傾ける。てっきりポタージュはマグカップに入ってくるかと思ったが、予想に反して本格的なスープ皿がやってきてしまい、状況はややピンチである。

「うえっぷ……。どうですかー、脱落者はいませんかー？」

『集団戦だから問題なしですよね。誰か一人でもクリアできれば全員合格のはず』

「ですけどね」

でも、そんな根性だと実戦で倒れる。

いつでも仲間が助けてくれるとは限らない。状況によっては、一時的に仲間をも疑ってかかる必要が出てくる場面にだって直面する。

(甘っちょろいなあ。こんなのに『フリーパス』なんて与えて大丈夫なのかね)

相手ができる人間だとイラつくくせに、頼りないとそれはそれで困るという、典型的に厄介な思考に陥るフリーディア。

一面クルトンまみれのコーンスープに若干の眩暈(めまい)を感じつつ、彼女はこう続ける。

「閉鎖環境(ソリッドシチュエーション)は魔術戦の基本が詰まっています。そもそも私達は小世界を区切ってその中の法則を限定的に狂わせる事で神殿を構築する。場所が特別であれば特別であるほど、むしろ余計な手間が省けるくらいに考えられるようにするべきだと思いますよ」

『ようは陣取りゲームと一緒で、いかに自分の色に染められるかって事でしょう。そんなの理屈じゃ分かっていますけど……ザザ……』

? とフリーディア＝ストライカーズはわずかに眉をひそめる。

鉱石ラジオをスプーンの先端でつつき、雑音の原因について少し考える。

7

『それ』の正体は、血のように真っ赤な物体だった。

ぬらぬらと光を照り返すその質感は、木とも鉄とも違う。どこか脂めいたものを連想させる。

形状については、厚さ五〇センチ、直径三メートルほどの歯車。

それが三つ四つと、ひとりでにゴロゴロと近づいてくる。

五和は一目で看破した。

「車輪刑……。処刑用の刑具をモチーフにしているんですか⁉」

『それ』は言葉を交わさない。

代わりに、行動で示された。

ブォ‼　と、その回転数が一気に増す。スリップするタイヤのように地面を削り取った直後、弾丸のような速度で一斉に五和達へと襲いかかってくる。大質量での突撃一択。極めて分かりやすい攻撃手段であるものの、歯車は勢いに任せて壁や天井へ張り付くように可動域を広げ、複雑な軌道を描いて接近してくる。

その光景に、五和はどこか巨大な歯をイメージした。

牙ではなく、歯。

鋭く突き刺さるものではなく、奥歯のように平たく、その圧力でもって全てを押し潰し、咀嚼し、丸呑みしていくための凶器。

「五和‼」

真横から対馬に叫ばれ、五和の思考は現実へとピントを戻す。

恐怖を植え付けられている場合ではない。

槍の穂先を地面へ向け、柄全体を斜めに向け、最後に槍の柄から一〇本指を離し、掌だけを使って下から支える形で構え直す。

直後に巨大な歯車が五和へと突撃した。

頭の上へレールを通すように固定された槍の柄をなぞるような格好で、歯車は五和の真上へと逃がされる。まるでスキーのジャンプ台のように宙へと放り出される。

「づ……っ!!」

ミシリ、と五和の背骨が軋んだ痛みを発する。

しかし三メートル大の歯車はバランスを崩さない。

そのまま天井に張り付くと、半円形のトンネルの壁面をなぞるように、滑らかに地上へと移動する。勢いを一切殺さず、それどころか上乗せするような格好で、再び五和目がけて突撃を開始する。

(車輪刑。有名なのはフランス式。車輪や歯車を模した巨大な金属部品を用いた殴打・撲殺系の処刑法。『車輪』の用途は折れた四肢を縛り付けるための拘束具から直接的殴打のための鈍器まで様々だが、現況から察するに今回においては罪人の手足を折るために使われたシンプルな技法を抽出していると思われる)

同じ事を何度も繰り返しても意味はない。

槍を構え、迫る歯車を睨みつけながら、五和は迅速に次の手を考えていく。

(機能性や合理性で考えれば金槌や棍棒の方が使いやすいはずなのに、敢えて車輪の形を保っているのは、太古、太陽に対する贄の儀式を取り込んだ結果であるため。だから!!)

くるん、と。

五和は一度だけ、手にした槍をバトンのように回す。

まるで、その輝く円の軌道を迫りくる巨大な歯車と対応させるように。

(天の威光は常に太陽により表れたり。光の届かぬ地の底とて主の威光が届かぬ事はなし。真昼の如き眩い光をもって、汝、我の危難を祓いたまえ!!)

直後だった。

二点で純白の爆発が巻き起こった。

一つは五和の描いた槍の軌跡。もう一つは迫りくる歯車。示し合わせたように、そっくり対応するように、凄まじい光は真っ暗なトンネルを一気に埋め尽くしていく。

ブジュアッツッ!! と。

『太陽』という魔術的記号を強調された巨大な歯車が、まるで炙られた蠟のように形を失っていく。

「効いてる? これでもう……っ!!」

いいや。

蠟に似ている、のではない。

「まだよ五和!! そいつの本質は蠟よ。溶けたくらいじゃ止まらない!!」

「え……っ!?」

慌てたように槍を構え直す五和は、そこでミルククラウンのようなものを見た。

南米のジャングル辺りにありそうな、あまりにも大きな花のように、何かが咲き誇っていた。

数メートルもある花弁は五和を丸呑みするように迫る。その表面に、何か鋭い杭のようなものが数十本、数百本と飛び出てくる。

子供でも分かる、説明不要の悪趣味と言えば二つある。

一つ目はギロチン。

二つ目はアイアンメイデン。

「……ッッッ!!⁉⁇」

それまでの動きの全てを無視して、背筋に走る嫌な感覚を頼りに、五和は真後ろへ勢い良く跳んだ。

同時。

空間丸ごと噛み千切るように、八枚の人喰い花弁が、バグン!! と勢い良く閉じる。

「五和!」

「っ⁉」

右手の甲の辺りに、鋭い痛みが弾ける。

何とか噛み千切られる事は避けられたが、壁から飛び出た釘に引っ掛けるように、杭の一本が五和の肌を裂いていたのだ。

ぞるぞるぞる!! と、排水溝にヘドロが呑み込まれていくような音を立て、血の色をした人喰い花は形を失い、粘性の塊へと変化していく。さらなる悪趣味へと自身のレベルを吊り上げようとするように。

滲む鮮血を見て、当の本人よりも対馬の方が激昂する。

「殺す気まんまんって訳⁉」

嘆きに、試験官らしき女性の声が脳裏で直接応じる。

『そりゃまあ。罪人の屍蠟に魔女の薬を織り交ぜて作った特別製ですからね。せめてそれくらいやってあげなきゃ彼らも浮かばれないでしょう』

「屍蠟……これが全部……？」

特殊な条件下において安置された人間の死体が腐敗せず、脂肪分が蠟へと変化したものだ。ある意味において死体の永久保存化に通じる現象だが、仏教の即身仏やエジプト神話のミイラなどと違って人為的に製造するというよりは、偶発的に生み出されるものがほとんどである。

屍蠟の利用については、きちんとした宗教的基盤に基づくものというより、民間伝承から派生した伝説が数知れず。中には『屍蠟化した罪人の腕を切り取って燭台を作れば幸運を招く』といったものまであるほどだ。

だが。

五和は改めて血のような色の蠟の塊へと目をやる。

元は三メートル大の巨大な歯車だ。これを一つ作るだけで、一体何人分の脂肪が必要なのだろう？　もちろん脂肪吸引ダイエットみたいな方法で生きた人間から安全かつ定期的に脂肪を集める事もできるのだが、世界最大規模、そして何より最も苛烈な異端審問を執り行う彼らイギリス清教が、そんな『配慮』をするだろうか。

「呑まれている場合じゃないわよ」

レイピアを構える対馬が警告する。

「こいつらはまだ動いてる。私達の命を狙ってる！　元の材料が人間だろうが何だろうが関係ない。呆けていると私達まで蠟にされて仲間入りにされかねないわ!!」

ぞぶぞぶぐぶぐぶ!! と液状化した蠟の塊が、大きく動く。

真上へ、屹立するように。

(……でも待って。蠟? 民間伝承? 何かが引っかかるような……)

『核になるようなものはない。急所もない。どれだけ破壊したって形はいくらでも作り直せる。さて問題、こんな理不尽なトラップにあなた達はどうします?』

「記号を分析すれば良い……」

ふわふわ金髪の対馬は、レイピアを構えながら吐き捨てるように言う。

「『屍蠟の歯車』って記号性の柱がどこにあるか! 脂を石鹸に作り変えたって良い。罪人の書類を偽造して『罪はなかった事』にしても良い。とにかくトラップを形作る一番の柱を見つけてそこを組み替えてしまえば機能は停止するはずよ!!」

『さてそう上手くいきますかね……ザザ……』

そこで、五和はわずかに顔をしかめた。

わずかな雑音が、こめかみに突き刺さるような頭痛の形で表現される。

今のは……。

8

その時。

特別編入試験を行っている天草式十字凄教の監視役、フリーディア＝ストライカーズはまだ異変に気づいていなかった。

鉱石ラジオから聞こえる複数人の声に耳を傾けながら、デザートのアイスクリームを小さなフォークでつついている。

（この調子なら良い勝負、って感じかな）

なかなか苦戦しているようだが、中盤戦に差しかかっても脱落者がいない事は素直に褒めておくべきだ。実戦において第一に必要なのは、敵を確実に発見する索敵力でも敵を確実に始末する高火力でもなく、生きて帰る力だ。それ以外の全ては経験を重ねれば後付けで獲得できる。基本にして真髄であるその一点だけが、天性の嗅覚を必要とする技術なのだ。

（ま、模擬戦とはいえ死ぬ時は死ぬものだし。紙の上の出来事とはいえ、今あるリンクの状況じゃダメージはそのままフィードバックしちゃうものね）

ワインベースの赤紫のシロップをかけたアイスクリームを削り取りながら、彼女はそっと考える。

（……にしても、魔術的記号を盛り込んだテーブルトークなんて。サイコロの出目一つが生死に直結する戦闘なんて、考えるだけでゾッとしないわよね）

実は。

今回、イギリス清教が天草式十字凄教に与えた特別編入試験の詳細は、いわゆる禅や瞑想に似た精神的作業だった。対象となるメンバーを地下の狭い一室に放り込み、用意されたルールブックやパラメータ、ダイス、見取り図、そして自らが成り変わる仮初の人物の説明文を基に、存在し得ない事件を完璧にシミュレートする、といった内容である。

精神的作業によって、体内で生命力を魔力に変換する事は魔術師の基本。他にも、自らが規定した小世界を『神殿』として区切り、内部の法則を一時的に歪める事で、地脈、龍脈、『天使の力』などを呼び込み、各種儀式を執行する近代西洋魔術式の『召喚』の縮図とも言える。

（ま、組織に必要なのは現場で暴れる力馬鹿だけじゃないってところですか。探索、治癒、通信、交渉、隠蔽……。いろんな駒があってこそのチェス。……ですけど、前に試験やったオルソラ＝アクィナスみたいなのを見ていると本当に大丈夫かって思いますが）

テーブルの上には、複数の写真が広げられていた。

それは天草式十字凄教の面々を写したものだ。資料はそれだけではない。今回の試験で使われているギミックの詳細を記した図面や、舞台となる場所の歴史的背景や魔術的立地条件などを記した報告書などもある。

もしも。

この場に五和や対馬がいれば、思わず声を上げていたかもしれない。

図面の中に、彼女達も知らないさらなる悪趣味な仕掛けが描かれていたから、ではない。

そもそもにおいて。
ズ、ズレていた。
五和達はランベス区にある地下駅になど潜っていなかった。

全く別の、ソーホーにある地下駅から出発していたのだ。

当然、五和達がこれまで経験してきた事は極めて高精度な幻覚や、内的宇宙の中で行われていたバーチャルな戦闘ではない。

彼女達は。

本物のイギリス清教の思惑とは全く別に、現実に肉体を動かす実戦を強いられていたのだ。

（試験は年々簡略化が進められているとはいえ、時代の変化にはついていけないわよね。ま、超常現象を次々と記号化、簡略化を進めていくと魔法陣になっていくんだから、究極的な魔術戦の舞台が紙の上になるっていうのも分かるけど）

もちろん、実際の五和達は紙の上の戦いなどしていない。

こうしている今も、地下鉄トンネルの中で屍蠟を使った巨大トラップと戦闘を繰り広げている。

にも拘らず、監視役のフリーディア＝ストライカーズがそんな事を考えている理由は一つ。

たった一つしかない。

9

きっかけは、建宮斎字からの魔術的な通信だった。

彼も彼で五和や対馬と同様、地下鉄トンネル内に仕掛けられたトラップを『わざと』引っ掛かり続けるという苦行のような戦闘を続けていたはずだ。しかし、仮にも教皇代理の位置にいる人物。率直に言って、単純な魔術の腕であれば五和以上の実力を持っているはずだ。

その建宮が。

断崖絶壁に追い詰められたような声色で、何かを言う。

『おかしい。状況がおかしいのよな!!』

「教皇代理……？」

『不自然な雑音が気になって増幅してみたら、通信が二重に重なっていやがった。フリーディア＝ストライカーズの通信は二種類ある！ 厳密に言えば、どちらか片方は偽者だ!!』

当然、フリーディアＡとフリーディアＢが同時に五和達と通信をしていれば、本物のフリーディアも、五和達も、双方共に不自然さに気づいていたはずだ。

だが、それを防ぐ方法がある。

とても簡単な方法が。

「……つまり、私達を騙っている誰かもいるって事？」

対馬が震える声で尋ねる。

「本物の天草式と偽者のフリーディア、偽者の天草式と本物のフリーディア。それぞれクロスするように通信していれば、『本物』は両方とも騙されている事には気づかない。見知らぬ誰かが書類審査もしないで『必要悪の教会』の正規の編入試験を勝手に挑戦している事になる!!」

「ちょ、ちょっと待ってください！『フリーパス』……。合格者にだけ与えられる『フリーパス』が不審者の手に渡ったら、『必要悪の教会』で抱えている強大な霊装や魔道書の保管庫にも自由に入れるって事になりますよね!?」

対して。

『ひひ』

フリーディア＝ストライカーズは……いやそう名乗っていた『何者か』は、五和達の頭の中で直接声を放つ。

『ひひいひひひひひっっっ!!!!!!』

くそっ!!　と対馬は叫ぶ。

その間にも、大きく屹立した蝋の塊の方で動きがあった。表面がドロドロと溶け落ちていくと、巨大な柱のような形に細かい凹凸が付け足されていく。

二本の腕に二本の足。

女性的な滑らかなラインを描いているそれは……、

「……私？」

五和が、怪訝な声を発する。

「そうか、そうですよ！　蝋を使った民間伝承で一番有名なのは、呪いの人形です。狙った相手の髪や爪を入れて、針で傷つける事で遠隔地の標的を攻撃する。丑の刻参りにも似た蝋人形の呪術!!」

べたんっ!!　と。

粘質な音を立て、無造作に赤い蝋人形は五和の元へと真っ直ぐに突っ込む。

その手に持った同色の槍を突き出す。

決して、目で追えないほど凄まじい速さを持った一撃ではなかった。手品のトリックのように、意識の外から攻撃を加えられた訳でもなかった。

にも拘らず、

「っ⁉」

とっさに。

対馬が間に割り込んでレイピアを突き出さなかったら、五和はそのまま腹を貫かれていた。

何故か対応できない。

見えているのに防ぐ事も避ける事もできない。

後出しでジャンケンをされるように、蠟人形の穂先は五和の防御の隙間を奇麗に潜り抜けてくる。

「呪いよ」

ギンッ‼　と。

続けてレイピアで蠟人形の槍をいなしながら、対馬が叫ぶ。

「対象の血液を取り込む事で、対象を絶対に死に至らしめる攻撃方法を完成させる魔術。それがこいつの正体！　蠟人形としてヤツが完成している以上、ヤツから放たれる攻撃は全てあなたに届く。他の誰にとっても大した攻撃じゃなくたって、狙われているあなただけは逃げ切れないって訳‼」

「それって……」

蠟人形から放たれる攻撃は全て対馬が抑えなければ、五和は一発で絶命する。

……というのが状況の胆なのではない。

一番の問題なのは、矢面に立たされる対馬がかすり傷でも負ったらおしまい、という事。対馬の血液が奪われ、もう一体の蠟人形が追加されたら、五和も対馬も瞬く間に秒殺されてしまう。

『ま、私達が「フリーパス」を得るまで閉じ込めておければそれで良いんですけどね。でも殺しちゃいけない理由は特にないし、殺した方が安全ではある。そんな訳でごめんなさい。私達のために死んでくださいね』

ギンッ！　ガン‼　ゴンギンガンゴゴン‼　と。

連続して放たれる蠟人形の槍を対馬がさばいていくが、その一つ一つを目で追いかけても、やはり五和には自分では受け止められないのが分かってしまう。サッカーのＰＫでキーパーが読みを間違えたように、五和の防御と実際の攻撃とが全く嚙み合わない。

そして。

敵は、蠟人形一体だけではない。

「……っ‼」

複数の方角から、巨大な歯車が対馬に向けて一斉に突撃する。

対馬が避ければ無防備になった五和は蠟人形に一手で殺される。かといって、迫りくる全ての攻撃を対馬は防ぎきれない。蠟人形はさばけても、歯車に押し潰される。

二つに一つ。

現状、どちらの命も救う方法はない。

10

そして。

複数の巨大な歯車は、五和や対馬を押し潰すように、複数の方角から躊躇なく襲いかかった。歯車と歯車が勢い良く激突し、大型トラック同士の正面衝突のように、凄まじい破壊音が地下鉄のトンネル内に炸裂する。

五和と対馬は。

二人揃って、互いに激突した巨大な歯車から、わずか数センチ離れた場所に立っていた。

「……未だ罪に穢れぬ楽園での話より」

蝋人形は五和の血液を取り込む事で、五和には絶対に避けられない攻撃を放つ性能を獲得した。

しかしそれは『ただ何となく』で発揮されるものではない。必ずそこには理屈が存在する。

「神は人の子を作り全てを与える手はずを整えたが、人の子はその完璧さに不安を覚える。人の子は孤独に生きるにあらず、さりとて楽園に住む他の動物では心は満たされず」

丑の刻参りなどにも使われる、髪や爪を使った呪いには、『感染』という方式が使われる。たとえ体の一部が切り離されても、それは持ち主と密接な関わりを継続する、という考え方だ。だから憎い敵の爪を燃やしたり、人形に入れて破壊すれば、元の持ち主も一緒に傷がつくのだ。

「寛容な神は人の子の心を満たすべく力を振るうが、さりとて人の子と同じ方法は選択せず」

この場合、繋がりは生命力。

五和の中で作られる力が蠟人形の方にもバイパスされているため、その力の流れの変化を検出する事で、蠟人形は先んじて五和の防御・回避パターンを読み取って、隙間を縫うように攻撃を放つ。だから五和には何をやっても蠟人形の攻撃から逃れる事はできない。

だとすれば。

「楽園より始まる人の子は一人で十分。始点は二つも必要ない。そこから生じる次の子は全て一点であるべし」

その力を、断つ。

あるいは、全く別のものへと置き換える。

おあつらえ向きの伝承は、いくらでも存在する。

「神は孤独な人の子を憐れみその肋骨より番を生み出した。その名はイヴ。全ての女性の原点にして規範となるべき名前なり！」

イヴはアダムの肋骨から生まれたため、結婚する事で両者は完璧な状態を取り戻すのだ、という考えは教会で行う一般的な結婚式でも組み込まれている事だ。

大規模かつ組織的な魔術儀式を執り行う時などは、魔力を精製するために必要な生命力を一点に集中させる時などに応用される。

ブーストとしては一般的。

ただし、女性という条件が整わなければ扱えないが。

「全ての女性は欠けた骨より婚姻を通し生涯の伴侶と一体とならん‼」

五和が自らの叫びを締めくくった直後だった。

ガッシャッッッ!! と一度大きく激突した巨大な歯車や蠟人形は、自らの勢いに負けるような格好で粉々に砕けてしまった。

砕けた瞬間は割れた陶器のようでありながら、しかし、破片が地面や壁へぶつかった時にはドロドロとした粘液状へと変化していた。

「うっぷ……」

間近でそれを浴びた五和が呻き声のようなものをあげる。

顔から胸元から下腹部から。一面に真っ赤な蠟を受けた状態だった。各々の蠟はこうしている今も不気味にびくびくと蠢いているが、ひとまず、再び寄り集まって拷問具や処刑具などに形を整えようとする気配はない。自らの意思というよりは、断末魔の痙攣のような振動だった。

「なるほど、ね」

対馬は疲労以外の原因で噴き出した顔の汗を拭いながら、ゆっくりと息を吐く。

標的の肌と密着していながら、傷一つつける事のできない蠟の群れを眺めつつ。

「こいつら、領域内の生命力に反応して攻撃するように組み上げられていた訳か。蠟人形の方はさらに個人識別できるように精度を高めてある、と。……そういえば、素材は死人の脂肪を加工した屍蠟だっけ。亡者が生者を襲う仕組み辺りも取り入れているのかしら」

「ミサイル除けのフレアと同じで、反応さえ誤魔化せれば大した敵じゃありません」

五和は元来た道を振り返りながら、

「こんなものの後始末にいつまでも付き合っていたって仕方がありません。放っておいて、さっさと地下駅から地上に出ましょう」

11

「……酷いテストだったのよな」

地下駅で合流し、天草式の面々が無事に地上へ出た所で、教皇代理の建宮斎字がため息をついた。

ふわふわ金髪の対馬が尋ねる。

「イギリス清教の方はどうなってる？」

「仲良しこよしならすぐに救援を送ってくれるだろう。そんな気配はない。となると状況はかなーり厄介な事になっているはずなのよな」

「『フリーパス』……」

五和が呻くように言った。

『必要悪の教会』が管理している魔術的なロックを、身内の人間として素通りさせる呪文。謎の襲撃犯が本物のフリーディア＝ストライカーズを騙してそれを入手したとしたら、確かに危機的と言って良い。

様々な霊装や強力な魔道書の保管庫から、強力な武器が奪われるかもしれない。

イギリスの国家的ＶＩＰを守っているセキュリティが無力化され、暗殺計画が実行されるかもしれない。

様々な攻撃に応用できるため、これだけでは敵の動きを先回りできる訳ではないのも問題だ。そして何より、天草式が真っ先に考えるべきは……。

「今回の件は、俺達天草式の実力を試す編入試験の最中に起こった事なのよな」

建宮が苦い顔で言う。

「つまりイギリス清教は俺達を完全な味方とは認めていない。懐疑的なグループだってあるだろう。そんな中で『天草式に配られるはずのフリーパス』を使った大規模な事件が起きれば、俺達が黒幕と繋がっていると疑われる可能性だって低くないのよ」

元より、ここに来る前に派手な事件を起こしている天草式には、イギリスに亡命する以外に生き残る道はない。

そのイギリス側から受け入れてもらうために、最善の方法と言えば一つだけ。

「俺達だけでやる」

代表するように、建宮はそう告げた。

「黒幕の正体と狙いを突き止めて、被害が出る前に捕まえる。それ以外に疑いを晴らす方法が思いつかないのよな」

12

「？」

そしてフリーディア＝ストライカーズは怪訝な顔をした。

特別編入試験の突破を確認し、参加者達に『フリーパス』を与えた直後に、鉱石ラジオから一切の声が聞こえなくなったのだ。

（まさか……いや、まさか!!）

とっさに鉱石ラジオにある大きなダイヤルを摑む。思い切りひねる。無害化された呪いはすぐにでも致死性を取り戻し、無秩序なノイズのような形で通信相手の頭を破壊するはずだったが……。

バヂン!! という嫌な音が炸裂した。

思わず顔をしかめて鉱石ラジオから手を引っ込めると、機材からケーブルが溶けるような嫌な臭いが漂ってきた。

舌打ちし、改めて鉱石ラジオの外装を大きく開く。

極めて単純な構造の中、黄鉄鉱でできた『心臓部』が面白いほど砕けていた。

「呪い返し……か」

通信方式はとっくの昔に解析され、対抗策まで講じられていた。

『フリーパス』を持ったまま消えた何者かの行方はもう分からない。ロンドンの闇に紛れ、いつでも『必要悪の教会』の重要施設へ丸腰で侵入できるようになってしまった。

「くそ……ネットオークションで競り落とすのにいくらかかったと思っているのよ……」

忌々しそうに呟きながら、フリーディアはプラスチックでできた四角いピルケースを取り出す。小さな箱をさらに複数の仕切りで遮ったその中には、いくつもの『石』が詰め込まれていた。

その中の一つを取り出し、鉱石ラジオの心臓部へと埋め込んでいく。

外装を閉じ、改めてダイヤルを操作すると、彼女は『必要悪の教会(ネセサリウス)』の『上』へと連絡を取った。

「ええ、ええ。すみません。どうやら連中、笑えないほど有能だったようで、ええ、こちらの通信(のろい)も振り切られました。『フリーパス』がどういう風に使われるかは不明ですが、意味もなく消息を絶つとは思えません、ええ。そんな訳で応援よろしく。なに？　毎月給料もらっているんだからたまには働いたらどうですか？　私達、税金でご飯食べているんだから立場上はほとんど公務員でしょう」

深刻そうな調子で言いながら、しかしフリーディアは呑気(のんき)にアイスクリームの最後の一欠片(ひとかけら)をスプーンですくい、口に放り込む。

ナプキンを使って口元を拭うと、伝票を摑(つか)みながら彼女はこう言った。

「ええ。天草式については発見次第、始末してください。ええ、既定の通り、言葉の通りに。皆殺しって方向でお願いします」

追う者と追われる者。

複数入り乱れるロンドンでの攻防戦が、いよいよ始まる。

第二話

1

魔術師フリーディア＝ストライカーズは地下の一室に立っていた。

一辺が二〇メートル前後の、きっちり寸法を合わせた立方体の空間。色は白。ただ一色。まるで映画の合成撮影を行うためのスタジオのような、普通に眺めると違和感しかない場所だった。ここが、元は地下鉄の駅だったと説明されても誰も納得はしないだろう。

椅子やテーブルのような調度品は一切ない。

部屋の中央には古びた羊皮紙が広げられていて、チェスに似たいくつかの駒と、一二面体の特殊なダイスが二つ。何かしらのコストの計算に使うのか、紙幣を模した紙切れの束なども置いてあった。

イギリス清教(せいきょう)第零聖堂区『必要悪の教会(ネセサリウス)』の、特別編入試験場。

紙の上での模擬戦(ロールプレイ)で起きた事を全て再現し、ダイスの目によってはゲーム内で餓死する事も戦死する事もありえる過酷な内容だったはずなのだが……。

「さて」

フリーディアは呟き、真っ白な床に鉱石ラジオを置いた。

大きなダイヤルを回し、必要な人間と連絡を取る。

「フリーディア。ま、最悪の一言です。ええ、ええ。舞台はもぬけの殻、どこへ消えたか足取りを示す痕跡もまるでなし。いくつか『波長』を合わせてみましたけど、残留情報を増幅させる事はできませんでした」

『必要な事は？』

「通常通りのやり方で。ひとまず連中の顔写真を配って、ロンドン中の防犯カメラ網に重点チェックを。ええ、もちろんそれでプロの魔術師が見つかるはずはありませんけど、警備網をすり抜けるために使う魔術を感知できるかもしれません」

敵は『必要悪の教会』で管理している魔術的なゲートを、正規要員として潜り抜ける事のできる呪文、『フリーパス』を取得したまま逃走している（フリーディアは、それが天草式を装った別人、というところまでは看破できていなかったのだが）。

危険な霊装や魔道書の強奪、国家的ＶＩＰの暗殺など脅威レベルは格段に上がるが、一方で、ここは世界でも有数の魔術師達の国の、その首都だ。

となれば当然、『対策』もまた。

（……すぐに街を封鎖してしまえば『敵』も身動きは取れなくなる。それくらいは、『敵』だって分かるはず。ここまで大仰な事をやってのけた以上、リスクの計算もできているはず。つまり、この試験場から、安全に次の目的地へと移動するための手段がある）

『応援は？』

「呼べるだけお願いします」

『一番近くにいるのはフラック＝アンカーズの班だ。連絡はしておく』

鉱石ラジオからの声を聞きながら、フリーディアは床一面に大きな地図を広げる。『フリーパス』を奪われた以上は、『フリーパス』を使わなければ入れない場所が狙われると踏んで良い。重点拠点に印をつけていき、どの道を封鎖するとどの迂回路(うかいろ)が使われるかを推測していく。

下水道。

ビルとビルの隙間。

公共冷暖房の地下大型空調ダクト。

私道であるため公共のカメラを設置できない場所。

……ロンドンは学園都市、ニューヨークと並ぶほどのカメラ設置台数を誇る街だ。街頭や店舗のカメラはもちろん、自動販売機、ＡＴＭ、タクシーやトラックまで。桁で言えば一〇万台に達する監視網は、街のほとんどを埋め尽くす。

もちろんそれでも完璧ではないが、完璧ではない事を始めから分かっていれば、数少ない抜け道に別のトラップを仕掛けるのだって難しくはない。

『ちなみに』

「？」

『以前から思っていたが、貴金属の呪いを軸にした通信方式に合理性はあるのか？　ベースに宗教的基盤がある訳でもなく、出自不明の民間伝承の応用ともなると、法則的にも安定しているとは思えない』

「ああ」

フリーディアはあしらう調子で吐き捨てる。

そんな事を言っている時点で、すでに思想は合致しない。

呪いとは、原因と結果を一直線に結ぶ事で、遠隔地の相手を攻撃する手段だ。……にも拘らず、『持ち主を次々と怪死させるダイヤ』といった話には、その『原因』とやらが見えないものもあるのだ。王様の墓を暴いて手に入れた訳ではない。所有権を巡って複数人で殺し合った訳でもない。ある日突然、たまたま見つかったものがただ人を殺す。

法則性の明確な理論は、応用も増幅も容易で、管理もしやすい。しかし一方で、最初から上限が決まってしまっているのも事実だ。一の燃料で一の現象を起こす。それだけのものでしかない。

法則性のあやふやな『宝石の呪い』には、その辺りの上限を突破できる可能性がある。原因と結果がはっきりとしていないのに、明確な呪いを撒き散らすモノ。それはどこか、永久機関にも似た因果を無視した力の存在を夢想させてくれる何かがある。

「色々とあるんですよ、色々と。ええ、何事も多様性が広がっている方が健全というものでしょう?」

2

そして追われる身となった天草式十字凄教の面々は、堂々と夜のロンドンを歩いていた。街頭の電光掲示板では、今の時刻と簡単なヘッドラインニュースが流れている。どうやらイギリスを中心とした経済協力圏『ポンド圏』の首脳陣が近く集まって国際会議を開くらしい。『表向き』のニュースは、いつだって魔術師の五和達には遠い話題だ。

「……もう八時半……。そこらでハンバーガーでも食べたい気分なのよな」

「だっ、駄目ですよ教皇代理。流石にお店の中に入るのは……」

慌てたように五和が止めに入る。

セオリーが分かっていても、建宮斎字ならそのまま危険ゾーンへ突っ込んでしまいかねない何かがある。

彼らは追われる身でありながら、コソコソと隠れるような真似はしない。そんな事をしたって防犯カメラ網から逃れられないのは分かっている。むしろ監視から逃れようとすればするほど悪目立ちしてしまうはずだ。

なので。

いっそ思い切って、五和達はロンドンの中でも最も人混みの激しいエリアを選んで徒歩で移動しているのだった。こうなってしまうと、人の壁が視界を遮る要因になりえる。一般に、防犯カメラは下から覗き込むようには設置されていないので（誰だってスカートの中は覗かれたくない）、人混みに埋没してしまえば監視の目を誤魔化す事もできる。

とはいえ、流石に五〇人前後の実動部隊全員が練り歩くのは目立ち過ぎる。

彼らは班を五つに分け、一〇人程度のグループごとにバラバラの方向へ移動していた。

日本人の観光客やビジネスマンが多くて助かった。

「にしても、これからどうするかね。人混みバリヤーもあと一時間もすれば使い物にならなくなっちまうのよ。もう少し夜遊びしていきゃ良いのにな」

「この辺だと『拠点』はどこになるっけ？」

と質問したのはふわふわ金髪の女性、対馬だ。

彼ら天草式はつい先日ロンドンへやってきたばかりだが、すでに市内に『イギリス清教にも内緒の』隠れ家をいくつも用意していた。別にイギリス清教を信頼していないのではなく、これは単なる習性のようなものだろう。アリや蜂が巣を作るのと同じだ。

五和は分解した槍を収めたバッグを肩で担ぎ直しながら、

「ここ、ソーホーの近くですよね。ならネクストショップの駐車場にあるトレーラーハウスか……」

「いいや、あそこはまずい‼」

と突然大声で遮ったのは、初老の諫早だった。

五和はキョトンとしたまま、

「え、え？　先回りされるような情報が向こうに洩れているとか……？」

「……すまんがあのトレーラーハウスはゴルフセットの山で埋まってる。多分、足の踏み場もなくなっているから『拠点』としては使えないんじゃないかなあ……？」

「まったく、オヤジ趣味はこれだから‼」

対馬が額に手を当てて大仰に口を挟む。

大声を出すと目立つのでは？　と思われるかもしれないが、周囲は人の壁ができるほどの雑踏だ。声を殺してコソコソしている方がかえって浮いてしまう。

「大体そんなに買い込んでどうすんの？　どうせ休日に打ちっ放しの練習場にしか行かないくせに!!」

「なにおう！　ここはあのセントアンドリュースがある国だぞ!!　自分の持ち金で夢を見るくらい許されたって良いはずではないか!?」

「し、しかし」

五和は控え目に、だが確実に話の軌道をごっそりと修正し、

「トレーラーハウスが駄目となると、後はナイン&クロックス脇の貸事務所とか」

「い、いいや!!　あそこはだな!!」

今度は何だよ!!　という目で全員が大柄な青年、牛深の方へ注目する。

当の本人は気まずそうに視線を逸らしつつ、

「……祝☆イギリス入国で浮かれまくってさんざん買い漁ったグラビア雑誌が山のように積んであってですな……」

「たった数日で足の踏み場もなくなるほど!?　どんだけリミッター壊れてんのよアンタ!?」

「だって!!　欧米に行ったら気になりません？　気になりますよね!?　おいこら男性陣、アンタ達は俺の味方のはずだ!!　目を逸らすなーっ!!」

対馬に胸ぐらを摑まれてがっくんがっくん揺さぶられる牛深が何か叫ぶが、下手な慰めは心を抉るだけだぞ、という建宮からのアイコンタクトを受け、五和は無の心で話題を元に戻す。

「じゃ、じゃあ後は……インド人街のまかない料理が出るアパートなんていうのは」

　もはや無言で威圧の視線を放つ天草式の面々の前で、被告人席に立たされたように、建宮は弱々しい声を搾り出してこう告げた。

「あそこは駄目！　あそこは駄目なのよなあ!!　何故ならウェイトレスとかチャイナドレスとか五和にお仕着せするためのコスプレ基地になっているんだからァ!!」

「ちょっと燃やしてきます」

　サラリと出た危険度マックスな言葉に、対馬は慌てて喜怒哀楽の全てが消えた五和を羽交い絞めにする。『女教皇』の神裂火織といいこの五和といい、一見生真面目なツッコミ係に見える人物が実はサイケランクの上位に食い込んでいるのが天草式の恐ろしい所である。古来、般若の面が示す通り日本の女性は奥ゆかしいが鬱憤が溜まると人間離れした爆発を見せるものだったらしいが、未だにそんな所まで保持しているのか。

　さて。

　それはさておき、本題の作戦会議はどこでしょう？

3

　結局、五和達のグループはチャイナタウンにある食料倉庫を仮の拠点に選んだ。

　大柄な牛深は薄暗い空間を見渡しながら、

「……エアコンプレッサーに、こっちの布の袋みたいなのって水槽ですかね？　何だか海鮮系ばっかり……。上海系なのかな」

「四川系じゃなくて良かったわ。あっちもこっちも香辛料だらけなんてのは避けたいしね」

ふわふわ金髪の対馬の言葉を聞きながら、五和は建宮へ質問する。

「他のグループとの連絡ってどうしましょう？」

「ああ、通信用の術式とかはやめておいた方が良いのよな。イギリス清教は魔術師掃討のプロだ。その御膝元で下手な小細工をすれば即座に察知される」

しかし逆に言えば、連絡手段に魔術を使わなければ、察知されるリスクは減る。完全に素通りされるのは無理だとしても、解析のための時間を稼ぐくらいなら十分できる。

大昔の忍者が道端でカラフルに着色した米などを規則的に配置して、秘密の連絡手段にしたのと同じだ。

ビルの壁へ刃物で傷をつけたり、スプレーで落書きをするだけでも情報は伝達できる。

「さて、情報を整理しましょう」

パンパン、と軽く両手を叩いて注目を集めながら、対馬が切り出す。

「私達天草式は、イギリス清教第零聖堂区『必要悪の教会』への特別編入試験を行うためにロンドンまでやってきた。……同時期、並行するように『何者か』が天草式になりすまして正規の編入試験へと割り込んできた。ご丁寧に、私達本物の天草式にも異変を察知されないよう、デコイのオペレーターまで用意して」

「目的は……やっぱり『フリーパス』で良いんですよね？」

　おずおずと五和が発言する。

「天草式の信用を落とす、というのが狙いではなく」

「ひょっとしたら弱小宗派の参入を嫌っている魔術師なんかがイギリス清教の中にいるのかもしれないのよ。が、だったら編入試験自体を開かないように取り計らえば良い。自分のボスを裏切ってまで演技をするのはリスクが高過ぎるのよな」

　建宮は食料倉庫の柱に背中を預けながら、

「……だが、敵の狙いはどうあれ『フリーパス』を使った被害が発生すれば、イギリス清教は俺達を疑う可能性が出てくるのよ。敵としても、格別恨みはなくたって、疑いがよそに向くならそっちの方が都合が良くはあるだろう」

「でも」

　対馬は床に積まれた小麦の袋へ腰掛けつつ、

「正直な話、イギリス清教ってそこまで馬鹿だと思う？　腐っても魔術師対策の世界最高峰。編入試験の参加者とオペレーターがそれぞれクロスしていたなんて簡単なトリック、彼らだってじきに気づくはずよ」

「黒幕とやらが、どこまで私達の事を調べて擬態しているかにもよりますね……」

「いやあ」

　小柄な少年の香焼は苦笑いを浮かべ、

「何年も前から入念に計画していました、なんて言ったら鼻で笑っちゃうすよ？　だって、そもそも僕達天草式がイギリス清教に編入する羽目になったのだって、一体どれだけミラクルが重なった事やら。内部情報を傍受していれば分かった、なんて次元じゃないすよ。僕達でさえ驚いている事を、赤の他人になんて予測できるもんか」

「編入試験さえあれば良かった」

建宮は呟き、

「実際に参加するメンバーは天草式である必要はなかった。そう考えるべきか。だとしたら」

「敵は私達の事なんて知らない。ろくな擬態はできない。『本当の試験場』を調べれば、私達天草式との違いが明確な痕跡の形で残っているかもしれませんよ」

「そうね……。イギリス清教が羊頭狗肉でないのなら、早ければ二、三時間で、遅くても夜明けまでには事態の構造に気づくんじゃないかしら」

ただし、と対馬は小さく付け足した。

そう。

今回の件を仕掛けた『黒幕』自身、付け焼刃の状況には自覚はあるだろう。自分が安全圏にいられる二、三時間の間に、『フリーパス』を利用した大規模な行動に出るはずだ。

建宮は額に手を当てつつ、

「さて諸君。このロンドンで『必要悪の教会』が設置している魔術的な錠前を自由に開けられる『フリーパス』が手の中にあるとする。この状況で、お前さん達なら何をする？」

「ＶＩＰの暗殺、霊装や魔道書の強奪、地脈や龍脈への攻撃とか、防衛施設……例えば、魔力を感知する広域レーダーのような建物や、外洋対策の移動要塞なんかを内側から破壊するためにも使えますよね。今回の件が『イギリスという国家そのものへの攻撃を行うための下準備』

だった場合、本番の攻撃の前に、そうした施設の破壊をしておくのかも……」

「つまりよりどりみどり。メリットだけ測ったって敵の狙いは分からないわよ」

「そうかね？」

建宮はニヤリと笑って、

「さっきのタイムリミット。早ければ二、三時間でイギリス清教は真犯人の存在に勘付いちまうのよな。だとすれば、たとえ『フリーパス』でロンドン中の魔術施設へ自由に出入りできたとしても、そこから先の作業に長時間かかる標的は狙わない。……例えば、移動要塞を内側から破壊、なんて大仰なミッションはできないはずなのよな」

初老の諫早が、食料倉庫の一面に大きな地図を広げる。

ロンドン内で、イギリス清教が厳重に管理している施設・建物の一覧が赤いペンでマークされていた。

「大英博物館、バッキンガム宮殿、処刑塔、ランベス宮に聖ジョージ大聖堂……。イギリスの首都って事で美味しいご馳走のオンパレードだが、どれもこれも違う。こんな所を本気で攻略しようと思ったら、たとえ『フリーパス』があったって戦争並の大騒ぎを起こさなくちゃならなくなっちまうのよな」

五和達は、自分達が『フリーパス』を持っているとしたら、各々の施設を何時間で突破できるかを、紙の地図の上で机上の空論を繰り返して正確に算出していく。皮肉にも、それは正規編入試験のテーブルトークにも似た精神的作業だった。

そして正しい答えを導き出す。

「市民図書館の修繕室にある魔道書、共同墓地にある永久保存された偉人の保管庫、『生きている屋敷』の心臓核……この辺りでしょうか」

「単純な施設自体の難易度だけ見ればな。だが周囲の立地を考えてみるのよ。『生きている屋敷』の近くには『必要悪の教会』の女子寮があるし、共同墓地はまんまイギリス清教の教会が年中無休で管理している。どちらもヘマした場合、三〇秒以内に増援が駆けつけてくる計算なのよな」

「となると……」

五和は最後に残った候補を思い浮かべる。

「市民図書館の魔道書。これが黒幕の狙い……？」

黙っていればイギリス清教もじきに状況に気づくとはいえ、その間に大きな被害が出てしまえば元も子もない。

誰にその責任を追及するのか、という段階で、都合の良いスケープゴートにされるのは避けたい。また、今の状況では五和達天草式がもたらした情報など、イギリス清教側は聞き入れない可能性も高い。

となれば。

イギリス清教の動きなど待っていられない。市民図書館へ今すぐ向かい、明確な被害が出る前に本物の黒幕を五和達自身の手で捕らえるべきだ。

4

フリーディア＝ストライカーズは編入試験の現場だった地下駅から、狭い階段を使って夜のロンドン市街へ出る。

一〇人程度の部下を引き連れた、大柄な男が待っていた。

「フラック＝アンカーズ。連絡は聞いていると思うが」

「ええ、フリーディア＝ストライカーズです」

彼女達は短く、最低限だけの言葉を交わす。

イギリス清教や『必要悪の教会』の枠組みに限らず、魔術師という生き物は個人主義に走りやすく、協調性に欠ける者が多い。そもそもにおいて、己の胸に刻んだ魔法名に殉じる事を至高と考えるような連中だ。組織に属していながら自己の目的を優先させる、という『真っ当な社会』ならまず許されない事を平気でやってのけたりもする。

「一応の確認を。私が取り扱うのは民間伝承に登場する『宝石の呪い』の作為的な誤解釈です。術式の構成や相性の関係で競合を起こす人間がいる場合は、行動班から外してください」

「それなら問題はないだろう」

フラックは素っ気なく答えた。

彼が手にしているのは、楽器ケースというよりはもっと物々しい佇まいの、ジュラルミンできた細長いケースだった。後ろに無言で控える部下達も奇麗に統一されている。刀剣、あるいは杖。適当に推測しながら、それとは別の所でフリーディアは舌打ちする。

（……武器の携行を隠さない魔術師か）

フラック達の魔法名は不明だが、こういう人種は得てして武力行使を躊躇わない。イギリス清教に属している以上は安易に民間人を巻き込む馬鹿者とは思いたくないが、何にしても『静かに殺す』術式を得意とするフリーディアとの相性はあまり良くはなさそうだ。

「敵の狙いは何だと思います？」

「この状況で味方を試すか」

フラックは鼻で笑いながら、

「市民図書館の修繕室にある魔道書。迅速かつ確実に『フリーパス』を使うとすれば、あそこがコストとリスクの両面で最も優れた標的だろう」

「となると、狙いは凶悪な魔道書」

「保管されている大半は『写本』だが、危険な力を持った『原典』の方もある。二〇冊未満という話だがな」

元々、市民図書館はその名の通り、民間人からの『善意の寄贈』によってのみ成り立つ施設とされている。公序良俗に反さない限り、図鑑や辞書、専門書、小説、演劇脚本、映画のパンフレットやアメリカンコミック、バンド・デシネまで何でも受け付ける。保存や修繕でも高い評価を受ける事から、好事家がかき集めたものの自分で管理しきれなくなった稀少本の最終処分場、などとも呼ばれていた。

ここまで説明すれば分かる通り。

その本来の意図は、散逸した危険な魔道書の再回収を、さりげなく、誰の目にも留まらない形で促すための公共施設だ。

「近いな」

「五〇〇メートルです。車を呼ぶより走った方が早い」

そのたった五〇〇メートルの距離で、フリーディアは雑踏の中に数人の魔術師が紛れ込んでいるのを確認した。いわずもがな、『必要悪の教会(ネセサリウス)』の人間である。

「……『フリーパス』を手に入れたからといって、それで全ての壁を突破できる訳でもない。天草式とやらが市民図書館まで辿(たど)り着(つ)くのは至難の業でしょうし、体(てい)よく魔道書を入手したとして、ロンドンから、イギリスから、どうやって安全に脱出するつもりなのか……」

「さあな」

フラックは肩をすくめながら、

「しかし現にイギリスは世界有数の魔術国家だ。俺達みたいな破綻者が重宝されてしまうほどに、日々多くの事件が発生している。無法者の間では、完璧に見える体制の抜け穴の情報が共有されているのかもしれない」

インテリな意見とは思えなかった。

手品の結果だけを驚いて、そのトリックについて考察しないのであれば、何の意味もない。どこぞのマフィアは死体を完璧に処分する方法を構築している、どこぞのギャングは政府高官と繋(つな)がっている。……それだけではただの伝説だ。そして伝説を収集するだけでは専門家とは呼べない。具体的な方法を解明し、そのサイクルを完全に潰してこその『求められる専門家』

である。

「……ともあれ」

吐き捨てるように、フリーディアは告げる。

ハンドバッグの中に収めた古い鉱石ラジオを、革越しに掌で撫でながら、

「まずは市民図書館です。連中が魔道書に触れる前にケリをつけましょう」

5

黒幕の目的は市民図書館の魔道書である事は推測できた。

五和達、天草式の次の目的は、本当の黒幕が魔道書を盗むのを阻止する事。そのためには、彼らも市民図書館に向かうべきなのだが……。

「ヤバいヤバい」

外の様子を確認してきたふわふわ金髪の対馬が、チャイナタウンの食料倉庫の扉から中へ入ってきながら呟いた。

「帰宅ラッシュの時間終わっちゃったよ。これから先は、人の壁に紛れて防犯カメラ突破作戦は使えないみたいね」

首都ロンドンの影には、直接戦闘要員から情報収集担当まで、『必要悪の教会』の魔術師が紛れ込んでいる。天草式と違い、国家と手を結ぶ事に成功しているイギリス清教は、その権限を使って警官達へ偽装した手配書を回したり、街中の防犯カメラ網に重点チェックの要請を出

す事もできるだろう。どこかで一回でも尻尾を掴まれれば、即座に大量の大戦力を派遣されてしまう。

天草式も手練れが揃っているが、十字教三大宗派の一角とされ、国家を丸ごと呑み込むほどに成長したイギリス清教を、強引な正面突破で乗り越えられるほど状況は甘くない。

「……とはいえ、『必要悪の教会』が本当に有能なら、ここに隠れていれば良いって訳にもいかないのよな。ぶっちゃけ、いつかは見つかる程度の使い捨ての拠点だ。追い着かれれば一気に爆撃されるぞ」

「爆撃……」

五和が不安そうに呟くと、建宮は立てた人差し指をくるくる回しながら、

「イタリアのローマほどじゃないが、ロンドンだってガソリンスタンドよりも教会の方が多い街なのよ。つまりそれだけ鐘楼も。魔術的手順に則って街中の鐘を一斉に打ち鳴らせば、街に隠れる魔術師をくまなく叩きのめす大規模攻撃にだって転化できるはずなのよな」

「首都ロンドン、夜の九時過ぎ。本当に、イギリス清教がそこまで派手な動きをすると思う？」

軍であれ警察であれ、治安維持とはつまり『少数でもって大多数の行動を制限する行為』だ。ロンドンには無害な魔術師（……と言ってしまうと語弊があるが）も多く住んでいる。それらを『国家の敵』といっしょくたにして無差別攻撃すれば、いらぬ敵を大量に生み出してしまう恐れもある。

とはいえ、

「ま、鐘の音自体は隠せないからな。こんな夜遅くじゃ単純に騒音問題と捉えられかねないのよ。連中が一般市民にも異変を知られるほど目立つ選択肢を進んで採りたがるとは思えんが……カードはあると考えて方針を決めた方が良いのは間違いないのよ」

イギリス清教の御膝元であるロンドンでは、兵力でも施設でも天草式は太刀打ちできない。少数の利点である隠密行動にしても、イギリス清教の監視網を素通りできるほどではない。しかし、まさに今、市民図書館へ向かっている真の黒幕を倒すためには、厳戒監視下のロンドンを走り回らなくてはならない。

五和は片手で細い顎をさすりながら、

「……ここから市民図書館までは、どれくらいありましたっけ？」

「ざっと数キロほど。途中に橋は二本」

対馬が応えると、香焼がうんざりした調子で食料倉庫の天井を見上げた。

「……途中で見つかるのがオチすよ。ルートが集中する橋で待ち伏せされる」

「バレても構いません」

五和は早口で言いながら、諫早が床に広げていた地図に向かう。赤いペンを取り、大雑把にコースをラインでなぞっていく。

建宮は眉をひそめて、

「あん？　何でこんな回り道を……」

「ちょっと待って。五和、アンタかなりえげつない事考えてない？」

対馬は特に赤いラインの『曲がり角』の部分を確認し、そこに何が建っているかを目で追いかけながら質問する。

五和はゆっくりと息を吐きながら、

「どこかで移動のためのアシを確保しましょう。そうですね、燃料満載のタンクローリー辺りが良いでしょうか」

6

トーキー＝シャドウミントは『鐘楼斉唱』などと揶揄される魔術師だった。

街の教会の鐘楼の、さらに屋根の上に腰掛けている青年は、真鍮でできた杖を肩に掛けていた。杖の先端に取り付けられたいくつもの小さな鐘は音もないのに不自然に震え、人の声のようなものを作り出す。

『チャイナタウンで動きあり。指定の天草式に良く似た人相の人物をいくつか確認。盗み取ったタンクローリーに乗車している模様。目的地は不明。任意のタイミングで撃破せよ』

「りょーかいりょーかい☆」

適当に嘯きながら、トーキーは双眼鏡に目をやる。

幅広な道路に連なるヘッドライトの列の一つに、標的の車両を確認する。

距離はざっと三キロから四キロといった所か。

（……コソコソ移動するのに疲れて表に出てきたか？　猛スピードで走る怪物車両なら飛び移るのも食い止めるのも難しいとでも？　だとすりゃ魔術ってもんが分かってないねぇ）

建宮達の予想した通り、トーキーは教会の鐘を魔術に転化する。

元々、洋の東西を問わず鐘を打ち鳴らす事で広範囲の魔を祓う風習は珍しいものではない。街の隅々まで鐘の音を鳴らす教会や仏閣などは、『宗教による民衆の統治』の象徴なのだ。それは常に集落の中央に据え置かれ、外からやってくる害意を押し返す。

一方で、廃れた教会や仏閣の鐘を『良くないモノ』が打ち鳴らす事で、地域住人へ攻撃を行うという伝説も散見している。魔を祓うために作られた鐘だが、状況次第で理論を組み替えられる自由度の高さもある訳だ。

……街の隅々まで攻撃範囲に設定してしまう鐘を使えば、確かに無差別攻撃になってしまうようにも思える。

だが違う。

イギリス清教の魔術はそれほど甘くない。

「……さて、と。セブンデイズ教会、ソード聖堂第二鐘楼、聖ガブリエル教会、レッドスター修道院第一鐘楼、と。こんな所か」

教会の鐘には銘文が刻まれている。

それを打ち鳴らす事で、刻まれた銘文の効果を街の隅々まで及ばせるという意図がある。

であれば。

複数の鐘を組み合わせ、順番通りに鳴らす事で、本来は独立している銘文を複数繋げて全く違う効果を生み出す事も可能となる。

「神は罪人を見逃さない／我らが父は邪悪を許さず／信仰は闇の中に火を与える／我らが主は

あなたを選んだ。……広範から標的を指定して精密爆撃って流れを作るとすりゃ、ここらが妥当だな」

いつ、どこで、誰が、誰と、何を、どうした。これをバラバラにして複数人に考えさせ、一斉に発表する事でおかしな文章を作り出す、という子供の遊びがある。トーキーがやっている事もそれと大差ない。一度文言を分解してから組み直す事で、言葉の持つ力を保持しつつ、本来込められていた意味とは違う効果を生み出してしまう魔術である。

ガシャン、と金属質な音を立て、トーキーは腰掛けたまま真鍮の杖の下端を鐘楼の屋根に押し付ける。先端に取り付けられた小さな鐘の集合は、各々の教会の鐘とリンクして遠隔地から打ち鳴らす効果を持つ。人形を攻撃する事で人間を破壊する、いわゆる『偶像崇拝の理論』と同じ事だ。

もう一度、双眼鏡で標的のタンクローリーを観察してから、トーキーは最後の引き金を引こうと杖を握る手に力を込める。

「……チンピラども。アンタら流に言うなら蠱毒の壺へようこそってか。闘争の中で磨かざるを得なくなった術式群ってのは、そっちが想像できる範囲の二回りも三回りも膨れ上がってやがるのさ」

その時だった。

双眼鏡を摑んだトーキー＝シャドウミントの体が、硬直した。

数秒。

数十秒。

無音のままの時が過ぎ、やがて、青年の眉がゆっくりと動く。

不快に。

「……野郎。あの野郎!!」


そして運転席でちょっとしたサイドテーブルみたいに巨大なハンドルを握る五和の耳に、爆音みたいな音量の『声』が叩きつけられた。

五和はわずかに顔をしかめる。

高性能なイヤホンをつけているようなもので、助手席でナビをしている対馬には聞こえていないらしい。サイドミラーで確認すると、東南アジア辺りのラッシュアワーみたいに車体側面に張り付いている建宮や牛深達の顔にも変化はない。

『野郎。テメェ！　この野郎!!　それでもアンタ魔術師か!?　行く先々に病院だの学生寮だののすぐ横を通過するコースをわざと選んで盾にしやがるなんて……ッ!!』

「お生憎様。こちらにもこちらの事情というものがあります。ご理解いただけたら指を咥えて見ていてください。下手に攻撃すれば大爆発。私の意識だけを奪う精神攻撃をしたってハンドル制御を失った大型車は人道施設に突っ込んで朝刊の見出しが差し替えられますよ」

民間人を盾に取るやり方は、本来の天草式の思考パターンからも大きく外れている。

が、イギリス清教側が余計な攻撃さえしなければ迷惑をかける事はない。

となれば、一番重要なのは、まさに今この時。

舌先三寸の攻防だ。

『ふざけやがって、ふざけやがって……ッ!!』

「あーあーそうそうちなみに最近のタクシーやトラックって車載カメラも完備しているようですね。流石は防犯カメラの街ロンドン、動く監視網というところですか。余計な真似して大惨事を招いたら、ロンドン紙どころか世界中に臨時ニュースをお届けする羽目になるかもしれませんね。もしもそんな大失態をやらかしたら、イギリス清教の上層部はあなた一人を庇ってくれるのでしょうか」

当然、車載カメラの機能などタンクローリーを盗んだ段階で破壊してあるが、鐘楼の魔術師の方に今すぐそれを知る方法はない。

また、こんな小手先の強行突破など、すぐに封殺するための手段も思いつくだろうが、今は数十分の時間が稼げれば問題ないのだ。

そう。

市民図書館へ一刻も早く急行し、『フリーパス』を使って魔道書を強奪しようとしている本当の黒幕を捕まえられれば。

『悪党が……ッ!!』

「喚くのは結構ですけど、こっちからあなたを攻撃するのは制限なしっていうの忘れない方が良いのでは？　さっさとこの頭痛がする通信術式切らないと、因果を逆算して呪いの一つでも辿らせますよ」

ブツン!!　という悪意の籠った、こめかみに響く雑音と共に、男の声が途切れる。

壁は取り払われた。

市民図書館までの道が開く。

7

魔術師フリーディア＝ストライカーズは同じ『必要悪の教会(ネセサリウス)』の増援、フラック＝アンカーズやその部下達を引き連れ、市民図書館へとやってきた。

建物自体は大きくない。

せいぜい三階建て程度の、ロンドンでは珍しくもない石造りの四角いビルディングだ。学生向けの安いアパートだってもう少し風格はあるだろう。……もっとも、これは市民生活の中に紛れ込んでしまった危険な魔道書を、自然に、さりげなく、稀少本(きしょうぼん)の寄贈という形で再回収するために作られた図書館なので、わざと風景の中に埋没するようデザインされているだけなのだが。

公共事業に擬態しているせいで、夜の九時過ぎでもすでに明かりはない。

そしてフリーディア達は照明を必要としない。むしろ闇の中を己の生活圏と決めた者達だ。暗闇に恐怖するような感性の持ち主は、そもそもこの業界に足を突っ込むべきではない。

フラックはほとんど口を動かさず、最低限の質問を放つ。

「修繕室は？」

「二階東側。ドアにはスタッフオンリーの札付きです」

「突入するが同士討ちは避けたい。館内のトラップは」

「今、停止しました。お好きにどうぞ」

それを聞くと、フラックは軽く手を振って部下達に命令を飛ばす。フラック自身も含め、二階へ続く階段へと彼らは迅速に走っていく。足音のようなものは聞こえない。夜襲に慣れている者の動きだった。

後からゆっくりと歩くフリーディアは、フラック達が携えている細長いジュラルミンのケースを少しだけ意識した。

耳が痛くなるほどの静寂の中、彼女はハンドバッグの中に隠した古い鉱石ラジオを革越しに軽く撫でつつ、足元の絨毯などに目を向ける。

(……足跡のようなものはない)

泥のついた黒い跡がべっとり……などは、最初から期待していない。が、絨毯にわずかな皺すらないのは徹底していた。いくつかある痕跡は、おそらく先ほどここを進んだフラック＝アンカーズやその部下達のものだろう。

階段を上り、踊り場で折り返し、さらに上を目指す。

……段数を数価計算に基づいてループさせる事で、円周率のように無限に続く階段を生み出すトラップがあったはずだが、それを解除した痕跡もない。ここを通っていないのか、あるいはワイヤートラップをまたぐように、解除せずに乗り越えたのか。

(痕跡を残さない事に夢中なのか？　安全策を無視しているとしか思えない手口ですが……)

二階に辿り着く。

窓から差し込む夜景の光に、通路全体がぼんやりと浮かび上がっていた。その中ほどにある修繕室へ繋がるドアの前で、フラックがこちらに向かって手を振っていた。彼の体に緊張のようなものはない。すでに下手人を始末したのか、あるいは……。

「いなかった」

フラックは端的に言う。

「詳しくはここの司書に確認させるしかないが、初見の印象では荒らされている様子もない。おそらく敵はまだここに来ていないぞ」

「それは……」

フリーディアは彼を押しのけるような形で、開きかけた修繕室のドアから顔を突っ込み、古い紙の匂いのする室内を観察する。

狭い部屋だ。中央には作業用のテーブルと椅子が、壁の一面には本棚がある。一見すると無秩序に本を差し込んでいるように見えるが、実際には二〇冊に満たない『原典』の自律稼働を防ぐため、『魔道書の形をしたデコイ』を大量に隣接させる事で、『原典』自身の認識能力を狂わせる効果がある。『どこまでが自分自身で、どこからが自分以外か』のラインを錯誤させる事によって、『自己の情報を無秩序に拡散させようとする』魔道書が、『一体どこからどこまでの情報を被験者に流入させれば良いのか』判断できなくさせる形で空回りさせている訳である。

もちろん。

この程度で真に危険な『原典』を完全管理できるのであれば、かの有名な魔道書図書館・禁書目録が組み上げられる事はなかっただろうが。

「トラップを解除した痕跡がなかったのも、敵がまだここへ踏み込んでいなかったから……？　それならそれで僥倖。遠からずやってくる天草式に備え、待ち伏せを……」

言いかけて、ふとフリーディアの脳裏に疑問がよぎった。

敵はまだ来ていない？

フリーディアの予想では、特別編入試験の時点から、敵は常に彼女達の少し先を進んでいた。

そして敵は、そのリードを何が何でも死守しようとするだろう。もちろんフリーディアもイギリス清教の猟犬として全力を尽くしているが、どうも計算が合わない。一体どこで天草式との差を詰め、追い抜いてしまったのか。これまでの行動を思い返してみても、きっかけとなる一点を思い浮かべられなかった。

だとすれば……？

「ちょっと……」

言って、フリーディアが開きかけたドアから顔を引っこ抜き、通路にいるフラックへ声を掛けようとした時だった。

『それ』がやってきた。

ゴッ!!!!!!　と。

フリーディア＝ストライカーズの後頭部に、凄まじく重たい衝撃が走り抜ける。

物理法則を超えた所にある理を操る魔術師とは言っても、基本的に人間である事に違いはない。鈍器で頭を殴られればダメージを負うし、それが深ければ四肢から力が抜けて床に倒れる羽目になる。

「が……ば……っ!?」

床へと崩れ落ちたフリーディアは、即座に襲撃者の正体を看破した。

この状況で、部外者の可能性はあり得ない。

「フラッ……ク……ッッッ!!」

凶器の正体は、彼が手にしていたジュラルミンのケースか。留め具を外し、二枚貝のように開くケースの中から、フラックは躊躇なく得物を取り出す。

刀剣か、あるいは杖か。

以前、そんな風に考えていたフリーディアだったが、予想は外れた。

（……銃……？）

木製のストックを備えた、大振りな猟銃を模した霊装だった。ただし機関部は特殊なようで、リボルバーのような回転式のシリンダーが備えられている。

フラックはシリンダーをスライドさせるように真横へ開放し、五指の間に挟むように取り出した、真鍮でできたライフル弾を一発ずつ差し込んでいく。

「厳戒監視下のロンドンにおいて、『フリーパス』を手に入れた敵がどうやって監視網を潜り抜けて標的の市民図書館へ向かうか。簡単な方法が一つある」

「……『必要悪の教会』の私に、案内させる……ッ!!」

「国際規模の巨大組織、それも記録に残せない仕事を専門に請け負うという条件まで重なればそう難しくない。同じ仕事をしていても、一度も顔を合わせた事もない人間なんていくらでもいるだろう」

そう。

フリーディア＝ストライカーズは今日初めてフラック＝アンカーズと一緒に仕事をした。だから彼の自己紹介をそのまま鵜呑みにしてしまった。

一方で、『必要悪の教会』のメンバーは複雑難解な事件を解決するため、清濁併せ呑む方法を取る事も珍しくない。その中には、非正規の、つまり『個人的な知り合い』を勝手に雇って現場に連れて行く事さえある。

仮に防犯カメラや街の魔術師がフラックを目撃していたとしても、正規メンバーであるフリーディアが当たり前のように隣を歩いていれば、『彼女が勝手に雇ったフリーの魔術師だろう』と判断してしまう事もありえる。

もう一つのフリーパス。

それは、事件の黒幕を追っていたフリーディア自身だったのだ。

フラック＝アンカーズなどという名前の魔術師は、最初からどこにも登録されていなかった。

それが真実だ。

「……くそ！　じゃあ地下駅で鉱石ラジオに入ってきた通信術式も……」

「オペレーターへの疑惑の時点で躓いているようでは、あの編入試験で何があったのかも追い着いていないようだな。何にしても手遅れ、と評価するべきだろうが」

フラックを紹介したオペレーターもまた、全くの別人。フリーディア＝ストライカーズを騙すために用意された敵の魔術師の一人。

ガチリ、と。

金属質な音を立てて、フラックは全弾装填したシリンダーを戻す。

だが魔術師の手の中にある以上、それが単なる火薬を使って鉛弾を発射するだけの武器に留まるはずはない。必ず見た目以上のえげつない魔術的現象を引き起こす機構が備わっている。

「炸薬増強、七五cc」

ずぐんっ!! という、心臓の鼓動を巨大化したような異音が発した。

フラックの掌から猟銃の木製部分を伝うように、銃全体に真紅のラインが何本も走っていく。それを見ながら、フリーディアはもがく。四肢の力はまだ回復しない。それでもハンドバッグの留め具を外し、古い鉱石ラジオのダイヤルへ手を伸ばす。

「血は贖いと聖化の象徴なり」

スコープもついていない猟銃を、ほぼゼロ距離と言っても良い位置から、見下ろすような形でフラックは照準を見据える。

男の足元に転がるフリーディアは、荒い息を吐きながら鉱石ラジオの『チューニング』に集中する。

「我らが主はその流血をもって人々の罪を洗い流した。時にその爪痕は癒されし信徒へと伝播する事あり。人はこれを聖痕と呼び頭を垂れる」

躊躇なく。

太い銃声が暗い図書館を埋め尽くすように炸裂する。

8

その時。

五和が運転し、天草式の面々が後部タンクの側面や屋根に張り付いている巨大なタンクローリーは、市民図書館の敷地を守る鋼鉄製のゲートを突き破る形で正面から突撃した。大型車が完全に停車する前に、建宮達はバラバラと石畳の地面へと飛び降りていく。

運転席のドアを開け放ちながら、五和は質問を飛ばす。

「な、何ですか今の音⁉」

「さあね。民間人が巻き込まれていない事を祈るしかないわ‼」

各々、バッグから取り出した部品を組み立て、剣、槍、斧、弓など具体的な武具へと形を整えながら、建物の正面出入口を目指して走る。

扉の横に張り付いた小柄な香焼が眉をひそめた。

「鍵もトラップも機能してない……？」

「さっきの銃声といい、先客がいるのは間違いなさそうなのよな」

迅速に、市民図書館の中へと突入していく。

目的地は二階東側にある、魔道書の保管にも使われている修繕室だ。それ以外の分かれ道を無視して五和達は暗い建物の中を走る。

が、修繕室に辿り着く前に五和達は足を止めた。

一階と二階を結ぶ階段。

その上から、血まみれの女性が転がり落ちてきたのだ。

「炸薬増強、五〇cc」

「……ッ⁉」

構っている余裕はなかった。

階上に、ウッドストックの猟銃を構えた何者かがいる。思わず女性を抱き抱えようとした五和の腕を掴むような格好で、対馬は全力で飛ぶ。半ば踊り場から転がり落ちる形で距離を取る。

階段は踊り場を経て折れ曲がっている。なので直線的に飛ぶ銃弾を使って、階下にいる五和達を狙う事はできないはずだ。

にも拘らず。

何か真紅のラインが空間を抉った。その光はピンボールのように何度も屈折し、対馬の右の掌を貫いた。猛烈に嫌な予感のする対馬は慌てたように手を振るが、蜘蛛の糸のように真紅のラインは離れない。

そして銃声が炸裂した。

ラインを辿るように、破壊が追い着いた。

ばづんっ‼　と対馬の右腕が大きく弾かれる。

「がう……ッ‼」

その掌に、釘のような杭のようなものが突き刺さっていた。列車のレールを留めるのに使う、頭の部分が片側に寄った、L字にも近い形の犬釘にも似ていた。だが違う。

「対馬さん!!」

「人の心配、している場合じゃない……でしょ!!」

「炸薬増強、五〇cc」

二階から、低い男の声が響く。

「血は贖いと聖化の象徴なり。我らが主はその流血をもって人々の罪を洗い流した。時にその爪痕は癒されし信徒へと伝播する事あり」

(まさか……)

五和の頭を嫌な予感が覆う。

あまりにも有名な文言。

十字架にかけられた『神の子』の処刑にまつわるものだ。『神の子』は左右の掌に一本、両足をまとめて一本、鉄釘を貫かれる形で十字架に固定された。最後にロンギヌスが槍で腹を突いたのは、とどめを刺すためとも死亡を確認するための行為だったともいわれる。

そして。

後世になると、この両手足や腹と同じ場所に自然と傷痕が浮かび上がる、という民間伝承が生み出される。選ばれた者の証。今日の魔術業界ではそこから転じて『神の子の力の一部を引き出す聖人が備える、身体的特徴』を揶揄するようになったのだが、本来『それ』は貫くような形で表れる原因不明の傷口を指していたのだ。

つまり。

「……人はこれを聖痕と呼び頭を垂れる」


何本もの真紅のラインが暗闇を走る。

それは正確に五和や建宮達の手足へと接続されていく。

爆発音と共に、鋼を溶かして作った銃弾が虚空を駆け抜けていく。

9

二階にいるフラック＝アンカーズはリボルバー状のシリンダーを横へスライドさせ、空の薬莢を床へと落とす。五指で挟むように取り出した長い弾丸を穴の一つ一つへと差し込み、シリンダーを元へ戻していく。

「思ったよりも早かった」

端的に敵を評価する。

背後に控える部下達も、同じように猟銃を手にしていた。彼らを引き連れ、フラックは階段を下りていく。踊り場に転がっているフリーディアを無視して、階下へ向かう。

思ったよりも早かった。

イギリス清教の手で排除されなかった以上、どこかで天草式とは遭遇すると思っていたが、このタイミングとは流石に予想できなかった。

さらに、初撃への対応も迅速だった。フリーディアを階段から転がしたのは、そちらに天草式の意識が向いた瞬間を狙って最低でも一人は始末するつもりだったからだ。しかし実際には彼らは止まらなかった。即座に危機へ対応し、階下へと逃げたのだ。

「……だが、この弾丸からは逃げられない」

そもそも物陰に隠れたり、高速移動を突き詰めたりといった方法では、フラックの弾丸から逃れる事はできない。

これはそういう種類の攻撃ではない。

「炸薬増強(さくやくぞうきょう)、二五cc」

ずぐんっ！　と、心臓の鼓動を大きくしたような音が響く。

親指で撃鉄を上げながら、フラックは一階の通路へと辿(たど)り着(つ)く。

「いないか」

右から左へ、ぐるりと猟銃ごと体を回すように、通路の先まで見回す。

第一目標である魔道書はすでに手に入れた。だが、ここまで索敵能力の高い天草式を取り逃がせば今後の動きに支障をきたす。多少、本筋から外れてでも、今もどこかに隠れている天草式を確実に始末しておくべきだ。

五和(いつわ)は照明の落ちた、市民図書館一階にいた。

いくつもの本棚が並んでいる、広い空間だ。視界を遮る遮蔽物(しゃへいぶつ)としては使えるものの、銃弾を弾く壁としては期待できない。また、迷路のように入り組んでいる訳ではないので、ずっと隠れ続けているのも難しいだろう。

「……っ……」

傍らにいる対馬は、右手の掌を貫く釘を抜けずにいた。

バラバラに隠れているものの、牛深や諫早などにも被害は出た。掌、あるいは足首。一回の銃声で一本の釘しか発射されない、というルールさえ無視できるのか、天草式の複数人が一気に負傷したのだ。

(考えろ……)

五和は両手で槍を摑んだまま、本棚に背中を預けて息を潜める。

不思議と、彼女には傷はなかった。

(魔術は理論、魔術は技術、魔術は知識。起きた現象には必ず法則性がある。単なる偶然なんてありえない。対馬さんが攻撃されて、私は無事だった理由。何かがあるはず……ッ!!)

「ぐ……、あれは、『神の子』の処刑と信徒に浮かび上がる『聖痕』の対応を、攻撃的に転化させたもの、って感じでしょう」

対馬は派手な出血を避けるため、無理に釘を抜く事を諦め、ハンカチを使って強引に掌を縛りながら、

「でもこれは、『神の子』の処刑に使われた本物の釘じゃない。というか、自称本物を名乗っているだけの釘なら、埋め立て地ができるくらい発見されている訳だしね。あの男はそれを逆手に取って、即席で大量の釘を生み出す魔術師なんだわ」

それもまた魔術の一側面だ。

たった一つしかない奇跡のアイテムを分析し、それを量産する。誰の手にも届く神秘を積み重ねる事で、誰の手にも届かなかった新たな領域へと手を伸ばす一助とする。

だとすれば。

敵の魔術師は、単なる鉄片を伝説の釘に見せかけ、完全に誤認させるための細工を施しているはずだ。

「あいつは攻撃の前に、何ccとかブツブツ言ってた。あれは多分、自分の血液を上乗せしているのよ。威力か、射程か、精度かは知らないけど、捧げる量に応じてブーストがかかってる」

血まみれの釘。

聖なる者の血を浴びた事で特異性を帯びるようになった鉄片。

それを模すための手っ取り早い手段と言えば一つ。

聖なる者に魔術師自身を対応させ、その血を自前の釘に浴びせる事で武具とする、と考えるのが妥当な線だ。

「処刑の儀式をそのまま術式に組み込めば、術者本人が手順に則って絶命する羽目になる。だからどこかを誤魔化している。……血よ。あいつは自分の血と標的の血を混同させる事で、引き金を引く事で完了する処刑の儀式で私達の血が使われ、私達の命が奪われるように理をすり替えている。『聖痕』が神の子以外の信徒にも浮かび上がるように。でも、逆に言えば」

「歪曲している一点を解明し、ねじれた箇所を修正すれば」

「本来通り、処刑の儀式は血を流す張本人を攻撃するはずよ。それさえできれば、私達は絶体絶命の状況から逆転できる……ッ!!」

ぎぃ、という音が響き渡った。

五和と対馬は口を噤む。

何者かが、図書館の中へと足を踏み入れてきたのだ。

チャンスは少ない。負傷した対馬との連携は難しいだろう。本棚は遮蔽としてある程度は機能するだろうが、気配を察知されれば終わりだ。そもそも、あの弾丸は物陰に隠れたくらいでやり過ごせるものでもない。

だからこそ。

闇雲に飛び出すのではなく、五和は待つ。ひたすら待つ。槍を抱えるように持ち、息を潜めて、じっとその場で固まる。

そうしながら、思う。

階段の踊り場から転がされた女性は、まだ息があるようだった。状況から考えて民間人ではなくイギリス清教側の魔術師のようだったが……五和達より先に襲撃された彼女がまだ生きていた理由は？

敵の魔術師は一人ではなく、複数の部下を引き連れているようだった。同じような猟銃を持った部下を。どこへ逃げても隠れても正確に標的を撃ち抜く猟銃なんてものがあるのなら、あの部下達の役目は一体？

そして何より。ここまで敵の攻撃方法を推測、組み立ててきた五和達だったが、その情報の出所はどこだった？

(まさか……)

かつん、こつん、と。

整然と並ぶ本棚の向こうから、硬質な足音が少しずつ近づいてくる。

その気になれば完璧に消せるだろうに、猟犬を先に放って獲物が飛び出してくるのを待つかのように、わざわざ足音を先行させてくる。

(まさか)

猟銃を構えながら図書館の中を進むフラック＝アンカーズは、神経を尖(とが)らせて周囲へ気を配りながらも、心の中でこう思う。

(……『神の子』の処刑。世界各地で量産される釘(くぎ)の伝承。処刑と聖痕(スティグマ)。血を浴びた鉄片。そこから術式の詳細を暴こうとしたところで、絶対に真相には届かない)

手に持っているのが野蛮な凶器だとしても。

実際に現場で魔術師が取っ組み合いになったとしても。

それでも魔術戦の基本と真髄は頭脳にある。そういう意味では、戦いとは実際に激突する前から始まっていると言っても良い。

そして。

現状、フラック＝アンカーズは完璧に駒を配していた。必勝の手順が解明されているチェスの駒を順番通りに置いていると表現しても良い。この状態から天草式が逆転するのは不可能だ。そうなるように、フラックは敵の可能性をことごとく潰している。

(術式さえ解明されなければ勝ちが揺らぐ事はない。そして解明は不可能。……これで、盤面は固まった)

10

あなたの夢を叶える方法はありません。

もしもそう告げられたら、その者が次に取るべき行動は何であるべきか。

胸に刻んだ魔法名は見当違いと知らされ、魔術師として生きる原動力はまやかしだったと知らされた人間が取るべき選択肢とは。

無駄と知りながらも、それでも自身を研磨し、予言のようなその言葉を否定しようとするか。

早々に自らの夢を諦め、妥協し、次の目標を探すべきか。

どちらも正解ではあるだろう。

あるいは、そもそも答えなんてないのかもしれない。

しかし。

フラック＝アンカーズ……いや、そう名乗る魔術師に限っては、後者の選択はありえない。

理由もまた単純だ。

彼はすでに夢を語っていた。そしてその夢についてきた者達が、部下という形で命と未来を預けてくれている者達が大勢いる。

フラックは船長であり、その夢は嵐の海を進むために必要な羅針盤だ。『指針』を失えば、船は遭難する。二度と陸へは辿り着けなくなる。だからこそ、フラックは最初に語った夢を捨てる訳にはいかない。羅針盤を無計画に放棄する訳にはいかない。

一方で。

現実的な問題を無視して、無駄な努力を延々と繰り返しても意味はない。それは帆船が無補給で地球一周を目指すようなものだ。そんな事では、船員は残らず海の上で干からびる。

前者も後者も、救いはなし。

だとすれば、フラックは第三の選択肢を自ら作り出すしかない。

簡単な事だ。

フラック＝アンカーズでは、自ら語った夢に手は届かない。しかし世界は広い。彼と同じ事を考えている魔術師だって少なくない。その中には、フラックよりもはるかに強大な力を持った者だっているはずだ。

フラックに叶えられないのなら、フラックよりも強い、それでいて同じ指向性を持った魔術師に師事すれば良い。

その背中を押して、踏み台になって、フラックと同じ夢を摑んでもらえば良い。

安いプライドなど捨ててしまえば良い。その名を偽り、その所属を騙ってでも夢へ手を伸ばす。もはや事はフラック＝アンカーズ一人の問題ではないのだ。彼の後ろについてきてくれる、無数の者達を預かった以上は、何としてもこの拙い船を目的地まで運んでみせる。

外道で結構。

邪道と呼ばれる方法論を駆使してでも、フラック＝アンカーズには成し遂げなくてはならない事がある。

「行くぞ」

静かに、低く。

呟くフラックは、ウッドストックの猟銃を改めて掴み直す。

「敵を殺して先に進む。であれば、躊躇する必要なし」

11

決断と行動は一瞬だった。整然と並ぶ本棚の一つに背を預け、襲撃の時を待っていた五和は足音の大きさが一定以上になるのをきっかけに、槍を持って一気に飛び出す。思ったよりも遠い。直線距離で敵の魔術師まで七メートルはある。得物が槍である事を加味しても、最短で二歩は必要な距離だ。

敵は集団だった。

先頭に大柄な男が一人。背後に控えるように一〇人弱の青年達。

距離の関係か、自身の術式に絶対の自信があるのか、相手側には、五和が急に飛び出してきた事に対する焦りの色はない。滑らかな動きで猟銃の銃口が修正される。腰を落とし、低い位置から槍で大柄な男の胸板を狙おうとする五和の顔をビタリと捕捉するように。

(例えば、階段から落ちてきたあの女性は、私達より先に市民図書館で敵の魔術師と戦闘をしていたとしたら。彼女が生きている事には絶対に意味がある。敵の魔術師は、大量の弾を用意して物量でごり押しすれば標的を殺せるような魔術を使っている訳じゃない)

一瞬という時間が粘性を帯びる。

五和は、自分で折り曲げた膝と、軋むような足の筋肉のうねりを明確に自覚する。

(例えば、敵の使う猟銃が、装填した弾数に拘らず全ての標的を同時攻撃して、なおかつ防ぐ事も避ける事もできず何があっても必中させるような効果があるのなら、彼一人で十分なはず。一〇人弱もの部下を引き連れる理由がない)

部下を引き連れる以上は、引き連れなくてはならない理由があると五和は考える。そこへきて重要なのは、猟銃。行動の主導権を握る大柄な男だけではない。その場の全員が、示し合わせたように持つ霊装か。

(例えば、これまで私達が推測してきた敵の術式の詳細は、全て敵自身の口から出た言葉から類推したものに過ぎない。そして敵の魔術師としては、私達にそんな情報を流す必要性はない。むしろできるだけ構成を暴かれないように行動するはず)

「となれば!!」

そして五和は最後の行動に出る。

いかに彼女の持っているものが槍でも、ここからではまだ二歩はかかる。対して、黒幕達は引き金を引くだけで良い。この位置、このタイミングからだと五和には魔術師の人差し指を止める事はできない。

その必要もない。

五和は手にした槍の石突きを、硬い床へ勢い良く叩きつける。

スパァァァン!! という小気味の良い音が重なった。

そう。

敵の魔術師が持つ猟銃と、五和の槍が放った音が。

「……これ見よがしな『神の子』の処刑に関するヒントは、全部丸ごとあなたが流したハッタリに過ぎなかった。血を吸う猟銃、釘を模した弾丸、そして何より意味ありげだったあなた自身の詠唱。全て、全て、全て！ 本命を隠すためのデコイに過ぎなかった!!」

初めて、暗闇に動揺が伝播する。

続けざまに猟銃の引き金が引かれるが、五和はタイミングを合わせるだけで良い。床、柱、本棚。あちこちに槍をぶつけて大きな音を被せるだけで、全ての攻撃は意味を失う。笹の葉一枚で切れそうな少女の柔肌には傷一つつかない。

「本命は『音』だった!! 特殊な『音』を耳にした者を攻撃する術式！ 銃身という、発音用の金属筒を複数用意する事であなたは聖化を帯びた『和音』を自由に生み出す魔術師だったんです。あなたの猟銃と、部下の猟銃を組み合わせたパイプオルガン。だからあなたは絶対的な攻撃手段を持ちながら、演出過剰な部下達を常に控えさせなければならなかった!!」

作戦会議をしたチャイナタウンの食料倉庫で、建宮達はこう言っていた。イギリス清教はその気になれば街中の教会の鐘を打ち鳴らし、その魔術的効果をもって広範囲にいる魔術師をまとめて叩きのめす事さえできるはずだ、と。

この魔術師は、それをダウンサイジングしたのだ。

手で持てる形に。楽器と分からない形に。

「……厳密な数値計算に基づいて『和音』を作るあなたとしては、タイミングを合わせられるのだけは避けたかったはずです。何故なら、ちょっと雑音が混じってしまえばバランスが崩れ、効果は失われるんですから」

実際、階段から転がされたあの女性は、ある程度それに成功していたのだろう。何かしらの楽器やスピーカーのようなものを扱う魔術師だったのかもしれない。何度攻撃しても殺す事ができないので、黒幕は彼女を殺す事を諦めたのだ。

階段の踊り場から退避した時、釘の銃撃が五和ではなく対馬へ向いたのにも、『音』に関係した何かがあったのかもしれない。例えば、対馬が盾になったため五和へ音が正しく伝播しなかったとか、体を振り回されたため、体感的には音が歪んで聞こえたとか。

「それを隠すため、あなたは大仰な『血を吸う猟銃』や『神の子の処刑と聖痕の関係』などを想起させるように努めた。見当違いな推測を重ねている内は、術式を邪魔される心配もありませんからね!!」

だから。

決断と行動は『一瞬』と評価できた。

相手の攻撃を封じた五和には、恐れるものは何もない。最短最速で、走るというより極めて低い高さを跳ぶように大柄な魔術師の元へと突撃する。彼は攻撃手段の有用性が消失した事を率直に認めると、一歩だけ後ろへ下がった。

隙間を埋めるように、有象無象の部下達が前へ出る。

盾に。

ほんのわずかでも五和の身動きが止まるのを待って、確実な攻撃を仕掛けるつもりなのだろう。大柄な魔術師の得物はあの猟銃だけのようだが、市民図書館には魔道書を守るためのトラップも多数設置されている。今は止まっているようだが、そちらに介入すれば、多くの部下ごと五和を挽肉にする事だってできるのかもしれない。

しかし。

評価は『一瞬』だ。

状況は余計な行動を許すほど甘くはない。

ゴッ!! という爆音が炸裂した。大柄な魔術師が音源へ振り返った時、すでに宙を舞う大きな本棚が彼の視界いっぱいに広がっていた。派手な激突音と共に、木材が砕ける音と書物が床に叩きつけられる音が大きく重なった。

五和は慎重に槍を構えながら、本棚が飛んできた方へ目をやる。

図書館の壁を、壁際に設置されていた本棚ごと吹き飛ばした建宮が、波打つ剣を手に入ってきた所だった。

彼は本棚に押し潰された魔術師を見下ろし、言う。

「……何もチームプレイはお前さんだけのものじゃない。知らなかったか?」

12

天草式の特別編入試験に割り込む形で奪われた『フリーパス』と、それを使った市民図書館襲撃、および魔道書強奪の一件は、黒幕となる魔術師を五和達の手で撃破した事で一応の解決を見せた。

『フリーパス』自体はある種の呪文のようなものだ。一般社会で言うパスワードに近いものだから、取り上げる事はできない。が、それを知っている人間を直接拘束してイギリス清教に引き渡してしまえば、これ以上のトラブルは起きないだろう。

五和は本棚と床に挟まれた大柄な魔術師の懐から、革張りの書物を引き抜く。

「……？」

表面に何かしらの文字が書かれていたが、プロの魔術師である五和にも読めなかった。

横から覗き込んだ建宮が、胡散臭そうな顔をして呟く。

「『死霊術書』……」

「はい？」

「いや、俺に疑問をぶつけられても困るのよな。文句はこいつを作ったヤツに言ってくれ」

建宮は革の……冷静に考えると、一体どんな動物の皮を加工したものか良く分からない表紙を人差し指で軽く叩いて、

「確か『設定』じゃ原本の名前はアル・アジフとか呼ばれていたっけか。だが、ここに書かれ

ているのはネ・ク・ロ・ノ・ミ・コ・ン、だ。……言いたい事分かるか？」

「『原典』を複製する過程で情報が劣化した『写本』とは違う。嘘から出たまことっていうか、『元』が作り物と分かっていながら、本物の理論や公式を徹底的に上塗りする事で、全く新しい系統の魔道書を作り出してしまった、って事なんですか……？」

クトゥルフ神話群、という物語（？）がある。

一人の天才作家によって生み出されたその系は、後世多くの作家達が自身の物語に組み込んでいく事で、まるで生き物のように、本物の神話のように振る舞うようになる。

それを面白がった魔術師がいたのか。

あるいは、そこに描かれる世界をこの目で見たいと本気で願った魔術師がいたのか。

『どこかの誰か』は世界中の魔術系統をひっくり返し、『クトゥルフ神話群の中で描かれている絶望的な事象を再現するには何が必要か』を完璧に計算し、それを自在に操る術を一冊の書物へと記してひっそりと世に送り出した。

それが、『この業界』における死霊術書。

怖いもの見たさが生み出してしまった、フィクションの世界に留めておくべき『恐怖』で世界を満たしてしまうための書物。

「かの有名な、近代西洋魔術の礎とされた薔薇十字運動だって、きっかけは一人の人間が書き記した偽りの書物だったのよな。……そして『業界』はそんなもの気に留めなかった。後日、当人が世に遺した『事の真相』なんぞ丸っきり無視された。多数の本物の魔術師が参加し、次々とディティールが組み上げられていく中では、もはや時代は原作者など必要としなかったのよ。運動の中心にいたはずのその当人を爪弾きにしてでも、薔薇十字という言葉だけが肥大を続けたのよな」

「……『原典』でありながら、『原典』ではない。嘘から始まった魔道書」

五和は、自分の手の中にある革張りの書物へ改めて目をやりながら、

「こんなものを調達して、彼らは一体何をしようとしていたんでしょう？」

「さあな。楽しい事じゃないのは事実だろう。あるいは破滅的に楽しい事、とでも表現してやるべきか？　ともあれ、中に書かれている事が実行に移される前にケリをつけられて良かったのよな」

黒幕の正確な構成人数は不明であるため、もしかしたらまだ残党のようなものが残っている可能性もある。

が、それに対して魔道書『死霊術書』はこれ一冊だけだ。遠く離れた日本の学園都市で暮らしている魔道書図書館・インデックスが同時に襲撃されていない限り、『死霊術書』を利用した大規模な魔術儀式を続行するのは不可能だろう。

ひとまず、事件は終わったのだ。

そう思い、ホッと肩の力を抜いた五和だったが、彼女はそこで嫌なものを見た。

血。

本棚と床に挟まれる形で意識を失っている、大柄な魔術師の口や鼻から、真っ赤な鮮血が溢れ出てきたのだ。

建宮は慌てたように、

「何だオイ……やり過ぎちまったのよな⁉」

「いや……」

五和の頭の中で、不快な重圧が存在感を増す。何かを見落としている。そう思った彼女は、大柄な男のすぐ傍に転がっていた霊装へ目をやった。

猟銃。

正確には、聖堂のパイプオルガンのように『音』で魔を祓う武具。

『音』の中に魔術的意味を込め、広域へ打ち鳴らす事で回避不能の攻撃手段とする魔術の部品。

ただし。

(……そう、そうだ。銃声は辺り一面へ均等に平等に広がっていたはずだから、あれを聞いていたのは標的である私達だけとは限らないはず)

そして、敵の魔術師が『音』の中へ自在に情報を封入できるとしたら。

電波のように、波形の中にデータを詰めて遠方へ届ける技術があるとしたら。

「建宮さん、これ、外からの攻撃でできた出血じゃありません‼」

「はあ？　だったら一体……」

「魔道書の『原典』。高密度の『猛毒のような情報』を閲覧した事で起きる後遺症です‼」

「……、」

嘘だろ、という目で建宮は五和を見た。

五和も首を横に振る。

「彼らは万に一つも自分達の計画が潰れるのを防ぐために、あんな優位な状況であっても安全策を講じていたんです。つまり、私達と戦闘している風に見せかけておいて、どこか別の場所にいる仲間へ魔道書『死霊術書』の情報を『音』の形で送信していた!!」

「待てよ。ちょっと待て。それじゃどこかの誰かさんが『音』を受け取って、そいつを再び書物の形に整え直せば、『死霊術書』の正確な『写本』が敵の手元に残っちまうって訳なのよな!?」

ある意味では『順当』に事が進んでしまっている。

イギリス清教に真っ向切ってケンカを売ってでも成し遂げたい『何か』。大規模な魔術儀式になるであろう『何か』はそのまま継続される。

だが。

具体的に、そいつは誰だ?

一体どこへ行けば、何を追えば見つけられる人間なのだ?

「……途切れちまった」

建宮は、唖然とした調子で呟いた。

首謀者に見えた大柄な魔術師や、その背後に控えていた部下の魔術師達は、皆『魔道書の毒』にやられてしまった。たとえ苛烈な拷問をしたとしても、そもそも意識がないのではどうしようもない。頭の中を覗く魔術もどこまで使い物になるかはギャンブルだ。

撃破した敵からは、新しい情報を手に入れられる公算はほとんどゼロと考えて良い。

となると……、

「『死霊術書』がどこの誰に渡ったのか。細い糸が完全に消えちまったのよな!?」

13

側面にペンギンのイラストが描かれた、小型の保冷車の中だった。実際には冷凍用の機材は取り払っており、内部には数人の人影が鎮座していた。

保冷車のすぐ脇にはかの有名なウェストミンスター寺院がそびえていたが、彼らの目的は観光ではない。

「やはり大規模な施設は良(い)い」

誰かが言った。

「常に大量の『力』を浪費している副産物か。自身が撒(ま)き散(ち)らす余波のせいで、イギリス清教式(せいきょうしき)の探査も通じない。私達が御膝元のロンドンで怪しげな術式を行使しても、ヤツらに勘付かれる事もない」

答える声はなかった。

ゴトリ、という鈍い音と共に、傍(かたわ)らにいた少女が腰掛けたまま真横へ倒れた。

同じように、中年男性も保冷車の床の上へと崩れ落ちる。

フラック＝アンカーズという名で市民図書館に向かわせた刺客から『銃声』の形で『死霊術書(ネクロノミコン)』のデータを受け取って分析した部下と、それを速記の形で再び書物に編み直した部下だ。

いずれも優れた人材だった。

だが、唯一残った誰かは人材の損失を嘆かない。

人材とは結果を成し遂げる事で初めて意味を生み出すものだ。優れた人材であればあるほど生まれる偉業の桁も変わるが、逆に言えば、たとえどれだけの天才であったとしても、何も残さず世を去るのでは何の評価も与えられない。卵を産んでこその鶏である。

「……さて、これで無事に『死霊術書(ネクロノミコン)』も手に入った」

誰かは保冷車の前方へ向かい、運転席との間を遮る壁を軽(かる)く叩(たた)く。データの受け取りを終えた保冷車は、滑らかな挙動でウェストミンスター寺院を離れていく。

次の目的地へ向かいながら、誰かは静かに笑う。

「では、ここからが本番だ」

第三話

1

敵を取り逃がした。

五和達天草式は、市民図書館で保管されている魔道書『死霊術書』を狙う魔術師フラック＝アンカーズとその一味の撃破に成功する。しかし猟銃の『銃声』を利用した術式を使うフラックは、戦闘の最中にも『死霊術書』を読み解き、その文面を音波信号に似た形で、市民図書館の外で待機していた別の仲間へと送信していた。

具体的に『どこ』の『誰』に送られたのかは不明。

事件は五和達の手の届かない所へ離れようとしている。黒幕が稀少本の収集自体を目的に掲げていない限り、『本来であればフィクションの中に留めておくべき恐怖』の実現法の坩堝と化した魔道書を利用した、言葉にするのも憚られるような大事件が起こるはずだ。

『フリーパス』の一件だけなら終わった。

だが、そこからさらに大きな別の事件へと繋がってしまった。大きな被害を出してしまえば、天草式も責任を追及されるかもしれない。

それ以前に、どれだけの人間が巻き込まれるか分からない『儀式の準備』とやらを放置しておく事はできない。何しろ、『あの』クトゥルフ神話群で語られている事をほぼそのまま再現できるとされる魔道書が流出したのだ。宇宙規模の恐怖とまで表現される諸々(もろもろ)の事象がこの世界に放たれれば、街が、国が滅んでもおかしくない。

「まったく、せめて系統分けの進んだ新しい時代である事を祈るのよな。最初期の時代だったとしたら『人間側』に勝ち目なしなのよ」

市民図書館の中で、建宮(たてみや)はうんざりしたように言う。

直接的な戦闘が終了した事で、彼らは各々(おのおの)応急手当などを行っていた。野戦病院とまではいかないが、まるで折り畳みできるキャンプ用品を一面に広げたような、異様な空間ができあがっている。

無傷だった五和(いつわ)は即席の回復術式で、ふわふわ金髪の対馬(つしま)の掌(てのひら)を治療しながらも、

「それよりも、どうにかして『死霊術書(ネクロノミコン)』の受取人を追いかけないと……」

「ノーヒントでどうやって？」

対馬(つしま)が眉をひそめたが、五和(いつわ)は首を横に振った。

「ヒントならあるんです」

「？」

「敵は『銃声』の形で少しずつ『死霊術書(ネクロノミコン)』のデータを外にいる仲間へと送り続けていたはずなんです。……そして、敵が何をしようとしているかはさておいて、本当に『死霊術書(ネクロノミコン)』を丸々一冊必要だったかどうかは分からない。実は一冊の中にある、ほんの数ページがあれば目

的を達成する事はできるのかもしれません」

五和は慎重に言葉を選びながら、

「……それを悟らせないように、均等に全てのページを送信している体を装っていても、やっぱり重要なページを送信する時は慎重になるはずです。行動のむらを見極めて『重要なタイミング』をピックアップして分析すれば、どんな章や節を重要視していたかも摑めるのでは？」

「敵の正確な規模はさておき、イギリス清教相手にここまでケンカを売る以上はそれなりの力を持っているはずなのよな。……これが初めてじゃないかもしれない。いくつか大規模な魔術実験に挑戦して、ピースが足りない事に気づいて、そこから『死霊術書』を狙うようになったとしたら……」

「イギリス清教が管理している過去の事件簿の中に、クトゥルフ神話群にご執心な魔術師の記録が残っているかもしれないって事？」

当然、クトゥルフ神話群は有名な題材だ。

関わる魔術師の数も多い。

だが、『猟銃の信号』を解析し、敵が『死霊術書』の中でも特にどのページを重視しているかが分かれば、事件簿の中にある無数の魔術師の中から、今回の件に関わる本命を絞り込む事だってできる可能性が出てくる。

「言うのは簡単だけど……」

否定的な言葉を放ったのは、小柄な少年の香焼だ。

「それ、過去の事件簿を洗うって事は、教会であれ聖堂であれ、イギリス清教の拠点に直接潜り込まなくちゃならないって事すよね？　あるいは殴り込むでも良いかもしれないけど。どっちにしたって非現実的というか、戦力不足というか……」

「ま、ハッキングみたいに離れた場所からイギリス清教の記録を調べる事はできないのよな」

「あ、あの。階段から転がり落ちてきた女の人って、イギリス清教側の魔術師って可能性が高いんですよね？　事情を説明すれば」

「向こうに説明を聞く理由があると思う？　私達は事件の主犯か、そうでなくても共犯者、くらいにしか分類されてないわよ」

　言っていて虚しくなったのか、五和や対馬達はやや黙る。

　しかし『沈黙もまた意思表示の一つ』が通用するような状況ではない。

　とにかく打開のためのアイデアを出さなくては。

「……建宮さん」

「何なのよな？」

「遠からず『必要悪の教会』の正規メンバーが市民図書館へ突撃してくるでしょう。その前に安全に身を隠す方法ってあります？」

「ま、『一回使ったらおしまい』な手で良いなら、下水道ルートとか含めていくつかあるのよ。……ホントに対策練られちまうから、可能な限りは温存しておきたいけどな」

　サラリととんでもない事を言う建宮だったが、手当てを受ける対馬が素っ気ない調子で口を挟んだ。

「あんまり尊敬しない方が良いわよ。案の中には『夜のロンドンにスリングショットを着た五和を放り出して、周囲の注目を集めている間にその他大勢が大脱走』なんて間抜けなものもいっぱいあるんだから」

「…………………………………………………………………………………………」

…………………………………………………………………………………………

その作戦会議は一体いつどこで開かれているのだ、と五和は真剣に思う。

開催予定が分かれば大魔神五和が降臨し、全てを粉砕してやるというのに。今騒いでも仕方がないのは理解しているが、後日改めて蒸し返そう、と心に誓いながら五和は本題に戻る。

「猟銃の銃声自体は、皆さんも耳にしていたと思います。いつ、どこで、何発撃ったか。話し合ってロールプレイで再現するのにかかる時間はどれくらいかかります？」

「うちの男どもがよっぽど無能じゃなければ、五分一〇分でいけるわよ。ただ、銃声の具体的再現と解析までは正確性に欠けるんじゃないかしら？　できたとしても、『原典』の知識を防備なしで頭に入れたいとは思えないし」

「ページ数か、章とか節。どこに注目していたかさえ分かれば何とかなります」

五和は魔術的な手当てを終えた対馬の掌から手を離す。

当然、これだけで奇麗に傷口が塞がる事はないが、放っておけば人差し指、中指、薬指が動かなくなっていたかもしれなかった。初期状態に比べればずっとマシだろう。

彼女は空いた手で自分の頬を軽く撫でつつ、

「……あの時、放棄された地下鉄の中で行われた特別編入試験は『フリーパス』入手のためのデコイのものに過ぎなかった。イギリス清教も事態を把握していない。あそこにあった罠も全て黒幕が用意しているとしたら……」

「おい五和。一体何をしようとしているのよな？」

建宮の質問に答えず、五和は市民図書館の床に倒れている複数の魔術師達の方へと近づき、その懐を探っていく。

出てきたものを見て、小さく笑う。

「『これ』を解析できれば、たった一つだけ状況を打破する方法に繋げられるかもしれません」

2

「ぐ……」

イギリス清教の魔術師フリーディア＝ストライカーズは呻き声と共に目を覚ました。最初の数秒は状況を思い出せず、そして直後に飛び起きる。

市民図書館の階段だ。

（……何が、一体何が）

右の掌から広がる鈍い痛みに顔をしかめる。が、そちらに目をやると、掌全体が包帯で包まれていた。黒幕だったフラック＝アンカーズがこんな事をするとは思えない。しかし、だとすると他に誰が……？

考え、彼女は痛み以外の理由で顔をしかめる。

ハンドバッグの中から古い鉱石ラジオを取り出し、フリーディアは改めて市民図書館の中を調査していく。真っ先に調べたのは危険な魔道書が保管されている修繕室だ。見て回ると、不思議と手つかずのままだった。

フラックは何も盗まずに引き上げたのか。

あるいはフラック以外の何者かが魔道書を取り返し、何事もなかったように元に戻したのか。

(人の気配はない)

そもそもどれくらいの間、気を失っていたのかは定かではなかった。意識があったのかなかったのかも曖昧だ。ぼんやりした記憶の中で、フラックが東洋人の男女と戦闘を始めた辺りの光景を、断片的に思い出す事ができる。あの介入がなければフリーディアは殺されていたかもしれない。

(……だが、そもそもどういう状況なのか……)

敵と味方に分かれていたのか。

あるいは、何かしらの理由で仲間割れでも発生したのか。

敵の敵は味方、なんていうほど現実世界の抗争は甘く単純なものではない。利害や目的がはっきりするまでは、やはり天草式は敵性組織とみなして行動するべきだろう。

市民図書館の一階で、フラック=アンカーズを発見した。

すでに意識を失っていて、傍らに転がっていた猟銃型の霊装も完全に破壊されていた。彼の部下達もまた、近くで倒れている。その全員が、電気ケーブルなどで両手を縛られた状態で放置されていた。

自殺願望でもない限り、フラック達が自らこんな風になるはずがない。

となると、

「……天草式。引っ越し祝いの差し入れのつもりなんですか」

彼らはすでに市民図書館から脱出した後のようだった。目的は不明。フリーディアに利のある行動を取っているようにも見えるが、やはりこれだけで天草式を信用する訳にはいかない。野放しにしておいて良い相手ではないだろう。

フリーディアは鉱石ラジオを床に置き、ダイヤルを合わせ、彼女はイギリス清教と連絡しようとして……もはや手癖となったダイヤルを操る手を止める。

フラックには、この通信手段を逆手に取られて窮地に追い詰められた。

「別の方法を使いましょう……」

若干うんざりしたように呟き、フリーディアは周囲を見回す。

古い図書館にだって、電話くらいはあるだろう。

3

イギリス清教の魔術師は清掃業者を装って市民図書館へやってきた。……こういう場合の定番は救急車なのだが、さらう人間の数が多いと大名行列のようになってしまう。当然ながら、救急車が列を為すのはかなり目立つ。テロか何かと目を剝く民間人だっているだろう。

その点、清掃業者は便利だ。どんな時間、どんな建物へ向かっても怪しまれない。パトカーや消防車と違って、幼い子供が手を振ってくる事もない。

『必要悪の教会（ネセサリウス）』の面々は、意識を失ったままのフラック＝アンカーズやその部下達を担架に乗せ、迅速にトラックの中へと運び込んでいく。

彼らが向かったのは『必要悪の教会（ネセサリウス）』が使っている拠点の一つ。

ソード聖堂と呼ばれる施設だった。

その名の通り、過去の偉人の名ではなく、器物を冠した珍しい聖堂である。神のために戦い、そして折れた剣や槍（やり）の最期（さいご）を『看取（みと）る』ための小さな家。本来であれば物品そのものを拝むような信仰方法は邪道とされるが、民衆はいつの時代も聖剣や聖杯などに夢を見る。無理に押さえつければ不満が蓄積するとして、ガス抜きのために容認された聖堂……というのが宗教的解釈上の事情だった。

ちなみに。

プロの魔術師の間では、強力であるもののあまりにピーキー過ぎて持ち主まで死なせかねない霊装（れいそう）の再チューニングを行うカスタム施設としても有名ではあった。

複数のトラックが敷地内（しきちない）へと入っていく。

ドアを開けて車を降りたフリーディアに、ソード聖堂に常駐し、普段は人間よりも刃物と会話をしている時間の方が長い男が話しかけてきた。

「うちは人間なんて扱っていないよ。人骨を素材にした鏃（やじり）になら心当たりはあるが」

「良（い）いから中に運び込んでください」

「魔術絡（まじゅつがら）みの犯罪者でしょ？　ストレートに『処刑塔（ロンドンとう）』にぶち込んじゃえば？」

「捕獲の過程に不明瞭な点が多々あって。今の段階で書類申請したって通りませんよ。向こうの看守は、何かと理由をつけて新入りの入所を嫌うものですし」

「まったく、どこの檻も満員御礼なのは一緒か。そりゃ刑務所が民営化される時代になるもんだ」

「子供が親の手で虐待され、老人がアパートの一室で孤独死する中でも、犯罪者が国の税金でご飯を食べていける時代ですからね。素敵な世の中になったものです」

担架に乗せられたフラック＝アンカーズとその部下達が、石造りの聖堂の方へと運び込まれていく。表面上に見える建物にそれほどの価値はない。本命は地下に広がる、アリの巣のような空間の方だ。

カスタム職人の男は首の骨をコキコキ鳴らして、

「体を置くのは構わないけど、情報を引き出すのは得意じゃないよ。拷問ってのは情報を引き出す前に死なれちゃ困るし、激痛や恐怖から逃れるために嘘の情報を吐き出すようになっても困るんでしょ。そういう繊細な心理戦は専門じゃない」

「生きていようが死んでいようが関係ありません。情報さえ引き出せれば、しゃべる銃にしちゃっても構いません」

「そっちの方がまだそそりそうだ。ん？　アンタは付き合わないのか？」

カスタム職人の疑問に、フリーディアは片手をひらひらと振った。

包帯を巻かれた掌を。

「私はこっちを。あなたは得意じゃないんでしょう？」

「俺がやったら右手にドリルがつくね」

もう一度、フリーディアはひらひらと手を振った。

犬でも追い払うように。

「何か分かるかギブアップになったら連絡を」

「はいよ」

フリーディアは地上部分にある聖堂の中へ、カスタム職人は地下深くへと下りていく。一応、このソード聖堂にも人間を取り扱う区画は存在した。……主に凄惨な傷のついた死体で、ド派手な傷口からどういう霊装が使われたのかを逆算して、『次の研究』に活かすための設備なのだが。

カスタム職人の視線の先にある床には、一〇人前後の魔術師達が整列した状態で寝かされていた。

拷問をするにしても頭の中から情報を抜き取るにしても、まずは被験者の体調を細かく診断する必要がある。それは『健康を維持するため』ではあるのだが、目的は被験者の幸福ではなく『どこまでやっても大丈夫なのか』という苦痛の上限設定を見極めるためのものだ。

挙げ句、前述の通りソード聖堂は過去の偉人ではなく器物を冠した珍しい聖堂だ。

『人のための設備』は極端に少ない。

外科手術などでは、全身麻酔を施した患者の骨を加工するため、ノコギリやドリルといったものを取り扱う事はある。が、それにしたって手術用に、人の体を扱うために微調整されたものだ。

カスタム職人のように、『鋼のための工具』をそのまま人体に向ける事はない。

「ま、白か黒かはっきりしない人間相手だったら、俺もここまでやったりしないけど。こいつの場合は容赦をする理由を探す方が難しいからなあ」

鼻歌でも歌いかねないほどの気楽さで、工具を手にしたカスタム職人は仰向けに横たわるフラック＝アンカーズへと近づいていく。屈んで、その動かない顔を覗き込む。

そこで、異変が生じた。

ピキリ、という乾いた音と共に、フラックの頬に大きな亀裂が走ったのだ。

「なに、が……？」

言いかけたカスタム職人の言葉が途切れる。

バリィ!! と。

フラック＝アンカーズの胸板が大きく裂け、その中から飛び出した細い手がカスタム職人の首を掴む。

4

大柄なフラックの体の中に隠れていたのは、天草式の五和だった。

より正確には、

『デコイの編入試験では、蠟人形を利用した術式が使われていましたよね？』

市民図書館で、五和はそう切り出していた。

『あれも全部黒幕さんが用意してくれたものだとしたら、ここで伸びている彼らも術式の構成を知っているはず。解析できれば、そっくりさんを作る事だってできるんじゃないですか？』

武術の心得もある五和は、こちらの顔を覗き込もうとしたカスタム職人の頸動脈を親指で押さえつけ、数秒で迅速に意識を落とす。

床へ崩れた彼の懐を探って鍵束を抜き取ると、電動工具のケーブルを使って手足を縛り、油の染み込んだ布を口に詰め込んで猿ぐつわの代わりにした。そのまんま『モルグ』と書かれたドアを抜け、外から施錠すると、案内板の表示に従ってアリの巣のように無秩序に増改築している地下を進んでいく。

時間が時間なのか、あるいは少数の変人だけで回っている施設なのか。途中で誰かとすれ違う事はなかった。もっとも、鍵束を持って堂々と歩いていれば怪しまれないとは思うのだが。

『モルグ』はもう一つあった。

ただしこちらは死体を保管する場所、という意味ではなく、過去の新聞記事や報告書などを詰め込んでおく部屋、という意味でのモルグだ。

外から鍵を開け、中に入ると、内側から施錠する。

「……さて」

部屋の広さは大体テニスコートほどだったが、壁や天井の高さは一定ではない。ファイルが増えるたびに本棚も増え、本棚が増えるたびに土を掘って増築していったのだろう。……地震と温泉の国で生まれた五和としては、建築家の神経を疑うレベルのいい加減さだった。

（……そういえばローマとかも数百年単位の地下遺跡がいくつも折り重なっている街なんでしたっけ。建築基準も安全基準も何にもなかった時代の地下空間の上に一国の首都があるなんて……。あの国は火山が多いから崩落と無縁とも言えないのに……）

　ともあれ、多少の無茶をしてでも増築を繰り返さなくては管理が追い着かなくなるほど、事件記録は日々増殖しているという事なのだろう。『必要悪の教会』などというものが生み出され、今日まで機能を続けている事自体、魔術絡みの凶悪事件の数の多さを裏打ちしているようなものだ。

　つまり闇雲に部屋の中のファイルを引っ掻き回すだけで本命に辿り着ける公算は低い。鮮やかに潜り込んだ五和ではあるが、彼女の持ち時間も無限ではない。もう一つの『モルグ』に縛ったまま放置しておいたカスタム職人が第三者に発見されれば、この部屋が包囲されるのも時間の問題となってしまう。

（分類別にきちんと整理されていれば良いんですけど）

と、本棚に向かおうとした五和だったが、そこで彼女はテーブルの上に妙なものが置いてあるのを見つけた。

　型遅れのパソコンである。

「……これって、蔵書管理用の……？」

　コンピュータ＝科学的な物品として、魔術師の間では敬遠されているものだとばかり思っていた。が、実際に軽く触れてみると、コンピュータの中には事件記録のタイトルだけが並べられているだけで、どこの棚に何が置いてあるかを管理するだけのもののようだった。事件記録そのものは保存されていない。

（……一体、どこまでが魔術と科学の『協定』に触れないのやら……）

『昔ながらの伝統』だけでは生きていけない、というのが現場の本音なのかもしれなかった。言われてみれば、五和だって車やバイクの運転はする。馬で走れと言われれば（できない事はないが）困るだろう。

　クトゥルフ神話群や『死霊術書』などの名前で検索候補を絞り込み、さらに建宮や対馬達に解析してもらった『猟銃の銃声』の音波信号についても入力していく。

（ええと、特に慎重にデータを送信していたのは、四五ページ、九〇ページから一二〇ページ、二〇〇ページ、二一〇ページから二二二ページ）

　解析をした当の建宮達自身も、そこに何が書かれていたかは把握していない。厳密には、そこまで文章化する事もできたのだが、やってしまうと『原典』の猛毒のような知識に頭を潰されかねないのだ。よって、ページ数と断片的な見出しくらいしか五和も報告を受けていない。

……ちなみに、ここで言う『死霊術書』は、とある天才作家が自分の作品世界の中で登場させた伝説的書物アル・アジフとは全く関係ない。ただ『クトゥルフ神話群の中に登場する絶望的状況を片っ端から現実世界で再現するには何が必要か』を記しているだけなので、クトゥルフ神話群に登場する他の書物の知識や、天才作家が死去した後に、後世の作家達が付け足していった『新たな恐怖』についても記述されているはずだ。

「ふむ……」

　検索結果は、数十件まで絞り込むのが限界だった。

元々、事件簿のファイルのタイトルくらいしかコンピュータの中には情報が入っていない。あまり細かい条件を付け足していっても、検索するために必要な情報そのものが少ないためきちんと対応してくれないのだろう。

五和(いつわ)は少し考え、その全てを当たる事にした。

本棚の番号を確認すると、テニスコートほどの広さの室内を歩き回り、必要なファイルを片っ端から引っこ抜いていく。床に広げ、その内容を斜め読みしていく。

『箱の中の宝石を使い、この世ならざる者を呼び出そうとした男』

『死すべき相手に黄色いメダルを送りつける事で邪神と遭遇させ、他者の持つ魔術的遺産を次々と獲得しようとした結婚詐欺の妖女』

『門の番人であり門の正体である存在を「作り出し」、異なる星へと旅に出ようとした老人』

……魔術師としての領分を踏み越えたがる輩(やから)が提唱する『大仰な目的』としては、さして珍しいものでもない。実際にそれを叶(かな)えられるか否(いな)かはまた別の問題ではあるが。

ただ、そのための被害が尋常ではない。

単純に犠牲者の数が半端(はんぱ)で済まないケースもあった。犠牲者は一人きりだが、その殺害方法だけで犯罪学に新しい分類を作らなくてはならないようなケースもあった。極彩色の眩暈(めまい)を誘発させると同時に、奇妙な誘引力をも兼ね備えたそれらの事件は、心の弱い人間ならそのまま引きずり込まれそうな恐ろしさがある。

しかし、どれもこれも建宮(たてみや)や対馬(つしま)達が『猟銃の銃声』からピックアップしてくれたページの見出しとはあまり関係はなさそうだった。

不要なファイルを除外していく。

最後に残った事件に注目する。

「……これ、ですか」

思わず五和は呟いた。

事件の概要、現場周辺の地図、容疑者として浮上した人物の調査票から、新聞や週刊誌の切り抜きまで。一つのファイルの中には有象無象の紙片が大量に詰め込まれていた。改めて比べてみると、他のものより明らかに分厚い。

ファイルの背表紙には蛍光カラーのビニールテープが貼り付けてあった。

おそらく『未解決』を識別するためのものだろう、と五和は推測する。……でなければ、一般の新聞や週刊誌の記事まで収集するとは思えない。事件を追った魔術師は、藁をも掴む気分だったのかもしれない。

「三年前の八月二日。太平洋上、米国領、英採掘プラント大手ラグジュアリー&インゴットが建造した資源採掘船コンドルにて、現地作業員一〇三名が精神が壊れた。地下資源ビジネスを巡る国際抗争や米英間の外交関係に亀裂を入れる破壊工作の線も考えられたが……」

早口で、口の中で五和は呟く。

普通に斜め読みしても情報を見逃す。高速かつ正確に情報を頭の中に入れていくには、自分の口で言語化する事によって意識を刺激した方が良いのだ。

「その後、船内各所から共通性のある魔術的記号が散見されているのを確認。資源採掘船という閉鎖環境を小世界として区切り、特殊なルールで侵食させる『神殿』の儀を応用した魔術的事件と断定される」

作業員達は『独自の価値観』に基づいて互いに殺し合う形で全滅してしまったため、その時何が起きたのかを正確に知る術はない。

「……舞台装置の断片からクトゥルフ神話群のカラーを確認。また、その構成から事件の『大きな目的』としては、海底都市の浮上辺りが妥当な線と推測される」

ルルイエ。神話の名に冠せられているクトゥルフとその眷属が眠る海底都市だ。一定の条件が重なる事でルルイエは海底から海の上へと浮上するという伝説もある。

……もっとも、『こっちの業界』の魔術師はクトゥルフ神話群がゼロから作られたものと定義した上でさらに利用しているため、黒幕は本当に海底都市があるとは思っていないだろう。ようは、『本来ありえないものを呼び出すために必要な座標はどこか』を算出し、神話群の中で語られる太平洋の一点が選ばれた、という訳だ。

ルルイエの浮上に合わせて心の弱い人間は壊れ、詩人や芸術家は『異常なインスピレーション』を獲得するとされるが、どうも首謀者の狙いはここにあると考えられているようだ。

「……自身の魔術的研究における、何かしらの行き詰まりを解消するためのステップ飛ばし、ブレイクスルー方法としてのルルイエ浮上。海底都市にも眠る邪神にも興味はなく、ただただ自身のインスピレーションを獲得するための利己的犯行」

が、当時の計画は何かしらの原因で失敗した公算が高い、とある。

犠牲者が少な過ぎる、というのがその根拠のようだった。イギリス清教側がシミュレートした予測被害では、魔術儀式が成功していれば被害は資源採掘船に留まらず、直径一〇〇〇キロ以上の範囲内に収まる島々の住民も全滅したのではないか、とされていた。

イギリス側は当時、気象条件が悪化していた事を挙げ、陸地も目印もない採掘船の中で揺られ続けた作業員達が精神的な限界を迎えてしまった、と公式声明を出し、二度とこのような事が起こらないよう、魔の海域を進む全ての乗組員に安心を与えるためとして、海上プラントと巨大な通信用アンテナ施設を同海域に建造した。

……これについては戦略的なレーダーとしても転用可能な施設の国外敷設のおそれがあるとして一般の世論も多少騒ぎを起こしたようだが、『見当違い』な方向に矛先が向く分には問題ない、とイギリス清教上層部に判断されたのかもしれない。

「つまり、現場は『必要悪の教会』に押さえられている……って事ですか」

ただ『死霊術書』を獲得しただけでは、三年前に失敗したルルイエ浮上の儀式は実行できない。しかし、何の意味もなく危険な魔道書の強奪など誰も考えない。何か見落としがある。三年前に起こった魔術的事件はまだ終わっていなかったのだ。

「ともあれ……」

五和はファイルの中に大量に収められていた、事件関係者のリストへ目をやる。犠牲者の数が多いため、大半は魔術の世界と関わりのない資源採掘船の乗組員や作業員達だったが、中には首謀者と疑われた魔術師の情報もあった。

報告書と一緒にクリップで留められた写真。そこに写った青年の額を五和は人差し指の先で、コツンと突いた。

その名を呼ぶ。

「アーランズ＝ダークストリート」

魔術結社『目覚め待つ宵闇』のボス。

構成人数は一五〇から二〇〇名。魔術に歴史を求めず、各々の魔術系統が持つ『弱点』や『研究上の壁』に対して全く新しいブリッジとなる術式を提供する事で、他の魔術結社から大量の報酬や人脈を獲得しているとされる、技術屋集団の長。

『フリーパス』から始まった今回の件でも、無視のできない人物のはずだ。

（……建宮さん達に連絡しないと）

考え、五和は胸元から護符を取り出す。

イギリス清教の御膝元、首都ロンドンで不用意に魔術を使うのは避けるべきだ。しかし、リスクが分かっていれば、引っかからないための方策を練る事だってできる。

5

ばんっ！と。

地上部分にある聖堂内で傷の手当てをしていたフリーディア＝ストライカーズは、完全に止血の終わっていない掌を使って、傍らに置いた古い鉱石ラジオを叩いた。

外装を開け、中を覗き込み、呻き声を発する。

「……ちくしょう‼」

鉱石ラジオの『核』となる部品が、全く別のものに交換されていた。

市民図書館で気を失っていた間に、鉱石ラジオの内部に小細工されていたのだろう。魔術的な通信を『鉱石ラジオを介して』実行する事で、フリーディアが送信したものと周りに思わせる。この方法ならイギリス清教側の傍受網をすり抜ける可能性が出てくる。

不要な部品を引っこ抜き、顔の前に寄せて確認する。

（それほど高出力な『石』じゃない。有効半径は一〇〇メートルもない。……という事は、鉱石ラジオを利用して遠隔地と通信したがっていたヤツはソード聖堂の中にいる‼）

ブヅッ‼　と、五和のこめかみの辺りで鈍い痛みが炸裂した。

（……途切れた⁉）

魔術結社『目覚め待つ宵闇』とそのボス、アーランズ＝ダークストリートについては、ロンドンを逃げ回る建宮達に伝えなくてはならない。だが鉱石ラジオを中継した通信術式は失敗に終わっただろう。

天草式の方にも、五和同様の『鈍い痛み』を与えただけだ。

（意味もなく遮断されるはずはない。小細工が露呈した以上、ソード聖堂内の戦力は遠からずここに集中する。施設の外からも大量の魔術師達がやってくる！）

今から急いで『モルグ』を出るか。

地下はアリの巣のように無秩序に入り組んでいる。初めてここにきた五和では、ぶっつけ本番で地の利がある敵の目をごまかしつつ最短で出口を目指す、なんて事はできないだろう。かと言って、単純に籠城しても結果は見えている。ここは地下空間だ。出口を全て封鎖されてしまえばそれまで。最悪、この空間ごと爆破して埋められる可能性さえある。

時間的な猶予はない。

すぐにでも決断しなくては追い詰められる。

下手人のフラック＝アンカーズとその一派を閉じ込めていた部屋が不自然に施錠されていたので、フリーディア＝ストライカーズが扉を破ると、中でカスタム職人の青年が電気ケーブルを使って拘束されていた。

「ああもう、何があったんですか⁉ フラックも見当たりませんが‼」

「ぶはっ！ そ、そもそもあれは当人じゃなかったようだ。蠟人形の中から女の子が出てきたぞ……っ‼」

「天草式め……」

拘束を解いて二人で地下の内部を調査する。

カスタム職人がどこかに連絡を入れたのか、すぐにバタバタという足音と共にソード聖堂外周を警備していた魔術師達が駆け寄ってくる。

「施錠されている扉は全て調べてください。鍵がなければ破るべきですが、扉の強度は？」

「ここをどこだと思っているの？　ドア破りなら、フルングニル絡みで傑作がある。あれならどこに立て籠もったって一発でぶち抜けるよ」


その瞬間、五和が取った行動は、一刻も早く『モルグ』を飛び出す事でも、一つしかない扉の前に椅子やテーブルを置く事でもなかった。

今までかき集めてきた資料を全て元の本棚へと戻していく。パソコンの検索履歴を消す。それだけでは不安だったので、テーブルの上にあった水差しの中身を、コンピュータの中へと注ぎ込んでいく。

（後は……）

はっきり言えば、正確な勝算はない。

いくつかの作業を終えた五和は、ポケットから取り出したハンカチを咥える。

そして……。


フリーディア＝ストライカーズは、まだ幼い頃に両親と引き離されていた。

理由は簡単。両親がイギリス清教の手で投獄されたからだ。

彼女はその事でイギリス清教や『必要悪の教会』を恨んだりはしていない。両親は、父と母は、そうされても仕方のない行いをしてしまった。その事実は曲げられないからこそ、厳格に平等に裁きを行う組織には憎悪を向けようがない。

フリーディアの父と母もまた、魔術師だった。

そして難儀な事に、魔術をもってしか自己の有用性を証明できないほどどっぷり浸かっておきながら、魔術というものを心の底から嫌悪していた。

実際に、『必要悪の教会』の一員として人道にもとる凶悪な魔術師を葬っているフリーディアには、魔術というものがどれだけ汚く、冷酷で、恐ろしい側面を持っているかは十分に理解している。真っ当な神経をしている人間なら、裸足で逃げ出したくなるのも。

厄介だったのは。

彼女の両親には即断即決の行動力があった事。

そして、魔術サイドからの離反を看過できないと周囲が判断するほどの、第一級の実力を保有していた事だろう。

かくして、野に下ろうとしたフリーディアの両親は、高度な技術の漏洩を恐れる一派によって捕縛され、そのままどこぞの監獄へと投獄された。

誰も彼もが正しかった。

正し過ぎたからこそ、両親は『きちんと』牢へ入れられたのだろう。

しかし。

しかし、だ。

そもそもにおいて、最初の地点がおかしいとは思わないだろうか。

魔術は怖い。

魔術は恐ろしい。

魔術は忌み嫌うべきものだ。

……確かに、そういう側面はある。極刑に値する凶悪な魔術師達が残す爪痕はどれもこれも正視し難い残忍なものばかりだ。

だが、そもそも『凶悪な魔術師』が魔術サイドのスタンダードではないはずだ。

そんなのは一％に満たないイレギュラーな不良品のはずだ。

魔術とは秘されるべきもの。歴史の表に出してはならず、覚悟のない者の目に触れさせてはならないもの。魔術サイドという一大勢力そのものが日陰者のような扱いを受けているのは、本当に正しい事なのか？　勝手気ままに被害を拡大させる『凶悪な魔術師』のせいで、胸を張って誇るべき素晴らしい技術を、魔術師自らが醜いものとして扱わなくてはならないなど、あまりにも理不尽ではないか。

だからフリーディア＝ストライカーズは徹底して敵を追い詰める。

両親を破滅に追いやった組織の一員として。

イギリス清教も、彼女の両親も、誰も悪くはなかった。正しい者は、ただ正しい行いを貫いただけだった。にも拘らず救いようのない結果が生じたというのであれば、それは理不尽だ。理不尽を生み出した元凶については、誰かが正さなくてはならない。

魔術は本来、誇るべきものだ。

魔術は本来、素晴らしいものだ。

それを取り戻すのが、フリーディア達『必要悪の教会』の仕事だ。いつの日か、元の輝きを取り戻せば、きっと魔術は日陰者ではなくなるはずだ。科学と魔術、その二つの巨大勢力が世界の覇権を争うにあたって、大仰な戦争は必要ない。ジャッジは人々が下す。本当に素晴らしく、便利で、使い勝手の良い、信頼に足る技術はどちらか。それが分かれば、人々は自然と片方へ傾いていく。

かつて、国家規模でどれだけ弾圧されても布教活動が広がっていく事を止められなかった、十字架を象徴として掲げる世界最大の宗教と同じように。

そうすれば。

胸を張って己の所属を誇る事ができるようになれば。

もう二度と、正しい者が正しい行いをして苦しめられる事もなくなるはずだ。

だから。

「やるべき事は、最初から決まっています」

天草式十字凄教が何を考えているかなんて知らない。

彼らの抱えている事情を一〇〇％解析している訳でもない。

「……それでも私は、問答無用であなた達を止める。その横暴は、一握りの暴走は、ええ、世界全体を大きく歪めるものですから」

フリーディアとカスタム職人は、一つの扉の前に辿り着いた。

普段は外周警備をしている魔術師の一人が、こんな事を言う。

「他は全て調べました。後はここだけです」

「ええ、始めましょう」

フリーディアが端的に言うと、カスタム職人が石でできた棍棒(こんぼう)に似た霊装(れいそう)を扉の前に設置した。あまりにも重量があるので、木製の手押しワゴンのようなものの上に載せられている。

「作業にはどの程度かかりますか？」

「後は合図だけだよ」

天草式が立て籠(たこ)もっているのは過去の事件記録を保管している部屋だ。何の目的で潜り込んだのかは不明。ひょっとしたら、重要な情報を消すために行動しているのかもしれないが、事件記録が眠っているのはソード聖堂だけではない。あまり意味のある行動とは思えなかった。

何にしても、捕まえれば分かる事だ。

出入口は一つ。何があっても扉は破れる。十数名の直接戦闘担当の魔術師が雪崩(なだ)れ込(こ)めば、内部は簡単に制圧できるだろう。敵に逆転の目はない。

「ちなみに、同じ『必要悪の教会(ネセサリウス)』からオルソラ＝アクィナスって修道女が連絡を求めているみたいだけど？」

「無視してください。彼女の資料には目を通しています。天草式と利害関係にある人物をここで介入させても得になる事は何もない」

吐き捨てるように言って、フリーディアはこう続けた。

「始めてください」

「はいよ」

気楽な声が返ってきた。

直後だった。

バゴンッ!! と。

凄まじい破裂音と共に、扉に押し付けられた石の棍棒が勢い良く爆発する。

フルングニルは北欧神話の巨人で、雷神トールの敵の一人に数えられる。彼は決闘において一撃でトールに殺害されるが、破壊されたフルングニルの武器は砕け散り、その鋭い破片はトールの額を割って突き刺さったとされる。

これはその応用。

『わざと敗北する事で、勝者に確実なダメージを与える』霊装。故に、標的となる者の強度や硬度は関係ない。自身をとことん脆弱に設定する事で、ほとんど全ての扉を破壊する『最後の一撃』を放つ。

分厚い木で作られ、施錠と共に魔術的な防備も働くはずの扉は、石の棍棒と一緒に粉々に散った。大量の破片が室内へと流れ込んでいく。直後に、フリーディア達は内部に突撃した。敵が動揺している間に先制攻撃ができれば勝算はぐっと上がる。

……のだが。

勢い込んで室内に踏み込んだ魔術師達は、そこで拍子抜けしたように足を止めた。

床の上に、天草式十字凄教の少女が転がっていた。

背中を中心に、その体は血まみれになっている。意識があるようにも見えなかった。

「こいつ……」

カスタム職人が呻くように言った。

「扉に背中を押し付けていたのか？　こっちのドア破りで、わざと負傷するために」

破れかぶれの自滅か。『必要悪の教会』は宗教裁判の中で膨れ上がった関係で、拷問にかけては世界最高峰の技術が揃っている。そうしたものを回避するために、自ら死を選んだのかもしれない。

そんな風に考えていたフリーディアだが、そこで彼女は考えを改めた。

「天草式め……。直接戦闘になったらまず助からない事を見越して、戦いそのものを回避するために自ら敗北したっていうんですか⁉」

「そんな事に何の意味がある？　これはスポーツの格闘技じゃない。俺達は、気を失った敵にだってとどめは刺せるんだぞ」

「……意味ならあります」

フリーディアは部屋の中央に目をやった。

資料閲覧用のテーブルの上には、古い鉱石ラジオと差し替えられていた、オリジナルの部品が置いてあった。鉱石。石。人間の奥歯よりも小さいものの、適切に管理しなければ周囲一帯へ無尽蔵に被害をもたらす『負の伝説』を持った鉱石が。

安定化の作業自体は簡単だ。

原始的な部品を鉱石ラジオの中に差し込めば良い。

だが、テーブルには東洋の文字のようなものがいくつも書き込まれており、鉱石はビタリと張り付いていた。指で摘んで取り外す事はできない。これでは鉱石ラジオの中に組み込めない。素のままの『石』を鎮静化させる方法もあるにはあるが、このテーブルに書き込まれた東洋系の術式がどこまで干渉を起こすか分かったものではない。

つまり、

「手厚く看病しなくちゃならない状況を作ってから負傷した。それがこいつの作戦です！　これじゃトドメは刺せません。少なくとも、『石』の問題を解決するまでは!!」

6

「う……」

五和は衣服の中にある違和感で目を覚ました。

（……包、帯？）

どこかの病院、という訳ではなさそうだった。壁や天井は石造りで、ベルトで四肢を固定するベッドもかなり古そうだ。照明の光がどこか揺らめいているのは、蠟燭かランプを使っているからだろうと推測する。

「望み通りの状況になりました。であれば、説明は不要でしょう」

女性の、冷たい声が耳に刺さった。

首を回して確認すると、ベッドの近くにある椅子に、誰かが腰掛けていた。

「となると、この包帯は……？」

「死なれては困る理由があるから傷を塞がざるを得なかった。屈辱の結果をわざわざ口に出させていただき光栄です」

五和は緩やかに息を吐き、生命力を魔力に変換していく。

魔術の使用を阻害するような妨害策が織り込まれているような気配はない。トラップを仕掛けるのは簡単だが、向こうの『目的』が済むまではうっかり死なれては困るのだろう。

当然。

その『目的』とやらを叶えた後の保証は何もない。

ベッドの上に拘束されたまま身をよじると、背中の方に突っ張るような違和感があった。単に止血しただけではなく、すでに傷口は新しい皮膚によって完全に塞がれているようだ。

「本題に入りましょう。資料を保管するための『モルグ』。そのテーブルに固定した、私の『石』を取り外す方法は？」

「……、」

五和は質問に答えず、首だけを無理に回してさらに室内を眺めていく。彼女の他に人がいるようには見えない。通信用の霊装なども見当たらない。女性の持つ鉱石ラジオが心配だが、今は稼働している形跡はなかった。

無視される形になった椅子の女性は、やや不機嫌そうに眉をひそめ、

「……『必要悪の教会』がどのような部署かはご存知のはずです。私達は、必要な情報を得るための技術を磨き上げてきた。自分の人生に尊厳という言葉を残しておきたいのなら、早い段

階で知りたい情報を吐き出す事をお勧めします」

「曼荼羅(まんだら)」

確認作業を終えた五和(いつわ)は、ゆっくりとした調子で返事をした。

「東洋圏において、宇宙の法則などを記した図表のようなものです。あのテーブルに書き込んでいたのは、小さな鉱石を固定するための術式じゃなかった。曼荼羅(まんだら)を経て神の存在を想起するのと同じように、あなた達は、あの紋様を眺める事で、実際にはそこにない鉱石ラジオの部品を夢想していた。それが真実ですよ」

女性の動きがわずかに止まる。

情報が正しいか否(いな)かを測っているのだろう。

五和(いつわ)は薄く笑いながら、

「……いくら指で摘(つま)もうとしても、びくともしなかったでしょう？　そもそも部品なんてどこにもなかったんだから当然です。幻は誰にも摑(つか)めません」

「客観的根拠はありますか？」

「ズボンの右のポケット」

椅子から女性が立ち上がった。四肢を固定される形でベッドに寝かされている五和(いつわ)のポケットに、細い手が差し込まれる。太股(ふともも)の辺りにややくすぐったい感触がした。

女性は手の中の硬い感触に訝(いぶか)しみ、ポケットから手を抜いて明確に顔をしかめた。

そこには極めて原始的な電子部品があった。完全に安定された状態で。

「トリックは納得しました」

女性は親指と人差し指で『石』を摘みながら、舌打ちする。

「ですが、これであなたには利用価値がなくなった事は理解していますか？　私としては、これ以上あなたの命を保護する理由がない。むしろ率先して殺してやりたいというのが正直な感想です」

「本当の黒幕は大手を振って、今も外を闊歩しているというのに？」

「それは同じ天草式の仲間の事を言っているのですか？」

「本気でそう考えているとしたら、私は取り引きする相手を間違えたのかもしれません」

五和はキッパリと言い切った。

「仮に今回の一件が、天草式がイギリス清教から『フリーパス』を奪っただけだとしたら、私がソード聖堂に潜り込む理由は何もありません。過去の事件記録の隠滅？　あの『モルグ』を調べれば分かると思いますが、天草式のメンバーに関する情報はそのまま残っているはずです。そもそも事件記録はソード聖堂だけにある訳じゃない。ここにあるファイルだけを燃やしたって何の意味もありません」

「だから逆に考えて、あなたは調べ物をするためにここまでやってきたと？」

女性は再び椅子に腰掛け、足を組んで、

「……それは事件の黒幕が別にいる根拠にはなりません。あなたはイギリス清教のＶＩＰの所在地を探していたのかもしれない。『フリーパス』と組み合わせて暗殺計画でも考えているのかもしれない。議論の余地があるとは思えません」

「……、」

「フラック=アンカーズ。そう名乗った魔術師が、市民図書館で直接攻撃を仕掛けてきた事は私も分かっています。が、だからと言って天草式が完全に白になったとは言い難い。あなた達は結託しているのかもしれません。現に、本物のフラックがどこにいるのか分からない状態ですしね」

確かに、そこを突かれると痛い。

彼女が気を失っている間にも色々あった、というのが真実だが、そう言った所でこの魔術師は納得しないだろう。

ただの事実と、それを納得するかどうかは、また条件が違うものだ。

五和は思考を切り替えて、口を動かす。

「……では、そのフラックとかいう人は市民図書館で何をしようとしていたんでしょう?」

「何ですって?」

「あなたも馬鹿ではないのなら、あそこから紛失した魔道書は一冊もなかった事くらいは摑んでいるはず。そもそも、その状況は黒幕にとって成功だったのか失敗だったのか。全てが予定通りだとしたら、私をソード聖堂へ送り込むのが『大きな目的』だった? でもどうして。あなたの言う通り、VIPの所在地を調べて暗殺するためかもしれない。けど、それなら『フリーパス』、市民図書館、ソード聖堂と経由する必要がありますか。もっと最短コースで情報を手に入れるルートだってあるはずです」

「……ふむ」

そもそも、情報を探るのが目的なら、通常通りの手順に則って編入試験をクリアしてしまえば良い。

『必要悪の教会』の正規メンバーになった上で、欲しい情報を抜き取って外部の協力者に手渡した方が安全なのだ。

にも拘らず、実際にはそうはならなかった。

だとすれば、そんな結果を生み出した理由というものがあるはずだ。

……それを説明できなければ、イギリス清教側の疑惑から正当性は失われる。

「本来、イギリス清教はこの手の事件解決では世界有数の力を持つ組織です。にも拘らずあなた達が翻弄され、私達の方が先に黒幕へ近づけるのは、おそらく、長い時間をかけて黒幕がイギリス清教を仮想敵としたシミュレートを徹底してきたせいでしょう。つまり、あなた達の動きは読まれている。ところがイレギュラーな私達天草式なら、数では劣っても彼らの予想を裏切る事ができる。……本当の意味で事件を解決したければ、捜索メンバーの中に私達も混ぜるべきです。そうしなければ、あなたは今後もずっと翻弄され続ける事になります」

「なるほど」

椅子の女性は小さく呟き、

「しかし、拘束を解いて外へ出した途端に脱走する恐れがないとは言い切れません」

「必要でしたら必要な分だけの霊装でも取り付ければ良いじゃないですか。そもそも、私は自分にかけられた疑惑さえ解ければ逃げる必要はなくなるんです。手錠や首輪で繋がれたって困らない」

パチン、と女性は指を鳴らした。

直後に、五和の四肢を戒めていたベルトがひとりでに解けていく。
女性はこう言った。

「服を脱いでください」

堂々と真正面から言われて、五和は思わず目が点になった。
シリアスな空気が一瞬でぶっ飛ぶ。

「……はい？」

聞き間違いかと思って、いやそう信じたくて、五和はとっさに聞き返していた。
しかしその女性は真っ直ぐに五和の目を見据えて全く同じ事を繰り返す。

「服を脱いでください」

どーん!!

言葉による衝撃力を目の当たりにした五和は、死んだセミのようにひっくり返りそうになった。だが駄目だ。言われてみればここはベッドではないか。しかも怪しげな拘束具つきの!?

しかしイギリス清教の女性の方に躊躇はない。

腰の辺りでバランスを取り、何とかして倒れそうな状態から体勢を復帰させようとする五和の肩を掴んで、上から覆い被さるように体重をかけてくる。

「ちょ、待っ、何なんですかもうーっ!?」

「もはや『石』による暴走に我々が巻き込まれるリスクは消滅しました。あなたしか持たない

情報が状況を左右する事態が解消された事によって、あなたの命を優先する理由もなくなったんです。ええ、よって、今までは死なれては困るという事情で植えつける事のできなかった、首輪のような『呪い』をつけて行動を制限する事だって難しくない」

「何を冷静に説明しながら上着を脱がしにかかって……っ⁉ しかもこのシチュエーションで首輪とか何とか不穏過ぎませんかね‼」

「……さっきから何を慌てているのですか。ええ、あなたは女性同士であっても心拍数に影響を及ぼす趣味の持ち主なのですか？」

「真正面から脱がしにかかられて平然としている方がファンタジーですってば！　待って待って、せめて上を脱がすなら後ろ向かせてーっ‼」

そんな訳で、イギリス清教の女性魔術師に手によって、背中一面に脱走防止の『首輪』のような呪いを植え付けられる。

専門は宝石を使った呪いらしいが、背中一面に何かむず痒いような感覚がうっすらと走っていた。

「……では早急に。既定の問題から堂々と外へ出す訳にはいきません。私の後に、こっそりついてきてください」

「その前に私の上着を返してくださいっ‼」

女性はフリーディア＝ストライカーズと名乗った。

何とか衣服を取り返した五和は彼女の誘導で、ソード聖堂の地下から地上を目指す。

その間に、持っている限りの情報をフリーディアに説明していく。

「『死霊術書（ネクロノミコン）』、ルルイエと呼ばれる海底都市の浮上、魔術結社『目覚め待つ宵闇』と、そのボスであるアーランズ＝ダークストリート……」

「三年前の事件で舞台となった太平洋上には、イギリス清教（せいきょう）の海上拠点が建造され、封鎖されているようです。つまりここは使えない。でも、それで終わるようなら『死霊術書（ネクロノミコン）』を盗み出そうとは思わないでしょう。何か他の方法を使って、同じ儀式を行うための手段を構築しているはずです」

地上へ出る。

ソード聖堂の敷地（しきち）の外へと出ると、歩道沿いに路上駐車してある小さな乗用車があった。

「とにかく、現状のアーランズと『目覚め待つ宵闇』が何をしているかを確認する必要があります。特に海にまつわる何か。ダミー会社か何かを使って海上油田でも作っているとしたら要注意、って感じですかね」

説明する五和（いつわ）に向けて、フリーディアは小さな鍵を軽く放り投げてきた。

受け取ると、それは車の鍵のようだった。

五和（いつわ）は眉をひそめて、

「私に運転させて良いんですか？」

「ハンドルを握りながらあなたに鉱石ラジオの矛先を向け続けるのは面倒ですから」

五和（いつわ）は乗用車の運転席側に向かい、鍵穴に鍵を差し込もうとする。

しかし入らない。

何度か挑戦しても駄目だった。

「ちょっと……」

五和が顔を上げた時だった。

助手席側に回っているはずのフリーディアを見失った。

嫌な予感がした五和は、ゆっくりとした動作で改めて周囲を観察する。

五和の真後ろで、鉱石ラジオのダイヤルを掴み、こちらを睨みつけてくるフリーディアと目が合った。この状態では、五和に反撃の機会はない。フリーディアが『鉱石』の呪いを叩きつける方が早い。そもそも背中には『逃走防止』の呪いがあらかじめ植えつけてある。

「……既定の問題がある、というのは事実ですよ」

フリーディアは静かに言った。

「この状況において、あなたの存在は危険過ぎる。黒幕はフラックかもしれない。アーランズや『目覚め待つ宵闇』が密接に関わっている可能性も高い。……ですが、やはりあなたの疑いが晴れた訳ではない。あなたは獅子身中の虫になりえる、危険な場所に立っている人間です。私があそこで取り引きに応じなかったとしても、いずれ他の魔術師と内緒話をして、こっそり外へと逃げ出していたでしょう」

「ソード聖堂の中で無抵抗の私を殺すと色々な問題が生じる。だから『外へ逃げた』って事実を作ってから殺そうとしたって訳ですか……」

五和は運転席のドアを開ける事を諦め、右手の指で鍵を摘んだまま、両手を挙げた。

フリーディアまでの距離はおよそ五歩。

今は槍もない。天草式は日常生活の中にある雑貨の中からでも魔術的記号を探し出して利用する宗派だが、フリーディアはそんな隙を与えないだろう。

（……動けるとして、二歩が限界）

思案する五和に、フリーディアは静かに言う。

「……いつまでも、私が『間抜けな警部さん』でいると思いましたか？」

五和はゆっくりと息を吐いて、

「でもフリーディアさん。今のこの状況が、本当にあなたの作ったものだとでも？」

「なに……？」

「別れる前にあらかじめ示し合わせておけば、合図は一つだけで良い。あなたの鉱石ラジオを経由した通信術式は一瞬で遮られましたけど、それでもノイズみたいな頭痛だけは向こうにも伝わったはずです。私としては、それで十分に成功だった」

言った直後だった。

五和は大きく、前へ踏み出した。

（……っ。今のはブラフか⁉）

フリーディアはとっさにそう考え、鉱石ラジオのダイヤルを一気に回そうとする。

その時だった。

ズッ‼　と、五和の体が唐突に落ちた。瞬間移動のような突然の消失に、フリーディアは暗闇の中で目標を見失う。

「そうかっ、マンホール‼」

慌てたように駆け寄る。五和の消えた地点に、蓋の外れたマンホールが口を開けていた。下水道を辿る形で、別働隊の仲間が控えていたのだろう。中を覗き込んでも深い闇があるだけで、誰の顔も見えない。

「くそ!!」

慌てたように鉱石ラジオのダイヤルをひねる。彼女が扱うのは形のない呪いだ。拳銃と違って、標的を見失っても、ある程度の距離の中でなら攻撃を実行できる。そもそも『逃走防止』の呪いはあらかじめ背中に植え付けてあるので、五和はフリーディアの攻撃を常にゼロ距離で受ける状況にあるのだ。

しかし。

「……、」

何か嫌な予感がして、フリーディアは直前で攻撃を止めた。

路上駐車してあった赤の他人の車の窓を割り、運転席の下から発煙筒を取り出す。作動させ、大量の火花を噴き出す花火のような円筒を、開いたマンホールの中へと落下させる。

暗闇の中で、何かが浮かび上がった。

びっしりと描き込まれているのは、ソード聖堂の『モルグ』のテーブルにあったものを、さらに巨大化、複雑化させたようなものだった。

専門ではないので、フリーディアには具体的にどんな効果があるのかは分からない。

ただし、

(……市民図書館では、気を失っていた間に鉱石ラジオの『中身』を別のものに取り換えられた。その時に、ラジオの仕組みを詳細まで分析された恐れもある。そうなれば、呪いを返すような術式を構築する事だって……)

7

暗闇の中でばしゃばしゃという水っぽい音が聞こえていた。

建宮や対馬達と再び合流を果たした五和が、天草式の皆と一緒に下水道の中を走っている音だった。

「……うへぇ。それにしても酷い匂いですね」

「贅沢言うな。これでも雨水管を選んでいるのよな」

「どっちにしたってシャワーが恋しくなるのは変わらないわよね」

対馬の言葉を聞きながら、五和は背後を何度も振り返る。

今さら気にしても仕方がないのは分かるのだが……、

「しかし、本当に大丈夫なんですかね？」

「現に追撃はやってきていない。きちんと騙し切れた証拠なのよな」

建宮達は市民図書館で、フリーディアが意識を失っている間に色々な小細工をした。しかし時間は無限にある訳ではない。鉱石ラジオを使って魔術が実行されるのは分かっても、その構造を完璧に分析する事はできなかったのだ。

だから、騙した。

五和がテーブルの上に曼荼羅を描いたのと同じ。

実際にはそこにない鉱石ラジオの部品があるように想起させたのと同じ。

ただし。

今回、曼荼羅を観察したフリーディアの頭に思い浮かばせたのは……、

「鉱石ラジオの術式はすでに逆算された、っていう情報。あの曼荼羅を見て、きちんとそれを思い浮かべてしまったのなら、あの魔術師は攻撃を止めてしまうのよな。実際には、攻撃を返す方法なんて何もなかったとしても」

ごまかしは何度も通用しないだろう。

冷静さを取り戻したフリーディアから決定的な攻撃が来る前に、対馬は細長い針を何本も五和の背中に突き刺した。痺れるような軽い痛みと共に、迅速に『逃走防止』の呪いは破綻し、五和の背中から霧散していく。

「さて、いよいよ本題なのよな」

敵は魔術結社『目覚め待つ宵闇』と、そのボスであるアーランズ＝ダークストリート。

目的は海底都市ルルイエ浮上の阻止。彼一人が強烈なインスピレーションを得るために、周囲一帯の住人をプロアマ問わず心を壊す大規模な儀式を食い止めるため、五和達天草式はロンドンの地下を走る。

第四話

1

ロンドンの水辺と言えば、街を蛇行するテムズ川だろう。単なる観光資源としてだけではなく、具体的に商業水路としても世界有数の規模を誇り、昼夜問わず様々な船舶が行き来している。首都を走る河川という事で当然ながら多くの排水溝を有する訳だが、そのぽっかりと空いた穴の一つから、ばしゃばしゃという妙な音が聞こえてきた。

五和達、天草式十字凄教の面々が出てきたのだ。

「……ああ、もう何にも考えずに安宿のベッドに飛び込みたいのよな」

「叶えられない願望を口に出すのやめなさいよ。子供じゃないんだから」

建宮と対馬のやり取りを聞きながら、五和はコンクリートで固められた土手を登る。川にも水位計のカメラがあるが、気象条件が悪化しない限りはそもそも作動しない。先進国はどこでも公共事業の縮小化を迫られている訳だ。

排水溝から顔を出しながら、対馬が尋ねてきた。

「五和、背中の傷は大丈夫なの？」

「ええまあ。それだけイギリス清教の腕が立つって事でもあるんでしょうけど。もう完全に塞がっているみたいです」

「……完全包囲の部屋の中から安全に抜け出すためとはいえ、扉に張り付いてわざとドア破りの術式に巻き込まれるとか、正気の沙汰とは思えんのよな」

「それを言ったら、特別編入試験で起きた冤罪を晴らすために、イギリス清教にケンカを売りながら黒幕の魔術結社を追い駆けている時点で相当なものですよ」

川の水質はそう悪くないが、蒸し暑いためどこか不快な気分が残る。

「これからどうします？」

先に土手を登り、続くメンバーに上から手を差し伸べながら五和は質問する。

「魔術結社『目覚め待つ宵闇』に、そのボスのアーランズ＝ダークストリート。黒幕については分かりましたけど、具体的にどこで事を起こすかは不明のままです。これを何とかしないと彼らを止められませんけど、もうイギリス清教関連の施設に潜り込むのは難しいと思います」

「別に、何もできない訳じゃない」

建宮は土手の上へ転がるように身を乗り上げつつ、

「海底都市ルルイエの浮上をなぞる大規模儀式。そいつの準備を進めるためには、長期にわたって舞台一帯で魔術的記号の調整などを行う必要があるのよな。……その間、ヤツらはずっと広範囲、高出力の結界で『魔術的に』小世界を区切ってイギリス清教の目を誤魔化そうとするか？　そんな事すれば、かえって見つかりやすいのよ」

月極の駐車場を借りる金を節約するためか、夜釣りにでも来た人間がいるのか、土手の周りには路上駐車の列ができていた。

大柄な牛深を、両手を使って下から押し上げるようにしながら、対馬が口を挟む。

「つまり、何かしら『表向き』の事業に偽って登録しているって事？」

「ダミー会社だかペーパーカンパニーだか呼び方は知らないが、そういう方が楽ではある。加えて言えば、イギリス清教の得意分野は『魔術サイドの範囲内だけ』だからな」

一方、学園都市を中心とした科学サイドの面々では、そうしたペーパーカンパニーの存在に気づいたとしても、『それが具体的にどのレベルの魔術的脅威に相当するか』を計算する事はできないはずだ。

当然ながら魔術と科学の『協定』に反しているが、器用に『隙間』へ潜り込んだ隠蔽手段とは評価できる。

「でも、それをどうやって調べるんです？」

五和は質問を繰り返す。

「イギリス清教が馬鹿じゃないなら、一度使った手はもう使えないように塞いでしまうはずです。そういったものをまとめたデータベースに触れるチャンスはもうないと思いますけど」

「簡単簡単。『表向き』の顔を使っているなら、無茶な隠蔽なんかできないのよな。無害な大量の情報の中に紛れ込む事で防壁の強度を増している訳だしな。……アーランズ達は、情報を隠していないのよ。というより、隠せない。誰でも触れられるインターネットでだって検索できるだろうさ」

自力で土手の上へ身を乗り上げた対馬は、そこで五和と目を合わせて眉をひそめた。

「……まさかと思うけど、私達のケータイで検索するとか言わないでしょうね？　んな事やったら一発でイギリス清教にバレるわよ」

「ヨーロッパってネット喫茶とかあるんですかね？　あったとしても、カメラだらけの繁華街を歩いて店内に入ろうとして大丈夫なものか……。下水管を通ってきた直後ですし、人の目も引きますよ」

「これも容易い」

建宮はあっさりと答えた。

「ネット環境ってのは何もパソコンや携帯電話だけの専売特許って訳じゃない。最近じゃ給湯ポットやエアコンなんかだってネットに繋がってる。スマートハウスは家が丸ごと、電気自動車は車が丸ごと。……それはそれでいろんな問題がありそうだが、ともかく特別な通信機器なんかじゃなくても、生活のいろんな所、いろんなものがネットの一部になってる。例えば」

言いながら、建宮は三歩ほど移動した。

そこには土手沿いに路上駐車してある車列の、一台があった。

彼は自分の肘を使って、躊躇なく運転席側の窓ガラスを叩き割り、

「カーナビとか」

もちろん機種や持ち主の危機管理意識にもよるが、カーナビは『鍵のかかった車の中』にあるものなので、パソコンや携帯電話と違ってパスワードを設定していない人も多い。情報管理インフラを一から作らず、それでいて安価で高性能を実現するために既存のネット環境やブラウザシステムに依存している機種なら、普通に検索サイトの利用もできる。

割れた窓に手を突っ込んで鍵を外した建宮は、テレビや簡単なゲーム、インターネットなどができる多機能なカーナビを、固定具から取り外して引っ張り出す。

画面上に直接表示されるキーボードを指先で操作しながら、彼は言う。

「現在、イギリス管轄で行われている海洋プロジェクトは官民合わせておよそ四三〇。七つの海の全てで展開されているのよな」

「……思っていたより多いですね」

「植民地時代はとっくの昔に終わったが、それでも今だってイギリスを中心とした経済連携のための連合体は存在してる。いわゆる『ポンド圏』ってヤツさ」

『表向き』としては、イギリスは経済的に豊かな工業国だが、島国の宿命として資源に乏しい特徴を持つ。情勢変化などで突発的な資源不足に陥った際などに、優先して取引してもらえる環境を整備しておくのは悪い選択肢ではない。また、レーダーなど軍事面の情報を共有する事で、世界の広い範囲を間接的にカバーできる強みもある。

一方、魔術絡みでは世界中の地脈や龍脈に干渉する足掛かりや、各種の歴史的資料の収集と活用、世界中に魔術師を派遣する際の中継地点などなど。旨味を挙げればきりはない。

五和はカーナビの画面に並ぶ検索結果に目をやりながら、

「……海底油田プラントの建設、深海に住む新種探索と新薬開発の特許取得、海底火山の活動情報と地震予知のデータのレンタル事業……」

「色々あるが、これだけじゃ本命を絞り込む事はできない」

建宮は嘯き、

「五和(いつわ)の話じゃ、『目覚め待つ宵闇』のアーランズは、三年前に一度太平洋でしくじってる。そこから次のプロジェクトを始動するためにどれくらい準備がかかると思うのよな？」

「失敗の規模にもよるけど……太平洋方式は継続不能として諦めたって事でしょ？　数日でリカバリーできるものならイギリス清教(せいきょう)が絡(から)む前に、二回、三回と再チャレンジしようとした痕跡が出てくるはず。甘く見積もっても半年以上は計画を寝かせたんじゃない？」

「……つまり、スケジュール的にはそのラインから始まった、あるいは資金注入などでトップがすげ替わった海洋プロジェクトが怪しい」

建宮(たてみや)が画面を操作すると、検索結果は半分以下に減じる。

「さらに太平洋方式じゃ、被害者は一〇三名。同じ事をアップグレードして再挑戦しようってんだから、基本構造は大して変わらんはずなのよな。それくらいの規模のプロジェクトに絞ってみる」

「……そ、そうでしょうか？　資源採掘船の乗組員や作業員が全員、魔術に詳しかったとも言えないのでは？」

「そりゃもちろん。ただし、五人一〇人の小舟でルルイエ浮上ができるんだったら、そんな馬鹿デカい船を拠点に選ばなかったはずだ。魔術師は少なくても良かったかもしれない。だが、魔法陣を描いたり『神殿』を作ったりするのに、海上で一定以上の大きな敷地(しきち)が必要だったって訳なのよな」

その場合、五人一〇人で回せるプロジェクトに、無理に大規模な施設を用意する事はできない。それはテントで済ませられるキャンプのために高層マンションを建設しようとするようなもので、外から見てもあまりに目立つ。そのため、『大きな敷地(しきち)』を得るために、不要な一般人を大量に呼び込む必要がある。

検索結果はさらに半分に。

画面を睨む(にら)建宮(たてみや)は、そこでこんな事を言った。

「五和(いつわ)。アーランズ＝ダークストリートの人物調査票に目は通したか？」

「過去の事件記録と一緒に挟まっていたものを、表面程度なら。ただ、詳しく文字を目で追う時間はありませんでした」

「いや、一つだけ分かれば良い。ヤツは自分の名前にこだわるような魔術師だったか？」

五和(いつわ)は少し考え、そして頷(うなず)いた。

「……ええ。他者から安易に自分の名前を呼ばれる事は嫌い、そのくせ、事件現場には自分にしか分からないサインを残したがる傾向があるとは書かれていましたけど」

「だとすると、こりゃ苦肉の策だな……」

建宮(たてみや)は苦笑し、検索結果としてズラリと並ぶ短文の中から一つを選んだ。

海洋ビジネスとしてはイギリスの中でも古く、そして有名な会社のホームページが出てきた。ただし、二年前に経営不振から外部へ資金協力を仰ぎ、上層部が一新したという条件がつくが。

取締役(とりしまりやく)の名前がいくつか並ぶが、その一つを指差して建宮(たてみや)は言う。

「簡単な数価の分解なのよ。組み替えればアーランズちゃんの名前が浮かび上がってくる」

「あっ……」

いくつかのプロジェクトが紹介されているが、彼ら天草式が注目したのは、二年前の体制一新の際に、会社の立て直しとして始まった『最も巨大な金が動く』プロジェクトだ。

「……ドーバー、沈没船団引き揚げ事業。英仏合同プロジェクト」

資金の豊かな国に囲まれ、なおかつ幾度なく情勢不安が生じた歴史を持つ海では、金持ちが多くの財産を積んで国を出ようとする動きを生み出す。当然、それを狙って金持ちの船を襲撃する輩だって出てくる。

今回の計画では一六〇〇年から一七〇〇年代に集中的に沈められた商船の引き揚げを行うためのものらしかった。事実いくつかの残骸がクレーンで吊り上げられ、数百年越しに暴かれた貴族のヘソクリによって英仏両国の財政が多少は潤っているらしい。

「る、ルルイエ浮上が成功していたら直径一〇〇〇キロ圏の人間が心を壊してしまうと言われているんですよ⁉　こんな所でやらかしたら……っ‼」

「ドーバー海峡自体の幅はおよそ三八キロ。一発デカいのが発動しちまえば、イギリスからもフランスからも大規模な被害が発生する。下手すりゃそこに留まらないのよな……」

「責任問題を巡って、イギリスとフランスで魔術的な戦争が起こるかもしれないわよ……」

魔術結社『目覚め待つ宵闇』やアーランズ＝ダークストリートの区分はイギリス国籍だが、沈没船引き揚げ事業全体の責任は英仏合同だ。フランス側の糾弾に対し、責任を逃れたいイギリス側が『あれはフランスが意図的に送り込んだスパイではないか』などと言い返してしまえば、後は泥沼の水掛け論へ続くだけである。感情論の応酬から実際の武力行使へ繋がるリスクもゼロとは言えない。

当然。

一件の黒幕であるアーランズ達が、そうした混乱をわざと利用しようとしている可能性だって十分にあり得る。

建宮は用済みになったカーナビを、路上駐車された自動車の中へ放り込みながら言う。

「ドーバー海峡。『死霊術書』を手に入れたアーランズ達が騒ぎを起こす前に、この沈没船引き揚げの海上ターミナルを襲撃してルルイエ浮上を阻止するしかないのよな」

「で、でも、クトゥルフ神話群では、ルルイエは太平洋の一点に沈んでいるはずですよね。そこをイギリス清教に塞がれているからって、他の海で同じ実験ができるものなんですか？」

「そいつは三年前の八月って言ったよな？」

建宮はサラリと応える。

「……ルルイエ浮上の鍵は、星辰や火山活動なんて言われちゃいるが、あの時あの場所でそんな条件が重なったなんて事例はない。つまり、プラネタリウムだか海底に仕掛けたＴＮＴ爆薬だか知らないが、連中はそこらへんの条件をエミュレートして誤魔化す方法を開発しているはずだ」

そもそも、太平洋での実験が破綻して多くの人的・金銭的損失を出してしまい、組織の立て直しに躍起だった当時の『目覚め待つ宵闇』には余裕がなかったはずだ。何の意味もなく大量の資金を投じて海洋開発会社を乗っ取るはずはない。組織自体がガタガタでいつ空中分解するかも分からない時期に、ここまで大規模なデコイを仕掛ける事も不可能だろう。

だから、

「連中は、『死霊術書』を手に入れた事で、ドーバーでも海底都市ルルイエを呼び出す事ができる技術を獲得した。ここはそう思って行動するべきなのよな」

2

バタバタバタバタ!! と風を叩く乱暴な音が連続した。

コンクリートを平坦に敷いて作ったヘリポートへ、一冊の書物を脇に抱えた青年がゆっくりと近づいていく。元々はロンドン郊外の複数のゴルフ場を利用するセレブ達のために用意された小規模な国内空港なのだが、それ故に『通常の警備や監視業務を行う平社員は軒並み目を逸らしたがる』風潮がべっとりと根付いてしまっている。

誰だって、企業幹部や政治家の愛人を目撃してしまって、人生を変な方向に転落させたくはない。

(……こんな国にでも『穴』というものはあるものだ)

アーランズ＝ダークストリートは静かに思う。

魔術結社の立て直しと新たな『召喚を行うための海洋基地』獲得のために財界へ潜り込んでみたが、そこで彼は単なる魔術一辺倒では見る事のできなかった世界を垣間見た。隙間、横穴、抜け道、動作不良。何と呼んで良いかは微妙だが、机上の理想論とは意外な人間臭さによって不備が生じるという簡単な事実を、だ。

小型のヘリコプターの後部ドアをスライドさせ、アーランズは機内へ乗り込む。

パイロットは魔術を知らない世界の人間だったが、素人を巻き込む事への躊躇を持ち合わせるようなアーランズではない。

「こんな時間に済まないね」

「なに、こっちも家に居場所がない人間でね。正直、ここに座っていられる方がありがたい。お客さんも？」

「かもしれない」

アーランズはにこやかに笑って応じる。

……確かに、彼も私生活に楽しみを求めない種類の人間ではあった。というより、あまりに『仕事』に没頭し過ぎたせいで、両者の区別がつかなくなってしまったとでも評価するべきか。少なくとも。

妻や子供の笑顔を励みにするような人間は、英仏合わせて二〇〇万人以上の廃人を出してでも術式構築のための『劇的なインスピレーション』を獲得したいとは思わないだろう。

「目的地はドーバーにある、社の引き揚げターミナルまで。夜間飛行という事で地域住民に配慮してほしい。できるだけ人里を避けて飛んでくれ、という訳だ」

「了解。ただしうちの料金制は燃費と比例してる。最短距離を無視して迂回路を使えば航続距離は伸びるから料金も増える。荷物が多くてもデブが乗っても料金は増える。そいつを後になってからブーブー言ったりしなければ何でも良い」

「構わない。そちらとしても、稼ぎが多い方がご家族への言い訳として役立つのでは？」

「残念ながらうちは完全な月給制だよ。浮いた分はみんな会社が持っていっちまう」

ヘリコプターは緩やかな振動と共に地上から浮かび上がる。

アーランズは携帯電話を取り出しながら、そこでパイロットにこう質問した。

「電話を使いたいんだが、これで機が落ちたりしないかな？」

「お客さん、アンタ鉄の塊が空を飛んでいるのが信じられない時代の人間か？」

許可をもらってからアーランズは携帯電話を使う。

上空を高速で飛ぶヘリコプターの中では、地上に設置された携帯電話の中継基地では的確に電波を拾えない。そこでまずヘリの機内に積んである大型無線装置を経由して、管制業務を行っている空港から地上へのラインを繋いでもらう、という方式を取る。

つまり。

平たく言えば、通常と違う方法で通信しているため、通常の方法で携帯電話の通話を監視しているイギリス側に情報が洩れるリスクは減る。……これもまた、財界へ潜り込んでいた頃に、スキャンダルを嫌う資産家から愛人との連絡方法を教えてもらった時に知った事だった。

彼らがやたらと黒塗りの高級車や自家用機を欲しがる訳だ。

「ダッジ、ヴェイズ、ローティア。これから『図面』を持ってそちらへ向かう。最短で終わらせたい。可能な限りの準備をしておけ」

『追っ手に嗅ぎつかれていると？』

「妙な動きだ。ロンドン郊外にいくつか陽動係を撒いておいたが、そちらにヤツらが喰いついた形跡は一切ない。撒き餌とバレているか、もっと面倒な問題に対処せざるを得なくなっているか。何にしても、盤面が一部ブラックボックス化している可能性が高い。油断していると森の奥から出てきた狼に喉笛をやられるぞ」

『想定している狼の品種は？　イギリス産でしょうか、それともジャパン産？』

「そちらも含めてだ。状況の不明度は理解できたか」

『了解。何にしても、「死霊術書」がなくてはどうにもなりません。あなたの帰還をお待ちしております』

「使うページは分かっているが、具体的内容には目を通していない。……目を通せば遅かれ早かれリタイアせざるを得ないからな。使い捨ての駒をいくつか用意しておけ。彼らに読ませて私達が『神殿』の敷設を行う」

『志願者は揃えてあります。難病の家族を救ってほしい、というのが取引条件のようですが』

「構わない。その発病、こちらの手によるものだとは気づかせるな」

言うだけ言うと、アーランズは通話を切る。

ヘリコプターのパイロットは笑っているようだった。

「何だ何だ。図面とか神殿とか、良い歳した事業家さんの間じゃテレビゲームでも流行っているのか？」

「……我ながら大人げないのは分かっているんだが、どうにもゲームを止められない性分でね。こういうのは事前の作戦会議が勝敗を分けるコツなんだ」

「へえー。ネットゲームってヤツ？　俺には良く分からんが。画面の中でヘリを飛ばすなら、その時間で勉強して免許を取っちまった方が実りはあるしな」

その言葉を受けて、アーランズはうっすらと笑った。

自らお題目を掲げておきながら、しかし、彼は『鉄則』を口に出す。

「ゲームは役に立たないから面白いんだよ」

「ますます分からんね、そいつは」

パイロットと世間話をしながら、アーランズは窓の外に目をやる。

闇に浮かぶどころか、引き裂くように輝く夜景を見下ろしながら、彼はこう思う。


そうだ。

どうせなら、歴史に残るほどの派手なゲームにしよう。

3

魔術結社『目覚め待つ宵闇』とそのボス、アーランズ＝ダークストリートが『海底都市ルルイエ浮上』の大規模儀式を目論んでいるのは、ドーバー海峡のほぼ中央。

彼らを止めるためにはロンドンを抜けなければならないが、当然、街中は数十万単位の防犯カメラとイギリス清教が夜闇の中へ放った大量の魔術師達の監視の目がある。中央の大通りはもちろん、どんなに細い道を選んだってどこかで見つかってしまうだろう。そうなればあっという間に包囲されてしまう。

対して。

五和達が取った行動は、実にシンプルだった。

「川に飛び込みましょう」

「ったく、九月の夜一〇時半なのよな。もう海水浴ってシーズンでもないってのに」

「シャワー浴びたいって言っていたんだし、ちょうど良いでしょ。ほら行くわよ」

適当に言い合うと、五和達は一度這い上がった土手の上から、再びテムズ川へと飛び込んだ。

一度沈み込むと、夜の闇を吸い込んだ墨のように黒い水面へと顔を出す。

イギリス清教の魔術師の腕は確かだったのか、水の中に入っても五和の背中に痛みはない。やはり、完璧な形で傷は癒えているようだ。

「下流に向かう船は……」

「あれにしましょう。貨物船なら忍び込みやすいですし」

数十万台のカメラ網と言っても、基本的には『建物や道路を監視するための』布陣が敷かれているはずだ。川にも水位計のカメラはあるが、あれは気象条件が悪化しない限り作動しない。蛇行しながらロンドンを横断するテムズ川は、警備網の盲点なのだった。

五和達は川の流れに逆らわず、全長一〇〇メートル大の中型貨物船へゆっくりと近づいていく。建宮がロープを取り出すと、少し離れた所で水面から顔を出していたふわふわ金髪の対馬が、両手を使って大きく丸を作った。

……船上に監視員はいない。

外洋と違って暗礁や海賊などの心配が少ない河川航行では、どうしても乗組員の緊張感も緩んでしまう。手すりにロープを投げても、崖登りのように途中乗船しても、誰も気づかない。

五和達は順番に貨物船へと身を乗り上げていく。

甲板上に規則正しく並べられている金属製のコンテナは、それだけで二階建ての家屋に匹敵するほどの高さがあった。五和達はコンテナとコンテナの間にある、細い通路のような空間へと身を隠す。

「……ロンドン市街を抜けるまで三〇分、ってトコか」

「このまま海まで出ちゃえば？」

「アーランズがどんな方法を使ってドーバーに向かっているかは知らないが、のんびり遊覧船の速度で追い着けるとは思えないのよな」

しかし、だ。

イギリス清教の御膝元という事もあって、首都ロンドンの警備網は相当に厳しい。一方で、ロンドンさえ出てしまえばその限りではなくなる。市街を抜け、郊外まで出てしまえば、多少派手な魔術を使っても、即座に感知されるような事はなくなるだろう。

五和は濡れた前髪を片手でかき上げながら、

「じゃ、街を出たらどこかで車を調達して、ドーバーまで一直線って感じ？」

「そ、そこから先はどうするんですか。アーランズ達は海上で大規模儀式を行おうとしているんですよね」

「魔術を使って良いならアシはいくらでも用意できる。今までのロンドンが窮屈過ぎたのよな」

天草式では、木の船を紙の符へと変換して携帯しておく術式も存在する。

今までそういった利点を全く使わせなかったのは、腐っても魔術師対策に特化したイギリス清教の警備体制によるものなのだ。

「でも、どこでどうやって車を調達するのよ？　郊外に出れば魔術を見咎められるリスクは減るでしょうけど、それだけ民家も減るわよ。ここも島国だけど、人口密集率は日本と全然違う。何にもない場所にはホントに何にもないんだから」

「……ああ、なだらかな丘に羊を放しているだけの場所が延々続いていたりしますもんね。そんな所で車を探したってどうにもならないというか」

「場所選びに失敗しなけりゃ車は見つかるだろ。あるいは……」

「？」

「お前さん達がその格好で道端に立って、親指でも立てればすぐにでもヒッチハイクできるかもしれんがな」

「……、」

五和は黙って目線を落とし、改めて自分自身の格好を確認する。

基本薄着。

プラス、テムズ川に飛び込んだおかげで全身びちょびちょ。

イコール？

「…………………………………………………………、」

………………………………………………………………

………………………………………………………………

「ノウ!!　五和、いきなり槍使ってコンテナの山を切り崩そうとしてんじゃねえのよな!!」

慌てたように制止を促す建宮だったが、その後頭部を大柄な牛深と小柄な香焼が割と本気で引っ叩いた。

「(……馬鹿野郎!! 五和は日本の恥の文化の継承者みたいなもんなんですから真正面から堂々と言ったたって仕方がないでしょう!? あれはニマニマしながらそっと愛でるのが正解だっつーの!!)」

「(……気づかせなければ争いは生まれなかったのに!! ジャパニーズ湯煙温泉NOZOKI文化がどうして発達したのかまるで分かってなかったんすかアンタ!?)」

ミニスカートの裾を雑巾みたいに絞って水気を取り除いていた対馬が、心の底からうんざりした調子で五和に声を掛けた。

「やめときなさい。そいつら、一見窮地に立っているふりして、実はただご褒美を欲しがっているだけだから。殴り倒しても喜ぶだけよ」

「……対馬さんはそこで恥じらいがないから得した感が生まれないんすよね」

小柄な香焼が余計な事を言ったので、対馬は無言で少年を貨物船から投げ落とした。

初老の諫早がロープを使った決死の一本釣りで香焼の命を繋ぎ止める。

「それにしても、海底都市ルルイエか……」

一五秒前の凶行など素知らぬ顔で、対馬が呟いた。

邪神の眠る巨大な棺。通常の遠近法も幾何学的直線も全く通用しない、不可解な曲線で構築される極めて高度な建築物群。

「クトゥルフ神話群で描かれる事と全く同じ事象を再現できるとしたら、そんなもん呼び出した時点で掛け値なしに人類が滅ぶかもしれないってクラスなのに。……『強烈なインスピレーション』を得て新しい魔術の問題点をクリアしたって、そこで世界が終わったら何の意味もなくなるって事さえ分からない馬鹿なのかしら」

「魔術師の行動原理も色々だ」

建宮は金属製のコンテナに背中を預けながら、

「口では魔法名を語るものの、結局は現実的な活動資金を得る事に終始してしまうヤツ。目的への近道として幅広い人脈構築を画策した結果、対人トラブルに巻き込まれて足を引っ張られるヤツ。自分の願望の単純さを直視できず、必要以上に大層な魔法名を提唱して自らの目的さえ見えなくなってしまうヤツ。……種類は色々あっても、根底にあるものさえ分かっちまえば相手の行動を先読みする事だってできるのよな。ただし」

「ただし?」

「一番ヤバい相手には、そういう先読みが一切通用しない」

建宮は吐き捨てるように言った。

かつて、天草式のリーダーが消失した際、真っ先に『教皇代理』として名前が浮かんだのがこの建宮斎字だ。くぐった修羅場の数や質もまた違うのだろう。

「……意味がない事に意味を、役に立たない事に役を見出すような連中さ。この手の大馬鹿野郎は、口ではなんて言おうが結局は楽しむ事しか考えちゃいないのよ。こういう連中は、決まってどこか現実から浮かび上がっているのよな。地に足をつけた普通の考え方じゃ、ついていけない一瞬ってのが生まれちまうんだよ」

4

アーランズ＝ダークストリートを乗せたヘリコプターが、ドーバー海峡のほぼ中央へと辿り着いた。

奇麗な長方形の陸地が、黒い海に浮かび上がっている。

いいや、正確には島ではない。かといって、船と呼ぶのも何か違う。縦に四〇〇メートル、横に七〇〇メートルほどの人工物は中が空洞になったサイコロ状のブロックをいくつも連結させた、巨大なフロートだった。浮き輪と同じで、空気の力を借りて強化ステンレス製の陸地を丸ごと浮かべている訳である。

沈没船の引き揚げ施設から一〇〇名前後の従業員の居住、予備の資材や機材を置くスペースなど、その敷地に反してフロートの上はごちゃごちゃとした印象があった。簡単な港のような区画まである。ヘリコプターは長方形のフロートの角にある、即席のヘリポートへと着陸していく。

後部のスライドドアからフロートへ降り立ったアーランズは、機のローターが生み出す突風に抗う形で近づいてきた部下の男へ、『死霊術書』を軽く放り投げた。

「ダッジ、使うページを復唱しろ」

「はい。四五ページ、九〇ページから一二〇ページ、二〇〇ページ、二一〇ページから二三二ページです」

「よし、使い捨ての駒は用意してあるな。一秒が惜しい。さっさと読ませろ」

確認作業を終えたアーランズは、ダッジと呼ばれた男の背中を二、三回ほど軽(かる)く叩(たた)く。

ダッジと別れると、今度はフォークリフトで大きな木箱を持ち上げていた女性に声を掛ける。

「『ガラス』はどうなった?」

「調整待ち。『死霊術書(ネクロノミコン)』のページさえ読み解ければすぐにでも。数値計算に基づいた最終測量が終わり次第、いつでも『ルルイエ浮上』に移行できます」

「ヴェイズは」

「すでに配置についています。今からでも呼び戻す事は可能ですが……」

「いやいい。ただし『敵』は遠からず来ると想定しろと伝えておけ。一度儀式が始まってしまえば私は動けない。『外周』を一任した事で後悔したくはない」

「誰が来たところで、どうせ間に合いません」

「それでもだ」

言うだけ言うと、アーランズはフォークリフトから離れていく。

あちこちには測量士が使うような機材が転がっていた。作業員が片づけないで宿舎に引き返した訳ではない。この配置にさえも意味はある。

「……ユークリッドだ」

アーランズは三脚で固定されたカメラのような機材の横を通り抜けながら、口の中で嘯(うそぶ)く。

「ユークリッド幾何学。まずはそこを超えない事にはな……」

作業員宿舎の方からは、大音量で洋楽が流れていた。時間は遅いが、場所が海の上なので気にする必要はないのだ。

繊細な調整を行っている最中に、素人に邪魔をされても困る。が、別に『クトゥルフ神話群らしく』一〇〇名以上の作業員を血の海に沈める必要もない。彼らの足を止めるために必要なのは、適当な社史に関する記念日と称した休暇に大量のアルコールだ。

プレハブでできた三階建ての建物の傍を歩くと、熱気で曇った窓が開いた。

赤ら顔の男が声を掛けてくる。

「こんな時間に社長サマが駆けつけてくるたあ、よっぽど面白いもんでも眠ってやがるのかあ、この海は？」

「そう大した事じゃないよ」

「へえへえ、うちらの間じゃUボートでも引き揚げてんじゃねえのって噂もあるんだがね。……何だ、呑んでいかねえのか？　どうせアンタが振る舞ってくれた酒なんだろ？」

「ふむ」

アーランズはそっと立ち止まり、

「……家族には急ぎの仕事と断って、わざわざこんな時間に誰の目にも届かない場所へとやってきた。シャワーもベッドも冷蔵庫にスパークリングワインもある場所へ。何しに来たか尋ねるのは野暮というものじゃないかな」

「ぎゃははははは‼　何だよ秘書のねーちゃんとでもデキてやがんのか⁉」

大笑いする作業員に片手を振って、アーランズは自分の部屋へ向かう。

高尚を気取って秘密主義を匂わせると人はどこまでも追いかけたくなる。こういう時は、下世話な答えで勝手に納得させてしまった方が手っ取り早い。……財界の知恵というのはどれもこれも、役には立つが自慢できないものばかりだった。

宿舎の隣にある、独立した小さなプレハブに入る。

扉の内鍵をかけ、窓のブラインドを閉じると、部屋の電気も点けずに、ソファの近くにある冷蔵庫へと向かった。病院やホテルなどにある、洗濯機よりも小さなモデルだ。

扉を開ける。

その裏側にある、ボトルを収めるためのポケットには、何やら、どろりとした赤黒い液体の詰まった瓶がいくつも並べられていた。

「……人の皮とか人の血とか、いつ見てもえげつない……」

呟き、瓶を一つ取り出すと、今度は事務用のスチールデスクへ。瓶をデスクの上に置くと、同じ場所にあったプロジェクターに手を伸ばす。

薄暗闇の中、バチン、というプラスチックのスイッチを弾く音が聞こえる。

壁の一面に、複雑な紋様が広がっていく。

「まずは北の面からか」

内線電話が、ランプの点滅と共に電子音を鳴らした。

受話器を肩と頬で挟んで固定したアーランズは、一・五リットルは入る大きな瓶を改めて摑む。力を込めるが、蓋が開かない。

「準備は？」

『完了しました。そちらは』

「待て」

アーランズはさらに一〇本指に力を込めたが、まるでコンクリートか何かで固められているかのように瓶の蓋は開かない。彼は少し考え、そして諦めた。瓶の蓋から片手を離すと、人差し指と中指をピタリと合わせ、瓶の口を軽くなぞる。

音もなく、瓶の上部が蓋ごと切り落とされて床へと落ちた。

中にある赤黒い液体の、鉄錆(てつさび)のような匂いが室内に溢(あふ)れ出(だ)す。

「良(い)いぞ。北から頼む」

『Aをプラス三・三三。Cをマイナス五。GとHをプラス〇・四』

アーランズは言葉を聞きながら、壁の一面へと近づいていく。瓶の中に指を突っ込み、赤黒い液体をすくい上げる。プロジェクターに映し出された巨大な紋様をなぞるように、ゆっくりと指を走らせた。ただし、いくつかのポイントでは紋様を無視した動きを見せる。部下が電話で伝えてきた、『死霊術書(ネクロノミコン)』の情報だ。

壁の一面を血文字で埋め尽くすと、アーランズはスチールデスクの所まで戻り、プロジェクターを掴(つか)む。別の壁をスクリーンにする位置へプロジェクターを置くと、表示を切り替え、別の紋様を一面へ表示させる。

「次は西だ」

『Bをマイナス〇・九一、Fをプラス一・四一……』

5

ドーバーの海岸線には、いくつもの木製帆船が並んでいた。五和達が、紙の符という形で携帯しておいたものを、ここにきて大きく展開していったのだ。

「海底都市ルルイエの浮上はワンパターンじゃない。方式はいくつかあるのよな」

建宮が船の数を確かめながら言う。

「大きく言えば、星辰を中心とした星の流れと、海底火山の急激な活動によるもの。だから空か海か、どちらか片方に大きな動きがあれば気をつけろ。連中の大規模儀式が進行している証拠なのよ」

「無人操船の火船に乗り込むんじゃないわよ」

対馬がレイピアを使って、船体の側面へ目印の傷をつけながら割り込んだ。

「こっちは囮の、激突と同時に大爆発するヤツだから。自分の乗る船を間違えたら責任は持てない」

全体で言えば一対九で無人操船の火船の方が多い。数では劣る戦いばかり強いられてきた天草式の特色は、こんな所にも表れている。

五和は帆船の甲板へ身を乗り上げながら、

「ドーバー海峡の長さはおよそ三八キロ。そのほぼ中央地点にアーランズのフロートがある訳ですから……」

「イギリス側からもフランス側からも、水平線の向こうに隠れちまって騒ぎは見えない。それをチャンスと捉えるか、溺れても救援が来ないと怯えるかは各人に任せるのよな」

海岸線に並べられた二〇以上の帆船が、端から順に、ひとりでに氷の上を滑るように黒い海へと流れていく。船底が水面に触れた途端、その加速が、グン!! と一気に増した。どう考えても帆で風を受けて進む船の領域ではない。船体の前面が大きく斜めに浮かび上がり、海水に触れている部分が半分以下にまで縮小されてしまう。

五和はジャンプ台のように大きな波を飛び越えていく帆船から振り落とされないように気をつけながら、隣にいる対馬へ声を掛けた。

「海底都市ルルイエの浮上……どういう形で行われると思います?」

「さあね。そもそも連中がドーバーで欲しがったのが、単なる儀式場を行うための海上基地だったのか、それとも『沈没船引き揚げ設備』も必要なピースなのか」

目的となる、『目覚め待つ宵闇』が所有するフロートは、すぐに見つかった。

見間違う方が難しい。

漆黒の空と海に全てが埋め尽くされた中、人工的な白々しい光でぼんやりと浮かび上がった巨大構造物。そこに働く者の内、一体どれだけが本当の目的を知っているかは不明だが、アーランズが民間人への被害を考慮するような人間ではないのはすでに明らかだ。自身の目的のため、英仏両国に甚大な被害をもたらす事も厭わない魔術師が、今さら一〇〇人前後の作業員の安否など気を配るはずもない。

と、対馬が何かを嗅ぎつけたように、表情をゆっくりと険しくした。

「気をつけなさい……」

「？」

「このまま無事に上陸させるはずがない。絶対に何か仕掛けてくる」

直後の出来事だった。

ゴッッッ!!!!!! と。

唐突に、五和達の目の前の海が割れ、真上へ凄まじい水柱が噴き上げられた。

高さは優に二〇メートルを超える。爆発的に噴き上がる水柱の勢いに負け、彼女達の船の前方を進んでいた帆船が勢い良く舞い上げられていく。

「『目覚め待つ宵闇』ですか!?」

「まずい、五和、横!!」

対馬の鋭い声をかき消すように、次々と海面を突き破って水柱が噴き上がる。それはすぐ横を併走していた帆船を巻き込んだ。木製の帆船とはいえ軽く数トンを超える塊が、風に吹かれるコンビニ袋か何かのように浮かび上がる。

五和達の方へ。

覆い被さるように。

そこには誰も乗っていなかったが、ほっとしている暇はない。

「爆破用の火船よ!! 突っ込まれたら大爆発する!!」

五和はとっさに槍を真上に構えたが、対馬は逆の行動へ出た。

レイピアを自らの船の甲板へ突き刺し、口の中で何かを呟く。

がぐん!! と帆船が急減速した。

十字教の中では水や船に関する伝承も少なくない。『神の子』が荒れる海を瞬く間に鎮めたり。正直者が湖の上を歩いて渡り、悪人がその後に続こうとして溺れてしまったり。

対馬はそうした伝承を応用し、自らの進む帆船にぶつかる波を瞬間的に高くしたのだろう。

つまり即席のブレーキである。

標的を喰いそびれた空中の火船は、五和の主観的には彼女の乗る船の先端を掠める形で海中へと没していく。その上を突き抜ける形で五和達の帆船はさらに前を目指す。

そして気づいた。

「……あの水柱。何かに似ていると思ったら、まるで魚雷だわ。海底に爆薬でも仕掛けて爆発させているのかしら」

「それって……」

建宮は、海底都市ルルイエの浮上にはいくつかのパターンがあり、星の流れか海底火山の活動が有力だと言っていた。

あくまでも魔術結社側は、爆薬による振動で海底火山の活動を模しているのだとしたら……。

「アーランズのヤツ、私達の事なんて気にも留めていない！　かんっぺきにルルイエ浮上に専念しているようね。さっさと食い止めないとろくな事にならないわよ!!」

そもそも、『海底都市ルルイエの浮上』が成功すれば、直径一〇〇〇キロ圏の人間は全員心を壊してしまうのだ。儀式さえ終われば、邪魔な天草式も自動的に全滅する。アーランズ達が迎撃のために人員を割く必要はない。

「っ!!」

「耐えろ五和！　フロートまで辿り着かない事には何もできない!!」

しかし、海底からの爆発が五和達を集中的に狙ったものではなく、ランダムなものだとすれば、必然的に被弾率も下がってくる。

陣形をV字の楔のように組み替えた火船の列が、フロートの端へと到達した。簡易的な港湾部分の設備を片っ端から爆炎に包み込んでいく。クレーンやコンテナの山はおろか、サイコロ状のフロート基部までもがいくつかひしゃげ、潰れて、宙を舞った。

そこへ、第二陣の五和達の帆船が勢い良く乗り上げていく。

帆船は倉庫のような建物へ勢い良く激突したが、五和達は船が完全に減速する前にフロートへと飛び降りている。

「アーランズを捜せ……」

建宮が、波状の刃を持つ大剣、フランベルジェを片手で提げながら言う。

「何が起こるかは分からんが、まだ『ルルイエの浮上』とやらは完成してない。ここで食い止める事ができれば……っ!!」

ぶじゅり、という柔らかい音が聞こえたのはその時だった。

足元からだ。

「……、」

五和は無言で、自分の靴がある辺りへ目をやる。

おかしなものが広がっていた。

フロートは基本的に強化ステンレス製だ。浮き輪と同じで中に空気を閉じ込める事で浮力を確保するため、サイコロ状の塊をいくつも連結させる事で、隙間のない平らな陸地を作り出す。

その硬いステンレスの表面に、脈打つ血管のようなものが走っていた。

五和の足は、くるぶしの辺りまで沈み込んでいた。硬い表面が、溶けたチョコレートのように輪郭を崩し始めている。

「……な、ん……？」

疑問が口に出る。

その答えを、自分自身で探し出す。

「海上基地、フロート構造、海に浮かんでいるもの……？　そうか、そうです。彼らは海の底から得体のしれない遺跡群を引き揚げようとしたんじゃない。このターミナル自体の条件を整えてルルイエと同じモノに作り替えようとしていた‼」

「っ⁉」

対馬が慌てて周囲を見回す。

時間はそろそろ夜から深夜と呼べるようになってきたが、こうしている今も周囲のあちこちに強力なライトがあり、真昼のように輝いている。そしてライトは一方向からだけではない。あちこちから凄まじい光で照らされたため、そこでは妙な現象が起きていた。

「……遠近法が通じない場所。通常のユークリッド幾何学では表現不能な曲線でできた街。くそ、まさかそういう事なの⁉」

現象自体はありふれたものかもしれない。

例えば、ヘッドライトを使って道路を横断中の歩行者を照らした際、対向車からも同じようにヘッドライトを浴びせられると、歩行者が光の中に消えてしまう事態に陥る。運転免許の教本にも載っている、典型的な落とし穴である。

だが、ここで重要なのは現象そのものではない。

普通の遠近法や幾何学では説明のできない、おかしな景色を作り出す事。海底に仕掛けた爆薬と組み合わせて、このフロートを邪神の眠る海底都市と同じものだと誤魔化してしまう事。そしてまやかしだろうが何だろうが、エミュレーションの精度が一定以上の割合を超えてしまえば、アーランズ＝ダークストリートの目的は成就する。彼は莫大なインスピレーションを獲得し、その代償として英仏両国で甚大な数の廃人を生み出してしまう。

だが、逆に言えば。

「『景色』さえ元に戻してしまえばアーランズの計画は阻止できます！　作業用のライトや、光の反射や屈折に利用されるであろう、金属板やガラスなどを集中的に攻撃してください‼」

そこまで叫んだ時だった。

ぞるり、と。

何か、腐った腕のようなものに、五和の背中が撫でられた。

慌てたように槍ごとそちらへ振り返る五和だったが、

「っ!! 見るな!!」

建宮が、何かを叫ぶ。

しかしもう遅かった。

五和の視界に飛び込んできたのは、腕などではなく、もっとおぞましい、無数の吸盤がついていて、不快を催す粘液に包まれている……、

「……触、手……?」

呟いた直後。

ピタリと隙間なく敷き詰められた、サイコロ状の基部構造を内側から引き裂くようにして、おぞましいものが大量に噴き出してきた。それは躊躇なく、五和の視界を埋め尽くしていく。

6

四方の壁に、床と天井まで。

空間の六面全てを血文字で埋め尽くした空間の中央に、アーランズ＝ダークストリートは静かに座っていた。床の上に直接腰を掛ける彼は、東洋の禅をほうふつとさせる。

ゼロから始めて、様々な文化や神秘で信憑性を固めていったクトゥルフ神話群だ。そのバリエーションと自由度は驚くほどに広い。

彼の眉が、わずかに動いた。

「……ようやっとのご登場か」

呟く。

この近代科学で作られたフロートを海底都市ルルイエと同一視させるからには、当然、ルルイエの主である『眠れる邪神』に対応した何かをも呼び出す事になる。そもそも、ルルイエ浮上に伴う莫大なインスピレーションとは、この『眠れる邪神』が発する思念に人間の脳が触発される事で生み出されるものなのだ。

目的そのものと直結する以上は避けては通れない相手ではあるが、一方で、無条件に歓迎できる相手でもない。

そもそも、あれは人間の手に負えるものではないというのが前提だ。

ルルイエと同様に『眠れる邪神』を一〇〇％の純度で再現してしまったら、その時点で彼も破滅の道を辿る羽目になる。

『倒す』とか『操る』とか。

そういう月並みな方法を連想する事自体が間違っている。

どういう形で召喚を成し遂げるのか、という段階からして作為を込めていかなければ、凡庸な人間が想像から吐き出された邪神を利用する事などできはしない。

アーランズとしては、『眠れる邪神』からの思念は最大限に受けつつ、『眠れる邪神』の肉体自体は最小に留める形でこの世界に呼び出す……というのが、都合の良い理想論ではあったのだが……。

「しかし、思惑を超えてこその邪神ではあるか」

すでに大規模儀式は始まってしまっている。

たとえ制御を誤って、『眠れる邪神』がアーランズのいるこのプレハブに突撃してきたところで、もう彼はこの場を離れる事はできない。

その状況でなお、アーランズは笑う。

笑う。


「なあ、クトゥルフ」

7

樵に切り倒される老木のように真横へ倒れた五和へと、建宮と対馬は慌てて駆け寄る。

そこには、五和が目撃したような『おぞましい怪物』は見当たらなかった。

ただ、強烈なライトや金属板、ガラスなどを利用した『不可思議な光の景色』が広がっているだけだ。

「どう思う⁉」

「物質的というよりは精神的なものだろう、今の所はな！　召喚の度合が進んで、フロートとルルイエの同一視が進んでいけば、じきに実体を持った『巨大な影』が闊歩するようになるのよな‼」

猶予はない。

すでに限定的にではあるが、一番顔を出してはいけない怪物の片鱗が周囲をちらつき始めている。どれくらい純度が高まる事で『顕現に成功した』とみなされるのかは不明だが、ここから二時間三時間と手間が必要とはとても思えない。

「五和はどう『呼び戻す』のよ⁉」

「どうせまともな揺さぶりが効く状況じゃない。無制限で外部から悪夢を吸い込み続けている状態だ。釣り糸を垂らしたって濁流に断ち切られるのがオチなのよな！」

「それ、五和を『外へ』引っ張り出すのは難しくても、『中へ』情報を押し込むラインは例の邪神が確保しているって事よね。だったらファイル形式を分析して、似たようなフォーマットの情報を大量に流し込んでやる。無意味な情報で悪夢を希釈させてしまえば、五和の意識の圧迫も解けるはずよ‼」

叫びながら、対馬はポケットの中から銀のアクセサリーをジャラジャラと取り出す。どれもこれも観光街の露店を見て回れば手に入る安物だが、天草式の人間なら、作った本人さえ気づいていないような細かい宗教的意匠を拾い上げ、組み合わせる事でいっぱしの魔術を実行する事だってできる。

しかし、

「……、」

建宮達の体を、何か大きな影が覆った。

見上げれば、強烈な光に照らし出されたフロートの上に、何か巨大な塊が屹立していた。

「くそ……」

五和(いつわ)を襲ったのは、今の段階ではあくまでも精神的な攻撃だ。つまり、不必要に意識へ入れなければダメージは受けない。

そうは分かっていても、実際にできるかどうかは別だ。

悪夢とは、苦痛とは、嫌悪(けんお)とは、絶望とは、不快とは。

一度でも知覚してしまえば最後。それをやり過ごそうと思えば思うほど、逆に強く意識してしまうものなのだから……。

8

血文字で埋め尽くされた四角い部屋の中央で、床に直接座り込んだまま、アーランズ＝ダークストリートは、ゆっくりと、長く、息を吐き続ける。

肉体の緩やかな動きに対して、実質、精神によって行われる内的作業は高速化、複雑化を極めている。

そうしながらも、同時に、アーランズの私的な思考はどこか遊離していた。

ゲームにおける勝者の法則を、強く意識する。

……結局の所、ゲームに勝つ上でまず規定するべきなのは、徹底してゲームそのものを楽しむ心性を獲得する事にある。もちろんこれは単なる刹那的快楽主義を標榜(ひょうぼう)しているのではない。ゲームに実益を持ち込んではならない、と言い換えても良い。

例えばポーカーでは、単なる遊びか具体的に金を賭けるかで戦略も勝敗も大きく変わる。普段はあれだけ当たり前のように勝っていたのに、一度金が絡むとガクンと勝率が落ちる、などという話もラスベガスでは珍しくない。

これはどんな勝負にも当てはまる。

ゲームの中の魔物は、プロも素人も関係なしに呑み込んでいく。一度それが盤上に顔を出してしまえば、どれだけ訓練や経験を積んだ人間も逃れられない。自縄自縛の典型とばかりに、実体のない魔物はそれを生み出した人間を容易く丸呑みしていく。

実益を意識しない。

自分の命や運命が関わっている事さえ脇に追いやる。

事件の規模が大きければ大きいほど、得られるものや失われるものが増えれば増えるほど、盤上にいる全ての人間は『魔物』の影に怯えるようになる。そんな中、たった一人だけ『魔物』に囚われず、自由自在に盤上を駆け回る事ができたとしたら？　それは、最も強力なアドバンテージとして機能する。時に、持って生まれた資質や積み重ねた経験、潤沢な資金や技術をも凌駕するほどに。

だから。

ゲームとは、得られるものがないから楽しいのだ。

純粋にそれを楽しめる者だけが、頂点に立つ資格を得られるのだ。

「……、」

アーランズは、暗い部屋でうっすらと微笑んでいた。

沈没船引き揚げ用のターミナルとして建造した、巨大なフロート構造は海底都市ルルイエと同一化を果たした。『眠れる邪神』はすぐ外を闊歩している。誰が妨害に来たかは知らないが、あれと鉢合わせて無事で済む者はいないだろう。後はアーランズ自身が『眠れる邪神』から強烈なインスピレーションを獲得し、『眠れる邪神』が完全に世へ放たれる前に召喚の儀式を切断してしまえば良い。

そのはずだった。

そのはずだったアーランズの体が……ぐらりと、真横に揺れた。

座り込んだ状態から、崩れるように床へと倒れていく。その口と鼻から、赤黒い液体がこぼれていた。

「どう……」

倒れたまま、アーランズの唇が、蠢く。

首は動かず、眼球だけがギョロギョロと動き回る。

「……やって、凌いだ？」

部屋の中央。

先ほどまでアーランズが座り込んでいた場所の、その真後ろに、一つの影があった。

一本の槍を携えた五和の影が。

9

実を言うと、起こした現象自体は簡単なものだった。五和達天草式も、銀河的な恐怖とまで揶揄される『眠れる邪神』と真正面から戦って勝てるはずはない。……というより、あれは『誰が戦っても平等に負けるように初期設定された怪物』という方が正しいのかもしれない。

では、どうやって『あの状況』から逆転したのか？

という前提もまた間違い。

そもそも、『あの状況』と呼ばれる地点からしてズレている。

「アザトース、ヨグ＝ソトース、シュブ＝ニグラス、イタカ、ウボ＝サスラ、ナイラトホテプ、ハスター、ツァトグァ、ヴルトゥーム……そしてクトゥルフ。あなた達が得意とする邪神は、どれもこれも人の手に負えるものではありません。ですが、そうした怪物達には必ず一つ、共通する点が存在します。何だか分かりますか？」

「……、」

召喚儀式の決定的な破断と、それに伴う過負荷を全身に浴びたアーランズは、ろくに手足も動かせないまま、それでも積極的に眼球を動かしていた。

まるで、ここまできても、利害抜きでゲームを楽しんでいるかのように。

「……そう、か。あらゆる邪神は、『物語』の体裁でその役割や恐怖を設計されている……」

「こう言ってしまうとフレイザー並にザックリし過ぎているかもしれませんが、クトゥルフ神話群の作品とは、『ある一つの邪神が起こす大暴れを、端にいる人間が巻き込まれる形で説明していく』邪神のカタログという見方もできますからね。……いくらあなた達が体系的、理論的に各種儀礼を『現実でも使えるように』組み替えた所で、邪神を取り扱う以上は、そこに内包された物語性を無視する事はできない。だったら」

「その、物語性を逆手に取ったか」

相手がどんなに恐ろしい邪神であっても、物語が一度終わってしまえば、それ以上攻撃される事はない。

邪神は『次の物語』に顔を出す事はあっても、『次の物語』が始まるまでは手の出しようはない。

つまり、

「……割り込んだ、な。このフロート上で起きていた戦闘自体が偽りだった。幻か何かは知らんが、『侵入者はあっさりと返り討ちに遭った』という結末をさっさと提供する事で、邪神をこの場から追い払ったか……」

「そこまで高度な事はできませんよ」

以前、五和達は曼荼羅を利用してイギリス清教の魔術師フリーディア＝ストライカーズの認識を誤魔化した事はある。だがあれは対人用だ。実体があるのかないのかも判然としない、『眠れる邪神』なんてものに通用するものではないだろう。

「そもそも、このフロートはあなた達が作為的に景色を歪ませていました。既存の遠近法やユークリッド幾何学では説明のできない人工建造物、という海底都市ルルイエと同じ条件に当てはめ、二つを同一視させるために。……だったら、私達はそれを逆手に取るだけで良い。『景色を歪ませるもの』に干渉し、天草式は敗北した、という情報を入力すれば邪神を退散させられる。『眠れる邪神』が騙されるのはすでに証明されていました。何しろ、あなた達の手で騙されたからこそ、エミュレートされた邪神が顔を出したんですからね」

「ガラスに……触れたか」

「測量機器の事でしたら、もちろん」

景色を歪ませる。

言葉にするのは簡単だが、一つだけ大きな問題がある。

そもそも、『誰から見て』景色が歪めば成功になるのか、という点だ。当然、景色というのは同じ場所でも三六〇度どこから眺めるかで印象は変わってしまう。複数の強烈なライトを使って遠近法や幾何学を誤魔化す方式ならなおさらだ。

魔術結社『目覚め待つ宵闇』のボス、アーランズは部屋の中に籠っているため、外の景色など眺めていない。

五和達、天草式にフロートを見せる事を前提に儀式の手順を組んでいた訳でもないだろう。

となると、

「フロート各所に設置されていた測量機器。そこから見た景色の歪みが、一種の陣としてフロートとルイエの同一視を進めていたんでしょう？　私達としては、何をどう歪めると現実への干渉が起きるのかを逆算できれば、後はメモに必要な紋様を描いて測量機器のレンズの前にかざすだけで済ませられます。そう難しい事ではありませんでした」

「……ふ」

アーランズは倒れたまま、薄く笑った。

答え合わせはシンプルだが、それをあの時あのタイミングで即座に実行してのけた技量は並大抵のものではない。何しろ、五和達は『フロートに上がれば邪神に襲われる』事を知らずに乗り込み、その場で遭遇したモノを見て即座にアドリブで対抗したのだ。普段の研鑽がなければ、こうはいかなかっただろう。

「テーブルトーク方式における、クトゥルフの分析か……。言われてみれば、そのような『楽しみ方』もあったものだな……」

ゆっくりと。

アーランズは息を吐く。そして、そのまま動かなくなった。

(過負荷が全身に回った……というところですか)

そもそも、人の手に負えないものを取り扱おうとした時点で高いリスクはあった。等価交換ではどう考えても術者が搾り取られて絶命するため、金融取引のごちゃごちゃした技術のように、一の金で数十倍数百倍の金を動かせるような交換レートを設けていたはずだ。

そうやって誤魔化していたのに、五和達が横から割り込んで儀式を破綻させたらどうなるか。

アーランズにその負荷を受け止められるはずもない。

五和はその場に屈み込み、アーランズの衣服を一定の規則性に従って裂いていく。最低限の自己治癒と生命維持の記号を盛り込むと、懐からプラスチック製の栞を取り出した。こちらもいくつかの細かい傷によって、通信用の霊装として機能するように細工を施してある。

電話のように耳に当てて、五和は言う。

「終わりました。もう心配はないと思いますが、念のため、残党排除とルルイエの記号性の破壊をお願いし……」

と、そこで彼女の言葉が止まった。

五和が眺めているのは、壁の一面だ。そこに限らず、四方と床と天井、六面全体がびっしりと血文字や紋様で埋め尽くされてしまっている。いかにもクトゥルフ神話群らしい、見ているだけで人の心理を圧迫するような光景だが……五和は壁に歩み寄り、その一部を指でなぞる。

眉をひそめる。

感触に、ほんのわずかな違和感がある。

「……これって……」

呟き、それから五和は組み立て式の槍の先端を取り外した。ナイフや包丁のようになったその刃物を使い、壁紙を大きく切り裂く。

そして呻く。

得体のしれない血文字でびっしりと覆われた壁紙の向こうに、さらにもう一つ。

全く別の『陣』が壁を埋め尽くしていた。

「うそ……これって……まさか……まさかっ‼」

通信用の霊装の向こうから、建宮の質問がいくつも飛んできた。

対して、五和は耳から札のような霊装を離し、まじまじと見つめる。

味方の言葉に耳を疑った訳ではない。

彼女が注目しているのは、自分が使っていた通信用の霊装そのものだった。

(……似ている)

率直に、思う。

五和は自分の持っていた小道具から、切り裂いた壁紙の向こうを埋める文字列の群れに目を移す。

（もちろん魔術的記号やその配置は全く違うけど、でも、そこに込められている人の意思はほとんど同じ。つまり全く同じ『目的』のために配置されたもの。でも、という事は……っ!!）

ごくり、と五和は喉を鳴らす。

ガーゼの下でぐじゅぐじゅに膿んでいる凄惨な傷口を、わざわざ改めて自分の目で確認するような行為。猛烈な拒否感情を理性で抑え込みながら、五和は自分の心にとどめを刺すような格好で、壁を埋める『陣』の構成を調べ直していく。

そして、結論が出た。

壁一面を使い潰す形で仕掛けられた『陣』の目的は……。

フロート内で行われていた大規模術式の詳細なデータを遠方へ送りつける術式。

情報の送信。

送信。

「……嘘……でしょ……？」

情報を送るという事は、受け取るべき相手が別にいるという事だ。

アーランズ＝ダークストリートで終わりではない。

その先に、まだ『誰か』がいる。

『どうした五和？　アーランズの方はもう終わったのよな？　だったら……』

通信用の霊装から飛んでくる声を無視して、五和は部屋全体を、もう一度ぐるりと見回す。混じり込んだ『通信用の術式』の詳細を追いかけていく。

(……ここから送信されていたのは、ルルイエ浮上に関する術式の一端。特に、太平洋に沈んでいるはずの海底都市ルルイエをドーバーで浮上したと結論付けさせるための誤魔化しの部分)

ごくりと喉を鳴らす。

何か、嫌なものが浮かび上がってくる。

(彼らにとって重要なのはクトゥルフ神話群なんかじゃない。公式通りにやらないと失敗する術式を、いかに崩してもきちんと機能するかっていう、『許容誤差』の研究をしていたんだ!!)

ここで終わりではなかった。

魔術結社『目覚め待つ宵闇』の最終目的は、海底都市ルルイエの浮上ではなかった。そのボス、アーランズが一番の安全地帯に身を隠していた訳でもなかった。

太平洋でなければ浮上させられないルルイエを、ドーバー海峡で浮上させた『事にした』。

これには、クトゥルフ神話群を超えた『大きな価値』がある。

既存の神話や伝承へ自由に横槍を入れ、自分達の望む形に組み替えてしまう。その自由度に関する研究。彼らがルルイエ浮上によって得たデータを活用すれば、癒しの杖を殺しの杖にしたり、世界で一つしかない『聖地』を大量に量産したり、といった事も可能になる。

この場合、メリットは二つ。

一つ目は、既存の『聖地』を自分好みに改造してしまう事で、これまでなかった全く新しい術式を組み上げられる事。

　二つ目は、分厚い結界だの大規模な砲台だの、すでに莫大な効果を生み出している『聖地』を改造してしまう事で、既存の巨大組織が抱えている『秘密兵器』を動かせなくしてしまう事。

　ポジティブ、ネガティブともに、その利益は余りある。

「……、」

　五和は部屋一面の血文字や紋様を目で追いかけ、複雑に連結する通信術式の中から『送信先』を割り出していく。

　そして呟いた。

「建宮さん……私達の船って無事なものは何隻くらい残っていますか？　今すぐ出港する事は⁉」

『ああん？　アーランズも「目覚め待つ宵闇」も撃破しただろう。これ以上、一体どこへ向かえっていうのよな⁉』

　建宮の疑問に、五和はこう答えた。

「ストーンヘンジ」

『……何だって？』

　イギリスで最も有名な遺跡で、同時に、何のために使われていた巨石群なのかは今でも諸説入り乱れる謎の建造物でもある。

「ルルイエ召喚の儀式で得られた実験データが、そこに向かって流されています。おそらくアーランズの別働隊がそこで待っています‼　アーランズは自分自身さえ捨て駒にしてでも別働

10
隊の動きを成功に導こうとしていた。つまり本命はストーンヘンジ。ここであったルルイエ浮上が単なる囮だったと思うくらいの事を、彼らは始めから進めていたんです!!」

中型のステーションワゴンの後部座席では、帯のように長い紙がのたくっていた。その原料は、パルプでも、パピルスでもない。羊の皮というのが質感としては一番近いが、それもやはり違う。

人の皮をなめし、整え、縫い合わせたもの。

クトゥルフ神話群においては、書物の材料などとして有名な『記号』だった。

アーランズ達の電話の中で『外周』を一任されていたとする人物、ヴェイズは人の皮の上に刻みつけられた文字列に目を通していく。

「……無事に受信作業は終わったようだ。得られたデータも完璧だ。アーランズ様は、最後の最後までゲームを楽しみ尽くした様子だ」

運転席の窓を開け、煙草(タバコ)の煙を逃がしていた青年が、残念そうに呟(つぶや)く。

「となると、やはり……」

「ルルイエ浮上が成功しようが、途中で失敗しようが、どのみち末路は同じだった。アーランズ様もその辺りは承知した上で召喚儀式に臨んでいたはずだ」

本来であれば、アーランズ＝ダークストリートはここで倒れるような器ではない。

しかし、魔術結社『目覚め待つ宵闇』の中でも、海底都市ルルイエ浮上の儀式を執行できる腕を持った魔術師は彼しかいなかった。アーランズが無能なのではない。彼はあまりに有能過ぎたためにその寿命を縮めてしまった。ヴェイズはそう信じている。

運転席の青年がこう質問した。

「いつ始めますか？」

「すぐにでも」

必要な情報は頭に入れた。ヴェイズは人の皮を縫い合わせた報告書を脇に捨てる。運転席の青年も、煙草（タバコ）を車内の灰皿へと押し付けた。

二人は同時に車の外へ出る。

周囲にはオフロード仕様の自動車が一〇台以上停（と）めてあり、そこから『目覚め待つ宵闇』の魔術師達が一斉に降りてきた。

合図は必要なかった。

一面、緑色の草が生い茂るなだらかな丘だった。ヴェイズ達はその丘を越える。彼らの目と鼻の先に、円周状に巨石を並べられた、あまりにも有名な遺跡がそびえていた。

ストーンヘンジ。

それを前にして、ヴェイズは闇に沈む魔術師達にこう告げた。

「これより最終フェイズに入る。組み上げる術式の名前は『分類不能（ブランクペーパー）』。新たな解釈を与え、我らの手で新たな時代を作り上げよう」

第五話

1

『深夜〇時になりました。クォーターニュースの時間です。本日最初のヘッドラインはこちらとなります。中でも注目なのは、英国を中心とした経済活動圏、いわゆる「ポンド圏」の首脳会議。交通規制が敷かれる予定ですが、該当箇所以外も迂回(うかい)した車などで混雑する可能性があり……』

四駆のカーナビから退屈なニュースが流れていたが、眠気覚ましとしては機能していなかった。

一台の自動車が、ストーンヘンジのすぐ近くを走る道路脇に停(と)められていた。別にエンストした訳でもバッテリーが上がった訳でもない。ケイト＝ウォルクスのいつもの仕事だった。

ストーンヘンジは世界遺産に登録されていながら、何のために作られたものかは今でも正確に分かっていない。古代の偉人の墓にまつわる何か、生贄(いけにえ)を捧(ささ)げるための何か、太陽または星の運行を読み取るための何か、などなど。有力な説はいくつかあっても確定はしていない。

きっと、その呪いなんじゃないだろうか。

などとケイトは本気で思っている。

ソールズベリーの重要な観光資源であり、ケイト＝ウォルクス自身、幼少からこいつにご飯を食べさせてもらっていた、と表現しても差し支えない遺跡ではあるが、どこの誰がストーンヘンジを管理保全しているかは割と知られていない。

というより、複数入り乱れていて判然としていない、という方が正確か。

ケイト＝ウォルクスは警備会社の社員でも、考古学研究の職員でも、得体のしれない古代宗教関係者でもない。道路公社の人間である。何故、そんなケイトがストーンヘンジの管理保全……言ってしまえば、夜中に近所のガキどもがスプレーで落書きしないか見張っておく業務につかされているのか。

その答えは、この遺跡のすぐ脇を通る道路にある。

元々、大量の排ガスが巨石群を傷めるというありがたいご意見はあった。その上、道路の拡張工事の際に設計者が遺跡群の端を掠めそうになる、という、今でも背中を刺してやりたいほどの大ボケをかましてくれた。

電話会社の処理能力を超えるほどの苦情が押し寄せてきた事で、通常業務に支障をきたした道路公社の方ではストーンヘンジ対策課を作り、そちらに全て押し付けようという動きが生じた。しかし、日がな一日マリー＝ホッターを読みながら面白みのない苦情を聞き流すだけの簡単なお仕事です、では、今度は血税で給料が支払われる事に国民は納得しない。

ストーンヘンジ対策課と呼ぶからには、ストーンヘンジにまつわる仕事をしなくてはならない、とかいう本末転倒な辞令が下った。

そんなこんなでケイト＝ウォルクスは今日も助手席にショットガンを立てかけ、カーナビの画面を使って退屈なニュースを流し、片手で摑んだポップコーンを口の中に放り込んで時間を潰している。私の人生には無駄以外のものはないのか、と真剣に神へ問い質したくなる仕組みだった。

「……ん？」

その時だった。

フロントガラスの向こう、バンパーのすぐ前を、何か黒いものが横切った。

一瞬、ケイトの手が助手席のショットガンの方へと向かいかけるが、

「ま、狼か」

外で出会うのは怖いが、車の中にいれば問題ない。何より、彼女が注意すべきは人間だ。落書きにやってくる悪ガキ、盗掘犯、十字架以外の宗教的象徴を一切認めていない方々。そうした連中が出てこない限り、わざわざ表に出る必要はないだろう。

ケイト＝ウォルクスはショットガンへ伸ばした手を引っ込め、再びポップコーンを摑み直すと、退屈なニュースの流れるカーナビの画面へ目をやった。

今度、社用車のケーブルテレビ加入手続きでも申請してやろうかと本気で考える。

そして四駆のドアに寄り添う形で、『目覚め待つ宵闇』の魔術師、ヴェイズはゆっくりとガラスから指先を離した。

ドアには一枚のメモが貼り付けてあり、幾度と裂かれた紙片はこよりのように丸められ、あたかも七本の鋭い杭が突き出す形に整えられてあった。蜘蛛の脚、あるいは得体のしれない牙にも似た意匠である。

トラペゾヘドロン、という宝石がある。

邪神ナイラトホテプを召喚する媒体であり、普段は特殊な箱の中で、七本の針によって支えられた形で保管される。この宝石は封を破る事で力を発揮するのではなく、蓋を閉じ、宝石を闇で満たす事で邪神を招き寄せる。

ヴェイズは四駆自体にトラペゾヘドロンの箱という記号性を与えた。『箱』自体は脆弱であっても、邪神を呼び出すか否かのオンオフを切り替えるほどの封印性を持つのだ。一度区切れば、中と外は徹底的に断絶される。

平たく言えば、外で何が起きても車を降りる気がなくなる魔術、と表現しても良い。

「……ここは良い。次へ向かうぞ」

多くの魔術師を従え、ヴェイズは四駆を離れる。人里離れた所にあるストーンヘンジ一帯は、一見して均等な闇に包まれているように感じられるが、注意深く観察すれば、そこかしこにぼんやりとした『むら』が存在するのが分かる。

部下の一人が言う。

「大学の地質学研究グループ、環境保護団体、市職員、土産物屋を中心とした自警団……。分かっているだけで、自動車やテントの数は二〇を超えています」

「当然、その中に紛れた本物の魔術師もな」

ストーンヘンジは代表的な遺跡だ。こうしている今も、イギリス清教のいくつかの儀式で利用されている。しかし一方で、イギリス清教でさえ『ストーンヘンジは本来どのような目的で建設されたものか』は分かっていない。そこで、広く門戸を開いて様々な意見を収集し、その道のプロではかえって見逃すようなアイデアを待っている。

その関係か、ストーンヘンジ一帯には様々な人間が息づいていた。

所属も本気度もバラバラ。互いが互いを監視するような有り様。そういう状況を意図的に作って、『どこに本物の魔術師が紛れているか分かりにくい』『一つの方式で邪魔者を排除しようとしても、別のグループが異変を察知する』ような効果を狙おうとしているようだった。

「浅はかな……」

ヴェイズは一言で断じた。

ストーンヘンジは『きちんとした存在理由』が分からないまま、様々な方式で利用されている。だからこそ、ヴェイズ達にも付け入る隙が生じる。

元々は、何か正しいたった一つの使用方法があったのかもしれない。

だがもはや誰も気にしていない。分かっているのは十徳ナイフのように様々な『仮説』が並べ立てられていく中で、自分達に都合の良い解釈を選べる、という点だけ。それを突き詰めれば、一枚の騙し絵をいろんな角度から眺めて様々な図形を見出すように、一の記号で一〇〇の魔術を使い分ける事さえ難しくない。

イギリス清教もそれを最大限に活用しているらしいが、彼らが騙し絵の解釈を一つ残らず網羅しているとは限らない。

見る者によって解釈を変えるのであれば、その可能性もまた無限。イギリス清教が予期していなかった使い方を、ヴェイズ達『目覚め待つ宵闇』が割り当てる事もできる。予期していなかったからこそ、新種のコンピュータウィルスに対応できないように、本来の管理者であるイギリス清教の網の目を潜る事もできる。

まずはここで結果を出す。

比較的、難易度の易しいストーンヘンジで得たデータを基に、今度はもっと扱いの難しい遺跡や聖地で実験を繰り返す。そうする事により、完成度や成功率の向上を、限りなく一〇〇％に近い位置まで押し上げる。

「目撃者封じを終えたら、次はイギリス清教を叩く」

これまでの前提を覆すような一言だった。

ヴェイズ達は対魔術師に特化したイギリス清教との直接戦闘を極力控え、その矛先を天草式に押し付ける事で順調に行動してきた。彼我の戦力差を自覚した上で、それでも『勝つ』ための方策だった。

ここにきて、ヴェイズはそのやり方を変える。

「……料理には手順がある。この状況ならヤツらも潰せる」

2

五和達天草式は、自前の帆船を使って沈没船引き揚げターミナルからイギリス本土へと引き返した。そこで車を調達し、今度はストーンヘンジのあるソールズベリーへ走らせる。当然、イギリス清教の監視の厳しい大きな都市部を回避するルートを選んで、だ。

ハンドルを握る建宮は、うんざりした調子で言う。

「……そろそろフロートを襲った事はイギリス清教側にも伝わるのよな。派手な検問を敷かれる前にストーンヘンジに辿り着ければ良いんだが」

「それより、『目覚め待つ宵闇』の残党がストーンヘンジで儀式を完成させる前に辿り着けるか心配する方が先でしょ」

「そっちはどうなったのよな？」

建宮がルームミラー越しに後部座席を見ると、五和と対馬が大量の紙や粘土板と格闘していた。アーランズ＝ダークストリートが管理していたフロートの中から、目につく限り片っ端から持ち出したものの一部だ。

「……単なる数価とアルファベットの変換じゃなさそうですね。何でこの手の人達は必要以上の暗号化が大好きなんでしょうか」

「そりゃお前さん、クトゥルフ神話群と言えば『例の古代語』で決まりだからな」

「あーそー……。どっちかっていうとシステマチックな暗号化っていうより、ＵＦＯのレポートとかでたまに出てくる独自言語の構築に似ているわよ、これ。正直うんざり」

「そりゃお前さん、クトゥルフ神話群と言えば現実も妄想もない交ぜで決まりだからな」

精神的作業の連続でイライラが募っているのか、対馬は分厚い粘土板で運転席のヘッドレストに殴りかかる。

「なんか食べ物あったわよね？　助手席に置いてあるバスケットこっちに寄越しなさいよ」

「中身フライドチキンみたいだぞ。車盗んだ時には置いてあったからいつ買ったものか分からないのよな」

五和が実際にバスケットを受け取ってみると、まだほんのりと温かい。……とすると、元の持ち主は自宅で眠っているのではなく、ちょっと買い物に出かけた先で車を失ったのだろうか。時計を見ると、すでに日付が変わっている。この深夜にアシをなくすのは大変だろう。五和はどんよりと申し訳ない気持ちになった。

と、建宮が笑うような調子でこんな事を言ってきた。

「お？　流石に食欲ないか？」

「い、いえ。そういう事では……」

「そりゃそうだよな。クトゥルフ神話群の書物と言えば人の皮が定番だし。ベタベタ触った手でそのままフライドチキンを手掴みするつもりにはなれんのよなあ」

五和は無言で運転席のヘッドレストを蹴飛ばす。郊外の直線で、自動車は不自然に蛇行していく。

五和と対馬は車内にあったウェットティッシュを使い、入念に手を拭いてからフライドチキンへ手を伸ばした。

「資料はたくさんあるんですけど、分析できた箇所はほとんどありません」

「いくつかの単語が出てきているくらいね。競輪は英語でもKEIRINになるのと一緒で、所々に独自言語じゃ変換不能な文字列がそのまま残ってる。足掛かりはそいつの周りくらいかしら」

　バスケットの上か底かで、同じ鶏肉(とりにく)でも油の量が全然違う事に気づいた乙女達は、底に置かれたフライドチキンの押し付け合いになる。

「彼らが標榜(ひょうぼう)する術式の名前は『分類不能(ブランクペーパー)』。そもそも、ストーンヘンジの『真の活用法』でもないようです」

「かと言って、連中は何も『全く新しい魔術』を打ち立てようとしている訳でもないみたい」

　対馬(つしま)は地味な胸肉を華麗に回避し、CMに出てきそうな鶏の脚だけを集中攻撃しながら、

「……どうも、『今は失われた体系』があると信じているようね。完成図を忘れたジグソーパズルみたいに、古今東西の様々な術式を組み合わせて『今は失われた体系』と全く同じ事ができるようにする、っていうのが大きな目的みたい。つまり、クトゥルフ神話群も『今は失われた体系』の歯車に使えると考えているだけなのよ」

「その連中、自分でも分からない術式を作り出して、どうやって答え合わせをするつもりなのやら……」

　建宮(たてみや)はうんざりしたように言いながら、やはり運転席の近くに置いてあった眠気覚ましのガムへ手を伸ばす。

「だが、現実問題として、ヤツらが『分類不能(ブランクペーパー)』とやらのために、ここまで大掛かりな事をやらかしたのは間違いないのよな」

「……私達、天草式がイギリス清教(せいきょう)の『必要悪の教会(ネセサリウス)』に加わるために行われた特別編入試験を悪用した『フリーパス』の不正入手。市民図書館にあった原典(オリジン)『死霊術書(ネクロノミコン)』の強奪。ドーバ

ー海峡にあった沈没船引き揚げ用の巨大フロートを海底都市ルルイエに見立てた浮上作戦の実行。……その全てが下拵え（したごしらえ）。大本命は、諸説入り乱れるストーンヘンジの可逆性を悪用しての、『分類不能（ブランクペーパー）』と呼ばれる術式の完成……ですか」

「で、その『分類不能（ブランクペーパー）』ってのは？　具体的に、残党達はストーンヘンジで何をしようとしているのよな」

「ストーンヘンジにはいくつかの有力な仮説があって、どんな理論を割り当てるかによって、十徳ナイフのように魔術的記号も変化した風に振る舞うらしいんですが……彼らは天文台としての特性を強調させようとしているみたいです」

「太陽や星の計測に環状列石を活用した説、か。ま、星辰（せいしん）と関わり深かったクトゥルフ神話群らしいと言えばらしいかもな」

「い、いえ、そうではなく」

「？」

「太陽の位置によって季節の行事を決めていく……言ってしまえば、時計やカレンダーみたいな役割を強調させようとしてんのよ」

「『学術速度の向上』とありますね。本来、一つの数式を解き明かし、新しい公式の発見と共に学問のレベルが一段階上がるのに三〇年かかるとして。『分類不能（ブランクペーパー）』はそれを数秒で終わらせてしまうものらしいです」

「本来、シェフが厨房（ちゅうぼう）に入らなければ作れないような料理を、片っ端から電子レンジで作ってしまうようなものかしらね。当然、味が変わらなければシェフの居場所はなくなる」

ありとあらゆる研究分野をあっという間に進歩させてしまうのはもちろん、『その方向に進んでも無駄』という行き止まりの研究があるかどうかもすぐさま識別できる。

そんなものができてしまえば、様々な技術や知識を蓄える古参のイギリス清教は、あっという間にアドバンテージを失ってしまう。

『今は失われた体系』とやらの復古を狙う輩としては、最初にこのブースターを手に入れられるかどうかで先の展開が大幅に変わってくるはずだ。自身の大きな目的のためにも、敵対勢力との戦闘でも、是非とも手に入れておきたい術式だろう。

言ってしまえば。

子供が画用紙にクレヨンで落書きを描いて、『世界をくまなく壊すマグマ爆弾が欲しい』と呟けば、諸々の不備を自動的に埋めた『現物』の設計図へと書き換えられるようなものだ。

「……下手な目立ちたがりより、よっぽど面倒臭そうな術式なのよな。いっそ、派手なビーム砲でも開発したがっていた方が対処は簡単だったのに」

「『分類不能』を使って、ビーム砲を撃てる術式を超短期間で開発してしまえば良いだけですからね。赤いビームでも青いビームでもやりたい放題でしょう」

いわば、世界から歴史や伝統を奪うための術式。

どんな新興勢力だろうが、即座に世界の頂点に立てる可能性を与える術式。

本来、時間の経過と比例の関係にあるはずの努力やその成果を、丸ごと否定する術式。

「……たった一つ、完成しただけでも問題」

対馬が呻くように言う。

「でも、こんなものが蔓延したらもっと大問題よ。善きにしろ悪しきにしろ、世界っていうのは序列があるから安定している。たとえそれが、誰かの頭を押さえつける形であっても。この『分類不能』っていうのは、そいつをぶっ壊す。全員均等に、誰かがちょっと背伸びをするだけで世界が丸ごとひっくり返る。ひっくり返るのさえ当たり前になってしまう。そんなの、一日の隙間もなく年中無休で戦争が続く時代の到来そのものじゃない」

誰でも世界に手が届く時代というのは、確かに平等ではある。

だがそれは平等な幸福ではない。

万人が平等に破滅させられる危険を常に孕み続ける、というだけなのだ。

3

クトゥルフ神話群の魔術結社『目覚め待つ宵闇』のボスは、間違いなくアーランズ＝ダークストリートだ。ドーバーのフロートにて、イギリス清教の手で撃破されたと知っても、ヴェイズの認識が揺らぐ事はなかった。繰り上げ、あるいは漁夫の利などによって、自分が組織の長に居座るつもりもない。

そもそもにおいて、ヴェイズという魔術師は徹底して縁の下を支える事だけを己の性分としていた。

チャンスやピンチによって、その性質が崩れる事はありえない。

単に謙虚なのではない。それでは『意味がない』。ヴェイズはアーランズ＝ダークストリートを尊敬していたし、今でもその畏敬の念が途切れる事はないが、それと彼自身の性分を形作る源はまた別のところにある。

生き残るための鉄則、と言っても良い。

結局のところ、人は慢心した時に敗北を背負う、というのがヴェイズの考え方だった。それは自己を過大評価するだけではない。不当に低く過小評価した時にも慢心は生じる。いわゆる『強気な弱者』『口を開けて待っていれば餌を放り込んでもらえる事を疑わない雛鳥』も、それはそれで立派な慢心だ。

慢心とは、つまり停滞である。

最上位に立った以上、もうこれ以上は上に上るべきところがない、とする過大評価。

最下位に落ちた以上、もうこれ以上は下に落ちるべきところがない、とする過小評価。

どちらももたらす結果は同じ。

慢心。

停滞。

そして……敗北を背負う。

ヴェイズは第一線の闇の中で戦い、そして生き残ってきた屈強な魔術師だ。戦闘の中で倒れていった仲間達も、この手で殺した敵も、多くの死を目の当たりにしてきた。

だが。

結局は、人の死なんてものは、外部から第三者の手でもたらされるものではない。

自身が。

慢心と共に敗北を背負ったその瞬間から、ゆっくりと死神は迫りくる。人が死ぬのは自身の行いによるものでしかないのだ。

だからヴェイズは縁の下に徹する。

決して慢心し、停滞し、敗北を背負わないよう。どれだけその腕が上がっても、人の上に立つ力と資格を手に入れても、決してそこで立ち止まらない。まだ先はあると、上へ登れると、客観的評価を無視して、自己の中で次の目的地を常に設定し続ける事で、常に先へ上へと目指し続けていく。

生き残るために必要な事だった。

そしてヴェイズは慢心しない。自分よりも優れた魔術師などごまんといると考えている。であれば、自分自身が『まだ登れる』と示す事によって、自分と同等か、あるいはそれ以上の力を持った魔術師達をも奮い立たせてみせる。

それこそが、慢心、停滞、敗北という、絶対的な死神を追い払う唯一の有効策だ。

4

暗闇の中を、数人の男女が駆ける。

無数の槍(やり)や矢に回避ルートを塞がれたイギリス清教(せいきよう)の魔術師を見据え、ヴェイズはUの字に折り曲げて振り回していた革のベルトの端を手放した。遠心力によって速度を増していた握り拳大の真っ赤な宝玉が、標的の腹の真ん中へと直撃する。

息を詰まらせる暇もなかっただろう。

その宝玉もまた、蛙に似た邪神を呼ぶものだ。トラペゾヘドロン、ダゴンの冠、ムーンレンズと、クトゥルフ神話群の貴金属は大抵ろくでもないものに直結する。真っ赤な宝玉は、重力に引かれる前に漆黒の闇を噴いた。それは標的の悲鳴をも摑み、その外へ出る事を一切認めない。

当然、彼らが取り扱う宝石は『地球文明では製造不能の不可思議な物質』などではなく、ガラスのイミテーションに過ぎない。しかし、こんなものは魔術業界では珍しくもない。かつて本当に人を捧げて行った儀式も、時代と共に小麦や藁の人形で代用する事で、調達コストの軽減を狙ったりするものだ。

「末路は覗くな。自前の術式に魅入られるぞ」

わだかまる闇を無視して、ヴェイズ達は次の標的に向かう。

……『本来の目的』は分からずとも、ストーンヘンジはイギリス清教にとって重要な拠点の一つだ。万全であれば、正面からの激突でヴェイズ達に勝ち目はなかったかもしれない。

だが、それなら搦め手を使えば良い。

イギリス清教側は、プロアマ問わず様々な人間をストーンヘンジ周辺に呼び込んでいた。道路公社、環境保護団体、大学のチームに商店街の自警団まで。規模も所属もバラバラで、だからこそ、様々な勢力が入り混じるという意図に沿う形だった。

本物の魔術師はこう考えていたはずだ。

何か異変があれば、一ヶ所で起きた異変を別の所属のチームが発見し、『無防備にも』大騒ぎを起こしてしまうだろう。

あるいは、その全員が同時に眠る、気絶する、意識を逸らされるなど、共通の症状が出てくるだろう。

……逆に言えば、その二つ以外の結果を生めば、イギリス清教の監視をすり抜けられる。例えば、人が倒れていても周りは気づかない、といったセッティングを施すなど。

人間を、それも素人の民間人を、戦闘に巻き込まれる事も辞さない場所へセンサー代わりに設置するような輩にはお似合いの醜態だ。

部下の一人が言った。

「目撃者封じを、中途半端な形で終わらせたのにはこういう意図があったんですね」

「やろうと思えば、もっと簡単に済ませられるが」

例えばの話、だ。

太陽の運行に密接に関わるとされるストーンヘンジ全体を『箱』とみなし、その中央にトラペゾヘドロンを置けば、かの邪神ナイラトホテプを高純度な形で呼び出す事も可能となる。ヴェイズ達さえ巻き込まれかねない布陣だが、この場にいる防衛戦力を丸ごと死滅させるに足る暴力の塊となるだろう。

だがそれでは意味がない。

核となるストーンヘンジを、単にクトゥルフ神話群のために使ってしまっては、そこでヴェイズ達は行き詰まってしまう。その先に見える、『今は失われた体系』には届かなくなってしまう。

だから、不利を呑む。

一撃で敵を殲滅できるカードを持ちながら、敢えてその身を危険にさらしてでも、自身の大きな目的のために肉弾戦を仕掛け続ける。

その後も、二組、三組とイギリス清教の魔術師へ立て続けに襲いかかる。

イギリス清教側が戦力を結集し、一塊で突っ込んで来たら、ヴェイズ達は負けていたかもしれない。だが彼らは異変を知らない。同じ戦場に立っていながら、一人ずつ孤立した状態で撃破されていく。

「終わりました」

「目的を違えるな」

敵対戦力を黙らせると、ヴェイズ達は環状列石の中央へと集結する。

彼らを導いたアーランズが、決死の覚悟で果たした海底都市ルルイエの浮上。そこから得られたデータを基に、ヴェイズ達はストーンヘンジへの具体的な干渉を行っていく。

「92、A2、48、CC、90、4E、55、28、00、D5、13、98、A9、CB、6D、F7、30、56、E1、91、D4、0C、B1、77、45、02、AF、7D、14、B5、27、69、8C、80、4A、49、DE、FF、21、A7、89、32」

放たれる言葉には歴史、伝統、風格など、いわゆる魔術らしい匂いは感じられない。それも当然だ。ヴェイズ達が取り扱うのはそれら分かりやすく解明されているものではない。『今は失われた体系』を、ありとあらゆる技術で埋め合わせて再現しようとしているのだから、『らしさ』がなくなる方が正解なのだ。

間もなく『分類不能』は完成する。

それは『今は失われた体系』を発展させる、最初の足掛かりとなるだろう。

今日この日を境に世界が一変する、とヴェイズは思わない。『今は失われた体系』が存在する方が正しいのだ。世界は、間違った状態から修正される。混乱により消失するものがあるとすれば、それはそもそも間違って生まれてきた存在が、タイムパラドックスの解決によって消えていくようなものに過ぎないのだ。

だから。

ヴェイズ達は、自分達の行動の結果もたらされる破壊に一切の躊躇をしない。

「……、」

「いかがなさいましたか？」

止まる理由がないからこそ、作業をわずかに中断させたヴェイズに、部下の男は声を掛けた。

ヴェイズはぐるりと闇を見回し、そして言う。

「任せられるか」

「必要な数値は算出しております。ですが何故？」

「アーランズ様はこう言っていた」

投石用の革のベルトを摑み直しながら、ヴェイズは即答する。

「遠からず敵は来るものと思って行動しろ、と」

直後の出来事だった。

言葉の通りに、敵は来た。

5

五和達は、馬鹿正直に自動車を使ってストーンヘンジまで直行しなかった。何しろ人里離れた平原のど真ん中にある遺跡だ。深夜に車で出かければ、魔術師でなくとも誰でも気づく。実際には二、三キロ離れた地点に車を停め、そのまま徒歩で目的地に向かう。初老の諫早、小柄な香焼などが先行しての斥候偵察を買って出たが、彼らは早々に諦めた。

敵側であるヴェイズ達に存在を察知された時点で、諫早達は信号弾にも似た派手なサインを送る。

背の低い下草の陰に身を伏せていた五和や対馬達は一斉に起き上がり、全速力でストーンヘンジへと駆ける。

「あの分じゃ完全に制圧されている！　残党め、どれだけ被害を出しているか分からんぞ!!」

叫ぶ諫早を五和が追い越す。

ストーンヘンジ周辺は、プロの魔術師の他にも民間の調査団体などが陣取っているようだった。いくつかの車やテントが散見しているのが分かる。

暗闇の中で信号弾にも似た派手な光を放ったのだから、当然、彼らの目にも映っているはずだ。

しかし対馬や建宮は無視する。

正確には、身を低くし、下草の多い場所を選んでジグザグの軌道を描く。何より、そうした歩法や呼吸音などから魔術的記号を取り出し、見る者には獣が走っているように錯覚させていく。

当然、魔力が絡むため、プロの魔術師には異変を感知されるはずだ。

一見開かれたようでいて、その実、幾重ものヴェールに包まれた魔術師の戦場で、五和達はいくつかの目と明確に視線を交錯させた。

『衆人環視の死角』という明らかに矛盾した状況下で、それでも五和達の動きを正確に捕捉できる者は全て敵とみなして良い。

勢いを殺す必要はなかった。

全速力を維持したまま、五和は槍を携えて『目覚め待つ宵闇』の魔術師の一人へと突撃していく。

（……切断強化、断面封鎖、組織の劣化速度軽減）

歩法、呼吸、槍を握る一〇本指の位置、折り曲げる角度、力の込め方まで。その全てから魔術的記号を抽出し、槍の先端に複数の非物理効果を植え付ける。

肉体は切断するが出血は許さず、断面同士を繋ぎ合わせるための時間も確保する。……それは果たして優しさか、あるいは苦痛の引き延ばしか。

しかし。

「……っ⁉」

五和の槍が、魔術師の太股に突き刺さった直後だった。

高級なジャケットに似合うズボンの布地が大きく裂けた。だが出血はない。露わになった肌はくすんだ灰色をしていた。何か、粉のような、細い糸のような、不可思議なものでびっしりと覆い尽くされている。

その正体を知って、五和は思わず口に出す。

「カビ……ッ!?」

「ヤツらの教科書には、ミ＝ゴとかいう菌類を束ねて巨大な羽虫のようになった怪物も出てくる！　人間の脳だけ切り取って容器に詰めて、そのまま宇宙旅行ができるほど高度な文明を持っているとかいうヤツだ！　大方、戦力増強のために意匠でも取り込んだって所なのよな!!」

菌類の鎧で槍の穂先を受け止めたまま、魔術師は何かを呟いた。

直後だった。

ぞる……ッ!!　と。穂先から柄にかけて、槍を何かが上った。タコの脚にも植物の蔦にも見える、太い触腕のようなものだ。

その正体も、起こる効果も分からなかった。

五和は即座に持っていた槍を手の中で一八〇度回転させ、下端の石突きで魔術師の喉を突く。

やはり当然のように、ダメージらしいダメージは見受けられない。

だが五和が槍を手放した途端、その柄を遡っていた無数の触腕が、穂先から石突きへ向かって一気に突き抜けた。自らが放った攻撃をまともに浴びる羽目になった魔術師は慌てたように両手を振り回すが、泥を壁に叩きつけるように粘質な音と共に、その顔面を不気味な触腕が埋め尽くす。

空中にあった槍を再び掴み直した五和は、草の上に倒れてのた打ち回る魔術師の方を見て、思わず呻き声を上げそうになる。

しかし敵を助けている余裕はなかった。

複数の方向から、さらに敵側の魔術師達が一斉に五和の元へと突っ込んできたのだ。

（……クトゥルフ神話群の術式は確かに強力です）

黄金と宝石で彩られた黄色いメダルが投げ放たれた。蜘蛛の糸を織って作った、バイオリンの弦より強靭なワイヤーが張り巡らされた。秒針の動きが不規則な懐中時計をライトや鏡のように突き付けられた。

（でも『人の及ぶところにない』という大前提がある以上、呼び出したモノは彼ら自身さえ制御できない！　そこに活路がある!!）

三方向から襲う魔術師達をぐるりと見回し、五和は槍を振るう。威力は必要ない。その動きは、武術というより体操や演武に近い軽やかさ、しなやかさを強調する。飛んできたメダルを打ち返し、ワイヤーを絡めてあやとりのように軌跡をねじ曲げ、穂先で懐中時計の上端を突いて一八〇度ひっくり返す。

後を追う現象は激烈だった。

黄色いボロ布に青白いだぶついた肌を持った怪人が、メダルを額に受けた魔術師へ牙をむく。巨大な蜘蛛に似た、黒い影がワイヤーの持ち主へとのしかかった。猟犬というよりトラバサミに動物の四本脚を取りつけたような怪物が草原の岩の亀裂から飛び出し、懐中時計を持つ者の手首へ一息で喰らいつく。

都合、五秒未満。

五和を中心に花開くように倒れていく『目覚め待つ宵闇』の魔術師達の末路を極力意識から追いやりながら、彼女は草原の先にいる男を睨みつける。

ストーンヘンジの『分類不能』を統括する魔術師。

アーランズ＝ダークストリートの後継。

ヴェイズ。

「っ!!」

だんっ!! と勢い良く、建宮や対馬達がバラバラの方角から、囲むようにヴェイズへ走る。五和もわずかに遅れて、その後に続いた。包囲網に穴を空けるためか、無茶なタイミングで何人もの魔術師が五和の進路へと飛び込んできた。あるいは槍の柄で薙ぎ倒し、あるいは身を低くして両足の間をすり抜けながら、五和は確信する。

やはり、あれが本命。

でなければ、集団が身を捨てるような方法でたった一人を庇うはずもない。

「……其と関わりを持ちたる時点で、もはやこの身に堅実な生還はありえぬと誓約するものなり。嘲笑う神よ闇に浸す宝石をもって一夜の夢のためにすべからくを破滅せよ」

その時。

ヴェイズが具体的に取った行動は、極めてシンプルなものだった。

複雑精緻にカッティングされた、きらめく宝石を右手の中で強く握り締めたのだ。人肉の壁でもって外から入る一切の微弱な光も遮断し、美しい宝石を闇で覆うように。

波状の刃を持つ大剣、フランベルジェを手に突撃していた建宮が、呻くように言う。

「トラペゾヘドロン……ッ!!」

クトゥルフ神話群においては有名な召喚媒体。箱の中に閉じ込め、一切の光を遮る事で儀式を執行し、名だたる邪神の一角、ナイラトホテプを呼び出す宝石。

だがもう遅い。

建宮が慌てて足を止める前に、対馬が構えを攻めから守りへ切り替える前に。

黒い煙の塊が、天から落ちた。

それは積乱雲に突入した旅客機のように、大量の雷光を全方位から建宮や対馬達へと同時に放つ。落雷時の衝撃は、一足遅れたためにギリギリでその範囲外にいた五和でさえ、突撃の勢いを無視して真後ろへ転ばされかねないほどのものだった。

だが踏み止まる。

怯える心をどうにか縫い止める。

建宮達が絶叫と共に崩れ落ちる前に、五和は『黒い煙』の向こうに揺らぐヴェイズを真正面から見据えた。そこから槍を大きく振りかぶる。突く、ではなく、投げる、の構え。彼女の持つ槍は本来投擲用には作られておらず、重心調整の関係で投げても軌道が安定しない危険性も否定はできない。

(……聖アンドリューの雷撃は罪なき少年を貶めた悪女を正確に射貫くものなり!!)

親指を犬歯で噛み、その血でもって過去の守護聖人の象徴であるX字を槍の柄に記す。

そして躊躇なく投げた。

黒い煙の中へ突入した槍を防ぐためか、単に圏内に入った全てを攻撃するのか。大量の雷光が投擲された槍へと殺到した。しかし命中率向上のために利用したのは、その稲妻と密接な守護聖人の象徴だ。逆に無数の雷光を取り込み、吸収し、青白い閃光の塊と化した五和の槍が、黒い煙を貫いて、召喚の宝石トラペゾヘドロンを握る魔術師ヴェイズへと真っ直ぐ突っ込んだ。

「……っ!!」

鼻先へ迫る穂先を見据え、ヴェイズはとっさに両手で顔を庇おうとしたようだった。

だがそれがいけなかった。

槍は顔の代わりにヴェイズの右手へと突き刺さった。トラペゾヘドロンを握り締めている掌を。その宝石は、闇の中で包まれているからこそ邪神ナイラトホテプを呼び出す効力を維持する。強引にでも何でも、とにかく光の下にさらしてしまえば儀式は中断される。

槍の勢いに押されるように掌が開き、輝く宝石が宙を舞う。

黒い煙が、一瞬にして霧散する。

(やった……っ!!)

五和は改めて草原を駆ける。ヴェイズの攻撃手段は失われた。後はその掌に突き刺さっている槍をもう一度掴み、そこを起点に攻撃用の術式を放てば決着がつく。多数の部下がヴェイズを守ろうとしていた以上、彼一人を撃破すればストーンヘンジで行われている『分類不能』の儀式へ壊滅的な妨害を成功させられるかもしれない。

そう思った時だった。

勝利を間近に控えた五和の目と鼻の先で、ヴェイズが妙な動きをした。

彼は掌を槍に貫かれたまま、傷の痛みにうずくまるのではなく、むしろ逆に背を弓のように大きく反らした。月や太陽を見上げるような動作に似ていた。しかしヴェイズが見ているのは天体ではない。月の代わりに闇の中で輝く宝石だった。

口を大きく開き、宙を舞うトラペゾヘドロンを見上げるヴェイズは、文字通り手の中から逃げていく勝利の女神を、未練がましく目で追いかけ続けているようにも見えた。

（いや……）

ぞくり、と。

五和の背筋に、猛烈に嫌な感覚が走り抜ける。

（いや、これは！　いや……ッ!!）

気づいたが、間に合わない。

手を伸ばすが、槍の柄までわずかに届かない。

ヴェイズは。

跳びかかる五和の目の前で、宙から落ちてきたトラペゾヘドロンを、躊躇なく口で受け止めた。含み、呑み込み、喉を通した。

トラペゾヘドロンは、六面全てを封じた闇の中にあって、邪神ナイラトホテプを呼び出す効力を発揮する。

それが、手の中であれ。

人間の胃袋の中であれ。

「……くそ……ッ!!」

五和が、至近で叫ぶ。

背を反らしていたヴェイズが、そんな彼女を見据えて、薄く薄く嘲笑う。

自らが呼び出そうとする邪神と同一視したような、酷薄な笑みを。

直後の出来事だった。

ゴッッッ!!!!!! と。

ストーンヘンジ一帯の平原に、稲光が落ちるような轟音が炸裂した。

6

空中を。

何回転したか、もはや五和は数えていなかった。

体感的には随分と長い浮遊感が途切れると同時、彼女の体が地面へと勢い良く叩きつけられる。思い出したように体内時計が元に戻り、現在進行形の激痛が背骨から全身の隅々まで拡散していく。

「がば、ア……っっっ!?」

息の吸い方を忘れる。必死の想いで口を動かすが、葉っぱを潰したような匂いと土の味が充満するだけだった。そこまで感じて、自分が地面に落ちた後も、ゴロゴロと転がされている事に気づく。

「ご、ぐっ、が……っ!!」

四肢に無理矢理力を込める。

一〇本指の爪で草の根を毟るように、靴底で土を抉り取るように、両手両足をトラバサミにして地面へ噛みつくような格好で、五和は強引に急制動する。

環状列石の一角、無造作に置かれた岩の、わずか数十センチ手前の位置だった。

わずかでも意識の回復が遅れていれば、そのまま激突していたかもしれない。

(な、にが……)

未だに右目がチカチカと瞬く。ようやく取り戻した呼吸もリズムが乱れ、逆に内臓を圧迫しているようにすら感じられた。

肉体が受けたダメージは、いつまでも尾を引きずり続ける。

だが、

(今のは、今のは一体……？ トラペゾへドロンや邪神ナイラトホテプ、黒い煙なんかとは全く違うものだった⁉ どこの誰が割り込んできたっていうんですか⁉)

場を支配していたヴェイズは、五和と同じように草原の一角に転がっていた。向こうは受け身も取れなかったらしい。小惑星の突撃のように、草原の表層が大きく抉れ、一本の道を作ってしまっていた。

いいや。

ヴェイズだけではない。

建宮や対馬といった天草式の面々も、まともに余波を浴びて倒れていた。

「……だ、誰が……？」

何か、激突音のようなものが五和（いつわ）の耳に届いた。

そちらに目をやると、ストーンヘンジ中央で何かしらの儀式を続けようとしていた『目覚め待つ宵闇』の魔術師達が、いとも簡単に薙（な）ぎ払（はら）われ、宙を舞っていた。それは戦闘というより、服についた埃（ほこり）を払うような、あまりにも無慈悲で感情のない作業だった。彼我（ひが）の戦力差に開きがあり過ぎる。

薙（な）ぎ倒（たお）された者はもう動かない。

生死も不明。

クトゥルフ神話群、魔術結社、『目覚め待つ宵闇』、かつてあった系、その失われた歯車に当てはまる都合の良（い）い術式や魔術的記号の収集、ストーンヘンジ、『分類不能（ブランクペーパー）』。それらの全てから、戦略的な意味が消失する。ものの一瞬で、この区切られた小さな世界の中心にあった一つの儀式が完全に破綻し、霧散していく。

今までの大前提が、目の前に君臨していた断崖絶壁が、ボロボロと崩れていくのを五和（いつわ）は頭の後ろの方から広がってくるじわじわとした痺（しび）れのようなもので自覚した。それは、恐怖とも違う。むしろ絶望的状況を前に感覚を麻痺（まひ）させ、全力で目（め）を逸（そ）らそうとする意識の動きだ。その鈍化を促す無意識の動きを見て、五和（いつわ）は自分が今、恐怖を抱いている事を間接的に知るくらいしかできない。

だが。

そもそも、『目覚め待つ宵闇』と戦っているのは誰なのだ？

「あ……」

闇の中に、何かがあった。

目を凝らした五和は、ぼんやりと浮かぶ輪郭を見て、思わず声を上げた。

「ああ……ッ!?」

見覚えのある女性だった。

両手足や胴を甲冑のような金属部品に覆われていたが、その顔には見覚えがあった。

最初の時点から、ずっと五和達天草式を追いかけていた人間。

イギリス清教第零聖堂区『必要悪の教会』の魔術師。

瞬く間に、檻を抜けた猛獣が平和ボケした人間へ喰らいつくように第一線の魔術師を殲滅した彼女は、ゆっくりと振り返る。

『戦場において、まだ動く標的』を無機質に捉える。

7

実を言うと。

魔術師フリーディア＝ストライカーズは、ソード聖堂で五和達天草式を逃がしてしまった後、ドーバー海峡のフロートで『大きな動き』がある事自体は掴んでいた。

掴んでいながら、無視したのだ。

「おいおい、大丈夫なのか？」

当然のように困惑したのは、同じようにソード聖堂で天草式に一杯喰わされた霊装のカスタム職人だ。

対して、フリーディアはこう答えた。

「それでは彼らを追い越せません」

「？」

「ええ、今からドーバーへ急行すれば天草式と接触するのは可能でしょう。ですが、彼らはすでに私達の先を行っている。直接戦力では上回っていても、いつでも天草式は搦め手で私達の動きを封じてくる。こんな事を続けていてもじり貧です。……息を切らして必死に背中へ追い着こうとしても駄目。一気に追い抜いて場を制圧するには、かなり大きな起爆剤が必要になってきます。ええ、敢えて一度は彼らを見逃してでも」

そもそも、捕まえる側の人間は逃亡者の背中を追いかけるものではない、とフリーディアは考えている。

行く先々に大量の人員を配置し、全てのルートを封じる。惨めな逃亡者を仁王立ちで待ち構え、絶望と疲弊に崩れ落ちた所を迅速に確保する。それこそが、世界を治める側の論理だ。間違っても、卑劣な逃亡者なんぞに主導権を握らせるべきではない。

だから、追いかける、追い着ける、では駄目なのだ。

的確に事態を処理するためには、追い越し、先回りしてルートを封じるくらいできなければ。

「ま、おあつらえ向きにソード聖堂は巨大な火薬庫だからな。その手の物騒な起爆剤に使えそうなもんだってゴロゴロある。ピーキーな霊装って一口に言っても色々ある。一体何をご所望なんだ？」

聖堂、地上部分にある表向きの部屋の中で、カスタム職人はテーブルいっぱいに書類を広げる。一つ一つが霊装の図面であり、それを読み解ける人間なら顔を青くする事は請け合い。まともな構成のものがないからだ。どれもこれも、成功と共に破滅を約束するようなものばかりである。

いくら強力でも、暴発する銃や墜落する戦闘機に乗りたいと思う者はいないだろう。

完璧な形で改修したとしても漠然とした不安が残る場合だってあるだろう。

しかしフリーディアもカスタム職人も躊躇はしなかった。

フリーディア＝ストライカーズはもちろん、この青年の方も、天草式に一杯喰わされた事については思うところがあるのだろう。

彼女はこう答えた。

「一番危険なものを」

「……そそる注文してんじゃないよお嬢ちゃん」

「ええ、具体的にはこちらを」

「うわっ‼　ホントに最悪なヤツ選びやがった⁉」

フリーディアが人差し指でつついた図面にあるのは、西洋の鎧のようなデザインの霊装だった。百戦錬磨のカスタム職人でさえ、内部構造が繊細過ぎて手をこまねいている一品だ。ぶっちゃけ、『安全』にしてしまう事は簡単なのだが、そうすると本来の持ち味が全て死ぬ。基本的に、霊装のカスタムとは原石の表面を削り取って高価な宝石に作り替えるようなものだと考えている青年だが、時折、こうした最初っから最適化が終わっていて、どこに手を加えても蛇足にしかならない霊装が持ち込まれる事がある。

「施術鎧の特別応用試験機だな。ベースになってるのは『騎士派』の使ってる正式モデル。普通は鎧に魔力を通す事で、運動性能を大幅に向上させるためのものだが、こいつのコンセプトは全くの正反対。……つまり、持ち主の魔力の限界値を倍増させるための霊装だ」

「ええ」

魔術は知識や技術。

最も重要なのは創意工夫であって、先天的な才能や地力とは別のところにある。

というのも揺るぎなき法則の一つ。

しかし一方で、あらゆる魔術の土台となる原動力……魔力の総量を底上げできれば、取り得る選択肢の自由度も一気に広がる。その最たる例が、『神の子』の力の一端を引き出す『聖人』だろう。

そこまで行かなくても良い。

個をもって全を制圧する、戦場のジョーカーになりえれば。

「だが魔力ってのは、本来、生命力を変換して体内で獲得するべきエネルギーだ。その魔力に直接関わる以上、根っこにある生命力にまで鎧の力が干渉しちまうリスクが出てくる。いいか、生命力だ。比喩表現抜きに命の力だ。あの戦闘馬鹿の『騎士派』さえ白旗を挙げて正式採用を見送ったじゃじゃ馬だぞ、こいつは」

「分かっていなければ、数ある図面の中からこれを選んだりはしていません」

「……ホントに分かってんのかね。知ったような口を利くヤツに限って、いつの間にか基本の基本をおろそかにしているもんだぞ」

「これ以外に得策が？」

「他にも仕事を抱えているんだろ。ポンド圏の首脳陣が集まる会議の警備配置の構築とか。ここでアンタに抜けられても困るんだ。リスクは避けるべきじゃないのかね」

しかし、対魔術師に特化したイギリス清教のソード聖堂へ、ああも見事に侵入と脱出を果たした天草式の脅威を、カスタム職人の青年も理解はしていた。

並の方法で遅れを取り戻す事は難しい、とも。

「ええ。協力する気はあるのですか、ないのですか？」

「どうせ拒否したら勝手に奪っていくだろ。だったら俺が調整するよ。そっちの方が、まだしも暴走に巻き込まれるリスクも減るだろうしな」

カスタム職人は肩をすくめて、

「ただ、どうせ危険を負うならヤツらに一泡吹かせてやれ。御膝元で好き勝手やられてイラついてんのは俺も同じだからな」

8

動きは機械的だった。

四肢を地面に押し付ける格好でいる五和に対し、鎧のようなものを纏ったフリーディアが始動する。最短、最速、最良のルート。一息で、五〇メートル近い距離を一気に駆け抜けてくる。

だんっ!! と。

地面を踏む足音の方が、遅れて聞こえるような錯覚さえあった。

「く……っ!!」

五和の手には槍がない。

慌てて周囲を見回す彼女だったが、遠くで倒れているヴェイズの掌に突き刺さったままの槍を捕捉すると同時、すでにフリーディアは無機質に五和の懐へと到達していた。

手甲に覆われたその五本指から、黒のような紫のような、不快な煙を凝縮したような爪が伸びた。長さは一メートル強。もはや獣というより刀剣を連想させるサイズだ。

横へ跳ぶ。

回避した、と思った時にはすでに、二度三度と五和の体は『爪』に引き裂かれていた。

具体的な出血はない。

だが、ガクン!! と体の芯にある力が抜けるのを明確に自覚する。

(これ、は……っ)

二本の足から力が抜ける。立ち上がるのを諦め、五和は転がるように草原を移動する。ヴェイズの掌を貫く槍もまた断念した。辺り一面では、天草式も『目覚め待つ宵闇』の魔術師も等しく撃破され、転がっている。五和の近くには対馬が手放したレイピアがあった。どうにかしてそれを掴む。

「……、」

フリーディアの表情は、機械のように変化がなかった。

今度は追う事さえなかった。

ブォ!! と、その場で爪を振るう。上から下へ。そして一メートル前後だったその長さが、一気に一〇倍以上も飛び出した。倒れたまま、慌てたように五和はレイピアを構える。

甲高い音と共に、剣と爪とが激突する。

やはりフリーディアの顔色に変化はない。

そのまま押し潰すように、彼女はさらに力を加えた。真上からの重圧を受けて、五和の地面に接触する背中の方でミシミシと嫌な音が鳴った。

直後に、黒のような紫のような巨大な爪が、唐突に破裂した。

ぶじゅわっ!! と、焼けた鉄板に水を振りかけたような異音と共に、不快な煙のようなそれが五和の全身へと殺到していく。

「がぐ……っ、ごぼっっっ!?」

皮と肉に覆われた全ての内臓が不規則に蠕動した。

口と鼻から、赤黒い液体が噴き出すが、全身の動きが緩慢になっているため、口元を手で覆うのは間に合わなかった。

(……本、質的には、こ……れまでの鉱、石ラジオと同、じ『持ち主を次……々と死なせ、る宝石の呪……い』。だが、これま、でとは密……度がまるで違、う。防……護のための魔、術的記号を盛、り込もうと……しても、強……引に貫かれ、る……っ!?)

とはいえ。

フリーディア＝ストライカーズに最初からこれだけの事ができるのなら、鉱石ラジオなど使っていないだろう。あれはあれで最適化を極めた形だったはずだ。今の彼女は、明らかに自分自身のポテンシャルを無視した現象を起こしている。

当然、何のリスクもなしにそんな便利な奇跡を起こせるほど、世の中は甘くない。

(あの鎧……。使用、者と接……続する事で、装着者の魔、力を倍……増させる……？　いいや違う。魔……力は生、命力を使っ……て精製す、るもの。……全身の血管を通し……て循環する生、命力のル……ートそのも、のに介入して……いる。肉……体から鎧へ、鎧から肉体へ、生命、力を流……すライ、ンを確保す……る事で、生身の肉体一、つとは……違う、おか、しな変……換効率の魔力精、製を可……能とする霊……装で、すか……っ!?)

てこの原理や滑車の原理を使って、小さな力で重たい物を運ぶ……とは、ニュアンスが少し違うだろう。

言ってしまえば株の空売り。

ありもしないものを使って儲けを出そうとするような行為。

肉体から一度鎧を通し、もう一度肉体へ生命力を戻す事で、フリーディア＝ストライカーズは普通の人間とは違う、『聖人』のような特殊な体質を持っている……と『錯覚』させる。実際には、途中に何を介そうがフリーディアはフリーディアだ。他の何者にもなれない。その簡単な事実を忘れるための霊装でしかない。

生命力を魔力に変換するといっても、もちろん限界はある。

一〇〇しか生命力がないのに一〇〇を魔力にしてしまったら、その人間は死んでしまうからだ。

だが、『元の数字』を誤魔化している今のフリーディアは、本来なら危険域にあるはずの生命力をごっそりと魔力に変換してしまう。それで理を誤魔化せている内は良い。液体窒素で瞬間冷凍された金魚が死ぬのを忘れて保存されてしまうように、フリーディアは『計算が合わないままに』活動を続けられるはずだ。

しかし、もしも誤魔化しが通用しなくなったら？

当然、その瞬間にフリーディアは絶命する。一〇〇しか生命力がないのに、私には二〇〇〇も三〇〇〇も生命力があると喧伝して取引しているようなものなのだ。全てが露見した途端に莫大な借金が襲いかかり、フリーディアは文字通り一気に干からびる。いかに氷の中で保存された金魚でも、無理に性急な解凍を施せば死滅してしまうのと同じように。

（……思えば、『人の手に負えない』事を前提にしていたクトゥルフ神話群の術式だって、本来の序列や上下関係を『誤魔化して』莫大な力を借りていた風ではあった。でも、彼女の鎧はもっと直接的で、リスクのバランスが危険過ぎる！　そもそも『凍りついた金魚』を安全に解凍する方法なんてあるんですか⁉）

ざし、ざし、とフリーディア＝ストライカーズは草を踏み、五和の元へと歩み寄る。

その顔に感情らしい感情はない。

それもまた、魔力の元となる生命力自体に干渉されている弊害か。

「……ぐ……」

五和としては、実はフリーディアとこれ以上戦闘を続ける理由はあまりない。

アーランズ＝ダークストリートやヴェイズら、クトゥルフ神話群の魔術結社『目覚め待つ宵闇』が起こした一連の事件は決着がついた。イギリスを襲う大きな事件も終わった。途中で車を盗んだりした事についてはきちんと裁かれるべきだろうが、これ以上逃走を続けるメリットがないのだ。

しかし。

無機質に動くもの全てへ攻撃を加える今のフリーディアに、そんな理屈は通じないだろう。

そして。

五和としても、ここまで命を軽視する戦術を実行する魔術師を、捨て置く事はできない。

「チッ!!」

ぐるん！と。

五和は軸足を中心に、もう片方の足を伸ばした状態で地面へ押し付け、その場で勢い良く回転する。

もちろん意味はある。

一秒、一瞬さえ惜しい中で、無駄な行動などしている余裕はない。

（……武器はレイピア。近代西洋魔術なら風の短剣か、魔力全体を操る魔術剣に相当。十字教では悪への裁き、数値に基づく正当な罰則、竜殺し、切り分けるもの、魚やパンを均等に配るミサの象徴）

物品の中にある魔術的記号を次々と思い浮かべ、五和はそこから活路を探し出す。

二本の足を使って人間コンパスのように地面へ大きく正確な円を描いた五和は、全力で後ろへ下がる。無機質に追ってきた鎧の魔術師が円の中へ踏み込んだのを確認しつつ、五和は手にしたレイピアの先端で地面に落ちていたペットボトルを跳ね上げ、片手で掴み取り、中身の水を刃へ伝わせていく。

（……ミサ、聖餐、聖体拝領。ワインを血に、パンを肉に対応させたものとして、剣は『神の子』を疑似的に均等に配るもの。であればこそ、魔術師と鎧を循環する生命力を奪わずに『切り分ける』事も可能となるはず!!）

地面の円は巨大な皿。

水で洗ったレイピアは聖別を施したナイフ。

そして皿の上にあるのは『切り分けられるべきパン』。

「……完、成!!」

レイピアで鎧の関節を狙えば自由に切り分ける事はできるはずだ。

それは魔術師を殺さずに、鎧だけを破壊する事にも繋がるだろう。

「おおあっ!!」

その時だった。

ボロボロになったまま草の上に倒れていた建宮が、雄叫びと共に勢い良く立ち上がった。

直接の逆転をできるとは思っていないはずだ。

だが、フリーディアの意識をわずかでも逸らせれば、五和が攻撃をするチャンスが生まれる。

機械的に、だからこそ目前のリスクを無視して均等に、フリーディアは首を動かす。その瞬間を狙って、五和は最後の力を振り絞って立ち上がる。

突き進む。

飛びかかる。

「……っ⁉」

しかし。

かくんっ、といきなり五和の膝から力が抜けた。眼前の敵に、しかし届かない。増幅された『宝石の呪い』が彼女の全身を蝕んでいたのだ。前へ倒れ込みながら、それでも必死にレイピアを突き出そうとする五和だったが、その切っ先はわずかに届かなかった。

草の上へ、転がる。

フリーディアの表情は、最後まで変わらなかった。

バンゴンガンッッッ‼　と。

何度でも、五和の意識が途切れるまで、躊躇のない呪いの爪が振り下ろされる。

9

「ぐ……」

五和は、背骨を走る鈍い痛みのようなもので目を覚ました。

体が揺れている。小さな部屋に似た場所へ閉じ込められているかと思ったが、どうもトラックのコンテナの中のようだった。

元は壁際に立てかけるように座らされていたようだが、車内の振動に負けて五和の体は横倒しに崩れていた。手足は特に拘束されていなかったが、痺れたような感覚があり、まともに動かせない。指先は痛覚がなくなっていた。

（宝石の呪いが、まだ……）

何とか首を動かして、車内を確認する。

ここには四〇人前後の男女が五和と同じように詰め込まれていた。天草式も『目覚め待つ宵闇』もいっしょくたにされ、区別されていなかった。イギリス清教にとっては、どちらも同じ敵として扱われているのだろう。

意識があるのは五和だけのようだった。

他に、コンテナの四隅に直立する人影がある。彼らにダメージは見受けられない。おそらくはイギリス清教側の人間だ。『四隅』を占拠しているのにも、何かしらの神殿にでも対応させているのだろうか。

がしゃん、という、重たい金属の落ちる音が聞こえた。

例の四隅の一角だ。

五和が倒れたままそちらを見ると、先ほど猛威を振るった女の魔術師が、手足に取り付けていた装甲を取り外していた所だった。

その顔色は青ざめ、嫌な汗が噴き出している。

あれが予定通りのルーチンとは、とても思えなかった。彼女はこの一戦だけで、一体何年分の寿命を削ってしまった事だろうか。

（……やはり迅速に『倒して』おくべきだった）

歯噛みする五和を、四隅の一つに立ったまま、フリーディアが見返した。

「その頑丈さだけは褒めてあげても良い、と評価しましょう」

腹の中に血の塊でも抱えているような顔色で、それでも魔術師は高圧的に告げた。

「ですがイギリス清教の戦闘は個人のケンカの域を越えたところにあります。あなた達は、それを知ってからケンカを売るべきだった。……もっとも、どこぞの騎士団長が率いる戦闘狂の『騎士派』が横槍を入れてくる前に終わったのは、そちらにとっても幸運かもしれませんが」

吐き捨てるような言葉が続く。

「ここから先は、長く苦しい拷問の道です。あなたが今回の件について知っている事を全て話すまで、私達が全て話したと判断するまで、さして面白くもない別の戦いが待っている事でしょう」

その言葉を受けて、五和はわずかに笑った。

フリーディアの眉が微かに動く。

構わず、五和は言う。

「……もしも、あなたが本当に優れた腕を持つ猟犬なら。それでいて、自らに不利な真実であっても破棄しない程度の誠実さがあるのなら。むしろ、ここから先はあなたにとっての辛い道が続く事でしょうね」

「……、」

「何を調べられても、困る事は何もない。見つかるのは、イギリス全体を蝕んでいた大きな事件の全容と、私達の残してきた功績と、出遅れてしまったあなた達の道のりだけですよ？」

ダメージを受けた人間の『防御法』にも色々ある。

風邪を引いた時に、普段と違って弱ったり甘えたりする者もいるだろう。テストの前に、部屋の掃除を始めてしまう者もいるだろう。そして、仕事でスランプに陥った時、現状よりさらに落ちる事を嫌って必要以上に高圧的に、発破をかける者だっているだろう。

だったら付き合うのが礼儀だ。

頭に血を上らせる事で痛覚を鈍化させようというのなら、徹底的にそう仕向けてやるのが思いやりである。

「ああ、でも、最後の一撃は悪くなかった。ストーンヘンジの部隊を統括していた魔術師にとどめを刺したのはあなたでしたしね。あれがなければ、首の皮一枚すら残っていなかったかもしれません。……こちらとしても、寂しい歓迎会は避けたいところですしね。空席のない形で迎えてもらえる方が、禍根がなくて助かります」

「……まだ、『必要悪の教会（ネセサリウス）』への道が残っているとでも？」

「どうぞ、気が済むまで存分に調べてください。少しずつあなたの顔色が曇っていく様子が目に浮かびます」

ギチリ、と。

視線がぶつかる。空気の流れが歪（ゆが）むような錯覚がする。

フリーディアは気味の悪い汗はハンカチで拭い、胃袋から込み上げる何かを胆力だけで抑え込みながら、

「……今度こそ処刑塔（ロンドンとう）に直行です。私には、あなた達を守る理由は特にありません。囚人の過

密状況で嘆く看守どもの言い分なんぞ知った事か。あと二時間。二時間弱が、最後の『外の空気』です。存分に、楽しむと良い」

ともあれ。

どれだけ凄まれようが、五和はそれほど心配していなかった。言い分は先ほどの通り。途中でガラスを割ったり車を盗んだ分は咎められるべきだろうが、全体としては隠すような事はしていない。真実が明らかになればなるほど、待遇は改善されていく事だろう。イギリス清教は冷酷だが、都合の悪い真実を隠すほどの間抜けでもない、というのが五和の考えだった。……でなければ、対魔術師の機関として世界の広い範囲でその活動が認められるはずもない。

そう思っていた。

そのはずだった。

しかし、

ズヴォア!! と。

唐突に、外から。トラックのコンテナが斜めに切断された。

「……っ!?」

まるで竹筒を刀で斬るようだった。真ん中辺りで切り取られたコンテナの残骸が、高速で流れる道路の向こうへと火花を散らして滑っていく。

いいや、それだけに留まらなかった。

おそらくトラックは一台だけではなかっただろう。天草式、『目覚め待つ宵闇』、双方合わせて一〇〇人以上の人間を移送していたのだ。車列を組まなくては成立しない。当然、前後にはトラック以外の、外からの襲撃や内からの暴動に対処するための警護車両も。

しかし、何もなかった。

切断され、切り開かれた視界の向こうに、車らしいものは走っていない。草原を貫くような長い道路から外れる形で、道路脇の草の上にいくつもの金属塊らしき黒い影が転がっているのがかろうじて確認できるくらいだ。

「全てやられた……」

突風に煽られながら、五和は茫然と呟いた。

『目覚め待つ宵闇』の残党でもいて、牢獄へ移送される仲間達の救出にでもやってきたのか。いいや違う。こんな大それた力があるのなら、最初から投入していたはずだ。

では。

それ以外なら、一体どこの誰が？

「他も、同じように切り裂かれた⁉　まさか、これがイギリス清教のやり方だっていうんですか？　自分達の失態を隠すために私達を消すとでも‼」

「誰に向かってものを言っている⁉　あれはあなた達を救出するためにやってきた天草式の増援ではないのですか⁉」

叫び合っても答えは出ない。

しかも運悪く、高負荷を避けるため、フリーディアは例の『鎧』を脱ぎ捨てていたところだった。

為す術もない。

大型トラックは、後部のコンテナも含めて安定した重心を獲得できるように設計されている。それをいきなり切り離されたのだ。バランスを失った車体は大きく蛇行した。運転手は恐怖に駆られてブレーキを踏んだようだが、それも失敗だった。

五和達を乗せた大型車両は道路から大きく外れ、デコボコした草原へと突っ込んでいく。

10

人影があった。

腰に差した大きな鞘へと刃を戻す。柄のすぐ近くには、八桁のダイヤル錠のようなものがあった。人影は親指を使って、全ての数字を○に合わせる。

風景を見渡す。

草原を突っ切るような形で通っている一本の道。そのあちこちでコースアウトし、転がっている金属の塊があった。数は多い。車列を残らず食い散らかしている。

時刻は深夜なので、都市部から離れた一帯を通る車はない。特に『人払い』の結界など張らなくても、民間人に見咎められる心配はないだろう。

あったとしても、一撃で切り捨てるだけなのだが。

人影は名刺入れを取り出し、そこから一枚の透明なシートを摘むと、舌に載せた。それは通信用の霊装だ。口の中の言葉は相手に伝わり、相手の声は耳の中へと通じる。

「……状況終了。敵性有効戦力なし。これより詳細な撃破確認に移行する」

言うだけ言うと、人影はのそりと動いた。あちらこちらで擱座している大型トラックの残骸を、一つずつ見て回る。その様子に警戒心はなかった。切り裂かれたコンテナの中に残っている人間も、車外に放り出された人間もいた。人影の目的は車列の足止めなので、彼らの生死は気に留めない。

何かあれば、気に障れば、躊躇なく切り捨てる。牙を持つ獣同士が、相手の反撃を注意しながら探りを入れるのとは違う。日々の餌である草食動物の匂いを追う肉食動物のような、一方的に命を奪う者の動き方だ。

車列の残骸を半分ほど調べたところで眉をひそめ、全て調べたところで明確に舌打ちした。

通信用の霊装に声を放つ。

「撃破確認終了。目的の人物は発見できず。繰り返す、目的の人物は発見できず」

『初撃で失敗したのなら、速やかに撤退して。必要以上の情報を残したくはないわ。こちらの尻尾を掴まれるリスクを減らすための襲撃なのに、それで余計なヒントを与えてしまっては何の意味もないもの』

「……私見では、次の定時連絡までは異変を察知される事はない。それまで粘るべきだろう」

コキコキと、人影は首を鳴らす。

もう一度、周囲を見回す。

「そのための材料も揃っている」

11

五和とフリーディアは、道路からやや外れた所にある、草原のあちこちにある丸い岩の陰へと身を潜めていた。

『宝石の呪い』にやられたままの五和は、手足をろくに動かす事ができない。自分の力で立ち上がる事もできず、両手を使って地面を這うくらいが限界だった。制御を失ったトラックの、切り離されたコンテナから投げ出されていなければ、その先が柔らかい草原でなければ、謎の襲撃者から逃れる事はできなかっただろう。

一方のフリーディアも、例の『鎧』を使った反動で体調は芳しくない。いつ口から血を吐いてもおかしくない状態だった。こんな事態の中に投げ出されてなお、五和を逃がすまいと必死に追いかけてきた胆力だけは褒めるべきだろう。

岩の陰に伏せたまま、五和が呟く。

「……？　あの『刀剣』は辺りをウロウロしているだけ。倒れている人達へ順番にトドメを刺していく、という訳ではなさそうですけど」

「だから、あなた達を助けるために襲ってきたんでしょう。いつでも殺せるのに殺さないのが良い証拠です」

フリーディアは低い声でそう言ったが、五和はそうは思わない。

天草式の人間ではないのは明らかだ。それでいて、ストーンヘンジに全てを懸けていた『目覚め待つ宵闇』が、あんな飛び抜けた戦力を温存しておくとも思えない。フリーディア達移送チームも構わず攻撃されている所から、イギリス清教の人間というのも妙な話だった。

完全な新手。

しかし、それが今このタイミングで襲いかかってくる理由とは？

「助けるつもりもなければ殺すつもりもない。それでもわざわざ生死不明の、いつ決死の反撃をされるか分からない懐まで潜り込んでウロウロしている。……あの『刀剣』は『誰か』を捜しています。しかも、その『誰か』を見つけられないでいる……」

そこまで言って、五和は言葉を止めた。

同じ岩に身を隠す、すぐ傍にいる、フリーディアの顔を見上げる。

「……『刀剣』の目的はあなただ」

五和とフリーディアの二人だけが、襲撃現場から少しだけ離れた場所で隠れている。だから刀剣の魔術師は目的の人物を見つけられない。そして、自分で言うのも何だが五和には『天草式の一員』という均等な価値以外の何かがあるとは思えない。

となると、残るのはフリーディアだけだ。

「どこの誰だか知りませんけど、あの『刀剣』はあなたを襲う機会をずっと待っていた。厳戒体制のロンドンじゃなくて、襲撃しやすい郊外へと出てくるまで」

そのために、今まで刀剣の魔術師は『目覚め待つ宵闇』が起こしていた事件を観察していたのか。

あるいは。

あの事件そのものが、フリーディア襲撃のための下拵えの一つだったのか。

「……となると、あなたには襲われるべき何かがある。情報でも何でも良い。わざわざ殺して隠さなければならないと感じるようなものが！　それは一体何なんですか!?」

「し、知らない。私はそんな……っ!!」

そこで二人は言葉を切った。

少し離れた所に広がっている、襲撃現場の方で新しい動きがあった。

唯一動いている『刀剣』が、そこかしこで気を失って倒れている天草式や『目覚め待つ宵闇』の魔術師達を引きずり、一ヶ所に集め始めたのだ。

フリーディアはごくりと喉を鳴らして、

「処刑の準備……？」

「『刀剣』の目的があなた一人なら、そんな無駄な事はしないはずです」

五和は静かに反論する。

「誰がどの勢力に属しているか、あの『刀剣』は分からないのかもしれません。だから、全員を人質にしようとしている。早く出てこないと端から順に殺していくと」

「……、」

「協力してください。このままだと、私の仲間もあなたの仲間もみんな殺されてしまいます。その前にあの『刀剣』を倒さないと!!」

第六話

1

増援は来ない。

『宝石の呪い』に蝕まれた五和は腕を使って地面を這う程度、フリーディアの方も立ってよろめきながら歩くのが精一杯だろう。派手な戦闘ができる状態ではない。そこまで回復するための時間も用意されていない。

正体不明の刀剣の魔術師が狙っているのは、五和の隣で岩陰に隠れているフリーディア。

その他全てに興味がない以上、彼女を炙り出すために、天草式、『目覚め待つ宵闇』、イギリス清教の移送チーム……その全てを人質にし、端から順に殺していく事も躊躇わないだろう。

道路からやや離れた草原には、いくつかの岩が置いてあった。

そんな岩の陰に隠れていた五和は、草の上に伏せたまま、周囲を見回す。

その間にも、生存者達を道路側へと引きずって集めた刀剣の魔術師は、誰にでも分かる大声で、威圧的にこう言葉を放ってくる。

「これを聞いているのは分かっている！　また、聞いていなくても構わない。顔を出さなければ所定の時間ごとに一人ずつ殺害していく。その中にはお前の知り合いもいるだろうし、知り合いでない者もいるだろう!!」

「……、」

五和はその声を無視した。

それどころか、両腕を使って、安全な岩の陰からゆっくりと這い出る。敷き詰められるように生い茂る草を倒すような格好で少しずつ移動を開始するが、それは道路側の人質達や、正体不明の魔術師のいる方角に向けてではない。

身を低くしたまま、フリーディアが小声で五和に話しかける。

「ちょ、ちょっと。どこに行こうっていうんですか。ヤツは私達を捜しているというのに……」

「……居場所が分からないから声を張り上げているんですよ。そして痺れを切らせば『刀剣』は本当に人質を殺していくはずです。今の内に、通過儀礼をしている最中に逆転の策を手に入れないと……」

這って移動する事しかできない今の五和では、闇雲に刀剣の魔術師の元へ突撃しても意味はない。

まともにぶつかれば、まさしく一刀両断されてしまう。

しかし。

一方で、今動けるのは五和とフリーディアの二人しかいない。彼女達が撃破されてしまえば、建宮や対馬達を助けられる人間はいなくなってしまう。

当然、逃げるなど論外。

人質が全滅するのはもちろん、今の状態でどれだけ進めるかは疑問だ。

「……、」

岩からほど近い場所に、金属の塊が転がっていた。

刀剣の魔術師に切断されたトラックの一部分だ。急激に重量が軽減した事で車体の重心が崩れ、制御を失って道路から離れ、草原を派手に突っ切ったのだ。

竹筒のように斜めに裂かれた金属製のコンテナの中へと、両手を使って強引に体を乗り上げる。内部には、ほとんど物は残っていなかった。当然、人もいない。フリーディアが纏っていた、あの『鎧』も見当たらなかった。派手にコースアウトした時点で、どこかへ放り出されたのかもしれない。どのみち、戦力としては期待できそうになかった。

おそらくイギリス清教側が用意していたものだろう、重たいナップザックを掴むと、再び草原の上へと転がり落ちる。

中身を漁る。

（……望遠鏡、白紙の羊皮紙の束にペンとインク瓶。地図に、磁石に、懐中時計。マッチに、果物ナイフ……こっちのは六分儀？）

キャンプ用品やサバイバルグッズにしては、妙に構成が偏っている。おそらく簡単な儀式を行うためのものだろう。星の位置や方角を調べる道具はもちろん、火を点けたり物を切ったりする道具も魔術のため。符を作るための羊皮紙とペンの組み合わせが一番分かりやすいか。

とはいえ、

（……解呪に使えるようなものはない、ですか）

五和はそっと息を吐く。

フリーディアは五和を蝕む呪いを解くつもりはないだろう。このどさくさで逃げられても困るからだ。そうなると、解呪については時間の経過と共に薄らぐのを待つしかない。やはり、現状維持のままで事態を解決しなくてはならないようだ。

解呪は諦め、小型の望遠鏡を取り出した。

警棒のように縮められた円筒を、手を使って大きく伸ばす。覗き込むと、今まで見えなかったものが見えてきた。

「道路までの距離はおよそ五〇メートル。人質は、天草式、『目覚め待つ宵闇』、イギリス清教と合わせて八〇人から一〇〇人。道路沿いに一列に座らされています。……一斉に逃げ出したところで、魔術師の刃の餌食になるのがオチでしょうね」

「たった一人で、三桁に届く人間を監視するのは不可能だと思いますが」

「バラバラの方向へ一斉に走って、それで何になるんですか？　こんな何もない草原で。相手は走行中のトラックを一台残らず両断する術式を持っているんです。長大な刃で一人ずつ順番に背中を切り捨てる事くらい、造作もないでしょう」

草原にはいくつかの大きな岩と、襲撃・破壊された大型車両の残骸などが転がっていた。しかし、遮蔽物も完璧ではない。完全に身を隠したまま、人質の元まで移動するのは不可能だろう。どこかで見つかってしまう。

こうして望遠鏡で観察してみると、道路のアスファルトも大きく切断されていた。道路を挟んだ向かいの草原から、刀剣の魔術師はひっそりと襲撃したのだろう。そちらも直線的に、大きな爪痕を走らせるように草が大きく抉れている。

それらは草原の一点に集約されていた。

その場所から、扇状へ次々と攻撃を放っていったのだ。

「距離五〇から七〇。何か巨大な刃を作って、車列に接近する事なく一ヶ所から襲撃したようです。斬りかかるというより、ほとんど砲台からの遠距離攻撃に近いのかも……」

五和達のいる位置から、道路までも五〇メートル前後だ。つまり刀剣の魔術師に発見され次第、容赦なく切断される。岩やスクラップを盾にしたところで気休めにもならないだろう。

（敵……）

五和は寝そべったまま望遠鏡を大きく振り、草の間から観察を続ける。

（敵の魔術師は……）

アスファルトの上に、誰かが立っていた。

他の全員が座らされている中、短い距離を不定期に行ったり来たりしている。

傍らで身を屈めたまま、フリーディアが質問する。

「女のようですが、詳細は摑めますか」

「赤毛のショートヘア、色白、長身。服装は黒いレザーのジャケットとタイトスカート、首元に毛皮の襟巻。……動物の毛や革を纏う事に意味でも見出しているのかもしれません。また、腰に剣の鞘あり。長さは七〇センチ程度。レイピア、あるいは片手で扱う刀剣が収めてあるものと推測されます。おや、あれは……？」

五和は革のベルトを使って腰にある鞘へと注目する。

口に近い位置に、八桁のダイヤル錠にも似た機構が埋め込まれていた。

（……単なる鍵ではないはず。やけに桁数が多いのも気になります。数字絡みだと、何かしら、アルファベットを数価に変換して術式に組み込んでいるとか……？）

その時だった。

いきなり、望遠鏡の円形の視界の中から、刀剣の魔術師が大きく外れた。

（見つかった……っ⁉）

慌てたように望遠鏡から顔を離し、低く低く身を伏せる五和。

しかし、即座に車列を切断していった刀剣の魔術は襲って来ない。しばらく息を潜め、それから改めて望遠鏡を構え直した。

そして顔をしかめる。

「そちらに出てくる意思がないのなら、宣言通りの事をするまでだ」

刀剣の魔術師が、何かを言っていた。

「言っておくが、私には誰が重要で誰が重要でないかは分からない。お前の職場の人間関係も同様だ。いきなり、最初の一人目から友人以上の人物が死んだとしても文句を言うなよ」

彼女は、居並ぶ人質の中から一人を選び、その髪を掴んでいた。

五和達の動きに気づいて望遠鏡から逃げた訳ではなかった。単に、誰を処刑するか選んでそちらに近づこうとしたため、イレギュラーな軌道を描いただけだった。

その人物。

髪を掴まれ、一様に座らされている列から引き離された人物。

五和には見覚えがあった。

(……対馬さん……ッ!!)

「状況を確認しよう。都合の良いヒーローはやってこない。説得や思い出話で情を動かされた私が刃を止める事もない。私は時計の針のように規則的に処刑を続けよう。それを止める方法は一つだけだ」

現状、彼女を助ける方法はない。

息を詰まらせ、顔から望遠鏡を離す五和に、刀剣の魔術師の声が届く。

「……分かったのなら、始めようか」

2

ゆっくりと。

細く、細く、長く。五和は息を吐いた。

思考を切り替える。

「……どうするんですか?」

フリーディアが、身を低くしたまま質問してきた。

「ただの脅しには聞こえません。人質を大量に確保している以上、向こうには出し惜しみする理由もない。放っておけば宣言通りにあなたのお仲間は殺害されてしまうはずです」

「やるべき事は変わりません……」

五和は。

低く、異様に低く、そう答えた。

「真っ向勝負では勝てない。勝負にならない。だからあの『刀剣』が取り扱う術式を暴き、それを暴走させる形で倒します。そのためにはまず情報が必要。『刀剣』が具体的にどんな方法で車列を攻撃したのかを、かもしれないではなく正確に結論付けられるレベルまで解き明かさない事には何も始まりません」

「そんな事をしている余裕があるとは思えません。今すぐにでもヤツは最初の一人を殺す。敢えて予想を外す理由がないんですから」

「ここで私達まで失敗したら、もう誰も彼らを助けられなくなるんです!!」

思わず。

ゆっくりと腰を上げかけたフリーディアに、五和は釘を刺すように言う。

「みんなを助けるにはあの『刀剣』の術式を暴くしかない。要求に従ったって『刀剣』がみんなを解放する必要はないんです。……だから、ヒロイックな気分になって全員を助けるために投降するつもりなら諦めてください。そんな事をされるくらいなら、私がここであなたを殺す。どうせ、あなた一人を確保した『刀剣』は人質全員の口を封じて立ち去るでしょうからね。あなたの投降は、全滅に繋がる最短の道でしかありません」

合理的な意見ではある。

人質交換には独占禁止法も公正取引委員会も通用しない。対魔術師の専門家であり、世界中で活動するイギリス清教に、相手は顔も隠さず襲撃しているのだ。人質を黙って帰せばのちちのは面倒な事になるのは目に見えている。全員を殺しても殺さなくても良いのなら、殺してしまった方がリスクが減るのは当然の事だ。

しかし、

「……では、最初の一人はどうするんですか？　あれは確か……」

「対馬さんを助ける方法はありません……」

五和は、奥歯を噛んでそう結論付けた。

「存在しない‼　一ったりとも！　だから私達は、これから彼女の悲鳴を聞きながら撃破の足掛かりを探し続けるしかないんです。それに何も感じていないとでも？　分かっていながら！　呑み込むしかない‼　私の心境が一ミリでも理解できるのなら、つべこべ言う暇で『刀剣』の弱点を探す作業に協力してください‼　最初にまな板へ乗せられたのは対馬さんですけど、次が誰かは誰にも分からない。天草式かもしれないし、『目覚め待つ宵闇』かもしれないし、あなた達イギリス清教かもしれない‼　あなたにも協力するメリットはあるはずだ‼」

「……、」

フリーディア＝ストライカーズは、しばし逡巡したように、五和と離れた場所にいる刀剣の魔術師を交互に観察した。

やがて。

フリーディアは小さく頷いた。

その目の色が、宿るものが、明確に変わった。

「……あなたは望遠鏡でヤツの動き、仕草、挙動を徹底して洗ってください。この暗がりじゃ、私は隣に並んでいても大した情報は見つけられないでしょう」

「そっちは？」

「断面」

五和の質問に、フリーディアは親指で先ほど接近した大型トラックの残骸を指し示す。

「あれもまた情報源の一つです。切り口の破壊痕から攻撃の系統を割り出します。……どんなに優勢でも、わざわざ自らの術式の正体をさらけ出したがる魔術師は少ない。だから、ヤツだけを観察していても答えは出ないかもしれない。でも、『欠けた情報』は別の角度から補塡できる可能性だってあります」

言いながら、フリーディアは衣服の中から細い鎖を取り出した。そこにはルーペ、小さな刷毛、いくつものLEDを束ねた白色ライト、名刺大の黒い厚紙などなど。俗に、宝石鑑定用に必要な小道具が一様に繫げられていた。

彼女の専門は、宗教的基盤を持たない『隙間』に転がる民間伝承……その中でも、特に『妙ないわくもないのに、何故か持ち主を次々と殺すとされてしまった』呪いの宝石だ。

五和は望遠鏡を摑み直す。

標的を眺める側を担当するという事は、当然そいつが行う『辛い眺め』から目を逸らせない事も意味する。だがフリーディアがろくに動けない五和から望遠鏡を奪い取らなかったのは、五和の決意に対する敬意の一つだろう。それが自覚的かどうかまでは知らないが。

「……分かりました。お願いします」

五和はそれだけ言うと、草の中に身を伏せたまま望遠鏡に意識を集中させた。

フリーディアの、押し殺した足音が離れていくのが分かる。

望遠鏡の丸い視界の中では、対馬の髪を掴んでいた刀剣の魔術師が、アスファルトの上に彼女の体を無造作に放り投げた所だった。そして腰に佩いた剣の柄に手を伸ばす。一瞬、五和の視界がぐにゃりと歪みかけたが、持ち堪える。観察を続ける。

（……ダイヤル……？）

鞘にもう片方の手を添え、親指で八桁の数字を回したようだった。二〇九四七九〇一。必死にその数字を目で追っている内に、刀剣の魔術師はゆっくりとした動作で鞘から刃を抜いた。

赤黒く輝く、細い剣だった。

肉を切るというより、鎧の隙間に通す杭にも似た形状の刃だ。

鞘の形状と合致しない。刃そのものも、金属とは質感が違う。何かしらの素材の表面が発光しているというよりは、色のついた光が直接凝縮しているかのようだった。

（刃に実体はない。召喚と同じで、特殊効果を持つ刃を呼び出すための術式……？）

考え、そこで五和の思考がブツリと途切れた。

唐突に。

刀剣の魔術師は、躊躇なく、倒れていた対馬の脇腹へと赤黒い刃を突き入れたのだ。

「が、ぐうっ。ぎばっ、がァァあああ!!!?!??」

がくがくがくんっ！　と、対馬の手足が乱暴に動き回る。明らかに、彼女の意思とは関係のない挙動だった。

生きたまま、ピンで縫い止められる昆虫だ。

赤黒い刃は対馬の背中から飛び出し、そのまま地面のアスファルトまでぬるりと貫いたようだった。五和は歯を食いしばって視界を埋め尽くそうとする眩暈を抑えつける。一つでも多くの情報を獲得し、あの『刀剣』を撃破する策を講じなければならない。

（即死じゃない。即死じゃない！　『刀剣』はわざと幅の狭い、錐のような刃で対馬さんを攻撃している。おそらく初撃は内臓や血管を避けて貫通させたはず。まだ何とかなる!!）

ずるずると、粘質な動きで刃が引き抜かれる。

対馬は自分の腹を押さえるような格好でくの字に体を折り曲げ、横へ転がるように丸まったが、刀剣の魔術師は気にせず血で塗れた刃を鞘に戻した。

これで終わり、なんて甘えた展開にはならない。

その親指が、再び鞘のダイヤルを回す。今度は一一七九〇〇四五。番号が違う、と五和は率直に思った。ずるりと抜き放たれた新しい剣は、薄い青の、アイスクリームみたいな色合いの光でできていた。一体どんな悪趣味なのか、刃は蝙蝠の羽や燃え盛る炎を意匠しているのか、流線形の先端がいくつも飛び出していた。複数の斧を組み合わせて一本の剣を作ったようにも見える。明らかに、鞘の中に収まるサイズではなかった。

今度は突き刺す、ではなく、切り落とすための武具だ。

対馬のどこに向けられても、ろくでもない事に繋がるのは間違いない。

「……刃の種類は一つじゃない。ダイヤルに合わせて色々な効果の刃を適時変更できる。でもそれは、作り出している？　切り替えている？　呼び出している？　あのダイヤルの意味は、具体的にどこの宗教のどんな基盤を利用した術式なのか……」

刀剣の魔術師は、道路の上でうずくまる対馬の元へ、ゆっくりと近づいていく。

まだ足りない。

反撃の策を構築できない。

対馬を助けられない。

見ている事しかできない五和の目の先で、刀剣の魔術師は複雑に広がる刃を大きく振り上げた。一瞬、全ての前提条件をかなぐり捨てて怒鳴り散らしそうになる自分の心を、五和は全力で抑えつける。

直後の出来事だった。

だんっ!!　という、嫌な音が響き渡った。

対馬の足が一本。太股の辺りから切り離され、夜の闇へと舞い上げられた。

意識が。

明確に断裂する。

五和は自分の顔面の筋肉が、表面の皮膚をズタズタに裂いてしまうかと思った。涙腺が不気味に蠕動する。得体のしれない液体がボロボロとこぼれ落ちる。そうしながら、しかし、彼女は取り乱したり暴れたりしなかった。あれだけの光景を見て、まだ平静さを維持していた。その事実に気づかされ、彼女の精神を『第二波』の衝撃が蹂躙していく。

「……少しだけ分かってきました」

身を伏せる五和の所へ、切断されたコンテナの方を調べていたフリーディアが戻ってきた。

「切断面の破壊痕にざらつきはありませんでした。普通に、金属と金属をぶつけて破断させた訳ではないようです。また、極めて微弱ですが、コンテナの切断面と私の宝石の間で力の反発のようなものが確認されました」

「……？」

「ヤツの攻撃方法には、私と同じく『宝石』が密接に関わっている、という事です」

宝石を利用した剣の伝承。……それだけなら大量にある。いいや、宝石に限った話ではない。例えば剣の柄などに特殊な物品を埋め込む事で、『伝説に出てくるに相応しい力』を発揮する刃など、それこそ山のようにあるのだ。

五和はわずかに早口で、

「ダイヤル。『刀剣』はダイヤルの数字を変更する事で、鞘の中にある刃の形状や性質を自由に組み替えているようでした。何か心当たりは？」

「……どこに『石』が組み込まれているか、という話でしょう」

フリーディアは『鑑定』に使っていたルーペを手の中で弄びながら、

「一番の特徴。刃の攻撃力と直結したもの。おそらくそのダイヤルの中身は、細かい『石』を歯車のように配置したものでしょう。問題なのは数字じゃない。ダイヤルを回す事で配置を変え、適時自分好みの性質を持った『石』を作り出す小道具。……剣は、『石』に引きずられる形で性質を変えているに過ぎません。霊装としての本質は鞘のダイヤルにある」

「でも、それが具体的にどんな宗教的基盤に基づくものかは分からないんですか？」

五和は焦ったように、

「ケルト神話、北欧神話、ギリシャ神話、仏教、神道、インド神話、アステカ神話、マヤ神話、そして十字教。特殊な宝石や物品を埋め込んで強化した武器の伝承なんて世界中どこにだってあります」

「同様に、武具や刀剣そのものだって全世界に広まっています。ええ、その中からあの魔術師は西欧圏のデザインを選択した。毛皮やレザーを好んで身に着けているのにも文化圏的な意味があるでしょう。西欧、そして動物の革を纏って剣で戦う文化圏と言えば、有名なのはケルトや北欧ではないでしょうか」

「その中にだって大量の伝承があります。私達が欲しいのは、莫大な知識を詰めた百科事典じゃない。たった一文の答えまで突き詰めなければあの赤毛には勝てない!!」

「分からない事が答えになっているんですよ」

フリーディアはうっすらと笑い、そして意味不明な事を宣言した。

眉をひそめる五和に、フリーディアはこう続ける。

「……ある剣で傷つけられた人間は、その剣の柄に取り付けられた宝石で傷口を擦らなければ決して癒されない。こんな話は、ヨーロッパなら北欧、ケルトなど文化圏を問わず広く浸透している伝承です。石は柄にきちんと含む場合もあれば、小さな袋の中に入れて、紐などで柄に縛る場合もありますが。そして剣と石の伝承はどこからやってきたか、正確な出自は特定できないままに伝わってしまっている」

　宝石にまつわる話。同時に、明確な宗教的基盤のはっきりしていない、『隙間』にある民間伝承を取り扱っているフリーディアだからこそ、この状況から答えを導き出せたのかもしれない。

「傷をつける剣と傷を癒す石は常にワンセット。であれば、『癒しの石』を組み替える事で、対応している刃の方も引きずられるように性質を変えるはず。あなたが観察した凶行と一致します」

「という事は……」

「八桁のダイヤルは覚えていますか？　あの鞘を奪って傷に対応した番号を合わせれば、人質につけられた傷を塞ぐ事もできるはず。どれだけ蹂躙されようが、今ならまだ、人質を救出できる可能性は残っています」

　そして、と。

　フリーディア＝ストライカーズは微かに笑って、こう続けた。

「……石の性質をダイヤルで切り替える事で、剣の形状や性能を引きずるように組み替える。なら、そのサイクルに割り込めるような『何か』があれば、ヤツは自身の強力な霊装の暴走に呑み込まれるはずです」

3

女性特有の、甲高い絶叫が夜の草原に炸裂した。

足を一本。

斧で薪を割るように、無造作に斬り落としたその魔術師は、手にした剣を鞘へと収めた。剣は派手に広がっており、鞘には収まらないはずだが、まるで排水溝に色水が吸い込まれるように、不自然に収納されていった。

一度、ダイヤルの数字を全て〇で統一する。

霊装の状態をニュートラルに戻す。

「……、」

人質の絶叫は、隠れ潜む仲間を炙り出すには格好の材料だ。しかし、ずっと平坦に続けていけば、人はどんな刺激にでも慣れてしまう。このまま『分かりやすい暴力』を繰り返せば、どこかで聞いている人間の心が麻痺する。一度その状態に陥らせたら、後は何十人立て続けに殺害しても一切揺さぶりの効果が出なくなってしまうだろう。

（……音域を変えるか）

魔術師は、簡潔に考える。

（次は喉を潰して女の悲鳴をくぐもらせる。殺害したのち、次は男の人質を使う。家庭料理のローテーションと同じだ。バリエーションにランダム性を持たせて常に刺激を与え続ける）

その時だった。

ガサリ、という音を魔術師は聞いた。

風とは関係なく、草が擦れるような音。

「……、」

そちらを見た魔術師は、薄く、薄く、引き伸ばすように笑った。

月夜の草原に立つ、一つの影。

捜し求めていた標的が、悲鳴に耐えられず顔を出した。

その瞬間。

離れたところで両手を使って這っていた五和は、フリーディア=ストライカーズの突然の行動に目を剝いた。

(予定と違う……ッ!!)

事前の作戦会議では、ナップザックの中に入っていた、白紙の羊皮紙のペンを使うはずだった。以前、五和がフリーディアを騙す時に使った曼荼羅である。曼荼羅は複雑な紋様を眺める事で宇宙の法則や神々の理を頭に思い浮かべるものだが、逆手に取れば紋様を組み替える事で、閲覧者の頭に自由なイメージを叩きつける事も可能となる。

刀剣の魔術師は鞘のダイヤルを回す事で、状況に合った形状や性能の刃を自由に生み出していた。そのダイヤルの数字を別のものとすり替える事ができれば、暴走を促せるかもしれない。

本来であれば、五和が白紙の羊皮紙に曼荼羅を描き、風に乗せてばら撒く。剣の暴走で魔術師が倒れればそれでよし。まだ動けるとしても、一番の武器を失った魔術師をフリーディアの鉱石ラジオなどで完全に無力化してしまえば良い。

そういう話のはずだった。

なのに何故、後続のはずのフリーディアがいきなり矢面に立ったのだ?

フリーディア＝ストライカーズは躊躇なく草の陰から立ち上がった。

刀剣の魔術師までは遠い。

五〇メートルの距離は、『鎧』の反動によってよろめきながら歩く程度しかできない今のフリーディアにとっては絶対の壁と言っても良いだろう。

一方で、向こうの刃は一撃でフリーディアの体を両断できる。それは、離れた所から一方的に車列を切断していった事からも明白だ。

(天草式の言い分は、堅実だが失敗に終わる可能性も否定はできない)

街灯もなく、望遠鏡などの補助もないフリーディアからだと、道路の方に立っている人影の詳細までは摑めない。だが、腰に当てた手を使って、何かを引き抜こうとするのは分かった。

(かと言って、リスクの高過ぎる作戦を最初に説明した所であの女は同意しない!)

閃光が瞬いた。

東洋の居合切りのように、鞘から直接斬撃が飛んだ。

おそらくは、大型トラックの車列を襲ったものと同じだろう。一瞬にして数十メートル大まで伸長した。刃物というよりほとんど飛び道具のような感覚で、フリーディアから向かって右手側から水平に襲いかかる。

軽く二〇トン以上の大型車両を両断するほどの攻撃だ。

生身の人間が、何の魔術的防護策も用いずに受ければ、刃は骨に引っかかる事すらないだろう。濡れた障子を裂くように、抵抗なくフリーディアを二つに切り分けるはずだ。

だが。

ゴッキィィィン!! と。

甲高い音と共に、フリーディアの掌が閃光の剣を強引に押さえつける。

この闇で、この距離では、フリーディアからは襲撃者の顔を細部まで観察する事はできない。

だが、動揺は刃を通じて伝わってくるようだった。

彼女の掌には、宝石が一つあった。

『呪いの宝石』を専門に取り扱うフリーディアのコレクションの一つ……ではない。

(トラペゾヘドロン!!)

魔術結社『目覚め待つ宵闇』のヴェイズが使っていた霊装。一片の光もない闇の中で、邪神ナイラトホテプを呼び出すとされる宝石。撃破後、危険を除去する目的で胃袋の中から強引に吐き出させた一品だった。

それを使った。

当然、剣の刃を受け止めるための盾として、ではない。そもそも、強度それ自体に特別な伝承があるような石ではない。

本命の用途は別にある。

(傷を与える剣と傷を癒す石は常にワンセット。しかし、どうやって剣と石が繋がった存在として認識されているかどうかは実は曖昧。ええ、たとえ柄に埋めた石であっても、傷口に当てて使う時は剣から取り外して擦りつけると伝承にはありますからね。剣から取り外しても、剣から離れても、剣と石を繋げる見えない糸は存在する)

パラパラと。

トラペゾヘドロンの他に、何か細かい『部品』が掌から落ちた。

極めて原始的な電子部品。

鉱石ラジオの部品。

『石』を霊装の中に、魔術の中へ組み込んでいくために必要なパーツ群。

(どういう仕組みで鞘のダイヤルと柄から伸びる刃が接続されているかは知りません。ただ、もっと強い、もっと伝導率の高い方式で刃に横槍を入れてしまえば、上書きして塗り潰すように私の持つ『石』にヤツの刃が反応するはず!! ヤツの意思を無視して、トラペゾヘドロンに対応する形で!!)

そのために、攻撃を直接受ける必要があった。

より正確には、トラペゾヘドロン、鉱石ラジオ、剣の刃を『接触させた状態』にする必要が。

刀剣の魔術師は、『剣と鞘』に分離した形で、刃と石を管理していた。どんな方式にせよ、遠隔で制御するより、直接触れて制御した方が力を強く伝導させる。

そして。

(……あなたの方式は、傷を与える剣と傷を癒す石はワンセットである、という事を前提としたものだった)

トラペゾヘドロン。

邪神ナイラトホテプを呼び出すための、悪趣味な石。

「これが『癒し』と呼ばれるほどの‼　さらに極悪な剣を勝手に作り出すと良い‼」

一瞬で全てが転じた。

刃の色が漆黒に染まる。その形状が失われる。

『人の手に負えない』という象徴なのか、そもそも『剣』である事さえ忘れたようだ。それは、漆黒の爆発となって近くにいた全ての生き物へと均等に襲いかかる。

ボバッ‼‼‼　と。

爆音と共に、柄を握る刀剣の魔術師が宙を舞った。

そして、フリーディアも。

「天草式に、正体不明の魔術結社。色々と、頭にくる連中ばかり相手にしてきましたが……」

奇妙な浮遊感に肉体の感覚を支配される中、フリーディアは自分と同じように吹き飛ばされる標的の影を見据えて、静かに笑う。

「……それでも、私にだって罪を憎む心くらいあるんですよ、くそったれ」

轟音と共に、彼女の体が地面へと叩きつけられた。

4

「ぐ……」

五和は、草原に身を伏せたまま、離れた場所にいる建宮達天草式の面々に向かって大声を張り上げた。

「建宮さん！　ヤツの鞘を奪ってください。番号は二〇九四七九〇一と一一七九〇〇四五。それで対馬さんにつけられた傷を回復させる事ができるはずです‼」

言うだけ言うと、五和は両手を使って草の上を這うような格好で、倒れたフリーディアの方へゆっくりと移動した。

ある意味で予定調和だった対馬の傷は、『癒しの石』で治癒できるだろう。

だがフリーディアは違う。あれは明らかにイレギュラーだった。刀剣の魔術師が用意した方式だけでは安全なリカバリーができるとは思えない。

倒れたままのフリーディアは、顔の半分ほどが不自然に黒ずんでいた。右半身はまともに動かないようで、腕は指先がぴくぴくと痙攣するだけだった。

しかし、意識はあるようだ。

ろくに首も回せず、眼球だけを動かして、フリーディアは五和の顔を見る。

「……私がやられているという事は、敵も同じようにやられている事を意味しています。ええ、

安心するべき材料かと」

「そんな事を……言っている場合じゃないでしょう⁉」

「イギリス清教の大聖堂まで戻れば、この程度は解呪可能です。腐っても、私達は日々こうした事件を解決するために世界中を飛び回っているんですからね……」

初老の諫早と大柄な牛深が近づいてきた。

五和は諫早に肩を借り、フリーディアは牛深に抱えられる。

事情を説明すると、諫早はこんな事を返してきた。

「今、他の連中が破壊された大型トラックの方を漁っている」

「……通信用の霊装なんて破壊されているんじゃないですか？」

「ただ、車列は一〇台以上で構成されていた。使える部品をかき集めれば、通信用の霊装の一つくらいは復元できるだろう」

ともあれ、これで一段落だ。

直接的な命の危機は去った。対馬の怪我は酷いが、あれは『癒しの石』を使えば奇麗に治せるだろう。通信用の霊装で連絡が取れるようになったら、後はイギリス清教の増援が来るまでここで待っていれば良い。

五和はそんな風に考え、歩くというよりほとんど運ばれるような格好で、草原から道路の方へと移動していく。

おそらく対馬を手当てする過程でついたものだろう。真っ赤な返り血で両手を汚した建宮が、五和に向けて何かを放り投げてきた。

「襲撃者の懐から見つけたもんなのよな。何か分かるか?」

片手で受け取ると、身分証のようだった。

エミリエ=フォーディア。

国籍は……舌を噛むような名前だった。

知識としては、太平洋の赤道近くにある小さな島国というのは分かる。ただ、正確な場所を世界地図から色分けしろと言われると、五和でも正直少し自信はない。

心当たりはなかった。

牛深の手で、アスファルトへとゆっくり下ろされたフリーディア=ストライカーズの方に回す。

彼女は最初、身分証に書かれた情報をそのまま流そうとした。

が、その眉が蠢く。

改めて、凝視する。

「……? 何か分かったんですか?」

五和が話しかけるが、フリーディアは答えない。

彼女の脳裏には、ソード聖堂であった同僚との会話で占められていた。

『これ以外に得策が?』

『他にも仕事を抱えているんだろ。ポンド圏の首脳陣が集まる会議の警備配置の構築とか。ここでアンタに抜けられても困るんだ。リスクは避けるべきじゃないのかね』

「ああ……」

フリーディアは、天草式の手で路上へと運ばれてくる、意識を失った刀剣の魔術師を呆然とした調子で眺める。

重要なVIP警護や現金輸送などの警備計画は、当日になるまで立案者以外には秘密にされる事がある。言うまでもないが、これは情報漏れから大規模な襲撃に繋がるのを防ぐためだ。

……魔術的な『治安』を守るフリーディアもまた、ロンドン市警のような『表向き』とは全く別の意味で、そうした警備計画の構築を任されていた。

敵が、彼女をさらって連れ去るつもりだったのなら、警備計画を聞き出してポンド圏のVIPを暗殺しようとしている人間がいる、とも考えられた。

だが今回は違う。

フリーディアを炙り出そうとしたエミリエとかいう刀剣の魔術師は、標的を見つけた途端、迷わず殺しに来た。情報を聞き出そうとする人間の動き方ではない。

つまり逆。

情報を拾うためではなく、消すための襲撃。

（VIP警護計画はその性質上、イギリス側だけの人間だけに目を配れば良いって訳じゃない。守るべき人間が何人いるか分からなければ計画の練りようがない以上、VIPの詳しい家族構成まで教えてもらう必要がある。同様に、私物の中に爆弾を詰め込まれても困るから、持ち物についても詳細なリストを提出してもらう必要がある）

当然。

見せてくださいと言ってはいどうぞと応じてくれるVIPは少ない。お偉方とは得てして立場に見合った（あるいはそれ以上の）プライドの塊だ。それでいて、やはり同じ人間なのだから人並みに恥部も備えている。

秘書という名義で愛人を連れ込んで入国しようとするヤツだっているし、公金を使って趣味のゴルフセットを大量に買い込もうとするヤツだっている。

……ただ、その愛人というのは実はどこぞの暗殺者かもしれないし、ゴルフクラブを詰めた秘密のコンテナに爆弾でも差し込まれたら帰りの便でVIPは粉々に吹き飛ぶ。

そういう意味でも、警護計画の担当者は独自に（つまり組織であるイギリス清教に迷惑をかけないように）VIPの身辺を一通り洗わなくてはならない。

もしも、だ。

本当の意味で、知られてはいけない人間や、知られてはいけない物をイギリスに持ち込もうとする輩がいるとしたら、フリーディアのような『限られた人間』を土壇場で消してしまった方が都合は良いだろう。

という事は。

敵は。

襲撃者の正体は……、

「ポンド、圏⁉」

5

ロンドン、ランベス区。

歴史と伝統とやらに覆われたこの街の中で、比較的近代的なオフィスビルが並ぶ場所だ。明日の首脳会議を控え、ポンド圏の代表達は複数の高級ホテルに人員を分ける形で滞在している。

不平等が生み出す偽りの光だ。

窓から広がる夜景を眺めながら、アイリ＝ヘクセンフォビアは目を細める。二〇代後半の彼女が、そもそも小国とはいえ一国の代表となっている事がすでに間違いなのだ。理由は単純。本当に賢く、力を持った老人達は、こんな貧乏くじなど引きたくなかったのである。

傀儡(かいらい)。

操り人形。

「……定時連絡はない。という事は、エミリエの方はやられた、か」

クトゥルフ系の騒ぎについては把握しており、なおかつフリーディア＝ストライカーズ暗殺のために利用させてもらった。……仮に『目覚め待つ宵闇』が予想以上の働きをしてしまったとしても、エミリエには該当する魔術結社や、アーランズ＝ダークストリート、ヴェイズなどを一人で皆殺しにできるだけの戦力を貸し与えていたつもりだったのだが。

にも拘(かかわ)らず、そのエミリエが撃破されたという事は、やはりイギリス清教(せいきょう)は実力だけなら本物なのだろう。

そう結論付けた直後だった。

部屋のドアがいきなり開いた。アームロックはしていなかった。ガスや煙を流し込まれたりした時に、ドアの外で待機している護衛二人が速やかに避難誘導させるために必要なんだとか何とか。

ただ、ノックもないのは異様だった。

「お早いご到着で」

ガウン一枚のアイリは窓際にあるゆったりとしたクラブチェアから立ち上がる事もなく、背もたれに体を預けたままそう言った。

対して、護衛要員の方は表情を変えなかった。

ドアの前に待機させていた私兵ではなく、イギリス清教側の魔術師のようだった。

「アイリ＝ヘクセンフォビア首相。こんな時間で申し訳ありませんが、ご同行を。あなたが命じたフリーディア＝ストライカーズ襲撃の件は失敗に終わりましたよ」

「あれは私が命じた訳じゃなかったんだけどねえ。だから一発目の奇襲で成果を上げられなかったら、迅速に逃走しろと言っておいたのに。失敗失敗、と」

クラブチェアの上で肩をすくめ、足を組み直すアイリ。

そして、笑う。

下手をすれば生きてイギリスを出られない可能性もあるこの状況で、なお。

「……ただ、これが無計画、突発的、短絡的な事件だと考えているのなら、もうちょっと思慮を深くした方が良いわ。今回の件は、非常に根が深い。これは旧宗主国のイギリスと、こんな時代にまだ『ポンド圏』なんて名前でくくられてしまっている加盟四〇ヶ国との戦争なのよ」

「……、」

「国旗のデザインが変わった？　公用語が元に戻った？　独自貨幣の使用が認められた？　そんなもので束縛が消えるとでも思っているのかしら。……バッカみたい。結局、地脈や龍脈は人工的に曲げられたまま。イギリスが反映するように世界各地から『力』を吸い上げる仕組みを残したまま。こんな機構が埋め込まれている限り、私達に自由はない。その気になれば、イギリスはいつでも私達の魔術的基盤を奪い、農作物の大不作を誘発する事だってできるのよ」

うっすらと。

笑ったままに、アイリは流れるように続ける。

「王様気取りで負担ばかり押し付けやがって。やり過ぎたのよ。『私達』の我慢の限界を超えるほどに。だから、こんな行為には、意味がない。私一人を撃破して問題が解決するなんて思ったら大間違いよ。すでに『温床』はできあがっているのだから」

「……連れていけ」

吐き捨てるように、魔術師の一人が遮った。

「長話なら専門の連中に任せよう。その内、暗い地下で喉が嗄れるまで『真実』とやらを話してもらう事になるんだから」

「ああ、そうそう」

手首を掴まれながら、やはりアイリはリラックスした調子でこう付け足した。

「まさかと思うが、私が。この私が。途中で露見した程度で止められるような、甘っちょろい作戦を立案するとでも考えているのかしら？」

直後の事だった。

パタン、という音が聞こえた。部屋の隅に置かれたジュラルミン製のアタッシェケースがひとりでに開いた音だった。いいや、それは一度に留まらない。パタン、パタン、パタンパタンパタパタパタパタパタパパパパパパパパパパ!!　と、一面に広げたトランプを裏返していくように、床全体がジュラルミンの銀色へと色彩・質感を変えていく。変化は壁や天井にまで及び、ホテルの一室を完全に作り変える。

「くっ!!」

アイリの腕を摑んでいた魔術師は、強引に彼女を部屋から連れ出そうと、ドアの方へ目をやった。しかし出口はない。ドアも窓も、全てギラリと輝く銀色に塗り潰されている。ここが本当にホテルの一室なのか、どこか別の空間なのかも判断がつかなくなるような状況だった。

クラブチェアに腰掛けたまま、アイリは笑い続けている。

「こんなものはただの足止めよ。黙っていたって、時間の経過と共に解ける程度のものでしかない。もっとも、そうなった時には全ては終わっているはずだけど」

「何を……一体何をしようとしている!?」

「なぁに。聖ジョージの最期にまつわる簡単な術式を、ここロンドンで発動しようとしているだけだよ」

鼻歌でも歌いそうな気軽さだった。

「悪竜殺しで有名な聖ジョージだけど、その末路もなかなかにドラマチックなものだった。ローマの神官の前で棄教を強要された聖ジョージは、神に祈り、まるで隕石のような『何か』を天から降り注がせてローマの神官達を、その神殿ごとまとめてぶっ壊した。『私達』が利用しているのもその伝承」

もっとも。

アイリ『達』の目的は、ロンドンに住む市民の殺戮ではない。

あくまでも、憎悪の対象は世界の裏側まで知り尽くし、ポンド圏をイギリスに縛り付ける人間である。

彼らが最も得意とする『力』を奪い、弱体化したところで解放の取り引きを迫る。

「つまり、一度でも発動したら最後。効果圏内にあるあらゆる神殿や霊装など、魔術の器物を徹底的に破壊する術式ってところかしら。ちなみに具体的な圏内は半径二〇キロ。大体、どこに設置したってロンドンは巨大な『魔術の空白地帯』になるでしょうね」

魔術にとって最も重要なのは、生命力を魔力に精製する事のできる人体そのものだ。が、肉体一つでできる魔術には限りがある。霊装や神殿、聖堂など、それらを強力にサポートする器物が丸ごと失われてしまえば、イギリス清教も『必要悪の教会』も機能不全に陥ってしまう。

魔術の世界の治安を司るイギリス清教がダウンしている間に、漁夫の利で多くの利益を貪ろうとする勢力が台頭する可能性も否定できないだろう。

回復が遅れれば遅れるほど、世界各地で起こる魔術の事件やその被害の責任追及を受ける事で、イギリスの立場はどんどん悪くなっていく。

そして何より。

そんな印象操作のために、世界各地では実際に多くの死人が出るはずだ。

「……どこに仕掛けた？」

魔術師の一人が、呻くように言う。

それはすぐに叫び声になった。

「そんな物騒な霊装を、一体どこに仕掛けたんだ⁉」

「だ・か・ら。私を問い詰めた程度で止まるようには、作戦を組んだつもりはない」

クラブチェアの上で肩をすくめて、アイリは即答した。

「あなた達の目は一度エミリエに向けられた。私に届く前に、一個余計な『謎』の前で立ち止まって考えなくてはならなかった。……それだけで、もう最後の時間稼ぎは終わっているの。本当であれば斬殺されたフリーディア＝ストライカーズを眺めて首をひねっている間にカウントダウンが終わっているのが最高だったんだけど、エミリエが撃破された事で同じ時間が経過してしまったのなら、そこから先は何も変わらない」

「……、」

「さて問題。ロンドンの魔術的基盤完全崩壊まであとどれくらいあるでしょう？　一二〇秒？　六〇秒？　三〇秒？　あはは‼　『秒』って単位にビビってる⁉　でも、この段にきてそんな事考えているようじゃ圧倒的に遅い。遅過ぎる‼　あなた達が見ている私は、周回遅れで同じ直線を共有しているに過ぎないわ‼」

さらに言ってしまえば、イギリス清教の御膝元であるロンドンで、あらゆる霊装や神殿が崩壊し、『必要悪の教会』の力の大半を削り取られてしまえば、後は世界中で大混乱が巻き起こる。その圧倒的な波は全てを洗い流す。通常通りの調査活動なんてできるはずもない。情報の収集も管理もできなくなってしまえば、誰もアイリを追う事はできない。彼女は逃げ切れる。

「さあ!! 崩壊しろロンドン! 続く混乱でイギリスを弱体化させ、『私達』の解放へと繋げるために!!」

反撃の機会などなかった。

最初からそんなものを用意する人間などいるはずもなかった。

銀色の壁に包まれた中。

一番の黒幕が目の前にいるにも拘らず。

イギリス清教の魔術師達は、アイリ＝ヘクセンフォビアを止める事ができなかった。

そして。


聖ジョージの末路から魔術的意味を抽出した。

ロンドン内の霊装や神殿を片っ端から破壊する術式が、発動する。


音はなかった。

時間さえ止まった気がした。

耳が痛くなるほどの沈黙が、しばらく続いた。

やがて。

アイリが用意した結界のような術式が解けた。全ての面を覆い尽くしていた銀色の壁がかき消え、高級ホテルの一室へと風景が戻っていく。

しばらく。

それでも、イギリス清教の魔術師達は、動けなかった。

アイリは、笑っていた。

笑ったまま、固まっていた。

「……ちょっと、待って」

ぽつりと。

世界の支配者のようだったアイリ＝ヘクセンフォビアは呟いた。

ボロボロと。

何か、決定的なものが剝がれ落ちていくかのように。

「何で、何も起きていないの？　術式はきちんと発動したはずなのに、何でロンドンは無事のままなの⁉」

その時だった。

部屋の電話が、甲高い電子音を発した。

しかし相手に心当たりはない。彼女が言う『私達』という枠組みの連中は、皆、通信用の霊装を使って話すようにしていたはずだ。

誰もが固まっていた。

魔術師達でさえ、アイリの動きを止められなかった。

アイリは、ゆっくりとした動作で、受話器を掴む。

耳に当てる。

『どうなってる？　一体何がどうなっているんだ!?』

「状況を説明して。『私達』は全てを成功させたはずだった!!」

『私の国が崩壊した！　神殿も、聖堂も、個人が所有する霊装も全て、全てがだ！　魔術的基盤だけを丸ごとやられた。回復するまでに何年かかるか分からん。下手をすれば何十年も、だ!!』

「……？」

『ドライも、ドリーダも、ラクトも、リンシアも、クロッカも、皆が君と話したがっているようだ。一体何があった？　そもそも、君の国は大丈夫なのか!?』

「……ま、さか」

アイリの顔が、青く色を変えていく。

呆然とした調子で、呟く。

「……あの術式は、ロンドンを破壊するようには設定されていなかった？　地脈や龍脈で繋げられていた、私達ポンド圏の国々を破壊するように標的設定を入れ替えてから組み上げられていたって事!?」

6

「終わったね」

どこかで誰かが呟いた。

時刻は深夜二時を過ぎている。よほどの繁華街でもない限り、基本的に定時で店が閉まってしまうロンドンは暗闇に包まれている部分も多い。

「ポンド圏が機能不全に陥った事で、イギリスの国際的な影響力もガタ落ちした事だし」

聖ジョージの末路を利用した、ロンドン壊滅の術式はエミリエ＝フォーディアやアイリ＝ヘクセンフォビアが独自に組み上げたものではなかった。

闇の中で囁く『彼女達』が組み上げ、売却したものだったのだ。

「それじゃ、予定通りに、イギリス相手に最後の勝負を始めようか」

ここまでやって、まだ下拵え。

本番は、これから始まる。

第七話

1

ロンドン、バッキンガム宮殿。

豪奢なドレスを着た初老の女性がいた。英国女王エリザードは録音された通話内容を、うんざりした顔でもう一度聞き直す。通話自体は、つい五分前にあったものだ。

『やあやあやあ。もうここまで来たら逃げたり隠れたりする段階じゃないから、正々堂々と名乗りを上げようじゃないか』

コン、という音が響いた。

エリザードはテーブルの上に紙を広げ、クリアな声を聞きながら必要な事項をメモしていく。

性別、推定年齢、声域、背後の雑音、英語の中に混じるわずかなニュアンスの差異などなど。

『僕はシンシア＝エクスメント。王立天文学研究機構の代表者、とでも言えば流石に分かってもらえるかな？　ま、肥大したイギリスにはこの手の機関は腐るほどあるから、たった一人の女王陛下にとっては思い浮かべる事もできない程度のものかもしれないけどさ』

性格、口調の上下、何を誇張し何を卑下するのか。言葉遣いが必要以上に丁寧になったり乱暴になったりするタイミング。

『目的は一つ。女王陛下、あなたならもうそれが何であるかは分かっているはずだ。だから全力で食い止めると良い。僕達の刃は、すでにあなたの喉まで伸びている。チェックメイト。あと一回駒を動かせば、あなたを盤上から落とす事だってできる。それは手段であって目的ではないけれど、必要なら躊躇わない』

女性。

一〇代前半。

基本的にイギリス英語だが、所々にイントネーションのブレが認められる。

性格は、周囲には大胆だと思ってもらいたい慎重派。

過去に何かしらの挫折の経験あり。

破滅願望は見受けられず。事件以後の世界にも自分の居場所があると信じている。

『ここは古い国だ。イギリス病なんて屈辱的な用語の浸透を許してしまったほどに。もはや歴史と伝統はこの国にとって毒素でしかない。だから覆す。女王陛下、あなたは間違いなく僕達を悪と断じるだろうが、しかし一方でこうも思うはずだ。何かの歯車が変わっていれば、それを正義と呼べたかもしれないってね』

ヒロイック。

善悪二元論。

そこまで付け足して、エリザードはこの二つに二重線を引いて打ち消す。それから代わりに、こう書き直した。

確固たる個の欠落、あるいは未成熟。

大衆賛同願望。多数決により善悪の正当化は可能と信じている。

『それでは、女王陛下。夜明けまでには歴史が動く。そこにあなたがいるかどうかは保証できないが、僕達はステージを一つ上げる事にするよ。本来、あなたがやるべき事だったはずだ』

録音された通話内容はここまで。

すでに書き込んだ文字列に別のメモを付け足し、複数の線で繋げ、打ち消すように二重線を引いて、また別の文字列を足していく。

途中、脱線して猫とネズミの落書きを始めたところで、横から声がかかった。

王族の身の回りの世話と護衛を兼ねる、近衛侍女と呼ばれる特殊なメイドだ。

「……この程度なら、『騎士派』の方でも分析しているでしょう。陛下がこのような時間に手を動かすような事ではありません」

「そりゃまあ、確かに王室に送られる脅迫文なんぞいちいち相手にしていたらキリがない訳だが……」

今日に限っては、場合が場合だ。

まさしく王室御用達の職人の手で作られた高価なペンを手の中でくるくると回しながら、エリザードはこう質問した。

「シンシア＝エクスメント。王立天文学研究機構。名前に聞き覚えは？」

「ありません。関係部署に資料の請求をしているところです。ただ、例の機関は『清教派』の管轄だったと記憶しているのですが」

「あん？　イギリス清教の？」

てっきり南の島で馬鹿デカい反射望遠鏡でも構えているのだと思っていたエリザードだったが、どうも『星』というのは魔術絡みの意味で、という事らしかった。

「陛下。もう二時を回っております。このような雑事は『騎士派』か『清教派』にでも任せておいて、陛下はお休みくださいませ。お体に障ります」

「深夜二時か。だがポンド圏ならその限りじゃない。地球の裏側で昼の二時を迎えている国もあるだろう。そして炎天下で頭を抱えているはずだ。具体的な被害は分かっているか？」

「……いずれも、壊滅的、とだけ。詳しい被害報告の計上ができないほどに、霊装、神殿、聖堂など、魔術的基盤を構成する器物は徹底的に破壊されたと」

「笑い話にもならん」

ゴキゴキと首を鳴らし、マナーにうるさい近衛侍女に軽く睨まれるが、エリザードは気に留めない。それから、紅茶のカップのお仲間みたいな、純金と陶器でできた古い電話機を掴み取った。

「こんな時間に、どちらにお掛けになるおつもりですか？」

「大英博物館」

エリザードは電話番号、という概念を知らない。受話器を取ればまず交換手に繋がるため、電話とは目的の名前を告げれば繋げてもらえるもの、と認識していた。

交換手が外線との取り次ぎをしている間に、エリザードは近衛侍女にこう答えた。

「ポンド圏はやられてしまったが、嘆いてもいられん。大英博物館には世界中から歴史と価値のある器物が集められている。各国の失われた魔術的基盤を再興・修繕させるためにも、『見本』というのが必要だろう。大英博物館の品々はそうした意味で、良いバックアップとして機能するはずだ」

近衛侍女はゆっくりと息を吐いた。

たとえ情報権限や命令系統に制限があったとしても、メイドは様々な場所で色々な話を耳にする。今回の件についても、概ね事情は摑んでいた。ポンド圏の独立を掲げてロンドンを攻撃しようとした連中が、標的設定を誤って（あるいは騙されて）当のポンド圏を自分自身でズタズタにした。それが顚末だ。率直に言って、『そんな事は良いから陛下の健康を考えましょう』と進言しても何の問題もない状況だった。

だが、目の前の英国女王はそれを許さないだろう。

だからこそ、民衆はこの国に生まれて良かったと己を誇る事ができるのだろう。

「……それにしても、これはこれで大仕事だ。専門家を割り当てたら、今回の件を仕掛けた最大の敵を追う人員が減ってしまうのは避けられんぞ」

2

時間の経過と共に、五和の体を蝕んでいた『宝石の呪い』も薄らいできた。

エミリエ＝フォーディアと戦っていた間は腕を使って這う事しかできなかった彼女だが、こうしている今はもう普通に二本の足で立っている。多少頭がふらつくが、槍を使った高速戦闘もできるはずだ。

　しかし、その顔は浮かない。

　ポンド圏の顛末については、通信用の霊装を介して大まかな事情を聞かされていた。

「……知らない所で次々と……」

「世の中の事件なんて大抵そんなもんでしょ。私達にできるのは、解決の一瞬に付き合えるか否かってところよ」

　隣で言っているのは、対馬だ。

　先の刀剣の魔術師……エミリエ戦では甚大な被害を受けた彼女だが、『癒しの石』の効果は絶大だったようだ。四肢は完全に繋がり、傷痕のようなものもない。

　五和達天草式は、イギリス清教が送ってきた増援の車に詰め込まれて、ロンドンに向かっていた。とはいえ、今までと違って敵意むき出しな監視や拘束などはない。この辺りは、おそらくフリーディア＝ストライカーズが取り計らったのだろう。

　本来は、戦う理由などなかった。

　やはり彼女は、自分にとって不利な真実でも公正に取り扱う種類の猟犬だったのだ。

「それにしても、グレーな立ち位置にいる私達を拘束もしないで、首都ロンドンへ運んでいるっていう事は……」

「人員不足、かもしれんのよな」

　建宮が低い声で言う。

「聞いた話が本当なら、ポンド圏の魔術的基盤は壊滅状態だ。素手か、木の棒で使える魔術以外は何もできないって言っても過言じゃない。これを機にポンド圏の国々が野蛮な魔術結社に攻め込まれるかもしれないし、ポンド圏の機能不全によって弱体化を余儀なくされたイギリス清教だって対外リスクは増加してるのよ。……女王陛下としては、他の公務を無視してでも、迅速な再興を目指すだろう」

霊装や神殿の破壊が具体的にどのレベルかは知らないが、魔術的には『瓦礫の山』にされたも同じだ。この状況から、何の支援もなしに再興しようとすれば、何年かかるか分かったものではない。

しかし、女王エリザードは大英博物館と掛け合っていると聞く。

そこに保存されている『見本』を基に神殿や霊装の再興・修繕に努めれば、そのための時間は大幅に短縮できる。

ただし、

「そっちの作業一本に全ての力を注いでしまえば、他がおろそかになっちまうのよな。英国女王なんてそうそう簡単に手を出せる警備体制じゃない。……が、イレギュラーな今ならそうとも限らないのよ」

「実際に、あの女王陛下が暗殺されると？　対魔術師の総本山、その御膝元で？」

「さあな。だが、少なくともシンシア＝エクスメントとかいうヤツはポンド圏の壊滅も織り込み済みだったはずだ。短期間でリカバリできる英国女王や大英博物館を、そのまま野放しにしたがるとは思えんのよ」

何にしても人手がいる状況だ。

ポンド圏の魔術的基盤の回復、それに伴う人員変更と新しい警備体制の構築、そして何よりどこかに潜んでいるとされる真の黒幕の捜索。

五和達天草式は、一連の事件でひとまず白だと証明できた。

だが英国女王に物理的接近を可能とする『ポンド圏の修繕・再興』作業に付き合わせてもらえるはずもない。それは彼女の命を直接守る警護任務も同様だ。

黒幕の捜索を任される、というのが妥当な線だろう。

となると、重要であり、なおかつ英国女王から離れた所にある、外様の任務。

「……結局はこれまで通りよね」

「ま、まあ、いつ来るか分からない刺客をずっと待ち続ける警護任務よりは、こちらが追う側の猟犬の方が気は楽ではありますけど」

3

五和達天草式は、首都ロンドンまで戻ってきた。

「……ようやく、大手を振って道を歩けるのよな」

小型のトラックの中で建宮がそんな事を言う。

「俺達は、王立天文学研究機構、シンシア＝エクスメント、その辺のきな臭い言葉を調べてみる。五和達は現場の方を」

「ロンドン市内の公衆電話からバッキンガム宮殿にかけたんでしたよね」

路肩に一時停車したトラックの荷台から、五和と対馬は深夜の街へと降りた。彼女達は共に大きなバッグを肩に掛けている。言うまでもなく、分解した剣や槍を詰め込んだものだ。

「でも、これくらいイギリス清教だって調べているわよね？」

対馬は眉をひそめながら、

「いくら身動きの取れない女王陛下の警護に忙しいって言ったって、一人も人員を回せないほどじゃないでしょ。私達が任されている事って、連中がすでに確かめた事を後追いするだけじゃないのかしら」

「確認作業を任せているつもりなのかもしれませんね」

当然ながら、事件の調査は同じ情報を二回、三回と確かめる事で、情報の洩れや聞き間違いなどがないか、念には念を入れて進めていくのが基本となる。

ところが、今はイギリス清教も人員が足りない。無駄な作業はできるだけ省きたい、というのが本音なのだろう。だから、重要度の低い、しかし無視のできない仕事を天草式に押し付けてきた。

同時に、天草式だけが新情報を掴んだり、その情報を隠せるようなポジションには置こうとしない。

こうして見ると、フリーディアはともかくとして、イギリス清教の中には完全に天草式を信じていない者だっているのかもしれなかった。

「あれですね」

五和と対馬は、巨大な高級ホテルのすぐ脇にある、忘れ去られたような格好で設置された公衆電話へと近づいた。やはり、どこの国でも携帯電話は公衆電話を駆逐していく傾向があるらしい。

対馬は受話器を取り、そこにうっすらと粉末がこびりついているのを確認して、

「……やっぱり、すでに残留情報を読み取った跡があるわね。イギリス清教も馬鹿じゃない」

「対馬さん。カメラがあるのに気づいてます？」

五和は景色のあちこちを、順番に指差していく。

街頭のカメラ、高級ホテルの入口、そしてビルの壁に埋め込むように設置されたATM。こうして見渡すだけでも、複数の防犯カメラが見て取れた。数十万台のカメラ網が張り巡らされるロンドンでは、どこだって逃げ道はないのかもしれないが……。

「公衆電話を使うって、普通は電話の逆探知を防ぐ……つまり自分の正体や居場所を隠すために取るべき選択肢ですよね？」

対馬は吐き捨てるように、

「これじゃ何の意味もない」

「むしろ、自分からアピールするためにここを選んでいるみたいね」

もっとも、五和達は防犯カメラの記録を具体的に確認している訳ではない。覆面やフルフェイスのヘルメットなどを被っていれば、カメラの前に立っても顔は隠せる。

……だが、この深夜に、公衆電話で、顔を隠したまま話をしている人間なんてあまりにも怪し過ぎる。それでは安全策のつもりがかえって悪目立ちになってしまうだろう。

やはり、顔を見せる事も辞さない覚悟でバッキンガム宮殿に電話を掛けたと考えるべきだ。

「ただの挑発……？　それとも何か合理的な理由がある？」

「ポンド圏の連中がロンドンを攻撃しようとした時は、全てが露見した時にはもう手遅れ、というスケジュールが組まれていました。結果として、私達が追っているシンシア＝エクスメントが何かを仕掛けたせいで、ロンドンではなくポンド圏の方が甚大な被害を受ける羽目になったようですけど……」

「じゃあ、シンシアの方も、勝利宣言のつもりとか？」

「……そうでない事を祈りたいところですけど」

何にせよ、今の今まで影も形もなかったシンシアが、ここにきて自分から宣戦布告をするような電話を掛けてきたのだ。ただの迂闊な行動とは思えない。このタイミングである事に意味がある。

「これからどうしましょう？」

「イギリス清教の連中は、防犯カメラと残留情報を辿って、ここから離れたシンシアとかいう魔術師を順に追いかけている訳でしょ。私達もそっちに向かってみる？」

その時だった。

五和の携帯電話が着信音を鳴らす。……こんな分かりやすい個人情報と位置情報の塊を堂々と使える事に、何故か彼女は妙な感慨を覚えていた。

『建宮だ。早速、図書館の資料をひっくり返していくつかの情報を集めてみた。もっとも、これもイギリス清教がすでに辿った道のようで、何とも徒労感が拭えんが。答えが分かっているなら最初っからまとめて出せって言うんだ』

「まあまあ。調査の過程で必要な確認作業なんでしょうから」

『シンシア＝エクスメントは一三歳の少女だ。現在はイギリス国籍だが、本来の出生は良く分かっていない。移民ってヤツなのよな。いわゆる天才少女で、例の王立天文学研究機構をほぼワンマンで束ねているのよ。現住所はロンドンだが、一年の三分の二以上は世界各地に散らばる天文台を転々としているようだ』

「……その、王立天文学研究機構、というのは？」

『その名の通りさ』

建宮（たてみや）は一拍置いて、

『イギリス王室から委託されて、星や宇宙の法則について調べる研究施設。……当然ながら魔術サイドの組織だ。占星術だの召喚儀式だの、こっちの方面でも「星」ってのは重要な意味を持つからな。専門の組織ができたって何の不思議もないのよ』

「星や、宇宙……」

　魔術サイドと科学サイドでも、摩擦の多い分野だ。

　どちらが主導権を握るか、新しい術式や技術を生み出した際、それが『相手側の領分』を冒さないか否（いな）か。魔術と科学の間には不可侵の『協定』というものがあるが、新しい分野になるとそれが追い着かない場合もある。

　当然。

　穏便に解決させる手段がない以上、互いの利害問題を強引に解消するために、秘密裡（ひみつり）に暗闘が繰り返された可能性も否定できない。シンシア達の組織は魔術と科学の最前線に立ち、歴史には絶対に残せない戦闘を繰り返す事で、その牙を研いできた。それで今日まで生き残ってきた以上、極めて実戦的な組織と言って良い。

『今は主に世界中の星の流れを観測したり、世界各地の様々な伝承の中から、星や宇宙にまつわる文献を収集、分析、統合してイギリス清教の力になるように再編する作業なんぞを請け負っているらしいのよな。……そもそも、ポンド圏って枠組みができた本当の理由も、世界中にイギリスの天文台を設置するためのものだったみたいだしな』

表向きの世界での話で言えば、弾道ミサイル防衛のためにレーダー施設の網を張るようなものだろうか。

世界中の星の配置を常時観察していれば、どんな宗派のどんな儀式に最適な時間や場所の算出だってできる。そうした条件を利用して、邪な事を企てる輩の動きを事前に予測し、先回りして身動きを封じてしまう事だって可能となるのだ。

ただし……、

「……という事は、シンシア達は、自分自身の本拠地である世界中の天文台や、武力や財宝の象徴である霊装を丸ごと破壊したって訳ですか？」

『ちなみに今回の件の前に、特に重要な霊装なんかがよそへ持ち出された形跡はないのよな。そんな派手な動きがあったらイギリス清教側にも情報が洩れていただろうからな。つまり、正真正銘、ヤツらは自分の家に火を放って笑っている状態なのよ。何のつもりかは知らないが、相当に根は深そうだ』

勝ったとしても、帰る家がない。

日本にも背水の陣という言葉はあるが、何か違うように五和には感じられた。

シンシア達は、破壊しなくても良いものを破壊している。

そもそも、イギリスへ大ダメージを与えるだけなら、聖ジョージの末路を利用した術式に手を加える必要はなかったのだ。ポンド圏の人間に任せて、そのままロンドンの魔術的基盤を破壊してしまえば良かったのである。

明確にイギリスと敵対しておきながら、当のイギリスを攻撃しない。

ポンド圏に属していながら、躊躇なく自分達の本拠地を壊滅させる。

……何もかもがあべこべで、分かりやすい利害が見えてこない。ここまで大それた事をした以上、シンシアにも多くの賛同者がいるはずだ。時間、資金、人材、労力。あらゆるものが莫大につぎ込まれた。それに見合う何かを、シンシアは見据えているはずなのだ。

それは何だ？

それが見えない事には、シンシアの尻尾を掴む事はできない気がする。

『……それから、こいつはあくまで未確認だが』

「？」

『こんな時間に、バッキンガム宮殿には大使館経由できな臭い連絡がいくつも回っているらしい。内容までは分からんが、相手はローマ正教やロシア成教のようなのよな』

「……それって」

『通話内容自体は分からん以上は推測になるが、このタイミングとなると、「よその連中」も騒ぎに気づき始めたようだな。女王陛下もポンド圏の崩壊を大っぴらに話す訳はないが、受け答えから確信を持たれてしまったら、それだけで大問題なのよ』

「イギリスは、ポンド圏も含めて今のパワーバランスを維持しているんでしょうからね」

『一翼を失われた。それをチャンスと見る輩も出てくるかもしれん。こりゃ早い内にシンシアを捕まえて、ポンド圏の魔術的基盤も回復させないと、事はイギリス国内だけじゃ済まなくなるかもしれんのよな』

「具体的なリミットは？」

『分からんのよ。一応、外交的にはイギリスは学園都市とも多少は繋がりがあるようだからな。いくらチャンスが転がっていても、いきなり諸外国が大部隊を率いて攻め込んでくる、なんて事態にはならないだろうが……』

しかし王立天文学研究機構の連中は、星や宇宙の開発とその利害を巡って魔術と科学で暗闘してきたらしき事も推測できるのだ。イギリスと学園都市の繋がりも、全ての問題を穏便な言葉で解決できるほど強固なものではないだろう。

五和は携帯電話を切ると、ふわふわ金髪の対馬の方に向き直った。

「色々急かされましたが、やるべき事は変わりません」

「シンシア＝エクスメントを捕まえれば良いんでしょ」

4

件のシンシアがバッキンガム宮殿に、女王エリザードを名指しして電話をかけてきた事。何かしらの破壊行為を行う旨を言い放ってきた事などから、シンシアや王立天文学研究機構の狙いは、女王エリザードを害する事でイギリスへ深刻なダメージを与える事だとは推測できる。

「問題の、女王陛下側の動きってどうなっているんでしょうね？」

五和は対馬と一緒に、イギリス清教の追っ手が辿ったであろう道を歩きながら、そんな事を言う。

対馬は軽く息を吐いて、

「……正確な動きなんて外様の私達には伝わってこないでしょ」

「それはそうでしょうけど」

「ただ、本気でポンド圏の早期復活を考えているなら、大英博物館とポンド圏の各国を、地脈や龍脈で繋ごうとするでしょうね」

「？」

「ポンド圏の加盟国は世界中にあるんでしょ。一つ一つ回って壊れた霊装や神殿を修繕・再興なんてしていたら、どれだけ時間がかかるか分からない」

対馬は五和の隣を歩きながら、

「聖ジョージの末路を利用した術式で、世界中にあるポンド圏の霊装や神殿は片っ端から破壊された。でも、物が壊されたからって、『物があった』っていう残留情報自体はなくならない。私達がシンシアの足取りを辿っているのと同じように、残留情報を読み取る事で、直すべき霊装や神殿の図面を一気に描き出す事だってできるはずよ」

人や物に宿る記憶は、新しいものほど鮮明に読み取る事ができる。

そういう意味でも、迅速に行動するべきではあるだろう。

だが、それだけでは足りない。

「……大英博物館には、世界中から集めた骨董品がありますよね。当然、その中には魔術的に重要な価値を持つものも」

「ポンド圏から提供されたものだってあるでしょ。残留情報だけじゃあやふやで細部が分からなくても、大英博物館に残っている『見本』を基に情報を補完していけば、欠けたジグソーパズルを埋める事もできるかもしれないわね」

イギリスとポンド圏は、地脈や龍脈を使って魔術的に繋がった状態にあるらしい。

聖ジョージの末路を利用した術式でも、このラインを使ってポンド圏全域が標的に設定されてしまった。

今現在、世界中にあるポンド圏では生身の体一つでできる術式くらいしか使えない。

となると、残留情報を高精度で浮かび上がらせる術式も、大英博物館で保管されている『見本』の情報を統合してポンド圏に送りつける術式も、全て英国女王がイギリスで行い、それを地脈や龍脈を通してポンド圏全域へ一気に送りつける……という方式を取るのだろう。

「その地脈や龍脈、使い方によっては、相当物騒な仕組みですよね……。攻撃的な術式も、距離を無視してイギリスから一方的にポンド圏へ叩き込めるようになっているって訳ですし」

「だからポンド圏の首脳陣がキレてたんでしょ。それをシンシアがさらに利用した」

言い合いながら、五和と対馬はシンシアやイギリス清教の追っ手達が通った道を順になぞっていく。

徐々に彼らとの距離は狭まっていく。

再び、五和の携帯電話が鳴った。

歩きながら通話に応じると、建宮がこんな事を報告してきた。

『イギリス清教がシンシアを撃破したようだ』

5

実を言うと。

最初から、勝負が成立する余地など残っていなかった。

まず第一に、ここは対魔術師に特化したイギリス清教の御膝元、ロンドンである。監視の目は街の隅々まで光らせてあり、動員される兵力も圧倒的多数、なおかつ一人一人が高火力という馬鹿げた理想を体現してしまっている。第一線の魔術師であっても、真っ向勝負で障害物を蹴散らしながらロンドンを闊歩する事などできない。

そして第二に、シンシア＝エクスメントは王立天文学研究機構の、言ってしまえばポンド圏の魔術師だ。そして彼女は自ら世界中に散らばるポンド圏の霊装、神殿など魔術的基盤を片っ端から破壊した。計画実行の前に、特に重要な霊装などが移送された形跡もない。……つまり、シンシアはこの状況でほぼ丸腰に近い状態で挑んでいるのだ。

ただでさえ勝ち目の薄い敵に、準備もなく挑めばどうなるか。

答えは明白である。

「ぐぶっ⁉」

粘ついたものが詰まるような声を、駆けつけた五和達は耳にした。

薄汚れた一角だった。煉瓦造りの建物を、崩れた壁だけコンクリートで無理矢理補修したような、歴史も風格もない、ただ古いだけの一角。

小柄な少女が壁へと叩きつけられ、ずるずると地面へ落ちていく。

対するイギリス清教側は、ざっと五、六人。その全員がシンシアを取り囲んでいたが、彼らは何も地面にだけ立っている訳ではなかった。あるいは道路標識の上に、あるいはビルの壁へ垂直に張り付くように。平面的な三六〇度の円形のみならず、全周を囲む半円状の包囲網を作ってしまっている。

ここから逆転する事はできないだろう。

ここから逃亡する事もできないだろう。

「……気になるわよね」

「え、ええ」

イギリス清教が逃亡者を追っていく過程を、後から五和達が辿っていった。だから、こうしてシンシアが追い詰められる結末を眺める事ができた。

何もかもが予定調和で、理想論の通りの現象。

しかし、だからこそ、気になる。今まであああも五和達を翻弄し続けてきた最後の敵が、本当にこんな簡単な事さえ想定していなかったのだろうか？

「げ、ごふっ！　がはごふ‼」

少女は小さな手で自分の腹を押さえたまま、うずくまって咳き込んでいる。

誰がどう見ても決着。

にも拘らず、何かが腑に落ちない。落ち着かない。安心できない。得体のしれない焦りが、いつまでも五和の背筋から消えてくれない。

「……は、はあ！　ぜえはあ……っ‼　だっ、大丈夫大丈夫。あなた達の勝ちっていうのは何も間違った事じゃない。ご覧の通り。何のトリックも隠し球もない。僕はこうして、ボロボロにされている。間違いなく、ここで勝利を収めたのは君達イギリス清教だよ。オーケー？」

敗北は予定通りだった。

だとすれば、それも織り込み済みで何かを企てている可能性も考慮するべきか。

「(……彼女は影武者で、本物のシンシア＝エクスメントを自由に行動させるためにわざと敗北した、とか)」

「(……あるいは、一度わざと捕まって、イギリス清教の施設の中へ潜り込むのが狙いって線もあるんじゃない？)」

「ち、違う違う……」

からん、という軽い音が聞こえた。

シンシアが摑んでいた、木でできた杖のようなものだ。何かしらの霊装なのだろうが、それ自体に大した脅威は感じられない。土産物屋にでも並んでいそうな感じだった。……自ら、ポンド圏の中で蓄えていた強力な霊装や大規模な神殿を破壊してしまったのだから、装備が貧弱なのは当然である。

しかし、

「僕が考えているのはもっと単純な事なんだよ」

「……？」

「ポンド圏が破壊された事で、こうなる流れはできていたはずだったんだよ。何やら『上』がもたついているみたいで、こんな風にボコボコにされちゃったけどね。でも、どうにか遅れを取り戻したみたいだね。僕じゃなくて、『上』の遅れがさ」

（まさか……）

「彼女を拘束してください！　その杖を奪って‼　早く‼」

五和は叫んだが、すでに明確な『勝利』を得ているイギリス清教の魔術師達は、危機感を覚えられずにいる。五和は肩に掛けていたバッグの中に手を突っ込んだ。分解された槍を組み立てるのも億劫に、穂先だけをとにかく抜き取る。シンシアに向けて投げ放つ。


その時。

英国女王エリザードは公邸であるバッキンガム宮殿を離れ、同じロンドン市内にあるウェストミンスター寺院へと足を運んでいた。当然、不意の襲撃を避けるため、通常のスケジュールには記載していない。護衛についても少数精鋭を選択していた。

ウェストミンスター寺院は王室とも縁の深い大聖堂だ。王を決める剣、カーテナ＝セカンドを用いた戴冠式なども行われているし、王族の墓所と言えばまず思い浮かべるのはこの場所だ。

まさしく、王が始まり王が終わる、その全てに関わりを持つ宗教施設と言っても良い。

エリザードは聖堂の中を歩きながら、傍らにいる近衛侍女の一人に質問する。

「大英博物館の方は？」

「準備は終えております。いつでも」

大英博物館にある、ポンド圏にまつわる重要な霊装を分析する。

破壊されてしまった霊装や神殿などの残留情報を抽出し、図面を浮かび上がらせるような術式を構築する。

これら二つのデータを、イギリスからポンド圏全域へ、地脈や龍脈を通して一気に伝達させる。

残留情報の抽出だけでは不十分な『欠けたジグソーパズル』を、大英博物館にある『見本』のデータと照らし合わせる事で補い、完成図を作り出す。

「ポンド圏の首脳陣の意見は？」

「皆一様に支援を求めています。今ここで最後の命綱を切られたら困るのは明白ですからね」

……以前、五和が考えた通り、イギリスと世界中のポンド圏を繋ぐ地脈や龍脈を通して、一方的に魔術を送り込める、という『仕掛け』については不公平感が大きいのは事実だった。何しろ、その気になればイギリスはいつでも好きなポンド圏の加盟国に大規模な攻撃魔術を送り込める環境にあるのだから。

だからこそ、『それ』は英国王家の人間にしか取り扱えないよう、血のセーフティが取り付けられていた。

ウェストミンスター寺院という王家と深い関係にある場所へエリザードがやってきたのも、そういう訳である。

「ロシア成教、ローマ正教からこれ以上ゲスの勘繰りをされる前に、さっさと終わらせてしまおう。時間の経過と共に残留情報も劣化する。一定を超えてしまえば、大英博物館の『見本』を使っても欠けたピースを補いきれなくなってしまうからな」

間違いはなかったかもしれない。

誰もが最善を尽くしたのかもしれない。

だが結果は冷徹だ。

「……ッ⁉」

ガッキィン‼　という、甲高い音が炸裂した。

とっさに五和が投げ放ったはずの槍の穂先の部分が、シンシアに激突する直前で、見えない壁に弾かれるように吹き飛ばされた音だ。

「遅れを取り戻したのなら、もう大丈夫」

そんな力はないはずだった。

手にした杖にも、霊装としての大した性能はないはずだった。

だとすれば……、

「女王陛下は大英博物館にある『見本』を分析し、それをデータ化して、地脈や龍脈を通して世界中にあるポンド圏へ一斉配信しようとしていた」

逆転のためのヒントは、あるにはあった。

元々、イギリスと世界中のポンド圏は、地脈や龍脈で接続され、イギリスから全世界に魔術を流し込む事ができる環境を整えていった。

そう、整えてあった。

山や川の位置が運気を変える風水において、池を埋めたり山を切り崩したりする事で条件を切り替え、『力の流れ』に手を加えられるように。

それなら。

「だから、僕には、大それた霊装なんて必要なかった。たった一つの小さな霊装さえあれば、全てを手に入れられる環境にあった。女王陛下が地脈や龍脈を通して配ろうとしていたデータに、横槍を入れて読み取るための術式さえ用意できれば！　僕は大英博物館にある『見本』を全て手に入れた事になる!!」

ブゥン!!　と、古いブラウン管に電気が入るような音と共に、安物の杖が発光した。

そう思った時には、すでに杖は大振りなハンマーへと形を変えていた。樹木の生長を早送りしたような、どこか生物らしさのある変化だった。

ここにきてようやく危機感が追い着いたのだろう。シンシアを取り囲んでいたイギリス清教の魔術師達が、一斉に、あらゆる方向から彼女へと襲いかかる。

しかし、遅かった。

「大英博物館」

笑う余裕さえ、シンシアにはあった。

「大英博物館！　そこに収められている全てだ!!　たかが一介の魔術師が、両手で持てる程度の霊装だけで!!　魔術の火薬庫とまで呼ばれる世界最大の博物館に勝てるとでも思ったかあ!?」

ゴッ!!　という爆音が炸裂した。

ある魔術師はハンマーに叩かれ、体を半ばまでビルの壁へ埋めた。

ある魔術師は槍の先から放たれた雷に撃たれ、地面へと薙ぎ倒された。

ある魔術師は地面から伸びた大量の手に体を搦め捕られ、地の底へと引きずり込まれた。

攻撃のたびに杖は生物臭い動きで形を変え、様々な効果を発揮した。変幻自在。少しでも敵の情報を集めなくてはならないのに、それを眺めている五和は自分の目が眩むかと思った。

普通じゃない。

予想できる範囲を超えている。

女王エリザードさえ騙し、大英博物館に所蔵されていた貴重な霊装の情報を片っ端からダウンロードしたあの杖。あれ一本で、一体どれだけの霊装を再現し、どれだけの魔術を行使できるのか。数えるのも馬鹿馬鹿しく思えるほどの光景だった。

「さて」

どしゃり、という音が聞こえた。

イギリス清教側の魔術師が、最後の一人まで倒された音だった。

「……これで大英博物館は手に入った。全く同じ力が手に入った以上、あそこで所蔵されている骨董品の群れに、僕の攻撃が弾かれる事もなくなっただろう。次の一撃で、大英博物館は焼失する。『見本』のなくなったポンド圏は、永遠に修繕・再興はできなくなるって訳だね☆」

「……？」

残された五和は警戒しながらも、眉をひそめた。

「……大英博物館？」

思わず、口に出す。

「女王陛下ではなくて？　あなたの本命の標的は、大英博物館の方なんですか⁉」

「エリザードの暗殺？　そんな面倒臭い事、やったところで何にもならないじゃないか」

不可能でも、困難でもなく。

面倒臭いと、シンシアは言った。

（……やはりシンシアの目的が、具体的な利益が見えない。自分自身の本拠地であるポンド圏を破壊し、貴重な霊装や神殿を片っ端から破壊した事。イギリスに明確なケンカを売っておきながら、ロンドンや女王陛下といった『核』と呼べるものは決して攻撃しない。こんなちぐはぐな事に一体どんな意味が……っ⁉）

「さ・て。それじゃあ僕はこれから観光名所に向かわなくっちゃいけない訳だけど」

「……っ‼」

その杖は滑らかに蠢き、剣に形を変えていた。

とっさに五和は肩に掛けていたバッグの中へ手を突っ込んだが、そこで思い出した。すでに槍の穂先の部分はシンシアに向けて投げてしまっている。

あるのは柄の部分だけだ。

そして五和は単純な武術ではなく、物品の中から魔術的記号を抽出して術式を構築する事により、生身の体では受け止められないような攻撃でも防御する。穂先があるのとないのとでは、それが槍か棒かでは、全く意味が変わってくるのだ。

「特別、君達を生かして帰す理由はないんだよねぇ？」

ズガァ‼と。

落雷のような轟音と共に、五和の体が地面へと薙ぎ倒された。

視界が、明滅した。

記憶の連続性があやふやになる。痛みの感覚もない。何をされたのかを思い返す事さえできなかった。倒れ、転がり、深夜のロンドンの夜空を見上げる格好になった五和は、仰向けに倒れた自分の腹の辺りに、何か温かい感触がある事だけを掴んでいた。

そして。

しばらく経って、ようやく気づく。

「……、さん？」

五和は、茫然とした調子で呟く。

「対馬さん⁉」

覆い被さるように、ふわふわ金髪の対馬が倒れていたのだ。その手にはレイピアがあったが、刃は途中から折れていた。ほとんど自分自身の体を使って、シンシアの攻撃を受け止めたと言っても良い状況だった。

五和の槍は不完全な状態で、シンシアの攻撃には対処できなかった。

だから、レイピアを備え、魔術を自在に使える対馬が庇うような格好で、五和に向けられた攻撃を捌こうとしたのだろう。

それは失敗した。

失敗してなお、対馬は五和を守り抜いた。

五和は慌てて上半身を起こした。すでにシンシア＝エクスメントはどこにもいなかった。ぬるりとした感触が手に伝わった。対馬の意識はないようだった。体を揺さぶる事さえも危険に思えるような状態だ。

掌についた血も拭わず、携帯電話を掴み、五和は建宮と連絡を取る。

「建宮さん!! ランベスの商業区で負傷者! シンシアを追っていたメンバーは、私を除いて全滅です。ロンドンではどういう仕組みで魔術師を搬送するか知りませんが、とにかく急いで救護要員を連れてきてください! 早く!!」

『怒鳴り散らしても作業効率が上がる訳じゃないのよな。とにかく落ち着いて正確な場所と負傷者の数、傷の程度を説明しろ』

必要事項を順序立てて説明しても、そこから一瞬で救急車がやってくる訳ではない。

空いた時間を埋めるように、建宮はこんな事を言ってきた。

『ようやく先行していたイギリス清教の「答え合わせ」状態を追い抜いてな。図書館の資料をさんざん掘り返した結果、連中もまだ掴んでいない情報を手に入れたのよ。シンシア＝エクスメント関連だ』

「……何でしょう？」

『シンシア……というよりポンド圏に散らばる王立天文学研究機構全体は、「協定」の届きにくい星や宇宙の分野において、魔術と科学の間で暗闘していた。ここまでは説明していたのよな？』

建宮は流れるような調子で、

『……しかし実際のところ、宇宙開発の分野においては学園都市を中心とした科学サイドの方が突出していたようなのよな。小規模な都市に匹敵する居住区域を設けた巨大なステーション、各種宇宙兵器、ここ最近じゃエレベーターの噂もあるらしい。大規模な粒子加速器を使った「宇宙の成り立ち」を証明する研究でも、巨大な電波望遠鏡を使った「宇宙の端」に関する観測実験でも、科学サイドは様々な方面で魔術サイドを圧倒している』

「となると、シンシア達の目的はそうした状況を打破する事になるんでしょうか？」

言い分としては妥当だが、どうも現実の行動と合致しない気がする。

イギリスにケンカを売り、自らポンド圏を破壊したり大英博物館を襲ったりするのとどう繋がるというのだ？

『いいや』

と、建宮は五和の思考に割り込んだ。

否定の文言を足して。

『……シンシア達にとっちゃ、魔術も科学もどうでも良いようだ。とにかく、人類の宇宙研究さえ伸びてくれれば。そういう意味じゃ、シンシア達はすでに諦めている。このまま魔術サイドで研究を続けていても何も発展しないって。そして、それでも問題ないと考えているみたいなのよな』

「何を……」

言いかけて、五和は言葉を止めた。

まさか……。

「シンシア達は、魔術を捨てて科学の一員として宇宙を調べようとしているっていうんですか？　だから、だから自分達の本拠地にあるポンド圏の、貴重な霊装や神殿なんかを破壊した。それは、すでに停滞と束縛の象徴でしかなかったから⁉」

ただ、そんな事は許されない。

魔術と科学の間では、明確な『協定』があるのだ。互いは不可侵である事を前提に、両者は協力関係を築いている。いくら霊装や神殿を捨てたところで、シンシアはプロの魔術師だ。その頭の中には専門的な知識や技術が詰まっている。所属を鞍替えしたいと言って、簡単に通じるような状況ではない。

『ヤツが首都ロンドンや女王陛下を直接攻撃しないのはそのためだ。あまりにも決定的なダメージを与えてしまうと、イギリス側も引き際を設けられなくなっちまう。「これ以上落ちたくない」って思わせて降伏させるための心の余裕ってのを残すには、中心核を滅ぼしちゃあならんのよな』

「降伏？」

『ああ。イギリスっていう国家そのものを、科学サイドの総本山である学園都市に身売りさせる。させなくちゃならない環境を整える。……そうすれば、立場上イギリスに属しているシンシアだって、自動的に学園都市の、科学サイドの一員に鞍替えする事になるのよ。科学的なアプローチで宇宙を研究したい、っていう、王立天文学研究機構の願いに沿った形になるな』

ポンド圏の魔術的基盤が崩壊した事は、ローマ正教やロシア成教も薄々勘付いている。それが『確信』のレベルまで達すれば、彼らは様々な行動でイギリスから利権を毟り取るだろう。

修繕・再興に協力する代わりに、イギリスにとって不利な条件を結ばせたり。

ポンド圏の治安や連絡経路が混乱しているのを良い事に、現地で破壊活動を行ったり。

最初からイギリス本土を攻撃するような派手な動きはないかもしれない。だが、そういった散発的な攻撃の応酬が続けば、次第にエスカレートしていき一線を越える可能性も否定はできない。

……もしも英国女王がポンド圏の早期再興に失敗すれば、そういった魔術サイドの闘争を止めるために、科学サイドの学園都市により緊密な協力を打診するだろう。

建宮がたとえた通り。

身売り、などと評価されるレベルで。

『ウェストミンスター寺院の方も混乱しているみたいだ。この状況でシンシアが大英博物館を破壊しちまったら、本格的に「鞍替え」の道が開いちまう。それはイギリスって国から魔術っていう文化が絶滅するようなもんだ。対魔術師のスペシャリストが科学サイドの一員になったら、魔術と科学全体のバランスも大きく揺らぐ。情勢変化に引きずられて、世界のあっちこっちで魔術と科学の散発的な戦争が始まったって不思議じゃないのよな』

「ええ……」

五和は路上に寝かせたままの対馬の髪を、わずかにすくった。

それから、立ち上がる。

ここでこうしていても、できる事は何もない。五和は道路を横断すると、シンシアに弾かれた槍の穂先を拾い上げた。

分解していた槍を組み立て、その先端に刃を取りつける。

そして、言う。

「……何とかしてシンシアを止めないと。これはもう、イギリスだけの問題じゃない。魔術と科学の全体にまで揺さぶりをかけるようなわがままを、放ってはおけません」

第八話

1

杖の機能は単純だった。

持ち主の意思に応じて形を変える。古今東西、どこにでも似たような伝承はある。葉っぱを小判に変えたり、木くずを金貨に変えたり、人間の思っている事を言い当てたり、再会を望む故人を煙の中に眺めたり。

それが本人の意思によるものであれ、無意識的なものであれ、第三者が介入したものであれ。人が心の中にしまっておいたものを、何かしらの形で表に出すものは珍しくもない。

この場合。

特筆すべきは、その精度にあるだろう。

手で持って使用する霊装に限定しているが、杖は手に入れたデータに応じて樹木の生長を早送りするようにその構造を自由に組み替え、様々な機能を持った武具へと形を変えていく。ニュートラルな状態ではただの棒だったそれは、シンシア＝エクスメントが大英博物館の『見本』のデータを片っ端から入手した事によって、黄金をも凌駕する価値を獲得してしまった。

英国女王エリザードは、崩壊したポンド圏の全てを一気に回復させようとした。であれば、そのデータを横取りしたシンシアの手の中には、失われたポンド圏の魔術の全てが収納されていると言っても良い。

彼女が、ポンド圏だった。

加盟する国全ての文化を背負い、シンシアはたった一人で君臨していた。

「さ・て」

彼女は杖を肩で担いだまま、ゆっくりと呟く。

彼女はあらゆるポンド圏をまたがるように展開されている、王立天文学研究機構の代表だ。所属する全員の意見を束ね上げ、作戦立案の段階から協力を得てここまでやってきた。こうしている今、ひょっとしたら協力者の中には不平不満を口に出している者もいるかもしれない。まさか本気でやるとは思っていなかった、ここまで徹底的に壊せとは言っていない、などなど。表に出ない人間とは、得てして意見をコロコロ変えるものだ。まだ引き返せるかもしれない、などと都合の良い事を考える。

何でも良い、とシンシアは思う。

そうした浮動票は、状況が決定的に傾けば再びシンシアを賛同する側に回る。大多数は勝った者の味方をするというのなら、徹底した苛烈な攻撃で価値をもぎ取ってやれば良い。それで全員が彼女に賛同してくれる。

それは、ポンド圏や王立天文学研究機構に限った話ではない。

イギリスについても同じ事だ。

「……歴史は勝った者に味方する」

ゆったりと、嘯く。

「であればこそ、君達は哀れだね。そうとしか評価のしようがない」

すでに。

こうしている今。

大英博物館正面にある石畳の広場では、大勢の魔術師が倒れていた。皆、シンシア＝エクスメントが真っ向から叩きのめした連中だった。

これがイギリス清教の全力……とは思っていない。

一方的な戦闘の最中、やられる味方を捨て置いて離脱した影がいくつかあったのをシンシアは確認している。おそらく、大英博物館よりも……いやポンド圏の再興よりも重要な優先保護対象を守るよう、人員の再配置を命令されたのだろう。

現に、ここには英国女王も、王族を守る騎士団長なども顔を出していない。

ひょっとしたら女王は近衛侍女などに羽交い絞めされているかもしれないが、結局、これが大英博物館を守る陣営の内幕なのだった。

大英博物館を落とせるほどの脅威なら、もっとまずいものにも手を伸ばせるかもしれない。

その危惧が、使えるはずの人材を温存してしまう。

結果として、実際にシンシアの元へと派遣された魔術師達は……、

「中の下」

率直に、彼女はそう評した。

「数を集めて物量で押し流そうとしたようだけど、そもそも勘違いしていたようだね。物量なら、大英博物館を、ポンド圏の文化を取り込んだ僕の杖の方が大きい。自分の守る博物館からありったけの武器を持ち出して、ようやく五分五分になれるってレベルなのに……」

うっすらと、シンシアは笑う。

肩に担いだ杖を軽く揺らす。

「だから」

この場にいる全員は叩き伏せた。

にも拘らず、彼女は軽い調子で後ろを振り返って、こう言い放った。

「今さら駆けつけた所で、何もかも手遅れだと思うよ？」

ただ一人立つ影。

遅れてやってきた一人。

天草式十字凄教に所属する少女、五和は、その手の槍を構えてこう返した。

「……だからって、黙って諦めるとでも思っているんですか」

2

互いの距離は二〇メートル。

一面が統一された石畳の広場で、隠れたり盾にできるものは特にない。あちこちにある街灯程度なら、五和にしてもシンシアにしても、紙屑のように切り裂いて、その先にいる標的をまとめて攻撃できるだろう。

大英博物館の建物の中にまで入ってしまえば条件は変わるかもしれない。だが、シンシアの目的は館内で保管されている貴重な霊装の破壊だ。五和が建物内に飛び込み、シンシアを誘導してしまう事にメリットはない。

決着はここでつける。

そう思う、五和の耳に。


ゴッ!! と。

砲弾のような勢いで懐へと飛び込んでくる、シンシアの足音が炸裂した。


ものを考えている時間はない。

ほとんど流れるように、顔へ強い光を当てられたらとっさに手で目元を庇うような自然さで、五和は槍を動かしていた。

シンシアの杖は滑らかに蠢き、すでに一本の片刃の剣に変じていた。

鋼を鍛えたものではなく、木の刀身へ剃刀のように研いだ細かい動物の骨をいくつも取り付け、一片の隙間もない鋭利な刃を組み上げたような武具だった。

水平に、首を落とすように振るわれる骨の剣に、五和の槍は応じない。

一緒に切断される、と本能が悟っている。

五和が思いきり突いたのは、石畳の地面だった。長い竹の棒を水底で突いて船を進ませるのと同じく、五和は槍から得た反発力を使って真後ろへと跳ぶ。

風を裂く音が耳についた。

初撃を空振りしたはずのシンシアが、体重制御も無視してさらに駆けた。

跳び下がる五和の足が地面につくより先に。

圧倒的な速度で。

「……っ⁉」

今度こそ。

足が宙に浮いている以上、ここから真っ当な方法での緊急回避はできない。

(こちらが動けないのなら……)

宙にいる五和は、強く槍を握り直す。

いいや、分解して持ち運べるその槍の、アタッチメントの部分を掴む。

(あなたの目測を誤らせる‼)

槍の柄を、外す。

下端の石突きに近い部分を、バトンのような塊へと変える。それを、片手で放り投げる。威力は必要ない。顔の前へと投げ込まれた異物を前に、シンシアはほぼ反射的に動物の骨の剣を振るった。

わずかに。

一瞬ほど得られた余裕。

その間に、五和の足が石畳の地面へと着く。消極的な逃亡ではなく、五和は強く地面を踏み締める。そして正面にいるシンシアに向けて大きく槍を振るった。半円を描き、突くというより切り裂くような動き。シンシアには、目で見てから後ろへ下がるだけの余裕があった。その衣服の胸元へわずかに槍の穂先を引っ掛けるに留まる。

柄の一部分を分離していなければ。

万全の状態であれば、そのまま急所を引き裂く事もできた軌跡だった。

「!!」

「!?」

カツン、という音が聞こえた。

五和が囮として投げ、シンシアが骨の剣を使って弾いたバトンのようなパーツが硬い石畳の上へ落ちた音だった。

それを合図に。

二度目の激突が始まる。

(……追い着けない)

複雑にステップを踏み、限られた時間の中で可能な限りの魔術的記号を抽出しようとする五和だったが、やはりシンシアの方が早い。その杖は石でできた丸い盾となって五和の槍を弾き、棍棒となって五和の胴を叩き、息を詰まらせて後ろへ下がる彼女を狙うように虹色に色分けされた弓矢となった。

（同じ人の形をしているのに、人間を相手にしている気がしない！　変じているのは手の中にある霊装だけなのに、生物としての全体が常に揺らいでいるようにさえ見える!!）

後ろへ吹き飛ばされる勢いを殺さず、そのまま仰向けに倒れる形で、かろうじて雷のような矢を回避する五和。

頭の中には混乱があった。

単に、敵の強さに対して怯えているだけではない。

何かが噛み合わない。

（……おかしい。シンシアが自由にできるのは、あくまでも霊装だけのはず。いわゆる道具、部品、歯車。もちろん彼女の選択肢は槍一本の私と比べるべくもないはずだけど、でも、複雑に切り替える彼女にも彼女の欠点がなければおかしいのに……ッ!!）

霊装はあくまでも、魔術を補助する道具だ。

稀少な霊装の場合は取り扱う魔術師をないがしろにし、それ自体が『魔術の核』として振舞う事もある。だが、基本的に中心にあるべきは人。人間である魔術師が霊装を手に取り、必要な儀式のために魔力を通して術式を発動するもののはずである。

扱う霊装が変われば、その正しい使い方も変わるはずだ。

自転車と自動車では運転方法は違うし、ハサミと包丁は同じ切るための道具でも持ち方は全く変わってくる。

シンシア＝エクスメントが手の中で変幻自在に霊装を切り替えるとすれば、彼女はその力を引き出すために、それぞれ異なる呪文や仕草や方位や色彩や数価や星の並びや地脈の流れなどの魔術的記号を揃え、微調整を行わなければならない。

元が一本の杖だからって、たった一つの統一した儀式だけで全ての霊装を取り扱える訳もない。

しかし、

(シンシアが口の中で呪文を唱えている様子はない。紙人形や符などの模擬的な供物を捧げている様子もない。彼女はただ漠然と霊装を振り回しているだけ。それだけでは儀式として成立していないはずなのに、一体どうやって戦闘の中に魔術を織り込……っ⁉)

そこまで考えて、五和の思考が途切れた。

混乱が増す。

答えが見つからないからではない。答えは見つかったが、眠っていた場所があまりにも異質過ぎる。

「ま、さか……」

「気づいちゃった?」

小さく舌まで出して、シンシア=エクスメントはそう尋ねた。

手の中の武具を元の杖へと戻し、肩で担ぐ。

……彼女は確かに、変幻自在に切り替えられる霊装に応じて種々様々な術式を組み立てていた。それが分かりにくかったのは、一目でそうと分かる得体のしれない呪文や供物などを使っていなかったからだ。

しかし、魔術的記号など日々の生活のどこにだって転がっている。

例えば、一週間、という区切りの成り立ちにさえも神話はある。それとは別に、金曜日(フライデイ)は女神フリッグの日、水曜日(ウエンズデイ)は主神オーディンの日、とする全く異なる神話もある。

そういった、ありふれた中にある魔術的記号だけを専門的に抽出して術式を構築すれば、一見して術式の準備が進められている事には気づけない。

歩法、呼吸、表情、目線の動き。

戦闘の中で自然と発生するそうした『仕草』や『挙動』の中に魔術的記号を織り込み、呪文を唱える事もなく供物(くもつ)を捧(ささ)げる事もなく、各種の霊装(れいそう)に適した儀式を執行していたとしたら、今までの矛盾は解消される。

だが。

それは、つまり……。


「天草式十字凄教・外海分派。それが僕の本当の所属だよ」

3

昔、東洋の小さな島国では宗教や信仰の自由など保障されていなかった。『踏絵』に代表される様々な弾圧によって、十字架を象徴とするその宗教は徹底的に排斥され、それを信じる者はそれ自体を罪とされ、死罪に処された。敢(あ)えて詳しく説明はしないが、『蓑(みの)踊(おど)り』という単語が生まれた事が、その時代の苛烈さを示しているだろう。

「色々な抵抗があった」

シンシア＝エクスメントは軽い調子で言う。

「あくまでも九州に残り、弾圧に対して公然と立ち向かった者。それでは駆逐されると考え、日本各地に散らばり、潜伏する事で何としても文化を継承しようとした者。でも、『天草式』はそれだけに留まらなかった」

「……、」

「出島が近かった、というのもある。宗教・文化的共通項からオランダ人と接触する機会があった、というのもある。彼らの船に乗って、弾圧が続く日本から脱出を試みた『天草式』だっていたのさ」

「……それが、外海分派」

五和は、茫然とした調子で呟く。

金髪碧眼に、透き通るような白い肌。

そして、アルファベット以外に表記のしようがないその名前。

彼女のルーツが五和と同じと言われて、理屈ではなく五感で納得できるかと尋ねられれば、やはり違和感を拭えない。

「だが脱出した先がユートピアだったかと問われれば、答えは難しいところじゃなかったかな。万人は平等などと謳っておきながら、公然と様々な差別が行われてきたような文化圏にいきなり放り込まれた訳だからね」

出自不明の異邦人を快く迎え入れるほど、当時の社会は優しくなかった。

新しい社会には馴染めない。かと言って、元の古巣へ戻る訳にもいかない。

結局は、隠れ住むしかなかったのだ。

厳しい弾圧の中で、様々な宗教的意匠・魔術的記号を日々の生活の中へと完全に隠し通した、日本の天草式と同じように。

シンシア、あるいは彼女を支えてきた仲間達も。

王立天文学研究機構という枠組みを利用し、世界中のポンド圏にその拠点を作っていった経緯自体、欧州に逃げたものの居場所はなく、古巣の日本にも戻れなかった彼らが、さらなる新天地を求めた結果なのかもしれない。

「宇宙の発展なんぞどうでも良い。魔術と科学の所属の鞍替えなんて興味はない」

シンシアは、謳うように言う。

サラサラになびく金髪。そして冠するその名前。新たな文化に溶け込むために努力を重ねた結果、元の形を失うほどに異邦の地へ馴染み過ぎてしまった少女は、うっすらと笑う。

「……『僕達』の目的はただ一つ。どんな形でも良い、何百年経っても良い。『日本』と呼ばれる国へと帰る。悲願はそれしかない」

逃げ延びた欧州に居場所はなく、古巣の日本へ帰る訳にもいかなかった。

出自不明の異邦人にとってはユートピアとは言い難いその場所で、自分の価値を示して居場所を確保するために功績を残し続けた結果、今度は魔術サイドというしがらみの中に囚われてしまった。

様々な条件が重なり、元あった日本で弾圧がなくなった後もなお、帰る道は失われた。

だから。

何としても。

たとえポンド圏全域の魔術的基盤を崩壊させても、イギリスという国家の所属を魔術サイドから科学サイドへ鞍替えさせても、それによって二つの世界のパワーバランスに大きな混乱が生じ、あちこちで小規模の戦争が起こったとしても。

それでも、帰る。

「イギリス清教の『フリーパス』から始まった今回の一件、実は日本の天草式が関わるところまでは作戦にはなかった。あれは全くの偶然と言っても良いよ」

笑みに、影が差す。

明確に、幸福以外の情報が侵食していく。

「……だが面白い偶然だと思った。黒幕は天草式。表の意味でも、裏の意味でも！　イギリス清教は最初から答えを当てていたんだ!!　そしてあれだけ焦がれていた『日本』という国から嬉々として脱出してきた君達に、初めて本格的な興味を抱いた。……何もかもが逆。本当の真逆！　僕と君は、望む未来を叶えるために、互いが最も恋い焦がれるものを踏みにじって進むよう、何百年も前からセッティングされていたんだよッッッ!!!!!!」

日本から脱出した事に意味はあった。

そう結論付けるために、日本へ帰ろうとするシンシア達の願いを踏み台にして、イギリスという国家を守ろうとしている五和。

イギリスから脱出した事に意味はあった。

そう結論付けるために、イギリスへやってきた五和達の願いを踏み台にして、イギリスという国家に壊滅的なダメージを与えようとしたシンシア。

彼女達はまるで正反対で。

しかし、見る者に共食いを連想させるほどに、その対峙は近似を極めていた。

「……望郷の念に駆られて動いているのであれば、あなたはもっと早く気づくべきでした。あなたと同じように！　あらゆる地に住むあらゆる人々には‼　たった一つの故郷を破壊されたら哀しむような心がある事を‼」

「何とでも言え、対極である以上は理解も求めない。ハーフ？　クォーター？　僕まで代を重ねてしまえば、もはや遺伝子検査をしても東洋人的な特徴は出てこない。自らの名を漢字で書き記す事さえできず！　頭の中に思い浮かぶ母国語がアルファベットになってしまったような僕の苦悩など‼　へらへら笑って『日本』を捨てた君達には分かるまい‼」

五和はゆっくりとした動作で起き上がる。

シンシア＝エクスメントは杖の端で石畳の上に転がっていたものをすくい上げた。それは五和が囮のために放り投げた、槍の一部分だ。まるでそういうオモチャでもあるかのように、シンシアは器用に杖一本でバトンのようなパーツを五和の方へと放り投げる。

「付けろ。万全の状態で叩き伏せてこそ意味がある」

「……、」

受け取った五和はそれを槍の下端へとはめ込んだ。

硬い音と共に、彼女の槍は本来の長さを取り戻す。

……未だに、シンシアを撃破するために使えそうな『秘策』に心当たりはない。

敵は大英博物館を丸ごと呑み込んだような変幻自在の霊装に、天草式十字凄教に伝わる術式を組み合わせる事で圧倒的な戦力を顕現させる。彼女を真正面から害するには、それこそ圧倒的物量の兵力に、大英博物館クラスの霊装を行き渡らせて殲滅させるのが筋だ。土台の時点で、すでに一対一で戦って良い相手ではないのは明らかである。

だが。

(……ここで私が倒れれば、シンシアは宣言通りに大英博物館の所蔵物を徹底的に破壊してしまう。ポンド圏の回復は致命的に遅れ、ローマ、ロシア勢力からの圧力に耐えかねたイギリスは科学サイドの学園都市に『身売り』と呼ばれるレベルで協力を仰いでしまう。それだけは避ける！　シンシアが思い描く、それでいて目の行き届いていないシビアな悪夢を実現させる訳にはいかない!!)

パキパキパキパキ!!　と、乾いた音と共にシンシアの霊装が樹木の生長を早送りするように形を変える。

木の刀身に、剃刀のように研いだ動物の骨を取りつけ、一片の隙間もない鋭い刃とする片刃の剣。

あるいは、素材を無視すれば日本の刀のようにも見えた。

それは、容姿も言葉も名前もゆっくりと少しずつ変化させていった、シンシア＝エクスメントが思い描く自分自身の記号性なのかもしれなかった。

「……行きます」

「合図は？」

言葉を受けて、五和は間近にあった街灯を槍の一振りで切断した。

重たい金属が倒れる轟音と共に、両者は最短距離で激突した。

4

その瞬間。

シンシア＝エクスメントには負ける要因は一つも見当たらなかった。

個人が携行している装備の差は圧倒的だった。大英博物館にはシンシアの方が先に到着していた以上、五和が罠を仕掛けている可能性もない。何より、五和は同じ天草式の出身だ。搦め手を仕掛けようとした所で、そのサインはシンシアだって読み取れる。

単純な力のぶつかり合いになれば、どうしたってシンシアが勝つだろう。

これは魔術師としての技量の差、などという話ではない。それ以前の問題。今回の、たった一度の勝負のために、どれだけの準備を重ねてきたのかという話。何年もかけて下拵えを続けてきたシンシアと、たまたま事件に遭遇してアドリブだけでここまで喰らいついてきた五和とでは、舞台に上がるまでの地金の部分が違い過ぎる。

どんなに負け知らずの格闘家だって、試合の日取りを伝えられず、ある日突然リングに放り込まれたら、本来通りの力は発揮できない。

その日その時のためにギリギリまで肉体の調整を続けてきた選手に敵うはずもない。

だから。

（……手に取るように分かるよ）

真正面から突撃しながら、シンシアはスローモーションのように的確に敵を捉えていた。槍を手にした五和が第一にどこを狙ってくるか、そして次善の策があるとすればどこへ槍の軌道が変化していくか。その全てのコースを捉えている。ババ抜きでカードを引く時のように、どれを選ぶか考えるだけの余裕さえあった。

（どうあっても、甘ったれの一撃など僕には届かない!!）

真正面から胸板に向けて、低い位置から突き出されたその槍を見ても、なおシンシアは薄く笑っていた。

遅れる形で骨の剣を振るう。

遅れたはずなのに、骨の剣は先んじて槍へ絡みつく。

五和の速度を完全に追い抜いた。

その象徴として、シンシアの一撃は五和の槍の穂先を奇麗に切断する。同じ天草式のシンシアには分かる。それは単なる武具ではない。『槍』である事で魔術的記号を取り出し、自身の術式の部品にしている。穂先を失って棒になってしまえば、もう得意の魔術は使えない。

シンシア＝エクスメントはそこで動きを止めたりしない。

返す刀。

続く攻撃で、五和の首を迷わず狙う。

予想通りと言えば予想通りの結末だった。

分解可能な槍の先端は斜めに切り取られたが、切っ先が尖っているからといって、これを竹やりのようには扱えないだろう。『槍』という魔術的記号は失われた。五和を魔術師として、ただの民間人では実現不能な現象を起こす核を破壊された以上、戦闘の続行は難しい。

だがシンシアは止まらないだろう。

槍の先端を落とした刃は勢いを殺さず、翻って五和の首を狙う。

万全の状態を作り、その上でねじ伏せる。

その宣言の通りに。

(……こちらとしても、もう止まれない!! ここから逆転の策を獲得する。何としても! シンシアを追い抜いてみせる!!)

シンシア=エクスメント自体が特別なのではない。彼女は『神の子』でも『聖人』でもない。手にした杖の霊装に、大英博物館に所蔵された数々の霊装のデータが封入された事で、莫大な力を得ているだけ。

であれば。

その力の秘密を解き明かしてしまえば。

(逆転の策は、常に敵の中にこそある!! 魔術は才能のない者が才能のある者へ追い着くための技術でしかない。先天的な才能が直接関わるいくつかの術式でない限り、後追いであっても必ずチャンスはあるはず!!)

しかし時間は残酷だ。

現実問題として、五和の手には穂先を失った棒しかなく、代わりのものに持ち替えるだけの余裕はない。

さらにシンシアの骨の剣は、剃刀のような鋭さで、正確に五和の首を狙って襲いかかる。


そして。

決着の瞬間、シンシア＝エクスメントはわずかに眉を動かした。

(何だ……？　挙動が……)

標的である五和の動きに変化があったのだ。未練がましく手にしたままの槍の残骸……いや棒切れでシンシアの剣を受け止めようとするのでもない。必死に首を振って、刃から逃げようとするのでもない。

大きく、一歩。

シンシアの方へと、自ら踏み込んできたのだ。

「……っ？」

意味のある行為とは思えなかった。

何がどうあってもシンシアの剣は五和の首を飛ばす。まずはそれに対処しない限り、五和の側からシンシアへ攻撃を加える事はできないのだ。現状の五和がここからどう動いても、シンシアは確実に首を落とす自信があった。しかも、仮に五和が防御ではなく攻撃に転じたとして、一体何ができるというのだ？　手にあるのは槍とも呼べない棒。主要な魔術的記号を失った五和は攻撃的な魔術を発動する事はできないし、あの棒で殴られた程度で大したダメージになるとも思えない。

しかし。

しかし。

しかし。

ガッギィィィィ‼‼‼　と。

次の瞬間、確実に首を切り落とすはずのシンシアの刃が、五和の一撃に受け止められた。

5

「な、ん……？」

五和の目の前で、シンシアの動きが明確に止まった。

その目が、大きく見開かれる。

ギリギリと。五和とシンシアは拮抗している。鍔迫り合い。しかし、シンシア＝エクスメントが驚いているのは、おそらくそれではないだろう。

現象ではなく、原因。

そもそも軽く薙いだら切断されるような棒切れしか持っていなかった五和が、何をどう使ってシンシアの骨の剣を受け止めたのか。

答えは明白である。

『それ』自体は、目で見れば子供でも分かる。

「なん、で……？」

「そんなに、不思議に見えますか？」

「何で⁉　君が僕と全く同じ剣を持っているんだ⁉」

そう。

五和がシンシアの剣を受け止めるために使ったのは、木の刀身に剃刀のように研いだ動物の骨を取りつけ、一片の隙間もなくした鋭い骨の剣だった。シンシアが五和の首を落とすために用意したものと同じである。

ガッ‼　と、シンシアは鍔迫り合いをしたままの剣を強く前へ押し、その反動で後ろへ下がる。

一度剣を振るうだけの距離を確保した直後、二度、三度と勢い良く剣を振るう。しかしその動きに対応するように、五和もまた骨の剣をシンシアのそれに叩きつけていく。

「どうやって……どうやって、確保した⁉　そんな剣はどこにもなかったはずだ⁉」

「何を言っているのやら。あなただって、骨の剣それ自体を持っている訳ではないでしょう？　あなたは単に、一本の杖を一定の法則に従って変じさせているだけのはずです」

「……っ⁉」

言われてみれば、五和の手にあった槍の残骸はどこに行った？

あの棒は？

見方によっては、杖のように見えなくもないあの残骸は？

「ま、さか……」

シンシア＝エクスメントは滑らかに蠢く、骨の剣を石の斧へと変じた。石の斧を虹色の弓へと変じた。虹色の弓を三叉の槍へと変じた。

一秒のタイムラグもなく、流れるように連続攻撃を放つシンシアだが、五和は臆しない。むしろ、自分から距離を詰めるべく大きく踏み込んでいく。その手にあった武具が、シンシアに対応するように次々と変じていく。

「……何かしらの方法で、僕と同じように大英博物館のデータを取得した？　いいや違う。それだと説明がつかない。あの残骸は、あくまでも槍の残骸だ！　術者の思い通りに形を変じる、専門の可変機構を持った僕の霊装とは全く作りが違う。大英博物館のデータだけじゃ、僕と同じ攻撃手段を獲得する事はできないはずなんだ……っ‼」

「ええその通り。私が参考にしているのは、そもそも大英博物館そのものじゃありません」

ならどうやって、と思うだろう。

参考にするべき図面もなく、形を変える素材もない。

これでどうやって、全てを備えるシンシア＝エクスメントと同じ現象を起こせるのか。

丸い盾、木の棍棒、大きなハンマーと、示し合わせるように武具を変じながら、五和は至近距離でこう告げる。

「私が参考にしているのは、あなたの動きです」

「……っ‼」

「呼吸、歩法、杖の構え方、攻撃のタイミング。……あなたは様々な霊装を組み替えた後、私と同じように日々の生活の中に紛れた魔術的記号を使って具体的な術式を組んでいたはずですからね。『杖』の内部構造ではなく、全体として『敵』の行動そのものを分析する。あなたが肉体全体を使って構築する術式の方こそを自分のものにする。根底にどんな理論が絡んでいるかは説明しなくても分かりますよね？」

「類感……。杖と棒ではなく、僕と君を対応させた魔術か⁉」

かつて、フレイザーという学者は世の中の魔術を感染と類感の二つに分類した。

類感というのは、形状の似ている二つの物体は互いに影響を及ぼし合う、という考え方だ。人形を特定の手順で破壊する事により、憎い相手の肉体も同じように破壊する、といったものや、『神の子』が処刑された十字架を模したものを教会の屋根に立てる事で、同じような神性を獲得しようとする……といったものだ。

より実践的な魔術師の間では、『偶像崇拝の理論』などと呼ばれる理論である。

「もしも、あなたが『神の子』や『聖人』のように、生まれながらにして特別な何かを持っていたのなら、私はあなたに対応しようとしても追い着けなかったでしょう」

たたんっ、と攻撃的に踏み込みながら、五和は手の中の棒切れを滑らかに蠢かせ、別のものへと変じる。

木と骨でできた剣に。

「でも、たとえあなたが絶対的な戦力を有していたとしても、あなた自身が特別製な訳じゃない！　そもそも、魔術は才能のない者が才能のある者に追い着くための技術なんだから!!」

「だとしても!!」

ガッキィィ!!　と。

シンシア＝エクスメントは五和(いつわ)の骨の剣を受け止めながら、叫ぶ。

いつの間にか、彼女が受け止める側へと転じてしまっている。

「それでありとあらゆる人間に干渉できるとしたら、世の中の魔術師はこんなに苦労していない！　単に動きを真似(まね)ただけで僕の術式に追い着けるはずがない!!」

「ええ。本当に、ただの無手でそんな事ができるのは、霊的蹴たぐりで知られる、かのクロウリーくらいのものでしょうね」

五和(いつわ)はニヤリと笑う。

笑うほどの、余裕がある。

「ですが、私とあなたは同じ天草式。突き詰めれば、何をやっても同じ動きをしてしまう人間でしかありません。……妙な創意工夫をする必要なんてなかった。ただ全身全霊を込めて無心で剣を振るえば、私達は全く同じ領域に立てるようにできているんですからね!!」

同じ天草式だから。

どれだけ道(みち)を違(たが)えても、根は同じ所にあったから。

だからこそ、重なった。

……それは。

容姿も言葉も名前も、全てを緩やかに変じていった、シンシア＝エクスメントという魔術師にとって、どう聞こえたか。

日本人に見えない日本人。

そう、自らを卑下し続けてきた少女にとって。

「……僕は、帰る」

呻くように、シンシア＝エクスメントは言う。

その霊装を、五和と同じく骨の剣へと変じていく。

「何としても。何としても‼　優に一〇〇年以上。ユートピアを夢見て逃げ延びた祖先が現実に直面したその時から願い続けたその望みを‼　何としてもここで叶えてみせるんだ‼」

「現実は常に冷酷です」

五和はゆっくりと息を吐き、骨の剣を構え直す。

「……これで戦力的には五分。ここから先は技術力や物量で安易に勝負が決まる事はありません。積み重ねた技量、個人としての精神論が勝負を分ける。勝利を宣言したければ、まずは私を倒してからにしてもらいましょうか」

「お、おォォォおおお‼」

両者は真っ向から突撃した。

剣と剣がぶつかる派手な音が連続した。

一撃で勝負がつくほど簡単ではない。五和もシンシアも、共に天草式という枠組みの中で研磨を続けてきた一人の魔術師だ。その技術は命を預けるに足り、その知識は未来を切り開くに足る。

であれば。

彼女達の拮抗(きっこう)は、数十、数百の斬撃をもってなお決着がつかないのも道理。

それでいて。

分かりやすい技術も、分かりやすい物量も、分かりやすい装備も、もはや通用しない。

精神論にものを言わせて彼我(ひが)の戦力差を考えもせずに戦いに挑むのは、愚か者のする事だろう。

だが。

全てが拮抗(きっこう)した時。コップに表面張力ギリギリまで水を注ぐような拮抗(きっこう)が続いたその時に限り。

最後の最後で効果を発揮するのは。

やはり、精神論だ。

「僕は!! 僕達は!! ずっとずっとずっと縛られ続けてきたんだ! だからここで全てのしがらみを破壊する。元あった国へ、当たり前のように帰還してみせる!! たとえ何を踏み台にしてもだ!!」

「そんな方法で帰還を遂げても、あなた達に安息の日は来ない。そこにあるのは、何の変哲もないどこにでもある陸地と、それを獲得するために多くの血を流した事への罪悪感だけです!! 誰が何と言おうがっ! あなた達は道を間違えた!!」

救われぬ者に救いの手を。

とある『聖人』が胸に刻んだ魔法名が、五和の脳裏をよぎる。

きっと、こんな魔術師から理不尽に街を国を生活を平穏を奪われようとしている人々を守るのが、天草式の掲げる理想であるべきだろう。

そして。

きっと、こんな方法でしか自分を救えないと考えている魔術師を、最後まで見捨てない事が、五和達の掲げる目標であるべきなのだ。

だから。


「私達天草式は!!　たとえどこに居を移しても人々の笑顔を守るために戦い続けるべきだった！　それを忘れたあなた達がどんな言葉を並べたところで、正しいと呼べるはずもない!!」

鍔迫り合いに留まらず、五和は大きく振りかぶった額をシンシア＝エクスメントへと思いきり叩きつける。

よろめき、後ろへ下がるシンシアへと、さらに間髪入れずに五和は襲いかかる。

その骨の剣の鍔を使い。

まるでメリケンサックで殴りつけるように、最後の一撃を全身全霊でシンシアの鼻っ柱へと叩き込む。

6

脅威は取り除かれた。

倒れたシンシアは、イギリス清教の魔術師達の手によってどこかへと移送されていった。彼女は王立天文学研究機構の代表として行動していたが、具体的にどこの誰が協力していたかは分かっていない。シンシアの言う『天草式十字凄教・外海分派』がイギリス清教のどこまで潜り込んでいるかについては、詳しく話を聞く必要があるのだろう。

五和は、事後処理のため大英博物館の石畳の広場で待機していた。

すでに、夜は明けようとしていた。

「……ったく、酷い編入試験だったのよな」

建宮が話しかけてきた。

五和はそちらを振り返って、

「対馬さんは？」

「命に別状はないのよ。あいつだってプロだ。ヒロイックに身内を庇う時だって、自分の急所を気にする程度の冷静さは備えているさ」

彼女には頭が上がらない。

直接的に命を守ってもらった事もそうだし、対馬が五和に行動を繋げてくれなかったら、今回の件だって無事に終わったかどうかは分からないくらいだった。

「敵も味方も天草式……」

「ま、奇妙な運命だったのは否定しないが、それ以上の価値があるとは思えんのよな」

建宮は適当な調子でそう答えた。

「……そもそも、イギリス清教とか天草式とか言う前に、俺達は同じ十字教徒だ。街を歩けばどこかで同門と遭遇する事なんていくらでもある。そういう事を忘れてミニマムにものを考えたがるから、望郷の念なんぞに囚われちまうのよな」

そうなのかもしれない。

けれど、きっと、彼らやその先達は、そんな簡単な事さえ忘れてしまうほど、過酷な時代を生きてきたのだろう。

理由はどうあれ、犯した罪は裁かれなくてはならない。

シンシア＝エクスメント達は、一口に救うといっても一筋縄ではいかないだろう。

でも。

だからこそ。

（……そこにやり甲斐を感じられるような人間になれれば）

五和は静かに思う。

関わってしまった以上、決着をつけてしまった以上、五和には彼女達の『その後』にも気を配るべきなのだろう。たとえ、それが何年かかるものだとしても。

思考を切り替え、五和はこう尋ねた。

「ところで、今回の件ってどうなるんですか？」

「あん？」

「敵も味方の天草式。こんなの、事件を解決したところで宗派内の管理体制の不備を追及されるだけなのかも。ある意味において、私達だって連帯責任とみなされるかもしれません。イギリス清教への編入なんてできるんですか？」

「ああ、それについてなら」

そこまで言って、建宮は言葉を切った。

振り返る。

夜明け間近の空の下、誰かが車椅子を使って五和達の方へと近づいてきた。それはイギリス清教第零聖堂区『必要悪の教会』の魔術師だった。フリーディア＝ストライカーズ。事件を巡って何度も激突したものの、最後はイギリス清教と天草式の人質を平等に助けるために、その身を挺して敵の魔術師を撃破した人物だ。

体のあちこちに包帯が巻かれていたが、最後に見た時にあった、不気味な肌の黒ずみはすっかりなくなっていた。

彼女は口元で微かに笑うと、手にしたものを五和へ軽く放り投げた。

銀と赤でできたロザリオだった。

イギリス清教の象徴。以前、オルソラ＝アクィナスという修道女を、ここロンドンへ迎え入れる時にも同じものが用いられた。

これが、『必要悪の教会』の魔術師から手渡されたという事は……。

「ええ、あなたの命よりも大切なものです。決してなくさないように」

車椅子の魔術師。

フリーディア＝ストライカーズは、こう言った。

「我々イギリス清教は、今回の成果をもって天草式十字凄教の有用性を正当に評価します。以後、銀と赤の十字を胸に、共に善き働きをする事を期待しましょう」

長い長い特別編入試験が、ようやく終わる。

とりあえずシャワーを浴びて、ベッドに潜り込んで、一眠りを済ませた後には。お日様とロンドンの街が五和達を迎えてくれる。

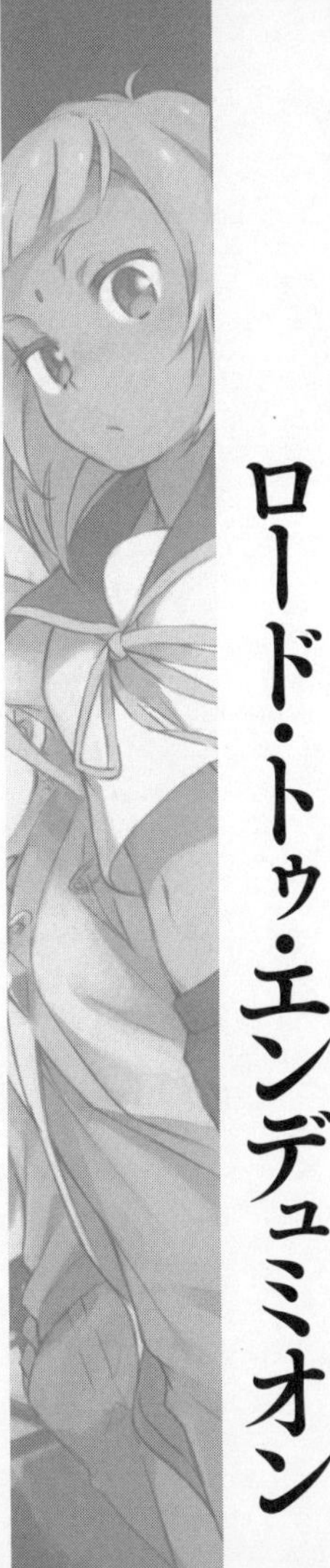

ロード・トゥ・エンデュミオン

第一章

1

東京の西部には、都の三分の一の面積を誇る巨大な街が存在する。

学園都市。

最先端の技術情報を結集した科学の都であり、その『科学』というキーワードが生み出す利害、優位性、そしてある種の信頼や信仰などを利用し、世界の広い範囲で強い影響力を及ぼす中心地である。

住人の八割は学生。

その関係で安全性や信頼性を前面に押し出した街作りをしているものの、水面下では徹底した情報の管理が行われている。テロリスト、産業スパイ、国家所属の工作員。そうしたものを寄せ付けない……という『名目』で、様々なシステムが街中に張り巡らされている。

そんな理路整然とした街の一角。

外部からの観光客を狙った『多層旅館』の一角に、西欧人の男はやってきていた。

「……ま、大抵の事には驚かないつもりでいたけど、これはなかなかにイカれているね」

外観だけ見れば、ただの四角いビルに見える。

しかし内装は、ワンフロアごとに平屋建ての高級旅館を、庭園ごと詰め込んだ奇怪な作りになっていた。和風建築のジオラマを重箱のように、縦に積んだものと考えれば良い。単なる土地不足の解消が目的か、あるいは学園都市の常識全般が技術と一緒にどこか遠くへ飛んでしまっているのか。

いずれにしても、外からやってきた男にはどうやっても馴染めない情景だった。

ここまで案内してきた中年の仲居が引っ込んだのを確認してから、男は小さなコンピュータを取り出す。特にセキュリティや逆探知の阻害などは気に留めず、部屋に備え付けの端子からネットワークに接続する。

ネット上のデータストレージにあったいくつかのファイルをダウンロードしていくと、その途中で音声チャットのサインが点灯した。

クリックして回線を繋ぐと、静かな女性の声が聞こえてくる。

『届きましたか？』

「今やっている」

男はわずかに顔をしかめながら、

「……ダウンロード用のパスワードを設定する時は大文字と小文字の区別も伝えてくれ。気づかないでエラーを頻発していたらロックされていたところだったよ」

『私がこういうものが得意でないのは分かっていたはずでは？』

「何事にも限度がある」

言っても無駄だと思ったが、口が動いてしまう。

しかし予想通り、相手は意に介さなかった。

『あなたの指示に従いましたが、この方法で学園都市が検知しないとは思えません。インターネットは便利なものですが、その領分は完全に「彼ら」に支配されている』

「当然、産業スパイ対策という名目で、あらゆるデータは学園都市に監視されている。平凡な文面に危険な暗号を盛り込んだとしても、連中の機材ならすぐに解析演算を終えてしまうだろう」

男はダウンロードを終えたファイルを開きながら言う。

「しかし一方で、それらは『彼ら』の領分の範囲だけ。魔術サイドに関する情報には当然疎い。そもそも、これだけ徹底的に最適化を施された街だ。下手に隠そうとしても絶対に見つかる。そうしたコソコソとした動きこそが、発見を早める。ならいっそ堂々としている事だ」

そこにあるのはいくつかの図面だった。

陣、と呼んでも差し支えない。

学園都市製の印刷機器があれば、魔術的記号を潰さずに、高速、大量の量産化作業を行える事だろう。

『その陣の使用は、「彼ら」との事前協議の中に含まれてはいませんが』

「連中の手ぬるいやり方で目的を達せられるとは思えない」

西欧人の男は地図のサイトを呼び出し、写真撮影用のスタジオをいくつかピックアップする。

デジカメの普及でどこも苦境に立たされているらしいが、男の使う陣を精密に生産するためには、彼らの持つ現像・印刷用の技術と機材が欲しい。

当然、陣についての情報は秘匿事項でもあるので、印刷技術者は一時的に操り人形になってもらう必要もあるのだが。

「学園都市の中で何かをしようとすればいずれは見つかる。それなら、露見した時にはもう遅い、という構図を作るしかない。無傷で勝とうとするから何も得られないまま終わるのさ。最初から損害を考慮して動けば、最適化された学園都市の中でも一定の自由度を獲得できる」

『念のために確認します。目的を達成しても、あなたは生還できない可能性もある訳ですが』

「それを織り込み済みと言っている」

『……』

「そしてなんだかんだで黙認されているのも事実だ。学園都市ではなく、こちらの『上』にね。我々は魔術と科学のバランスの崩壊を望んでいない。上っ面(うわつら)の建前より、その問題の方が重要だと誰もが気づいている。だから口で言うほどひどい事態にはならないと推測しているよ。それでも無傷で済むほど甘いとは思っていないがね」

必要な陣の情報を全て取得した西欧人の男は、コンピュータをネットワークから切断する。

向かう先は、写真撮影用のスタジオ。

相手は当然一般人で、軽度であれ『魔術』に関わらせる事は間違いない。いくつかのケアを施しても、彼あるいは彼女が今後『世界の深い所』に関わってしまうリスクはゼロにできない。

それを理解した上で、なお進む。

事態はそれだけ切迫しているという証明だ。

「……こんな汚れ仕事を押しつけやがって。大騒ぎしたツケは払ってもらうぞ」

2

最先端の科学の街、超能力開発機関などと呼ばれる学園都市だが、朝の登校風景はそれほど奇抜で特徴的ではない。

……はずなのだが、そんな通学路では、

『通信エラーです。現在、金星探査プロジェクトレースへのエントリーはできません。時間が経(た)つのを待って再アクセスしてください』

「……、」

上条当麻(かみじょうとうま)と呼ばれる少年が路上で固まっていた。

彼の右手には携帯電話が握られており、小さな画面には人気のSNSの企画ページが表示されたままになっていた。

「……何してんの？」

そんな彼に、後ろから声を掛ける少女が一人。

御坂美琴(みさかみこと)。名門常盤台中学(ときわだいちゅうがく)のエースであり、学園都市第三位の超能力者(レベル5)である。半袖の白いブラウスにベージュのサマーセーター、灰色のプリーツスカートという格好をした彼女は、登校中の学生達の邪魔にしかならない不審者が、自分の知り合いだと気づいて訝しげに声を掛けたのだった。

対して、世間の邪魔者上条当麻はわなわなと震えながら、

「……SNSの企画レースのエントリーページがアクセス集中で固まってやがる。ていうか次の締め切りは一〇分後なのに時間が経つのなんか待ってられるか!!」

「そういや金星探査コンテストと連動した企画があったわね。ムチャクチャな数の無人探査機を宇宙に飛ばしているのを良い事に、どこのチームが『新発見』の一番乗りをできるか予想するんだっけ？」

「『新発見』の探査機を的中できれば、当たった人だけでその命名権をもらえるかもしれない抽選に参加できるっていうのに!!」

「……いや、抽選に参加できるっていうだけで命名権を一〇〇%もらえる訳じゃないんでしょ？　あのSNS、学園都市の中で一五〇万人近くが参加していなかったっけ」

「小惑星に上条当麻星と名づけたいんです!!」

「金星の探査コンテストだっつってんだろ」

「私は夜空に浮かぶ星座になりたい!!」

「それだと死にたがっているみたいに聞こえるわよ」

と、そこまで言った美琴は、わずかに首を傾げて、

「でも、アンタそんなので遊んでいるのね。そういうのにあんまり興味がないと思っていたんだけど」

「この前ケータイのＯＳの自動アップデートがあったんだけど、その時から勝手に入っているんだよ。どっかの会社と会社で提携してんじゃないの？」

「ふ、ふむふむ。ちなみにフレンドってどんぐらい登録してる訳？　と、登録番号さえ教えてくれれば私がリンクしてやっても……」

「？」

ゴニョゴニョ言う美琴の声が良く聞こえず、眉をひそめる上条。

さらにこれまでの流れをぶった切るように、

「とうま!!　相変わらずお昼ご飯の準備がおろそかになっているんだよ!!」

純白のシスターさんの大声が横から思いっきり割り込んできた。

インデックス。

彼女は通学の時間帯であっちこっちを行き交う学生達の注目を存分に集めながら、それらを一切気に留めず、ずんずんと上条達の方へ近づいてきて、

「まったくとうまはいつもいつも！　食は生活の基本です!!　放ったらかしにされたら私は一体どうすれば良いのか!!」

「……自分でご飯を作れば良いのでは？」

「できる子はこれだから!!」

「できないまま放ったらかしにしていても良い訳じゃないと思う！　大体、昼飯なら冷蔵庫の

中に入れておいたろ‼　電子レンジすら使えないお前のために、温めなくても済む野菜と豚肉のてんこ盛りサラダを‼」

「そんなおやつはとっくにお腹の中なんだよ‼」

「何故そこで得意げに胸を張っている所から説明してもらおうか！」

美琴はしばし無表情になった。

そして、そのまんま首を傾げて彼女は言う。

「……あのー、つかぬ事をお尋ねするんだけど、何でアンタがこの子のご飯を作って面倒を見る事が当たり前の世界になっているの？」

「ふぐっ⁉　い、いやそれは……っ‼」

「そして何でまた意味もなくこんなにイライラすんのかものすごーく疑問なんだけど‼」

「俺は何でいきなりお前がビリビリし出したのかを尋ねたい‼」

3

『天ぷらにすれば何でも美味しい！　苦味が消える不思議な理由とは⁉』

『あのオクラもピーマンも！　チャーハンの中からみじん切りにしたピーマンを取り除いていたうちの子が、半分に切ったピーマンをそのまま食べてしまうなんて信じられません！　（三九歳、女性、主婦）』

『個人の感想であり全ての方に効果を保証するものではありません』

登校中の騒動も終わり、インデックスや美琴とも別れ、平穏な授業を消化して、その放課後。公園のベンチに座り、ここのところ流行っているSNS経由で届いた広告メールを携帯電話で読んでいた平凡な高校生、上条当麻は静かに息を吐いた。

「……我が家には必要のないバイブルみたいだな」

何しろ彼の同居人の好き嫌いのなさと言ったら、『お湯を入れたカップラーメンを三分待てずに硬いままバリボリと噛み砕き、そしてそのままご満悦』という塩梅である。質より量の上条家。むしろ必要なのは『いかに安く大量に食材を仕入れられるか、その特売情報』の方である。

しかし納得がいかない顔をしているのは、隣に座っている少女。

上条の横から携帯電話の画面を覗き込んでいるインデックスだ。

「むっ、駄目だよとうま！　衣食住は人間の生活の基本。常に向上心を忘れないようにしていただきたいものだね!!」

「ならば何故自分で料理を作るという方向に意識を持っていかないのか!?」

「ちなみにとうまは今日の晩ご飯はどうするつもりなの？」

「えー？　うどんの消費期限やばくなかったっけ？　適当にデコレーションして鍋焼き風に……」

「それは三日前に食べたし！」

「じゃあ夏っぽく冷やしうどんに」

「五日前のお昼ご飯がまさにそんな感じ！」

「ああもう!!　完全記憶能力が無駄に発揮されてやがる!!」

この少女、インデックスは一度覚えたものは絶対に忘れないという、特殊な才能を有している。それを利用して、世界中にある一〇万三〇〇〇冊もの魔道書を一字一句洩らさず記憶する、魔道書図書館としても機能している訳なのだが……。

上条は首をひねり、

「でもあらゆる情報を完璧に記憶できるんだったら、冷やしうどんを食べながら豪華すき焼きセット八〇〇〇円を思い浮かべれば幸せになれるんじゃね？」

「そ、そんな虚構の幸福を追い求めたってお腹はちっとも膨れないんだよ！」

「じゃあお腹がいっぱいになった時の事を思い浮かべれば……」

「それは妖精に騙された樵と一緒で、木くずや葉っぱを金貨の山だと思い込んで大喜びする哀しい人と同じ扱いになってしまうんじゃあ……？」

言いかけたインデックスの言葉が途中で断たれる。

原因は真っ白な閃光。

学園都市の一角から眩い光が放たれ、天空へと垂直に舞い上がっていくのが見えた。

ビルより高く、雲より高く。

「ひゃあ!?　さ、さっきから一体何なの!?」

「ロケットだろ。第二三学区から打ち上げているなんて思えない光だよなー」

あまりにも噴射光が眩いため、車の運転には気を付けるようにという通達が出されるぐらいだ。それが先ほどから、一〇分に一度ぐらいの頻度で放たれている。

飛行機雲のような噴射煙はいくつも束ねられ、まるで天まで届く塔のようにそびえていた。

「学園都市だけじゃなくって、世界中の発射場で打ち上げラッシュが続いているんだとさ。金星の探査コンテストをやってるんだって。四〇〇基ぐらいがエントリーしているって話だぜ。EUみたいな複数の国家の連合体プロジェクトから地元商店街の地域活性策まで、来るもの拒まずらしいぞ」

とはいえ、やはり技術の面では学園都市に敵うライバルはいないだろう。

何しろ、中と外では技術レベルが二〇～三〇年は違うと言われているのだから。

後は物量作戦に出た他の国々に、学園都市が技術だけでトップランクをキープできるか。そういったインテリジェンスじゃない戦いしか残っていない。

しかし、それにしても、

（……勝ったら勝ったで、一体何がもらえるんだ？）

新発見した金星の山とか小惑星とかに名前を決められるというのもそうだが、一番乗りという『記録に挑戦』以外に何かメリットがあるとは思えないのが、素人高校生上条当麻の感想だった。コンビニの名前とかつければＣＭ効果にでもなるんだろうか？

これは、地球の技術を一変させる未知の新物質の採取とか、岩陰に隠れている宇宙人と接触して世間話をするとか、あまりにも分かりやすい『目的』がないからかもしれない。

『生物の死骸が地中で分解されると石油になる。つまり石油が変化した物質が見つかれば、過去に生き物がいたって事にもなるよね』みたいな痕跡を探すのが超重要らしいのだが、その痕跡が見つかると何が得られるのだろうか？　お茶碗の中にご飯があった痕跡を見つけたって、ご飯が戻ってくる訳ではないのに。

（……『歴史的な発見』以外の、具体的な実益があれば分かりやすいんだけどなー）

でも、そんなのが見つかったら見つかったで宇宙開発は華々しいロマンから生々しい闘争へと変貌するかもしれない。

と、そんな風に思っている上条の横で、科学知識についてはサッパリなはずのインデックスが何やらわなわなと震えていた。

彼女が言うには、

「かっ、科学サイドはついに近代西洋魔術の根幹たる星々の一角を掌握しにかかったっていうの⁉　惑星の組成を変質させる事で魔術の基礎構造を破壊しにかかるだなんて……。でもこういった『時代』に対応する形で私達もきっと変貌していくんだね‼　黒船新時代の到来なんだよ‼」

「もしもし？」

上条は応答の確認をしてみたが、小刻みに振動するインデックスは受信感度がよろしくない模様だ。

勝手にわなわなさせておこう、と気を遣った上条は、さらに複数のロケットが飛んでいく大空に目をやりながら、ぼんやりとした調子で呟いた。

「……でもまー、四〇〇基ってマジか。スペースデブリとか超ヤバそうだな。金星から金星エネルギーが照射されているとしたら、そろそろデブリの山に弾かれたりするんじゃないか？」

4

結局、目下最大の問題は晩ご飯を何にするかなのだった！

「……その日のご飯の食材を、作る段になってからスーパーで調達しようっていう時点で、何もかも計画的じゃないよな」

「まったくとうまがだらしないのが全ての元凶だよね。この私の完全記憶能力があれば家計簿いらずっていうのにさ！」

「その完全記憶能力で照らし合わせてみろ！　どう考えたって元凶は買い溜めした食材をお前が勝手に食べ尽くしちゃう事だ!!　おかげでその日の分の食材しか置いておけないんだよ!!」

そんな訳で『体育会系のために!!』という名前の、えらく直球なスーパーマーケットへ突入する上条とインデックス。

ご近所で『飲み干す者』の異名を持つ白いシスターのご来店に、試食コーナーを管理するおばちゃん達が一斉に退避していくのが見え隠れしているのだが、当のインデックスの興味はそちらにないらしく、

「と、とうま！　もうすぐマグロの解体ショーが始まるってチラシが貼ってあるんだよ！」

「一〇〇パー無理だよ!!　手の出しようがねえ!!　まかない料理に使うトコだけでも財布が崩壊する。つーかどの辺が体育会系のためになんだ!?」

「でぃーえっちえーっ！　今夜はでぃーえっちえーなんだよ!!」

「それだけ欲しいならサプリメントで良いじゃん‼　ていうか何の事か分かってないよね⁉」

人の話を聞かずに店内を突っ走っていこうとするインデックスを、すんでのところで首根っこ掴んで食い止める上条。この少女をそのまま行かせた場合、『完全な密室の中からあの巨大なマグロはどうやって消えたのか⁉』というミステリーに挑戦しなくてはならなくなる可能性すら浮上する。

「インデックス。今求めているのは今夜に食べるご飯だ。今ここで食べるものを探す事じゃない」

「なるほど！　つまりマグロよりも美味しいものを探せって訳だね⁉」

一体何がどうなるほどなのかサッパリ分からなかったので、上条はインデックスの頭を撫でるふりしてアイアンクローを決めた。

そのまんま引きずる形で、本日のお買い得コーナーへと向かっていく。

「と、とうま、そこはかとなくデンジャラスな香りのする一角へ進んでいるような気がするんだよ⁉」

「残念だがそれがお買い得コーナーの背負う業だ。『保証』なんて言葉が欲しい者は有機ナンタラ店へ足を運ぶしかないのさ‼」

「で、でも『宇宙で育てた宇宙ニンジンです！　なんと驚きのカロテンが⁉』はちょっと不気味に思わないかな⁉」

「増えているのか減っているのか、そもそも俺達がイメージしているカロテンと本当に同じ組成なのかも分からないままとにかく驚けと言われるのは確かにデンジャラスだ。しかし見ろこの魅力的なお値段を！　流石に研究費用に補助がついているゲテモノ枠は一味違う!!」

「その『研究』っていう単語がすごく怖いんだよ！　あと自分でゲテモノって認めたねとうま!!」

「でも完璧にニンジンの形をしているものを食べて完全にニンジンの味がしたら、それは多分ニンジンと同じ物質なんだという結論が出ると思うぞ。つまり、まあ、あれだ。腹に入れちまえば同じって事で!!」

「ま、待ってとうま！　もしもそれでメロンみたいな味がしたら私はどうすれば良いの!?」

「ここに書いてあるじゃないか」

「？」

「なんと驚きのカロテンが」

「驚くだけじゃ済まない気がするんだよ!?」

でも単純にロケットに乗せて宇宙ステーションで作った野菜っていうだけなら、そんなに危険なものになる要素は少ないような気がする。

ガタガタ震えたまま買い物籠に目をやるインデックスを放っておいて、上条はさらなる食材へ目をやる。

そこにはこうあった。

「と、とうま。『三〇〇種類の害虫を一切寄せ付けない遺伝子改良式レタス三号。一号と二号の事は気にするな!!』は流石にまずいと思わない!?　私は学園都市の新技術に不安を隠せないんだよ！　だって虫も食べないってどういう事？　ねえどういう事なの!?　具体的に何で虫が逃げていくかすごく気になるんだよ‼　歴史の闇に消えていった一号と二号の存在が明らかにデンジャラスな結末を予感させるし‼」

「……、」

しかしやはり研究補助が働いているおかげか、魅力的なお値段ではある。

安心とお財布をバランス棒の両端にぶら下げ、ぴんと張ったロープの上を綱渡りする事こそ食材探しの旅の真髄。

それを踏まえた上でさて問題。ここはどう動くべきだ⁉

5

そしてスーパーの小地獄から解放された上条とインデックス。

「今夜は水炊きだな」

「しょ、食材は全て開示されているのに、闇鍋と同じスリルが背筋を撫でているんだよ……？」

食べ物絡みなのに珍しくゲッソリしている白いシスター。極めてレアな状況だが、実は上条の方はあんまり気にしていない。

と、そこへ、

「あれ？　アンタこんなトコで何やってんの？」

そんな風に声をかけてくる女子中学生がいる。

朝にも会った少女。

名門常盤台中学の制服を着た、学園都市でも七人しかいない超能力者。その第三位。

御坂美琴である。

「……二人一緒に歩いて、パンパンになったスーパーのレジ袋を両手で提げて……って、ホントにアンタ達こんなトコで何してんのよ⁉」

「見て分からんのか間抜け‼」

「見たままに判断して良いんだな⁉　朝の通学路でも一緒だったっぽいし‼」

「宇宙で育てたニンジンや何があっても害虫が絶対に寄り付かねえレタスが本当に安全なのかどうか議論しているところだ！　邪魔をするでない小娘‼」

「え、あ？　自由研究なの？？？」

やや混乱した美琴は馬鹿正直に自分の意見を発する。

「害虫を寄せ付けないって言ったたって、葉っぱから殺虫剤が噴き出ている訳じゃないわよ。虫の食欲を増減させるフェロモンと似た物質を放って誤誘導しているだけ。レタスが元々持っていた防御機能を強化しているだけよ」

「う、うーむ……」

インデックスは難しそうな顔をして唸るだけだ。

美琴はさらに続けて、

「そもそも、試験管を使わない食材の遺伝子操作なら、品種改良って形で普通にやっているじゃない。ブランド牛とか米とか。むしろ何にも掛け合わせていない食材の方が珍しいぐらいよ。

それを無視して遺伝子を組み替えるのは全て悪って考えるのは、もう科学的根拠の話じゃなくて哲学とか宗教の話になりそうだけどね」

「……た、短髪の方こそ、どこかしら科学っていう名前の思想や教義に呑まれているような気がしないでもないんだけど……？」

と、そこで美琴の携帯電話が鳴った。

「え、黒子？　……は？　ばっか、それって洒落になってないじゃない⁉」

すぐに電話を切ると、彼女は上条の方を見て、

「アンタ、もうそろそろ完全下校時刻になるんだからさっさと学生寮に帰りなさいよ‼」

「は？」

「いい？　さっさと帰って、絶対に部屋から出ない事！　分かったわね⁉」

言うだけ言うと、美琴はどこかへ走り去っていく。

何だったんだ？　と上条は首を傾げる。

「まあ、あいつがおかしいのはいつもの事か。おいインデックス、俺達も帰るぞ」

「んー……？」

インデックスは何かに気づいたように視線をどこかに振った。

上条もつられるようにそちらを見るが、特に気になるようなものは何もない。いつもの学園都市の風景が広がっているだけだ。

「どうしたインデックス」

「あれ……？　さっきもあれと同じのを見たような気がするんだよ」

「そりゃ風力発電のプロペラなんて街中どこでも立っているからな」

「そういう訳ではなく、うーむ。あれ？　おかしいな。確かに『ぷろぺらー』なんだけど、でも、あれ？　門外漢のはずなのに、なんか私の『知識』に引っかかる……？」

「インデックスの知識に？」

となると、科学ではなく魔術の方になる訳だが、当然、学園都市の電力を支えるプロペラにそんな知識や技術が使われているとは思えない。

「……さっき見た『ぷろぺらー』の方を調べてみれば何か分かるかな。と、とうま、ちょっと私は行ってくるから先に帰ってて！」

「え？　いやちょっと、インデックス！」

「ついでにその怪しすぎるご飯は一人で食べちゃっても、おおらかな私は怒らないんだよ!!」

「あっ、テメェ！　まさか途中でハンバーガーでも食べていくつもりか!?　お財布もないっていうのに!!」

両手に数キロもあるレジ袋を提げたまま彼女を追えるとは思えない。上条(かみじょう)は辺りを見回し、保冷機能のついたコインロッカーに荷物をぶち込む。無駄な出費と社会へのご迷惑を回避するため、改めてインデックスを追いかけようとするが……。

「？」

きらりと、何かが光った。

風力発電のプロペラを支える柱の根元だ。

「……これ」

近づいてみて、ようやく上条は気づいた。円柱の表面に、何か透明な薄い膜のようなものが貼り付けてある。雑誌程度のサイズの、四角いフィルターだ。遠目に見ただけでは分からないが、間近で凝視すると、うっすらとした色合いで奇怪な模様が記されている。

どんな法則性があるかは不明だが、そこにあるのは、図面や設計図など、『上条の目から見て分かりやすい』ものとは違う。

それでいて、詳細は分からないまでも、何かしらの意味があるのだろうと推測させる模様。

思想、宗教、教義。

そうした匂いを感じさせる何かだ。

(……ただ)

上条は怪訝な目で風力発電のプロペラを、そこに貼られた透明な膜を観察しながら、

(このフィルターだけじゃないような……？　他にも何かあるような気がするんだけど)

インデックスの『知識』が刺激されたのはこのフィルターだったのか。あるいは上条が漠然と感じ取っている『別の何か』なのか。

(とはいえ、どっちみちこのフィルターが魔術っぽいのは事実だし！)

上条はあくまでも、当面の小さな目標に思考の照準を合わせる。

その右手を伸ばす。

幻想殺し。

右手首から先のみに限定されるが、あらゆる魔術や超能力などの『異能の力』を破壊する効果を持つその力を。

人差し指が、透明な膜に触れた直後だった。

パン、という軽い音と共に、ビニールのようなフィルターは砕け散って、無数の細かい破片を撒(ま)き散(ち)らす。

何かが破壊された。

という事は、やはりあの透明な膜には『魔術』が使われていたようだ。

上条(かみじょう)がそう思った直後だった。


轟(ごう)‼　と。

上条(かみじょう)の周囲で、いきなり複数の火柱が噴き出した。


「……え？」

疑問の声を発する上条(かみじょう)だが、状況はいちいち彼の事情を酌(く)んだりはしない。噴き上がった炎は、彼を取り囲んだまま真上から一気に殺到していく。

（しま……っ、あのフィルターは、スイッチ……っ⁉）

外から眺めれば、巨大な口のように見えたかもしれない。

その口に咀嚼(そしゃく)されるように、少年の体が炎の中へ消えた。

ヘリポートなどの規約を無視して、道路上にいきなり一機のヘリコプターが着陸した。パイロット込みで、学園都市から貸与された『最低限の協力』の一つだ。中から出てきた赤い髪の神父は、状況を眺めてため息をつく。

ステイル＝マグヌス。

イギリス清教第零聖堂区『必要悪の教会』から派遣された魔術師である。

「……失敗したか」

彼が呟いた直後だった。

ゾア‼ という大音響と共に、炎の海は一瞬で吹き飛ばされる。中から出てきた上条当麻には、火傷の一つもない。

「何やってんだテメェ‼ 今のもお前がやった事か⁉」

「まあそう言われれば否定はしないが、本来の標的ではないね。そしてこちらの方こそ言いたい。何をやっているんだ君は、と」

ステイルは右手の指で挟んだ煙草を使い、上条がたった今触れた風力発電のプロペラを指し示す。

「そこの小細工についてどこまで掴んでいる？」

「お前が仕掛けた透明なフィルターの事か？ っていうかさあ……ッ‼」

「それだけじゃない」

遮るようにステイルは言う。

「僕は元々あった魔法陣の上に、新しくフィルターを利用した陣を重ねて設置したんだ」

「……元々、あった？」

「見えないか？」

怪訝な顔をする上条に、ステイルは適当な調子で続ける。

「まあインクを使って描いている訳じゃないからね。『敵』はおそらく強力な紫外線ライトを使ったんだろう。太陽の光でポスターが変色するのと同じさ。柱の塗料をわずかに脱色させて陣を描いている。当然、魔術と科学の間の『協定』に反した方法だね」

言われて、改めて上条は風力発電のプロペラを観察してみるも、やはりそれらしい異変は見られない。素人には分からない程度の変化でも、魔法陣は作れるものなのだろうか。

「そして、だ。何のために僕が透明な素材に特殊なインクを使った魔法陣なんて貼り付けたと思う？　言ってしまえば横槍、上書きさ。重ねて貼り付ける事で模様を崩す。そして模様が変われば陣の効果も変わる。設置者の想定から外れた効果に変更してしまえば、設置者は必ず僕が貼りつけたフィルターを取り外そうとする。そこに連動したトラップを仕掛けておけば、どこかに隠れている設置者を捕らえる事ができる……はずだったんだけどね」

「ちょっと、待て。じゃあお前以外にも、風力発電のプロペラに手を加えているヤツがいるっていうのか？」

「だったらどうした」

「しかもそいつを捕まえるためのトラップは空回りで発動した……」

「まあ、君の見事な活躍のおかげでね」

「って事は、トラップがある事をどこかにいる魔術師も気づいたんじゃあ……？」

「今さらそこに気づくかね」

呟いて、ステイルは適当に煙草を放り捨てた。

その軌道に沿って、勢い良く炎の剣が飛び出す。

「……とはいえ、想定していた懸念の一つを払拭しなかったのはこちらの落ち度だ。無知な素人に引っかき回されるリスクはあったはずなのに」

「ステイル……っ⁉」

「状況は割と切迫しているって訳だ。しかも君のアクションでランクが一つ上がった」

あくまでも軽い調子で、赤い髪の神父は言う。

その手に、確実に人を殺害する武具を手にしながら。

「不確定因子に付き合っている暇も悪趣味もない。とりあえず、だ。……死なない程度に潰れたまえ」

7

上条当麻の幻想殺しは、右手の先に限って、あらゆる魔術や超能力を打ち消す効果を持つ。

当然ながらそうした『異能の力』を持つ者の天敵として機能する訳だが、戦うのが初めてか、二度目以降かで危険度は大きく変わるだろう。

平たく言えば、特性さえ理解していれば戦術の組み立てようはある。

「拳の射程圏に入らない事」

ステイルは敢えて後ろへ一歩下がり、

「そして少しずつでも良いから、確実にダメージを重ねられる攻撃を繰り返す事」

その炎剣を振るい、爆発させ、衝撃波を撒き散らす。

当然ながら、爆発地点から近ければ近いほどダメージは増す。距離を取った状態で行っても破壊力は減衰され、有効な打撃を与える事は難しくなる。

しかし、それで構わない。

積み重ねれば、確実にダウンさせられるのだから。

「ちっ、最初っからプロペラの周りにはルーンのカードも大量に隠していた訳か！」

「そうでなければトラップとして機能しない。第一波で動きを止め、その間に迅速に現場へ到着。動きの鈍った相手にとどめを刺すつもりだったのさ」

という事は、おそらくルーンの配置方法などにも相当気を配っているはずだ、と上条は推測する。ステイルが今立っている場所も、これから移動しようとしているルートも、それぞれに意味がある。

ただ追いかけて距離を詰めようとしても、バリケードのようなものに足止めされる可能性がある訳だ。

「……あらかじめ整えられた舞台でもがいたって、こっちが不利になるだけか」

「ならどうする？」

「逃げる」

即答だった。

くるりと踵を返し、上条当麻は全力疾走する。

一見間抜けなようだが、対ステイル戦では悪くない選択だ。そもそも彼の魔術は、『ルーンのカードを大量に設置し、そのフィールドの中で最大の効果を発揮する』訳だから、相手が用意したフィールドの外へ出てしまえば、その時点でステイルは十分な力を発揮できなくなる。致命傷とまではいかないが、攻撃の起点を作るぐらいはできるだろう。

ただし、

「罠を張った僕自身が、それを想定しなかったとでも思うのか？」

轟‼　という炎が酸素を吸い込む音と共に、上条の行く手を阻むように火柱が噴き上がった。

慌てて足を止める彼の前で、それは巨大な人の形を作り出す。

『魔女狩りの王』。

ステイル＝マグヌスの保有する術式の中でも最大級の破壊力を持つものだ。ルーンのカードで指定されたフィールドの中でのみ、何度破壊されても即座に修復して襲いかかる、摂氏三〇〇〇度の炎の塊。

上条当麻の右手で破壊する事はできるが、破壊された端から押し返すように修復するほどだ。これで足止めをされれば、後は自由に動くステイルの攻撃を受けるままにされてしまう。

しかし、

「……この時点で大技を出すのは早すぎたんじゃねえか？」

「？」

「だって」

上条当麻はニヤリと笑って、

「こいつを俺とお前の間に置いておかないと、俺はあらゆる魔術をぶち壊して一直線にお前の元まで走れる事になっちまうんだが」

上条が恐れていたのは、ステイルには『常にこの大技を出せる可能性がある』という点だ。

しかし実際に出てしまえば、対策の取りようはある。

何故なら、

「『魔女狩りの王』を複数同時に出せるなんて話は聞かない。……まさかと思うが、知らない内に進歩していましたなんて事はないよな？」

「っ⁉」

ステイルが慌てて指示を出そうとしたが、もう遅い。

上条は一八〇度方向転換し、即座にステイル目がけて突っ走る。『魔女狩りの王』も上条の背中を追うが、ステイルとの間に割って入るほどの速度がない。途中にどんなトラップがあろうが、『魔女狩りの王』クラスでなければそのまま右手で打ち消せる。赤い髪の神父は牽制するように炎剣を次々と爆発させていくが、やはり遠方からの衝撃波だけでは、上条の足を完全に止めるには至らない。

そして。

炎剣の衝撃波を最大限に活かせる距離になってしまえば、もう上条の右手も届く。振るわれる炎剣に合わせる形で拳を放ち、相手の魔術を砕いて打ち消す事ができる。

つまり。

上条の足が、ステイルの懐へと強く踏み込む。

全身の体重移動によって強く握り締めた右拳へ絶大な力が加わり、振り抜かれた拳は長身のステイルの顎を目がけて勢い良く突き出される。

直後だった。

ステイルが予想したような、轟音と衝撃はやってこなかった。

「……何故止めた？」

「戦う理由ってあったっけ？」

上条は即答する。

間近で止めた拳をもう一度動かし、ステイルの顎をコツンと軽く叩いた。

8

ようやく騒ぎを聞きつけたのか、あるいは何かしらのトラップの妨害にでも遭っていたのか。遅れてインデックスがやってきた。

「人が『ぷろぺらー』の根元にあった魔法陣が何か調べようとしている隙に、またとうまは勝手に魔術師と戦って!!」

「そうだねえ。またこの男が勝手にやらかしたおかげで、僕のような『必要悪の教会』も大忙しだ」

「あなたもあなたただし！　プロの魔術師がとうまみたいな素人に全力を出して!!」

インデックスは噛みつくように言ったが、ステイルはさっさと背を向けて肩をすくめただけだった。

ただし、その顔にどんな表情が浮かんでいるかは、上条には分からない。

知ってほしくもないだろう。

上条は意図的に話題を変える。

「ステイル。お前が追っている魔術師ってのは何なんだ？　この街で何をしようとしている」

「トラップを壊した負い目でも感じているのか？」

「馬鹿野郎。そもそもここは俺達の住んでいる街だぞ」

チッ、という舌打ちが聞こえた。

作為的に気持ちを切り替えたのか、ステイルは再びこちらに振り返って言う。

「今回の敵はインド神話系の魔術結社だ。『天上より来たる神々の門』。五〇人規模の小さな組織だけど、それ故に各人の純粋な思想が集団っていう塊に攪拌される事もない。つまり妥協を誘うのが難しい、相当危険な相手って訳だ。……極端な運動や断食など、肉体の限界ギリギリの鍛練法が特徴的な連中だね。そしてこのカラーが学園都市との衝突の原因ともなる」

「？」

「学園都市を中心とした科学的なトレーニング法は、最適の数値で食事・運動・休憩などをこなすやり方だ。限界を超えた苦痛が限界を超えた肉体を与える、と考える魔術結社からすれば、学園都市は楽して力を手に入れる卑怯な連中に映るらしい」

「……で、そんな不満を持った人間が学園都市に忍び込んで、あっちこっちの風力発電プロペラに魔法陣を描き込んでいる、と。なんか嫌な予感しかしないぞ」

「連中がどれだけ入り込んでいるかは不明だが、使っているのはおそらく『アグニの祭火』だろうね。二年前、ニューデリーの大手スポーツジムを襲ったものと共通項がある」

ステイルは適当な調子で、とんでもない事を言う。

「火と雷を扱うアグニの性質を記号として利用したものだ。平たく言えば、ごく普通にあちこち飛び交っている電磁波の出力を変更させて大規模な火災を巻き起こす。……仮にこれだけの規模で『アグニの祭火』が発動すれば、学園都市は巨大な電子レンジになるだろうね」

第二章

1

魔術師ステイル＝マグヌスは言う。

「学園都市の中にインド神話系の魔術結社が入り込んできている。名前は『天上より来たる神々の門』。利害と思想の関係でこの街とは対立している連中だ」

上条当麻は自分の右手を緩く開閉しながら、

「風力発電の柱に仕掛けてあるのは……何だっけ？『アグニの祭火』？」

「各所に仕掛けてあるのは、『アグニの祭火』という術式を構築するためのパーツに過ぎない。無数の陣によって組まれたネットワークそのものを『アグニの祭火』とでも呼ぶべきか」

疑問の解けない上条に、ステイルは露骨にイラつきを表しながら、

「具体的効果については、そこらじゅうに飛び交っている電磁波の出力を一気に増幅させるものと思えば良い。術式が発動すれば、効果圏内は丸ごと巨大な電子レンジになるだろう。そのエリアというのがどこまで広がっているか、正確なところは掴めない」

ステイルは上条の顔を指差す。

躊躇なく、魔術師はこう切り込む。

「挙げ句に、連中の尻尾を掴むためのトラップは君の右手に破壊された。おそらく結社の連中も異変に気づいただろう」

「だったら、それこそ俺の右手で『アグニの祭火』の霊装をぶっ壊しちまえば……っ!!」

「どこまで広がっているか分からないと言っただろう」

　ステイルは適当な調子で、

「連中が今まで黙っていたのは、学園都市の全域を潰すための準備を進めていたからだ。が、中途半端な結果で良いなら『アグニの祭火』はいつでも使える。その中途半端ってヤツだって、設置状況によっては学区の一つ二つを丸焼きにできるかもしれない。魔術結社を留めているのは欲だ。今ならまだリカバリーできるかもしれない、という欲。ここで次々と『アグニの祭火』のシンボルが破壊されていったら、連中は『中途半端なままでも、何もしないよりはマシだ』と考えて舵を切ってしまうだろう」

「じゃあ、どうするんだ？　『アグニの祭火』っていうのがこうしている今も広まっているのが分かっていて、それを放っておくしかないって言うのか？」

「一番の有効打は君の手で失われた。しかしヒントがないという訳ではない。情報の確度はかなり下がるが、そちらに期待するしかないだろう」

　一度舌打ちしてから、ステイルは告げる。

「この際、なりふりは構っていられない。不本意だが、これ以降は君も有効なカードの一枚として取り扱わせてもらおう」

2

というような事があった次の日。

『金星探査コンテストによって、各国が次々とロケットを打ち上げている訳ですが』

『いえね、液体燃料のヒドラジンは大変な有毒性を持っていまして、学園都市でも燃料注入時や先端のコンテナ部の運搬時に不測の事態が起きないかあたしは心配でしてね』

『車を運転している皆様は、ロケット発射時の強烈な光などにもお気をつけて。サングラスなどの着用を推奨しており……』

　時の流れは平等なので、前日に何があろうが今日という日はやってきてしまう。寝ぼけ頭でいつまでもだらだらテレビを観(み)ている訳にはいかない訳で、朝ご飯を作らなくてはならないし、学校へ行かなくてはならない。

　しかし普段のタイムスケジュールを粛々とこなしているからと言って、心の中までいつも通りにはできない。

「えー、ESPとPKの違いについては皆さんもご存知だと思うのですがー、もうすぐ中間テストもありますので、この辺で、ごっちゃになって分かりにくい場所を説明したいと思いますー」

　身長一三五センチの女教師、月詠小萌(つくよみこもえ)が全力の背伸びで黒板にチョークを走らせているのも気にせず、上条(かみじょう)は自分の右手の掌(てのひら)に目をやる。

（……ステイルの話じゃ、連中は『努力目標』を無視すれば、いつでも『アグニの祭火』を使う事ができる状態にある）

「では念写について。未来や遠くの景色などを知る事のできる能力なので、予知と同じようにESPに分類されると思われがちですが、フィルムに影響を及ぼす力そのものは物理的な、外界の物体へ働きかける力なのです。ですからー、念写は厳密にはESPではなく、念動や発火と同じPKに分類されるのですよ！　引っ掛け問題で使われる事も多いので要チェックです！ESPとPKをまたぐような能力の場合、PKの方が分類上優先されるのですー!!」

（こうしている今だって、いきなり俺達の住んでいる学区が火の海になるかもしれない。みんなまとめて丸焼きになるかもしれない。風力発電のプロペラに仕掛けられた霊装を破壊する方法はあるのに、黙ってチャンスを窺うしかないだなんて……）

ステイルからは、どこで入手したのかも分からないプリペイド携帯を渡されていた。いわゆる連絡待ちだ。どうやら、番号交換が死ぬほど嫌だったらしい。

「また、最近ではデジカメの普及によってフィルム感光式のアナログカメラは減りました。ここで問題なのは、デジカメに未来を写す能力者は従来通りの念写能力と同じ扱いで良いのか、という点なのです！　先ほど先生が言ったように、念写のキモは『未来』ではなく『写す』事。となると撮影や表示の方式が全く異なる機材では……」

（でも、学園都市にいる魔術結社……何だっけ？　『天上より来たる神々の門』だったか。そいつらを見つけるってステイルは言ってたけど、そんなのどうやるんだ？　もしも見つからなかったら……）

「あ、あのうー、上条ちゃん。上条ちゃんってば！」

「うあう？」

「さっきから上の空って次元じゃないのですよ⁉　先生はっ、今っ、中間テストの最後の追い込みのためにですね……って、わーっ！　キンコンカンコン鳴っちゃったのですーっ⁉」

そして授業終了のチャイムと同時に、勢い良く教室の扉が開け放たれた。

パシーン！　という馬鹿デカい音と共に、白いシスターが大声で言い放つ。

「こもえ、こもえ‼　ちょっと『でんじはー』について教えてほしい事があるんだよ‼」

「何故に容赦なく学校まで来ているのですかシスターちゃん⁉　あああ、なし崩し的に授業延長はできない雰囲気になっちゃってるのですよー……っ‼」

インデックスが教室で魔術結社とかアグニの祭火とかややこしい事を口走ると困るので、上条も先生を連れてさっさと廊下に出る。

「上条ちゃん！　シスターちゃんの行動については上条ちゃんに監督責任があるんですからね！　あと何で先生は珍道中の一員にさせられているんですか⁉」

「そんなのは良いから『でんじはー』について教えてほしいんだよ！　何でテレビのビビビで電子レンジの中が爆発するのかとか‼」

「テレビはビビビとは鳴りませんし電子レンジは爆発しませんーっ！」

「そうか。魔術絡みだっていうのにどうも大人しいと思ったら、電磁波の出力を上げる魔術とか言われてピンと来ないんだなこいつ」

根っこの所で科学が絡むと魔道書の知識だけでは理解できなくなるのかもしれない。

「せっ、先生さっきから置いてきぼりなのですよ!?　あと言葉の端々に不穏な匂いが漂っているのは気のせいじゃないですよね!?」

とか何とか言いながらも、せがまれるままに電磁波や電子レンジについて説明を始める小萌は本当に面倒見が良い人だと上条は思う。

「つまりですね、電磁波というのは見えない波なんです。一定の振幅を持っているのでミクロな物体を安定的に振動させる事もできます。電子レンジは食べ物の中にある水分を高速振動させる事で熱を与える機械なのですね」

「みずのしんどうであったかくなる!?」

仰天のインデックスは廊下にある水飲み場の蛇口をひねり、ザバザバと流れる水に往復ビンタをかます。

そして顔を曇らせ、唇を尖らせると、

「……温かくならない」

「え、あの、シスターちゃん？　そういう事ではなくてですね」

「はあー、こもえがこんなに馬鹿とは思わなかった。これじゃせっかく相談したのに何の役にも立たないんだよ……」

「かっ、上条ちゃん!?　先生は何も間違っていませんよね！　この不当な評価を何とかしてほしいのですよ!!」

全力のヘルプを求められたが、多分この場における最適解は『ほのぼのした目で見守っておく』なので上条は強く割って入ったりはしない。

代わりにそっと付け加えておいた。

「つまり電子レンジのビビビはカミナリ系だ。感電はしないけど火傷する。街中の人達がそうなったら困るだろ。だから俺達で止めるんだ」

「なるほど!! 確かに雷が落ちたら火傷はするもんね! そっかー、それなら私の頭の中にある一〇万三〇〇〇冊にも色々記述があるんだよ!! やっぱりとうまは考えてるなあ」

「あれーっ!? 何だか間違ったまま誰も訂正しないで突っ走っている気がするのですよ! あと上条ちゃんがまたサラッと不穏な事を言った気がするのですが……っ!?」

追及されると面倒臭い事になるのは確実なので、上条は小萌を意識的に脇へ追いやりつつ、

「……それにしても、ステイルから連絡が来ないな。魔術自体は俺の右手があれば全部壊せるってのに、下手に動き回る事もできないなんて」

「ねえとうま」

「何だよ」

「そう言えば、そのステイルとかっていう人は本当に何でも律儀に連絡を入れてくれるような人なの?」


……、あれ?

しばし物理的に停止した上条当麻は、やがて渡されていたプリペイド携帯を右手でギリギリと握り締めた。

「あの野郎……っ!!　連絡待ち状態をずっと続けて俺を動けなくさせるのが狙いだったのか!?」

「とうまの右手と行動力が邪魔だって思いっきり言っていたんだよ」

「敵が何人いるか分からねえってのに一人で突っ走りやがって！　プロとか素人とか言ってる場合じゃねえだろ！　インデックス、手伝え。あの馬鹿野郎の居場所を捜さねえと!!」

「突っ走る突っ走らないはとうまに言われたくないと思うんだよ」

「えっ、あの、上条ちゃん？　上条ちゃーん!!　先ほどから言動が不穏すぎますし先生の目の前で堂々と学校を飛び出していくとか何考えてんですかーっ!?　ちょっとーっ!!」

3

こうしている今もステイル＝マグヌスは一人で魔術結社『天上より来たる神々の門』を追っている。

何人いるか予想もつかない敵の魔術師とたった一人で戦い続けているかもしれないし、その戦いが劣勢になれば、学園都市のあちこちに設置されている『アグニの祭火』が発動し、巨大な電子レンジと化した街の中でどれだけの人が倒れるか分かったものではない。

勢いで学校を飛び出した上条だったのだが、

「ええい、っつってもあの野郎はどこにいるんだ!?　インデックス、連中が集まりそうな場所とか、魔術の知識で調べられたりはできないか？」

「うーん……。それなら、やっぱり『アグニの祭火』を形作る陣を見てみるのが手っ取り早いと思うんだよ。あれを巡って両陣営が激突している訳だし」

「でも、その陣ってのは街中のプロペラに仕掛けられているんだろ？　どれか一つなんて特定できるもんなのか？」

「大量に設置していたって術者の数は限られるからね。中央と末端はどうしても出てくるはずだよ。そして『アグニの祭火』を使いたい側も、潰したい側も、中央を巡って戦うはずだね」

「ホストサーバーみたいなものか？」

「ほすと？」

インデックスは首を傾げる。

ともあれ、街中に設置してある仕掛けが、どこか中央の一点で操作されるのだとすれば、全ての『末端』には、『中央』とのラインが構築されているはずだ。『末端』を調べる事で、『中央』の場所が分かるかもしれない。

「でも、インターネットとは違うからな。どうやって『中央』は『末端』に命令を送るんだ？」

「……今、ちょっと問題の霊装を調べているけど」

インデックスは風力発電の柱の根元に目を凝らしている。

紫外線の脱色効果を使って魔法陣が描かれているらしく、上条の目には些細な違いなど分からないのだが、彼女は違うのだろうか。

「インド神話系だって話だったけど、根っこの所はシヴァ関係でまとめられているみたいだね」

「？」

「シヴァ神は宇宙のあらゆる流れを作る舞踏の神って呼ばれているの。その巨大な力ででっかい宇宙をかき回しているから、いろんな星が動いているんだって」

「……となると、『アグニの祭火』は宇宙関係の光だの力だのを使って信号のやり取りをしているのか？　それとも月や太陽？　重力や太陽風も考えるべきか。いきなりスケールが大きくなったな」

「ううん。大きい小さいに限らず、万物の流れを司る神様だからね。水とか煙とか、身近にあるもの全部に関わっていると思うんだよ」

「……身近にある、流れ……？」

上条は少し考え、それから視線を上げた。

そもそも魔術結社は、一体何に『アグニの祭火』の魔法陣を描いていたか。

風力発電。

プロペラ。

「風の流れを使っているのか!?」

「そうだね。ずらっと並んでいる『ぷろぺらー』はそれぞれ微妙に違った動きをしているんだよ。そしてシヴァ神は暴風を司るルドラ神との関連も大きい。多分この風の流れを起点に、『末端』と『中央』は情報のやり取りを行っているはず」

「インデックス、プロペラの動きから、『中央』の位置を探る事はできるか？」

「任せて」

4

インデックスの先導によって上条がやってきたのは、第七学区の商業地帯だった。とはいえ巨大なビルが立ち並ぶ、世界中の資金の集約地点……といったものではなく、小さな雑居ビルが所狭しと並んでいる、やや汚れた印象さえある場所だ。

「……『蜂の巣』か。隠れ家にはもってこいって感じだな」

「？」

「この辺、表向きは商用施設として貸し出されているんだけど、実際には審査は超ゆるゆるなんだ。家出少女が格安で借りてアパート代わりにしている事もあるし、危険な大型ペットの檻、盗聴器なんかを作る工作室、宗教法人として認められないような連中の根城にもなったりするって」

とにかく頻繁に人の出入りがあり、その一方で賃貸契約はホームページから行うだけ。管理している側も、誰がどのように使用しているかを正確に把握していないケースも多々あるという。

そもそも、中には賃貸契約も結ばず、勝手に空き部屋を使っている者もいるのだとか。

「で、インデックス。『アグニの祭火』の『中央』がどこにあるか、正確な場所は分かるか？」

「う、うん。あっちにある、黄色いビルなんだよ」

と、インデックスが指差した直後だった。

ゴッ‼　と。

目的地のビルの窓から、勢い良くオレンジ色の炎が噴き出した。

ある程度離れていたはずの上条の顔にまで、平手打ちのような衝撃が走った。周囲でガラスが割れるような音が連続する。

それでも、爆心地よりはずっとマシだったはずだ。

というか、そもそも一体何が起きたのだ。

「炎……？　ステイルのヤツが仕掛けたのか⁉」

言ってから、しかし直後に『アグニの祭火』も電子レンジのような効果を生み出すものだと思い出した。

どちらかが仕掛けた。

どうやらそれぐらいしか断言できる事はないようだ。

「ヤバいな。急ぐぞインデックス‼」

「う、うん‼」

数十メートルの距離を走る間にも、さらに同じビルで複数の爆発が起こる。危うくひっくり返るところだったが、何とかビルの根元まで辿り着く。

非常階段の方から、カンカンという金属板を踏むような音が連続した。

上条は慌ててそちらに回り込んでみるも、すでに誰の姿もない。

ただし、一瞬だけ、人影が角に消える寸前に、何か黒くて長い布のようなものが見えた。

（……ステイル？）

そういう風に見えはしたが、確証はない。

上条は人影の消えた角から、非常階段の方へ視線を戻し、

「ここから外へ逃げた……？」

誰が？　どこへ？

視線を表通りの方へ向けるが、その時、頭上からギチギチという音が聞こえてきた。上条はそちらを見上げ、それから慌てて転がるようにその場を離れる。

炎に包まれた看板が落ちてきた。

ガシャン!!　という重い音と共に、大量の火の粉が周囲に撒き散らされていく。

そして上条は改めて考える。

ヒントもないまま、誰かが逃げたらしき表通りへ出るべきか。

核心とまではいかないが、小さなヒントがありそうな建物の中へ入るべきか。

（……ビルの中には、誰がいるかは分からない）

一見すれば選択肢は二つあるようだが、

（っていう事は、逆に言えば、あの中にはまだ誰かが残っているかもしれない!?）

上条は即決した。

遅れてこちらへ走ってきたインデックスに、彼は言う。

「俺は中に入ってくる！　どれだけ火の手が回っているか分からない。インデックスは外にいろ!!」

「何言っているの！　魔術の知識がないとうまが一人で入ったって、何が重要なのか判断できる訳ないでしょ!!」

　結局二人して飛び込む羽目になった。

　外から見れば、窓からオレンジ色の火が出ている程度しか感じられなかった。しかし中に入ると景色が一変する。サウナのような肌に焼き付く熱気に、視界の半分以上を覆い隠していく黒い煙。炎は薄い内壁や天井を食い破り、すでに見取り図通りの順路を崩していた。

「げほっ、げほ!!」

「インデックス！　やっぱりお前だけでも戻れ!!」

「だから、とうまだけ行ったって何の意味もないんだってば!!」

「なら身を低くしろ。ハンカチで口を覆え。煙に巻かれるのを避けるんだ!!」

　上条達がいるのは敷地の狭いビルの中のはずなのに、まるで真っ暗な森の中を歩いているかのように、方向や距離の感覚が失われていく。自分が奥に向かっているのか、出口へ歩いているのか、それさえもあやふやになっていく。

　不幸中の幸いなのは、炎の中に取り残されている人達はいなかった事か。

　元から魔術結社以外は無人だったのか。あるいは、どちらかが仕掛ける前に『人払い』などを使ったのか。

「ルーンのカードがある」

ふと、インデックスが言った。

彼女が指差した壁には、熱で溶けかけた何かがへばりついていた。壁の向こう側は炎の海で、フライパンのように熱が伝わっているのかもしれない。迂闊に触らないようにしながら、上条は思った事を口に出す。

「……とすると、仕掛けたのはやっぱりステイルの方か？」

とりあえずの答えを出したが、それで状況が変わる訳ではない。

上条達は階段を使って上の階へ向かう。

煙もまた上へ昇る性質があるため、目的の階へ近づくにつれ、黒煙はさらに濃くなっていく。熱もすごい。明らかに、人間が長時間いて良い環境ではない。

「とうま、あの部屋だよ!!」

半開きになったドアを指差し、インデックスが叫ぶ。

まさしく爆心地。

炎の海を覚悟してドアを蹴り開けた上条だったが、中の様子は予想に反したものだった。

「火の手が……回ってない？」

壁も、床も、天井も、この部屋だけは奇麗なものだった。炎はもちろん、黒煙で汚れる事もない。熱に弱いビニール袋なども、元の形を保ったままである。

（……とりあえず、逃げ遅れたり炎に巻かれたりした人はいなかった訳か。でも、これは一体何なんだ……？）

眉をひそめながら中に入った上条だったが、その途端に『右手』が何かを破壊した。

大量の煙が、一気に室内を蹂躙していく。

「うわっ!?」

「とうま。多分、爆発自体はこの部屋であったんだ。でも、アグニ神は炎や雷を司るから、その性質を利用してよそへ爆炎を逃がしたんだと思う！　同じ階の他の部屋や窓に!!　呪いの回避か何かを応用しているんじゃないかな!!」

それを壊した。

だから炎と煙が入り込んできた。

「くそ、ここも長くはいられないな」

狭い部屋の中に、誰かが隠れている様子はない。

必要最低限の家具も揃っていないような場所だった。テーブルにパイプ椅子がいくつか。後は部屋の角に、洗濯機程度の大きさの四角い金庫が置いてあるぐらいか。

代わりに、壁にはびっしりと紙が貼りつけてあった。小さなものはメモ程度、大きなものはA2のポスターほどもある。学園都市の地図に赤い点がいくつもつけられているものや、何かしらの数列、中には遠近感や立体感のない象形文字のような絵画もある。

メモは漢字でもアルファベットでもなく、ふにゃふにゃした曲線的な文字で書き殴られていた。なので上条には読めない。インド辺りで使われている文字なのだろうか。

上条は隣にいるインデックスに助力を求める。

「学園都市の地図は、風力発電のプロペラ絡みか？」

「いくつか、インド神話の神様が描かれているものがあるね。……でも、これは……」

インデックスが手を伸ばそうとするのと、壁に貼られた紙切れが黒っぽく変色していくのは同時だった。

得体のしれないオカルトの力が発動したのではない。

壁の向こうから熱が伝わり、壁紙ごと大量の紙切れが炙られているのだ。

上条が何か思う前に、ボッ、と勢い良く発火した。

「まずい！　このままじゃ火の手が回っちまう!!」

「とうま、どうする？　私の完全記憶能力があれば、さっきの紙切れは後で復元できる。他に欲しいものがなければ早く脱出した方が良いと思うけど……っ!!」

「待て」

上条は少し考え、

「ここは『アグニの祭火』の『中央』なんだろ？　ぶっ壊せば魔術結社の連中はもう術式を発動できなくなる。それだけは確実に打ち消しておきたい！　どれがヤバいものか分かるか!?」

「向こうの壁！　小っちゃい『ぷろぺらー』があるでしょ。そこに『アグニの祭火』と同じシンボルがあるんだよ!!」

「なるほど、換気扇か！」

大量の黒煙によって、ほとんど機能しなくなっている換気扇に、上条は背伸びして右手を突っ込む。

何かを砕いたような感触があった。

「壊した！」

「とうま、じゃあ早く逃げよう！」

インデックスに急かされて上条は出口に向かおうとしたが、その足が止まる。

「とうま！」

「待った」

上条は部屋の中をもう一度見回す。

その隅にある、洗濯機ほどのサイズの四角い金庫。

中を覗き込んでいない以上、インデックスの完全記憶能力も、あの金庫の中身については『覚えて持ち帰る』事ができない。

『天上より来たる神々の門』の連中がどこへ逃げたのか、結局それは分からずじまい。

彼らを追うためには、少しでも情報が欲しい。

「駄目だよ、とうま！　そんな大きいの持ち運べるはずない！　欲を張ったら火と煙から逃げられなくなっちゃうよ!!」

「だったら持ち運ばなければ良い」

上条は金庫の縁を両手で摑んで、試しに少し押してみる。

とんでもなく重いが、耐震用の金具などで固定されている訳ではなさそうだ。上条は床に傷がつくのも気にせず、引きずるようにして金庫を少しずつ移動させていく。

ドアに向かってではない。

窓に向かってだ。

「……よし、下に人はいないな」

「とうま、どうするの!?」

「もちろん落とすに決まってる……っと!!」

床から窓のへりの高さは七〇センチ程度だが、その七〇センチが地獄の距離だった。一〇本の指が千切れるほどに重い。腰の骨が爆発しそうだった。そうこうしている間にも、大量の煙が室内に入り込んでくる。

それでも何とか金庫の下部を窓のへりに乗せると、そのまま力任せに押した。重量の束縛から逃れた金庫は、そのまま自由落下で一足先に地上を目指す。

派手な破壊音が炸裂(さくれつ)した。

上条(かみじょう)はインデックスのいるドアの方へと走る。

「行くぞインデックス!」

当然ながらエレベーターは使えない。まるで巨大な煙突のようになった階段を進み、階下を目指す。しかし視界を確保できないので、スピードを出せない。足を踏み外して捻挫(ねんざ)や骨折なんてしてしまえば、それこそこの状況では火の手から逃げられなくなる。

最悪の時間だった。

実際には一〇分もなかっただろうが、寿命は確実に年単位ですり減っているはずだ。

が、とりあえず、この場で死ぬ事だけは回避できた。

正面の出口から、二人して転がるようにビルの外へ飛び出す。

久しぶりに、まともな酸素を吸い込んだような気がした。

「げほっ、がはっ……ちくしょう、不幸にもほどがある……っ!!」

消防車のサイレンが、ようやく遠くから聞こえてきた。

「とうま、これからどうするの？」

「とりあえず、金庫だ」

「番号分かる？　あの部屋にあった数列、片っ端から書き出そうか？」

「いいや」

上条は金庫が落ちている場所まで近づいた。

扉にダイヤルとレバーのついた旧式のものだ。試しにダイヤルを回してみると、手応えは軽かった。あまりにも軽すぎる。内部の金具が破断しているようだった。

「……それなりに頑丈だったみたいだけど、ここまでの衝撃には耐えられなかったようだな」

思い切ってレバーを引く。

扉はそのまま開いてしまった。

「中身が残ってるよ、とうま！」

「いきなり襲撃されて、回収する暇もなかったんだろ」

中にあったいくつかの手帳や書類を抱えると、上条とインデックスの二人はようやく安堵の息を吐いた。

「他の隠れ家とか、逃走用の連絡手段とかが書いてあれば、そこから待ち伏せする事もできるかもしれないな」

『アグニの祭火』はもう使えないはずだが、それでも危険な魔術師が何人も入り込んでいる状態は継続されている。長い時間をかけてでも、その問題にケリをつけなくてはならない。

しかし、そこでインデックスがとんでもない事を言い出した。

「……見て、とうま。風力発電の『ぷろぺらー』」

「あん？」

「『ぷろぺらー』が一定の法則で回ってる……。あれ、『アグニの祭火』がまだ動いている証拠だよ!!」

「今、俺の手で換気扇にあった『中央』をぶっ壊したとこだろ!?」

「壊れた場合は予備に切り替わるのか、あるいは『末端』を『中央』に書き換える霊装が別にあるのか。ともかく、あれを壊しただけじゃ『アグニの祭火』は止まらないんだ!!」

「まずいぞ……」

上条はポツリと呟く。

それはすぐに大きな叫びに変わっていく。

「ステイルは魔術結社を物理的に追跡し、追い詰めている。俺が『アグニの祭火』の『中央』を砕いた事は、おそらく敵の魔術師も察知してる……。だとすると、もう連中にも余裕はないはずだ。今ある中途半端な『アグニの祭火』の布陣のままでも、とりあえず発動しようと考えちまうかもしれない!!」

そして、その中途半端な状態であっても、設置状況によっては学区の一つ二つを丸焼きにする可能性さえあるのだ。

悠長に構えている暇はない。

火事の当事者として、消防署の人達に事情を聞かれていたら、その間にどこかの学区が消滅するかもしれない。

「行くぞ、インデックス……」

まだ疲れの取れない体を無理に動かし、上条は言う。

「時間がない！　『天上より来たる神々の門』の連中をここで倒さないと、取り返しのつかない事が起きちまう!!」

「とうま、行くって具体的にどこへ!?」

「ええい」

上条は自分が抱えていた書類や手帳などを路上に広げる。金庫の中に入っていたものだ。魔術結社に関わる情報は書いてあるのだろうが、やはり使われている文字が漢字やアルファベットではない。上条では解読の取っ掛かりを見つけられない。

「インデックス、なんて書いてあるか分かるか!?」

「緊急時の対応、逃走ルートの選択、尾行の発見方法……。いくつかの記号がある。逃走中にさりげなく刻んでおいて、通信ができない状態でも意思の疎通を行うためのものみたいだけど」

「具体的には？　その記号の通りに追いかけていけば魔術師と合流できるのか!?」

「ううん、待って！　罠の有無なんかを伝える記号もあるから単純になぞるのは危険なんだよ！」

インデックスは高速で手帳の文字列に目を通しながら、

「尾行への対応は三段階。……最接近された場合は人混みへ飛び込み、騒ぎを起こして人の壁を任意の方向へ押し流す……？」

どこか遠くで爆発音が炸裂した。

上条とインデックスは顔を見合わせ、そちらに向けて走り出す。

5

爆発の音源地へ急いで向かいながら、上条はインデックスに尋ねる。

「どっちだ⁉　魔術結社のヤツがやってるのか⁉」

「イギリス清教の方かもしれない」

インデックスは慎重な様子で、

「『人払い』が近接用しか機能してない……。外からは爆発が分かるけど、近づこうとしても辿り着けない状態だね。おそらく負担を小さくして、移動しながらの使用を考慮しているんだと思う！」

しかし、インデックスの知識や上条の右手があれば、『人払い』の制約を無視できる公算が高い。

とにかく音源地に向かうしかない。

爆発を起こしたステイルがどの方向へ移動しているかは不明だが、急いで合流するのが先決だ。

そう思い、アスファルトの道路を走る上条とインデックス。

だが、三〇〇メートルも進まない内に異変があった。

最初に聞こえたのは音だ。

チリッという、乾いた、何かが弾けるような音。

直後の出来事だった。

「わっ!?」

「危ねぇ!!」

頭上、三階ぐらいの高さの空間に、いきなり巨大な炎が広がった。ビリビリという肌を震わせるような痛みが走るが、気にしていられない。ダメージがあるのは上条達だけではなかった。道路沿いにあるビルの窓が砕ける。破片が雨のように降り注ごうとする。

立ち止まるのは逆効果だ。

足がすくみそうになっているインデックスの腕を引っ張り、上条は強引に駆け抜ける。ついさっきまで自分達がいた場所へ、大量の炎とガラスが覆い被さっていく。

「なん、だ。爆発？　どこから狙われた!?」

安全圏まで飛び込んでから、上条はようやく後ろを振り返る。

原因を悠長に調べている暇はなかった。

チリッ、というあの音が再び聞こえたのだ。

「くそっ!!」

今度は横合いの路地からだった。何もないはずの場所からいきなり炎が噴き上がり、ゴミバケツと清掃ロボットがまとめてバラバラに吹き飛ばされる。

威力は大きいが、先ほどと違って上条達を直接巻き込む効果はない。

「……照準はそんなに正確じゃないのか？」

そして気になるものもあった。

爆発の直前だ。

「とうま、なんか青白いビリビリが見えたんだよ！」

「同じ炎でも、ステイル側とは手順が違う……？　電磁波を増幅するっていう魔術結社の方か⁉」

「また来た。とうま、あの火花みたいな音！　『アグニの祭火』だよ‼」

「ちくしょう、とにかく走れ‼」

短い間隔で、立て続けに炎が炸裂する。照準自体は甘いようだが、何しろどこからどうやって飛んできているのか分からない代物だ。何かを盾にして防ぐのが難しそうだとすると、とにかくあの『チリッ』という音が聞こえた場所から全力で遠ざかる以外に対処法がない。

「とうま、最初の一発目から、爆発地点が私達に近づいてきている。狙いが少しずつ正確になってきているんだよ！」

「追い着かれたら終わりだぞ……」

走り続ける上条の背筋に嫌なものが走る。

「面と向かって激突したステイル相手ならともかく、そもそも敵はどうして俺達をピンポイントで狙ってくるんだ⁉　こっちが一方的に追ってるだけで、向こうからすれば面識はないはずだろ！」

「とうま、さっきのビルで『アグニの祭火』の『中央』を破壊したでしょ。その情報が敵側へ自動的に伝わっていた場合、とうまを最優先で破壊しようという動きが出ても不思議じゃないんだよ！　危機の送信だけで留まっているのか、術者いらずの自動迎撃術式かはまだ分析できていないけど!!」

「マジか……。でもステイルから逃げ続けている敵の魔術師に、俺達の居場所を探る事なんて……」

言いかけて、上条はふと気づいた。

先ほど突入した火災現場のビルは、元々魔術結社『天上より来たる神々の門』の拠点だったはずだ。

だとすると、

「あらかじめ、遠隔操作できる霊装があったのかもしれない。その『目』を介してこっちの情報を探っていたとすれば……」

頭上で爆発が起きた。

パラパラと散らばるコンクリートの粉塵に混じって、何か布と木の棒を混ぜた残骸のようなものが降ってくる。

元は手製の模型飛行機のようだと推測できる程度のパーツ群だ。

「……今時の魔術師ってのはUAVまで使うのか？」

「ゆーえー？　っていうのは知らないけど、あれは多分ガルダ神辺りの象徴を組み込んだ偵察霊装なんだよ！」

「そのガルダっていうのが分かりません！」

そしてその偵察用の霊装を自ら爆風に巻き込んだ後も、変わらず空間から生み出される爆発は断続的に上条達を追ってくる。

一度敵として認識できれば、偵察霊装は不要らしい。

立ち止まる事が許されず、とにかく走り続けながら、上条は呻くように言う。

「どこへ逃げても延々と狙われ続ける。爆発の照準自体も徐々に正確になっていく。このままじゃ追い詰められるばかりだぞ!!」

別の場所では今もステイル達が戦っているようで、離れた場所でも断続的な爆発音が響いてきている。それも、少しずつ上条達の方へ近づいてきているみたいだった。

「……敵の魔術師が、こっちに追い込まれてくる？」

「とうま、今のペースだと二〇分以内に爆発から逃げ切れなくなる。そうなる前に敵の魔術師を見つけて倒さないと！」

手をこまねいている余裕はない。

この交差が、最初で最後のチャンスとなる可能性が高い。

ステイルが起こしているであろう、遠方の爆発音の強弱から、少しずつ距離も掴めるようになってきた。向こうも向こうで、上条達の間近で起きている爆発を聞き取っているのだろうか。

互いの顔も見えないまま、距離だけが縮まる。

五〇〇メートル。

四〇〇メートル。

三〇〇メートル。

二〇〇メートル。

一〇〇メートル。

そして、
上条は改めて右拳を全力で固め、通りの角へと飛び込んでいく。

「あの角!!」

予想外の出来事が起こったのはその時だった。

「きゃっ!?」

という甲高い悲鳴と共に、角から出てきた中学生ぐらいの銀髪の女の子とぶつかったのだ。

半袖の白いセーラー服に青系のミニのプリーツスカート。上も下もやたらと丈が短くて、ただ普通に突っ立っているだけで、褐色のお腹もお尻も見えてしまいそうな印象がある。とっさに身をすくめた女の子は、両手で持っていた紙袋を地面へ落としてしまう。

(まずい、巻き込ん……っ!?)

「違うよとうま! イギリス清教式の『人払い』の中で、普通の人が普通の行動を続けられる訳ない!!」

「え……?」

呆気に取られた上条は、女の子の肩越しに追ってくるステイルを見た。

彼は近距離のみに簡略化された『人払い』を使っているはずだ。その中で影響を受けず、正確に『何気ない行動』を続けているという事は……。

「ごめんなさい」

チリッ、という嫌な音が聞こえた。

「でも敵対している時点で、プロも素人もないだろう？」

直後だった。

ゴッ‼　という爆発音が上条を丸呑みした。

6

とっさに右手を顔の前にかざした上条だったが、正直、明確な勝算なんて何もなかった。そもそも空間から突然現れる爆発に対し、何を消せば良いのかが分からないのだ。仮に電磁波の増幅による爆発が『あくまでも起きている結果自体は物理法則に基づくもの』だった場合、かざした右手ごと吹き飛ばされるのは間違いない。

しかし上条は生き残った。

敵の魔術師が仕掛けた爆発を、右手で打ち消したからではない。

そもそもにおいて。

目の前で炸裂した爆発は、間近にいた女の子が起こしたものではなく、その背後から迫りくるステイル＝マグヌスが炎剣を炸裂させたものだったからだ。

敵を倒す。

それだけを優先し、上条もろとも敵の魔術師に衝撃波を浴びせるために。

「がァあああああああああああああああああああ!?」

疑問を発する暇もなかった。

上条は魔術師の少女と一緒にアスファルトの上を転がされる。上下の感覚や前後の記憶の呼び出しが一時的に阻害されるほどの揺さぶりを受ける。しかし、横倒しになった視界の中で、少女の方が先に起き上がるのを上条は見た。

「待、て……!!」

とっさにその足を掴もうと手を伸ばすが、魔術師の少女に逆の足で手の甲を踏みつけられた。

上条の口から短い悲鳴が出るが、成果がなかった訳ではない。

よほど力を込めていたのか、少女のポケットから何かがこぼれ落ちた。携帯電話と情報端末の中間のような電子機器だ。

少女は一瞬、落ちた端末に目をやったが、

「チッ!!」

直後に周囲へ警戒の目線をやり、即座に逃亡へ移る。倒れている上条も放っておいて、全力で走り去る。

逃げられる。

そう思った上条のすぐ横を、ステイルが一言も告げずに駆け抜けていく。

虫けら以下の扱いだが、先ほどの一撃がなければ高確率で少女の魔術をまともに受けていただろう。その場合は消し炭になっていたかもしれない。

「とうま!!」

慌てて駆けつけてきたインデックスの声を聞いて、ようやく倒れたままの上条は自分の感覚が正常に戻っていくのを自覚する。

「……俺達も急ぐぞ、インデックス。こうしている今も爆発の照準は精度が上がっている。取り逃がしたら一方的にやられるだけだ！」

地面に手をつくような格好で起き上がろうとした上条は、そこで掌に違和感を覚えた。

改めてそちらに目をやると、掌と地面でプラスチックの機器を挟んでいた事に気づいた。

先ほどの情報端末だ。

（拾わず逃げたって事は、遠隔操作で初期化されるかもしれねえ。早く何か情報を抜き取らねえと……!!）

そう思い、情報端末の電源スイッチを押す上条。しかしパスワード入力画面が出てきて、それ以上は進めなくなる。

ただし。

入力画面の背景に、待ち受けの写真画像が表示されていた。それを見た上条の動きが、わずかに固まる。

嫌な予感が全身へ広がっていく。

何か、大きな思い違いをしていたような……。

特に根拠のない、主観のみの推測に過ぎなかったが、同じように小さな画面をチラリと見たインデックスは、上条の背中を押すように同意した。

「多分、とうまの考えは間違ってないと思う。そもそも、この魔術師が組織から離れて単独行動するメリットってないはずだし。……ここ、写真に書き込まれているヒンディー語ってこういう意味なの」

インデックスが小声で説明してくる間に、情報端末の画面が突然真っ暗になった。中央に何かを作業していると思しき、円グラフのようなものが表示される。上条がどのボタンを押しても作業は止まらず、円グラフが赤一色で全て埋まった途端、小さな画面からは全ての光が消える。スイッチを押しても、もう何も反応しなかった。

(……遠隔操作でデータを消されたか)

上条は舌打ちし、プラスチックの塊になった情報端末を適当に放り捨てる。

インデックスは言う。

「ビルの換気扇を壊した事で、『アグニの祭火』の『中央』は別の場所に移動しちゃったけど、さっきの魔術師はそれを全然使ってない。『ぷろぺらー』に設置してある『末端』にその都度手を加えて小規模の爆発を起こしているけど、そんなのは付け焼刃だよ。街を丸ごと燃やすほどの効果を持つ『アグニの祭火』を自分で切り崩している悪手にしか見えない」

「『天上より来たる神々の門』ってのは魔術結社っていう組織の名前だったよな。つまり、さっきのヤツだけが学園都市に入り込んだとは限らない。他にも仲間がいる可能性がある」

「そっちが『アグニの祭火』の『中央』を押さえようとしている場合……」

「あいつは囮……？」

上条は口に出してから、苦い表情になっていく。

インデックスは頷いて、

「私達が誘いに乗って時間を与えている内に魔術結社の本隊が事を進めてしまえば、『アグニの祭火』の制御を完全に掌握されちゃう。そうなったら街のあちこちがブロックごと燃やされちゃうかもしれないんだよ!!」

「でも……」

上条はわずかに言い淀んで、

「囮って、そこまで潔くやれるもんなのか？　あの魔術師はどうあがいたって捕まる事は確定だし、下手すりゃ魔術結社本隊の計画に巻き込まれて焼き尽くされるかもしれねえんだろ!?」

「どういう経緯かは知らないけど、結果的にはそういう風に動いている」

インデックスは呟いて、

「『でんじはー』とかいう仕組みが関わっているから私でも解析しにくいんだけど……でも、元来の『アグニの祭火』は誰だって操れるものじゃない。あんな風に無理矢理横槍を入れれば、魔術師にも神経の糸を火で炙るような痛みが返るはず。……あの魔術師はもうそれを許容している。それが最善なんだって仕組みを頭の中で構築しているんだよ」

学園都市を大火災から守るためには、魔術結社の本隊を捜さないといけない。

とはいえ、上条達には『天上より来たる神々の門』の本隊に関するヒントは何もない。囮に使われている少女を生きたまま捕獲し、彼女から話を聞くしかない。

つまり、

「まずいな。ステイルがこの構図に気づいていなかったら、あいつは囮の少女を殺して決着をつけようとするかもしれないぞ!!」

「違うよとうま。イギリス清教が魔術師を殺すか、魔術師が『アグニの祭火』を使い過ぎて自滅するかの二択になっている。どっちにしても魔術師は口を噤んで死ぬだけ。そういう構図を作って魔術結社が状況の優位性を取り戻そうとしているんだよ!!」

「……どいつもこいつも」

呻くように上条は言った。

それはやがて叫び声に変わっていく。

「簡単に死ぬとか殺すとか選びやがって!! 理由なんかどうでも良い。つーか理由があっても駄目に決まってんだろ! とにかく全員助けてから後の事を考えるぞ、インデックス!!」

情報端末の画面に表示されていたのは、複雑で専門的なものではない。魔術知識がなければ何に使うのかも分からないような物品でもない。

どこにでもあるような、一枚の写真。

先ほどの少女と、もう一人の女性が一緒に笑っている、ただそれだけの一枚。

写真画像に書き込まれているらしき文字は、インデックスによるとこういう内容のようだ。

互いを守れる力を持てますように。

7

上条とインデックスは、ステイルに遅れる形で魔術師の少女を追う。

相変わらず周囲では断続的に爆発が起こる。どうやって狙いを定めているのかは不明のままだが、着実に誤差が少なくなってきているのだけは分かる。

「地下鉄のトンネル……？」

逃げ込んだ場所の前で、上条は思わず呟く。

基本的に一本道であるため、追っ手を撒くには不向きに思える。人混みに紛れる事もできない。魔術師の少女はそういった勝算も考えられないほどに追い詰められているのか。

あるいは。

わざと不利な状況を作り、別働の仲間を守るために、自ら撃破される事を目的に掲げているのか。

「急ごう、とうま」

「ああ」

こんな状況など想定していなかったのでライトなど持っていないが、それでも進むしかない。中を大質量の列車が走っているのか、生ぬるい風が流れてくるトンネルへと、上条達は足を踏み入れていく。

いつ列車が来るかは全く分からないので、自然と彼らは壁際に寄って移動する事になる。

「……まるで袋小路だ。自分から崖っぷちに向かっているようにしか見えないぞ」

「こんな状況じゃ、敵の魔術師もそんなに奥までは進んでいないと思うけど……」

しかし状況は一瞬で変化する。

きっかけは、暗がりの奥にいた人物だった。

壁に寄りかかるようにして座り込んでいる者には見覚えがある。

「ステイル……っ!!」

上条は思わず叫んで近寄ったが、対するステイルは身じろぎをした程度だった。暗がりなので分かるのは輪郭だけ。その詳細は摑めないが、相当の深手を負っているらしい。

「近づ、くな」

いつもの拒絶だと思った。

だが違う。

チリッ、という小さな火花のような音が響き渡る。

ゴッ!!　と。

壁を作るように、上条達の鼻先でいきなり爆発が巻き起こった。

トンネル全体に、奇麗な一面の壁を作るような爆発。明らかに、照準の誤差で上条を捉え損なったのとは違う。『壁を作る』という明確な目的を感じた。今のは威嚇だ。その気になればいつでも丸呑みにできると伝えてきているのだ。

「いきなり、照準の精度が跳ね上がった……っ⁉」

「風、だ」

　ステイルは息も絶え絶えに告げる。

　炎同士の勝負で彼が負けた。その事実もまた、危機感を一気に振り切らせる。

「『アグニの祭火』は無数の『末端』を束ねるネットワークに、シヴァ神ベースの伝達法を使っていた。つまり風。あの魔術師は、『端末』に横槍を入れて個人レベルの攻撃力を手に入れている訳だ。だから同じように、照準の情報を得るために風を使う必要があった」

「……、」

「複雑に入り組んだビルの中では、風の流れも不明確だ。だから照準にも誤差があったらしい。だが、一本道のトンネルの中なら……」

「風の通り道も一つだから、術式の照準精度は段違いになる……っ‼」

　そもそもが考え違いだった。

　敵は逃げ込むためにこの場所を選んだのではない。

　こうしている今も、暗闇の奥から狙撃手は静かにこちらを見据えている。

8

　昔から要領が悪いと言われてきた。

　術式の構築一つ取っても、ろくな最適化も行われておらず、無駄な部分がとにかく多い。経路の多さは失敗防止のセーフティとして働く事もなく、逆に複数の記号や象徴が競合を起こし、不要な暴走のリスクを抱え込むだけだった。

今回の学園都市潜入についても、最初の時点から失敗した。

どれだけ机上の空論では完璧に思えても、実際の現場では不測の事態が発生する事もある。それを考慮しなかった結果、セキュリティの検知を阻害する霊装(れいそう)は動作不良に陥った。『天上より来たる神々の門』において、彼女だけが敵側、科学サイドに目撃された『可能性がある』人物なのだ。

しかし、失敗が多いからこそ。

彼女は昔から、そこでつまずいて立ち止まる事はしない。

損害を最小に留(とど)める。別の切り口から捉え直す事で別の利益を生み出す。そういったリカバーに彼女は慣れていた。成功を望んであれこれ努力しても結局失敗する。絶対に理想通りには事は進んでくれない。それが良く分かっているからこそ、彼女は『転んでもただでは起きない』を思考回路の根幹に設定している。

『アグニの祭火』を本格的に仕掛ける前に、イギリス清教(せいきよう)の刺客はやってきた。

ただ、手をこまねいて経過を観察しているだけでは、一気に制圧されてしまうだろう。『アグニの祭火』の霊装(れいそう)は次々と破壊されていき、『天上より来たる神々の門』の計画も破綻していく。

この場において、最も有効なカードが彼女だった。

早々に失敗し、面が割れている可能性があるからこそ、『囮(おとり)』としての重要度が増す。最も多くの敵を引き付けられる餌として、彼女の価値は一時的に跳ね上がっている。

だから、自らの意思で決定した。

結社の上はこちらの独断に頭を抱えているかもしれないが、おそらく最後には納得してくれるだろう。

(それで良い)

地下鉄のトンネル内で、彼女は静かに考える。

(重要なのは最終的な損益であって、途中の借金なんてどうでも良い。だからここで全部返上して、プラスに転じるための起点を作る)

おそらくここで一時的に彼女が戦闘に勝利したところで、長い目で見れば追い詰められるのは確実だ。派手な戦闘を行った以上は学園都市の治安維持部隊が総力を挙げて攻め込んでくるはずだし、仮に学園都市を破壊できたとしても、今度は魔術サイドの刺客が大挙して狙ってくる。

面が割れる、というのはそういう事だ。

もう無傷では済ませられないのを自覚した上で、最も多くの利益を生み出すためにはどうすれば良いか。そんな風に考え方を変える段階である。

仲間とは合流できない。

支援がない以上、いつかどこかで撃破される。

だとすれば、どこで撃破されるのが一番なのか。

仲間を。

姉を。

自分の手で守るために最良の手段がそれだとすれば、彼女は己の敗北にも躊躇はしない。

（……私が連中を振り回せば、それだけ『姉』達の自由時間は広がる）

『アグニの祭火』は、本来彼女に扱えるものではない。

しかし、敵側が『アグニの祭火』の霊装の上から魔法陣を重ね、術式全体に干渉してきた事は分かっている。

失敗から学ぶ。

計画の想定外を逆手に取る。

皮肉にも、敵が持ち出してきたイレギュラーが彼女に力を与えてくれる。

（時間を稼ぐだけ稼いだ上で、完璧な形で撃破されれば『姉』達に繋がるヒントも消える。それで最終的には私達が勝利できる。必ず！　だから!!）

自らの撃破を前提としているものの、群がる敵は倒しておくに越した事はない。彼女は横槍を入れた『アグニの祭火』を強く意識する。

照準には風を利用していた。

複雑な構造の都市の中では流れが乱雑で、誤差も大きかったが、今は違う。

トンネルの中は基本的に一本道で、どうあっても流れは安定する。

今なら百発百中。

最大の懸念は、こちらを警戒して不用意にトンネルへ飛び込んでこない、という展開だった。

全ての出入口を塞がれた上で、ガスや細菌でも流し込まれたら手も足も出なかった。

だがそのリスクはもう排除された。

直前まで照準が甘く、なんだかんだで当たらないという安心感を与えていたせいでもあるだろう。

最初からそれを狙っていた訳ではない。

しかしそのミスを、彼女は最大限に活かし切る。

途中で何があろうが、最後の最後に立っていた者が勝者と呼ばれる事を、良く知っている。

「お前達に選ぶ道はない」

敵の位置は正確に捕捉している。

生身の人間なら一発でダウンさせられるし、それで駄目なら何度でも繰り返せば良い。数秒おきに同じ爆発を起こせるし、どこへ逃げようがその全てを正確に直撃させる事ができる。敵がどんな隠し球を持っていようが、『正確な爆発の連射』には敵うはずがない。

「前へ進もうが後ろへ下がろうが、どっちにしても木っ端みじんにしてやる!!」

躊躇はない。

口の中の呪と共に、容赦のない爆発が敵を襲う。

9

一本道のトンネルの中では、吹き抜ける風が乱される事はない。

そして、その安定した風の流れを照準に利用している以上、魔術師の少女が扱う『アグニの祭火』の爆炎から逃れる事はできない。

虚空から突然現れる爆発に、右手の『幻想殺し』が間に合うとも思えない。

その上、一発でも直撃すれば、魔術などの補助を得られない上条は容赦なく吹き飛ばされ、体を千切られるリスクさえ存在する。

状況は絶望的。

加えて、敵の方には躊躇する理由はない。

ゴッ!!　という爆発がトンネル内で炸裂する。

あまりにもあっさりとした、とどめの一撃。圧倒的な状況でも気を緩めず、相手には万に一つの反撃の機会も与えず、最短最速で粉砕しようとするプロの攻撃。

死んだはずだった。

上条側には何をする事もできず、ただ爆発に呑み込まれるだけのはずだった。

しかし、

「な、に？」

自らが生み出した炎の光に照らされるように闇の中から顔をさらけ出した少女は、呻くように言った。

百発百中のはずの爆炎が、当たっていない。

上条当麻は立っている。

続けてもう一度、横槍を入れた『アグニの祭火』を使って爆炎を生み出すが、やはり当たらない。

何かの手段で防がれているのではない。

そもそもにおいて、決して外れないはずの爆炎が、見当違いの場所で炸裂している。百発百中という大前提が崩壊してしまっている。

「何をしたんだ……。私の術式にこれ以上の介入をされた形跡はない。だったら照準に誤差が生まれるはずはないのに……っ!!」

「術式は何もいじっちゃいないさ。そもそもそんな技術は俺にない」

トンネルの壁に手をついた上条は小さく笑って言う。

その余裕が、少女の思考から冷静さを奪う。

「だったら、何で……っ!!」

「すぐに分かる」

宣言の通りになった。

爆発で巻き起こった粉塵の流れに、変化があった。地下鉄トンネル内は一本の安定した流れに沿うはずだが、その道筋がおかしい。色々な渦を作り、その多くが壁の天井近くの部分へと吸い込まれていく。

「なん、だ。まさか……火災用の排煙口!?」

「トンネルって言っても鉱山じゃないんだ。こういう配慮は当然されているもんさ」

上条は壁につけた手をどかす。

そこにあったのは、排煙口を操作するための緊急ボタンだ。

「そしてどれだけ強力な攻撃だって、当たらなければ意味はない。余波の衝撃波だけで粉々になるほどじゃないってのは、これまでの襲撃で嫌っていうほど理解しているしな」

「くっ‼」

少女は上条達ではなく、手近な壁に向けて爆発を放った。

その狙いを即座に看破した上条は、しかし焦らずに歩き出す。

「無駄だ。元々、災害時のための緊急システムなんだ。そんな簡単に電源やケーブルを破壊できるようにはできていない」

その足が、歩くから走るへと変わっていく。

突撃する。

とっさに後ろへ下がろうとした少女だが、それが愚策だとすぐに気づく。元々一本道のトンネルは逃走には不向きだ。一切の妨害がなく、純粋な脚だけでの追跡劇になれば、体格の関係で上条の方が早いであろう事も容易に推測できる。

手持ちのカードでは勝ちを取りにはいけない。

迅速にそれを理解した少女は、ある目的のために背中へ手を伸ばし、上着の中から金色の刃物を取り出す。

しかし上条の足は止まらない。

不用意な警戒で、相手に時間を与える真似はしない。

代わりに、突撃しながら上条は言う。

「分かってるよ」

「っ⁉」

少女は身を強張らせ、その刃物を自分の首へ向けようとする。勝つか負けるかは横道。少女にとって最も重要なのは、別働隊が動くだけの時間を稼ぎつつ、その別働隊に繋がるヒントを全て潰す事だ。

理解した上で、上条は躊躇なく告げる。

「全部分かってる。そして、そんな真似は許さない。絶対にだ‼」

実際には、少女の刃物が自らの首へと刺さる方が早かった。

その尖った先端が皮膚の内側へと食い込んでいくのは止められない。

だが、そこが限界だ。

次の瞬間には上条の右手が、少女の持つ金色の刃へ届いた。伸ばした指先が触れた瞬間、その刃は粉々に砕け散る。皮膚以上の侵攻を許さず、完璧に破壊する。

上条は少女の襟首を両手で掴み、手近な壁へと勢い良く背中を叩きつけた。

「このまま負けるか、殴られてから負けるか、好きな方を選んで良い」

息の詰まる少女へと、上条は間近で呟く。

「どっちにしろ、死んで終わらせるなんてふざけたチャンスがあるとは思うなよ。その上で自分の道を選んでくれ」

10

魔術的な拘束はステイルが行った。いくつかのルーンのカードを少女の体に貼り付け、魔力の精製が不可能な状態に持ち込む。

「こいつは時間稼ぎの囮のはずだ」

作業を終えたステイルに、上条は声をかける。

「魔術結社の本命は他にある。これからどうするんだ？」

「とりあえず、こいつが逃げ出したり、仲間に救出されるのを防ぐための方策を練る必要がある。……もちろん、一番簡単なのはここで殺しておく事だが」

「駄目だ！」

「君の言葉を聞く必要性がどこにあるのかを是非聞いておきたいところだが？」

「勝ったのは俺だ。お前だけならあそこで死んでいたぞ。それについては？」

チッ、とステイルは舌打ちした。

その上で、彼はつまらなさそうに言う。

「なら、適当な場所に放り込んでおく必要がある。拘束はしてあるから専門的な拘留施設である必要性はないが、野ざらしという訳にもいかないだろうね。『天上より来たる神々の門』の情報を手に入れるためにも」

「警備員に通報したらどうだ？」

「連中が真っ先に思い浮かべそうな場所だね。情報の網にかかればそのまま襲撃しかねない」

「逆に、連中が思い浮かべにくそうな場所ならどこでも良いんだな」

「心当たりが？」

「俺ん家」

今度こそ、ステイルは盛大にため息をついた。

「……ま、そうして敵性の魔術師に、よりにもよって自宅の場所を教えていけば良いさ。君の寿命がいくら縮もうが、僕の知った事じゃない」

「……、」

何かとんでもない事を言われたような気がするが、しかしこれ以外に案がないので仕方がない。

右手で触れないように気をつけながら、上条は左手で拘束された少女の腕を掴む。もう片方の手を挙げた。行き交うタクシーを見るが、空車はほとんどない。

「……だんまりを決め込んでも、多分もう駄目だと思う。専門的な事は知らねえけど」

タクシーを待つ間、上条は少女に向けてそう言った。

「お前の携帯電話の中に写真が入っていた。……誰だか知らねえけど、大切な人だったんだろ。そいつについては黙っておくよ」

「……、」

少女は答えない。

そうこうしている内に、ようやく空車のタクシーがこちらに気づいて車を寄せてきた。後部のドアが自動的に開いたので、とりあえず少女を奥へ詰め込もうとする。

その時、少女がポツリと言った。

「姉を守りたかったんだ」

か細い声だった。

「……それって、そんなに間違っていたのかな」

「方法は色々ある」

上条はそう答える。

「多分、アンタが思っているもの以外にも、もっとまともな方法がたくさんあるはずだ」

「……、」

少女はわずかに顔を上げた。

何かを呟くために、唇を動かそうとした。

その時だった。

チリッ、という嫌な音が聞こえたのは。

「な、ん……？」

とっさの事に、反応している暇はなかった。

ゴッ!! と。

少女の間近で、オレンジ色の爆発が巻き起こる。

タクシーの車体のガラスが全部砕け散り、側面の片方がベコベコにへこんだ。上条と少女は一緒に地面へ薙ぎ倒される。車に相当のダメージが加わったのか、意味もなくクラクションが延々と響いていた。運転手が何か叫んでいるが、上条はいちいち気にしていられない。

倒れたまま、ステイルに向かって叫ぶ。

「何があった!? ちゃんと拘束したんじゃなかったのか!!」

「今も効果は継続している! そいつに魔力を精製する事はできない。だから術式を行使する事もできない!!」

「とうま、その子じゃないよ! 別の魔術師が『アグニの祭火』を使って口を封じようとしたんだ!!」

「くそっ!!」

掌に、どろりとした液状の感触があった。

赤黒い汚れがついているが、それは上条のものではない。

慌てて身を起こし、一緒に倒れていた少女の容態を診ようとするが、素人では頭から血を流している以外に詳しい事は判断できない。単純な切り傷とも違うのだ。

完全に四肢から力を抜いた状態で、投げ出されたまま少女は呟く。

「……良かったんだ……」

その顔には、うっすらとした笑みがあった。

自分が命を賭してまで守ろうとした、その味方の裏切りで倒れたにも拘らず。

「……きっと、これで。姉を守れるなら、これで、良かったんだ……」

「そんな訳ねえだろ……」

噛み締めるように、上条は呟く。

「方法なら色々あるって言ったばかりだろ！　守るって言ったって、訳の分かんねえ計画を手助けするだけじゃねえだろ!!　何で、そういう殺すだの殺されるだのの世界から足を洗わせる事だって、人を助ける事に繋がるっていうのが分からねえんだ!!」

間近で怒鳴りつけるように叫んだが、少女からの反応は鈍い。

届いているかどうかも判断できない。

上条は地面に拳を叩きつけ、それから携帯電話を取り出す。当然、救急車を呼ぶためだが、そこでステイルがこんな事を言ってきた。

「行動の自由はそちらに任せるが、仕留め損なったと判断されれば高確率で刺客を放たれるぞ。率直に言えば、ほとんど無駄に終わるだろうね」

「……だったらその刺客なり何なりをお前が捕まえりゃ良いだろ。そっちはそっちで、勝手に罠だの人質だのって言葉に変換してろ！　その間に、こっちはこっちで勝手に人命救助してやる!!」

コール音を待ちながら、上条は地面の上で倒れる少女を見下ろした。

頭にある傷口を眺め、顔をしかめながら、吐き捨てるように彼は言う。

「ふざけやがって……。こんな結果が『良かった』はずなんかねえだろ……」

第三章

1

運び込まれた病院で、魔術師の少女の応急処置が行われた。

当然、彼女が魔術師である事は伏せている。詳しく説明したって理解してもらえず、また理解されたらされたで困った事になる情報などわざわざ口に出す必要はない。

上条(かみじょう)とインデックスは救急車に同乗し、ステイルは魔術結社の本隊を追った。あの少女があくまで時間稼ぎの囮(おとり)であり、本隊が『アグニの祭火』の『中央』を押さえようとしていると仮定すると、状況は予断を許さない。

待合室で、上条(かみじょう)はインデックスに向かってこう言った。

「見た目の派手さと違って、実際の容態はそれほど悪くないってさ。軽度の出血と脳震盪(のうしんとう)。安静にしていれば数時間で体調は元通りになるみたいだ」

「とうま、これからどうするの?」

「時間がない」

上条(かみじょう)は短く言う。

「事件性を匂わせるような怪我をした場合は警備員に連絡が入るようになっている。おそらく、そろそろやってくるはずだ。それまでに話をしておかないとな」

彼らは病室へと向かう。

魔術師の少女にあてがわれたのは個室だった。たった一つしかないベッドの上に横たわっている少女は、手術衣などには着替えていない。治療をするために衣服をハサミで切り裂くような必要性がなかったか、あるいはステイルの『拘束用のルーン』が脱がせる事を阻害させたのかもしれない。

少女は入ってきた上条達をチラリと見ると、感情のない声で言った。

「……何の用だ？」

「ここから連れ出す」

上条は先に結論を言う。

「そろそろ病院からの連絡で警備員がやってくるはずだ。でも、ステイルはそれを望んでいない節があった。アンタ達の『魔術結社』に知られる可能性が高いってな。あんまり考えたくないけど、このまま身柄を預けたらまた襲われる危険が出てくるんじゃないか？」

「だったら何だ」

少女は一度起こそうとした体を、もう一度ベッドへ沈めた。

「私自身が、そうなるように望んでいる。先ほどは失敗して死に損なった。だから今度は成功する。それだけだ。少なくとも、学園都市やイギリス清教に必要以上の情報を渡すような展開になるよりは一〇〇倍マシだ」

「……そうか」

その時だった。

バタバタバタバタ、という足音が廊下の方から近づいてきた。

「とうま！」

「ちぇ、もう警備員がきやがったか。とにかく話は後だ。廊下は駄目だろうから、窓から行くぞ」

「おいちょっと待て。何をするつもりだ？」

「ここから抜け出すに決まってんだろ！」

魔術師の少女は眉をひそめ、

「私は行くとは言っていないぞ」

「残念ながら主導権はこっちにある。悪いけど、勝手に拾い上げてやるよ」

上条は壁際に近づいて窓を開ける。下を覗き込むと、三階程度の高さがあるのが分かる。ひさしが突き出していたり、雨どいのパイプが縦に貫いていたりして、手や足を引っ掛けるためのポイントは多そうだった。

「行くぞ。どこも折れていないって話だけど、手足の力って戻ってるよな？」

「……勝手に匿うのは結構だが、お前達の街のルールでは不利になるんじゃないのか」

「だとしても、見捨てる理由にはならない」

「こちらは協力を拒んでいるのにか。それではメリットが何もない」

「理由にはならないな」

真下の地面に誰もいないのを確認しながら、上条は答える。

「そもそも、お前が姉ちゃんを助けようとしたのもそうじゃなかったのか？　別に誰かから押し付けられたって訳じゃないだろ」

チッ、と少女は舌打ちした。

やがて、俯いたまま彼女は言う。

「この街の警備員に私の身柄を預けると、結社に襲われるかもしれないと言ったな」

「あ、ああ。それが？」

「だとすれば、協力しなければ警備員に引き渡す。ここから脱出したければ結社の情報を全部話せと脅す事もできたはずだ。何故そうしなかった？」

対する上条の答えは簡単なものだった。

「単純に思いつかなかった」

「……馬鹿野郎が」

ボソリと呟いた後、彼女はベッドから降りて床に足をつけた。

「……ソーズティだ」

「は？」

「ソーズティ＝エキシカ。アンタの名前は？」

上条はわずかに笑った。

「上条当麻。そっちのはインデックス」

警備員（アンチスキル）が病室に入った時、そこにはすでに誰もいなかった。

即座に緊急手配されたが、芳（かんば）しい結果は得られていない。

2

都市の死角はいくらでもある。

しかし科学サイドや学園都市にそれほど詳しくない者は、そういったスポットを十分に活用し尽くす事はできない傾向が高い。そうした者達は、学園都市の『外』にもある施設へと、自然と集まってくるものである。

この場合は廃車処分用のヤード。

周囲を分厚い鉄板の壁で完全に覆われた、現代圏における死角。どこにでもあるものの、実際に中で何が行われているかを行き交う人々は理解せず、たとえ内部で人間を解体していたとしても滅多な事では咎（とが）められない場所である。

乗用車の錆（さ）びついたシャーシがいくつも積まれていた。タイヤだけを集められた山もあれば、バンパーやバッテリーだけをより分けた一角もある。雑多な印象の強い景色だが、ここを利用する者には馴染（なじ）んだカラーでもある。

『天上より来たる神々の門』。

インド神話系の魔術結社。

ヤードの中には二〇人ほどのメンバーが集まってきている。足りないのはソーズティ＝エキシカだけだ。

「ソーズティがやってくれた。彼女が稼いでくれた時間は有益だ。この間に転移した『アグニの祭火』の『中央』を掌握すれば、追いすがるイギリス清教(せいきょう)を含めてこの街を火の海にできるはずだ」

「だがソーズティは時間を稼ぐために『アグニの祭火』に介入した。形成したネットワークが破損している可能性もある」

「ここで消極策に出れば、せっかくの時間的優位を無駄遣いに終わらせる事になるぞ」

「確証もなく大きな行動に出ても、致命的な失敗を被(こうむ)るだけだ」

……彼らとて、この不毛な会話自体が自分達の首を絞めているのは自覚している。していながら、やはり止められないのだ。祈っても祈らなくても結果は変わらないからと言って、ロシアンルーレットの引き金をあっさり引ける人間はいないのと同じように。

集団の中にいた、一人の女性がため息をついた。

長い銀色の髪に褐色の肌の女性。その場の全員が彼女の方に注目したという事は、彼女が作為的にそうしたポーズを取った、という意思を受け取る程度の冷静さは残っていた事を意味している。

集団の中の誰かが、彼女に向けて言う。

「進むか、戻るか。貴様ならどう判断する」

「そうね」

口元にうっすらとした笑みさえ浮かべながら、彼女はこう切り出した。

「こういうのはいかがかな?」

3

「おい、上条とか言ったな。どこまで歩くつもりなんだ?」

「安全を確保するためだよ。ソーズティ、体調が悪くなったらいつでも言えよ」

病院を抜け出した上条達は、そのまま繁華街へ向かった。学園都市はそこらじゅうに防犯カメラがあるし、警備ロボットがいくつものルートを使って巡回しているため死角は少ない。下手に『誰にも見つからないルート』をこそこそ進もうとするより、いっそ人混みの中に紛れてしまった方が見つかりにくいという側面があるのだ。

上条は逃走のための先導を続けながらも、ソーズティの格好を見て呻き声をあげそうになる。

「……何で、魔術師っていうのはどいつもこいつもクリスマスツリーより目立つ服を着たがるんだ」

「そんなにおかしいか? まあ、ただでさえ海に囲まれた島国で、さらにここは外壁によって囲まれた特殊な街だ。よそ者には厳しいのかもしれないが」

「そういう意味じゃない」

ソーズティの格好は、白い半袖のセーラー服に青系のプリーツスカートだった。それだけなら珍しくはないだろうが……上も下もやたらと丈が短く、特に背伸びをしなくても褐色の健康的なお腹が見えてしまっているし、ちょっと後ろに回ればいつでもお尻が見えそうな状況になってしまっている。

「何なの？　チアガールなの？　全体的にどういうつもりなの？？？」

「ここは住人の八割が学生という奇怪な街なんだろう？　そして日本の女子学生は水兵の格好をすると聞き及んでいる。カムフラージュするためには必要な措置だ」

「……何で常時パンツが見えそうになってんの？」

「日本の女子学生とはそういうものなんだろう？」

一体何を参考に日本の文化を調べてきたのか、とてつもなく気になる返答である。それとも怪人フジヤマ芸者レディーが出没しなかっただけでも安堵(あんど)するべきなのだろうか？

一方、やたらと目立つ影がもう一つ。

純白のシスターさんことインデックスがこう切り出してくる。

「とうま、これからどうするの？」

「寮に行けるならさっさと行っちまいたいけど、さてどうかね。このまま漫画喫茶とかに潜った方が安全かもしれない」

「『まんがきっさー』って何？」

「……色々端折(はしょ)って答えると、有料の図書館みたいなもんだ」

「なんと⁉　そんなのおかしい！　公共性に反するんだよ‼」

「だがコーヒーやカレーを注文する事もできる。ところによってはサラダバーやブッフェを搭載しているお店もある。つまり食べ放題だ」

「ひゃっほーっ‼　新しい時代のビジネスってヤツなんだねとうま‼」

情報源がワイドショーだけの事情通並にころころ意見が変わるインデックス。そんな彼女のはしゃぎようを見て、ソーズティは思わず額に手を当てた。

「おい、逃亡中だっていう事を忘れているのか。無駄に注目を集めてどうする？」

「良いんじゃねえの？　繁華街の人混みの中、終始無言で陰々滅々な面構えしている集団の方がよっぽど目立つよ」

……そういうものか、と呟くソーズティ。

上条としては、どこでも良いが料金は前払いの店が良いな、という想いであちこちの看板を見て回る。理由は単純で、警備員とかが店内に踏み込んできた際、裏口などから逃走しても食い逃げ扱いされずに済むからだ。

「ふうん……。やっぱ駅に近い大通りの方が使いやすいかな。タクシー乗り場とかバス停も近いし、地下道も交差しているし。おいインデック……っと？」

言いかけた上条の言葉が止まる。

ソーズティの小さな手で、服を引っ張られたからだ。

「どうしたソーズティ。知り合いの魔術師でも見かけたか？」

尋ねたが、褐色の少女は上条の服を離そうとしない。

「いや……深い意味はない」

「？」

「終始無言で陰々滅々としていたらまずいんだろう？　カムフラージュに必要な事だ」

「おいちょっと待て。それは周囲の風景に溶け込んでいるんじゃなくて単に繁華街のギラギラした雰囲気に当てられているだけなんじゃ……ぐえっぷ⁉」

紳士上条は冷静に指摘しようとしたが、そこで背中に鋭い痛みが走った。例えるなら、肉食のジャガーが木を登る時に爪を立てているようなダメージ。何かが背中に張り付いているため振り返ってもその正体は分からないが、上条は次にやってきた音源から推測した。

上条より背が低いはずのインデックスの声が、頭上から聞こえてくる。

明らかによじ登っている。

「……とうま、どさくさに紛れて何やらかしているし」

「お待ちなさいインデックスさん！　話題の焦点がどこにあるかの整理から始めよう‼　あと後頭部丸かじりは多分世界のどこであっても非常に目立つと思うよ‼」

ゾッとする上条が深刻な破損を被る直前で、ズボンのポケットから単調な電子音が響いた。ステイルから渡されていたプリペイド式の携帯電話だ。機械音痴なインデックスがわずかに怯んだ隙を見逃さず、的確に掴み状態を振りほどいた上条はとにかく電話へ出る事に。

「ステイルか⁉　ったく、自分の都合の良い時だけ掛けてきやがって。番号非通知にすんなよ！　登録できねえだろ‼」

『勝手をやっているのは君の方だと思うけどね』

電話の向こうから、イラついた声が聞こえてくる。

相手にしても、上条の動向、情報を頼るのは最後の手段なのだろう。

『魔術結社の少女を病院から連れ出したな？　彼女から情報を取得したい。「天上より来たる神々の門」の動向や真意に関する情報だ』

「あん？　連中はお前の方で追いかけていたんじゃないのか？」

　上条は怪訝な顔になり、

「そもそも、逃走ルートとか隠れ家とかの情報じゃなくて良いのかよ」

『……こっちも馬鹿じゃない。結社が使っていた廃車処分用のヤードはすでに特定しているし、中にも踏み込んでいる』

　電話からノイズが聞こえてきた。

　ため息をついているか、煙草の煙でも吹き付けたのかもしれない。

『その上で、だ』

「？」

『踏み込んだ時には、すでに中は壊滅状態だった。足跡の数から何人かは消えているようだが、残る全ては再起不能だ。脳や精神から情報を抽出しようにも、人体内部の情報を魔術的に破壊されている。おそらく解析作業は無駄に終わる』

「再起、不能……？」

　上条が呟くと、すぐ隣にいたソーズティがビクッと震えた。

　電話の向こうのステイルは構わずに冷酷な言葉を続ける。

『破壊の痕跡から考えて、外部から襲撃を受けた訳ではなさそうだ。つまり、組織の内部分裂。だから同じ結社の魔術師から情報を取得しておきたいんだ。そもそも、君達の結社では何が起こっているんだとね』

4

キップシラ＝エンディーニヤは荒い息を吐きながら、学生寮の並ぶ住宅街を走っていた。こめかみからは少なくない量の血が垂れており、右腕は肩のところから不自然にぶらぶらと揺れている。すでに夜になっているが、近くに学生向けの飲食街があるせいか、通りには人も多い。当然ながら注目を浴びていた。そして、そんなものをいちいち気にしていられる状況ではなくなった。

「あっ、あいつっ、あの野郎……っ‼」

嵐の船のように足元がぐらつく。コンクリートの塀や風力発電のプロペラに、何度も体がぶつかる。それでも走る。逃げる。どこまで進めば安心できるのか、自分でも基準が分からなくなっている。

一瞬だった。

不意を突かれたにしても、身内に裏切られたにしても、それら全てを加味してもありえない大損害だ。本来であれば、『天上より来たる神々の門』の主導権はキップシラを含む数人で完全に掌握していたはずだった。たとえ『外周』が暴れたところで、被害がキップシラに及ぶ事はない。他の連中が盾となってダメージを軽減し、その隙にキップシラ達が確実な反撃でとどめを刺す。それが組織の力というものだ。そのはずだった。

しかし。

実際には。

「何だ……？　何なんだあの出力は⁉」

盾役なんてまとめて貫かれた。攻撃はキップシラ達へ直撃した。反撃の準備は阻(はば)まれ、続く連打で一気に押し切られた。体制が崩れてしまえば、組織など足枷(あしかせ)にしかならない。将棋倒しのような状況に陥った魔術結社の部隊へと、『敵』はさらに容赦のない攻撃を加えてきた。

個人ではありえない戦力。

反乱や誤爆の防止の意味でも、意図的に制限していた設定値を完全に無視した出力。

そもそもにおいて、『敵』と化した彼女は失敗作のはずだった。彼女を特別にしていた力は、計画は、過去の段階で凍結されていたはずだった。

なのに、

「が……っ⁉」

何度目になるか数えきれなくなった、風力発電のプロペラの柱への激突。しかし今度は、そこで止まった。逃走を続行できなかった。自分の血でぬるぬるする柱へと体重を預け、キップシラは荒い息を吐く。

足から力が抜けたのではない。

道路の先。

まばらな街灯の照らす薄暗い道の奥に、誰かが立っている。

女性。

長い銀髪に褐色の肌。

黄色やオレンジを軸に、所々に黒でアクセントをつけたチューブトップやロングスカートという組み合わせは、どこか肩の出るドレスのようなシルエットを連想させる。

その両手が何かを引きずっていた。

ぬいぐるみのように見えるが、それは違う。

右手に二人。左手に三人。襟首を掴まれ、路面を引きずられているのは、キップシラの良く知る顔だった。彼と同じ、結社の主導権を握っているはずの者達だった。

この窮地はどういう事だ？

多少のトラブルはあったものの、『天上より来たる神々の門』は順調に盤面を支配していたはずだった。ソーズティ＝エキシカが囮となって稼いだ時間を有効に使って、巻き返しを図れるはずだったのに。

「なん、だ……？」

キップシラは、呻くように言う。

応じる気があるのかないのか、銀髪に褐色の肌の女性は右の手と左の手から力を抜く。どさどさと、土嚢でも置くような音と共に狩猟の戦利品が路上へ落ちていく。

実際の傷のダメージ以外の何かで、キップシラは眩暈を覚える。

「お前はあの失敗で全てを失った！　計画も凍結した!!　にも拘らず、お前は何故それだけの力を存分に振るえる!?」

「……あらあ？　そもそも私はあなた達の質問に答えただけなんだけど」

「な、に」

「第一問。現状、我々が保有する戦力を使い、最も効率良く学園都市へダメージを与えるにはどのようにすれば良いか」

うっすらとした笑みを浮かべて、褐色の肌の女性は言う。

「答えは簡単。『アグニの祭火』をさっさと捨てる事」

「な、ん……？」

「だあーって、このお粗末な作戦ってもうヒントがボロボロ出ていて、イギリス清教にも学園都市にも追われまくっているし。泥船、まさに泥船。これ以上無理に動かそうとしても全員で沈むだけよ」

にこにこと笑いながら、褐色の肌の女性は続ける。

瀕死のキップシラを、なお使い潰すと宣言する。

「でも、逆に言えば追っ手が向かっていくのはこの泥船だけ。ここで『アグニの祭火』も『天上より来たる神々の門』も全部切り捨てて全く新しい作戦を決行すれば、追っ手が食べ残しに噛み付いている間に手はずを整えられる。連中が気づいた時には手遅れになるぐらいに、ね？」

「馬鹿、が。『アグニの祭火』を捨て、て、それ以上の破壊を生み出す因子が、一体どこに……っ!?」

言いかけて、キップシラは気づいた。

褐色の肌の女性が、血まみれになった一〇本指を緩やかに開閉している事に。

「まさか、お前……」

「ま、最初っから『これ』を使いますって言ってもあなた達は許可してくれないしね。むしろ、全員揃って私を袋叩きにしようっていう風に転がりそうじゃないかね」

「あれが凍結された理由はお前自身が一番分かっているだろう？　必要な出力を実現できなかったからじゃない！　逆だ‼　あの純粋な『アストラ』は……‼」

「怯えるのは分かる」

女性はわずかに首を傾げて、

「でも、まさかと思うけど、私の抱える『アストラ』が当時のままだなんて考えていないかね？」

「……っ‼」

つまり、『アグニの祭火』はイギリスや学園都市の注目を集めるためのデコイ。

つまり、ソーズティ＝エキシカをデコイと嘲笑っていたキップシラ達もデコイ。

つまり、キップシラの知る計画は『天上より来たる神々の門』を動かすためのデコイ。

つまり、『天上より来たる神々の門』は彼女の自由を保障するためのデコイ。

つまり、つまり、つまり‼

「まあ、そんな訳で」

一歩、褐色の肌の女性がこちらへ近づいてきた。

思わず後ろへ下がろうとして、そこでキップシラは気づく。先ほどまで、あれほど周囲の注目を浴びていたはずだが、今は視線一つ感じない。そもそも周囲に誰一人存在しない。

そういう魔術を、知らぬ間に仕掛けられている。

見られては困る事を実行するために。

血まみれの風力発電のプロペラの柱には、『アグニの祭火』の陣が設置されている。しかし、キップシラはそれを利用しようとは思えなかった。

真っ赤な一〇本指が。

彼女の笑みが。

ゆったりとした速度で、圧倒的な恐怖を伴って迫り来る。

「デコイはデコイらしく、この辺りで退場していただけないかね？」

5

上条達はとりあえず漫画喫茶の中へと入った。（上条のお小遣いで）三人分の個室の料金を払うが、彼らはその内の一つで合流する。

ステイルからは、大量の画像データがプリペイド携帯へ送信されてきた。

『誰か』に倒され、放置されていた魔術結社の人間の顔写真ばかりだ。

ソーズティ＝エキシカはそれらを一つ一つ確認しながら呟く。

「これで全員か？」

「みたいだな。何か分かったか」

「……人数が足りない」

彼女は何度も写真を表示させていき、同じ結果を確認しながら言う。

「オーロダーサ＝ギンズハナ、ケリールティ＝タナブルック、サムタラク＝シャンデーバ、キップシラ＝エンディーニヤ、パンチャヴァニ＝ウッダサーラ、スレーソーマ＝アンルッダ。……この六人については、まあ、理解できない事もない。結社の中では意思決定を行う側の人間だった。何者かから襲撃を受けた時、優先的に退避できるよう人員の配置を行うはずだ」

「それが？」

「消えている人間は全部で七人だ」

ソーズティ＝エキシカはポツリと呟く。

噛み締めるように、一つの名を付け足す。

「……ウレアパディー＝エキシカ。私の姉だ。彼女が優先的に庇われる理由は特にない。仮にこの六人を逃がすために他の魔術師が全滅したなら、姉もこの中に入っていないとおかしいのに」

上条はソーズティの横顔を見た。

彼女は上条の方は見ず、小さな画面を睨みつけたまま、さらに言う。

「それに、この傷。……私達の結社で使っている『アストラ』のものと良く似ている」

「あすとら？」

上条が怪訝な声で繰り返すと、傍らにいたインデックスが答えた。

「インド神話の神様が持っている武器の事だね」

「本来の意味とは少し違うが……私達の結社では、神々の特性を象徴する力や武器全てをアストラと呼んでいた」

ソーズティは低い声で呟くように言う。

「……私がお前達に使ったものも、アグニアストラと呼ばれるものだ。ただし、人間にも扱える程度に、かなりダウンサイジングしているがね。私達の使うアストラは、あくまでも効果しかない。槍のアストラの場合、刺し傷を作る事はできるが、槍そのものの形まで生み出す事はできないんだ」

そうなると、一口に『アストラ』と言っても色々ある事になる。それこそ、火、水、風、土……神様が備えている属性分だけ『アストラ』があると考えても間違いではないだろう。

では。

学園都市に潜んでいた『天上より来たる神々の門』を壊滅に追いやったウレアパディーが隠し持っているのは、一体どんな属性を持った『アストラ』なのだろう。

「今の姉はシヴァ神系のアストラを使用しているはずだが、当初は別の系統のアストラを専門に取り扱っていたんだ」

「?」

「……すでに凍結した計画のはずだった。魔術師が反動なしで安全に使える、ダウンサイジング版じゃない。刺し傷だけでなく、きちんと武具としての形まで組み上げる純粋なアストラ。あらゆる高負荷を覚悟してでも『アストラ』本来の力を完全に放出するための計画」

ソーズティは奥歯を噛み、絞り出すように言う。

「結局、『アストラ』自体は完成したものの、それを扱う魔術師の補強の方が確立できずに失敗したはずの計画だ。参加者の多くは反動で爆散し、姉もそれで深手を負ったはずだった。体内はかき回されて、まともな防壁は残っていないはずだったのに!!」

「何だ……? お前の姉っていうのは、一体どんな『アストラ』を持っているんだ?」

「私の姉が、ウレアパディー＝エキシカが持っているであろう『アストラ』は……」

6

ウレアパディーと呼ばれる、長い銀髪に褐色の肌の女性は笑う。

路面には赤黒い血がなすりつけられており、その先にはかつての上司であるキップシラ＝エンディーニヤがうつ伏せで倒れていた。

すでに、キップシラの目は彼女を見ていない。

ぐりりと適当に回された首は動かない。

それでも、唇だけが蠢く。

「……『アストラの再編』の、復讐か……? お前は、散っていった、一四人に対する……」

「まさかまさか。表向きは『事故による爆散』とされていたものの、実際には、あれは同意の上だった。私達、『アストラ』との親和性の高い人物だけを集め、適性を持った一五人は精神を一度統合し、平均値となった『それ』を再び一五人の体へと分配したものだった。でしょ?」

対して、ウレアパディーはゆったりとした笑みを浮かべているだけだった。

静かで、緩やかで、丁寧に精密に動く表情だ。

「とはいえ、統合した精神の再注入なんて実際にはほとんど成功しなかったけど。脳の構造だって心臓や肝臓なんかと同じで人それぞれ肉体的に違うものだし、精神の定着は脳を含む肉体全体で行われるものだから、外から注入した精神は肉体の条件と合致しなければ崩落してしまう。そんな不安定な状態で『あのアストラ』を制御できる訳もない。……でも、その失敗は私達の失敗。結社を恨むというのは筋違いでしょ？」

「だったら」

「単純な話」

ウレアパディーの笑みは消えない。

最適値過ぎるその笑みに、かえって見る者は人工的な不自然さを感じるかもしれない。

「不完全とはいえ、私にはあの『アストラ』を使う事ができる。自分と他人への被害を一切考慮しなければ。使える駒があるのに使わない理由はないでしょ？　『アグニの祭火』よりも高い効果を持つ武具が手の中にあるなら、これで学園都市を攻撃するのが筋というものよ。たとえ『アグニの祭火』を踏み台にしてでも、ね」

「……本気で、あれを持ち出すつもりか……？」

「すでに持ち出している。だからあなたは倒れている。他の多くと同じように。今さら驚く事かね？」

「こんな個人携行レベルの話ではない！　凍結した計画のままに出力設定してあの『アストラ』を使うつもりなのかと聞いている!!　そんなっ、そんな事をすれば……っ!!」

「事態は学園都市の中だけに留まらない、と？」

ウレアパディーは予想していた言葉を被せた上で否定する。

それはしない、と言うのではなく。

さらに上の回答を。

「……そんな事を言っているから、『あなたの結社』は半端な位置から脱する事ができないのよ。五年も前に潰れた計画をそのままなぞる？　時間と共に技術は進歩するものだというのをお忘れかね。今なら、そうね」

大して考える素振りもなく、彼女の唇が具体的な数字を並べ立てる。

「あなた達がかつて躍起になって実現しようとしていた攻撃の、ざっと五〇万九〇〇〇倍の出力を引き出せる事でしょ」

しばし、キップシラの呼吸が止まった。

冗談でも何でもなく、あまりの驚きに、呼吸を行う程度の神経すら停止したようだった。

「滅、びるぞ」

「かもしれないが？」

「その数値が本当なら、少なくともこの惑星から安全地帯は消える！　超高空だろうが深海の底だろうが、どこへ逃げても全てが蒸発する!!　そもそも惑星自体の運行が正常さを保てるかどうかも分からん!!」

「でも、私の持っている『アストラ』って、そういうものでしょ？」

何しろ、とウレアパディーは区切る。

そして。

7

そしてどこかで、妹は言った。

「『天上より来たる神々の門』でも最強とされる究極の兵器」

そしてどこかで、姉は言った。

「宇宙を司る神の象徴なら、宇宙の一つでも壊さなくては」

奇しくも彼女達の口は、同じように動いて同じような言葉を放つ。

「『ブラフマーアストラ』」

8

ステイルから、上条の持つプリペイド携帯に連絡が入ってきた。相変わらずの非通知設定だが、短い間に頻繁に掛かってきているという事は、向こうもこちらの情報に期待しているのだろう。

上条はインデックスとソーズティ＝エキシカを店内に残したまま、一度店の外へ出る。

おそらく結社を壊滅させたのはウレアパディー＝エキシカという魔術師である事。その魔術師は『ブラフマーアストラ』という大規模な霊装を隠し持っている事などを報告する。

『……なるほど。学園都市各所に設置されていた「アグニの祭火」の陣が突然効力を失ったので妙だとは思っていたが、そのウレアパディーとかいうヤツがトカゲの尻尾を切った訳だね。そして、ヤツは「アグニの祭火」を切り捨てられるほどの何かを持っている』

「それがソーズティの言っていた『ブラフマーアストラ』だな」

『今のウレアパディーはシヴァ神系のアストラを使うんだったね。シヴァ神には風神、舞踏神、軍神、破壊神といくつもの顔がある。これは属性と言い換えても良い。そして多くの属性を有するという事は、多くの「アストラ」を有すると変換しても問題ない』

「『ブラフマーアストラ』はその一つだっていうのか？」

『あれはそうしたシヴァ神系とは別系統の、ブラフマー神系のアストラになるね。わざわざシヴァ神系で統一せず、そこだけブラフマー神系のアストラを残しているのだから、それだけ特別な意味や思い入れでもあるんだろう』

電話の向こうで、ステイルは気だるげに言う。

『彼らの伝承では、特殊な弓矢だという話だね。風の矢羽と太陽の鏃を持った魔術の矢。一度射出すれば、標的までは自動誘導。間にある障害物は全て貫通し、標的を確実に殺害した上、その後はブーメランのように持ち主へ帰るため、敵側に鹵獲される事もない……。毎度おなじみチート性能満載というヤツさ』

誰を、あるいは、どこを。

ウレアパディーの狙う標的は不明だが、そんなものが本当に存在するのだとすれば、狙われる側は手も足も出ないはずだ。

「結社の中でも機密レベルが高いプロジェクトだったらしくて、ソーズティにも詳しい仕組みは分からないらしい。ただ、『ブラフマーアストラ』の使用条件には流れ星が深く関わっているってさ。同時に三つの流れ星が輝いている状態じゃないと使えないとか」

『大方、照準補正にでも必要なんだろうね。ブラフマー神自体、宇宙に深く関わっている神だ。GPSのように、流れ星を使って超高空から標的の座標を正確に測っているんだろう。……待て』

電話の向こうのステイルは、わずかに間を置いて、

『……インドで活動しているイギリス清教の別働隊から報告があった。「天上より来たる神々の門」の本拠地ではないが、大規模な魔術の実験場の跡地を発見したようだ』

「『ブラフマーアストラ』に関する情報は出てきたのか？」

『まあね。半径五〇メートル程度のクレーターだ。……ただし、断面の組成がイカれているとあるね。表面をきっちり三ミリ。この厚さで地面が結晶化しているようだ』

「……？」

『単純な爆発じゃない。どんな効果があるかは不明だが、効果圏内にあるものは何でもかんでもクレーター状に抉り取られると思った方が良い』

それが本当だとすれば洒落にならない。

街全体を燃やそうとした『アグニの祭火』に比べると、破壊力は小さいように見えるかもしれない。しかし何を狙うかで話は変わる。半径五〇メートルという『きっちりした破壊』を利用すれば、学園都市の堅牢な研究機関の外壁などを抉り取って内部に侵入する事だってできる

ようになるかもしれない。

『さらに、爆破跡はいくつかあるようだが、五〇〇メートル以上の地下でも発見されたようだ。そこでは奇麗な球状に地盤が抉り取られていたみたいだけどね』

「……どういう事だ？」

『どんな障害物も貫いて進み、標的に着弾してから大破壊を撒き散らす、という感じだろう。シェルターに隠れても無駄、という訳だ』

当然。

施設襲撃などの回りくどい事をせず、学園都市上層部を直接殺そうとしている場合、厳重な警備態勢など無視して、『ブラフマーアストラ』が放たれた時点でほぼ確実に勝負が決まってしまう。

電話の向こうのステイルは、努めて冷静であろうとしているようだった。

『……しかし、必ず三つ以上の流れ星が必要になる、というのがネックだな。「ブラフマーアストラ」の射程や誘導性は不明だが、とりあえず使用条件は厳しそうで助かった。流れ星なんてそうそう出現するものじゃない。それも夜空に三つ同時だなんてほぼありえない。おかしな偶然に足を引っ張られない限り、苦も無く解決できそ……』

「……いや、待てよ」

上条は、何か引っかかるものを感じてステイルの言葉を遮った。

決して見逃してはならない何かを。

「ウレアパディーの最終的な狙いはどうあれ、『ブラフマーアストラ』が深く関わる可能性は高い。……でも、いくら予報ができたって、流れ星っていう偶然に最後の一手を預けるのか？」

『自らの予測によほどの自信がある可能性は否定できない。……が、ウレアパディーが当初からあの時点で仲間を裏切る事を考えていた場合、ほんのわずかなズレで全てご破産になる自然現象を頼りきるというのは、確かに妙だね』

「偶然が起こりやすい環境だけは、整えられていたのかも」

『分かるように言え』

「そもそも流れ星っていうのは一体何だ。まだ地球の外に手の届かなかった時代なら、遠い宇宙の向こうから飛んできた掌大(てのひらだい)の鉱石しかなかったかもしれない。でも今は違う。すっかり衛星軌道が汚れた今じゃ、流れ星の大半は、壊れた人工衛星や切り離されたロケットのパーツなんかが大気圏に突入して光り輝いているように見えるだけだ！　それを『ブラフマーアストラ』の使用条件に組み込めるとしたら!!」

そして、おあつらえ向きな国際イベントが一つある。

金星への無人探査機コンテスト。

大小四〇〇近い組織や機関がこのイベントに参加するため、世界中でロケットを打ち上げているというのだ。

当然、不要な部品が数多く切り離されれば、それだけ流れ星が発生する可能性も上がる。この数日に限り、流れ星が発生する頻度は飛躍的に上昇する。

本来であれば数十年、数百年に一度しか扱えない『ブラフマーアストラ』を、極めて連続的に使用する事ができるようになるかもしれない。

『……だが、まだ曖昧だな』

上条はそうした意見をステイルに伝えたが、彼はそう否定した。

『単なる露払いじゃない。ウレアパディーが本当の標的を狙う時は、万に一つの偶然なんて信用しようとはしないだろう。そうした偶然が発生しなかった時のために、確実なイカサマを用意しておくはずだ』

「というと？」

『これから発射する予定のロケットに細工をする。それを宇宙空間で爆発させれば、時刻表通りの流れ星を生み出す事だってできるだろう』

敵の狙いは分からない。

分からない以上、事前に先回りして幻想殺しで待ち構えるなどの防衛策は使えない。

そして『ブラフマーアストラ』が一度放たれれば、極めて高い確率で標的を破壊するだろう。

『放たれてからでは遅い』

「でも、ウレアパディーは攻撃を実行に移す前に、必ずロケット発射場にやってくる。『確実な保険』を作っておくために」

『これが最後のチャンスだ。発射場でウレアパディーを仕留められなければ、破壊神の名を冠するに相応しい破壊力が、学園都市を席巻する羽目になるぞ』

学園都市でロケット発射場と言えば、一つしかない。

「第二三学区だ。ウレアパディーは絶対にそこへ向かう!!」

9

上条、インデックス、ソーズティ、ステイルの四人は第一八学区で集合した。第二三学区の隣の学区である。

　必然的に、上条が街の案内役のような立場になる。

「第二三学区は学区全体が機密情報の塊で、普通の街みたいに出入りはできない事になってる。まして、こんな時間ならどこのゲートも通してはくれないはずだ」

「……つまり、そこのフェンスをうっかり乗り越えた時点で水平射撃が待っていると考えて良い訳か」

　ソーズティが忌々しそうに言う。

　インデックスは眉をひそめて、

「でも、とうま達の話が本当なら、ウレアパディーは第二三学区に向かった、って事なんだよね？」

「侵入前に迎え撃てれば良かったんだけどな」

　上条は自信なさげに言ったが、ステイルが否定する。

「向こうがわざわざ待つ理由は特にない。今までは『天上より来たる神々の門』と同調する演技を続ける必要があったから後回しにしていたかもしれないが、枷が外れたら真っ先に第二三学区へ入る事を考えるだろう。すでに入ったものと見た方が良さそうだ」

「……そうだろうか」

ソーズティがぽつりと呟くと、他の全員が彼女に注目した。

ウレアパディーについて、最も確度の高い情報を持っているのは妹であるソーズティだ。

「第二三学区は、『天上より来たる神々の門』の当初の計画でも、優先順位の高い破壊目標だった。にも拘らず、学区の中には『アグニの祭火』の仕掛けを施していない。……理由は単純さ。私達の結社では、気づかれずに入る方法を持ち合わせていなかったんだ」

「何だと……？」

ステイルの眉間に皺が集まる。

ソーズティはそんな『同業者』をジロリと睨みつつ、

「侵入自体は可能だ。ただし限界は一〇分程度だろう。それ以降は学園都市の防衛陣とまともに交戦する事になる。とてもではないが、繊細な霊装の調整、設置などは不可能だ。私達は『アグニの祭火』でいくつかの主要な学区を破壊しつつ、その混乱に乗じて第二三学区に乗り込んで直接攻撃を仕掛け、施設を破壊してから学園都市を脱出する予定だった」

この街に住む上条にとっては、未遂に終わった今聞かされてもゾッとする話だ。

だが気になる点がある。

話が脱線しそうなので後回しにする事にし、上条は別の質問を放った。

「となると、だ。ウレアパディーは第二三学区には入っていない、って事になるのか？」

「私達の結社を壊滅した後、真っ先に踏み込んでいたとすれば、とっくに警報が鳴り響いているだろうな」

これ以上の隠し球がなければの話だが、とソーズティは不穏な事を付け足す。

ステイルは靴の底で地面を軽く叩きつつ、

「……僕達の予測が正しければ、ウレアパディーは所定の時間に打ち上げられるロケットに細工を施し、大気圏外で起爆する事で、『ブラフマーアストラ』に必要な流れ星を人為的に生み出そうとしている事になる。これについても、ものの一〇分で行えるとは思えないね。自分の手を振り下ろすより、時間差をつける方が殺しはずっと難しいんだ」

何かを見落としている。

ウレアパディーが当初からこの事態を想定していたのだとすれば、手持ちの魔術で第二三学区へ長時間潜入するのは不可能だという事も分かっていたはずだし、そのための対策だって用意するはずだ。

足りない因子は何か。

短時間でロケットに細工を行う手順でもあるのか。

長時間、第二三学区の警備をごまかす術式でもあるのか。

「……待てよ」

上条は呟いた。

「そうか。そうだよ！　簡単な事だ。そもそも第二三学区に入らないでロケットに細工を施す方法があれば解決できる!!」

「とうま、どういう事？　つまり国をまたいだ呪いみたいに、遠隔地から『ろけっとー』をいじくる方法があるって事？」

「違う。そんなに便利な方法があるなら、そもそも学園都市に入ってくる必要なんてなかっただろ」

「だったら何だ？」

ソーズティは訝しげに質問する。

対して、上条はあっさりと答えた。

「逆だったんだ」

「？」

「ソーズティが第二三学区の外から何かをやる訳じゃない。ターゲットのロケット自体が第二三学区の外に出てくれれば、第二三学区のセキュリティは問題じゃなくなるはずだ」

「どうやって？」

ステイルが馬鹿にするように言った。

「僕はそれほど航空宇宙分野に詳しい訳じゃないが、それでもフェンスの向こうに突っ立っているロケットがどの程度の大きさなのかは理解しているつもりだ。並の電波塔に匹敵するサイズのロケットを少しでも移動させれば、誰だってすぐに気づくはずだろう」

「そうでもないんだよ」

上条は軽い調子で遮る。

「ロケットの大部分は第二三学区内で組み立てられる。燃料の注入だってあの中でやる。でも、一部については違うんだ。ロケットのコンテナ部分……今回は衛星じゃなくて探査機を乗せるカプセルだな。その姿勢制御に使う補助のブースターの燃料注入は、第一〇学区で行われるはずだ」

「何故(なぜ)?」

「液体燃料のヒドラジンはただでさえ爆発力が大きい上に、有毒性も無視できない。取り扱える学区が限られているんだ。その中でも最大クラスが第一〇学区。ここんところのワイドショーでも騒がれているよ。コンテナの運搬中に事故でも起こしたらどうするんだ、全部第二三学区の中でできればこんなリスクも必要ないのに、ってな」

「……第一〇学区から第二三学区へ繋(つな)がる全ての運搬ルートを洗い出す必要があるな。どこかでウレアパディーが網を張っているはずだ」

「待った」

すぐさま動こうとするステイルに、上条(かみじょう)が声をかける。

「ロケット最上部のコンテナだけって言ったって、スケールが違うんだ。二〇メートル級の貨物を引っ張ったままトレーラーが走るんだぞ。普通の道を走ったって絶対に曲がれない。ロケットは最短かつ一番幅の広い道路を素直に選ぶはずだ」

「じゃあとうま、その道を逆に辿(たど)れば……」

「どこかでウレアパディーとぶつかるって訳だ」

10

第七学区、高架上の幹線道路。

高圧電線用の鉄塔を丸ごと横に倒したほどの大きさを持つ、巨大な衛星運搬車両が路肩に停められていた。これほどの巨体、なおかつ猛毒のヒドラジンを満載にしている事を考えれば周囲のドライバーの運転も慎重になりそうなものだが、そうした様子は一切見られない。

まるで。

誰も彼もが、ここに衛星誘導車両がある事にも気づいていないかのように。

「ウレアパディーッ!!」

唐突に聞こえた少年の叫び声に、衛星誘導車両の運転席のドアを開けて中を覗き込んでいた、銀髪に褐色の肌の女性は眉をひそめた。それから事態に気づく。

わざわざ使用言語を合わせるほどの余裕を見せて、彼女は答える。

「おやおや。もう名前まで探られたのかね。まあ、あなた達の中に見知った顔があるから無理もないでしょうけど」

揶揄されたソーズティは、しかし一歩前へ踏み出す。

感情的に何かを言おうとし、口を開けただけでその言葉を呑み込んで、無理矢理に顔色を固定させる様は、見ている上条の方が辛かった。

そして少女は自らの姉へ、突き付けるように告げる。

「……私達の結社を潰してきた、というのは本当か？」

「あなた達の結社なら、確かに潰してきた」

明確に、区切るようにウレアパディーの唇が動く。

サラリと。

あらゆる感情を抑え付けて、体の内側でぐつぐつと感情を煮えたぎらせながら会話に臨んでいるソーズティとは対照的な様子だった。思い浮かべるものが特に何もないから表情を変えない。そこには内臓が全て冷え切るほどの無関心があった。

姉と妹。

その間にある、明確な齟齬。

「枷になるばかりで使い物にならないんだもの。計画の一つ一つがお粗末で、そもそもの目的さえスケールが小さい。そのくせ、すでに凍結した私が何かをしようとすれば全方位から睨みつけてくる。……利用して使い潰す以外に、もはや存在価値はあるのかね？」

「……それは、私を含む結社全体と受け取っても構わないんだな？」

「お好きなように。ただ、あなたの一件のおかげで、肩に余計な力が加わったのは事実かね」

それは、結社の人間が口封じで捕まったソーズティに攻撃を仕掛けた一件だろうか？

だとすれば、ソーズティとウレアパディーの間にはまだ姉妹の情があるのかもしれないが……。

「だって、ただでさえお粗末なデコイの作戦を、あなたが勝手に壊していくんだもの。その都度『裏切る計画』を修正していくのは大変だったよ」

命懸けの陽動役。

たとえその身を犠牲にしてでも、自分の姉や仲間だけは逃がそうとしたソーズティの決意に対する、冷酷な返答。

その瞬間。

上条(かみじょう)は、本物の沈黙を知った。

脳裏にソーズティの携帯電話の待ち受けにあった写真の、その笑顔が浮かぶ。

こうしたシビアな選択に精通しているはずのステイルでさえ、息(いき)を呑(の)んだのが分かった。

「テメェ……っ!!」

上条(かみじょう)が叫んで拳を強く握り締めようとした所で、遮るようにソーズティが片手を水平に上げた。

「尋ねたい。たとえ一部分と言っても、ロケット技術は機密情報の塊で、猛毒の燃料を満載にしているという事情つきだ。誘導車両の他に護衛車両がつくのは当然だと思うが、彼らはどうした」

「排除したよ」

「その車の運転手はどこへ行った」

「排除した」

具体的に、何がどうなったのかを告げない辺りが、余計に嫌な予感を連想させる。護衛も、運転手も、ここにはいない。上条達(かみじょうたち)に分かるのはそれだけだ。どうか無事でいてくれと願うしかない。

当のウレアパディーはにこやかに微笑(ほほえ)み、言う。

「そうそう。お粗末な作戦のお粗末さすら理解していないあなたにとっては、質問する事こそ最善。ただ率直に言って、最適化を極めた挙動からは華や風情がなくなるものだけどね」

「……かく言うあなたは、そんな風情を語れる身の上か？」

ソーズティは硬い調子で、石のような言葉を放つ。

「自分の目的のために仲間の背中さえ撃ち、大義もなく学園都市を粉砕する。全ては過去に凍結された『ブラフマーアストラ』を誇示するために。……私に言わせてもらえば、あなたの方こそ、最適化を追い求めるあまり無様さを露呈しているように見えるんだが」

「質問を簡潔にまとめてくれないかね」

「何を狙う？」

一言で、突き刺すような質問だった。

続けてソーズティは告げる。

「結社全体の思惑は、あなたにとってデコイに過ぎなかった。だとすれば、『学園都市を破壊する』という基本方針にさえ従う必要はない。……あなたが『ブラフマーアストラ』をここで使いたがる理由が見えない。まさかと思うが、本当に凍結された『ブラフマーアストラ』を使う、それだけが目的という訳ではないだろうな？」

「答える義理はないんだけど。でも、もしもその通りですと答えたら、あなたはどうするつもりかね」

小さく首さえ傾げるウレアパディー。

姉と妹。

にも拘らず、ソーズティは躊躇なく応じた。

「殺すとも。この恥さらしが」

上条は眩暈を覚えた。はっきりと。実の姉にあれだけ言われて冷静さを失っている……のかもしれないが、それにしても、彼女達の応酬は行き過ぎだ。あるいはこれが、標準的な魔術師という生き物だとでも言うつもりか。

傍らにいるステイルの方へ思わず目をやったが、長い髪に隠れ、彼の表情は見えない。

「……私達、結社が学園都市を狙ったのは、それがどうしても必要な事だったからだ。後世の歴史でどんな風に書き記されようが、それでも私達にとっては絶対に曲げられない事だったからだ」

そうしている間にも、ソーズティは吐き捨てるように付け加える。

「それが、事もあろうに、どこでも良かった、だと？　ただ凍結された自分の術式を振るいたい。それだけのために、一〇〇万都市を破壊する、だと？　ああ、そんなもの、結社から監視されて当然だ。そんな思想、暗い穴にでも放り込まれて石で蓋をされるのがお似合いだ」

「ソーズティ。あなた、自分が何を言っているのか。本当の本当に理解はしているかね？」

「……分かっているとも」

つまらなさそうに、ソーズティは答えた。

「あなたのような人を見て分かった。自分のやろうとしていた事を『外』から眺めて、ようやく気づかされた。自分で言っていて、自分の正当化に腹が立つ」

「ソーズ、ティ……？」

上条はささやくように言ったが、彼女は上条の方を見なかった。

己の『敵』を見据え、叫ぶように大声で宣言する。

「間違っていたんだよ!!　こんな事は、理由があってもやっちゃあいけなかった。そんなもの押し付けられたって、犠牲になる人達には一欠片の救いにもなりやしない。理由なんて、あってもなくても同じなんだ!!　だったら、理由があっても駄目な事を、理由もなくやらせる訳にはいかないだろう!!」

「なぁんだ」

退屈そうに。

心底、心の底から退屈そうに、ウレアパディーは薄く笑う。

「……もうそこまで辿り着いちゃったのか。だったら、『これ』は話してもあなたを追い詰める材料にはならないかね、ソーズティ？」

「……？」

「奇妙だとは思わなかった？」

ゆったりと、流れるようにウレアパディーは続ける。

「結社の貧相な首脳陣が考えた当初の計画では、いくつかの学区を『アグニの祭火』で破壊し、その混乱に乗じて警備の分厚い第二三学区に直接乗り込んで、内部の施設を破壊する事になっていた。そうでしょ？」

「今にしてみれば、吐き気がするようなお題目だがな。それがどうした」

「おやおや。そのお題目は『限界を超えた鍛練によって限界を超えた肉体を手に入れる結社からすれば、学園都市の最適な数値による最適なトレーニング法は思想に反する』というものではなかったかね」

「あ……」

と呟いたのは、ソーズティではなく上条だ。

ウレアパディーは嬉しそうに笑い、

「そちらの学生さんは気づいたようね。おかしいでしょソーズティ？　心身を鍛える方法について我々は対立していたはずなのに、何故だか破壊計画の最終目標は『第二三学区』に指定されていた。航空・宇宙技術なんて本来ならどうでも良かったはずなのに」

唖然とした様子で、ソーズティは呟く。

「結社には、私達に隠していた情報があったという事か？」

「彼らが学園都市を狙う真の理由は別にあった。つまり、あなたが後生大事に抱えていた正当化には何の意味もなかった……と、こう追い詰めたかったんだけど、どうやら自ら呪縛を解いたようだし、意味がなくなっちゃったねと言いたかったのよ。理解は追い着いているかね？」

「……、」

「『それ』が何であるか、そして『それ』が何をもたらしたのかが分かれば、あなたも私の闇に届くでしょ」

でも、とウレアパディーは呟き、

「今日はこの辺りで。私の方も暇ではないの。『下準備』ももう終わった事だし、そろそろ引き上げさせてもらうとしようかね」

ガシャコン!! というかいくつもの金属音が合わさったような音が響いた。

いつの間にか、ウレアパディーの手には巨大な黄金の弓が握られていた。

弓。

あるいは、ブラフマー神が持つとされる『アストラ』の一つ。

一度放たれれば、どんなに堅牢な建造物があろうとも、半径五〇メートルの円を奇麗に抉り取るもの。

「『ブラフマーアストラ』か⁉」

「心配しないで学生さん。今はまだ、頃合いが悪い。そもそも、『どう狙っても必ず標的を貫く弓矢』を、こんな真正面から撃っても仕方がないでしょ? ソーズティとの戦果を見る限り、あなた達には魔術を破壊する強力な手札もあるようだしね」

ならば何を狙うのか。

そもそも一体何をしでかすのか。

上条が疑問に思ったその時、ウレアパディーはその弓矢の矛先によって答えを示した。

衛星誘導車両。

正確には、猛毒のヒドラジンを満載にしたロケットのコンテナ部分。

「今日は逃げるのが最優先」

弓につがえられたのは、何の変哲もない鉄の矢だった。

しかし、それだけあれば十分。

「だから、これについては諦めるよ」

ドン‼　と。

鈍い音と共に、コンテナ部分の側面に矢が突き刺さる。

炭酸が噴き出すような音が響き渡った。何か透明な、しかしそれでいて水とは明らかに違う液体が路面へと溢れ出す。

「まずい、ヒドラジンが‼」

上条が思わず叫ぶ。

ウレアパディーは微笑みながら、後ろへ下がる。そのまま逃走の構えを見せる。こちらには来られない。そう考えているのがありありと分かる。

そこでインデックスがステイルに向けてこう切り出した。

「イギリス清教式の術式を使っていたよね？　炎であれを吹き飛ばして‼」

正気とは思えない発言だった。

しかし違う。

彼女はこう付け加える。

「基本ベースは火で意味は断罪だと思うけど、文言の第三から第五に浄化を付加してループ。英語圏で頭文字はＰ、Ａ、Ｒ。それで対象の毒性を破棄できる‼」

「……なるほど」

その『助言』を、ステイルはどう思っただろうか。

かつて、当たり前のように受けていたその立ち位置に、束の間とはいえ再び立った魔術師の気持ちは。

多くを語らず、ステイル＝マグヌスは迅速に行動を始める。

轟!! という炎が酸素を吸い込む音が炸裂した。

神父の右手に炎の剣が現れる。

初めて、ウレアパディーの顔にわずかな緊張が混じった。

爆発に巻き込まれるリスクを考えたのだろう。

「良い顔だ」

唇を歪めるように笑い、ステイルは躊躇なく炎剣を振るう。

その形が崩れ、洩れ出たヒドラジンに向けて一直線に突き進む。

直後だった。

学園都市の夜の闇を拭うほどの、大爆発が巻き起こった。

11

爆発と同時に、ウレアパディーが仕掛けていた術式を解いたのか。あるいは爆発力で強引に術式を破壊したのか。ようやく、高架上での『騒ぎ』は一般人にも周知される事になった。

　近づいてくる消防車のサイレンに急かされるように、上条達は非常階段を使って高架道路から地上へと降りる。

「ウレアパディーは逃走したようだね。手応えはなかった」

　ステイルがそんな事を言う。

　戸惑いの声を出したのはソーズティだった。

「だが、ちょっと待て。待ってくれ。姉は『ブラフマーアストラ』使用のために運搬中のロケットコンテナへ細工を施そうとしていたんだろう？　だとしたら、どうしてそのコンテナを躊躇なく切り捨ててしまうんだ」

「どっちみち、俺達にロケットを特定された以上、あれがそのまま発射される事はねえよ。向こうもそう判断して、使い捨てる事にしたんじゃねえのか？」

「とうま。つまりそれって、ウレアパディーは他の『ろけっとー』に狙いを変えて、襲撃の機会を窺うって事なの？」

　そうだったら話は簡単だ。

　敵の狙いが分かっていれば、事前に罠を張る事もできる。あるいは、ロケットの作業自体を一時的に中断してもらえばそれでウレアパディーの計画もストップしてしまう。彼女がもたついている間に位置を特定できれば、こっちから襲撃する事もできるはずだ。

　ただし、

「……僕達に狙いを知られる、という状況をウレアパディーが正しく理解していたなら、あっさりとロケットコンテナを使い捨てるとは思えない。ここから先、全てのロケットで警戒されると考えたら、少なくとも『あっさり』とはいかないはずだ」

ステイルはそんな事を言った。

「何があってもあのロケットコンテナを発射させようとするか、あるいは、情報を持っている僕達を確実に殺そうとするか。何にしても、そこには『計画が成功するか否か』の瀬戸際らしい、死にもの狂いな対応があったはずだ。なのに……」

「『あっさり』捨てたって事は、ウレアパディーにはまだ余裕がある……？」

上条が引き継ぐように言った直後だった。

彼の視界の端に、何か嫌なものが映った。

それはどこの学区にも当たり前のように存在するものだった。風景の一部と呼んでも差し支えない。飛行船。側面に大きなモニタを備えた広告塔が、世界のニュースを垂れ流しにしている。

『金星探査コンテストは順調に進んでいます。EU宇宙産業委員会では「総合的なテクノロジーの速度では学園都市に劣るかもしれないが、我々にも時計細工などで鍛えた伝統と熟練の技がある。そうした職人の腕は必ずや世界に誇れる結果を示すだろう」とのコメントを発しており、ロケット産業の民営プロジェクトも……』

「まさか……嘘だろ」

「君が考えている事を当ててやろう」

ステイルも極めて不愉快そうな顔でこう呟いた。

「……ウレアパディーは学園都市にやってくる前から、すでに『外』のロケットへいくつか細工を施していた。学園都市の『中』のロケットは、何パターンかある『保険』の一つに過ぎなかった。それらの細工済みロケットは、精密なタイムスケジュールに則って、ウレアパディーの計画にとって都合の良い日時に、正確に打ち上げられる事になっている」

元々、ロケットの発射作業は準備の遅れや気象条件によって誤差が生じたり、中断される事も珍しくない。

『ある決まった時間』に確実にロケットを飛ばしたいのなら、複数の地点で全く同時刻に発射が予定されているものを多数選んで、何重もの『安全』を手に入れておきたいところだろう。

「だから、切り捨てる事ができた？」

上条はポツリと呟いてから、ソーズティの方へ向き直る。

「お、おい。『天上より来たる神々の門』ってのは、本拠地はインドにあるんだよな？　お前達はどこをどう通って学園都市までやってきたんだ⁉」

「最悪だ。私も今、それを考えていたところだ」

「具体的には⁉」

「いくつかのグループに分かれて日本の東京で合流した。姉は私と一緒に、インドから一度ロシアへ向かい、ドイツの空港に到着したのち、陸路でフランス、イギリスと通って、そこの空港からアメリカ、オーストラリアを経由して日本へ入った。くそ、どこも金星探査コンテストに関わっている国ばかりじゃないか‼」

ソーズティは顔を青くしながら、言う。

イギリスやフランスには地上発射施設はないが、太平洋上にある島々を借りる他に、超高空を飛ぶ民間飛行機から二段式のロケットを切り離して衛星を大気圏外に送るプロジェクトも併用しているらしい。巡航ミサイルを積んだ爆撃機と間違われないよう、入念な連絡を行っているというワールドニュースは上条もテレビで観ている。

当然、今回のように地上を運搬中のロケットへ手を加えられた可能性は否定できない。

「姉が一体どこで何基のロケットに手を加えたかは誰も分からないぞ。その上、勢力図が複雑になれば『鶴の一声』で発射中断を申し込む事もできなくなる！　何しろ今は金星探査コンテストの真っ最中だ。誰かが中断させようとしても、誰も聞く耳なんて持たない。事情を知らない人間からは妨害行為にしか見えないはずだ!!」

「問題は、『ブラフマーアストラ』の破壊力だね」

インデックスは思案するように告げる。

「元々、ブラフマー神の武器の名を冠する霊装。そしてウレアパディーの口振りから、極めて高い誘導性を持つらしい事も分かっている。どこまで神話が再現されているかは知らないけど、オリジナルを追究しようとした場合、どうやったって威力を極限まで増幅させようとする意図が混じるはずだよ」

「つまり？」

「ウレアパディーが持っている『ブラフマーアストラ』には、『天上より来たる神々の門』の中でも最強の呼び名に相応しい破壊力を強引に取り付けてある可能性が極めて高いって事。百発百中な上、当たったら当たったでとんでもない大爆発が起こる。過去のデータでは五〇メートル圏を破壊するっていう話だったけど、威力の方はどれくらい増幅されているか。……そんなものが、学園都市の中で放たれたら……」

嫌な予感が膨らむ。

ウレアパディーの目的は不明だが、彼女のこれまでの行動から考えて、準備を整えるだけ整えておいて見逃すなんて事はありえないだろう。

彼女は絶対に撃つ。

たった一発の破壊神の矢が、どれほどの被害を生み出すかは想像もつかない。

「どうするんだ？」

ソーズティが質問する。

「『ブラフマーアストラ』は姉の手の内。使用条件である『三つ以上の流れ星』についても、ロケットを遠隔爆破させればいくつだって生み出せる。そのロケットがどこにあるかは誰にも分からない。すでに宇宙に打ち上げられている可能性だって否定できない!!」

「……どこに何基あるか分からない細工済みのロケットの事を考えても仕方がない」

上条（かみじょう）はそう答えた。

あらゆる魔術を打ち消す右手を、強く握り締めながら。

「だったら、ウレアパディーの持っている『ブラフマーアストラ』を破壊するしかない。それ以外に、学園都市を守る方法なんて一つもねえんだ」

第四章

1

意気込みに反して、そこから先、上条達がどれだけ学園都市を走り回っても、ウレアパディーの尻尾の先さえ掴む事はできなかった。

元々、彼女は自分に繋がる足取りを完全に消すため、『天上より来たる神々の門』を潰した経緯を持つ。一番確度の高い情報を持っているソーズティでさえ、ウレアパディーが『今までとは違う方式で逃走したり潜伏したり』すれば、これまでの情報や経験則は何の役にも立たなくなってしまうのだ。

すでに夜は明け始めていた。

荒い息を吐くステイルは言う。

「チッ。そろそろ潮時だね。ウレアパディーは完璧に潜伏している。闇雲に捜し回って、たまたま遭遇できるような段階ではなくなった」

「悠長に次の作戦を考えていられる余裕はあんのかよ？　あいつが細工したロケットが頭の上で爆発しちまえば、『ブラフマーアストラ』の使用条件は整っちまうんだろ？」

「……学園都市側から連絡があった」

と、ステイルは携帯電話を軽く振って、

「ウレアパディーが細工を仕掛けようとして、僕達が破壊したロケットコンテナは三日後の午後九時に発射される予定だったようだ。おそらく、学園都市の『外』にある細工済みのロケットについても、同じタイミングで発射されるものばかりを選んでいるんだろう。何が言いたいかは分かるな？」

「つまり、ウレアパディーにしても、三日後を待たない事には『ブラフマーアストラ』を使う事はできない……？」

「ご明察。小学二年生でも答えられる超難問を良く解いてくれた」

ステイルは皮肉げに告げる。

「……それなら闇雲に動いて時間を無駄に消費するより、有効な手立てを考えて一気に追い詰めた方がウレアパディーに一矢報いられる可能性は増す。君はせいぜい、ただでさえ使えない頭が眠気で錆びつかないよう、今の内に休息でも取っておくと良いさ」

「そっちはどうするんだ？」

「ウレアパディーに体力回復の機会を与えたくない。僕が動いているというサインを、魔術師にだけ分かる形であちこちに残しておくさ。効果が出たら相手は警戒して一睡もできなくなる。魔術は思考の戦闘だから、そういう小さな蓄積が最後の一撃で結果を大きく左右させる一因になってくれるかもしれない」

「そっか。ありがとう」

「……まったくもって意味不明な返答をしている暇があったら、さっさとその顔が見えなくなる所まで行ってくれ」

ついでに、と彼は呟(つぶや)き、

「現状、僕だけではソーズティ＝エキシカを確実に拘束しておくだけの設備を確保できない。寝床と食事を与え、仮初(かりそめ)の信頼を構築しろ。ウレアパディーについて、ソーズティが隠している情報を入手できるかもしれないしな」

というのが、イギリス清教(せいきょう)から派遣されたステイルに必要な『建前』なのだろう。上条(かみじょう)は『了解』とだけ言うと、インデックスやソーズティの元へと歩いていく。

とにかくどこかで睡眠を取る、という今後の方針に、案の定ソーズティは反対のようだった。今すぐにでも姉のウレアパディーを追いたいのだろう。しかし明確なヒントがない事、三日間の猶予がある事は事実である。

この三日間を最も効率良く使い切るにはどうしたら良(い)いか。

少なくとも、二三〇万人が住む学園都市の中を闇雲に走り回り、たった一人のターゲットを『偶然』『たまたま』見つけられる可能性に賭ける事ではないだろう。

「……『天上より来たる神々の門』の追っ手はない。ウレアパディー＝エキシカ側からわざわざこっちにちょっかいを出してくるメリットはあんまりない。でも、病院から抜け出したから俺の寮は警備員(アンチスキル)が睨(にら)んでいるかもしれないんだよな」

上条(かみじょう)はややうんざりしたような調子で、

「ま、単に寝るだけなら二四時間営業って条件さえあればどこでも何とかなりそうだけど。漫画喫茶、ハンバーガーショップ、ファミレス、そこらへんが妥当かね」

「に、に、二四時間食べ物屋さんに陣取るっていう事⁉　とうま、それはなんというパラダイスなんだよ今すぐ行こう‼」

「そういう時は大抵コーヒー一杯で粘るものなんだよ‼　お前が延々と食いまくったらリゾートホテルの宿泊費を超えちまうわ‼」

ちなみにこれから朝の時間帯になるため、モーニングセットで荒稼ぎするような店は避けないとまずい。回転率が圧倒的に高いため、テーブルに突っ伏してぐたっと寝ていると、すぐさま店員さんに睨まれる羽目になる。

また、住人の八割が学生の学園都市では『家出』の発生率が高く、警備員の中にはそうした専門のGメン（笑）が存在する。彼らの巡回に引っかからないように気を付ける必要もありそうだ。

ソーズティはため息をついて、

「学園都市のローカルルールは分からん。そちらに任せるが、何とかなりそうなのか？　二四時間営業の店なら、大抵どこでもモーニングを用意していそうなものだが」

「逆手に取れば良い」

上条は簡単に答える。

「警備員の家出対策チームは、回転率の高いモーニングセットを扱っている店には家出少年はやってこないと考える。でも、世の中全部の店が繁盛している訳じゃない。モーニングを扱っているけど回転率はそんなに高くない店を選べば、長時間居座っても問題は浮上しないし警備貝(キル)もチェックには来ない」

2

上条達(かみじょうたち)が仮の宿として狙いをつけたのは、二四時間営業のラーメン店だった。主に昼時と深夜に荒稼ぎする店舗だが、それに反して朝の売り上げは芳(かんば)しくない。どうやら寝起きの胃袋が受け入れるには少々油分が多すぎると判断されているようだ。

店内はガラガラなのだが、儲(もう)けが出るサイクルがすでに確立されているためか、店員さん達に焦(あせ)りや諦めの色は特にない。むしろ、作業が少ない時間でラッキーぐらいの雰囲気がある。

「半チャーハン」

「枝豆」

「デカ盛り超豪華バブル時代を思い出すチャーシュー麺を一つなんだよ!!」

誰だ節約精神をすっかり忘れやがった食いしん坊は!? と上条(かみじょう)は絶叫したが、例の白いシスターは素知らぬ顔である。

長時間居座る事が目的なので、当然ながらやってきた料理を全て平らげる事はできない。わざと半分ほど残すと、上条(かみじょう)とソーズティは早々にテーブルへ突っ伏す。インデックスだけが、焼き肉の大皿に匹敵しそうなサイズの丼と格闘戦を繰り広げている。

テーブルに頬を押し付けたまま、ソーズティがボソッと呟(つぶや)いた。

「……失敗だな」

「何が？」

「このテーブルすげーベトベトする。チャイニーズフードを取り扱う宿命だが、寝床とするにはやや不向きだ」

「家出少年御用達をなめるでないわ。低反発素材の枕に高級羽毛布団でもついてくると思ったか？」

治安が良いのか少しでも効率的に時間を使いたがるのか、日本人は満員電車の中だろうが教室のメチャクチャ小さい席だろうが問答無用で眠れる生き物である。

「それはまあ我慢するが、こうベトベトしているとどうしても思い出してしまう」

「？」

「しばらく風呂に入っていないな、と。自分の匂いは自分では分からないものだが、はて私の体臭は大丈夫だろうか」

そこで上条はクワッ‼ と両目を見開き、

「馬鹿が‼ そんな強引な流れで銭湯シーンがあると思ったら大間違いだ‼」

「……は？」

「毎度毎度その手に引っかかるか！ ていうか毎度毎度俺が好き好んでそこの食いしん坊に頭を噛みつかれているとでも思ったのか‼」

「良く分からんが潜伏中だ。静かにしろ」

ソーズティは頭の上に疑問符を乗せたまま、ひとまず上条に自制を促す。

彼女は自分の二の腕などを鼻に近づけ、

「……その潜伏の意味でも匂いが強いと面倒かもしれないな。おい、私では自分の匂いは感知できない。どうなっているか確かめてくれ」

「えー？」

上条はわずかにソーズティの上半身に顔を近づける。

……普通に女の子の匂いがした。

「……いやあ、感想に困るなー……」

「おい、何だ。まずい事になっているのか？」

「そういう意味ではなくてだなー……」

「言いたい事があるならハッキリ言ってもらおうか。でないと今後の方針を決められない」

「……とうま？」

不穏な空気を嗅ぎつけたのか、インデックスの犬歯がギラリと光る。

上条は全力でごまかすためにもう一度テーブルに突っ伏す。

話題の舵を大きく操る。

おもかじいっぱーい!!

「……そういや、ウレアパディーはどうしているんだろうな？」

「さあな。リゾートホテルの最上階でくつろいでいるかもしれないし、路上で段ボール工作にでも勤しんでいるのかもしれない。そもそも、姉は『これまでの結社のパターン』からズレる事で、私の情報を無力化しようとしている。私が想像しても正解には辿り着けないだろう」

「大体で良い。『ブラフマーアストラ』だって、使いやすい条件があるはずだろ。順当に考えたらどこらへんに陣取るものなんだ？」

「だから分からないよ。そもそもの射程や威力さえ、厳密には計算できない。ただ、流れ星の利用が必須だっていうなら、やはり星が奇麗に見える場所を選ぶんじゃないか？」

「……となると、天体観測に特化した第二一学区辺りが臭いのかもな」

「分かりやすい場所に来てくれれば誰も困らないんだがな」

それについては上条も同感である。

ウレアパディー側の思考がいまいち推測できない。学園都市の『外』と『中』で複数のロケットに細工を施し、任意のタイミングで同時爆破する事で人為的に大量の流れ星を生み出す。分かりやすいと言えば分かりやすいが、しかし一方でこうも思う。

学園都市の『外』だけで複数の保険を用意できる環境なら、わざわざ学園都市の『中』でまでロケットに手を出す必要はなかったのではないか。

最初から第二一学区に潜伏し、使用タイミングを待って問答無用で『ブラフマーアストラ』を使ってしまった方が、ウレアパディーにとっては『安全』なのではないだろうか？

「最適最短のルートから敢えて外れる事で、私の情報を無力化しようとでもしているのかもしれない」

ソーズティはテーブルに突っ伏したまま、呟くように言った。

「だが、だとすればヤツは見えないリスクを払拭するために、目に見えるリスクを増産させている事になる。この疑心暗鬼を効率的に膨らませる事ができれば、ヤツの方からヒントを出してくれるかもな」

3

窮屈な椅子、ベトベトするテーブル、料理の仕込みを行う音が絶えず続くというなかなかの就寝環境だったにも拘らず、上条達は昼前まで泥のように眠り続けた。

学校はもう完全にサボり確定なのだが、気にしていられる状況ではないだろう。

『ウレアパディーに関する情報は相変わらず出てこない』

プリペイド携帯から、ステイルがそんな事を言ってくる。

『一応、衛星誘導車襲撃の件で、ウレアパディーは「表」でも重要参考人扱いされている。おそらく警備員の捜査を回避するために、何かしらの術式を使うだろう。その痕跡を掴む事ができれば一気に辿れるかもしれない』

「分かった。こっちは何をすれば？」

『特に決まってはいない。ひとまず「ブラフマーアストラ」を扱いやすい場所をソーズティから聞き出し、定番コースを一つずつ潰していけ』

「……そりゃウレアパディーは絶対に避けるハズレコースなんじゃないのか？」

『構わないさ。お前の足跡を一つ一つ辿っている、という印象を与えるんだ。ソーズティという身内と、インデックスという膨大な知識は、それだけで潜伏を続けるウレアパディーの精神を圧迫する。こっちが答えを手に入れていなくても、向こうがそう思い込めばボロを出す可能性がある』

「どこまでやっても向こうの出方待ちって事なのか？」

『一見すれば。ただ、この三日間でウレアパディーの自由度、選択肢をどれだけ狭められるかで勝負が決まる。ハッタリでも何でも良いから、早い段階で「大きな道」を封じられる事ができれば、後半でウレアパディーが手詰まり……と勝手に思い込んだコースから抜け出すために大胆な行動に出て、決定的なヒントを落とす可能性も高くなる』

どんな手を打とうが結局、ウレアパディーの方から何かしらのアクションがなければ状況が前に進まない。タイムリミットの三日後まで膠着が続くかもしれない。

しかし当然ながら、ウレアパディーの方も見つかってほしくて行動している訳ではない。道路にべったりとした靴跡を残し、行く先々にはメモを置き、ボーイスカウトのアスレチックのようにゴールまでの道筋がくっきりと決まっているはずがないのだ。

「……まだ相手に『揺さぶられる余地』が残っているだけでもマシな方か」

『そういう事だ』

ステイルとの電話を終える。

寝床代わりにしていたラーメン店を出た上条達は、ステイルの指示通りに動く事にした。ソーズティは決定打がない事に苛立っているようだが、かといって劇的な代替案がある訳でもない。

彼女は言う。

「……仮眠を取る前にも少し話したが、流れ星を利用する以上は星の見えやすい場所を優先的に陣取りたがると思う。そうした場所を一つ一つ回って、監視用の霊装を設置していく、というのが妥当だろう」

　付け足すように、インデックスも横から、

「とうま、とにかく数を揃える必要があるんだよ。実際に霊装でウレアパディーを見つけるんじゃなくて、向こうに揺さぶりをかける程度のもので良いから、『ちょっとした』レベルで問題ないと思う」

「……？　でもインデックス、監視用の霊装なんて……ええと、カメラみたいなもんか？　それを取り付けてウレアパディーを見つけられるなら、それに越した事はないんじゃないのか」

　上条の疑問に、インデックスはため息をついて、

「全力を注いで霊装を作ろうとしたって数は限られるし、こっちが本気を出している事を知られればウレアパディーに余裕を与えちゃうんだよ。『なーんだこの程度か』って。でも、極端に簡単な構造の霊装なら……」

「数を揃えるのに時間もかからないし、姉に霊装を発見されたとしても、こちらの力を分析されるリスクも低くなる。実際のところはどうあれ、『お前がこれを見つけたのはわざとなんだ。お前は私達に誘導されているんだ』というメッセージを姉が勝手に想像してくれればそれで良い」

　なるほど、と上条は小さく頷いた。

　ここでの彼らの目的はウレアパディーの精神を揺さぶる事だ。そのためには、最適の最短コースを進むより、回り道をした方が意味深に映るかもしれない。

「じゃあ、順当に行くなら第二一学区か？　あそこは山ばっかりで天体観測なんかにも利用さ

れているって話だし……」

インデックスやソーズティを案内するため、上条はバスや電車の路線図を頭に思い浮かべようとした。

その時だった。

「……？」

ジ、ジジ、という耳に障る音が上条の鼓膜をくすぐった。

テレビのノイズのようなものだ。

訝しんで周囲を見回す上条は、そこで見た。デパートの壁面に掲げられている大画面だ。新曲の売り上げランキングを垂れ流していた画面は雑音を発した後に、真っ暗になってしまう。

「なん、だ？」

それだけに留まらない。近くを走る路線バスの目的地表示は派手に文字化けしていて、信号機は二色以上の光が同時に瞬き、上条のポケットにある携帯電話が、登録されている着信音とは違う調子っ外れな電子音を撒き散らす。

「わ、わ！　とうま、そこらじゅうがおかしくなっているんだよ!?」

「飛行船の大画面も乱れているな。相当広範囲に及んでいるみたいだぞ」

インデックスやソーズティも周囲の状況を見て驚いているようだった。

一瞬、上条は電磁波の出力を増幅して人を焼く『アグニの祭火』を連想して身構えたが、いつまで経ってもそこまでの異常事態には発展しない。あくまでも、電子機器、それも無線信号を利用したものが次々と誤作動を起こす程度だ。

原因は分からないまま、とりあえず上条はポケットから携帯電話を取り出す。

相変わらず、キーボードの鍵盤をランダムに叩いているようなメチャクチャな電子音を鳴らし続ける携帯電話だが、どうやら誰かからの着信があるようだった。それが誰か断言できないのは、画面が完全に文字化けしていて、人に分かる体裁が少しも残っていなかったからだ。

次々と起こる異常事態の中、これだけが『受け身』ではなく上条の側から応じる事のできる機器だった。

通常であれば誰から掛かってきているかも分からない電話に出るのは、それだけで架空請求などの危険を抱える。が、そうしたリスク以上に、今の異常な事態が重くのしかかった。プレッシャーから逃れるように、上条は通話のボタンを親指で押す。

予想外の人物の声が聞こえてきた。

『……かかっ……。黒子、ノイズだらけ……けど、ちゃんと声……いている？　……この電話……つま、で……繋がって……か分……ない、からそ、のまま聞いて。……質問に答え……る余裕……い、わ』

「み、さか？」

上条は茫然とした調子で呟いたが、声は相手には届いていないようだった。

そもそも、上条に向けて話しているのかどうかも怪しい。

彼女がこの番号を知っているとは思えないのだ。

（……この妙なノイズだらけの状況のせいで、混線でもしているのか……？）

どうやら、御坂美琴の方は気づいていないようだ。

彼女はそのまま一方的に言葉を続ける。

『……黒子達も分かっ……ると思う、けど、オーストラリアの……協力機関から……マ、スドライバーを……利用した、弾道砲が発射さ……わ。一度、大気圏を……飛び越……学園都、市の、真上から落……くる巨砲に、対応する……ため、学、園都市側は……「デブリストーム」って……いう機材、を使、う事にし……たみたいなの……』

「何だ、これ……？」

電話から流れてくるノイズだらけの声の中に、得体のしれない単語がいくつも混ざっていた。中でも気になるのは、『デブリストーム』という単語だ。

『太陽風、の流れ……操る事で、地球の外周、を囲……いる大量の、スペースデブリを、ベルトご……とめて操る機材よ。誘導、に成功す……秒速数キロで動、く数万もの、デブリが、砂嵐のよ……塊……って宇宙空、間を、飛び交……不審物を叩き落と……くれる。UFOだ、ろうが弾道ミ……サイルだろ、うが、百発百中の、世界最、大規模の……弾道ミサイ、ル防衛網って……事にな……しょうね』

地球の周辺を漂っている、数万ものデブリを操る機材。

使い方次第では、その全てを流れ星にできるかもしれない機材。

「まずい……嘘だろ……っ!?」

『でも、ど……うや、ら試作品の域を出……ないみ、たいね。今そ、こらじゅ……起き……る電波障、害も、多分……太陽風とデ、ブリの衝突を想、定通りに運べ……ない、副産物み……なものだ、と思う。だか、ら黒子、「デブリストーム」がきちんと、弾道砲を落とし……れる確約はないと、見た方が良、い。私達……るべき事は……』

ザザザザザザザザザザザザザザザザザザザ!!　とノイズが激しくなった。上条がいくら呼びかけても美琴からの返事はない。いつの間にか、通話自体が途切れていた。リダイヤルを押しても、自動音声自体が流れない。

「どうした？」

というソーズティの質問に、上条はしばらく答えられなかった。

今の情報が正しければ、そもそもの前提が崩れてしまう。

つまり、

「……三日後のタイムリミットなんて存在しないのかもしれない……」

「どういう事なの、とうま？」

「てっきり、ウレアパディーはこれから発射される予定のロケットに手を加えて宇宙空間で爆発させる事で、人工的に流れ星を作るもんだと思ってた。でも、そんな事をする必要なんかない。元々、地球の周りには何万っていう数の膨大な宇宙ゴミ……スペースデブリが浮かんでいる。それをまとめて操るテクノロジーがもしも学園都市にあるのなら……」

ウレアパディーが学園都市の衛星誘導車両を襲ったのは、一見すると理不尽にも思えた。すでに学園都市の『外』で複数のロケットに手を加えるチャンスがあったのに、何故わざわざリスクの高い『中』のロケットにまで手を出す必要があったのか、という点だ。

しかし、それも『そもそもロケットは必要なかった』という事になれば状況は変わってくる。ロケットそのものが必要なければ、ウレアパディーは一体何のために衛星誘導車両を襲撃したのだろうか。

「宇宙関連の機材や施設はやっぱり第二三学区に集中していると思う。スペースデブリを操るっていう『デブリストーム』についても。普通に考えれば、そうそう簡単には潜入できない場所だ。でも、ロケットの先端部、コンテナの姿勢制御コンピュータは第二三学区の管制と直結してる。そこを経由して、『デブリストーム』の施設を乗っ取る事ができたら」

「姉は、数万の流れ星をいつでも好きな時に生み出せるという事になるのか……?」

呆気に取られたような調子で、ソーズティが呟く。

数万のスペースデブリ。

それだけあれば、スケールの拡大は学園都市の上空だけに留まらない。

世界全土の上空が、流れ星の大群に埋め尽くされる事さえ考慮するべきだ。

4

どういう法則性があるのか、『デブリストーム』による電波障害には緩急があるようだった。

その比較的緩やかな時に、ステイルからプリペイド携帯へ連絡が入ってくる。

訳の分からない電波障害について科学側の上条に意見を求めてきたようだが、上条からの返答を聞くとステイルの声はますます苦々しくなった。

『……最悪だ』

「ただ、『デブリストーム』は学園都市のシステムだ。それも試作段階の。『外』にいる人間の情報処理技術だけで乗っ取りをできるとは思えないんだけど」

『詳細は不明だが、あまりそこをあてにしない方が良い。ウレアパディーだって難易度の高さを折り込んで計画を組んでいるだろうし……今の今まで学園都市側は「デブリストーム」について何も説明をしてこなかった。そこにどんな意図があると思う？』

「意図って……」

上条は少し考え、

「事件と関係があるとは思えなかったから説明をしなかった。情報の値段が高すぎるから説明したがらなかった。後は」

『あまりにも危機的な状況過ぎて、説明によって生じる責任を負いたくなかった、だ』

ステイルは吐き捨てるように言う。

『数万のデブリを自在に操る技術があれば、あらゆる国家、機関に属するミサイル、ロケット、衛星、宇宙ステーション、その全てを撃ち落とす事もできるだろう。軍事も平和利用も含めてね。そのシステムの暴露だけでも危険なのに、挙げ句、それがどこかの知らない誰かに乗っ取られているかもしれないなんて話になったら大問題だ。学園都市がそれを危惧したのだとすれば……』

「ウレアパディーに乗っ取られる具体的な危機感を、学園都市は認識している……？」

『当然、君が言ったように学園都市の「外」の技術だけで「デブリストーム」のセキュリティを突破できるとは思えない。ひょっとしたら、君達の街の中にウレアパディーの協力者がいるのかもしれないが』

　ステイルは一度区切るような沈黙の後、

『僕達にとって重要なのは、「デブリストーム」によって発生する数万の流れ星が、ウレアパディーの持つ「ブラフマーアストラ」へ具体的にどのような利益をもたらすか、だ。ソーズティから何か情報は引き出せないのか？』

　上条は一度プリペイド携帯から口を離し、ソーズティの方へ目を向けた。上条の質問に対し、彼女は少し考え、

「そう……だな。まず、全世界の空を流れ星が覆うのだから、全世界のあらゆる座標を攻撃目標に設定できるようになるだろう。つまり、姉が狙うのが人であれ施設であれ……一度矢を放ってしまえば、地球にいるあらゆるターゲットの命運はそこで尽きる訳だ」

　その上で、とソーズティは付け加え、

「……当然ながら『ブラフマーアストラ』の威力を強化しようとする試行や実験は結社の中でも行われていたはずだ。しかしそこに流れ星の数が噛んでいるという話は聞いたためしがない。術式の構成からしても不自然だしな」

「流れ星は照準を合わせるために必要、だって話だったよな。となると、命中精度を上げるためのものなのか？」

「元々『絶対に当たる矢』なのに、さらに命中精度を高める必要はない。それでいて、まだ照準に手を加えたいのだとすれば、旨味は一つしかない」

　ソーズティの表情が険しくなる。

「複数同時照準。一回の攻撃で、何本の矢を放てるか、という上限数の向上だ。一つの空に流

れ星が三つあれば『ブラフマーアストラ』は発射できる。単純に数万の流れ星を三で割った数が上限になるか……あるいは、一つの三角を作るのに用いた流れ星を他の三角にも使えるのだとすれば、上限は数万の流れ星の何倍、何十倍にも膨れ上がる」

一度放たれれば絶対に外れる事のない矢。

全世界どこへでも発射可能。

その上、さらに数万、数十万の同時発射を実現する。

地下深くへ隠れようが飛行機に乗って大空を飛び回ろうが、間にある『障害物』など全てお構いなしで突き進み、標的に着弾すると同時に半径五〇メートルを奇麗に抉り取る大破壊を撒き散らすほどの攻撃を、だ。

『……学園都市どころじゃないな。世界中にある協力機関の重鎮全てを賞金首にしたってお釣りが出る。科学サイド全体の首脳陣が皆殺しにされかねない状況だぞ』

重鎮が一人倒されただけでも大問題だが、それでも引き継ぎなどで社会システムを回復させる事はできるだろう。

だが、丸ごと全員やられたら？

状況を回復させるべき者は誰もいなくなり、水や電気などのインフラや治安維持を含む社会システムが停止する。そのダメージは『テレビの中の政治の話』だけに留まらず、犯罪や暴動という形で一気に噴出するだろう。そうなった場合、どこまで被害が拡大するかは予測がつかない。

日頃の不満を爆発させるため、この機に組織やシステムのトップに立つため、暴徒から誰かを守るため、金品を奪うため、軍や警察の機能を取り戻すため、そういうお題目で誰かが誰かを撃つため。

誰がどこへ向けたかも分からない凶弾は、きっとウレアパディーの持つ『ブラフマーアストラ』以上の血を撒き散らす事だろう。

「ウレアパディーがいつ『デブリストーム』を降らせるのかは誰にも分からない。こうしている今にも星の雨が世界を覆うかもしれないってのに」

「ただ、待ってくれ」

遮るように、ソーズティが呟く。

「仮に姉が『デブリストーム』を使って大量の矢を放とうとしたとして、だ。それだけの魔力はどうやって確保するつもりなんだ?」

「……分かりやすく頼む」

「大量の流れ星が発生するのは私達の頭のずっと上だ。具体的な高さは知らんがな。あれだけ高いと地脈や何かを使って意思を通す事もできない。ただ空気中に魔力を流すだけなら、絶対に減衰する。一発二発を発射する事はできても、数万数十万なんて到底確保できない。減衰を抑えるような伝導物質があれば話は別だが、地上から宇宙まで一直線に貫くような伝導物質なんて心当たりがない」

その声は電話越しにステイルにも聞こえていたのか、スピーカーの向こうからため息のようなものが聞こえた。

『……あるんだ』

「何だって？」

『衛星誘導車両の運転手は生存していた。病院へ秘密裡に搬送されていたんだ。そこを辿って話を聞いたよ。ウレアパディーの居場所や目的についてのヒントは何も得られなかったが、別の興味深い話を聞き出す事ができた』

「具体的に何を？」

『宇宙エレベーター計画』

冗談のような返答に、上条は思わず息を呑む。

そうしている間にも、ステイルは続ける。

『あれがさっさと完成していれば、こんなわずらわしい仕事に関わって事件に巻き込まれる必要もなかったのに、とか世間話のように言われたよ。ついでに付け加えさせてもらうと、信憑性は高い話だ。君も学園都市の人間なら、金星の無人探査機コンテストが行われている事は知っているだろう？』

「あ、ああ。確か四〇〇近い団体が参加しているとかいう……」

『あの大仰なコンテスト自体、宇宙空間へ大量の部品を運ぶためのカムフラージュだったそうだよ。宇宙エレベーターの上部構造……スペースポートを建造するためのね』

当然ながら、こっそりやるにはそれなりの理由がある。

現状、世界中のあらゆる国々は莫大なコストのかかるロケット技術を使っている。そのため、打ち上げられる数にも限りがある。しかしボタン一つで何度でも荷物を運び出せる宇宙エレベーターはその常識を覆すのだ。

そして当然、その技術は軍事にも応用できる。

エレベーターを使って大量の爆発物を宇宙へ運び、そこから衛星軌道上へ放り捨てたらどうなるか。全世界のあらゆる地域を、空き缶をポイ捨てする感覚で一方的に空爆できる時代がやってくる。

なおかつ、大量の爆発物を安易に軌道上へ運べるエレベーターは、敵側のミサイルを撃ち落とすための、高密度の弾幕や機雷原の敷設（ふせつ）も可能となる。核抑止論そのものが破綻するかどうかは不明だが、少なくともパワーバランスが大きく崩れるのは確実だ。

『これは君達科学サイドの中だけの話ではなく、魔術と科学のバランスにおいても憂慮すべき事態だ。僕達だって、星の力や配置を重視した術式をいくつも使うからね。元々、衛星だのデブリだので夜空がくすんでいく事は望んでいない。……そこへきてのエレベーター。宇宙空間に新しい公害病を生み出す煙突だよ。事前通達があれば間違いなく僕達は「外交努力」で潰しにかかっていただろうね』

横で電話を聞いていたソーズティも、ため息交じりで、

「……それに、地脈や龍脈は地形の影響を色濃く受ける。この国でも京都辺りが風水を基に設計されていた事ぐらいは有名だろう。これほど巨大な建造物はもはや神話級と呼んでも良い。魔術知識の有無に拘（かかわ）らず、『力の流れ』ってヤツを大きく変えてしまう」

分かっていたから黙っていた。

もう建造計画を止められなくなるその時まで。

「……『天上より来たる神々の門』は、元々の計画で第二三学区を優先的に破壊しようとして

いるみたいだった。彼らの掲げるお題目とはあまり関係のなさそうなあの学区を。ひょっとしたら、あいつらは宇宙エレベーターの建造計画を知っていたのか？」

『かもしれない。結社の名前を鑑みても、天体活動に重きを置いているのは窺える。もっとも、潰された今となってはあまり意味のない思索だが』

ステイルはさっさとその話題を断ち切り、本題に戻る。

『とにかく、「デブリストーム」で大量の流れ星を生み出し、宇宙エレベーターのシャフトを使って魔力を効率良く宇宙まで伝導させれば、数万数十万の「ブラフマーアストラ」を同時発射する事ができるのは分かった。タイミングはウレアパディーの用意したプログラム次第で、こうしている今にもリミットが尽きるかもしれない』

「でも、それなら……ウレアパディーは宇宙エレベーターのシャフトを利用するために、どうしてもエレベーターの下層部分……地上基地のアースポートへ向かう必要がある」

『場所に心当たりは？』

「今度こそ第二三学区」

上条は断言するように告げた。

「普段ならともかく、この電波障害でシステムの防御力が低下している最中だ。今ならウレアパディーだって自由に乗り込む事ができるはずだぞ」

第五章

1

時間はない。

上条達はトラックの運転手などが集まる、飲食店をまとめたモールへ向かう。もちろんご飯を食べるためではなく、無数に停車してある大型車両の中から、第二三学区に行くものを選ぶためだ。

「……衛星誘導車両には許可を示すステッカーが貼ってあった。これだ」

後部のコンテナの扉を開け、中に潜り込む上条達。学園都市のバスや鉄道などは完全下校時刻で運行を終えてしまうため、遠く離れた目的地へ急ぐためにはちょっとした知恵が必要になるのだ。

食事を終えて戻ってきた運転手は気づかずに車を発進させる。

コンテナの中で、ステイルはこう切り出してきた。

「第二三学区に隣接する第一八学区まではこれで向かう。後は強行突破だ。フェンスを越えて強引に入るしかないだろうね」

「警備は例のトラブルでガタガタだ。それ自体は問題ないんだろうけど……」

「問題なのは私の姉だな」

　ソーズティがコンテナの扉に寄りかかりながら続きを引き継いだ。

「……正直に言って、姉は結社の中でも特殊なプロジェクトに参加していた身の上だ。体を丸ごと作り変えて『ブラフマーアストラ』の使用条件を整えるぐらいだからな。姉の全貌は私にも把握できない」

　インデックスは小首(こくび)を傾(かし)げてこう言った。

「少し前にも話題に出ていたけど、それって、逆に言えば『ブラフマーアストラ』に完全特化していて他の術式は扱えないって事なの？」

「いや。過去に姉との共同作戦で他のアストラ……つまり攻撃術式を使っていたのは目撃している。実験に失敗してから、シヴァ神系のアストラに系統を変えていたんだ。もっとも、『ブラフマーアストラ』ほど純度の高いアストラではなく、私でも扱えるようなレベルだがね」

　ソーズティはわずかに俯(うつむ)き、何かを思い出すような素振りで、

「トリシューラ、ガーンディーヴァ……。いわゆる破壊神シヴァにまつわるアストラばかりだ。『ブラフマーアストラ』は別枠としても、普段扱っている武器については、ひょっとしたら法則性があるのかもしれない」

「……ただし、ウレアパディーは君達を騙(だま)すため、作為的に手札の公開頻度を調整していた事を忘れてはいけない。相手はそういう風に分析するようにわざと絞った情報を与えている可能性もある」

「その通りだ。あの破壊神以外の……ヴィシュヌ神系、ブラフマー神系のアストラをいきなり使用されるリスクも考慮した方が良い。つまり考えるだけ無駄だって事だ。どつぼにはまる」

どっちみち、魔術の詳しい仕組みを逆算して中和、無力化させる訳ではないのだから、いっそ素人の上条はポジティブに考えるべきだ。全方向からの攻撃を警戒し、問答無用の右手で迎撃する。一言で言えばいつも通りである。

ステイルはわずかに顔をしかめ、

「ウレアパディーが『デブリストーム』を使って、数万もの流れ星で世界を覆おうとしている以上、おそらく彼女のターゲットは学園都市内に留まる訳ではないだろう。しかも、それがいつ発動するかは誰にも分からない。となるとどうしても解決にはスピードが求められる。バックアップの魔道書図書館はともかく、僕と上条当麻とソーズティの実動は、多少の傷を負う覚悟はするべきだ」

「……分かっているさ」

ソーズティは噛み潰すように言う。

「馬鹿げた願望を掲げてはいるが、それでも姉はこの日のために人生の全てをなげうとうとしている。……向こうが命を全て摩耗させようとしているのに、こちらは無傷で済ませられるなんて都合の良い事は考えないさ」

「だが、負うのは傷までだ」

上条が遮るように言った。

全員が彼の方を注目する。上条はこう続けた。

「誰も死なせない。俺達も、ウレアパディーも、『ブラフマーアストラ』で狙われている人達もだ」

ステイルは舌打ちした。

その時、上条達を乗せるトレーラーがどこかに停車したようだった。信号待ちと違って完全にエンジンを止めた事から、おそらく目的地に着いたのだろう。第二三学区に。

確かに間違っていなかった。

しかし、慎重にコンテナの扉を開けて外の様子を覗き込もうとした上条達を待っていたのは、野球のグラウンドのような大型照明で照らし出された広大な駐車場と、

「なん、だ」

バタバタバタバタ！　というけたたましい音が鼓膜を叩く。

原因は足音だった。複数の警備員のものだ。完全武装の彼らの手には銃まで握られている。

何かの事件か、と思ったが様子が違う。目が合うと、いきなり銃器を持つ腕が跳ね上がった。

「くそっ!!」

慌ててコンテナの中へ引き返すと、空気を破裂させるような銃声がいくつも鳴り響いた。金属製の扉でオレンジ色の火花が炸裂する。

「何なんだ、いきなり!?」

「この混乱に乗じて第二三学区へ侵入しようとしているんだ。危険人物と思われても不思議ではないだろう」

ソーズティが忌々しそうな声で答えたが、異を唱えたのはステイルだ。

「だがその情報はどうやって取得した？　そもそも、僕、ソーズティ、魔道書図書館の三人はプロの魔術側の人間だ。たかだか一般の治安維持要員に動きを察知されるとは思えない」

「となると？」

「魔術サイドと科学サイドの間の摩擦を軽減させるため、定期的な活動報告はしている。もちろんこちらも不要な情報は伏せるがね。……その情報を使われたのが無難だろう。つまり、科学サイドの『上』は僕達をよほど宇宙エレベーターに近づけさせたくないらしい」

「どうして？　こうしている今にも『ブラフマーアストラ』は発動するかもしれないのに！　そんな風になっちゃったら魔術も科学もなくなっちゃう。全部壊れてしまうんだよ⁉」

「……元々、『宇宙』の利権は魔術と科学でも揉めまくっている分野だ。いわゆる新時代のゴールドラッシュなのさ」

　ソーズティが吐き捨てるように言った。

「いくら姉が『ブラフマーアストラ』を使おうとしていても、それがどれだけ甚大な被害を生み出すのだとしても……その状況を利用して、どさくさに紛れて宇宙エレベーターへ破壊工作を行うかもしれない。そういう風に判断されたんだろう」

「どうすんだこんなの⁉　『守る側』同士でいがみ合っている余裕なんてどこにもないのに‼」

　上条の右手に宿る幻想殺しは、ごく普通の銃弾などには一切の効力を発揮しない。挙げ句、向こうも向こうで日々超能力という異能の力を振るう犯罪者を鎮圧する職務を果たしているプロ。簡単に正面突破できる相手ではない。

「連中は一つしかないコンテナの扉に注目している。僕の炎剣で他の壁を切って脱出する。その後は全員でバラバラのルートへ逃げよう」

ステイルはそう提案した。

「誰か一人でも確実に第二三学区の奥へ向かう。ウレアパディーと『ブラフマーアストラ』が切迫した状況を維持している以上、ここで全員が足止めを喰らうのだけは避けなくてはならない。上条当麻、ルートの候補は算出できるか？」

「第二三学区は大きな滑走路を確保するためにだだっ広い空間を確保しようとしている傾向がある。一目見渡すだけで俺達の位置なんてバレちまう。……と、警備員も思っているはずだ。細かい遮蔽物の裏までいちいち観察しようとはしない。そこを突けば気づかれずに奥まで進めるかもしれないな」

「なら、その中でもとりわけ危険なルートを教えろ。警備員が一番安心している場所に、僕とソーズティが隠蔽用の魔術を施した上で気づかれずに進む。君達は安全な遮蔽物の多いルートを選んで進め」

「了解。ついでにいくつか陽動でもやらかしてくれるとありがたいんだけど」

「自分で何とかしろ」

「それも了解だ」

ゾン!!　という嫌な音と共に、ステイルの一撃が分厚いコンテナの壁を断ち切った。上条達はそこから広大な駐車場へ飛び出し、いくつも並べられている大型車両の隙間を縫うようにバラバラに走る。

警備員の銃口がいくつも上条の方へ向けられる。

まずい、と思った時だった。


不意に。

野球のグラウンドのような大型照明がまとめて消えた。


突然訪れた暗闇。

何が原因の停電かは知らないが、これはチャンスだ。

上条はステイルの方を振り返って、

「炎を消せ！　今なら逃げられる!!」

応じるように警備員の弾丸が間近で火花を散らしたが、プロの訓練をこなしているはずの彼らが、この距離で必中させられなかった事は有利と受け取るべきだ。

警備員が暗視用の装備を持っているかどうかは不明だが、その切り替えにもたついている間だけでも距離を離す事はできるかもしれない。

上条当麻、インデックス、ステイル＝マグヌス、ソーズティ＝エキシカ。

彼ら四人は一斉に敷地の各所へと散らばり、各々が一つの目的地を目指す。

2

その『塔』の根元に、褐色の肌に銀色の髪の女性、ウレアパディー＝エキシカは佇んでいた。

　表向きの用途は航空管制用の大規模な電波塔だったか。宇宙エレベーターの地上基地を担うアースポートとしての役割を全世界が察知した時には、もう遅い。エレベーターは安価、確実、迅速、大量に資材を宇宙へ送る。世界中のあらゆる地域が天上から降り注ぐ爆発物に怯え、また、その悪魔の塔を破壊するために発射される数千数万の弾道ミサイルすら完全に抑え込むほどの、極めて高密度の機雷原を宇宙空間へ敷設する事ができる時代がやってくる。

　宇宙の独占。

　そのリスクを危惧しているのは、何もロケットやシャトルを打ち上げ続けてきた科学サイドの中だけに留まらない。占星術などを思い浮かべれば分かる通り、『宇宙の利用』に関しては、彼ら科学サイドよりも魔術サイドの方が昔から行ってきていたはずだ。

　元から危険なプロジェクトだった。

　ここにいるのがウレアパディーでなくても、別の事件が起こっていたかもしれないぐらいには。

「……開発はすでに第七段階。作業用初期型ワイヤーの敷設も完了している、か」

　ウレアパディーは呟く。

　宇宙エレベーターの中で一番難しいのは、やはり一本目のワイヤーを宇宙から下ろし、スペースポートとアースポートを結びつける事だろう。

　この一本目が完了するまでは大量のロケットを使った旧来通りの技術に頼って建造を進めるしかないが、それが終わってしまえば作業効率は一気に向上する。

　宇宙まで続く塔。

そんなものを馬鹿正直に建造しようとすれば、完成まで数十年の期間では済まないだろう。

しかし学園都市はブロック状の建材一つ一つに無人で動くロボットとしての機能を付加し、エレベーターのワイヤーを伝う形で数億、数十億ものブロック状の建材が、宇宙側と地球側の双方から一気に塔の外観を組み上げていく。

足場も。

クレーンの敷設も。

安全性の確認も必要なし。

それは極寒の南極で常温の水を撒き散らして瞬時に凍らせるかのように、圧倒的な速度で堅牢な建造物を完成させていく。

塔は堅牢さを備えると同時に、一つ一つのブロックの継ぎ目には関節が存在し、状況に合わせて『しなる』効果まで持つ事だろう。

一〇〇年以上の歳月のかかる超巨大建造物を、ものの数日で組み上げる建造技術。

あるいは、それだって宇宙エレベーターそのものの軍事的優位性に匹敵するかもしれなかった。

学園都市とは。

科学とは。

やはり、それだけの脅威を秘めた存在ではあるのだ。

「塔の中身はワイヤー一本では済まないでしょ。最終的には、カーボンナノチューブのベルトは何本並べられる事になるのやら」

しかし、ウレアパディーにはその全ての完成を待つ必要はない。あくまでも、魔力を地上から宇宙へ減衰なしで運べる状況さえあれば問題ない。最初の一本目さえ繋がっていれば、数万の『デブリストーム』を利用した『ブラフマーアストラ』を発動する事はできる。

「さて。情報待ちを続けてきたけど、そろそろ結論を出すべきかね」

ウレアパディーはうっすらと微笑む。

彼女にとって最も恐ろしいのは、規格外のスケールと繊細さで行われる『ブラフマーアストラ』を、術式の途中で妨害される可能性だ。

一番分かりやすいのは、魔力を通している間にエレベーターのワイヤーを千切られてしまう事。

鋼鉄よりも硬く熱にも強いカーボンナノチューブは滅多な事では破壊できないが、反面、高圧電流には極めて弱いという特性を持つ。学園都市側がワイヤー破断のためのシステムを組み込んでいる場合、ウレアパディーの目的を察知した直後にワイヤーを千切ってしまう……といった対応を取られる可能性もあった訳だ。

だから、待った。

そんなシステムがあれば、十分に選択できるだけの時間を敢えて敵に与えた。

しかしこうしている限り、宇宙エレベーターのワイヤーがひとりでに破壊される様子はない。

となれば、学園都市上層部の考えは分かりやすい。

「……リスクは分かっていても、宇宙エレベーターが生み出す利権を手放すのは惜しかった、といったところかね。ワイヤーを破断させ、計画が遅延すれば世界各国がエレベーターの存在に気づいて対抗策を練り始めるかもしれない。完成前に宇宙を封鎖されてしまえば宇宙エレベーターを組み上げる事さえ難しいかもしれない。だから何としても隠匿したまま迅速にエレベーターの完成を願った」

予想通りの展開ではあった。

そして、分かってはいても、実際に目の当たりにすると嘲弄が先立つ。

「愚かな選択ね。そもそも世界が崩壊してしまえば、あらゆる利権は紙屑になるというのに」

個人の選択は間違いが多いが、決定までの時間は短い。

組織の選択は間違いが少ないが、決定までの時間が長い。

まさしく一長一短だが、今回はウレアパディーに味方した。向こうには今すぐにでも彼女を止める手段があったかもしれないのに、状況は破滅を迎え入れてくれた。

となれば、ウレアパディーとしても容赦する理由はない。

阻害するものが何もなくなった以上、後は予定通りに事を進めるだけである。坂道を転がるボールは、邪魔するものさえなければゴールまで自然と進む。壁を取り去ったのはあくまでも学園都市の方だ。

そう思っていたのだが、

「おや」

ウレアパディー＝エキシカはわずかに眉をひそめた。

小さな『壁』を確認した。

しかしそれは、人類史上最大規模の建造物である宇宙エレベーターに組み込まれた特殊な防衛システムではない。

目の前に立ち塞がったもの。

太陽風によるシステム障害や上層部の思惑などによってあらゆる防衛網が免疫不全を起こしている中、最後の最後にやってきたその『壁』は、ちっぽけな人の形をしていた。

少年。

右拳を強く握り締めた、ツンツン頭の少年だ。

「……こういう形の障害なら、妹がやってくるものと想定していたんだけどね」

「すぐに来るさ。俺が少し早かっただけだ」

「構わないわ。今の私にとって、敵の数は脅威にならない。すでに『ブラフマーアストラ』は手中に収めてあるんだし」

「そうまでする理由は何なんだ」

少年は静かに尋ねる。

「そもそもアンタは一体何を狙っている？　それだけの破壊力があれば、被害は学園都市の中だけに留（とど）まらない。科学サイド全体を狙う事だってできるはずだし、魔術サイドに狙いを変える事だってできる。両方潰したってお釣りが出るかもしれない。一体アンタは何を破壊しようとしているんだ⁉」

声に、ウレアパディーはわずかに笑う。

長い銀の髪が、風に揺られて横へ舞う。

「その、お題目を」

「……？」

「粉々にする事。それが私の戦いよ」

ちょっと耳にしたくらいだと、意味不明な回答だっただろう。しかし彼女の言葉は続く。ウレアパディーを突き動かしてきたものが、少しずつ表へと出てくる。

「そもそも、どうして科学サイドはこんな巨大な構造物を、綱渡りみたいな方法で建造していたと思うのかね？　ロケットに代わる安価で安全な射出装置の構築、衛星や別天体探査ビジネスの構築、月面資源の獲得の足掛かり、弾道ミサイルを超えた軌道上兵器産業の幕開け……上っ面の目的は色々あっても、根底にあるのは一つしかない。科学と魔術の闘争。これに勝利するための布石の一つよ」

夜空の星々の位置や運行ルートを術式に組み込む魔術師にとって、宇宙エレベーターという巨大構造物は脅威そのものだ。その塔自体が『夜空』へ与える影響を考慮しなくてはならないし、宇宙エレベーターから大量の資材が次々と搬出され、宇宙空間にかつてない規模の宇宙ステーションが乱造される時代になってしまえば、天球儀そのものを描き直さなくてはならない。

つまり。

このエレベーターには、世界の大多数の魔術師が持つ術式を暴発させられる可能性があるのだ。

「そして私のような一つの術式に特化した魔術師の改造、製造も似たようなものかね。ここまでピーキーに調整してしまえば、多くの場面で不利益を被るのは目に見えている。それでも魔術結社が頑なに『たった一つの魔術』にこだわる理由は単純……不穏な科学サイドに対抗するための、大規模な兵力を欲したから」

「……お前の理由は、結局、そこにあるのか。欲していない変化を無理矢理に強要されたから……」

「確かに、楽しい経験ではなかったわ。『アストラの再編』って言ってね。今の私は『素養』のある人間を一五人ほど集めて、各人の精神の中にある『素養』の部分だけを取り出して統合、平均化した人工的な精神を再注入しただけの存在。正確には、一五人全員が同じ条件で実験を行ったものの、残ったのは私しかいなかった、っていう感じかね。精神は最適化したものの、受け皿である肉体と齟齬があったせいで、近似値にいた私以外はみんな精神が肉体から崩落しちゃったのよ。とはいえ、そうやって最適化した私が本当にウレアパディー＝エキシカであるかどうかも定かではないのかしら」

簡単にこぼした言葉に、ツンツン頭の少年の肩が大きく震えた。

どうやら、この程度でショックを受けているらしい。

『ブラフマーアストラ』を得るための道筋として、ここはまだ入口でしかないというのに。ここを入口と呼べるほどに、結社の空気は歪んでしまっていたというのに。

「ただしね。ただしよ。こんなものは、私にとっては歯車の一つに過ぎないと思っているわ。私は私が悲劇の全てだと言うほど自惚れているつもりはない。魔術サイドでは似たような悲劇がたくさん起きているんだろうし、科学サイドでも似たような悲劇はたくさん起きているんでしょ。……これこそ、馬鹿げた話だとは思わないかね？」

「ま、さか」

「科学に勝つために、魔術は鍛え上げられる。魔術に勝つために、科学は磨き上げられる。そしてタブーは永遠に破られ続ける。一体、この連鎖は何なのかな。誰かがどこかで手を止めれば、それで悲劇は止められたかもしれないのに。自分が戦っているものさえ分かっていないまま、暗闇の向こうへ剣を振るうように暴力の規模が膨らんでいく。技術競争が一線を越えてしまえば、それは世界の全てを破壊する力を生み出す事になるっていうのにね」

「だから、全部壊して争いの連鎖を食い止めようっていうのか!?」

「だから、そうじゃないわ。必要なのは注目よ」

　ウレアパディーはうっすらと笑う。

「科学も魔術も、自分達の前へ勝手に広げている『暗闇』を取り去るためには、それぐらいの刺激がいるって事。私が今から引き起こす『ブラフマーアストラ』は、おそらく多くの人達にとっては恐怖の象徴になるでしょ。でも、それが否応(いやおう)なしに『暗闇』を取り払う。あの時何が起きたのか、誰が悪かったのか、どうすれば止められたのか。調べていく内に、人々は気づく事になるわ。『暗闇』の向こうに広がっている世界がどんなものなのかを」

　奥歯を噛(か)み締(し)める少年は、きっと気づいただろう。

　そういう理由があったから、ウレアパディーは単に自分の魔術に頼るだけではなかった。宇宙エレベーターや『デブリストーム』といった最新鋭の科学技術をも命懸けの作戦に組み込んだ。

　最初は、科学サイドと魔術サイドで責任を押し付け合うかもしれない。

　しかし、二つの世界を大きくまたいだ事件を調査していく内に、人々は気づく。実際に、自分達の敵は何をどこまでできる存在だったのかを。無尽蔵に広がる恐怖や妄想ではなく、具体的な数値として。

分かってしまえば、『暗闇』は取り払える。

『ブラフマーアストラ』の一件で、一時的に魔術と科学は対立を深めるかもしれない。が、ここでの『理解』は必ず永遠に広がる負の連鎖を食い止める一助となる。

「……科学との戦いの最前線に立ったびに、この無意味な連鎖を実感してきた。そして私は、少なくとも自分の命を懸けられる程度には科学を信用できるようにもなった」

長い銀の髪を風に揺らしながら、ウレアパディーは言う。

「お互いにお互いが見えていないのなら、見える距離まで近づけさせてしまえば良い。それがたとえ喉元であっても。敵対や憎悪(ぞうお)から始まっても構わない。最終的に理解し、分かり合う動きに発展させる事ができれば、私達は争いを止める事ができる」

大きな争いを止めるために。

必要のないリスクが膨らんでいくのを止めるために。

世界中の人達が笑顔でいられるように。

正義のために。

平和のために。

ウレアパディー＝エキシカは、持てる力の全てを振るう。

「……そっか」

そして。

ツンツン頭の少年は、ポツリと呟いた。

「お前、自分を動かしていたものの正体さえ分かっていなかったのか」

「……何、ですって？」

「そういうヤツと何度かやり合った事があるから、少しは知ってるつもりだよ。人間っていうのは、そんな大きな目的のためじゃ戦えないんだ。たとえ大きな目的を掲げていたって、それを叶える事で救われる小さな何かを思い浮かべているものなんだ」

ウレアパディーは少年の言動に疑問を持ったが、付き合う気はないようだった。

わずかに銀の髪が揺れる。

体重の移動が始まる。

それだけで、周囲の雰囲気が一変する。緩やかな風の流れが、空気の動きが、肌を切りかねない殺伐とした空間へと変貌していく。

構わず、少年は右の拳を強く握り締めながら告げる。

「分からないなら思い出させてやる。そうしたら、お前だって必ず理解できるはずだ。お前の掲げる方法が完璧に成功したとしても、お前が守ろうとしていた何かが救われる事には繋がらないってな!!」

3

ウレアパディー＝エキシカ。

大本命は大空を埋め尽くす流れ星を利用した『ブラフマーアストラ』だが、それ以外にもシヴァ神系のアストラを複数扱うという話はソーズティから聞いていた。不意打ちとはいえ、自分の魔術結社の実動部隊を難なく蹴散らしたり、衛星誘導車両の護衛車両を無力化しているところを見る限り、そちらのアストラにしても決して甘く見てはいけないのだろう。

一方で、上条当麻には幻想殺しがある。

右手の手首から先だけの限定となるが、その能力はあらゆる異能の力を完全に打ち消す効力を持つ。普通ではないものを使って普通ではない結果を出したがる連中にとっては切り札とも言える能力だろう。

だから、これまでの戦績はあてにならないと思っていた。

ひっくり返す。

番狂わせを起こす。

そうした可能性を秘めていると、上条は冷静に分析してもいた。

間違いではなかったのかもしれない。

可能性はあったかもしれない。

だが。

確実性のない可能性だけで満足していたのは、やはりどこかが間違っていたのか。

甘かった。

その一語を、上条当麻は直後の猛攻で思い知る。

「ガーンディーヴァ」

ウレアパディーがささやく。その手が弓を引くような動作をすると、ひとりでに青白い矢が生まれた。

上条の腹の奥に重たい緊張が走るが、飛び道具相手に距離を取っても意味がない。円を描いてみれば分かりやすいが、中心に近い方が、線の長さは短く済ませられる。相手の周囲を旋回して回避しようとする場合、かえって敵に近づいた方がやりやすいのだ。

しかしウレアパディーはガーンディーヴァと名付けられた術式の矛先を、そもそも上条へ向けなかった。彼女は矢の先端を真上に向け、天上を射貫くように、絞った弦を解き放ったのだ。

ゴッ‼　と。

青白い光線が夜の闇を引き裂いた。

一瞬遅れて、一〇以上の閃光の矢が辺り一面へと降り注ぐ。

「……ツッッ‼」

凄まじい光と音に、思わず右手をかざそうとする上条。が、直後に気づく。一面に落ちた矢は、上条のすぐ近くの地面を抉り取ったものの、上条自身を狙ったものは一つもない。

（まずい、足止め⁉）

予想回避進路を塞ぐような攻撃。

今の矢の雨は、言うなれば獲物を捕らえる鉄格子。

そして上条は見る。

目の前で。

うっすらと微笑むウレアパディーの右手には、黄金に輝く光があった。それは槍だ。いつの間にか、『ガーンディーヴァ』の術式とは別のものに切り替わっている。その先端が上条に向けられる。

まるで、鉄格子の隙間から鋭い刃物を突き入れるように。

必殺の攻撃が、来る。

「トリシューラ」

ささやきが、大いなる災いを呼び込む。

ドッッッ!!!!!!　という爆音が炸裂した。

黄金の矛先が上条当麻へと一直線に突き進んだ。あらゆる回避ルートを封じた上での必殺の一撃。アスファルトをめくり、溶かすほどの破壊力が、生身の人間へ向けて容赦なく突き刺さる。

系統としては稲妻に近い。

潜水艦の脇腹に突き刺されば、艦体の半分以上を蒸発させるほどの破壊力を秘めた雷撃ではあるのだが。

ただし。

稲光の中で、ウレアパディー＝エキシカは目撃する事になる。

とある右の掌が莫大な光を受け止めた事を。さらに横に払った直後、空気の弾けるような音と共に、トリシューラの一撃が吹き散らされた事を。

「なるほど」

ウレアパディーは再び弓の弦を引くような動作をし、ガーンディーヴァと呼ばれる術式を作り出しながら、薄く笑う。

「こんな世界に足を踏み入れるだけの力は、そちらにも備わっているという事」

上条は短く息を吸うと、全速力でウレアパディーの懐へと飛び込む。

拳が届けば。

その距離まで踏み込む事ができれば。

「でも」

彼女の唇が、不穏に蠢く。

「パーシュパタ」

ミシリ、という嫌な音が聞こえた。上条の耳からではなく、骨が直接振動する形で。

音は痛みに変わる。

全身の軟骨が忘れ去られ、まるで目の粗いヤスリで奥歯を削るような激痛が、全身をくまなく包み込んでいく。

「が、ばっっっ、ああああああああああああああああああああああああ

ああ!!」

倒れ、仰け反り、背骨を弓のように軋ませる上条を見下ろしながら、ウレアパディーはにこやかに微笑む。

「迎撃用のアストラよ。人に向けてはいけない、と注意書きされたものではあるけどね」

ささやきながらも、その手には三叉の槍にも似た黄金の光『トリシューラ』がある。

至近距離で、来る。

ゾン!!!!!!　という、空気を焼く音が響き渡った。

「あら。この距離から落としてもまだ防げるの？　あらあら、こんなに連射しているのに。あらあらあら」

立て続けの雷光。

ボン！　バン!!　ゾンガン!!　と次々に落とされる光の矛先を、上条は倒れたまま右手を振り回して打ち消していく。一発でも仕損じれば上条の体など粉々になる。

「へえ。自分の体に手を押し当ててるだけで潜り込んだパーシュパタを取り除けるのかね。便利な右手だわ。便利だけど右手を使わなくてはいけないのかね。なら」

「っ!?」

上条はとっさに横へ転がった。

直後に、ウレアパディーは『トリシューラ』を落とす。足元にいた上条ではなく、わざと少し外れた場所へ。アスファルトを高温で溶かし、その黒い沼で生身の少年を搦め捕ろうとするために。

すんでのところで、丸焼きだけは避けられた。
二、三滴ほど跳ねた黒い水滴が上条の二の腕に激痛を走らせるが、いちいち気にしていられない。少し距離を取ったところで、急いで起き上がる。
「パラシュ」

何もないはずのウレアパディーの腕に、斧のようなずしりとした重みが加わる。

それを軽く水平に振るう。

ゾン!! という凄まじい音と共に、それだけでウレアパディーの足元に迫っていたドロドロのアスファルトが真っ二つに裂けた。

自らが切り開いた道を、ウレアパディーはゆっくりと進む。

「こんな風にいろんなアストラを使っていると、奇抜で破壊力の高い一発技を好むように思われるかもしれないけど」

その手に、青く透き通った矢を番えたガーンディーヴァの術式を備える。

「私の手数の多さは堅実を示すためのものよ。だから何度でも繰り返させてもらおうかね。有効と判明した攻撃を」

「っ!!」

上条が何か言う暇もなかった。

ウレアパディーは立て続けにささやく。

「ガーンディーヴァ」

「パラシュ」

「パーシュパタ」

逃げ道を事前に封じ、右手を使わなくては殺される攻撃を防がせ、動きを止めた上で迎撃用の術式が上条の骨を蝕む。前回とほぼ同じ攻撃手順。だが乗り越えられない。全身を激痛に苛まれる上条が地面を転がる前に、ウレアパディーは片手を伸ばして上条の首を摑む。

「がっ……ぐ……っ!!」

「そうそう、右手でパーシュパタを打ち消して？　それしかできない事を証明してくれないかね。完了したら私は確信してやろう。何度でも繰り返せばあなたはとても消耗し、崩れ落ちてくれるって」

「そうかよ、ちくしょ、がっ!?」

「あらあら。無理はしないで？　手札もないのに別の道を選ぼうとしても手詰まりが近づくだけではないのかね。私はあれこれ細部を変更しているけど、やっぱりあなたの対応は変わらない。変動幅が割と広いという事は、あなたが私の用意したレールから外れるのは難しそうね」

空き缶を放り捨てるような気軽さで、上条はアスファルトへと投げられる。

次のが来る。

「ガーンディーヴァ」

「トリシューラ」

「パーシュパタ」

激痛が広がる。疲労が蓄積する。そのたびに余裕は失われ、上条の思考はより単純に追い詰められていく。そもそも、決まった手順すらこなす事ができなくなれば、トリシューラやパラシュといったアストラが上条を粉砕するだろう。

「では、そろそろ良いかな。互いに手札を全て出し合ったのなら、後は単純な性能の消化試合になる。それで終わりにしましょ？　言い残す事があれば今の内にお願いね」

「……、」

「ないのなら、それもまた結構」

長い銀の髪を風に揺らしながら、ウレアパディーはにこやかに微笑む。

「無意味な犠牲ではあるけれど、『ブラフマーアストラ』が生み出す変化の礎になった事。それぐらいは覚えておいてあげようかね」

躊躇なし。

ドッ!!!!!!　という凄まじい破壊音が、第二三学区に響き渡る。

4

アストラの一つ、パラシュの特性は単純な切れ味で、伝承でも多数の敵の首を落とした事で知られるものだ。

当然、生身の人間を断頭する事など容易い。

数々の手順を踏んで安定した攻撃のサイクルを作り出し、その中で激痛と疲労を蓄積させて敵の思考を奪う。単純作業すらできないほどの状態に追い込み、回避や防御も追い着かなくなったところで確実な攻撃を放ち、命を奪う。

簡単な事だった。

難しい事を簡単に収める方法を構築する事がプロの仕事である。

そのはずだった。

しかし。

上条当麻はそもそも右手を使わない。

必殺のパラシュに対し、上半身をひねるようにギリギリで回避していく。

「っ？」

これまでのパターンから外れた行動に、ウレアパディーがわずかな疑問を抱く。防御ではなく回避。言葉にすれば簡単だが、軽く触れただけで体が真っ二つになる魔術を前に、とりあえず防御ができる盾を持っているのに、敢えてそれを使わないという選択をするのはとても難しい。

まして、ウレアパディーはそうした選択をさせないように追い詰め、疲弊させ、思考を奪っていたはずだ。

上条当麻という少年の内側から湧き出る思考だけで、今の『道から逸れた』動きをするのは困難だ。

だとすれば、誰がどこから注力した？

「……ピナーカパーニ」

「なに？」

「ピナーカを構える者。数多くの異名を持つシヴァ神の名前の一つだ。それほどまでに重要な意味を持つアストラなのに、それが具体的にどんな形をしているかは確定していない。……逆に言えば、どんな形にしたって許容される懐の広さを備えている」

正解だ。

正解ではある。

しかし、この少年が正解を導き出している、という状況が間違っている。

「待った。待ってよ。何が起きているのかね？　どこで何がズレた⁉　あなたは確かにここまでやってきたけど、それでも私と同じ魔術の匂いは感じない‼　なのに、何で……」

ガーンディーヴァを放つ。

複数の光の矢が天空から降り注ぎ、予想退路を塞ぐ形で少年の動きを止める。

しかし、少年は縫い止められない。

構わず進む。

「そして」

サイクルは崩壊する。

レールから状況が逸れていく。

「ナタラージャ。踊る神もまた、シヴァ神の名前の一つ。様々な術式を踊りの形で表現して行使する。それがお前のアストラの正体だ。一見すれば止まっているように見えても、四肢の一つも動いていなくても、お前は魔術を使うたびに必ず踊っている。踊る事ができる。だって」

魔術に関しては素人のはずだ。

どういう経緯かは不明だが、プロの世界に紛れ込んだ何者かであるはずだ。

細かい事情は知らずとも、その立ち振る舞いを見ていれば分かる。

なのに。

「だって、インド神話の神々の体は四肢だけとは限らないんだから。目や腕の数が多い神だって珍しくない。それを模した術式を使うお前だって、二本の腕に二本の足であり続ける理由は特にない。だから、例えば」

詳しすぎる。

解析が終わっている。

神憑り的と言って良いほどに。

プロの魔術師を欺くために用意した専門の術式を、何をどうやったら素人の少年に看破されるというのだ。そもそもにおいて、解き明かすために必要な知識がどこにもない。公式も分からずに数学の問題を解こうとしてどうするのだ。それで何が分かるというのだ。

「その長い髪。その中に、『魔術を舞う』ための腕が隠されている。それがピナーカと呼ばれるお前の霊装で、全てのアストラを操るための、ただ一つの起点だ!!」

隠すからには、そうするべき理由がある。

あらゆるアストラを舞の形で制御するウレアパディーは、言ってしまえばその舞の内容を知られる事で、これから振るう攻撃の種類や照準、タイミングなどを全て看破されてしまうリスクを孕む。

だから隠す。

髪の中へ。

そのピナーカの位置を特定されたから、あの少年はウレアパディーの攻撃を先読みし、回避ができるようになった？

言うのは簡単だ。

しかし。

「できるはずない……」

ウレアパディーは呟くように言った。

それはやがて、混乱に基づいた叫び声に変わる。

「たとえピナーカの位置を特定できたとしても、私の舞踊を真正面から見据えていたとしても！　それがどのように術式へ作用するかは、同じプロの魔術師にしか分からない!!　どうして、なのに、どうして!!　あなたのようなただの素人に私の術式を、具体的なレベルでまで理解できるっていうのかね!?」

「……決まってる」

対して。

上条当麻というその少年は、激痛や疲労を引きずる体を無理矢理に動かし、改めて右拳を構える。

「俺だけの力なんかじゃない。協力してくれる人がいるからに決まっているだろ!!」

そこまで言われて、ようやく気づいた。

周囲をぐるりと見回し、暗闇の向こうで瞬く光点を目撃する。定期的な点滅ではなく、明らかに規則性があった。それは照射時間の長さで意思の疎通を行うための信号だ。

その輝きには見覚えがある。

ウレアパディーの妹が強引に横から割り込み、肉体への負荷を覚悟で使用していた不完全なアストラ。

『アグニの祭火』の原型、アグニアストラ。

凄まじい破壊力を持つ雷と炎によって神の敵を滅ぼす攻撃的な側面を持つ一方、そのアストラを持つ神は、記号的な意味を込められた光……すなわち祭火としての性質も持っている。

その光でもって、上条当麻は受け取っていたのだ。

自分の持っていない魔術の知識を。

「……できない」

「何が？」

「できる訳ない。あの子は結社が用意した大規模な『アグニの祭火』さえ、満足に扱う事もできなかった。まして、何の補助もないままアレンジ前のアグニアストラに触れる事なんて……」

「じゃあ、今実際に起こっているのは何なんだ？」

上条は静かに質問する。

そのまま、答えを出す。

「手の中にある現象を中途半端な成果と切り捨てず、あいつは自分なりの方法でアグニアストラの新しい使い方を考えて結果にこぎつけた。……絶対的な善悪なんて小難しい事は分かんねえけどさ、俺はあいつが示した方向性の方が好みだよ。圧倒的な暴力で押し流すんじゃなくて、自分の味方を後押ししてくれる方が」

「……、」

目の前の敵に夢中になっていて、その可能性を忘れていた。

ここまでやってこれたのは一人だけだと、たかをくくっていた。

しかし違う。

「ステイルは警備員を引き付けて、その間に俺達がここに入った。俺が真正面からぶつかって、その隙にインデックスが遠距離からお前が『具体的に何をしているか』を分析して、ソーズティがそれを伝えてくれた」

分析班の存在に気づいていれば、真っ先にそちらから潰すのが筋だろう。

それどころか、手の内を簡単にさらそうとも思わなかっただろう。

単純な役割分担。

だが。

「……ソーズティ」

ウレアパディーの微笑みが、止まる。

妹の名を呼ぶその目の色が、音もなく、確実に変わっていく。

「ソーズティ＝エキシカ……っ!!」

「結局、その辺がお前の理由なんだろ」

唐突に。

それまでの流れを断ち切るように、少年は言う。

しかし違う。

彼にとっては、手順や突破口よりも、そちらの方こそが本題。最も解き明かしたかったものだったのかもしれない。

「何とも思っていない赤の他人相手に、そんな目はできないもんだぜ。……魔術結社の暴走が続いていれば、結社内の他のメンバーだってお前が経験したような、いやそれ以上のプロジェクトに参加させられていたかもしれない。科学と魔術の争いが激化してしまえば、自分の知る者全員が絶望的な戦争へ投入されるかもしれない。だから、お前はそれを止めようとした。あらゆる手段を使って」

「……、」

「その考え自体が悪いとは言わねえよ。だけど意味がない。『デブリストーム』を使って全世界に『ブラフマーアストラ』をばら撒くなんて方法に頼っちまったら、お前が守ろうとしていた、たった一人だって巻き込まれちまう！　お前は世界を敵に回してでも守ろうとしていたものを、自分自身の手でぶっ壊しちまうつもりなのか!?」

「……待って。おかしいでしょ？　私の目的はそこではない。だって、あれは私の目的の達成を阻害するもので、すでに敵対していて、殺し合ってでも達成すべきものだからこそ目的として掲げるべきなのだから」

「どこでねじれちまった？」

少年は、苦いものを噛み潰すような調子で尋ねた。

「学園都市を襲うと決めた時か？　仲間の魔術師を不意打ちすると決めた時か？　『ブラフマーアストラ』で、科学も魔術も関係なく攻撃すると決めた時か？　……自分の妹一人を助けるために、しなくちゃならないと分かった時か。たった一つの命を助けるために、大勢の命を奪う行為に耐えられなくなった時か。そうは思っても、それでも自分の家族を守りたいと思ってしまった時なのか」

だから、天秤の上にある錘を変えた。

妹一人と『ブラフマーアストラ』で散る大勢、ではなく。

科学と魔術の総員という大勢と、『ブラフマーアストラ』で散る少数、という構図に。

「……それで何が変わるっていう訳でもないのに」

「待って」

「たった一つを助けるために全てをなげうったお前にとって、本来なら大勢も少数も関係なかっただろうに!!」

「変よ、そんなの。理論が成立していない。私はただこの世界を救う！　魔術と科学が互いに無用な技術競争を繰り返すこの状況を覆してみせる。それだけあれば、他に何も……っ!!」

「お前が自分の妹に向けた怒りは！　自分の計画を妨害されたからじゃない!!」

その少年は、真正直に、真正面からウレアパディーへと歩み寄る。

パラシュが、ガーンディーヴァが、トリシューラが、パーシュパタが。次々とアストラが放たれるが、もはや上条を止める事はない。

彼の度胸が。

仲間達と呼べる者の支えが。

その道を切り拓く。

「何よりも守りたかったたった一つが、『ブラフマーアストラ』で吹き飛ばされる側に回ったからだ!!　よりにもよって、自分の手で傷つけなくてはならない場所に立ってしまったからだ!!　違うのか？　もしもお前が単純な憎悪を抱いているのなら、その矛先は俺にこそ向けられるべきだ。でもお前は目の前にいる敵ではなく、遠くにいるソーズティの方へ矛先を向けた。だから、お前の怒りの理由は他にある!!　違うのか、ウレアパディー＝エキシカ!?」

その右手が、伸びる。

ウレアパディーの長い銀髪の中に紛れた、切り札の霊装を奪うために。

「……もうやめようぜ。アンタに必要なのは、人殺しの道具なんかじゃない！　もっと別のものだったはずだ!!」

回避はできなかった。

あるいは、したくなかった、のか。

引き千切るように、少年の右手が髪の中に紛れた人形のような細い腕を破壊する。

5

直後だった。

何も終わっていなかった。

そもそもにおいて、ピナーカという霊装で制御されていたガーンディーヴァやトリシューラといったアストラは、あくまでもメインを守るためのサブに過ぎない。

『ブラフマーアストラ』。

彼女の持つ最大級のアストラ、霊装。他のものとは違う、純度の極めて高いアストラ。

そして、

「ウレアパディーっ!!」

「別におかしな事ではないでしょ？『ブラフマーアストラ』は他のアストラとはこれまでとは系統の違うブラフマー系。そしてガーンディーヴァやパラシュがソーズティ達にも使えるものであるのに対し、『ブラフマーアストラ』は私だけが使える特別製。『系統』が違うとは思わなかったのかね？そして、違っていれば、ピナーカの有無など関係なく扱えるとは？」

褐色の肌の女性の手には、黄金でできた巨大な弓が握られている。

これまでのシヴァ神系とは違う、ブラフマー神の持つ武具の一つ。

ある魔術結社においては、究極のアストラ。

しかし、

「そこじゃない!!　お前にそれを握る理由がどこにある!?　お前の方法論をそのまま実行に移せば、お前が守りたかったものをまとめて吹き飛ばす羽目になるんだぞ!!」

「……さてね」

ウレアパディー＝エキシカは薄く笑う。

「結局、私の目的はどこにあったのかね。こうしている今も、私はこの世界を守りたいと思っている。でもきっと、それは何かを塗り潰した結果に生じたものなのだという事も理解はできている。でもね」

「でも何だ!!」

「でも、もうこの流れは止められないのよ」

何かが間違いだったと分かっても、歩んできた道は変わらない。強固な経験は、数多くの成功例は、まだ見ぬ方向へとレールを切り替える事を極端に拒む。それらの連なりが、重なりが、背中を押してしまう。多少の事実を強引に捻じ曲げてでも、成就しろと訴える。

それこそ幻想だ。

意味なんて何もない、だけど価値だけが浮かんでいる幻想だ。

「少年。あなたの名前を聞いていなかったわね」

星空が見えた。

これまでのものとは違う。おそらくはどんな天球儀を眺めても、プラネタリウムに通っても、絶対に見る事のできない、不自然な瞬きを放つ暗黒の空。

人工物が織りなすまやかしの流れ星。その雨、豪雨。

『デブリストーム』のリミットがやってきたのだ。『ブラフマーアストラ』の使用条件を解除し、その効力を無尽蔵に拡大させていく暴力の光。

「少年、名前は？」

「……上条当麻。それがどうした」

「そう」

ウレアパディー＝エキシカは頭上へ目をやった。

自らが生み出した不自然極まりない光の洪水を眺めるその眼光は、どこかに寂しげな色があった。

「では上条当麻君。私は、もう自分の手で『ブラフマーアストラ』を止める事はできない。まずはこれを確認して」

弓の弦を、引き絞る。

矢は番えていないはずだったのに、いつの間にかそこには黄金の矢が備えられている。

解き放てば、世界が終わる。

少なくとも、そう表現できるだけの破壊力は秘められている。

「そして上条当麻君。勝者たる君の手で、始末をつけて」

その言葉を受けて。

上条当麻は静かに笑った。

答える。

「全部持って来い。お前のその幻想、全部まとめて粉々にぶっ壊してやる‼」

照準に変更があった。

全世界の『要所』を襲うはずだった神々の矢は、その全ては、日本の学園都市の第二三学区の一点へと収束されていく。

天から注ぐ矢の豪雨は、まるで竜巻のようだった。

対して。

その少年が最後に行ったのは、とてもとても単純な事だった。

ただ二本の足で立ち塞がり、その右手を天へとかざす。

莫大な閃光と共に。

最後の攻防が、始まった。

6

こうしている今、少なくとも世界が終わったりも、学園都市が崩壊したりも、上条当麻が死亡したりもしていない。

あの騒動の後、最も奔走しているのはステイル＝マグヌスのようだが、舞台裏の出来事は上条には想像もできない。

ウレアパディー＝エキシカは消えた。

そういう事になっていた。

上条当麻はそれまでの戦闘のダメージと、全世界を襲うはずだった『ブラフマーアストラ』をまとめて受け止めた最後の一戦とで疲労を重ね、ウレアパディーの逃走を許してしまった。ステイル達はセキュリティの混乱や警備員からの妨害などによって、思ったように追撃を仕掛ける事ができなかった。

そういう風にしてしまう事で、あの姉妹を安全に逃がそうという話になっていた。

世界は思っているより頑丈だ。

あれだけの騒動があったというのに、どこも壊れずに通常運行を続けている。それどころか、ついに第二三学区の宇宙エレベーターの存在が大々的に公になった。建前としては建造中という事だったが、今からどう妨害を受けようが、もう誰にも止める事ができない段階に達していると学園都市の上層部が判断した、という事なのだろう。

ウレアパディー＝エキシカの問題は解決したが、あの宇宙エレベーターの持つ危険性はそのまま残っている。

あれが軍事利用や、『もっと奥にあるもの』にまで使われるようになった場合、どれだけの混乱が起きるか。

……そして、ここ最近の金星探査コンテスト自体が宇宙エレベーター建造の隠れ蓑だったにも拘らず、未だに大量のロケットが宇宙へと放たれているのも事実。ひょっとすると、そこには宇宙エレベーター建造以外の別の目的すら隠されているかもしれない。

「とうま」

隣にいるインデックスが、少年の名前を呼んだ。

「最近あの『えれべーたー』ばっかりボーッと見ているけど、何かあったの？」

「いいや」

上条は呟くように、こう答えた。

「何かあれば、また全部ぶっ壊すだけだ」

あとがき

鎌池和馬です。

今回はテレビアニメや劇場版の特典を集めた一冊となっております。主に魔術サイド寄り。そちらで応援していただいた皆様には馴染みのある作品だと思います。初めて見かける方、もう一度楽しみたい方、様々な読者さんのお手元へ届けられたらと願っております。

本編のシリーズでは『魔神』や『黄金』のメンバーなど、レアな冠を頭にのっけた魔術師がわらわら出ている状況です。なので、こちらの特典を読み進めると『普通の魔術師』の考え方をおさらいできるかも。個人的にはツアーガイドやジーンズショップの店主など、生活サイクルが明らかに上条とは異なる『外の世界の魔術師』を描く事で世界観を広げられるのが毎度楽しみだったりします。毎度、と積み重ねられる機会をいただけた事にはとにかく感謝しかありません。魔術サイド全体を思い浮かべ、こんな専門職が必要だろうと考えるのが好きです。学園都市の外でも一人一人が目的をもって生きている、自由で開けた世界を作れたらなと。

イラストのはいむらさん、担当の三木さん、阿南さん、中島さん、浜村さんには感謝を。それから今回は特典の母体を用意していただいたアニメスタッフの皆様にも深くお礼を申し上げます。一人では作れないもの、の集大成ではないのかなと。一人でも多くの方に見ていただく機会を与えてくれてありがとうございました。

そして読者の皆様にも感謝を。……あんまり好きだったものでフライングで本編の深いところにがっつり登場させてから、長い時間が過ぎました。そして今、ブリュンヒルドって誰？　という、これまで特典には触れてこなかった皆様の疑問にお答えできる日がやってきました！　特典でも好きな人物は結構いるんですよね、エーラソーンとかシンシアとか。今後はいくら出してもフェアなはず。初めて目にする読者さんももう一度触れる読者さんも、この特典の中から一人でも皆様の琴線に触れられた人物と出会える事を願っております。ありがとうございました！

それではこの辺りで本を閉じていただいて。

今回は、ここで筆を置かせていただきます。

この魔術の世界に、拳一つで突撃する上条はやっぱり命知らずだと思う

鎌池和馬(かまちかずま)

◉鎌池和馬著作リスト

「とある魔術の禁書目録（インデックス）①〜㉒」（電撃文庫）

「とある魔術の禁書目録SS①②」(同)
「新約　とある魔術の禁書目録①〜㉒　㉒リバース」(同)
「創約　とある魔術の禁書目録」(同)
「とある魔術の禁書目録　外典書庫①」(同)
「ヘヴィーオブジェクト」シリーズ計17冊(同)
「インテリビレッジの座敷童①〜⑨」(同)
「簡単なアンケートです」(同)
「簡単なモニターです」(同)
「ヴァルトラウテさんの婚活事情」(同)
「未踏召喚://ブラッドサイン①〜⑩」(同)
「とある魔術のヘヴィーな座敷童が簡単な殺人妃の婚活事情」(同)
「最強をこじらせたレベルカンスト剣聖女ベアトリーチェの弱点①〜⑦
その名は『ぶーぶー』」(同)
「とある魔術の禁書目録×電脳戦機　とある魔術の電脳戦機」(同)
「アポカリプス・ウィッチ①②　飽食時代の【最強】たちへ」(同)
「マギステルス・バッドトリップ」シリーズ計2冊(単行本　電撃の新文芸)

本書に対するご意見、ご感想をお寄せください。

ファンレターあて先
〒102-8177　東京都千代田区富士見2-13-3
電撃文庫編集部
「鎌池和馬先生」係
「はいむらきよたか先生」係

初出

『神裂火織編』／『とある科学の超電磁砲』Blu-ray&DVD初回限定版
『「必要悪の教会」特別編入試験編』／『とある科学の超電磁砲S』Blu-ray&DVD初回限定版
『ロード・トゥ・エンデュミオン』／電撃劇場文庫『とある魔術の禁書目録 ―ロード トゥ エンデュミオン―』

文庫収録にあたり、加筆、訂正しています。

電撃文庫

とある魔術の禁書目録 外典書庫①

鎌池和馬

2020年６月10日　初版発行
2022年７月25日　４版発行

発行者　青柳昌行
発行　株式会社KADOKAWA
〒102-8177　東京都千代田区富士見2-13-3
0570-002-301（ナビダイヤル）
装丁者　荻窪裕司（META＋MANIERA）
印刷　株式会社暁印刷
製本　株式会社暁印刷

ISBN978-4-04-913201-4　C0193　Printed in Japan

電撃文庫　https://dengekibunko.jp/

電撃文庫創刊に際して

文庫は、我が国にとどまらず、世界の書籍の流れのなかで〝小さな巨人〟としての地位を築いてきた。古今東西の名著を、廉価で手に入りやすい形で提供してきたからこそ、人は文庫を自分の師として、また青春の想い出として、語りついできたのである。

その源を、文化的にはドイツのレクラム文庫に求めるにせよ、規模の上でイギリスのペンギンブックスに求めるにせよ、いま文庫は知識人の層の多様化に従って、ますますその意義を大きくしていると言ってよい。

文庫出版の意味するものは、激動の現代のみならず将来にわたって、大きくなることはあっても、小さくなることはないだろう。

「電撃文庫」は、そのように多様化した対象に応え、歴史に耐えうる作品を収録するのはもちろん、新しい世紀を迎えるにあたって、既成の枠をこえる新鮮で強烈なアイ・オープナーたりたい。

その特異さ故に、この存在は、かつて文庫がはじめて出版世界に登場したときと、同じ戸惑いを読書人に与えるかもしれない。

しかし、〈Changing Times,Changing Publishing〉時代は変わって、出版も変わる。時を重ねるなかで、精神の糧として、心の一隅を占めるものとして、次なる文化の担い手の若者たちに確かな評価を得られると信じて、ここに「電撃文庫」を出版する。

1993年6月10日
角川歴彦

電撃文庫DIGEST　6月の新刊

発売日2020年6月10日

俺の妹がこんなに可愛いわけがない⑭　あやせif 下

【著】伏見つかさ　【イラスト】かんざきひろ

高校3年の夏、俺はあやせの告白を受け容れ、恋人同士になった。残り少ない夏休みを、二人で過ごしていく──。『俺の妹』シリーズ人気の新垣あやせifルート、堂々完結！

俺を好きなのはお前だけかよ⑭

【著】駱駝　【イラスト】ブリキ

今日は二学期終業式。俺、如月雨露ことジョーロは、サザンカ、パンジー、ひまわり、コスモスの4人の少女が待つ場所にこの後向かう。約束を果たすため、自分の本当の気持ちを伝えるため。たとえどんな結果になろうとも。

幼なじみが絶対に負けないラブコメ4

【著】二丸修一　【イラスト】しぐれうい

骨折した俺の看病のため、白草が泊まり込みでお世話にやってくる!?　家で初恋の美少女と一晩中二人っきりに……と思ったら、黒羽に真理愛に白草家のメイドまでやってきて、三つ巴のヒロインレースも激しさを増す第4巻！

とある魔術の禁書目録（インデックス）外典書庫①

【著】鎌池和馬　【イラスト】はいむらきよたか

鎌池和馬デビュー15周年を記念して、超貴重な特典小説を電撃文庫化。第1弾では魔術サイドにスポットを当て『神裂火織編』『「必要悪の教会」特別編入試験編』『ロード・トゥ・エンデュミオン』を収録！

声優ラジオのウラオモテ #02 夕陽とやすみは諦めきれない？

【著】二月 公　【イラスト】さばみぞれ

「裏営業スキャンダル」が一応の収束を迎えほっとしたのも束の間、由美子と千佳を追いかけてくる不躾な視線やシャッター音。再スタートに向けて問題が山積みの中、《新・ウラオモテ声優》も登場で波乱の予感!?

錆喰いビスコ6 奇跡のファイナルカット

【著】瘤久保慎司　【イラスト】赤岸K
【世界観イラスト】mocha

『特番！　黒革フィルム新作発表　緊急記者会見!!』復活した邪悪の県知事・黒革によって圧政下におかれた忌浜。そんな中、記者会見で黒革が発表したのは"主演：赤星ビスコ"の新作映画の撮影開始で──!?

マッド・バレット・アンダーグラウンドⅣ

【著】野宮 有　【イラスト】マシマサキ

ハイルの策略により、数多の銀使いとギャングから命を狙われることになったラルフとリザ。しかし、幾度の困難を乗り越えてきた彼らがもう迷うことはない。悲劇の少女娼婦シエナを救うため、最後の戦いが幕を開く。

昔勇者で今は骨5 東国月光堕天仙骨無幻抜刀

【著】佐伯庸介　【イラスト】白狼

気づいたら、はるか東国にぶっ飛ばされて──はぐれた仲間たちと集まった先にいたのは、かつての師匠！　魔王軍との和平のために、ここで最後のご奉公!?　骨になっても心は勇者な異世界ファンタジー第5弾!!

SWORD ART ONLINE
ソードアート・オンライン
川原 礫
イラスト／abec
「これは、ゲームであっても遊びではない」
《黒の剣士》キリトの活躍を描く
究極のヒロイック・サーガ！
電撃文庫

七つの魔剣が支配する

宇野朴人

illustration ミユキルリア

運命の魔剣を巡る、学園ファンタジー開幕！

春――。名門キンバリー魔法学校に、今年も新入生がやってくる。黒いローブを身に纏い、腰に白杖と杖剣を一振りずつ。胸には誇りと使命を秘めて。魔法使いの卵たちを迎えるのは、満開の桜と魔法生物のパレード。喧噪の中、周囲の新入生たちと交誼を結ぶオリバーは、一人に少女に目を留める。腰に日本刀を提げたサムライ少女、ナナオ。二人の、魔剣を巡る物語が、今始まる――。

電撃文庫

デュラララ!!
SH
成田良悟
Ryohgo Narita
イラスト:ヤスダスズヒト
Illustration : Suzuhito Yasuda
ダラーズの
終焉から一年半。
池袋は今、新しい風を
迎えようとしていた――。
ダラーズの終焉から一年半。
首無しライダーに憧れて
池袋に上京してきた少年と、
首無しライダーを追いかけて
失踪した姉を持つ
少女が出会い、
非日常は始まる――。
電撃文庫

二月 公
イラスト／さばみぞれ
声優ラジオのウラオモテ
#01 夕陽とやすみは隠しきれない？
オモテは元気＆清楚なアイドル声優／
ウラはギャル＆根暗地味子な女子高生!?
プロ根性で世界をダマせ！
バレたらアウトの声優ラジオ
Now On Air!!
第26回
電撃小説大賞
大賞
受賞
電撃文庫

豚になった俺が、異世界で美少女といちゃラブ(!?)するファンタジー

逆井卓馬
Author: TAKUMA SAKAI

［イラスト］遠坂あさぎ
Illustrator: ASAGI TOHSAKA

豚のレバーは加熱しろ

Heat the pig liver

the story of a man turned into a pig.

純真な美少女にお世話される生活。う～ん豚でいるのも悪くないな。だがどうやら彼女は常に命を狙われる危険な宿命を負っているらしい。

よろしい、魔法もスキルもないけれど、俺がジェスを救ってやる。運命を共にする俺たちのブヒブヒな大冒険が始まる！

電撃文庫

最強の聖仙、復活!!
クソッタレな世界をぶち壊す!!

少女願うに、この世界は壊すべき

桃源郷崩落

「世界の破壊」
それが人と妖魔に虐げられた少女かがりの願い。
最強の聖仙の力を宿す彩紀は
少女の願いに呼応して、千年の眠りから目を覚ます。
世界にはびこる悪鬼を、悲劇を打ち砕く
痛快バトルファンタジー開幕!

小林湖底
ILLUST ろるあ

should BREAK IT

電撃文庫

グラフィティの聖地で、
俺は"翼をもがれた天才"と
出会う――!
池田明季哉
[illustration]みれあ
オーバーライト
――ブリストルのゴースト
Overwrite
The ghost of Bristol
第26回
電撃小説大賞
選考委員
奨励賞
グラフィティの聖地を脅かす陰謀に
巻き込まれた訳ありコンビ「落書き探偵」。
立ち向かう若者たちの
挫折と再生を描いた感動の物語!
電撃文庫

手水鉢直樹
Author ◇ Chouzubachi Naoki
イラスト
あるみっく
Illustration ◇ ALmic

魔力を統べる、破壊の王と全能少女

The King of Destroyer and The Almighty Girl Govern Magical Power

〜魔術を扱えないハズレ特性の俺は無刀流で無双する〜

無能の烙印を押された魔術師が、ハズレ特性（スキル）を駆使して無双する！

人生で一度も魔術を使用したことがない
学園の落ちこぼれ、天神円四郎。
彼は何でも破壊する特異体質を研究対象に差し出すことで退学を免れていた。
そんなある日、あらゆる魔術を扱える少女が空から降ってきて――？